NULLA SUCCEDE PER CASO

Voglia di Vita

ROBERTA ARGIOLA
ACHILLE ZAINO

Copyright © 2020 Roberta Argiola | Achille Zaino
Tutti i diritti riservati.

Foto di Copertina: Studio MAUROVACCA

Codice ISBN: 9798689195285

DEDICA

Vorrei avere a disposizione almeno trenta pagine da usare per dedicare questo libro alle persone speciali che ho incontrato lungo il percorso della mia vita, ma in realtà, fin dall'inizio,
solo un nome mi tornava alla mente in continuazione: Ruben.
Questo libro lo dedico a lui e al tempo speciale e indimenticabile che ho passato con lui.

Roberta Argiola

E' stato bello scrivere a quattro mani con la mia socia di penna, ma nello stesso momento in cui ho dovuto, da solo, trovare a chi dedicare questo libro, la confusione ha preso possesso dei miei pensieri.
Volevo scrivere un pensiero tradizionale, per abbracciare un po' tutti quanti e poi, come un fulmine a ciel sereno, le parole sono venute da se. Dedico questo libro a chi mi ha fatto del male, perché se oggi sono così, è a loro che lo devo: mi hanno forgiato il carattere.
A mio nonno Antonio, a mia nonna Stella e a mia mamma Devila, invece, dedico la parte migliore di me, perché questa appartiene a loro.

Achille Zaino

CONTENUTI

    Ringraziamenti   pag. 9

PRIMA PARTE

1	Logan e Fiamma	pag. 10
2	Giugno. L'inizio	pag. 20
3	I mostri esistono	pag. 36
4	Il segreto svelato	pag. 50
5	Il cambiamento	pag. 66
6	Dentro a un incubo	pag. 80
7	Il primo vero bacio	pag. 100
8	Il diavolo esiste?	pag. 122
9	Il passato alle spalle	pag. 140
10	Svolte	pag. 163
11	Compromessi	pag. 183
12	Si dimentica tutto	pag. 203

SECONDA PARTE

13	Nulla succede per caso	pag. 222
14	Il momento della verità	pag. 228
15	La lite	pag. 242
16	Il regalo	pag. 260
17	Cose da grandi	pag. 288
18	Il nostro piccolo segreto	pag. 317
19	La scatola dei ricordi e il corvo	pag. 331
20	Il mantello	pag. 353
21	Epilogo	pag. 360
	Postfazione	pag. 364

RINGRAZIAMENTI

Ringrazio Achille Zaino in primis, per tanti ovvi motivi.
Per seconda, ma non per importanza, ringrazio Nadia Matta di Borgo Revel: lei sa il perché. Ad Arianna Bor un grazie speciale per avermi aiutata quando ero disperata. Una promessa la devo a Salvatore Greco: persona che ho conosciuto nella realtà e di cui mantengo un carissimo ricordo.
Un ringraziamento speciale va a M.T.
Inoltre ringrazio tutti quelli che mi hanno supportato e sopportato durante questi mesi.

P.s. Dany, ti ringrazio per la tua disponibilità.

Roberta Argiola

Ringrazio gli spiriti che mi circondano sempre, nel bene e nel male: spesso mi hanno indicato la strada giusta e senza chiedere nulla in cambio.
Ringrazio gli animali, di tutte le specie, perché sono gli unici esseri viventi, che sanno amare incondizionatamente.
Ringrazio le donne della mia vita: tutte. Quelle che ho amato, quelle che mi hanno amato e quelle che hanno tentato di comprarmi.
Un ringraziamento va a Baby. Un altro ringraziamento particolare lo faccio al destino, per avermi fatto incontrare Roberta.
E poi, perché no, un altro ringraziamento singolare va al mio cuore.

Achille Zaino

1

Logan e Fiamma

2004

Quella sera Logan tornò a casa più stanco del solito. Fisicamente si sentiva distrutto; troppi giorni di lavoro e poche ore di sonno, ma la stanchezza peggiore era quella che sentiva nel cuore, pesante come un macigno.

Era uscito alla ricerca di un'avventura; l'aveva trovata in fretta e il divertimento se l'era assicurato. Perché, allora, durante il tragitto di ritorno si era sentito così vuoto e insoddisfatto?

Cercò le chiavi di casa, ma non le trovò. Quando era uscito se le era dimenticate sul tavolino dell'entrata; sua madre era partita e, quindi, non gli restò che fare il giro della casa, inoltrarsi nel bosco e passare dall'orto per entrare. L'aveva fatto altre volte, ma quella sera gli pesava più del solito. Si sentiva strano, insofferente, insoddisfatto e solo.

Entrò in camera sua e si sedette alla sua scrivania; aprì il cassetto e tirò fuori il "quaderno delle verità".

Segnò un nome, due parole sul come si erano incontrati e diede un voto all'amplesso di quella sera: otto.

Sfogliò il quaderno e rilesse alcune sue annotazioni.

Laura, incontrata al bar; ricordava bene quell'appuntamento. Era iniziata come una serata promettente per poi rivelarsi, a letto, un vero flop. Voto quattro.

Sfogliò di nuovo qualche pagina. Sabrina, conosciuta su internet. Una leonessa da tastiera che gli aveva promesso il paradiso. Non c'era voluto molto per combinare un appuntamento. All'ora stabilita Logan si era fatto trovare nel luogo prescelto. Odiava da sempre chi si faceva passare per quello che non era e Sabrina era una di quelle persone. Voto cinque.

Amanda, vecchia conoscenza. Ogni tanto si davano appuntamento per rispolverare i vecchi tempi. Col passare del tempo era migliorata sia fisicamente sia a letto. Voto otto.

Si alzò di scatto buttando il quaderno a terra. Aprì e chiuse le mani più volte e il suo pugno partì fortissimo contro il muro. Il dolore fisico lo scosse. Imprecò con rabbia: "Basta! Non può essere solo questo la mia vita!"

In quel momento scattò qualcosa nella sua testa.

Ora, finalmente, gli era tutto chiaro. Sapeva cosa voleva veramente.

Uscì dalla sua camera, percorse tutto il corridoio e fece quello che faceva da ben venticinque anni; aprì la porta della camera da letto che era stata dei suoi nonni.

Si avvicinò al letto, ora vuoto e perfettamente rifatto; alzò la mano e accarezzò il cuscino che era stato di suo nonno. Da sempre, Logan, aveva nelle mani una sensibilità che andava oltre e, per questo motivo, percepì, sotto la sua carezza, il volto di suo nonno.

Il viso ricoperto da un lieve accenno di barba e le rughe sulla fronte che scendendo, arrivavano fino al mento. Restò lì ad assaporare quel momento.

Poi, con molta calma e godendo appieno di quel momento, fece il giro del letto sfiorando la tastiera e il copriletto morbido e arrivò nel punto in cui sua nonna era solita lasciare la mano aperta, sempre pronta a ricevere quella di suo nipote.

Logan allungò la mano e la mise in quel preciso spazio; con l'altra diede una carezza ai capelli di sua nonna. Il suo volto era stanco e provato, ma al tocco di suo nipote il suo viso si distendeva in un lieve sorriso.

Una lacrima scese dal viso di Logan. I suoi nonni non c'erano più, ma quegli attimi restavano dentro al suo cuore fortemente ancorati e reali.

Le lacrime aumentarono trasformandosi in pianto. Si sedette sulla poltrona dove aveva passato notti intere ad osservare il sonno di nonna Luna e nonno Luigi.

Suo nonno era morto di cancro da una ventina d'anni; sua nonna, invece, morta consumata dall'Alzheimer solo quattro anni prima. Tra breve Logan avrebbe compiuto gli anni e nonostante tutto sentiva la mancanza dei suoi nonni in modo indescrivibile.

In preda ai ricordi, Logan sentì forte la sensazione di essere un uomo finito. Si concesse ancora del tempo per i ricordi.

Del nonno ricordava benissimo lo sguardo fiero, quello di un uomo tutto d'un pezzo. Era cresciuto nei tempi in cui una stretta di mano valeva molto più di un contratto scritto.

Alto, robusto e fisicamente forte incuteva timore in tutti quelli che incontrava, ma nonna Luna era l'unica in grado di rimetterlo in riga quando ne aveva abbastanza del suo caratteraccio.

Un uomo che era stato un padre padrone e quando alzava la voce, faceva tremare le pareti ma era anche un uomo umile, grande e instancabile lavoratore senza mai risparmiarsi, ma non accettava opinioni che fossero diverse dalle sue.

Logan litigava spesso con lui; i loro scontri erano all'ordine del giorno. Suo nonno confidava in lui per il futuro della sua cascina, mentre a Logan piaceva divertirsi, ma era stato anche un nonno che aveva allungato la mano verso di lui per ringraziarlo e che cercava di nascondere i suoi occhi umidi.

Era stato quel nonno che accettava di essere imboccato da suo nipote perché aveva capito che lui non lo stava facendo per dovere, ma che ogni cucchiaio appoggiato alla sua bocca era un grazie per tutto quello che aveva fatto per Logan.

Sapeva che sua madre Petra era stata costretta a scappare da quella che era stata la sua casa, a causa del modo di fare di suo nonno. L'unica cosa che Logan non capiva era perchè non l'avesse portato con se. Forse perché assomigliava troppo a suo padre, uomo dal fascino indiscusso che usava, senza remore, per ottenere quello che desiderava dalle donne.

Suo nonno: un uomo alto quasi un metro e ottanta, forte e massiccio. Ora Logan lo ricordava steso in quel letto dove gli faceva la barba, cambiava la maglietta, dopo avergli passato una morbida spugna su tutta la schiena. Ogni volta che cercava di dargli conforto con un gesto, suo nonno distoglieva lo sguardo, per pudore.

Nonno Luigi aveva solo la voglia di lasciarsi andare. Era sereno, perché di fronte a lui aveva Logan: la sua eredità. E questo il nipote lo sapeva. L'ultima carezza, prima di morire, era stata per lui e gli aveva lasciato un segno indelebile sulla guancia.

Gli unici a sapere del suo cancro erano Logan, Luigi e Petra. All'unanime avevano deciso che Luna non doveva sapere nulla.

Nonna Luna era bellissima malgrado l'Alzheimer. Il ricordo di lei piccola, minutina e dall'apparenza fragile ma, nel contempo, scattante e pronta a rimettere in riga il marito. Logan sapeva bene che la parte dolce di sé, che teneva ben nascosta, l'aveva ereditata dalla nonna.

Logan era solito appoggiare i gomiti sul bordo del letto e con una mano l'accarezzava. Lei sorrideva nel sonno, fino a quando non apriva gli occhi e diceva: "Chi sei?" Ogni volta il cuore di Logan andava in frantumi. Tornava ad accarezzarla fino a quando non riprendeva sonno e poi, con movimenti delicati, le spazzolava i capelli, le passava il borotalco che nonna Luna adorava; lo stesso che aveva usato su di lui bambino.

Era un profumo che inebriava e che una volta conosciuto non si poteva più scordare. Finalmente pianse tutte le lacrime che per tanto tempo aveva trattenuto.

Ricordava benissimo il giorno in cui si accorse che qualcosa non andava. Sua nonna l'aveva chiamato per farsi aiutare a portare in casa la cesta dei panni asciutti.

"Ora entriamo in casa e ci prendiamo un bel caffè." Logan aveva i gomiti appoggiati al tavolo e si incantava sempre a guardare sua nonna; nonostante l'età era sempre bellissima.

Incominciarono a parlare, sorseggiando il caffè. Ad un certo punto vide la mano di sua nonna tremare, al punto di rovesciare il caffè che aveva nella sua tazzina. "Nonna tutto bene?" Sua nonna rispose: "Chi sei?" Quelle due parole, per tanto tempo, sarebbero state come lame di coltelli. Non era mai stato capace di abituarsi a quelle due parole, nemmeno dopo che le fu diagnosticato l'Alzheimer. "Nonna…" "Dimmi."

Logan tirò un sospiro di sollievo. Forse si era sognato tutto.

Si alzò dalla poltrona, uscì dalla camera nel silenzio più assoluto, quasi col timore di poterli svegliare. Chiuse la porta con delicatezza; proseguì lungo il corridoio e arrivò di fronte alla porta che portava in cortile. La aprì e fece un gran respiro per inebriarsi dell'aria notturna, piena di umidità, ma anche di odori che arrivavano dal bosco.

Ancora qualche passo e sarebbe arrivato a destinazione. Passi lenti, ponderati, ma mai movimenti erano stati più certi.

Arrivò davanti alla porta che non apriva mai perché dietro erano nascosti i suoi peggiori incubi. La porta della cantina.

Girò la chiave, la aprì e scese quei sette scalini. Ora non gli mancava più il coraggio perché sapeva cosa voleva realmente. Tutto prese ad avere un significato e tutto era nel posto giusto nella sua mente.

Spostò un paio di borse e si alzò un polverone che gli fece fare un paio di sternuti. Ancora due scatole e finalmente trovò quello che stava cercando: la corda.

Una volta presa, lasciò tutto com'era, risalì quegli scalini con molta più determinazione di prima. A ogni passo acquistava una sicurezza che non aveva mai avuto prima.

Trovò il posto giusto: una trave nella parte più vecchia della casa. Era facile da raggiungere e sarebbe stata perfetta per quello che era certo di voler fare.

La fece passare intorno alla trave un paio di volte; fece il nodo e lo passò al collo. L'ultimo pensiero fu un saluto ai suoi nonni e poi fece un salto nel buio.

Durò tutto una frazione di secondo. Nei suoi pensieri c'erano ben impressi i volti dei suoi nonni e poi tutto finì in un attimo.

Un fortissimo crac lo riportò subito alla realtà; aprì gli occhi e si ritrovò col sedere per terra. Faceva male e dalla sua bocca uscirono imprecazioni: "Sei un coglione, un buono a nulla. Non sei nemmeno capace di ucciderti."

Fece per alzarsi, determinato come non mai a riprovarci quando sentì squillare il suo cellulare; era il momento peggiore per ricevere una telefonata. Aveva una gran voglia di distruggerlo, ma sul display compariva la voce "sconosciuto". Bene, avrebbe risposto. "Pronto?"

"Che cazzo stai facendo, Logan?" Irrigidendosi si guardò intorno. Era certo di aver chiuso tutto. Nessuno poteva essere lì e aver visto quello che era appena successo. "Te lo ripeto, che cazzo stai facendo?"

Prese il telefono e lo gettò a terra e incominciò a pestarlo fino a ridurlo in frantumi.

In quel fienile c'erano solo lui e Dio; nessun altro avrebbe potuto sapere di quei momenti.

In un attimo sentì un fortissimo dolore al petto. Il suo cuore batteva all'impazzata fino a togliergli il respiro.

In quel momento, capì che quel dolore era la vita. La sua vita che lo richiamava

C'era voluto solo un attimo per capire chi era stato a chiamarlo.

Logan restò ancora per alcuni minuti seduto lì per terra. Prese la decisione più difficile della sua vita. Era arrivato il momento di ricominciare; questa volta doveva farlo sul serio.

"La signora Fiamma Ferraris?" "Arrivo."

"Prego, si accomodi, la raggiungo subito."

Fiamma si accomodò facendo molta fatica a stare seduta composta. Tutti gli anni di collegio non erano serviti a nulla quando si trattava di stare seduta in maniera corretta. Chissà perché quelle che si trovavano negli studi medici erano tanto belle quanto scomode.

Intanto il tempo passava. "Spero solo che non sia andato in pausa pranzo. Io sto perdendo la pazienza e questa attesa mi snerva." Fu il pensiero di Fiamma e più il tempo passava e più si sentiva irrequieta.

Passò circa un'ora e finalmente il dottore si fece vivo.

"Signora Ferraris, controllando i valori...."Fiamma incominciò a tremare.

"Abbiamo riscontrato che gli esami sono...." Ora i suoi pensieri erano tutti in subbuglio. "Per questo motivo, noi del team le consiglieremmo di …"

"Merda, sono andati male." La mente di Fiamma si spense completamente. Perchè non aveva dato ascolto a Nadia quando le disse di non andarci da sola? Certo, Fiamma era talmente arrogante da sapere sempre cos'era giusto o sbagliato. La sicurezza di aver sbagliato arrivò quando tornò ad ascoltare quello che diceva il medico.

"...maligno. Inizierei, sempre che lei sia d'accordo, la chemioterapia non appena possibile."

"Vaffanculo bastardo" fu il pensiero di Fiamma. Era convinta che quel dottoruncolo da quattro soldi si sarebbe potuto sforzare un po' di più per trovare parole più delicate.

In realtà non sapeva se l'aveva fatto, visto come si era allontanata in fretta da quella voce. "Ha qualcuno che possa accompagnarla a casa?" In fondo era gentile, decise Fiamma.

"Si, si certo, sotto c'è la mia amica. Grazie dottore, aspetterò una sua telefonata."

Fiamma scese dalle scale. Non amava usare gli ascensori; le toglievano l'aria. Si fece un bel pezzo di strada prima di arrivare a dove era parcheggiata la sua macchina.

Restò seduta lì, sul sedile della macchina che doveva ancora finire di pagare. Il primo pensiero fu: "Ce la farò a finire di pagarla o il cancro mi mangerà prima?"

Voglia di Vita

E finalmente scoppiò a piangere. Era davvero troppo. Gli ultimi due anni erano stati i peggiori della sua vita quasi come se il diavolo volesse far pagare a lei tutte le ingiustizie del mondo. Non aveva più voglia di combattere. Si sentiva stanca, sfinita.

Bip! Il suono del suo cellulare, che non sapeva usare, ma che, comunque, la teneva in contatto con il mondo esterno. Una notifica del canile di Caluso.

Amava tutti gli animali, ma per i cani aveva un'autentica adorazione.

Aprì la pagina e vide un tipo dall'aria stramba, seduto su una poltrona. Si presentava con un nome strano. Un volto che gli ricordava qualcuno e, incuriosita, andò oltre.

"Ecco l'ennesimo deficiente che vuole guadagnarsi qualche like sulla sua pagina facebook." Fu il suo primo pensiero. Un imbecille in più o in meno non faceva molta differenza, ma non chiuse il video e lo seguì fino alla fine per poi rivederlo ancora, ancora e ancora.

Arrivò a casa, parcheggiò e si ritrovò nella sua solita vita. "Arrenditi all'evidenza: sei una sfigata di merda e non ce la farai, anche solo per una volta, a fare quello che vuoi. Zitta, muta e torna a casa." Questo fu il pensiero di Fiamma.

Aprì la porta di casa e si buttò sul divano dove i suoi tre cani la raggiunsero subito per darle forti leccate sul viso, sulle mani e sulle gambe. Incominciò di nuovo a piangere e lo fece per ore, senza fermarsi un attimo.

La disperazione che provava era opprimente.

All'improvviso i cani incominciarono ad abbaiare; Fiamma si alzò e andò alla finestra per vedere se ci fosse qualcuno fuori; riconobbe subito Nadia. Aveva il dono di presentarsi sempre nei momenti che lei riteneva inopportuni, mentre per la sua amica no. Tirò meglio la tenda in modo che non potesse vedere dentro. Si era fatto notte e lei non si era nemmeno accorta che casa sua era sprofondata nel buio più totale.

"Meglio così, almeno Nadia penserà che io sia ancora fuori." Bip, bip… bip…

Sbirciò il cellulare. Era Nadia. Non le avrebbe risposto, almeno non quella sera.

Aprì la porta di camera sua e si sdraiò sul letto. Alzò le coperte e fece salire sul letto i suoi tre cani. In quel momento le sfuggì un sorriso al pensiero di sua madre. Se l'avesse vista sul letto con tutti quegli "animali".

Toby sulla pancia, Jager in fondo ai suoi piedi e Tequila col muso appoggiato sul suo collo.

Fiamma dormì fino al mattino successivo senza mai svegliarsi, come da tantissimo tempo non accadeva.

La prima cosa che fece quando si alzò dal letto fu quella di prendere il cellulare per mandare un messaggio alla sua amica Nadia con lo scopo di tranquillizzarla.

Fiamma era sicura che, ignorando la diagnosi, tutto sarebbe tornato al suo posto.

Decise anche di prendersi una giornata di permesso dal lavoro; quel giorno voleva passarlo a fare tutte le cose che le piacevano di più. Si preparò la colazione, si sedette e incominciò a pensare agli strani sogni che aveva fatto quella notte.

Era tornata bambina ai tempi in cui era libera di scorazzare in campagna anche se, nei suoi sogni, c'era sempre qualcosa che le impediva di vedere il volto del suo compagno di giochi.

Aveva rivisto i suoi nonni. Nonno Zan che lavorava nella vigna e sua nonna Angelina, sempre col grembiule addosso, che non stava mai ferma. Un letto da rifare, stendere i panni lavati, preparare il pranzo, dare da mangiare agli animali e poi andare ad aiutare suo marito nella campagna.

Durante tutta la durata del sogno i volti dei suoi nonni erano nitidi, proprio come se li avesse visti il giorno prima, ma come cercava di mettere a fuoco il suo compagno di avventure tutto si sfumava. Non ricordava nemmeno il suo nome eppure era certa che fosse stato una compagnia fondamentale. Quanti anni erano passati da quelle estati? Accidenti se il tempo era passato velocemente.

Quel volto stava diventando un'ossessione.

"Basta, inutile sprecare altro tempo, forse è solo la mia immaginazione a farmi credere che quel compagno di avventure fosse una persona importante. E' meglio se esco."

Una volta pronta fece per uscire. All'improvviso le venne in mente di chi fosse il volto che aveva visto il giorno prima in quel video e fu questione di un attimo per collegarlo al volto sfocato dei sogni. Logan.

Era cambiato. Anche per lui gli anni erano passati. Non aveva più i capelli e non era più rachitico, come quando erano bambini, ma quegli occhi li avrebbe riconosciuti ovunque.

Perché usare uno pseudonimo stupido?

Certo, già da bambino era strano e perché cambiare una volta diventato adulto?

Prese il telefono per cercare il video sul canile e magari, se la fortuna l'avesse assistita, sarebbe anche riuscita a rintracciarlo.

Fiamma era davvero imbranata quando si trattava di tecnologia e quindi si affidò alla vecchia guida telefonica. Adesso tutti i ricordi stavano riaffiorando con una velocità talmente intensa da mandarla in confusione.

Cercò il nome del paese e una volta trovato passò subito alla ricerca dei cognomi. Era quasi sicura di ricordarlo. "Ecco! Trovato." Esclamò ad alta voce. Era stato più facile del previsto. Prese il telefono e compose il numero di casa.

"Pronto?"

"Stavo cercando Logan, ma non so se…" "Sono io. Chi parla?"

Fiamma, come impietrita, staccò subito la comunicazione.

Se era stato davvero così facile rintracciarlo, perché non ne aveva mai sentito il bisogno di farlo prima?

Andò a prendere la sua borsa, da dove spuntava ancora la cartellina dell'ospedale. La tolse, la buttò sul tavolo, prese le chiavi della macchina e uscì.

Una volta in macchina accese la radio e non appena udì la sua canzone preferita, alzò il volume al massimo incurante degli sguardi dei passanti.

Crazy little thing called love e la versione dei Queen era la sua preferita: la traduzione voleva dire più o meno "pazza piccola cosa chiamata amore".

Adorava quella canzone; le venne da ridere al pensiero della faccia che avrebbero fatto le persone presenti al suo funerale. Nelle sue volontà, oltre quella di essere cremata, c'era la scelta della canzone che l'avrebbe accompagnata. Niente che potesse indurre al pianto. Piuttosto una bella canzone dal ritmo coinvolgente e, dei presenti, immaginava chi avrebbe fatto un accenno di ballo e chi, invece, ne sarebbe rimasto sconvolto. Tutto sommato aveva una reputazione da difendere anche dopo la morte; quella di matta.

Ora che era fuori città il traffico era più scorrevole. Voleva raggiungere il lago di Viverone. Erano tantissimi anni che non tornava in quel posto. Guidare le piaceva, ma si perdeva con molta facilità

Si guardò intorno e cercò qualche indicazione che la riportasse nella direzione giusta e, niente, non aveva la più pallida idea di dove fosse.

Cercò qualche passante a cui chiedere informazioni. Sembrava fosse l'ora del coprifuoco. Inutile andare avanti; avrebbe solo peggiorato la situazione. Decise di fermarsi in un bar per prendersi un buon caffè e magari avrebbe anche avuto la fortuna di trovare qualcuno che gli indicasse la strada giusta per arrivare a destinazione.

Seduta al tavolino a sorseggiare il caffè, che tra l'altro faceva pure schifo, si guardò intorno per cercare qualcuno a cui chiedere informazioni perché il ragazzo che c'era dietro al bancone non sembrava molto ben disposto. A malapena aveva alzato le chiappe per venire a prendere la sua ordinazione.

Pagò e uscì.

"Scusi, mi sono persa e vorrei sapere se mi sa indicare la direzione giusta per arrivare a Comuna." "Comuna? Mai sentito!"

Possibile che si fosse allontanata così tanto dalla strada giusta?

"Ho sentito che deve andare a Comuna. Glielo indico io da dove deve passare. Non è così difficile."

Un signore molto gentile aveva sentito e incominciò a spiegarle la strada più semplice da percorrere.

"Torni indietro alla rotonda, prenda la seconda uscita e poi sempre dritto fino a un'altra rotonda, da li in poi prosegue sempre dritto per circa una decina di chilometri. Arriverà a un paese che si chiama Alice Castello;

deve seguire le indicazioni per la polveriera e si troverà in un batter d'occhio nella frazione."

"Grazie, è stato davvero molto gentile."

Fiamma risalì sulla macchina e cercò di ripetere le indicazioni ad alta voce in modo da non perdersi di nuovo.

"Non ci posso credere. Ce l'ho fatta." Ora non le restava che parcheggiare e cercare di ricordare la strada da prendere per andare alla vecchia cascina del signor Gino. Il lago di Viverone splendeva davanti a se. La prima volta che lo vide era bambina e le era sembrato immenso, infinito. Ora riusciva a vedere le sponde dall'altra parte. Ricordava benissimo come i raggi del sole giocassero con l'acqua facendo dei riflessi che a volte abbagliavano. Prima di proseguire alla ricerca della casa dove aveva trascorso la sua infanzia e parte della sua adolescenza, decise di andare a vedere il lago più da vicino. In lontananza c'erano delle barche ormeggiate; un paio di cigni stavano riposando sulla riva e una nidiata di piccoli anatroccoli stavano giocando sorvegliati a distanza da mamma papera.

Come aveva fatto a dimenticare tutto questo? Eppure in quei luoghi aveva passato il periodo più bello della sua vita.

Di fronte a lei si intravedeva, a metà collina, il paese di Piverone. Un po' più sulla sinistra riusciva a vedere le palafitte, luogo incantato dove lei con il suo compagno di giochi avevano improvvisato tantissime battaglie contro chissà quale nemico.

Si diresse verso il bar. L'insegna diceva Bluperry. Tre scalini e sarebbe arrivata a prendersi un altro caffè sperando di togliersi l'orrendo gusto che le aveva lasciato quello precedente.

Curioso: sull'ultimo scalino si vedeva una grande scritta "attenti agli scalini". Per mettere una scritta così grande proprio in quel punto probabilmente doveva essere caduta già parecchia gente.

"Buongiorno e ben arrivata" gli disse una voce d'uomo. "Posso servirle qualcosa?" "Vorrei un caffè."

Si sedette a uno dei tavolini vista lago. Decise di riposarsi un po' di tempo per rifarsi gli occhi.

"Ciao Alby, mi prepari il solito?" Quell'ordine detto ad alta voce spaventò i piccoli anatroccoli. Fiamma si girò per vedere chi fosse la persona in questione e restò a bocca aperta: Logan.

Posò la bici appoggiandola a un albero e si diresse verso la piccola spiaggia. Passandole vicino la salutò con un allegro buongiorno. Non l'aveva riconosciuta. Certo, anche lei era cambiata nel corso degli anni.

Fiamma non osò avvicinarsi per timore che Logan non la riconoscesse; che figura ci avrebbe fatto?

Continuò a sorseggiare il suo caffè. Logan era sempre lo stesso in fondo; si era avvicinato alle papere e ora stava parlando con i piccoli anatroccoli e nello stesso tempo dava da mangiare al cigno maschio.

Fiamma prese coraggio e si diresse verso Logan. "Ciao."

"Ciao." Rispose Logan.

Niente, nessun accenno di riconoscimento. "Non mi riconosci?"

Lui incominciò a guardarla un po' spaesato. Quella donna non gli ricordava proprio nessuno.

Certo, con tutti gli appuntamenti che aveva avuto con più donne, poteva concedersi il lusso di non ricordarsene una.

"No, anche se sono un po' a corto di memoria, ultimamente."

"E se ti dicessi che anche io sono sempre dalla parte degli indiani e mai dalla parte dei cowboy?" Logan restò con la bocca aperta. Non era possibile; non poteva essere lei.

"Pidocchietto?"

"Eh si, sono proprio io anche se il mio nome è sempre Fiamma."

Logan le si avvicinò e, ancora incredulo, la strinse forte in un abbraccio che Fiamma ricambiò con tutte le sue forze. Erano passati quasi quarant'anni dall'ultima volta che si erano visti, ma in quell'abbraccio erano tornati a quei tempi e nulla era cambiato. Lui era "il cretino" e lei "il pidocchietto".

In quell'abbraccio infinito, lo spazio del tempo passato era stato annullato in un secondo.

2

Giugno: l'inizio

1976

"Nonno. Nonno, corri." "Cosa c'è Logan?"
"Ho visto una libellula blu. Mi ha parlato." "No, non è possibile che l'abbia fatto. Nessun animale parla." "Non è vero, con me ha parlato."
"Ascolta Logan: l'altra settimana era la quercia che ti sussurrava, poi è stata la volta del lupo e poi ancora l'acqua che faceva strani movimenti. Vai a giocare come tutti i bambini e ricordati che tutte queste cose sono solo frutto della tua immaginazione."
"Io, le voci, le ho sentite."
Il nonno scosse la testa e gli andò dietro. Faceva tenerezza. Stava male quando chiedeva della sua mamma e non poteva dargli delle risposte, perché risposte non ne esistevano, non adeguate, almeno, per un bambino della sua età. Sua madre se ne era andata abbandonandolo. Suo padre era un donnaiolo incallito e sua figlia Petra era stata costretta ad allontanarlo. Era stanca dei suoi tradimenti. A sua figlia stava stretta la vita di paese e, soprattutto, non riusciva più a tollerare la severità di suo padre. Lui troppo rigido e sua figlia troppo indipendente.
"Ecco nonno. Qui, ieri, la quercia mi ha detto che oggi sarebbe arrivata la pioggia. Anche adesso mi sta sussurrando. Guarda, vedi? L'acqua mi sta dicendo che stasera ci sarà una bellissima luna e che succederà qualcosa di molto strano."
"Logan, non puoi credere a queste cose per sempre." Nonno Luigi spazientito si allontanò verso casa borbottando.
Logan restò lì da solo e si sentiva impotente perché non riusciva a spiegare ai grandi come lui potesse sentire le voci del bosco. Anche in quel momento parlavano. Si sedette sotto la sua amata quercia e incominciò a lanciare sassi nell'acqua. Gli occhi umidi per la voglia di piangere.
"Ehi Logan, cosa stai facendo tutto solo? Mi aiuti a portare i pomodori dentro casa?"
Com'era bella sua nonna Luna. Bella come la stella più grande del cielo. Aveva sempre il viso stanco, ma il sorriso non le mancava mai.
"Come mai vedo delle lacrime in arrivo?"
"Perché nonno Luigi non mi crede quando gli dico che tutto il bosco mi parla."
"Il nonno è un adulto ormai e i grandi non hanno più orecchie per sentire tutti quei suoni e quelle melodie."
"Tu, però, le senti."

Voglia di Vita

"No Logan, te l'ho già detto tante volte. Anche io sono grande solo che, a differenza degli altri adulti, me li ricordo."

Logan guardò sua nonna. Aveva del fieno in mezzo ai capelli. "Posso andare a giocare nel cortile?"

"Si, ma non combinare guai altrimenti chi lo sente tuo nonno." Logan era già lontano e non poteva più sentirla.

"Ascolta Luna" Luigi arrivò all'improvviso "Logan sta crescendo e non saranno certamente tutte quelle fesserie "sul bosco che parla", che lo faranno diventerà un uomo. Sta già facendo tante domande che un bambino della sua età non dovrebbe fare, se poi lo assecondi con tutte queste baggianate, sarà sempre più difficile dirgli la verità."

"Lo faccio perché penso che abbia ancora del tempo prima di essere catapultato nel mondo degli adulti. Lascialo ancora bambino, finché potrà. Si cresce talmente velocemente che in un batter d'occhio avrà trovato la sua strada. E adesso smettila, vecchio brontolone, e vai da tuo nipote. Sei il suo idolo e stare con lui non potrà che farti bene perché tornerai un po' bambino anche tu."

"E' proprio quello che ci vuole con tutto il lavoro che c'è ancora da fare" e, brontolando, Luigi uscì dalla stanza.

"Logan, dove sei?" "Sono qui, nonno."

"Allora, cosa ti dicono le voci adesso?"

"Adesso mi credi?" disse Logan tutto eccitato.

"Si, bimbo tremendo acchiappa libellule. Una volta le sentivo anche io, ma poi me ne sono dimenticato."

Logan incominciò a schizzare acqua dappertutto. Non c'era posto più bello al mondo di quell'angolo di paradiso, dove tutto gli parlava e tutto era magico. Un posto dove pescava dei grandi pesci; tutto era silenzio e la magia delle voci diventava parte di lui e si sentiva felice come non mai.

Luigi guardò suo nipote; quando era in mezzo alla natura lo vedeva un bimbo felice. Aveva ragione sua moglie Luna: perché renderlo grande subito? Se le voci sentiva, le voci sarebbero state!

"Giovanotti, venite a tavola altrimenti si fredda tutto. Logan, lavati le mani. Se mangi tutto, stasera, ti portiamo alla festa del paese."

Logan rispose che avrebbe mangiato tutto, con le mani perfettamente pulite e promise che si sarebbe cambiato i vestiti, mettendo quelli della festa. Sapeva benissimo che avrebbe diviso il suo cibo con gli animali del bosco. Un momento per scappare l'avrebbe trovato.

"No, no e no. Ho detto che alla festa non ci voglio andare. Vai tu con il nonno, io voglio andare a giocare al pallone con i miei amici."

"Smettila di fare i capricci, Fiamma. Tu alla festa ci vieni" disse nonna Angelina. "Non ti lascerò a casa da sola a combinare chissà quali guai e poi ci sarà anche tua mamma."

"Non la voglio vedere."

"Non fare così; ti prometto che domani giocherai a pallone tutto il giorno, va bene?"

Nonno Zan era seduto sulla sedia a osservare sua nipote. Era proprio una piccola peste. "Meglio che non sappia che l'adoro, altrimenti potrebbe pensare che sono buono."

"Nonno, glielo dici tu alla nonna che posso stare con i miei amici? Sono grande. Ho già otto anni."

"Ecco appunto, cresci ancora un po' e ne riparleremo. Stasera mettiti un vestitino. Così conciata sembri un maschiaccio."

"No, il vestito è davvero troppo. Metto i pantaloni, ecco!"

Fiamma nascose tutto il cibo sotto al tavolo. Lem e Rochi, i suoi cani, dovevano mangiare.

Mentre i suoi nonni si stavano preparando per uscire, Fiamma trovò il momento giusto per raggiungerli. Lem era uno splendido esemplare di pastore tedesco; l'aveva trovato per strada un paio di mesi prima e adesso era diventato il suo secondo migliore amico.

Rochi, per anzianità, aveva il primo posto.

"Lem, Rochi mangiate tutto prima che arrivi il nonno, altrimenti per me saranno guai."

Soddisfatta per averli visti sazi, si incamminò verso casa sbuffando; di andare alla festa proprio non ne aveva voglia.

"Domani giocherò tutto il giorno a pallone e nessuno mi fermerà" disse determinata a portare a termine i suoi programmi per l'indomani.

"Sei pronta Fiamma?"

"Si nonna. Sei proprio sicura di volermi portare con voi? Se resto a casa farò la brava."

"Si, certo! Proprio come l'ultima volta che sono uscita per andare a comprare il pane e hai fatto entrare i cani in casa e avete distrutto il divano. Oppure ti devo ricordare di quella volta che hai avuto la buona idea di far entrare le capre in camera tua e Musci ha mangiato tutte le tende? No, tesoro, tu vieni con noi, che ti piaccia o no." Sua nonna con lei era sempre bravissima, ma quando voleva, sapeva essere cocciuta come un mulo.

"Uffa, però non sono così piccola quando il nonno mi fa portare a casa le ceste di frutta pesanti."

"Niente da fare" pensò nonna Angelina "con la parlantina che ha questa bambina da grande non potrà che fare l'avvocato."

"Fila a lavarti i denti. Niente storie. Tua mamma ci aspetta alla festa e ci saranno anche le tue sorelle."

"Che palle. Quelle due merdosette che puzzano sempre di sapone e non si sporcano mai." "Fila a lavarti i denti e modera il linguaggio, monella."

"Logan, guarda, c'è il tuo amico Valter, vai a giocare con lui?" "Nonna, voglio andare a casa, devo vedere la luna."

"Arriveremo a casa in tempo" disse suo nonno.

Logan fece per alzarsi dalla panchina su cui era seduto per raggiungere il suo amico Valter e distrattamente pestò il piede a un bambino.

"Chiedi scusa al bambino" disse nonno Luigi.

"Scusa" e non fece nemmeno in tempo a finire la parola che subito gli arrivò un calcio negli stinchi. "Sono una bambina, cretino."

Logan non esitò un attimo a restituire il calcio. In un attimo ci fu un piccolo caos e i quattro nonni, basiti, cercarono subito di dividere quei due diavoli.

"Fiamma, smettila di mordere il bambino." "No, lui mi ha tirato un calcio."

"Ha incominciato prima lui" disse Logan.

"Sono una bambina e ti chiamerò cretino fino a quando non l'avrai capito." "Insomma, bambini, chiedetevi scusa e fatela finita." Disse nonna Luna.

Logan tese la mano verso la strana bambina che aveva davanti. Fiamma non fece in tempo a stringerla che arrivò una donna, arrabbiata, che la trascinò via.

"Possibile che proprio a me doveva capitare una figlia matta? Si può sapere cos'hai nella testa, che fai sempre a botte con tutti?. Quando finirai di farmi fare sempre brutta figura dappertutto?"

Fiamma non fece il minimo sforzo per trovare una giustificazione. Non lo conosceva nemmeno lei il motivo. Tanto era matta!

In un momento Logan vide quella bambina buffa prendere tanti ceffoni come non aveva mai visto prima. Vicino c'erano due bambine che sembravano tanto carine e ridevano.

Passandogli davanti, Fiamma lo guardò negli occhi e Logan fu colpito dalla paura che ci vide dentro. Solo una volta Logan si era sentito così. Quando si perse nel bosco.

"Non mi portare in cantina. Farò la brava, te lo prometto." "Tu sei matta" e la trascinò via.

Logan rimase impietrito e si accorse che stava piangendo solo quando sua nonna Luna gli asciugò gli occhi.

"Nonna, mi ha solo tirato un calcio."

Sua nonna lo prese in braccio e con voce molto dolce incominciò a rassicurarlo.

"Poco fa ho sentito che da domani e per tutta l'estate verranno a stare dal Gino, la casa che è in fondo alla strada. La rivedrai, farete pace e tu le farai scoprire tutti i posti magici che conosci. Non pensare a quello che è successo stasera, ma a quello che potrai fare domani in sua compagnia e se sarai gentile con lei, sono sicura che diventerete grandi amici."

Logan tirò su col naso, con la manica della maglia si asciugò le lacrime e disse a sua nonna: "Andiamo a casa? Voglio andare a dormire così domani arriverà prima."

Nonna Luna sapeva che suo nipote era un bambino speciale, che percepiva le energie intorno a lui, sia quelle positive sia quelle negative. Quella sera aveva assistito a una scena molto forte.

Il pensiero che non rivelò a suo nipote fu quello che la vera matta, secondo lei, era stata quella donna, solo per il modo in cui aveva trattato quello scricciolo di bambina.

Era certa che sarebbero diventati grandi compagni di avventure. Alzò lo sguardo e incrociò quello della nonna di Fiamma. I suoi dicevano tutto. Il cenno di assenso arrivò senza indugio.

Erano due bambini che soffrivano di solitudine.

Suo nipote incominciava a chiedere perché non fosse come gli altri bambini, con due genitori. Non che facesse una vita graduma con loro, anzi. Luigi, suo marito, aveva ragione quando diceva che non doveva viziarlo così tanto perché sarebbe cresciuto rammollito, però lei non ne poteva fare a meno.

Per quella bambina, invece, era tutta un'altra cosa. Era così selvaggia, arrabbiata col mondo intero ed era così piccola. Nessuno si accorgeva dei suoi occhi profondamente tristi. A quell'età tutti i bambini avrebbero dovuto avere il sacrosanto diritto di essere felici.

Prese Logan per mano e si avviarono verso casa; per suo nipote, ormai, il divertimento era finito. Era rimasto davvero sciocato da quello che aveva visto.

Quella mattina Logan si svegliò prestissimo. Si vestì in un batter d'occhio e scese di corsa in cucina. Nonna Luna era intenta a preparare il pranzo mentre la colazione era già pronta sul tavolo.

Incominciò a rompere i biscotti, pronti per essere annegati nell'enorme tazza piena di latte colorato da tanto cioccolato. Il segreto per un'ottima zuppa di latte era quello di riempire la tazza di biscotti fino a che il cucchiaio non fosse stato ritto e solo allora sarebbe stata perfetta. La mangiò in un battibaleno.

"Io esco."

"Dove vai così di corsa?"

"Hai detto che stamattina sarebbe arrivato quel bimbo strano." "E' una femminuccia Logan; vedi di ricordartelo se non vuoi…" Nonna Luna stava parlando a vanvera: suo nipote era già sparito.

Logan si diresse velocemente verso la cascina del signor Gino. Appena varcò la soglia del cancello vide un signore dall'aria molto severa.

"Scusi signore, dove la trovo la bambina di ieri sera?" "Cosa vuoi da Fiamma?"

"Volevo giocare con lei."

Logan era molto emozionato all'idea di avere un compagno di giochi con cui condividere le sue giornate e se ne sarebbe fatto una ragione del fatto che fosse femmina. Il livido che aveva sugli stinchi si faceva sentire ancora.

"E' dentro alla stalla, ma non farle perdere tempo, deve finire tutti gli incarichi che le ho dato." "E se lavoro con lei, così finisce prima, posso portarla nel bosco con me?"

"Ah, sicuro che puoi portarla con te, sempre che tu non abbia paura di stare con una bambina selvaggia."

"Zan, quante volte ti ho detto di non parlare di Fiamma in questi termini?" Nonna Angelina era come apparsa dal nulla. Zan si girò verso quel bambino e si accorse che era già sparito.

Logan aprì la porta della stalla e vide Fiamma impegnata a parlare con due cani; uno era piccolino, tutto marrone e con il muso tutto bianco. L'altro aveva l'aria minacciosa. Era enorme e dava l'impressione di essere molto cattivo.

Subito iniziò a ringhiare nella sua direzione. Fiamma si alzò in piedi e disse: "A cuccia, Lem. Vado a vedere chi c'è." Fiamma fece qualche passo e lo vide.

"Zitto Lem. E' quel cretino di ieri sera. Cosa vuoi?"

"Giocare con te. Voglio portarti a vedere i miei posti incantati." Lo disse tutto d'un fiato. "Ho promesso a tuo nonno di aiutarti con i lavori, così potrai uscire."

"Li ho già finiti tutti cretino e di sicuro non ho bisogno del tuo aiuto." "Il mio nome è Logan, non cretino."

Fiamma fece un piccolo gesto al suo cane e Lem riprese subito a ringhiare. Fiamma sapeva rimettere al suo posto tutti quanti.

"Se hai già finito perché non esci a giocare?"

"Perché mio nonno mi darebbe altri lavori da fare. Quindi vattene. Non ho bisogno del tuo aiuto."

Certo che quella bambina era proprio antipatica. Fece per andarle vicino e il grosso cane incominciò a ringhiargli contro. Logan tese la mano come gli avevano insegnato: palmo verso l'alto e avvicinarsi con molta cautela. Il grosso cane smise di ringhiare e incominciò ad annusare il palmo della mano. Incominciò ad andargli vicino e Logan ebbe un po' di paura. Quel cane, se solo avesse voluto, avrebbe aperto la bocca fino a divorarlo in un solo boccone, ma restò fermo e immobile in modo che quel lupo potesse sentire che lui non gli era nemico.

Il tempo si fermò per una manciata di secondi finché Lem sentenziò con una grossa leccata sulla faccia di Logan che quel bambino poteva restare. Tutto si svolse sotto lo sguardo attento di Fiamma che aveva seguito ogni cosa con la bocca spalancata. Non era mai capitato che Lem desse confidenza a un perfetto estraneo.

"Lem, mordi!" Il grosso cane continuò a leccare il viso di Logan. Fiamma incominciò a capire che quel bambino doveva avere qualcosa di speciale, se piaceva così tanto a Lem, tanto da diventargli amico subito.

"Dai usciamo" disse Logan "tanto il tuo cane non ha nessuna intenzione di seguire i tuoi ordini." "Come hai fatto?" disse Fiamma.

"Da grande voglio diventare un grande conoscitore di lupi e il tuo Lem assomiglia davvero tanto a un lupo. Vorrei farlo come lavoro."

"Che razza di lavoro è il "conoscitore di lupi"?"

Logan tese la mano verso Lem e gli fece cenno di seguirlo. Per la prima volta Lem ubbidì a qualcuno che non fosse lei. Uscirono tutti insieme e Fiamma era davvero infastidita dal comportamento del suo cane.

Passarono davanti a nonno Zan che chiese: "Hai finito tutto signorinella?"

Logan scoppiò in una sonora risata. Quella che aveva davanti assomigliava a tutto fuorché a una signorina. Puzzava anche di letame, ma doveva guardarsi molto bene dal farle capire la sua opinione, altrimenti era sicuro che le avrebbe prese di santa ragione.

"Andiamo a vedere il mio nascondiglio segreto?"

Imboccarono un sentiero che diventava sempre più fitto di vegetazione. Ogni tanto Fiamma controllava che Rochi e Lem fossero dietro di lei. Arrivarono davanti a una specie di muro fatto di rami e foglie. Fiamma sorrise; era sicura che Logan non avesse la più pallida idea di dove fossero finiti.

In quello stesso istante Logan tirò una fune che Fiamma non aveva visto. Vide aprirsi un piccolo e stretto passaggio; era davvero buio lì dentro, ma non avrebbe mai confessato a quel mocpcioso che lei ne aveva paura. Logan fece strada facendole cenno di seguirlo. Fiamma fece passare prima Rochi e Lem e, così facendo, se ci fosse stato qualche pericolo in agguato loro l'avrebbero messa sull'avviso.

Incominciò ad abituare gli occhi al buio. Logan, poco più avanti, continuava a ripetere che erano quasi arrivati, ma a Fiamma incominciava a mancare il respiro. Un fascio di luce arrivò all'improvviso. Fiamma rimase senza parole di fronte a quello che vide.

Erano arrivati in una piccola spiaggia, circondata da una fitta vegetazione e con due grandi alberi di cui non riusciva a vedere la cima. Partivano separati e, a mano a mano che seguiva il corso dei tronchi, vedeva che quegli alberi si abbracciavano fino a diventare una cosa sola.

"Un giorno ti racconterò la storia di questi alberi, ma solo quando diventeremo amici per davvero."

Fiamma, ancora senza parole, continuò a guardare il gioco che quei due alberi facevano.

Di fronte a sé il lago: enorme! Anche se si metteva in punta di piedi non riusciva a vedere l'altro lato. Non ne aveva mai visto uno così grande. Era abituata a ruscelli e stagni. Il sole, che splendeva in modo prepotente, si rifletteva sull'acqua facendo strani e magici giochi.

Era davvero il posto più bello del mondo. "Ti piace il mio nascondiglio?"

"Non hai paura che te lo rubino? Come fai a difenderlo dai grandi?" "Ai grandi non piace faticare."

Puff... puff... "Rochi, Lem tornate subito indietro." Fiamma cercò di richiamarli.

I cani si erano buttati in acqua. Peccato non poterci entrare, ma i grandi le avevano insegnato che l'acqua era piena di streghe e divoravano le bambine disobbedienti.

Continuò a chiamare a gran voce i cani, che non volevano sentire ragioni. "Il mio è più bello del tuo." Disse Fiamma.

E intanto pensava al suo rifugio. Un sottoscala dove nessuno la cercava perché solo lei riusciva a entrarci da un piccolo buco. Puzzava ed era pieno di ragni, ma era il suo posto sicuro.

Logan si volse verso Fiamma e con fare molto serio disse: "Questo è il posto dove vengo a parlare con Dio."

"Ma sei scemo? Dio non ti ascolterà mai."

"Non è vero. Io gli parlo e Lui mi ascolta; quando sono triste e piango, non mi prende mai in giro, come invece fanno gli altri bambini. Lui mi risponde, attraverso le foglie, il vento e le farfalle."

"Certo che sei parecchio strano." "Lo pensi davvero?"

Fiamma annuì.

Logan si alzò e da un angolo nascosto del rifugio tirò fuori una scatola di latta dove c'erano dei biscotti.

Fiamma era sorpresa. Fino a qualche minuto prima era certa che il suo nascondiglio fosse il più bello e sicuro al mondo. Ora non ne era più così convinta.

Quasi le avesse letto nel pensiero Logan le chiese: "Com'è il tuo rifugio?" "Te lo racconterò un'altra volta. Adesso non ne ho voglia."

Passarono il resto del tempo in silenzio a rosicchiare biscotti e a osservare i cani che entravano e uscivano dall'acqua in continuazione.

All'improvviso Lem e Rochi iniziarono a ringhiare. C'era qualcuno nelle vicinanze, Fiamma ne era sicura.

Dopo un attimo sentì una voce, che fece rabbrividire Fiamma.

Si rivolse verso Logan e disse: "Devo andare. Non posso più fermarmi." E scappò di corsa.

Non appena fu fuori dal nascondiglio si sentì afferrare da una mano: non si era sbagliata. Era Piero, quello che lei era obbligata a chiamare zio mentre, invece, era solo un grosso verme schifoso.

"Ora ti faccio vedere io. Sempre in giro. Non sei venuta in vacanza. Ti insegnerò io come si lavora e domani avrai talmente tanto male alle ossa che non riuscirai a muovere un solo muscolo."

"Ieri ti ho aspettato tutto il pomeriggio." Fiamma restò in silenzio. "Sei proprio una bambina di città, antipatica e anche maleducata." Fiamma restò ancora muta.

Logan non capiva perché Fiamma non rispondesse ed era strano che non ci fossero i suoi cani. "Fiamma, cos'hai?"

Fiamma si girò dall'altra parte. Logan la tirò per un braccio e lei si ritrasse in modo così violento da scoprire una parte del braccio che fino a quel momento era rimasta ben coperta.

Logan sgranò gli occhi alla vista di un grandissimo livido. Incapace di dire qualcosa, uscì dalla stanza.

Passarono diversi giorni prima che Logan rivedesse Fiamma e questo successe per caso.

Era da un po' di tempo che non passava più dal sentiero che portava alla villa; avrebbe trovato un sacco di more.

Una volta arrivato in una piccola radura aprì il fazzoletto dove aveva messo le more raccolte e incominciò a mangiarsele. Sentì una serie di rumori che lo incuriosirono; era la mini lepre che aveva incontrato poco prima.

Si affacciò per vedere meglio e vide due bambini che abitavano in paese, quelli che lo prendevano sempre in giro finché non scoppiava a piangere.

Erano più grandi di lui sia di età sia di altezza. Avevano un modo tutto loro di prenderlo in giro e ogni volta tornava a casa con la maglietta rotta o con qualche livido.

Spesso sognava di diventare grande e grosso, agguantarli e fargli fare un volo tanto alto da mandarli dall'altra parte del mondo. Invece finiva sempre allo stesso modo. Lui le prendeva e loro vincevano.

Una volta gli avevano proposto di giocare insieme e lui accettò speranzoso che potessero diventare suoi amici. "Giochiamo ai cowboy che danno la caccia agli indiani?"

"Io sono sempre dalla parte degli indiani."

"Avevamo giusto bisogno di un indiano da legare al palo." E scoppiarono a ridere.

Tutto successe in un attimo e in un battibaleno si ritrovò legato a un albero. Loro si divertivano a prenderlo in giro, lo chiamavano salame, gli facevano degli scherzetti idioti come quello di buttargli addosso delle formiche rosse che pizzicavano parecchio. Alla fine lo avevano liberato solo quando si erano stufati di prenderlo in giro.

Da allora ogni volta che li vedeva scappava. Erano soliti distruggere tutto quello che non gli piaceva e una volta aveva perfino liberato un piccolo coniglio che avevano catturato.

"Crac." Spostandosi Logan pestò un ramo secco. I ragazzi sentirono il rumore e in un attimo lo raggiunsero.

Voglia di Vita

"Ciao pagliaccio...." Disse quello che Logan aveva soprannominato lo smilzo. "Chi si vede... lo scemo del villaggio." Disse l'altro, quello molto più grosso. "Lasciatemi stare non vi ho fatto nulla."

Si misero a sbeffeggiarlo solo per il gusto di far passare un po' di tempo, ma poi le cose incominciarono a mettersi male per Logan.

Il più grosso disse all'amico: "Che ne dici se stavolta gli togliamo i vestiti e lo lasciamo andare in giro in mutande?"

"Ottima idea."

Lo smilzo lo teneva mentre quello più grosso cercava di svestirlo. Logan provò a difendersi con tutte le sue forze.

"Ahia." Disse lo smilzo e incominciò a guardarsi intorno per cercare di capire cosa fosse appena successo.

"Ahia." Quello più grosso mollò la presa e incominciò a sfregarsi il fondoschiena. Si guardava intorno e continuava a non capire.

Logan sorrise e quella reazione fece arrabbiare lo smilzo che stava per tirargli un calcio ma non fece in tempo perché un altro oggetto lo colpì facendolo di nuovo gridare.

"Non ne avete ancora abbastanza?"

Logan riconobbe subito la voce di Fiamma.

"Se non ve ne andate via subito vi farò vedere io di cosa sono capace."

Quello grosso si mise a ridere a squarciagola non appena vide da chi arrivava la minaccia. "Tu vorresti farmi paura?"

"Fai male a non averne." disse la ragazza.

"Ah, ah, ah..." Fu la volta dello smilzo di ridere.

Un altro tiro un altro centro. "Ma sei matta?" disse lo smilzo. "Si. Lo sanno tutti che sono matta. Tutti tranne voi."

"Io non mi faccio fermare da una femminuccia da quattro soldi." Gridò lo smilzo. Lasciò la presa per dirigersi verso quella sciacquetta.

Fiamma fece per caricare la fionda ma l'elastico si ruppe, ma non si perse d'animo. Aveva imparato fin troppo bene a difendersi. Incominciò a tirare sassi con le mani e di una cosa era certa. Ogni tiro sarebbe sempre stato un centro.

Lo smilzo incominciò a indietreggiare mentre quello più grosso aveva tutte le intenzioni di raggiungerla.

"Pazienza, vorrà dire che assaggerà il morso di Lem." Pensò Fiamma.

In un attimo quello grosso raggiunse Fiamma che non dimostrava affatto di avere paura. Appena il ragazzo si avvicinò e alzò il braccio per tirarle uno schiaffo, con un balzo Lem agguantò la manica della maglia e incominciò a tirare.

Il ragazzo incominciò a gridare: "Toglimi questo bastardo da addosso."

Fiamma rise. L'avrebbe richiamato solo quando ne avesse avuto voglia e non aveva proprio intenzione di farlo. Quel ragazzo non aveva ancora capito la lezione.

A un certo punto il ragazzo riuscì a liberarsi dalla presa del cane e a gattoni cercò di scappare, ma Lem non seppe resistere e con un morso agguantò i pantaloni e tirò fino a strapparli: sarebbe tornato a casa in mutande. "Lem, a cuccia."

Il cane ubbidì all'istante. Fiamma incominciò a ridere di gusto e i due ragazzi scapparono verso il bosco urlando: "Questa ce la pagherai molto cara."

Fiamma rispose: "Ne dubito fortemente. Siete dei codardi. Una battaglia alla pari, due contro due, e state scappando. Vigliacchi."

"Due contro due?" disse Logan mentre si stava sistemando i pantaloni. "Io non ho fatto nulla." "Hai più coraggio tu di quei due che sono appena scappati."

"Grazie Fiamma."

"Non mi devi ringraziare. Io sto sempre dalla parte degli indiani." Si guardò intorno e chiamò a gran voce, il cane." Hai fatto un bellissimo lavoro."disse il ragazzo.

Lem saltò addosso a Logan, incominciò a leccarlo sul volto rischiando di buttarlo a terra.

Rochi, invece, se ne stava tranquillo accucciato ai piedi di Fiamma. Era anzianotto lui. "Perché sei sparita?" Chiese Logan.

"Avevo altre cose da fare. Ora, però, devo andare. Ho promesso a mia nonna che l'avrei aiutata." Fiamma si fece scura in volto.

"Posso venire anche io?"

"Se proprio non hai niente di meglio da fare."

Si misero in cammino verso la casa di Fiamma. Dopo un paio di passi si accorse che Lem zoppicava e vide una brutta ferita sulla zampa.

"Cos'è successo a Lem?"

Fiamma era indecisa se dire la verità oppure no; era incapace di mentire ma in questo caso era anche difficile dire la verità.

"Non ti preoccupare. E' già stato medicato da mia nonna." "Io ti ho chiesto cosa gli è successo!"

Insisteva? Bene! Gli avrebbe detto la verità così l'avrebbe fatto stare zitto per un bel po'. "Una persona molto cattiva l'ha bastonato." Fiamma gridò nel dirlo.

Logan restò con la bocca aperta. "Perché?"

"Perché quella persona è molto cattiva. Lem non aveva fatto nulla. Lui è sempre con me." "E quel livido che hai sul braccio centra qualcosa?"

Fiamma si stava innervosendo. Quel ragazzino non era capace di farsi gli affari suoi? "Mi rispondi?"

La verità voleva e la verità avrebbe avuto.

"Si,! Mi sono messa in mezzo per difendere Lem e così le ho prese anche io e ho fallito. Contento?"

Logan ammutolì. "I tuoi nonni? Non sono riusciti a fare nulla?"

"Tutto è finito quando è arrivato mio nonno Zan. Si è messo lui di mezzo e quell'orco ha smesso però sia io sia Lem le avevamo già prese di santa ragione."

Fiamma si girò verso Logan e guardandolo dritto negli occhi gli disse: "Se lo dirai a qualcuno, te la farò pagare cara e salata."

"Io so mantenere i segreti."

Percorsero la strada fino a casa di Fiamma in un profondo silenzio. "Eccoti. Dov'eri finita? Dovevi essere a casa più di un'ora fa."

"Lo so, nonna, ma il mio amico Logan era in difficoltà e mi sono fermata per aiutarlo."

" Vedo che adesso andate d'accordo. Non ti ho più visto da quella sera alla festa. Avete fatto pace?"

"A dire il vero non ci abbiamo più pensato." "Venite in casa che vi preparo la merenda." Disse Angelina

Logan osservò molto bene la nonna di Fiamma. Era alta, robusta e aveva i capelli neri. Fisicamente non assomigliava a nonna Luna, però aveva il grembiule addosso e gli occhi erano di una persona buona e dolcissima. Questo accomunava le due nonne.

La nonna di Fiamma era una donna dalla pazienza infinita. Seduti intorno al tavolo incominciarono a fare merenda.

Logan incominciò a mangiare mentre Fiamma, invece, aveva diviso la sua merenda in tanti piccoli pezzi.

Logan era incuriosito da ciò e aspettava di vedere cosa ne avrebbe fatto. Ecco, era stato accontentato quasi subito: "Un pezzo a te Rochi, un pezzo a te Lem e un pezzo a me. Stai bravo Rochi e aspetta di nuovo il tuo turno."

Ora capiva anche perché il panino di Fiamma fosse grande quasi il doppio del suo. Nonna Angelina doveva conoscere molto bene l'abitudine che aveva Fiamma di condividere il suo cibo con i suoi inseparabili cani.

Rochi e Lem erano come dei fratelli per Fiamma.

Logan pensava alla sua cagnetta Titina; gli venne in mente un'idea: "Fiamma, cosa ne dici se dopo, portiamo anche la mia Titina?"

"Sarebbe bellissimo. Perché non mi hai detto che hai un cane anche tu?"

"Non c'è stato il tempo e poi non sei ancora venuta a casa mia. Oltre Titina voglio farti conoscere nonna Luna e nonno Luigi."

"Non sono arrabbiati con me per il calcio che ti ho dato la sera della festa?"

"No. Un po' me la sono cercata anche io. Mia nonna Luna ha detto che se fossi stato gentile con te saremmo potuti diventare grandi amici."

Fiamma sorrise a quell'affermazione. Tutto sommato Luna aveva ragione. Logan era l' unico amico che avesse mai avuto, ovviamente, dopo i suoi cani.

"Per Rochi non sarà un problema, ma per Lem devo fare attenzione. A lui non sono tutti simpatici."

"Io, però, gli sono stato simpatico subito." A quell'affermazione Fiamma fece un'alzata di spalle. Ancora non le andava giù che Logan fosse entrato subito nelle grazie di Lem.

"Sono sicuro che a Lem piacerà Titina." Logan fece una breve pausa.

"Ero nel bosco e ho sentito degli strani rumori, mi sono avvicinato e ho trovato tre cuccioli. Due erano già morti e solo Titina era ancora viva. L'ho messa nella maglia e l'ho portata a casa mia."

Nonna Angelina stava seguendo la storia con estremo interesse. Quel ragazzino era tale e quale a Fiamma. Sua nipote portava a casa di tutto.

"E poi?" chiese Fiamma.

"Ho provato a darle da mangiare e cercavo di farla bere." Fiamma, con la bocca aperta, ascoltava tutto con molto interesse.

Sembrava che stesse raccontando lo stesso innamoramento che c'era stato tra lei e Lem; solo che, a differenza di Titina, per Lem ci erano voluti parecchi giorni di appostamenti e di cibo perché il cane imparasse a fidarsi di lei e si lasciasse avvicinare.

"Avevo tenuto nascosta la presenza di Titina perché avevo paura che me la facessero riportare dove l'avevo trovata."

"E poi?" chiese di nuovo Fiamma.

"Dopo un solo giorno che era con me mi sono accorto che diventava sempre più debole. Ho avuto il coraggio di chiedere aiuto a mia nonna. Lei mi ha insegnato il modo giusto per nutrirla." Logan ricordava bene le parole di sua nonna al riguardo.

"Quando sarà più grande e in grado di cavarsela da sola, la riporterai dove l'hai trovata."

"No, non la riporterò indietro. Me ne prenderò cura io. La chiamerò …. La chiamerò… ecco! La chiamerò Titina."

"Che nome strano le hai dato. Perché l'hai chiamata così?" Chiese Fiamma.

"Anche mia nonna ha pensato che fosse buffo come nome. E' stato il primo che mi è venuto in mente. Le sta a pennello. Vedrai, ti piacerà."

"Ha ragione tua nonna. E' proprio un nome buffo."

"E aspetta di vedere come la porto in bicicletta con me." Disse Logan.

"La faccio salire sulla bici, appoggia il suo sedere sulla canna e le zampe sul manubrio. Ti giuro che posso andare ovunque e lei non si muove da quella posizione."

Logan ingoiò l'ultimo pezzo di merenda e, in un attimo, furono pronti per una nuova avventura. "Spero solo che Lem stia tranquillo."

"Secondo me si piaceranno. Anche noi ci siamo conosciuti facendo a botte." Salutarono nonna Angelina e di corsa si diressero verso la casa di Logan.

"Mi raccomando Fiamma cerca di …."

Le raccomandazioni di nonna Angelina si persero nel vuoto e, sorridendo, rientrò in casa. Fiamma stava meglio e la compagnia di Logan le stava facendo davvero bene. Era da tanto tempo che non vedeva sua nipote così spensierata. Si meritava di comportarsi per quello che era: una bambina.

"Ciao Logan, buongiorno signorina. Mi ricordi qual è il tuo nome?" "Mi chiamo Fiamma, signora."

"Chiamami pure Luna."

Quando le diede un bacio, Fiamma aveva sentito un buon profumo, lo stesso di sua nonna.

Arrivò anche il nonno di Logan e Fiamma era spaventata da quel signore grande e grosso. "Nonno Luigi, questa è la mia amica Fiamma."

Il nonno posò a terra il sacco che aveva sulle spalle e disse: "E così tu saresti la nipote di Zan." Fiamma fece di si con la testa, completamente incapace di proferire parola.

"Qualcuno ti ha morso la lingua?" Fiamma girò la testa per dire di no.

Luigi si rivolse alla moglie e disse: "E' normale questa bambina?"

"Non dire idiozie, certo che è normale e se ti sforzassi di essere meno orso, forse, Fiamma non avrebbe così timore di te."

"Blah, per me non è a posto" facendo il segno sulla tempia "e poi puzza come un caprone."

Quest'ultima frase la disse sottovoce, ma Fiamma sentì ugualmente.

"Non sono matta e se puzzo così tanto è perché sono spesso nella stalla per aiutare mio nonno. Ogni sera mia nonna mi lava."

Luigi restò senza parole; non si aspettava una risposta del genere da una bimba alta un soldo di cacio. Non invidiava di sicuro Zan che, sicuramente, aveva il suo bel da fare per tenere a bada una bimba così impertinente.

Non trovando parole adatte per rispondere si volse verso i ragazzi e disse: "Divertitevi." E si allontanò. Nonna Luna, facendo una carezza a Fiamma, disse: "Non farci caso. E' un orso, ma di quelli buoni." "Come mio nonno" fu la risposta di Fiamma.

"Andiamo? Dobbiamo presentare Titina a Rochi e Lem" disse Logan.

Rochi annusò Titina un paio di volte e poi diede il suo benestare. Con Lem, invece, fu tutta un'altra cosa. Il grosso cane lupo si nascondeva dalla piccola Titina. Ci volle più tempo, ma alla fine si ritrovarono tutti quanti a camminare verso una nuova avventura.

Fiamma e Logan camminavano restando in silenzio mentre i cani, ogni tanto, si fermavano per marcare il loro territorio.

A un certo punto Logan si bloccò alla vista dello " smilzo" e del suo amico "il grosso". "Non far vedere che hai paura di loro." disse la ragazza.

Logan rimase impietrito. Non ce la faceva a seguire il suo consiglio.

Intanto Fiamma controllò che la sua inseparabile fionda fosse al suo posto . Perfetto, era li!

Quei due avanzarono fino a trovarsi di fronte a Fiamma e a Logan; i loro cani, in quel momento, erano in esplorazione.

Il più grosso disse: "Voglio vedere cosa sai fare senza il tuo cane."

Fiamma sorrise al pensiero che sarebbe bastato un fischio perché Lem arrivasse in un secondo, ma era ora di dimostrare a quei due che lei non aveva paura di loro, anche affrontandoli da sola.

Fiamma si mise a guardarlo dritto negli occhi; prima uno e poi l'altro. Non aveva nessuna intenzione di lasciare il passo a quei due; sarebbe stata considerata una sconfitta.

Ad un certo punto lo smilzo disse: "Lasciala perdere, quella è pazza." E in un attimo, Fiamma e Logan, si ritrovarono la strada sgombra.

Dopo qualche passo Logan disse: "Perché permetti che ti diano della pazza?" "Perché è meglio così. Le persone almeno ti lasciano stare."

Continuarono per il sentiero fino a quando non si ricongiunsero con i loro cani.

Logan aveva capito cosa voleva dire Fiamma; non era abbassando la testa che sarebbe riuscito a farsi rispettare dai suoi coetanei, ma era altrettanto sicuro che non avrebbe mai avuto lo stesso coraggio di Fiamma. Lui sarebbe stato considerato sempre il "solito rammollito fifone".

Un'altra idea gli stava frullando nella testa, ma decise di non dire nulla. Tutto sommato Fiamma sapeva assestare dei bei calci. Stava arrivando l'ora di cena e i ragazzi, dandosi appuntamento per l'indomani, si salutarono.

Una volta entrato in casa Logan cercò subito sua nonna. Aveva un bisogno urgente di farle una domanda e sua nonna aveva sempre tutte le risposte. La cercò in tutta la casa e finalmente la trovò.

"Nonna, devo chiederti una cosa molto importante." Logan riuscì a malapena comporre la frase, tanto aveva il fiato corto.

"Riprendi fiato Logan. Cos'è tutta questa urgenza?"

"Voglio farti una domanda importante. Se hai un amico e scopri che tante persone dicono che è pazza, se io sto con lei, poi divento pazzo anche io?"

Nonna Luna, dapprima basita e senza parole, scoppiò in una sonora risata. "E dimmi saputello, chi ti avrebbe detto una baggianata simile?"

"Nessuno. L'ho pensato io." Logan incominciò a sentirsi confuso.

I matti erano quelli che andavano in giro in mutande o quelli che si mettevano a gridare all'improvviso. Forse, non avrebbe dovuto fare quella domanda a sua nonna.

"Ascolta bene quello che ti dico. Se pensi che Fiamma sia matta, beh! Nipote caro, vedi di non viaggiare troppo con la fantasia, perché Fiamma non è assolutamente una bimba matta. Piuttosto lo è chi la definisce così."

"Ma nonno Luigi ha detto che…"

"Nonno Luigi ha detto una cavolata che non si doveva permettere. Fiamma è una bambina molto sola ed è normale che sia un po' selvaggia.

Questo non fa di lei una matta. E se ti sento ancora dire una cosa del genere, giuro che una bella sculacciata non te la toglie nessuno. Fila a lavarti le mani. Tra poco torna tuo nonno e andiamo a tavola."

Quella sera Luna, era ben intenzionata a dirne quattro al marito.

3

I mostri esistono

Un colpo secco svegliò improvvisamente Logan. Stropicciandosi gli occhi il bimbo cercava di capire la provenienza del rumore e fu in quel momento che sentì la portiera di una macchina chiudersi in modo deciso.

Sua madre era arrivata. Logan scese velocemente dal letto e si diresse verso la finestra della sua camera che si affacciava sul cortile.

Era bella la sua mamma. Spesso la sognava vestita elegante, con capelli lunghi e lucenti mentre ballava in mezzo alla stanza e tendeva la sua mano verso di lui. Quasi sempre il sogno finiva con Petra che lo prendeva in braccio e gli dava un grandissimo bacio.

Logan scosse la testa: sua madre non era solita a smancerie e si vestiva quasi sempre con abiti pratici e sportivi.

Era domenica e solo nel pomeriggio aveva appuntamento con Fiamma.

Ancora in pigiama, Logan si precipitò al piano di sotto e in un attimo fu in cortile. Vide sua madre vicino al recinto dei fiori e nel dirigersi verso di lei, il bimbo inciampò in una radice del vecchio albero e cadde rovinosamente a terra. Si rialzò quasi subito. Il ginocchio gli faceva male, ma non ci fece caso perché la voglia di riabbracciare sua madre superava ogni cosa.

Una volta rialzato passò velocemente la mano sui suoi abiti cercando di scrollare un po' di polvere e tornò a correre in direzione di Petra.

Solo quando si trovò tra le braccia di sua madre il bimbo si accorse che lei non era da sola. Guardò quell'uomo dall'aria gentile e un pensiero strano passò nella testa del bimbo: quell'uomo avrebbe potuto diventare il suo nuovo papà.

"Non ti spiace, vero, se sono venuta con un amico?"

Logan scosse la testa e scese dalla braccia di sua mamma e andò verso quell'uomo. "Luca, questo è mio figlio." Disse Petra.

L'uomo degnò appena di uno sguardo il bambino con la mano ancora tesa. "Faresti meglio ad andare a lavarti le mani."

Logan guardò sua madre che fece cenno di andare verso il lavandino in fondo al cortile.

Logan ubbidì all'istante. Quando ebbe finito di lavarsi bene le mani, Luca si era già allontanato. Il bimbo si guardò intorno e non vide più nessuno e, disorientato, si diresse verso casa.

Entrò in cucina e nessuno degli adulti fece caso a lui. Erano intenti nelle presentazioni e Logan aspettò, pazientemente, il suo momento. Il bimbo si mise seduto in un angolo della cucina, vicino al frigorifero, in disparte.

Nonna Luna gli aveva insegnato che, a volte, gli adulti non si dovevano disturbare e Logan pensò che, forse, quello era uno di quei momenti in cui doveva restare al suo posto.

Passò diverso tempo prima che qualcuno si ricordasse di lui e fu solo per dirgli di andare a lavarsi e cambiarsi, visto che era ancora in pigiama e sporco di terra. Una volta in camera sua, Logan controllò il ginocchio. Stava ancora sanguinando e decise che si sarebbe medicato da solo, senza chiedere l'aiuto di nessuno.

Si lavò, si vestì e scese di nuovo in cucina. Gli adulti erano ancora tutti intenti a parlare tra di loro. La giornata passò fin troppo velocemente , peccato che Logan riuscì a passare pochissimo tempo con sua madre. Per Petra e Luca arrivò il momento di ripartire verso casa, peccato che Logan si fosse addormentato sul piccolo divano in cucina e si fosse perso il saluto di sua madre. Petra gli diede una leggera carezza accompagnata da un bacio e se ne andò.

Quando il bimbo riaprì gli occhi, fuori si era già fatta notte fonda. "Quell'uomo non mi piace" Luigi stava parlando con Luna.

"Ha cercato solo di fare buona impressione su di te" rispose Luna.

"Non ci ha messo troppo impegno, allora, visto che l'antipatia che ho provato verso di lui fin da subito, non ha ceduto di un millimetro."

Luigi sporse delle stoviglie a sua moglie.

"Quando vai di sopra, porta Logan nel suo letto. Sta diventando troppo pesante per me." Luigi si avvicinò a sua moglie e le diede il bacio della buonanotte.

Prese in braccio suo nipote e si rivolse, ancora una volta, alla moglie: "La prossima volta che quel bellimbusto si permetterà di definire mio nipote un bambino problematico, gli farò saltare tutti i denti. Lo giuro."

Sistemò meglio suo nipote in braccio e lo portò sul suo letto. Logan non si perse le parole che suo nonno continuava a dire sottovoce "Ha gli occhi del diavolo…"

Una volta nel letto, Logan aprì gli occhi e diede un bacio a suo nonno e gli disse: "Ti voglio bene, nonno" e si riaddormentò subito.

Quella notte, Logan, si svegliò in preda a un incubo.

Due occhi rossi lo seguivano dappertutto. Erano gli occhi del diavolo. Il mattino dopo, quando scese per fare colazione, sua nonna notò il volto pallido e gli occhi segnati di suo nipote e istintivamente le passò una mano sulla fronte.

Sentendo che era fresco, disse: "C'è qualcosa che non va?"

Logan si limitò a un cenno di assenso con la testa. Finì di fare colazione e uscì. Fiamma lo stava aspettando.

"Ieri non sei venuto al nostro appuntamento" disse Fiamma.

"E' arrivata mia madre."

Logan incominciò a raccontare a Fiamma del suo brutto sogno. Era sicuro che lei fosse l'unica persona al mondo che non l'avrebbe mai deriso.

"Cercavo di nascondermi dappertutto, ma quegli occhi mi trovavano ovunque." Raccontò Logan. "Secondo te chi poteva essere?" chiese Fiamma

"Erano gli occhi del diavolo e sono certo che volesse mangiarsi la mia anima."

Fiamma restò in silenzio. Il suo amico stava davvero male e non trovò di meglio da fare che abbracciarlo. Logan scoppiò in lacrime e singhiozzando disse: "E' l'amico di mia mamma ad avere quegli occhi. L'ha detto mio nonno."

Fiamma continuò ad abbracciare il suo amico fino a quando non smise di piangere. Logan guardò dritto negli occhi Fiamma e disse: "Tu sai cosa vuol dire "problematico"?" "Certo che lo so: mi definiscono così molto spesso."

"Mi sa che non ho mica capito."

"Cercherò di spiegartelo meglio." Fiamma adesso aveva tutta l'attenzione di Logan.

"Quando un genitore dice a un altro adulto "Signora! Lo faccia vedere da qualcuno perché noi non riusciamo più a gestirlo" allora quello è un bambino problematico. Gli adulti ci vorrebbero sempre ubbidienti, zitti e fermi come dei soprammobili. Se non sei così, allora hai dei problemi."

Fiamma pensò alle sue sorelle. Loro erano perfette, l'esatto opposto di lei. Per quello sua madre la definiva sempre con quel termine. Con le lacrime agli occhi si girò verso Logan e disse: "Ora hai capito?"

"Si, anche se la cosa non mi piace per niente."

"Ti ci dovrai abituare perché se qualcuno pensa che tu lo sia, andrai incontro solo a tanti guai." Logan rivide quegli occhi che lo rincorrevano ovunque.

"Grazie Fiamma."

Logan e Fiamma continuarono a passare insieme quanto più tempo gli era concesso. Non appena era possibile Logan si precipitava da Fiamma per aiutarla. Lui non era abituato a fare lavori pesanti come pulire la stalla, dare da mangiare ai conigli, pulire le loro gabbie oppure portare al pascolo le due capre. Però, per passare più tempo possibile con Fiamma, si impegnava al massimo.

Musci, la capra, tanto era brava lei quanto bastardone era il caprone Calimero. Quante cornate avevano preso entrambi nel tentativo di riportarlo nella stalla. Fiamma gli aveva insegnato che con il sale in mano gli avrebbe fatto fare tutto quello che lui avrebbe voluto.

Tutto il tempo trascorso insieme, aveva permesso a quei due bambini di diventare una vera forza. Perfino lo smilzo e il grosso cambiavano strada quando li vedevano arrivare, anche quando i cani non erano con loro.

La paura di Fiamma che Titina e Lem non legassero era, ormai, soltanto un lontano ricordo.

Insieme a Logan avevano costruito una bicicletta con pezzi di recupero in modo tale che anche Fiamma potesse andare in esplorazione in posti più lontani. In questo Logan era davvero bravo. Aveva insegnato alla sua amica come riparare una gomma bucata, rimettere a posto la catena se questa andava fuori posto e tantissime altre cose che rendessero indipendente Fiamma quando era alla guida della sua bicicletta.

Le giornate trascorrevano serene e quando pedalavano faticosamente per la salita, sapevano che sarebbero stati ripagati da una bellissima discesa, che avrebbero affrontato con grande gioia e in quel momento, i due bambini, si sentivano invincibili e padroni del mondo.

Ridevano felici; Fiamma non aveva più gli occhi tristi e non c'erano più stati castighi come andare a letto senza cena o essere rinchiusa per un giorno intero in cantina e Logan, ora, non si sentiva più un bambino diverso dagli altri.

Pedalavano verso orizzonti che sognavano di raggiungere.

Andavano a caccia di vermi da usare come esca con cui Logan riusciva a prendere dei pesci enormi. Una volta aveva rischiato perfino di cadere in acqua.

Non era riuscito a far passare la paura che Fiamma aveva di entrare in acqua. Magari ci sarebbe riuscito l'estate successiva. Perché ci sarebbe stata un'altra estate... e un'altra e un'altra ancora.

Logan e Fiamma erano certi che il tempo si sarebbe fermato e avrebbero vissuto per sempre così. Andavano a caccia di sogni ovunque li potessero trovare.

In più di un'occasione si trovarono in difficoltà nell'attraversare dei passaggi angusti. Avevano messo in pratica la storia del topo che, molto spesso, avevano sentito.

"Dove passa la testa del topo, passa tutto il resto del corpo."

Scoprirono molto presto, a loro spese, che non era proprio così, ma se uno di loro due si trovava in difficoltà, l'altro aveva sempre la mano tesa.

I giorni passavano velocemente: era arrivata di nuovo la domenica.

Il bambino si sporse dalla finestra per vedere l'arrivo di sua mamma, soprattutto per guardare se fosse da sola., ma non ci riuscì. In lontananza vide la macchina arrivare. Ultimamente, quando veniva al paese, c'era sempre il suo amico. E questo, a lui, non piaceva per niente. Era simpatico con tutti, tranne che con lui. Logan si tolse velocemente il pigiama e si vestì con gli abiti della festa. Passò un attimo in bagno per pettinarsi, ma si trovò in difficoltà per arrivare all'altezza dello specchio. Prese lo sgabello che era vicino e ci salì sopra. Tutto successe in un attimo. Bastò poco perché Logan perdesse l'equilibrio e si ritrovò col sedere a terra. Al bambino ci volle un momento per capire se qualcuno si fosse accorto del trambusto che la sua caduta aveva procurato. La schiuma da barba di suo nonno era caduta per terra, insieme alla bottiglia del detersivo che sua nonna era solita tenere sopra alla lavatrice.

Logan vide che il liquido si stava sparpagliando su tutto il pavimento. Sfregandosi il sedere per il dolore che la caduta gli aveva creato, si alzò e, guardandosi intorno, cercò qualcosa per pulire il disastro che aveva appena combinato. Prese un rotolo di carta igienica e cercò di raccogliere tutto. Si guardò intorno e non trovò di meglio che aiutarsi anche con l'asciugamano. Nel prendere il telo sfiorò una boccetta di profumo che cadde per terra, andando in mille pezzi. Logan incominciò a tossire per il forte odore che si era creato in bagno. Qualche secondo dopo sentì la voce di sua madre che lo chiamava.

Sentì la porta della sua camera aprirsi e la voce di Petra che diceva: "Non è qui."

Dopo una manciata di secondi vide la maniglia della porta abbassarsi e un attimo dopo sua madre era davanti a lui. Petra, sconcertata davanti a tutto quel disastro, incominciò a tossire. La tazza del water era stracolma d'acqua. Il piccolo aveva riempito la tazza di carta igienica, nel tentativo di far sparire ogni traccia, con il solo risultato di aver intasato il water e ora l'acqua stava trasbordando.

Logan, con gli occhi pieni di lacrime, guardò sua madre: voleva solo farsi bello ai suoi occhi, ma era solo un gran pasticcione. Non ne faceva una giusta. Una voce che Logan aveva imparato a conoscere molto bene disse: "Tuo figlio è un impiastro, totalmente incapace di fare qualsiasi cosa, anche la più elementare.

Guarda in che schifo ha ridotto questo bagno." Luca si era materializzato all'improvviso. "E' solo un bambino" rispose Petra.

"Stupido, oltretutto." Luca tornò al piano di sotto. "Non vorrei essere nei panni di Luigi quando gli dirò del macello che ha fatto tuo figlio."

Logan odiava con tutto se stesso quell'uomo. Tutte le volte che veniva in campagna, per Logan andava sempre a finire nello stesso modo: monopolizzava tutto il tempo di sua madre in modo tale che al bimbo restasse ben poco da passare con sua madre e la cosa peggiore era che, una volta ripartiti, per diverse notti sognava quegli occhi rossi.

Luca era considerato da tutti un uomo a modo e anche se Logan aveva fatto di tutto per compiacerlo, non riusciva mai a concludere qualcosa di buono.

In quel bagno restarono madre e figlio.

"Vai di sotto" disse Petra "penso io a sistemare tutto. Bisogna aprire la finestra. C'è un'aria irrespirabile."

Logan, senza nessuna intenzione di andarsene, guardò Petra. Prese un altro asciugamano e incominciò ad aiutarla. Quando finirono, scesero di sotto. Luigi era seduto al tavolo della cucina intento a parlare con Luca.

Logan passò vicino ai due silenziosamente. In quel momento desiderava intensamente diventare invisibile.

"Nonna, mi dai una tazza di latte?" Logan bisbigliò la sua richiesta. Era convinto che se avesse disturbato il meno possibile, forse nessuno si sarebbe accorto della sua presenza.

Luna si girò verso suo nipote e sfiorandogli la nuca con una carezza, disse: "Non ti preoccupare. Non hai combinato nulla a cui non si possa porre rimedio." Logan fece per rispondere, ma fu preceduto da Luca.

"Non direi proprio così. Questo bambino ha bisogno di regole e disciplina cosa che, è evidente, gli mancano del tutto."

Luigi e Luna si guardarono, sperando in un intervento da parte della figlia.

"Quello che ha combinato nel bagno non è proprio da ragazzino intelligente. Ci vorrebbero meno carezze e più punizioni." Nella stanza calò il gelo.

Logan bevve il latte molto velocemente e una volta riposta la tazza nel lavandino fece per uscire, ma la voce di Luca lo raggiunse.

"Hai capito ragazzino?" Luca lo prese per un braccio e stava sorridendo mentre gli parlava ma la forza con cui stringeva il braccio di Logan diceva tutt'altro.

Logan fece un cenno di assenso e non appena la stretta si fece più leggera Logan uscì velocemente dalla stanza.

Quella domenica Logan doveva andare con suo nonno a vedere una fiera. Il bimbo era contento di andarci e sperava ardentemente che suo nonno non lo punisse facendolo stare a casa.

Avrebbe avuto modo di osservare gli animali molto da vicino, avrebbero pranzato nel chiosco della fiera e si sarebbe anche assicurato il gelato più grande che avesse mai visto.

Avrebbero dovuto prendere due pullman per arrivarci e anche il viaggio affascinava tantissimo Logan, sempre con il viso attaccato al finestrino, in modo tale da poter osservare tutto quello che sarebbe passato davanti ai suoi occhi.

Sarebbe stata una giornata perfetta se non fosse stato per Luca. Il giorno che glielo aveva presentato gli aveva detto: "Non ti spiace vero che oggi abbia portato un amico con me?"

Ricordava ancora le parole di Luca: "Certo che è davvero strano il bambino. Sicuro che sia tuo figlio? Non vi assomigliate per niente."

Logan era piccolo ma non stupido e quelle parole piene di cattiveria gli restarono impresse a lungo nella sua testa.

Da quel giorno, ogni volta che Petra tornava al paese, portava con se Luca e a Logan non restò altro da fare che accettare la sua presenza e, allo stesso tempo, stargli il più lontano possibile.

Uscì dal suo rifugio e si avviò verso casa: suo nonno lo stava sicuramente aspettando per andare alla fiera.

Aveva da poco imparato a leggere l'ora e dal campanile del paese vide che erano quasi le nove. Lungo il tragitto incontrò Fiamma.

"Non dovevi andare con tuo nonno?"

"Stavo tornando a casa, perché?"

Fiamma non capiva se Logan la stesse prendendo in giro. "Se non ti sbrighi mi sa tanto che resterai qui oggi."

"Perché?"

"Ho visto i tuoi nonni alla fermata del pullman."

Logan cercò di correre il più velocemente possibile: non era possibile che suo nonno lo lasciasse a casa.

Una volta entrato in casa incominciò a chiamare a gran voce suo nonno. Lo cercò dappertutto e non lo trovò.

Andò da sua madre e la trovò nella stalla in compagnia del suo amico. "Mamma, nonno dov'è?"

"E' già andato via.. Avevi detto che..."

"Lascia stare Petra, lo spiego io a tuo figlio."

Luca, con fare amorevole, prese Logan per mano e lo accompagnò in casa.

"Ti avevo detto che per te ci vogliono meno carezze e più disciplina. Ho detto io a tuo nonno che non volevi più andarci. Ogni promessa è debito, bambinello da quattro soldi. Te la insegno io cos'è l'educazione."

Logan restò con la bocca spalancata completamente incapace di proferire parola.

"E ora, bel bambino, conoscerai una punizione esemplare: resterai in piedi qui, proprio in questo punto, fino a quando io non ti dirò che potrai muoverti. Porterò tua madre a fare una passeggiata nei boschi e se ti permetterai di spostarti anche solo di un centimetro, assaggerai la mia cinghia. Sai, se usata come si deve, questo attrezzo può fare davvero molto male."

Fermo e immobile, Logan restò così per quasi tre ore. Le gambe gli facevano male e sembrava che non volessero più sorreggerlo. Trattenne la pipì fino a quando poté, fino al momento in cui la lasciò andare, bagnando i pantaloni e facendo una grande macchia sul pavimento. Fu proprio in quel momento che sentì la voce di sua madre.

"Ah, eccoti qui!"

Dietro Petra, Luca lo stava osservando molto attentamente. "Ti sei fatto la pipì addosso?" disse sua madre.

Logan era talmente spaventato dallo sguardo di quell'uomo, che non ebbe il coraggio di rispondere.

"Può capitare, Petra. A volte questi bambini sono talmente impegnati nelle cose che stanno facendo, che aspettano fino all'ultimo momento proprio quando, ormai, è troppo tardi." E sorrise. La punizione era andata a buon fine.

"Andiamo" disse Petra prendendo per mano suo figlio.

Arrivati in camera, sua madre tirò fuori da un cassetto gli abiti puliti. "Vai a lavarti e poi vestiti. Vado a preparare il pranzo. Ti aspetto sotto."

Logan si sedette su una sedia e incominciò a sfregarsi le ginocchia. Le gambe sembravano un pezzo di legno tanto erano indolenzite e dolorose. Continuò a massaggiarsi per circa mezz'ora e proprio quando incominciava a sentirsi meglio, una voce lo riscosse dai suoi pensieri.

"Logan, il pranzo è pronto. Vuoi deciderti a scendere o vuoi che venga su io?"

Luca, spazientito dal fatto che Logan non rispondesse, fece per salire. Il cigolio del primo scalino, avvisò Logan che il mostro stava salendo.

"Sto arrivando" e in una manciata di secondi Logan si vestì e scese.

Le gambe gli facevano ancora male ma riuscì, comunque, a fare le scale velocemente.

Luca era seduto a capotavola, posto in cui era solito sedersi suo nonno e questo infastidì molto il bambino. Durante tutto il pranzo Logan non disse una sola parola. Petra e Luca aveva conversato piacevolmente per tutta la durata del pranzo. Quando Logan finì di mangiare chiese il permesso di potersi alzare da tavola.

Una volta fuori nel cortile, Logan incominciò a piangere. Aveva ragione nonno Luigi quando asseriva che quell'uomo aveva gli occhi del diavolo. Aveva compreso da tempo che tra suo nonno e sua mamma non correva buon sangue: aveva assistito a numerose discussioni. Ogni volta nonna Luna prendeva Logan e lo portava fuori nel cortile per evitare che il bimbo sentisse, ma a volte gridavano talmente forte che era impossibile non sentirli.

"Finalmente l'ho trovato" disse Petra.

Logan si era nascosto dietro all'enorme catasta di legna per non essere trovato. Quando vide sua madre si precipitò tra le sue braccia e gli diede un grandissimo bacio.

"Luca e io avevano in progetto di passare le nostre vacanze in montagna, nel Trentino, ma di comune accordo abbiamo deciso di passarle qui, così avremo anche più tempo per stare insieme. Sei contento?"

Logan si strinse ancor di più a sua madre, per non farle vedere le lacrime. Logan era combattuto tra il piacere di passare del tempo con sua madre e il terrore che quell'uomo gli procurava.

Quando Petra tornò in casa, Logan scappò di corsa dalla sua amica Fiamma per raccontarle quell'ultima novità.

"Troveremo una soluzione" disse Fiamma.

Logan la guardò e per la prima volta dubitò delle parole della sua amica.

Tornò a casa con la convinzione che l'unica cosa certa da fare sarebbe stata quella di parlare il meno possibile, evitare i guai in cui era solito cacciarsi e tutto sarebbe andato per il meglio. Poteva contare sempre sul fatto di poter scappare da casa e trovare rifugio nei boschi.

Quella stessa sera Petra e Luca ripartirono per Torino; Logan sapeva fin troppo bene che i sette giorni che mancavano al loro ritorno sarebbero passati fin troppo velocemente e lui doveva allenarsi per diventare un bravo bambino. Con Fiamma aveva escogitato un piano di fuga nel caso le cose si fossero messe male per lui.

I giorni passarono velocemente proprio come Logan aveva temuto e si ritrovò ben presto di nuovo affacciato alla finestra della sua camera per scorgere l'arrivo della macchina. Quando la vide arrivare, scese in cortile con calma, vestito di tutto punto e con le mani perfettamente pulite e si avvicinò a Luca per salutarlo. Fiamma gli aveva insegnato che le paure andavano affrontate. L'uomo lo squadrò dalla testa ai piedi e decise di ignorare nuovamente quella manina tesa verso di lui.

Sua madre e Luca spesso organizzavano gite a cui Logan non era mai stato invitato ed erano quelli i giorni in cui riusciva a passare del tempo con la sua amica Fiamma.

Logan le aveva confidato che aveva imparato a comportarsi bene in modo tale da non infastidire l'amico di sua madre.

La ragazzina a quell'affermazione, rispose: "Riesci ancora a respirare in modo da non dar fastidio a quel farabutto?"

Logan non riuscì a rispondere. Fu in quel momento che Fiamma incominciò a canticchiare una frase: " Gli occhi del diavolo… sono del farabutto… Il farabutto è cattivo… e Logan resta zitto!"

A Logan non piaceva per nulla quello che la sua amica stava cantando e glielo fece notare e Fiamma, in risposta, incominciò a cantare ancora più forte.

"Smettila" gridò Logan.

"No" fu la risposta secca di Fiamma.

Logan incominciò a gridare in modo isterico. "Smettila"

Fiamma si fermò colpita dalla reazione di Logan. Si pentì di aver preso in giro in modo così maldestro il suo amico.

Si avvicinò e disse: "Lui è amico di tua madre e non tuo. Non puoi stare sempre fermo e immobile perché a quello li da fastidio tutto quello che fai."

Logan rispose: "Hai ragione. E' un farabutto e basta." "Bene." Una voce fece sobbalzare entrambi.

Logan vide Luca avvicinarsi. Temeva che potesse prendersela con la sua amica. Lo schiaffo colpì Fiamma in pieno viso talmente forte, da farla cadere per terra.

"E tu adesso vieni con me." Luca prese Logan per un orecchio e lo trascinò verso casa. "Ti faccio vedere io chi è il farabutto."

Quell'uomo gli stava facendo male, ma non voleva dare soddisfazione a quel mostro.

Una volta arrivati nel cortile di casa Logan cercò con lo sguardo qualche adulto che potesse aiutarlo. Aveva capito benissimo che quella tirata di orecchie non era nulla in confronto a quello che lo aspettava. Lo capì quando si trovò di fronte alla porta della cantina.

Luca la aprì e accompagnò Logan al fondo della scala. Sette scalini!

Logan incominciò a piangere, dapprima silenziosamente e poi sempre più convulsamente. "Ti prego, non mi lasciare qui! Giuro che non dirò mai più una cosa simile."

"Basta una volta. Siediti su quella sedia. Verrò a riprenderti solo quando sarò certo che avrai imparato la lezione."

"No... ti prego."

Sbam. Logan percepì tutta la violenza con cui Luca aveva chiuso la porta. La voglia di risalire quei sette scalini era pari solo al terrore che provava in quella grotta e che lo rendeva completamente paralizzato e incapace anche di gridare. Logan pianse tutte le sue lacrime e, sfinito, crollò in un sonno senza sogni.

Toc! Logan si svegliò. Toc! Toc!

Forse qualcuno stava cercando di aprire la porta della cantina. Logan tentò di alzarsi, ma si rese conto che il terrore gli impediva qualsiasi movimento.

"Logan..."

Qualcuno lo stava chiamando sottovoce. Si girò verso la piccola finestra della cantina. "Logan..." era Fiamma.

"Sono qui."

"Parla piano o vuoi svegliare tutto il vicinato?" "Fammi uscire da qui!"

Fuori si stava facendo buio e questo rendeva Logan ancora più incapace a qualsiasi reazione. Di fronte alla piccola finestrella c'era una grande ragnatela e un ragno enorme faceva bella mostra di se. Logan si rintanò ancora di più nel suo angolino.

"La porta è chiusa col lucchetto. Provo ad aprire la finestra."

Logan sentiva Fiamma trafficare e dopo un tempo che gli parve infinito, vide aprirsi la piccola finestra. "Dammi la mano" disse Fiamma.

"Non riesco a muovermi" rispose Logan. "Perché?"

Logan non era in grado di spiegare a Fiamma cosa veramente gli impedisse di alzarsi in piedi. Il terrore, forse, di incontrare nuovamente il mostro o quel grande e grosso ragno che si trovava proprio di fronte alla finestra.

Fiamma si calò dalla finestra e raggiunse il suo amico.

"Mi dispiace. E' stata tutta colpa mia e della mia stupida canzone. Se solo fossi stata zitta..." "Come hai fatto a trovarmi?"

"Quando non ti ho più visto tornare, sono venuta a cercarti. Lem non si è più tolto da davanti alla porta della cantina."

Logan vide il segno che lo schiaffo aveva lasciato. In quel momento desiderò con tutto se stesso di essere grande e grosso per poter dare una bella lezione a Luca.

"Dobbiamo uscire subito da qui" disse Fiamma. "Non ce la faccio."

"Bene, allora ti lascio qui." Fiamma si guardò intorno e vide delle casse di legno che facevano proprio al caso suo. Le spostò fin sotto alla finestra e ci salì sopra, tendendo la mano a Logan.

"Muoviti. Se quello torna ce le prendiamo di santa ragione."

Logan si alzò e si diresse verso la mano tesa di Fiamma. Insieme riuscirono a uscire dalla cantina. Una volta in cortile Logan incominciò a respirare a pieni polmoni.

"Cosa vuoi fare ora?" chiese Fiamma. "Non lo so" disse Logan.

"Tua mamma e quello la non sono a casa." "Sul serio?"

"Si. Li ho visti andare via insieme."

"Potrei venire da te. Li quel mostro non verrebbe mai a cercarmi."
"Non avvisi nessuno?" disse Fiamma

"No!"

E si avviarono verso la cascina del signor Gino.

"Domani mattina dirò tutto a mio nonno." Logan si sistemò meglio la coperta.

Fiamma guardò Logan. Raccontare quello che era successo, secondo lei non era la cosa giusta da fare. Quando ci aveva provato lei nessuno le aveva creduto. I due ragazzini si dettero la buonanotte e presero sonno, sfiniti da quella giornata che si era rivelata essere quasi un incubo.

La mattina seguente Luna salì in camera di Logan e vedendo il letto intonso si spaventò. Luigi era già uscito e, dopo averci riflettuto un attimo, decise di andare da Angelina. La donna ignara che Logan fosse in camera di Fiamma, quando vide arrivare Luna tutta trafelata e agitata, le andò incontro. Luna dovette prendere fiato prima di poter parlare.

Una volta saputo che Logan non aveva passato la notte a casa, Angelina si diresse subito in camera di sua nipote: eccoli, dormivano beatamente, loro.

"E' tutto a posto. Logan è in camera di Fiamma."

"Deve essere successo qualcosa di veramente grave per non farlo tornare a casa. Stanno succedendo troppe cose che non mi piacciono per niente, soprattutto da quando quel…"

Luca non piaceva nemmeno a lei ma per il quieto vivere aveva deciso di stare in silenzio. Adesso, però, si sarebbe fatta sentire.

Logan entrò piano in cucina e vedendo sua nonna le corse incontro. Logan seguì il consiglio di Fiamma e non disse il vero motivo del per cui fosse scappato da casa.

"Ehi birbante, perché non sei tornato a casa a dormire?"

Logan si aspettava una bella sgridata da parte di sua nonna e quando questo non avvenne tirò un sospiro di sollievo. "Ero stanco e mi sono addormentato."

Si rivolse verso Angelina e disse: "Mi saluti Fiamma?" "Certo che lo farò. Torna presto, mi raccomando."

Quel giorno Logan lo passò interamente attaccato alla gonna di sua nonna. Di Petra e Luca non c'era traccia. Non osò chiedere dove fossero andati per paura che Luca si materializzasse all'improvviso. Fu solo nel pomeriggio che rivide sua madre e questa volta era da sola. Luca era dovuto partire con la massima urgenza per problemi sul lavoro. Logan pensava solo ed esclusivamente a una cosa: finalmente avrebbe potuto passare del tempo con sua madre e godere appieno della sua compagnia e la cosa fu reciproca.

Spesso Petra si fermava a osservare le reazioni di suo figlio quando erano a passeggiare nei boschi: era un ragazzino molto sensibile e lo si vedeva da ogni suo gesto e allo stesso tempo cercava di comportarsi da ometto quando gli tendeva la piccola mano per aiutarla a fare una salita. Quando c'era Luca era tutto così difficile. La domanda che di frequente si poneva era se davvero fosse stata la scelta giusta quella di lasciare suo figlio in campagna con i suoi genitori.

Petra era in perenne conflitto con suo padre e quando decise di sposare Ludovico le cose erano precipitate. Il peggio, però, arrivò quando, con Logan che aveva sei mesi, decise di separarsi da suo marito, perché aveva scoperto i suoi ripetuti tradimenti.

La prima volta che l'aveva scoperto, con molta fatica, aveva deciso di dargli una seconda opportunità. Le cose per un po' sembrarono funzionare, fino a quando Petra scoprì quello che si rivelò essere l'ennesimo tradimento: Lucia! La sua migliore amica e segretaria di suo marito. In meno di mezz'ora aveva messo in una valigia tutte le cose di Ludovico e quando tornò a casa non lo fece nemmeno entrare.

Il dolore era stato devastante e per qualche tempo non fece altro che piangersi addosso, fino al giorno in cui non ne ebbe abbastanza e decise di riprendersi in mano la propria vita.

Aveva parlato con i suoi genitori e, mentre suo padre non faceva altro che ripeterle "te l'avevo detto", sua madre le aveva offerto una possibilità nello stesso momento in cui disse: "Vai, cercati un lavoro, non dipendere da nessuno. Penseremo noi a tuo figlio. Vero Luigi?"

L'uomo non poté far altro che assentire. Logan non aveva nessuna colpa. Da quel giorno passarono circa due settimane quando Petra entrò in casa e disse: "Ho trovato lavoro."

"Bene" rispose suo padre "finalmente hai fatto qualcosa di sensato." "Smettila Luigi." Disse Luna.

Petra guardò suo padre dritto negli occhi e disse: "Incomincio tra due giorni. Farò le pulizie in una villa in collina, nel torinese. Non porterò Logan con me, sempre che voi non abbiate cambiato idea. Lavorerò a tempo pieno e non avrei tempo di occuparmi di lui."

Luigi uscì sbattendo la porta violentemente.

"Lascialo stare" disse Luna "gli passerà. Il vostro più grande problema è sempre stato la vostra testa dura." Luna tastò la temperatura del latte e diede il biberon a Logan.

Petra non sapeva più cosa fosse giusto o sbagliato. Rimase a lungo seduta sul suo letto con lo sguardo perso nel vuoto. All'improvviso si alzò, mise lo stretto necessario dentro a una borsa, si mise nel letto e chiuse gli occhi.

Petra tornò al presente. Suo figlio stava giocando con degli indiani in miniatura: glieli aveva regalati lei il Natale di due anni prima. Biondo, occhi azzurri, era l'esatto opposto di Ludovico e questo da una parte la rincuorava.

Erano passati anni dal giorno in cui se ne era andata di casa senza suo figlio. Aveva lavorato duramente perché a Logan non mancasse nulla. Frequentando le scuole serali era riuscita a diplomarsi e questo le aveva permesso di poter cambiare lavoro. Circa otto mesi prima era riuscita perfino a ottenere un mutuo per acquistare l'alloggio dove abitava: un domani sarebbe stato di suo figlio. La domanda che continuava a porsi, però, era sempre la stessa: "Era stata la cosa giusta lasciare suo figlio?"

Un giorno, forse, sarebbe stato Logan stesso a risponderle.

Petra si avvicinò a suo figlio, diede una carezza e ripresero il sentiero che li avrebbe riportati verso casa. All'improvviso Logan si alzò e disse: "Posso salutarti adesso? Vorrei andare da Fiamma."

Petra lo guardò, gli diede un bacio e lo lasciò andare.

Logan raggiunse la sua amica e subito si misero alla ricerca di nuove avventure. Poco dopo arrivò Luca e, il tempo necessario per caricare le borse in macchina, i due ripartirono in direzione Torino.

Ormai l'estate era agli sgoccioli e la partenza di Fiamma imminente.

Il tempo trascorso insieme aveva insegnato loro delle cose molto importanti come fidarsi ciecamente l'uno dell'altro, con la certezza che questo non sarebbe mai venuto a mancare. Per due bambini come loro, quello era stato un traguardo eccezionale.

Arrivò fin troppo velocemente il giorno in cui Fiamma dovette tornare in città, nella sua casa, alla sua vita. I due giorni precedenti la partenza Fiamma li passò quasi sempre a piangere. Percepiva questo distacco come sofferenza pura soprattutto all'idea di dover lasciare i suoi cani e lo disse a Logan: "Non voglio tornare in città. Scapperò."

"No, non lo farai. Io sarò qui, non me ne vado. Quello che potrai fare tu sarà quello di non metterti troppo nei guai e pensa che le vacanze di Natale non sono poi così lontane. Pensa a quanto sarà bello rivedere tutti i nostri posti incantati ricoperti da tanta neve: qui ne viene tanta così…" portando la sua mano all'altezza del petto.

"Lem e Rochi staranno bene. I tuoi nonni se ne prenderanno cura e poi verrò spesso a trovarli."

Logan l'abbracciò forte. Poco dopo il polverone che fece la macchina quando andò via coprì il saluto di Fiamma. L'estate del 1976 lasciò un segno profondo nel cuore di Fiamma e Logan.

4

Il segreto svelato

La partenza di Fiamma aveva lasciato un enorme vuoto in Logan. Cercava conforto andando nei posti dov'erano stati insieme, ma non era la stessa cosa.

Continuava a parlare sotto la grande quercia, ma aveva dei dubbi sul fatto che davvero qualcuno lo stesse ascoltando. Prima di conoscere Fiamma faceva tante cose per non sentirsi solo: aveva solo un gran desiderio di piangere al pensiero che per parecchio tempo non l'avrebbe rivista.

Il giorno in cui la sua amica era partita, aveva trattenuto le lacrime, ma quando la macchina sparì all'orizzonte, singhiozzando, andò da sua nonna.

"Vieni in braccio a me. Ti racconto una favola."

Luna era bravissima a raccontare fiabe anche se stavolta non era convinto che sarebbe riuscita a dargli conforto.

"C'era una volta un paese che si chiamava Nessuno. In quel paese viveva solo gente adulta ed erano tutti intenti ai loro lavori e nessuno si accorse di un piccolo bimbo tutto solo. Quel bambino era timido, non parlava mai e, quando lo faceva, rivolgeva la sua parola a dei piccoli passerotti, che adoravano andare a mangiare le briciole che teneva nella sua piccola manina.

I vecchi del paese di Nessuno sussurravano che quel bimbo fosse stato portato da un corvo grigio e dal becco enorme. Questo bambino si chiamava Birbot.

Quel bimbo, tutto solo, parlava spesso a voce alta e la gente che lo vedeva credeva fosse "strano". Quello divenne il suo soprannome e, anziché chiamarlo col suo vero nome, tutti quelli che lo vedevano lo chiamavano "Strano".

Birbot parlava con gli uccelli e le piante sventolavano i loro rami come segno di saluto verso quel piccolo bimbo tutto solo.

Fece fatica ad abituarsi a quel nome però, col passare del tempo, ci fece l'abitudine; fino al giorno in cui accadde una cosa straordinaria.

Il fiume, che fino a poco tempo prima passava lontano dal paese di Nessuno, un giorno decise di cambiare direzione. Quel mattino tutti gli abitanti del paese si svegliarono e videro il fiume davanti a loro, fermo e immobile, quasi fosse in attesa di qualcosa.

I saggi del villaggio fecero una riunione e dopo aver parlato a lungo decisero di costruire un muro per proteggere le loro case.

Birbot nascosto sotto a un grande tavolo ascoltò tutto e a un certo punto si fece vedere dai vecchi del villaggio e disse: "Io ho parlato col fiume. L'acqua vuole passare dal per far cambiare colore al paese. Se la farete passare non vi farà del male. Me l'ha promesso."

"Fila via, stupido bambino." Si misero a gridare gli anziani del consiglio.

Birbot, spaventato, corse verso l'uscita più vicina e, anziché correre verso il suo rifugio, si diresse verso il fiume; era ancora lì, in attesa che qualcuno gli desse il permesso di entrare nel paese.

"Ho provato a parlare con gli anziani del paese, ma non vogliono ascoltarmi."
Il fiume abbassò la testa e sussurrò qualcosa all'orecchio di Birbot.

Il bambino annuì e aspettarono che il paese di Nessuno si addormentasse. Quando anche l'ultima luce si spense, Birbot e il fiume incominciarono il loro lavoro. L'aver unito le loro forze permise loro di finire tutto poco prima che sorgesse il sole.

Alle prime luci dell'alba il paese si svegliò.

Birbot, a cavallo dell'onda più alta, incominciò a sentire un'esclamazione di stupore e poi un'altra e un'altra… fino a quando l'intero paese tacque di fronte a tanta meraviglia.
Nella notte Birbot aveva sparso semi di girasole in tutte le strade del paese e l'acqua, dietro di lui, bagnava il seme. La luna, nella notte, fece il resto e al mattino gli abitanti del paese, aprendo le imposte, si trovarono di fronte a uno spettacolo della natura che lasciò tutti senza parole. Compresi gli anziani del villaggio.

Il più anziano si avvicinò a "Strano" e gli disse: "E' una magia, come hai fatto? Sarai, forse, un piccolo mago?"

"No, caro signore anziano del villaggio. Io ho solo ascoltato quello che l'acqua aveva da dire." "Vorresti, forse, farmi credere che questo è tutto opera tua?"
"Nossignore. Non solo mia. Mi ha aiutato il fiume e ha anche un nome: si chiama Fiamma."

A quel nome Logan sussultò e disse: "Nonna, sei sicura…?" "Shhh… la storia deve ancora finire."

"Birbot detto strano cercò di far capire cosa fosse successo nella notte, ma non era capace di usare tante parole. In suo aiuto venne il fiume che disse: "Buongiorno a tutti gli abitanti del paese di Nessuno. Mi chiamo Fiamma e sono l'acqua. Questa notte questo piccolo bimbo ha ascoltato quello che avevo da dire.
Alle persone scettiche che ancora stanno guardando questo piccolo miracolo rispondo

che questi fiori presto avranno un nome.

Agli anziani del villaggio, invece, dico che avreste dovuto dare ascolto alle parole del piccolo Birbot. Lui è il vero saggio perché ha capito che la cosa più importante è l'unione tra persone che rende forti. Da oggi, Birbot e io saremo indissolubili." Tra la folla incominciò a sentirsi un brusio. "Silenzio. Non ho ancora finito." Con la bocca spalancata e lo sguardo rivolto verso l'alto, gli abitanti del paese ammutolirono.
"Da oggi, Birbot, deciderà il nuovo nome di questo paese."

Birbot, molto a disagio, cercò di trovare un nome adatto ma tutti quelli che gli venivano in mente sembravano banali. A un certo punto osservò con più attenzione uno dei fiori che aveva davanti a lui. Il gambo si era allungato e ora era alto quasi quanto lui, ma la cosa strana era che la testa dai petali gialli girava sempre in direzione del sole.

"Ho trovato. Questo paese, da oggi, si chiamerà Girasole."

Dopo un attimo di incertezza dalla folla si sentì un battito di mani: "Bravoooo...!"
I battiti di mani divennero un grandissimo applauso e il paese di Nessuno scomparve per far posto a un nuovo paese. Quello di Girasole.
Da quel giorno Birbot non fu più chiamato "strano" e ogni volta che passava qualcuno accanto a lui, lo salutavano con un inchino. Birbot aveva portato i colori in quella città e da allora tutti vissero felici e contenti."

"Nonna è bellissima questa favola, perché non l'hai mai raccontata quando c'era anche Fiamma?"

"Perchè accanto a Fiamma, proprio in questo momento, c'è sua nonna che gliene starà raccontando una simile a quella che ti ho raccontato. Hai incontrato una persona speciale e per Fiamma è stata la stessa cosa. Vi ritroverete, molto prima di quanto immagini. Vedrai."

Nonna Luna si strinse forte al petto suo nipote. Aveva bisogno di sentirsi amato.

A casa, Nonna Angelina, stava accarezzando la testolina di sua nipote Fiamma. Sarebbe diventata una grande donna, ne era certissima come era certa che, quell'estate passata con Logan, l'aveva cambiata. D'accordo, era solo una bambina di otto anni, ma non l'aveva mai vista ridere come in quei mesi. Presto avrebbe fatto in modo di riportarla nella casa del Gino.

Quella casa in fondo alla strada, un po' fuori dal paese.

Quell'anno Logan non si fece intristire dal cambiamento delle stagioni. Sapeva che dopo l'autunno sarebbe arrivato l'inverno, che avrebbe portato con se la neve , ma soprattutto gli avrebbe permesso di rivedere Fiamma.

"Perché quest'anno non posso tornare a casa per le vacanze di Natale?" Fiamma si era rivolta a Suor Angela, l'unica suora di tutto il collegio che la prendesse in braccio e le facesse tante carezze quando piangeva per la malinconia.

"Tutto quello che so è che i tuoi genitori hanno avuto dei problemi. Resterai con me, non sei contenta?" "Si mi piace stare con te, ma io ho un amico speciale che mi aspetta."

Suor Angela era davvero molto affezionata a quella piccola birba; non capiva cosa potesse fare di così grave per essere messa continuamente in punizione con lei, in portineria.

In un attimo a suor Angela venne una grande idea, ma si sarebbe dovuta mettere subito al lavoro per riuscire a fare quello che aveva in mente.

"Nonna Luna, posso stare a casa da scuola oggi? Non mi sento tanto bene."

Sua nonna rispose: "Chissà come mai tutte le volte che arriva la prima neve tu stai sempre male." E sorrise. "Puoi stare a casa da scuola, ma non prenderlo come vizio."

Logan in un attimo schizzò fuori dal letto. Sua nonna lo vide felice; tutto sommato quello sarebbe stato l'ultimo giorno di scuola prima delle vacanze di Natale.

Logan in un batter d'occhio si preparò per uscire. Era da qualche settimana che, tutte le mattine, guardava fuori dalla finestra per vedere se la neve fosse arrivata durante la notte. Aveva promesso a Fiamma che quando fosse tornata per le vacanze natalizie la neve ci sarebbe stata. Quell'anno era parecchio in ritardo ma, finalmente, quella mattina trovò tutto imbiancato e continuava a nevicare copiosamente ricoprendo tutto quanto.

Uscì di corsa in cortile e, facendo ben attenzione a dove metteva i piedi, incominciò a dirigersi verso un punto ben preciso. Quando arrivò ai piedi della grande quercia incominciò a parlare ringraziando il grande albero per aver esaudito il suo grande desiderio.

L'arrivo della neve sarebbe coinciso con quello di Fiamma. Dopo aver ringraziato la grande quercia si diresse verso la casa del Gino.

Fece per aprire il portone e sentì una voce che lo fece fermare sulla soglia. Era Angelina, la nonna di Fiamma. Si precipitò verso di lei.

"E' arrivata Fiamma?"

Angelina guardava gli occhi speranzosi di quel piccolo ometto. Come poteva dirgli che non sarebbe venuta? "Ti aiuto a portare la borsa" disse Logan.

"Lascia stare gioia, è troppo pesante per te."

Velocemente Logan gliela prese dalle mani. Pesava davvero tanto, ma mise tutte le sue forze per portarla. Era talmente felice, che Angelina lo lasciò fare; Logan ora la stava trascinando e continuava a chiedere dell'arrivo di Fiamma.

Una volta entrati in casa Angelina, con tutto il coraggio di cui era capace, comunicò la notizia a Logan.

Il ragazzino dapprima restò con la bocca aperta, incominciò a tremare e poi si mise a piangere. Senza chiedere più nulla uscì dalla cucina e corse verso casa.

Passò davanti a nonna Luna senza fermarsi nemmeno per togliersi la giacca.

La donna si alzò per andare a vedere: Logan era singhiozzante, seduto in un angolo della sua stanza e a fatica riuscì a dire: "Fiamma non verrà."

Non disse più una sola parola per giorni.

"Oh oh oh, è arrivato Babbo Natale. Fanciullo, non sei curioso di vedere cosa c'è per te dentro a questo sacco?"

Logan scosse la testa.

"Vedrai che forse troverai qualcosa che desideravi." Disse Babbo Natale.

Logan continuò a scuotere la testa fino a quando non scoppiò letteralmente in singhiozzi e gridò: "Quello che voglio non arriverà."

E corse fuori nel cortile.

Nonna Luna lasciò che si sfogasse; l'avrebbe raggiunto per consolarlo e dargli il suo regalo. Non sarebbe stato quello che desiderava, ma era sicura che ne sarebbe stato contento.

Drin … drin…."Vai a rispondere tu, Logan. Io ho le mani sporche di farina."

"Buon Natale Fiamma. Ecco, questo è il mio regalo per te" Suor Angela porse una piccola busta tutta bianca e rosa.

"Cos'è?"

"Aprilo e potrai scoprirlo da sola, signorinella "so tutto io"." Aprì la busta che suor Angela le aveva messo tra le mani.

Fiamma incominciò a leggere ad alta voce: "Per la bimba più speciale del mondo." La frase era seguita da una serie di numeri; non riusciva a capirne il senso. Alzò lo sguardo verso suor Angela. Fiamma era parecchio confusa.

"E' un numero di telefono. Vieni con me!" e la fece accomodare vicino al telefono. Guardò l'ora. Mancavano pochi minuti all'appuntamento.

"Siediti comoda e pazienta ancora per qualche minuto e il tuo più grande desiderio verrà esaudito." "Che fosse impazzita anche suor Angela come tanti adulti?" Fu il pensiero di Fiamma.

"Ecco. Componi il numero di telefono. Dall'altra parte troverai il tuo regalo di Natale." "Pronto?"

Fiamma guardò suor Angela basita e poi guardò di nuovo il telefono. "Pronto? Nonna Luna, dall'altra parte non si sente nessuno. Pronto?"

Logan era quasi sul punto di rimettere a posto il telefono quando sentì la voce di Fiamma dire: "Sono io."

Voglia di Vita

Con la complicità di nonna Angelina, Luna e all'idea strepitosa che aveva avuto suor Angela, i ragazzi passarono molto tempo al telefono. Suor Angela si fece il segno della croce. "Il collegio non sarebbe andato in malora per una telefonata durata delle ore. Era stato tutto a fin di bene.

I due ragazzi parlarono per ore e si raccontarono tantissime cose. Logan raccontò di come era riuscito ad affrontare lo smilzo e il grosso a testa alta e Fiamma gli raccontò di quanto grigio fosse il cielo nella grande città e di come continuava a prendere punizioni anche senza aver fatto nulla.

Logan accennò alle passeggiate che faceva con i tre cani e, a quell'accenno, Fiamma si mise a piangere. Gli mancava tutto di quel posto. Senza zio Piero sarebbe stato tutto perfetto.

Avevano talmente tante cose da dirsi che consumarono il pranzo parlando al telefono. Arrivò l'ora di salutarsi e i due ragazzi erano più sereni. Avevano ricevuto il regalo più bello che potessero desiderare.

"Nonna, io vado fuori nel cortile. Torno presto, promesso."

Nonna Luna, incuriosita, si mise a osservarlo dalla finestra. Logan stava dando forma a un' enorme mucchio di neve e lo stava trasformando in un bellissimo pupazzo di neve.

Quando finalmente Logan rientrò in casa disse a sua nonna: "Ho promesso a Fiamma che le avrei fatto un grandissimo pupazzo di neve."

"Suor Angela, mi hai fatto un bellissimo regalo. Ti voglio un mondo di bene." Fiamma si buttò letteralmente tra le sue braccia. Nessuno vide che gli occhi della suorina si riempirono di lacrime. Sapeva di aver fatto la cosa giusta.

L'estate sarebbe arrivata presto e i due ragazzini sarebbero stati di nuovo insieme.

Dopo il regalo di Natale che entrambi i ragazzi avevano ricevuto grazie a Suor Angela, Fiamma e Logan avevano preso l'abitudine di telefonarsi una volta al mese. Solitamente di domenica quando per suor Angela era facile aggirare le regole ferree che prevedevano di non usare il telefono della scuola per scopi personali.

Il cuore della suora sapeva che non stava facendo nulla di peccaminoso; se la sarebbe vista lei personalmente con Dio.

Fiamma passava tutti i giorni dalla portineria per aiutarla a rimetterla in ordine. Per suor Angela era un grandissimo aiuto e la bimba sapeva sicuramente svolgere bene i lavori.

Nonostante Fiamma cercasse di impegnare al meglio il suo tempo, le giornate trascorrevano lente, monotone e quasi noiose. I momenti più belli erano quando, una volta alla settimana, nonna Angelina veniva a trovarla e le telefonate che si scambiava con Logan, una volta al mese.

Le piaceva studiare, ma le piaceva anche correre e farlo in un piccolo cortile ricoperto dall'asfalto non era la stessa cosa che correre a perdifiato sui prati.

Le compagne di classe erano quasi tutte delle smorfiose; le maestre erano sempre pronte a rimproverarla per qualsiasi cosa facesse.

Tutti i giorni, una volta a casa, faceva un segno sul calendario per contare i giorni che mancavano alla fine dell'anno scolastico.

Le vacanze di Pasqua erano appena passate. Quella sera Fiamma decise di contare i giorni che restavano alla fine dell'anno scolastico.

Dovette contare due volte perché aveva paura di aver sbagliato. Trentotto giorni! Dopo tanto tempo, quella sera andò a letto sorridendo.

Trentotto giorni e sarebbe tornata nel posto che considerava il più bello del mondo. Sarebbero passati velocemente.

Estate 1977

"Ahia"

"Ah, ah... sei sempre il solito rammollito. Volevi giocare agli indiani e adesso ti lamenti? Non lo sai che venivano sempre legati al palo e torturati?"

"Quando riuscirò a liberarmi vedrai cosa ti farò."

"Ah, ah... voglio proprio vedere come riuscirai a liberarti. Sei legato come un salame."

Logan si dimenava nel tentativo di slegarsi; le ortiche che gli avevano buttato addosso pungevano. "Shhh... ciao cretino."

Logan, completamente incapace di credere che Fiamma fosse lì, aveva preso a contorcersi ancora di più. "Vuoi stare fermo si o no? Non riesco a slegarti."

"Guardate chi c'è. La pazza che arriva dalla città." Per Fiamma non c'era cosa peggiore che sentirsi chiamare in quel modo. In un attimo slegò l'amico e si mise in posizione per tirare con la fionda. Un tiro, un centro.

Un altro tiro e un altro centro. In un attimo i due ragazzotti sparirono. "Ti aspettavo tra una settimana."

"Ho avuto gli orecchioni, così sono arrivata prima. In casa farebbero di tutto pur di liberarsi di me." E rise.

Si abbracciarono forte e restarono così per parecchio tempo. Le chiacchierate al telefono erano servite a placare la nostalgia, ma rivedersi dopo tutti quei mesi era tutt'altra cosa.

"Ora siamo di nuovo insieme e saremo invincibili."

"Però mi devi spiegare come cavolo hai fatto a ritrovarti legato a un albero." "Penso sempre che tutti siano buoni; me l'avevano chiesto gentilmente eh..."

"Si, gentilmente. Quei ragazzi non hanno nulla di gentile e faranno sempre di tutto per calpestare persone come te. Quando lo capirai?"

"Boh!"

Quell'estate fu stupenda. Fiamma e Logan passarono il loro tempo alla ricerca di nuovi posti inesplorati, in compagnia dei loro tre cani e se a volte incrociavano gli altri ragazzi, che cercavano rogne, loro non si scostavano mai. Insieme erano una forza.

Ogni giorno l'intesa cresceva e cancellava le insicurezze di entrambi; si aiutavano a vicenda per sbrigare i lavori a loro assegnati e il resto del tempo lo passavano a giocare con amici fantasmi, a fare battaglie restando sempre dalla parte degli indiani. Costruivano fortini con materiali improvvisati, vagavano per i boschi simulando battaglie contro il nulla.

L'amicizia tra Logan e Fiamma era destinata a durare nel tempo e così fu per i quattro anni successivi.

L'ultima estate che passarono insieme fu molto difficile. Rochi era morto l'anno prima e Lem, a detta degli adulti, era stato soppresso perché malato.

Ignari che il peggio dovesse ancora arrivare, alla fine dell'estate si salutarono con la promessa che si sarebbero rivisti l'estate successiva. Per i quattro nonni era uno strazio vedere la sofferenza dei nipoti; perfino Nonno Luigi e nonno Zan si intenerivano di fronte ai pianti dei due ragazzi nel momento dei saluti.

L'estate del 1980 segnò l'inizio della crescita dei due ragazzi. Quando si salutarono con la promessa di rivedersi l'estate successiva, nulla faceva presagire che, in realtà, sarebbero passati moltissimi anni prima che questo accadesse.

1981

Dopo numerosi tentativi, Logan era riuscito a parlare con Suor Candida, che nel giro di una manciata di minuti, gli aveva detto che suor Angela era mancata e che Fiamma non era più ospite di quell'istituto: la famiglia si era trasferita a Trento.

Click. Logan rimise a posto la cornetta. Restò immobile per qualche minuto dopodiché uscì di casa correndo, passando come un uragano davanti a sua nonna Luna, del tutto ignara di quello che era appena successo.

Luna si asciugò velocemente le mani sul grembiule e rincorse suo nipote. Quando lo raggiunse lo trovò in lacrime. Gli diede una carezza: "Cos'è successo?"

Logan non rispose.

Nonna Luna si chinò davanti a lui. Logan con uno scatto, la allontanò da se e si mise a gridare: "Ti odio. Odio tutti." E scappò velocemente nel bosco.

Ormai erano già le dieci passate e fuori si era fatto buio; di Logan nessuna traccia. Suo marito Luigi era fuori a cercarlo da più di quattro ore.

L'attesa diventava insopportabile. Indossò una maglia e quando fu pronta per uscire, vide arrivare suo marito con il nipote in braccio. Uscì velocemente: "Cos'è successo? Dove l'hai trovato?"

"L'ho trovato, bagnato fradicio, seduto sulla grande pietra."

"Sei riuscito a farti dire qualcosa?"

"Vieni, andiamo in casa. Lo porto a letto e poi ti racconto tutto."

Luigi mise Logan nel suo letto, cercò di togliergli gli abiti bagnati, dopodiché lo coprì bene e gli diede un bacio.

Scese le scale e raggiunse sua moglie. Si fermò a osservarla meglio. Era sempre bellissima anche se profonde rughe le solcavano il volto.

L'aveva sposata perché si era innamorato, ricambiato, appena l'aveva vista. La ragazza più bella del paese aveva scelto lui. Quella donna era riuscita a fargli battere forte il cuore al primo sguardo.

Da quanto tempo non la coccolava? Era davvero così orso da non accorgersi di quanto fosse stanca? Mangiarono in assoluto silenzio. Luigi si alzò per sparecchiare e a questo punto Luna non riuscì più a trattenersi: "Siediti e parliamo. Temo quello che mi dirai." Luigi, dopo aver cercato dappertutto, era andato a chiedere aiuto a Zan ed era stato lui a suggerire l'idea che Logan potesse essere alla grande pietra.

"Quando Zan e io l'abbiamo trovato era immerso nell'acqua fino al collo."

Il silenzio che calò nella stanza fece tutto più cupo.

"Abbiamo cercato di tirarlo fuori, gridava che voleva morire e chiedeva di lasciarlo stare dov'era. Non l'avevo mai visto così prima d'ora. Continuava a piangere e a gridare come se fosse posseduto dal demonio…."

"Non ti permettere mai più di dire una cosa simile." Luigi tacque e dopo aver bevuto un sorso di vino, riprese a parlare. Logan ha saputo che Fiamma non tornerà.

I genitori della ragazza si sono separati e la madre non voleva tenerla con se, così l'ha mandata lontano da casa, in un collegio.

Parlando con Zan ho saputo molte cose e alcune non oso nemmeno pronunciarle." "Non è tenendoti dentro questo macigno che ci aiuterà a trovare una soluzione." "Hai ragione Luna." Allungò una mano e fece una carezza alla moglie.

"Da quanto tempo non mi fermo ad osservarti? Sono davvero così cavernicolo da non accorgermi più di nulla?"

Luna fece un sorriso: "Eh si, a volte sembri davvero un orso. Dai, vai avanti che ti ascolto."

"Zan mi ha raccontato ogni cosa. Lui e sua moglie sono stati costretti a venire a lavorare nella cascina del Gino, sotto i comandi di quel bastardo di

Piero. Giuro che se lo dovessi incontrare adesso lo ammazzerei con le mie mani."

"So per certo che lo faresti, quindi vedi di stare tranquillo."

"Logan sa tutto." Si sentì un rumore ed entrambi si girarono in quella direzione. Luna si alzò per andare a vedere e all'improvviso sbucò Titina.

"Ehi, cosa ci fai qui?" La prese in braccio e incominciò ad accarezzarla. Con la cagnetta in braccio, tornò a sedersi di fronte a suo marito. Luigi si toccò la fronte, segno che Luna conosceva molto bene. Era solito farlo quando era molto teso e preoccupato.

"Logan è andato da Zan per avere notizie su quando sarebbe arrivata Fiamma. L'uomo non sapeva come dirgli che sua nipote non sarebbe tornata. Hanno parlato fino a quando non è arrivato Piero, che subito si è messo a urlare con Zan e prendendo di mira anche Logan. Nostro nipote non ha resistito e gli ha tirato un calcio sugli stinchi. E' stato allora che Piero gli ha tirato un ceffone talmente forte da farlo cadere a terra. Zan è intervenuto."

Luna aveva capito che, dietro a tutto questo, c'era molto di più.

"Attirata dal trambusto è arrivata Angelina. Logan piangeva e la donna ha cercato di consolarlo." Luigi fece di nuovo una pausa.

"Domani mattina Zan e Angelina se ne andranno all'alba. Tornano alla loro casa, su in collina. In qualche modo ce la faranno."

"Ho capito benissimo che questa non è la cosa che mi devi dire."

"Non è facile da raccontare. Non riesco a credere che in giro ci siano degli uomini che sono dei gran maiali." "Cosa vorresti dire?"

Luigi fece un lungo respiro e tutto d'un fiato disse: "Voglio dire che Piero, oltre che essere un ubriacone di merda, ha anche tentato, ripetutamente, di abusare di Fiamma."

Luna impallidì fino quasi a sentirsi male. Fece scendere Titina e con entrambe le mani prese quelle di suo marito.

"Mio Dio" fu tutto quello che riuscì a dire.

"E' successo quando quel verme ha ucciso il cane della ragazza. Fiamma aveva deciso di dire tutto a suo nonno e quel porco, come avvertimento, ha ucciso il cane."

Luna si alzò per andare a bere dell'acqua. Sentiva come se una morsa la stringesse alla gola facendole mancare il respiro.

"Mio Dio, mio Dio..." non riusciva a dire altro.

Luigi si alzò e disse: "Lo so che è troppo per te, ma voglio finire. Non riesco a trattenermi." Luna si mise di nuovo seduta sulla sedia.

"Dopo che Logan ha preso quel pugno, il ragazzo ha deciso di non mantenere più il segreto anche se Fiamma glielo aveva fatto giurare e ha raccontato tutto a Zan e ad Angelina.

Zan è diventato una furia. Gli ha dato una bella lezione e adesso rischia addirittura una denuncia. Quel verme li ha licenziati in tronco!"

Luigi finalmente trovò il coraggio di guardare negli occhi sua moglie. Luna stava piangendo. Luigi l'abbracciò forte. E Logan sapeva tutto.

Stretti in quell'abbraccio nessuno dei due si accorse che Logan era dietro la porta e aveva ascoltato tutto.

Silenziosamente il ragazzo tornò in camera sua. Si mise sul letto, spense la luce e tirò la coperta fin sopra alla testa. Desiderava solo il buio, tanto buio.

La mattina dopo Logan si fece trovare davanti al cancello della cascina "del Gino". Quando Logan li vide arrivare, gli corse incontro e li abbracciò forte.

"Quando vedrai Fiamma glielo dirai che le voglio tanto bene? Anche se ho tradito il nostro giuramento?" Zan gli passò una mano sulla testa e gli fece un cenno d'assenso.

Il ritorno a casa fu silenzioso e lento. Non erano preoccupati per l'aver perso il lavoro. Entrambi si sarebbero tirati su le maniche e avrebbero incominciato da capo. Era il pensiero di Fiamma a non dar loro pace.

Prima di arrivare a casa, fecero una breve sosta al bar del paese: l'unico posto dove ci fosse un telefono. Angelina doveva fare una telefonata a sua figlia. Voleva avere delle spiegazioni. Zan aspettava poco distante.

"….. ti dovresti vergognare. Tu sapevi tutto e non hai fatto assolutamente nulla." ci fu una lunga pausa dopodiché Angelina riprese a parlare.

"… è inutile che cerchi di trovare giustificazioni a una cosa così orrenda. Non sei più mia figlia. Farò di tutto per portare Fiamma da me e tu non farai nulla per impedirmelo."

Quando Angelina riagganciò la cornetta fece tremare le pareti della cabina telefonica. Zan non osò dire nulla. Pochi metri e sarebbero stati a casa.

"La signorina Fiamma Ferraris si rechi con la massima urgenza in sala visita." L'annuncio al microfono fece sobbalzare la ragazza dalla sedia.

"Ah ah, la sfigata ha visite…" Fiamma diede un'occhiataccia alla sua vicina di banco. "Qualcuno si è ricordato che esisti anche tu."

Fiamma si alzò e passandole accanto le diede una gomitata ben assestata, almeno si sarebbe ricordata di lei per un bel pezzo. Si chinò all'altezza dell'orecchio della malcapitata e le sussurrò: "Ora farai più attenzione a quello che mi dirai in futuro." Quindi si recò alla sala visita. Quando vide chi c'era in quella stanza, il sangue le si gelò.

"Ciao" ebbe il coraggio di dire.

"Sei sempre la solita, neppure in divisa riesci ad apparire una ragazza normale." Istintivamente, la ragazza, si passò una mano sulla divisa nel tentativo di lisciarla.

Fiamma restò in silenzio. Sapeva troppo bene fino a che punto potesse arrivare la cattiveria di sua madre.

"Nonna ti vuole con se. Quel tuo amico ... come si chiama? Falcon? O comunque si chiami è andato a raccontare in giro che Piero ti avrebbe...."

Fiamma si sentì quasi svenire.

" Vai in camera tua a fare le valigie. Io di te non ne voglio più sapere. Ho sempre pensato che tu fossi pazza e non mi hai mai dato un solo valido motivo per credere il contrario. Se tua nonna ti vuole saranno problemi suoi. Adesso vedi di fare in fretta."

La corriera aveva lasciato Fiamma a tre chilometri dal paese. La borsa pesava e se da una parte era felice di andare a vivere dai suoi nonni, dall'altra avrebbe voluto essere da Logan per spaccargli la faccia. Era stato uno sporco traditore e lei si era fidata come una scema.

Tutto quel casino solo per colpa sua. Si era fidata della persona sbagliata.

Finalmente arrivò. Sua nonna era già sulla porta e le venne incontro seguita a ruota da nonno Zan. Entrambi l'abbracciarono.

"D'ora in poi starai con noi e finalmente ci prenderemo cura di te.

Prima che me ne dimentichi ho un messaggio molto importante da parte di Logan: mi ha detto che ti vuole tanto bene nonostante..."

"Di quello li non voglio più sapere nulla." E andò in quella che sarebbe stata la sua camera.

C'erano tante cose da sistemare. La nuova scuola a Fiamma non piaceva poi così tanto, anche se portava a casa ottimi voti. Con i compagni non aveva socializzato, ma almeno nessuno la prendeva in giro. Le giornate di Fiamma erano tornate a essere solitarie e non aveva nemmeno i cani a tenerle compagnia.

Arrivò l'inverno portando con se le prime nevicate. Tutto si faceva più pulito intorno. Erano iniziate le vacanze di Natale e Fiamma passava quanto più tempo possibile fuori casa. Giocava delle ore con dei semplici bastoni. Nonna Angelina, spesso, la sorprendeva a parlare da sola.

"Dici sul serio nonno? Davvero andiamo a trovare Fiamma?"

Logan non stava più nella pelle. Non vedeva l'ora di rivederla. Le era mancata così tanto. Era talmente felice da non riuscire più a concludere nulla così nonna Luna lo tenne a casa da scuola due giorni prima che iniziassero le vacanze.

Luna e Angelina avevano preso l'abitudine di sentirsi al telefono una volta al mese. Solitamente era Angelina a chiamare perché non aveva il telefono in casa. Tutte le volte finivano la loro chiacchierata parlando di Logan e Fiamma. Entrambi, ora, sembravano ragazzini a metà.

Avevano avuto quell'idea ed erano sicure che tutto si sarebbe sistemato.

Dalla sua camera, Fiamma, sentiva tutto quello che i suoi nonni stavano dicendo: "Domani arrivano Luigi, Luna e Logan. Vedrai che sarà la volta che riusciremo a far sorridere Fiamma. Sarà felicissima."

Fiamma si coprì le orecchie col cuscino: "Che idea di merda" si disse. "Domani all'alba non mi troveranno di certo. Quello sporco infame non lo perdonerò mai."

La ragazza passò la notte insonne. Alle prime luci dell'alba sgattaiolò fuori casa e si diresse verso la capanna dall'altra parte della collina. Non si sarebbe fatta trovare per nulla al mondo.

"Come mai Fiamma non è ancora uscita dalla camera? Di solito è sempre la prima quando si tratta di fare colazione."

"Hai voglia di andare a vedere per favore? Devo controllare il mangiare." E lo disse con molto orgoglio. Non erano soliti ricevere ospiti. Erano povera gente e con gli abitanti del paese avevano legato poco.

"Non c'è. Il letto di Fiamma è vuoto." "Cosa stai dicendo?"

"Vai a vedere se non mi credi."

Angelina si diresse verso la camera di Fiamma e controllò in ogni angolo. Di Fiamma non c'era traccia. "Dove può essersi cacciata sta benedetta ragazza?"

"Non ne ho la più pallida idea." Rispose Zan.

Insieme si misero a cercarla, ma dopo un paio d'ore ancora non l'avevano trovata. "Sei sicuro di non esserti fatto scappare nulla della visita di oggi?"

"Certo che no."

"Davvero non capisco." In quel momento sentirono bussare.

"Sono arrivati. Cosa gli diciamo adesso?"

Intanto la porta si aprì e il primo a fare capolino fu proprio Logan. "Dov'è Fiamma?"

Nonna Luna intervenne: "Logan, si saluta." "Ciao, dov'è Fiamma?"

Zan e Angelina erano in forte imbarazzo. Fu Zan a dire: "Non abbiamo fatto in tempo ad avvisarvi. Ieri sera è dovuta andare via."

Luigi e Luna avevano capito subito che era una scusa, ma non osarono chiedere nulla. Non per il momento almeno.

Da quel momento Logan non proferì più parola.

Zan ogni tanto usciva alla ricerca della nipote. Aveva una voglia matta di farle bruciare il sedere a suon di ceffoni perché, oltre alla figuraccia che aveva fatto di fronte agli ospiti, si univa anche la preoccupazione di dove si potesse trovare.

"Dannata ragazza. Sono andati a casa, vuoi uscire?"

Dopo un paio di minuti Fiamma fece capolino dal pollaio. Aveva gli occhi lucidi ed era pronta a prendere una bella lezione per quello che aveva combinato, ma nulla di tutto ciò accadde.

Nonno Zan la prese in braccio e disse: "Non capisco il motivo di questa fuga. Tutto era stato combinato per farvi incontrare di nuovo. Lascia perdere qualsiasi cosa tu abbia da dire al riguardo. Io chiudo questo

Voglia di Vita

capitolo."

Fiamma lo abbracciò.

La ragazza non riusciva a perdonare Logan per il suo tradimento. L'avrebbe cancellato dalla sua memoria per il resto della vita.

Una volta tornati a casa Luigi, Luna e Logan si misero davanti alla stufa per riscaldarsi e con in mano una tazza di cioccolata calda Logan disse: "Quando sarò più grande tornerò a cercarla."

Il cucciolo che avevano portato in regalo sarebbe stato un ricordo di lui per Fiamma.

Quella notte Logan si svegliò all'improvviso con un dolore lancinante alla pancia. Cercò di cambiare posizione ma il dolore non dava cenno di calmarsi.

"Nonna... nonna..."

Luna arrivò quasi subito seguita da suo marito e trovarono Logan coricato per terra. Nel tentativo di alzarlo dal pavimento Logan gridò.

"Vai a chiamare l'ambulanza" disse Luigi. Logan scottava ed era in un bagno di sudore. Sembrò passare un'eternità prima che i soccorsi arrivassero. Decisero di portarlo in ospedale dopo averlo visitato. Luigi salì sulla sua macchina e seguì l'ambulanza. Dopo due ore di attesa uscì un medico che disse: "Il peggio è passato. Il ragazzo ha avuto un attacco di appendicite. Sta rispondendo bene alla terapia e in un paio di giorni, salvo complicazioni, potrete riportarlo a casa.

Per qualche settimana dovrà seguire una dieta ferrea, ma vedrete che si risolverà tutto al meglio."

Luna a quelle parole, tirò un sospiro di sollievo. Solo in quel momento si ricordò di avvisare sua figlia Petra.

Come anticipato dal medico, due giorni dopo Logan fu dimesso dall'ospedale, ma una volta a casa prese a far ammattire tutti. Per paura di stare di nuovo male, rifiutava ogni tipo di cibo. Nella sua testa si era radicata la convinzione che se non avesse mangiato sarebbe guarito prima e le probabilità che potesse essere operato sarebbero state nulle. Andò avanti in questo modo per più di un mese. Ogni volta che sua madre veniva a trovarlo, Logan la portava all'esasperazione. Era riuscito perfino a farsi dare due bei sonori ceffoni da Luca. Tutto questo, però, non servì a evitargli l'intervento. Logan era arrabbiato col mondo intero, ma soprattutto con Fiamma e questo suo stato d'animo lo scaricava su chiunque gli stesse vicino. All'ennesimo schiaffo che Luca gli diede, disse: "Non sei nessuno per me."

Dopo che Luca uscì Logan si tolse la medicazione per guardarsi la ferita e si impressionò a tal punto da vomitare.

Quando sua madre entrò nella stanza, finse di dormire. Petra incominciò a pulire e dopo aver finito si chinò verso suo figlio e sussurrò. "Ti voglio bene." Uscì dalla camera accostando la porta.

Suo figlio era il bene più prezioso che avesse al mondo, ma Logan non ne era consapevole.

Fiamma guardò nello scatolone e finalmente si decise di vedere cosa ci fosse dentro.
Non appena aprì il coperchio, fece capolino un musetto dolcissimo. Le ricordava tantissimo Titina, la cagnetta di Logan. Fece per ignorarla, ma quel batuffolo con un balzo saltò sulle ginocchia di Fiamma e quello fu l'inizio di un grandissimo amore.

Il 25 dicembre del 1981 Logan prese la scatola di metallo in cui, con Fiamma, avevano riposto tutti i loro bottini, i loro ricordi e i loro più grandi segreti e la portò fuori nel cortile.
Si guardò intorno per un po', prima di decidere dove trovare il posto giusto per riporla. Una volta trovato, prese la pala e incominciò a scavare, proprio sotto al grande albero che c'era a pochi metri dall'abitazione. Non era la grande quercia dove era solito andare a parlare con Dio, ma decise che andava bene ugualmente.
Quando ritenne di aver fatto una buca abbastanza profonda, ripose la scatola di metallo. Era convinto che, prima o poi, sarebbe arrivato il momento giusto per aprirla, insieme a Fiamma.

5

Il cambiamento

1983

"Tanti auguri Logan."

Il ragazzo stava facendo un grande sforzo per cercare di sorridere per non deludere i suoi nonni e sua madre Petra. Era da qualche settimana che sentiva strani malesseri che non riusciva a definire.

Avrebbe voluto parlarne con nonna Luna, ma non era mai riuscito a trovare il momento giusto. Così i giorni erano diventati settimane e per lui le cose erano solo peggiorate.

"Esprimi un desiderio e spegni tutte le candeline. Stai pur certo che si avvererà."

Logan pensò alla macchina di suo nonno: una fiat 500 blu. Desiderava oltre ogni cosa guidarla ma tutte le volte che l'aveva chiesto a Luigi, lui aveva sempre risposto nello stesso modo: scordatelo!

Logan prese fiato e in un sol colpo le spense tutte. Non pensava al suo regalo; l'aveva scoperto il giorno prima nel fienile. Sotto ad un telo trovò una bellissima bicicletta da corsa. Il suo sogno, ma non il più grande.

Il desiderio che aveva espresso era diretto a Fiamma; non passava giorno senza che la pensasse. "Vieni. Chiudi gli occhi e affidati alle mani di tuo nonno."

Logan fece tutto il tragitto fino al fienile con gli occhi chiusi.

Una volta arrivati a destinazione nonno Luigi alzò il telo e disse: "Ora apri gli occhi." Logan restò a bocca aperta.

Davanti a lui non c'era la bicicletta, ma un bellissimo motorino: un Fifty Malaguti rosso.

Non era nuovo, ma era tenuto benissimo. Logan si avvicinò per toccarlo quasi con il timore che, al suo tocco, potesse scomparire.

Già la sua mente viaggiava su come avrebbe potuto personalizzarlo.

Qualche modifica qua e la e sarebbe stato perfetto. Doveva anche accertarsi se il motore era già stato truccato.

Tutto quello che Logan riuscì a dire fu un "grazie" che si percepì appena.

Petra, Luna e nonno Luigi si allontanarono in modo tale che Logan potesse godersi il suo regalo. Dal canto suo Logan non riusciva a capacitasi che quello che aveva davanti agli occhi era tutto suo. Ora poteva considerarsi alla pari dei ragazzi che c'erano in paese.

Logan ebbe ancora un attimo di esitazione e poi si mise a cavallo del motorino e, in preda a una fortissima emozione, lo accese. Partì al primo colpo. Fece qualche prova per prendere confidenza e quando si sentì sicuro, uscì dal fienile e, con il vento tra i capelli e le lacrime agli occhi, fece correre il suo Fifty tra le vie del paese, felice come non si era mai sentito prima.

Una volta tornato a casa, parcheggiò il suo motorino e prima di coprirlo lo lucidò alla perfezione. Era talmente intento nel suo lavoro che non si accorse che, in un angolo del garage, c'era la bicicletta che aveva visto il giorno prima.

"Nonna mi daresti uno straccio pulito? Che sia morbido però. Devo lucidare tutte le cromature e poi devo..."

"Calmati un attimo Logan. Capisco che tu sia eccitato, ma in garage c'è un altro regalo per te." "La bicicletta?"

"Ah, ma allora l'hai vista."

Logan si fece rosso in viso, ma a sua nonna poteva dirlo: "Ieri sono andato nel fienile e ho visto un telo, ma giuro che ho solo sbirciato."

"Come se non ti conoscessi... solo sbirciato eh?

Logan fece uno dei suoi sorrisi da incantatore di serpenti. "Mano sul cuore, nonna: lo giuro."

E con l'altra mano nascosta dietro alla schiena, Logan stava incrociando le dita, giusto per scaramanzia. Nonna Luna lo vedeva riflesso nello specchio e le scappò un sorriso.

La donna si portò la mano sulla fronte: suo nipote era irrecuperabile, ma lei lo adorava così com'era. Da grande avrebbe potuto fare tutto quello che avrebbe voluto.

Logan fece una corsa; la bici era ancora coperta dal telo: già immaginava come avrebbe suddiviso il suo tempo. Sarebbe andato a scuola un giorno col motorino e il giorno seguente con la bici da corsa.

Incominciò a lucidarla. Doveva risplendere anche da lontano. Sentì la presenza di sua madre dietro di se solo quando Petra parlò: "Ti piace?"

"Si, tantissimo."

"E' un regalo di tuo padre."

A quell'accenno Logan s'impietrì. "Quando l'ha portato?"

"Venerdì, mentre tu eri a scuola. Ha promesso che la prossima volta verrà per trascorrere un po' di tempo con te."

Logan rimase senza parole. Quelle rarissime volte che vedeva suo padre, lo liquidava sempre con quella frase.

Bonetti Ludovico. Se non fosse stato perché portava il suo cognome, si sarebbe dimenticato anche di quello.

Lo vedeva talmente di rado che, a volte, faceva fatica a ricordare il suo volto. "Bel regalo. Se senti papà ringrazialo da parte mia."

"Lo sai benissimo che tuo padre e io abbiamo rotto qualsiasi rapporto da anni, ormai."

"Si, si me lo ricordo benissimo. Me lo ripeti in continuazione. E' sempre la solita storia. Bla, bla e ancora bla. Tu e lui avete rotto, io non c'entravo nulla. Se "mio padre" fosse una persona con un minimo di cuore, con me si sarebbe comportato in modo diverso."

"…. non sei mai contento!"

"Se fosse come dici tu questa bici l'avrei già distrutta, invece me la tengo. So quanto vale; una volta tanto "quello la", ha speso dei soldi per me."

Logan tornò a lucidare la bici, gesto che fece intendere a Petra che il discorso era chiuso.

Sulla porta Petra si girò a osservare suo figlio. Tutta la foga che stava mettendo nel lucidare quella bici nascondeva una grande rabbia repressa. Una lacrima scese dal volto di suo figlio. Petra uscì chiudendo la porta.

Logan decise di fare una cosa che non aveva mai fatto prima. Entrò in casa e vide sua nonna intenta a cucinare.

"Nonna, hai il numero di telefono di Ludovico?"

Luna si girò e lo guardò, cercando di capire lo stato d'animo di suo nipote. "Intendi dire tuo padre?"

"Si." Luna si avvicinò al tavolino dove teneva la rubrica telefonica. "Ecco, questo è il numero di telefono di tuo padre. Ti lascio tranquillo."

Logan compose il numero. Al secondo squillo rispose una voce maschile: difficile per Logan capire se era quella di suo padre.

"Cerco Ludovico." "Sono io."

"Ciao. Sono Logan." "Logan chi?"

Di fronte a quella risposta il ragazzo si paralizzò. "… ah si, scusa. Ciao Logan. Piaciuta la bicicletta?"

Logan riattaccò. Tutto si riduceva a quel "Logan chi?"

Dannazione: suo padre nemmeno si ricordava di avere un figlio.

Con un gesto furioso buttò a terra la pila di libri che c'era sul tavolino. "Bastardo!"

Nonna Luna, che aveva solo socchiuso la porta, ora stava guardando suo nipote piangere a dirotto, con la testa tra le gambe.

"Vuoi che ti faccia una cioccolata calda?" "Lasciami stare. Non voglio nulla."

Luna richiuse la porta lasciando che Logan sfogasse tutta la sua rabbia.

Come era possibile che, in una manciata d'ore, ci si potesse sentire tanto felici e, subito dopo, in preda a una totale disperazione? Questa era una domanda che Logan si poneva spesso e senza mai riuscire a darsi una risposta.

Sentì un fortissimo dolore alla testa, tanto da togliergli il fiato.

Logan si alzò e andò a cercare sua madre. Voleva dirle di quei mal di testa che duravano ormai da diverse settimane. Arrivavano all'improvviso e velocemente scomparivano, lasciandolo quasi senza forze.

Una volta trovata sua madre Logan le andò incontro e disse: "Quando torni a Torino?" "Domani, perché?"

"Perché ho deciso che vengo via con te." "Ma… e con la scuola come farai?"

"Perché a Torino le scuole non ci sono?"

"Si certo, ma con gli amici…" Sua madre lo conosceva davvero poco. All'infuori di Valter, lui non aveva amici.

Logan andò in camera sua e incominciò a mettere i suoi vestiti dentro a un borsone.

Petra lo raggiunse dopo un paio d'ore. Aveva messo al corrente i suoi genitori della decisione di Logan. Non ne erano rimasti entusiasti, ma avevano compreso.

Petra si era sentita dire da suo padre: "Sei sicura di essere in grado di prendertene cura?"

La donna non rispose. Ecco l'uomo davanti a sé: suo padre. Il motivo principale del perchè fosse andata via da casa.

Una volta arrivati a casa di Petra, Logan diventò pensieroso. Non era sicuro di aver fatto la cosa giusta, ma ormai era troppo tardi per i ripensamenti. Se non avesse provato non avrebbe mai capito se quella avrebbe potuto essere la strada giusta per incominciare a vivere la sua vita.

Era lontano dai suoi compagni che lo sbeffeggiavano in continuazione. Troppe volte aveva subìto. Non capiva cos'avesse di così diverso dai suoi coetanei per non essere mai riuscito a socializzare con loro e, peggio ancora, era diventato lo scaricabarile di tutti.

Andare a vivere con sua andare a Torino avrebbe potuto essere la soluzione giusta a tutti i suoi problemi.

Arrivarono sul pianerottolo e mentre Petra cercava le chiavi di casa nella sua borsa, la porta a fianco si aprì.

"Finalmente sei tornata!" Luca! Logan lo squadrò dalla testa ai piedi. Dall'ultima volta che l'aveva visto non era cambiato molto. Convinto che Logan non potesse sentirlo, Luca si rivolse verso Petra e disse: "Cosa ci fa lui qui?"

"Ne parleremo domani mattina" rispose la donna. Petra entrò in casa, seguita da Logan. La porta non si era ancora chiusa completamente quando Logan tornò sui suoi passi.

Luca era ancora fermo e immobile, davanti alla porta di casa sua. "E' un problema per te se vengo a stare a casa di mia madre?"

A quelle parole lo sguardo dolce che Luca aveva avuto fino a quel momento si trasformò in uno gelido. Si avvicinò a Logan e gli disse: "Fai attenzione a come ti rivolgi quando parli con me!"

"Forse non te ne sei accorto, ma non sono più un bambino."

Luca alzò la mano e fece per tirare uno schiaffo al ragazzo. Logan, prontamente, fermò quella mano e con l'altra prese Luca per il collo e disse: "Non mi fai più paura." E lo lasciò andare.

Luca restò senza parole e non trovò di meglio da fare che rientrare in casa sua. Di quello che era appena accaduto ne avrebbe messo al corrente Petra.

Logan rientrò in casa soddisfatto. Si guardò attorno: dall'ultima volta che era stato lì ne era passato di tempo. Petra aveva fatto diversi cambiamenti ma lo spazio restava sempre angusto. Si sarebbe lo stesso abituato alla nuova vita.

"Ecco, per stasera ti ho preparato il divano. Domani penseremo a tutto, compresa l'iscrizione a scuola." "Se proprio devi… la scuola è l'unica cosa a cui potrei rinunciare senza far storie." Logan sorrise.

Petra notò solo allora il volto pallido di suo figlio.

"Ti senti bene?" e mise la mano sulla fronte di Logan per sentire se avesse la febbre. Sembrava fresca. A quel gesto Logan si ritrasse.

Sua nonna aveva l'abitudine di posare le sue labbra sulla fronte per sentire se stava male.

Si pentì subito di quello scatto. D'altronde madre e figlio non si conoscevano così bene; sua madre era dovuta partire per trovare lavoro e poter contribuire al suo mantenimento, ma questo aveva fatto sì che si conoscessero in modo molto superficiale.

Non gliene faceva una colpa, ma spesso si era chiesto se sua madre stava meglio quando era con lui o quando era lontana.

"Sai già in quale scuola mi manderai?"

"Qui vicino ce ne sono due. Domani non devo lavorare e potremmo andare insieme per scegliere quella che preferisci. Ecco, ti ho rifatto il letto. E' una sistemazione provvisoria. Domani metterò in ordine la camera dove ho lo studio e sicuramente ti sentirai più a tuo agio. Vado a dormire. Domani mattina sveglia presto."

"Buonanotte mamma" e si mise sul divano: non sembrava scomodo.

Provò a trovare la posizione giusta, ma dopo due ore ancora si girava e rigirava sul letto. Il divano era comodo, non era quello a impedirgli di prendere sonno.

Dalla finestra del salotto arrivavano molti rumori a cui non era abituato. Si alzò per andare a controllare che la finestra fosse ben chiusa. La maniglia era giù. Tirò meglio gli scuri tendoni in modo tale da fare più buia la camera.

Troppi rumori. Troppa luce che arrivava dai lampioni della strada. Nella casa dei suoi nonni, una volta spenta la luce, tutto sprofondava nel buio più profondo. Gli mancava tutto di quel posto ed erano passate solo poche ore, da quando era venuto via dal paese. Non poteva più restare lì, anche ora che aveva ricevuto un motorino e una bicicletta da corsa per il suo quattordicesimo compleanno.

I suoi compagni di scuola continuavano a fargli scherzi idioti più o meno cattivi; nessuno che gli rivolgesse un saluto. Durante l'intervallo il cortile era pieno di coppiette che passavano quel breve tempo a baciarsi, scambiarsi tenere effusioni e parlavano di chissà quali cose guardandosi negli occhi.

Aveva provato anche lui ad avvicinare la ragazza che aveva rapito ogni suo pensiero. Lei non aveva fatto altro che deriderlo. Solo una volta aveva accettato un suo invito e, nel luogo prestabilito dell'appuntamento, non solo non la trovò, ma al suo posto c'erano quattro o cinque ragazzi che lo presero in giro fino a farlo piangere. Si era portato a casa anche un bell'occhio nero. Carla era stata la prima ragazza a fargli battere fortissimo il cuore. Una piccola stronza.

E poi c'era quel maledetto e fortissimo mal di testa che non lo lasciava mai. Quando compariva, i dolori erano talmente forti che lo rendevano quasi del tutto incapace di reagire. Duravano dai cinque ai dieci minuti e poi scomparivano così come erano arrivati. Si era convinto di avere qualcosa di grave, ma non aveva trovato il coraggio di parlarne con sua nonna. Le aveva già causato fin troppe preoccupazioni.

"Dlin, dlin, dlin" era il rumore del tram che passava proprio sotto casa di sua madre. Anche la natura che circondava la casa dei suoi nonni aveva dei rumori ma del tutto differenti. Doveva solo abituarsi a suoni diversi. Dopo altri tentativi per prendere sonno Logan si spazientì e si alzò dal letto. Per andare in bagno passò davanti alla camera da letto di sua madre. La porta era socchiusa e la luce era ancora accesa, segno che sua madre era sveglia.

Fece per bussare, ma restò con la mano a mezz'aria. Sentì la voce di sua madre che stava parlando al telefono.

"No. Ho detto che non metterò mai più la mia vita nelle mani di qualcuno. " Seguì una breve pausa. "So che mi ami, ma…." Un'altra pausa.

"Adesso fai parlare me" disse Petra.

"La mia vita è già stata messa a dura prova abbastanza." Pausa.

"Ti ho chiesto di farmi parlare per favore…." "Grazie" disse Petra.

"Ho capito molto bene quello che mi hai detto. So che sei ricco abbastanza da potermi regalare una vita da regina, ma non è quello che voglio. Anche per me sei molto importante, ma te lo ripeto: la mia vita nelle mani di un uomo non la metterò mai più. Non hai mai mascherato nemmeno per sbaglio l'avversione verso mio figlio. Sono stata in silenzio tanto, troppo tempo.

Sentì la voce di sua madre incrinarsi dal pianto. "Non cercarmi mai più. Per favore…"

Voglia di Vita

Un'altra pausa
"Nemmeno io ti scorderò facilmente. Addio."
Il click fece capire a Logan che la telefonata era finita. Dopodiché un silenzio tombale fece da padrone.

Logan tornò al divano letto; tirò su le coperte fin sopra alla testa e finalmente riuscì a prendere sonno.

L'idea che Luca non facesse più parte della vita di sua madre l'aveva reso felice. Poco importava se sua madre stava singhiozzando disperatamente nella sua camera.

Dopo un paio di mesi di quella che considerava la sua nuova vita, Logan si era ritrovato a scoprire quasi ogni giorno cose nuove. Gli mancava il paese con i suoi boschi, il lago e le sue abitudini, ma quando la malinconia si faceva più forte, scrollava le spalle e cercava di non pensarci.

Quel sabato mattina, visto che sua madre era al lavoro, decise di provare a raggiungere il cimitero generale di Torino. Ne aveva sentito parlare nei corridoi della scuola.

Prese due mezzi per arrivarci e senza perdersi. Torino era di origine romana e Logan se lo ricordava molto bene; grazie alla sua forma squadrata era facile orientarsi.

Una volta arrivato nella piazza grande che si trovava di fronte all'entrata principale del cimitero, la prima cosa che vide fu un gruppetto di ragazzi che infastidivano una signora anziana.

Senza fermarsi a riflettere, seguì il suo istinto e si diresse verso quel gruppo.

"Smettetela." Nello stesso momento si accorse di chi aveva davanti: i bulli della scuola da cui era riuscito a tenersi alla larga fino ad allora per lo meno. Erano soprannominati i "figli neri". A scuola avevano l'abitudine di infastidire e minacciare chiunque gli andasse a genio, restando sempre impuniti.

"Io ti conosco: sei il coglioncello che va a scuola con lo zaino che andava di moda trent'anni fa. Che cazzo vuoi? Sei in cerca di guai?"

Intanto la signora anziana, che era stata presa di mira dai ragazzi, riuscì ad allontanarsi. Fu a quel punto che Logan rispose per le rime: "Non mi fai paura."

"Sparisci essere inutile. Vai a far ridere i polli da qualche altra parte."

Il bullo si girò verso il punto dove aveva lasciato quella stupida vecchia: se ne era andata e questo lo fece imbestialire. Sarebbero stati soldi facili: almeno centomila lire.

Tornò a guardare Logan e disse: "Mi devi centomila lire." "Non ti devo proprio un bel niente" fu la risposta di Logan. "Questo lo dici tu."

Gli altri componenti della banda fecero per avvicinarsi a Logan, ma al capo banda bastò un cenno col dito per fermarli.

"Ho detto che mi devi dei soldi, cos'è che non hai capito?" e scoppiò in una risata. "Te lo ripeto: io non ti devo proprio nulla."

Il ragazzo si avvicinò a Logan, talmente vicino, che il ragazzo sentì l'odore del suo alito. Sapeva di alcool. "Tu sei quello che tutti schivano a scuola: sei solo uno sfigato."

Logan incominciava ad aver paura. Le persone che passavano vicino facevano finta di nulla e lui non trovava una via di fuga. Il bullo lo guardò dritto negli occhi e disse: " Oggi è sabato. Hai due giorni di tempo e se non mi porterai i soldi che mi devi, farai bene a scappare perché ti ridurrò peggio di una polpetta. Hai capito bene?" Logan non proferì parola.

Fu allora che il bullo gli andò ancora più vicino e con una mano prese per il collo Logan. "Cos'è oltre a essere scemo sei anche sordomuto? Hai capito?"

Logan fece cenno di si con la testa.

Il bullo lo lasciò andare e con un gesto che dal di fuori poteva apparire amichevole, gli mise a posto la maglia.

"Ci vediamo lunedì coglione. Sii puntuale. Non mi piace aspettare." Tornò a casa e si mise sul letto e ci restò fino all'indomani.

"Ma se fino a ieri sera stavi bene" disse Petra. "Fammi controllare il termometro."

39.3! Eppure la mano sulla fronte diceva tutt'altro; al tatto era fresca. "Adesso te la misuro io, magari il termometro non funziona bene."

Petra aveva capito che quella di suo figlio era solo una messinscena, solo non capiva il perché lo stesse facendo.

"Ecco, vedi? Ora il termometro segna 36.2. Direi che mai guarigione è stata più veloce." "Mamma, fammi stare a casa oggi. Per favore, ti prego."

"Dammi un solo valido motivo per farlo e magari prenderò in considerazione la cosa." "Mamma, per favore. Te lo chiedo davvero per favore. Il mio motivo è davvero molto valido." Petra ci pensò su per qualche minuto.

"Va bene, per una volta se salterai un giorno di scuola, non morirà nessuno."

A quella affermazione Logan si rilassò. Sapeva di non aver risolto il suo problema; era solo rimandato, ma almeno era riuscito a farsi concedere un altro giorno di tempo.

Sua madre, che nel frattempo era uscita dalla stanza, tornò a salutare suo figlio prima di andare al lavoro proprio nel momento in cui Logan ebbe uno dei suoi improvvisi attacchi di mal di testa. Tutto intorno a lui si fece buio.

Logan aveva l'impressione di aver un martello pneumatico che gli batteva in testa. Petra lo vide impallidire; le labbra di suo figlio si erano fatte scure. Sembrava addirittura che avesse smesso di respirare.

"Logan…. Logan, cos'hai?"

Petra si tolse la giacca che le impediva i movimenti. "Logan…" e incominciò a dare dei piccoli schiaffetti sulle guance. Non sapeva cosa fare.

Voglia di Vita

Logan non dava segni di ripresa. Le venne l'idea di chiamare il suo vicino di casa, sperando che ci fosse, per farsi portare in ospedale. La fortuna girò dalla sua parte perché il vicino in meno di un minuto si fece trovare pronto.

Insieme riuscirono a portare Logan in macchina. Petra si sedette sul sedile posteriore con la testa di suo figlio in grembo. Luciano, il suo vicino di casa, si mise alla guida e sua moglie Carla sventolava fuori dal finestrino un fazzoletto bianco. Luciano continuava a farsi strada suonando il clacson fino al loro arrivo in ospedale.

Logan non aveva dato segni di ripresa. Petra si sentiva completamente impotente. "Se hai bisogno di noi, siamo qui fuori." Disse Luciano.

"Appena sai qualcosa facci sapere."

Petra non riusciva a proferire parola. Erano ore che suo figlio era dentro a quella stanza e nessuno ancora era uscito per dirle qualcosa. Si accese l'ennesima sigaretta e fu proprio in quel momento che un'infermiera uscì a cercarla.

"Eccola dov'era finita. Il medico le vuole parlare."

Petra buttò la sigaretta per terra e la spense con il piede. Quella sarebbe stata l'ultima. "Resti ferma qui. Non appena quella porta si apre, tocca a lei."

L'infermiera la salutò con una pacca sulla spalla. Nulla faceva presagire qualcosa di brutto. Dopo una buona mezz'ora finalmente la porta si aprì. Un'altra infermiera la fece accomodare. In quella stanza di suo figlio non c'era traccia.

Il medico quasi le lesse nella mente perché dopo averla salutata si rivolse a lei dicendole: "suo figlio è nella camera a fianco e tra poco potrà salutarlo. Vorrei sapere da lei alcune cose come ad esempio se sa dirmi da quanto tempo suo figlio soffre di questi attacchi."

"In realtà oggi è stata la prima volta che l'ho visto così sofferente. Vive con me da pochi mesi e..." "Suo figlio ha detto che è successo solamente un'altra volta, ma io dubito fortemente che sia così."

Comunque il mio collega e io abbiamo deciso di ricoverarlo per qualche giorno in modo da poter fare degli esami più approfonditi."

"Cosa potrebbe essere?"

"Al momento non me la sento di fare una diagnosi. Gli elementi sono troppo pochi per poter avere un quadro più chiaro. Preferisco fare ulteriori accertamenti. Ecco perché vorremmo ricoverarlo per qualche giorno, sempre che per lei vada bene."

"Certo, devo firmare qualcosa?"

"Per la parte burocratica può passare in direzione anche domani mattina. Penso che, comunque, ci vorranno sei o sette giorni per capirci qualcosa in più. Ora, se vuole, può andare a tenere compagnia a suo figlio, ma solo per qualche minuto, mi raccomando e senza agitarlo."

Petra fece un cenno di assenso.

"Quando esce la pregherei di chiudere la porta. Ci rivedremo molto presto e non si preoccupi. Vedrà che rimetteremo in piedi suo figlio in fretta."

Una volta fuori dal corridoio Petra si dovette fermare un attimo per riordinare le idee; non riusciva a comprendere a fondo cosa davvero stava succedendo. Guardò l'orologio. Porca miseria. Erano le due passate e si era completamente dimenticata di avvisare il suo datore di lavoro. Poco più avanti intravide un telefono a gettoni. Si diresse in quella direzione, cercò un paio di monete e compose il numero del suo titolare.

"Logan, ho appena parlato col medico. Hanno deciso di ricoverarti per qualche giorno per farti degli esami più approfonditi. "

"Va bene" rispose Logan.

Petra si stupì del fatto che suo figlio avesse accettato il ricovero senza fare alcuna obiezione.

Dal canto suo Logan benediceva il fatto che per parecchi giorni non sarebbe dovuto andare a scuola. Magari, nel frattempo, quei bulli si sarebbero dimenticati di lui.

Petra aveva uno sguardo cupo e Logan cercò di rassicurarla.

La donna non accennò minimamente al fatto che il suo titolare non aveva preso per niente bene la sua assenza dal lavoro, anche se i motivi erano più che validi.

Logan fece un grande respiro e disse: "Anche questa volta andrà tutto bene."

Era una frase che Fiamma ripeteva spesso.

Erano dodici giorni che Logan era ricoverato e Petra notò, con grande stupore, che suo figlio non dava alcun cenno di impazienza.

Aveva socializzato con tutti, dagli infermieri ai medici, anche se preferiva passare il suo tempo con gli altri pazienti.

Le giornate, per il ragazzo, passavano velocemente. Piuttosto era Petra a sentirsi sfinita, divisa tra ospedale e lavoro.

A Logan veniva naturale aiutare quelli che non erano in grado di prendersi il bicchiere dal tavolino. Le persone più anziane erano un pezzo di storia vivente e a Logan piaceva molto passare il suo tempo ad ascoltarli.

Arrivò il giorno in cui Petra fu convocata dal medico che aveva preso in cura suo figlio. "Signora Sanni" prima di continuare, il dottore si schiarì la voce.

"Abbiamo fatto tutti gli accertamenti che ritenevamo necessari. Riteniamo che suo figlio goda di ottima salute. Aspettiamo ancora un altro esito ma che, purtroppo, non sarà pronto prima di due o tre giorni. Tenga presente che alla base di tutto potrebbe essere lo stress che suo figlio ha affrontato per un cambio di vita così drastico.

Domani mattina lo dimettiamo; le lascio il mio biglietto da visita per qualsiasi evenienza."

Petra fece per alzarsi.

"Un'ultima cosa: le consiglierei di tenere suo figlio a riposo ancora per qualche giorno, dopodiché potrà tornare alla sua vita di sempre."

Petra ringraziò e con le lacrime agli occhi andò a dare la notizia a suo figlio. Logan non parve felice, anzi, il suo sguardo si fece quasi triste.

Per Logan quel reparto era diventato una seconda casa. Non aveva dimenticato che, una volta tornato alla sua vita di sempre, avrebbe potuto incontrare quei bulli di nuovo sulla sua strada. O magari anche no.

Quei giorni passati in casa erano trascorsi tranquilli. Logan si sentiva talmente bene che aveva preso l'abitudine, tutti i pomeriggi, di andare a trovare i suoi ex compagni di ospedale. Gli orari di visita erano molto rigidi, ma quando lui si presentava in reparto, lo lasciavano sempre passare.

Quel giorno era appena entrato in reparto e dopo pochi metri sentì il nome di sua madre.

"Per favore Teresa, mi rintracci al più presto la signora Sanni Petra. Sono arrivati gli esiti della radiografia. Spero vivamente di sbagliarmi, ma sembra che suo figlio abbia un tumore al cervello."

"Shhhh, Logan era qui in reparto."

Medico e infermiera sentirono sbattere una porta. L'infermiera cercò il numero di Petra e lo compose quattro volte prima che dall'altra parte qualcuno rispondesse.

Petra, seduta di fronte al medico, non sapeva più se ridere o piangere. "Davvero è stato tutto uno sbaglio?"

"Si signora. Capita molto raramente, ma succede. La macchina dei raggi era difettosa. Il collega me l'ha comunicato tempestivamente, ma nel frattempo avevamo già mobilitato lei e temo che Logan ci abbia sentiti."

"Quando tornerò a casa spiegherò tutto a mio figlio. Grazie. Grazie davvero di cuore."

Si salutarono e nel momento in cui Petra fece per uscire il dottore si alzò in piedi e disse: "Suo figlio è un ragazzo dal cuore buono e grande. Se ne avesse ancora voglia, gli dica che qui da noi è sempre il benvenuto. Il suo è stato un aiuto prezioso per portare il buon umore tra i malati. Sono io che ringrazio lei."

Logan sentì la chiave nella serratura: sua madre era tornata. La sacca con i suoi vestiti era ben nascosta sotto al letto.

"Ciao Logan. Devo parlarti."

"So già tutto. Ero lì quando il dottore ho detto che ho un tumore in testa."

"Aspetta. Prima che tu possa dire altro te la dico io una cosa. Punto primo devi smetterla di origliare. A volte si possono fraintendere tante cose e tu questo vizio maledetto ce l'hai da sempre. Punto secondo, prima che tu possa dire altro, è stato tutto uno sbaglio. Non hai nessun tumore in testa."

Logan sapeva benissimo che un adulto sapeva mentire molto bene;

partendo da suo padre quando lo salutava dicendogli "ci vediamo presto" e poi spariva per mesi, a volte anche per anni, fino ad arrivare a sua madre. Aveva compreso da tempo che lui era un peso per tutti.

Quella notte stessa sarebbe scappato. Sua madre aveva appena raccontato una balla colossale. Se lui non aveva davvero niente cos'erano quegli attacchi fortissimi che arrivavano perfino a paralizzarlo?

Una sola cosa accomunava i suoi genitori ed era quella che sapevano mentire di merda. Entrambi. Logan si limitò a rispondere con un ok a tutto quello che sua madre aveva appena detto.

"Sono stanco, vado a dormire." Disse Logan.

Anche Petra, dal canto suo, era sfinita. L'ultimo pensiero prima di cadere in un sonno profondo fu: "Meno male che è andato tutto bene." e crollò.

Dopo circa due ore e Logan sgusciò dalle coperte in perfetto silenzio. Prese la sacca da sotto il letto e uscendo, passò davanti alla camera di sua madre. La tentazione di aprire la porta per vederla un'ultima volta era forte, ma poi decise di proseguire. Lasciò il suo mazzo di chiavi di casa sul tavolo della cucina. A lui non sarebbero più servite. Aprì la porta e uscì nel silenzio più assoluto.

Una volta fuori si accorse che non c'era anima viva e questo, anziché spaventarlo, lo rassicurava. Incominciò a camminare senza una meta. L'unica certezza che aveva era quella di allontanarsi il più velocemente possibile da sua madre, dal ricordo che aveva di suo padre e, soprattutto, dal tumore che si era insidiato nella sua testa pronto ad esplodere in qualsiasi momento.

"Non vi avrei mai chiamato se non fossi stata certa che mio figlio è scappato. Non sono solita disturbare le forze dell'ordine."

Andò verso l'armadio e aprendo un'anta si rivolse verso la madre del ragazzo.

"Ha già controllato se...?" Petra lo interruppe prima che potesse finire la domanda.

"Ho controllato. Dall'armadio di mio figlio mancano diversi indumenti."

"Si sieda e mi racconti tutto. Ogni dettaglio può tornarci utile per ritrovare suo figlio."

Petra incominciò a raccontare tutto quello che si ricordava degli ultimi giorni, compresa la storia della lastra difettosa. Le mani le tremavano e la paura le attanagliava lo stomaco. I ricordi uscivano a tratti e il terrore che a suo figlio fosse successo qualcosa le toglieva il respiro.

Raccontò che al momento di chiamare suo figlio per la colazione si era accorta della sua assenza; aveva guardato nelle altre stanze e poi era tornata nella camera di suo figlio. Solo in quel momento, guardandosi attorno, capì che era andato via.

Petra si avvicinò alla finestra perché le mancava l'aria. Cercò di respirare a pieni polmoni. Dove poteva esser andato Logan? In quei mesi aveva incominciato a conoscere veramente suo figlio e sapeva che non si spingeva mai oltre il quartiere.

"Suo figlio aveva degli amici qui in città?"

"No, non ne aveva o perlomeno con me non ne ha mai parlato."

I due carabinieri parlarono tra di loro ma Petra non riuscì a comprendere quello che si stavano dicendo.

"Signora, lei resti in casa, suo figlio potrebbe chiamare. Noi faremo il possibile per ritrovarlo."

Logan aveva passato la notte trovando riparo sotto il ponte di un fiume. Aveva trovato qualche coperta abbandonata e con quelle si era riparato dal freddo. Aveva dormito un sonno profondo. Tutto sommato non era così diverso da quando faceva campeggio nel prato dietro casa, ai margini del bosco, quando era a casa dei suoi nonni.

Quella notte si era ritrovato, dopo tanti mesi, in una dimensione più simile a quella a cui lui era abituato. Sua madre se ne sarebbe fatta una ragione. Si alzò per andare in riva al fiume e giocò un po' con l'acqua. La città si stava risvegliando: i primi clacson delle macchine si facevano sentire prepotentemente, il passaggio dei tram e anche qualche persona che portava a spasso il cane.

Decise di uscire dal suo nascondiglio; a pochi passi c'era il mercato di Porta Palazzo e forse sarebbe riuscito a racimolare qualcosa da mangiare. Quando aveva organizzato la sua fuga non aveva pensato di prendere anche del cibo. Quel mercato l'aveva sempre affascinato.

Da quando Logan abitava nella grande città c'era andato si e no tre/quattro volte. Frugò nelle tasche della giacca; all'improvviso ricordò che doveva avere ancora il resto della spesa che si era dimenticato di dare a sua madre. Fu fortunato perché trovò in tutto duemila e settecento lire. Andò alla panetteria che faceva angolo con corso Regina Margherita e comprò mille lire di pizza.

Per bere c'era il "Toret": una fontanella con la forma di testa di toro di colore verde, che era anche il simbolo della città di Torino.

Con quello che aveva comprato e l'acqua da bere a volontà aveva calcolato che, con il resto dei soldi, poteva andare avanti quattro o cinque giorni al massimo. Era già un lusso per lui.

Parlando con un ragazzo aveva anche scoperto che, se si presentava alle quattro del mattino nella piazza del mercato, pagavano bene per scaricare le casse di frutta e verdura. Logan non aveva un fisico possente e per dirla tutta non aveva mai lavorato se non lo stretto necessario.

Avrebbe imparato a lavorare sodo tanto da guadagnarsi la sua indipendenza economica.

I progetti per il suo futuro erano ben definiti. Avrebbe risparmiato qualche soldo per andare a Milano e poi a Venezia, Bologna e poi ancora Roma, Ancona, Napoli, Avellino!

Avellino: la città di suo padre. Sarebbe stato un peccato non visitare quella città, ma sarebbe andato oltre. Nelle grandi città avrebbe sempre trovato mercati dove guadagnarsi da vivere scaricando cassette.

Avrebbe proseguito così fino a quando il tumore che aveva in testa non avesse deciso di porre fine alla sua vita. Avrebbe dimostrato a tutti che era in grado di cavarsela da solo.

Da Porta Palazzo raggiungere i giardini Reali fu un gioco facile. Le giornate si erano fatte fresche e la notte arrivava quasi all'improvviso. Logan non aveva paura del buio: l'aveva sempre considerata la sua dimensione perfetta. Piuttosto era la gente che lo imbarazzava. Restò seduto su una panca per un'oretta, fermo e immobile, a osservare le luci che si accendevano nel palazzo che aveva di fronte. Era arrivato il momento di ritirarsi nella sua nuova casa.

Controllò di avere cibo a sufficienza e si alzò per andare nel suo rifugio.

Dopo pochi passi sentì una voce alle sue spalle: "Potrebbe essere lui. La descrizione coincide alla perfezione."

Logan si impietrì: possibile che stessero cercando proprio lui?

Provò a correre, ma i piedi non gli ubbidirono, restando inchiodati al terreno. Un carabiniere si avvicinò e gli disse: "Sei Logan, vero?"

Il ragazzo si limitò ad annuire.

"Lo sai che la tua fuga ha mobilitato metà delle forze dell'ordine?"

Logan restò ancora in silenzio. L'unico pensiero costante nella mente del ragazzo era: "Possibile che mia madre tenga a me fino a questo punto?"

Logan non fece il minimo cenno di fuggire. Lo portarono in caserma dove, nel frattempo, arrivò sua madre.

Petra gli si avvicinò e disse: "Non so se è più grande la voglia di abbracciarti o quella di bastonarti. Perché l'hai fatto?"

"Cosa avresti fatto tu se avessi scoperto di avere un tumore in testa?" Logan mise tutta la rabbia di cui era capace per rispondere a sua madre.

"Siediti qui; dobbiamo parlare" e incominciò a spiegare a suo figlio l'errore che il malfunzionamento di una stupida macchina aveva creato. Cercò di far capire a suo figlio che mai e poi mai gli avrebbe mentito su una cosa tanto grave.

"Domani, il medico ti farà un altro controllo e ti spiegherà tutto, in modo dettagliato. Tu non hai nessun tumore al cervello."

"Strano" pensò Logan. Da quando credeva di averlo per la prima volta si era comportato in modo normale. Che cazzo di scherzi era in grado di combinare il cervello.

6

Dentro a un incubo

"Bentornato in classe Logan" disse la professoressa di italiano. "Ci sei mancato."

Il ragazzo dubitava fortemente della sincerità di quelle parole. La mattinata trascorse comunque abbastanza tranquillamente, fino al termine delle lezioni.

Quando uscì da scuola si trovò di fronte al suo peggior incubo.

"Ma guarda chi c'è! Il coglione è tornato. Non mi sono dimenticato di te. I miei amici e io ci stavamo giusto annoiando e il destino chi ci ha portato? Il nostro giocattolo preferito. Lo sai che mi devi dei soldi, vero?"

"Te l'ho già detto: io non ti devo assolutamente nulla."

"Questo lo dici tu coglione" e gli tirò un pugno sullo stomaco.

"Io non scherzo mai. Le mie non sono minacce, ma promesse. Domani mi porterai quello che mi devi." "Io… io…"

"Io cosa! Zitto e muto" e il bullo gli tirò una bella testata sulla fronte.

Con una mano sullo stomaco, Logan si avviò verso casa. Cosa avrebbe detto a sua madre? Entrò in casa in tempo per rispondere al telefono. "Pronto?"

"Ascolta" era sua madre "devo fermarmi a lavorare fino a tardi. Nel frigo troverai la cena pronta." Logan salutò sua madre e senza degnare di uno sguardo il frigorifero si diresse in camera sua.

La soluzione al problema di non farsi vedere da sua madre conciato in quel modo era stato servito su un piatto d'argento, ma allo stesso tempo se ne presentava un altro ancora più grave. Aveva posato sul letto tutto quello che ancora aveva nelle tasche più quello che c'era nel salvadanaio. A mala pena c'erano ventimila lire.

Non poteva nemmeno andare a scaricare le cassette al mercato perché da quando era scappato da casa sua madre aveva preso l'abitudine, alla sera, di chiudere a doppia mandata e tenersi i due mazzi di chiavi sul comodino.

Logan la trovava una grandissima cazzata perché, se solo l'avesse voluto, sarebbe potuto scappare anche in pieno giorno. Semplicemente non era più quello che voleva.

Ad un certo punto gli venne in mente di aver visto una volta sua madre trafficare con una piccola scatola. Nulla gli vietò di andare a guardare. La fortuna girò dalla sua parte. Trovò altre ventimila lire e in aggiunta alla moneta arrivava a quasi quarantamila lire. Per tranquillizzare il bullo sarebbero stati sufficienti. Cercava di ignorare il fatto che quella fu la prima volta che rubava a sua madre.

Il giorno dopo, al ritorno da scuola, trovò sua madre a casa. "Cos'hai fatto all'occhio?" Logan fece per toccarselo ma il dolore diventò insopportabile.

"Un mio compagno ha aperto la porta all'improvviso e io ci ho sbattuto contro."

Da quel giorno Petra incominciò ad osservare meglio suo figlio. Aveva notato che almeno due volte alla settimana tornava a casa con qualche livido nuovo.

Logan ricordava ogni istante di quella mattina. In quattro contro di lui. E i soldi che aveva portato non bastarono per tranquillizzare i "figli neri".

"Domani andremo a Viverone e ci passeremo tutte le vacanze natalizie. Sei contento?"

Logan si limitò ad alzare le spalle, ma almeno avrebbe avuto un paio di settimane di tregua. Uno dei motivi che l'aveva spinto ad andare a vivere con sua madre, a Torino, era perché era stanco di subire angherie di ogni tipo dai suoi compagni di classe.

Non avrebbe mai immaginato che nella grande città sarebbe stato molto peggio.

Appena scese dalla macchina, Logan si riempì i polmoni dell'aria di quello che, per lui, era il posto più bello al mondo. La sua casa.

Gli sarebbe piaciuto tornare a vivere lì, ma non voleva ferire sua madre. Lui si era cacciato in quel grande guaio e a lui spettava trovare il modo per uscirne.

Passarono delle vacanze tranquille. Quell'anno la neve si era fatta desiderare, ma un paio di giorni prima di ripartire per Torino, una mattina Logan si svegliò e trovò tutto imbiancato.

Quella mattina, però, aveva una cosa più importante da fare. Si mise a contare tutti i soldi che era riuscito a racimolare, anche rubandoli dal portafoglio dei suoi nonni. I bulli sarebbero stati lì ad aspettarlo fuori dalla scuola.

Con quel bottino sarebbe riuscito a saldare il suo debito con i "figli neri".

"Ah, ah...ora che hai finito di pagare il tuo vecchio debito, ne incomincerai uno nuovo, coglione."

Quella volta Logan reagì. Per saldare il suo debito si era macchiato di una grave colpa: derubare la sua stessa famiglia.

Riuscì a tirare un pugno al capo banda, ben assestato che lo stordì per qualche secondo, ma quando il capo dei "figli neri" si riprese, per Logan fu la fine.

Due lo tenevano fermo e gli altri due incominciarono a picchiarlo per bene.

Quando i quattro decisero che Logan ne aveva prese a sufficienza il capo disse: "Questo non è tutto quello di cui sono capace. Ti è chiaro?"

Logan sputò sangue dalla bocca, nel tentativo di rispondere. Poi si lasciò cadere a terra. L'ultima cosa che sentì prima di svenire erano state le risate di quei quattro.

Da quando era a Torino ne aveva passate di tutti i colori.

Sua madre entrò in camera sua: "Logan ora mi devi delle spiegazioni. Da quanto tempo dura tutto questo?" Logan rispose: "Voglio tornare a vivere dai nonni. Questo non è il mio posto."

Silenziosamente, Petra incominciò a riporre nelle borse tutte le cose di suo figlio. Ormai l'anno scolastico era quasi alla fine. Il soggiorno a Torino durò sei mesi.

Anche se era suo figlio, Petra si sentì sollevata. Tutto sarebbe tornato alla normalità, una volta riportato Logan al paese.

"Ti voglio bene figlio mio."

"Ti voglio bene anche io mamma ma…" "Shhh, va bene così."

Salirono in macchina e percorsero il tragitto fino a Viverone in un silenzio tombale. Era iniziata un'altra estate.

Logan, seduto sulla riva del lago, osservava il tramonto. Quanto gli erano mancati quei posti. Torino era sicuramente una bellissima città, ma il lago che aveva di fronte era tutt'altra cosa. Qui il suo sguardo poteva spaziare. Quella era casa sua.

In sella alla sua bicicletta era sfrecciato per le strade fino ad arrivare in quel posto. Suo padre non aveva mai fatto nulla per lui, ma, forse, con quella bici voleva riparare a tutte le sue passate mancanze. Logan preferiva credere che fosse così, piuttosto che riempirsi la testa di inutili domande che non avrebbero mai ricevuto una risposta.

Dopo aver trascorso tutto l'inverno a Torino ora desiderava solo poter continuare a riempirsi i polmoni di aria pulita e godersi appieno tutto quello che vedeva.

Troppo preso dai suoi pensieri, non si accorse che era arrivata l'ora di cena: il sole era calato dietro la collina.

Rimontò in sella alla bicicletta e con foga pedalò fino a casa.

Entrò in cucina, il tavolo era già apparecchiato, ma dei suoi nonni non c'era traccia. Ad un certo punto sentì la voce del nonno. Fece qualche passo in quella direzione e riconobbe la voce del signor Gino. Con loro c'era anche la nonna.

Logan li raggiunse e salutò il "Gino", che gli mise una mano sulla testa scompigliando i suoi capelli. "Ciao Logan."

"Buonasera signor Gino. Come sta?"

"Insomma… gli acciacchi dell'età si fanno sentire. Quest'anno saranno 93!" "Accidenti, così tanti?" rispose Logan.

"Insomma, Logan!" lo richiamò suo nonno. "Lo lasci stare. E' solo un ragazzo."

Il signor Gino, continuando a tenere la mano sulla testa di Logan, continuò il discorso che l'arrivo del ragazzo aveva interrotto.

"Quando ho saputo di quanto Piero fosse stato cattivo con Zan e sua moglie, l'ho licenziato subito. Non avevo idea di che razza di bastardo fosse."

Ora Logan prestava la massima attenzione a tutto quello che il signor Gino diceva. "Zan era un ottimo fattore."

"Perché era?" chiese Luigi.

Il signor Gino guardò Luigi, che fece un cenno di assenso affinché continuasse. Logan era ormai abbastanza adulto da poter affrontare qualsiasi cosa Gino avesse da dire.

"Zan è mancato qualche mese fa." Logan sobbalzò.

"L'ho saputo quando ho cercato di rimediare al grave torto che aveva subito da Piero. Volevo offrirgli il suo posto. Sicuramente sarebbe stato all'altezza del compito."

L'unico pensiero di Logan era per Fiamma. Chissà dov'era, cosa stava facendo…

"… ho faticato non poco, ma alla fine sono riuscito a rintracciare sua moglie. Ora lavora come cuoca in un convento e sua nipote Fiamma è con lei. E' riuscita a…"

"Dov'è Fiamma?" chiese Logan. "Logan, non si interrompe così per…"

"Lo lasci stare. E' lecito che voglia notizie della sua amica; perfino in paese sono diventati una leggenda. Nessuno aveva mai visto prima due ragazzini più uniti di loro."

Gino rivolse lo sguardo verso Logan e continuando ad accarezzargli i capelli disse: "Stai tranquillo. Ho visto la tua amica Fiamma e sta bene. ora vive con sua nonna e…" Gino continuò a parlare con Luigi.

"Di giorno studia in collegio e alla sera raggiunge sua nonna. Le suore hanno dato una sistemazione dignitosa a entrambe."

Gino e Luigi continuarono a parlare ancora un po', ma a Logan non interessava più quello che avevano da dire.

Nonna Luna prese per mano suo nipote e, salutando, rientrarono in casa.

"Mi spiace molto per Angelina e sua nipote. L'unica cosa che mi rincuora è il fatto che non siano in mezzo a una strada."

Logan non proferì parola.

"Su, siediti. Ora ti scaldo la cena. Tuo nonno sta per rientrare." Dalla finestra Luna vide che suo marito e il signor Gino si stavano salutando.

Una volta che anche Luigi si sedette a tavola, incominciarono a mangiare in silenzio, ognuno immerso nei propri pensieri.

La notizia della morte di Zan aveva lasciato tutti senza parole.

Era un uomo di poche parole, grande lavoratore e, a modo suo, amava la sua famiglia. "Per Fiamma sarà stato sicuramente un brutto colpo" pensò Luigi.

"Quella ragazza adorava suo nonno e la cosa era reciproca."

Solo quando sua moglie e suo nipote lo guardarono, Luigi capì che aveva detto ad alta voce il suo pensiero. Quella sera andarono a dormire senza più scambiarsi una sola parola.

"Ehi Logan, bentornato."

Valter. L'unico amico che aveva, peccato che si vedessero poco, perché abitava a una trentina di chilometri dal lago. I suoi genitori erano entrambi avvocati e Logan non aveva alcun dubbio che anche Valter avrebbe fatto l'avvocato una volta adulto.

"Ciao. Da quanto sei qui al lago?"

"Siamo arrivati ieri sera. Ero convinto che fossi ancora a Torino." "La città non fa per me. "Decisamente" non fa per me."

"Io, invece, mi fermo qui tutta l'estate. Sono venuto a cercarti perché volevo sapere se ti faceva piacere venire a una festa con me."

"Sicuro che io sia il benvenuto? Qui in zona sono in pochi che tollerano la mia presenza."

"Fregatene e poi la festa è a casa di un mio amico. I miei genitori hanno convinto i suoi ad affittare una casa, qui, per le vacanze. Allora, che fai, ci vieni?"

"Ok. Ci vengo. Quando?"

"Sabato sera. Se per te non è un problema vieni a casa mia per le nove e poi ci penserà mio padre a portarci."

"Ok, va bene."

"Vedrai quanta figa ci sarà. Ciao" e si allontanò.

Proprio lui parlava di figa. Anche Valter era considerato uno sfigato come lui, con la differenza che al suo amico i soldi non mancavano, ma, nonostante tutto, erano diventati amici.

A Logan venne da ridere: criticava il suo amico Valter per la mancanza di esperienza con le ragazze, ma anche lui non scherzava.

L' unica volta che aveva tentato di baciare una ragazza in modo passionale, rimediò un bel ceffone. Se si passava la mano sulla guancia sentiva ancora il bruciore. Poi il fatto che si fosse rivelata una stronza era solo un dettaglio.

Logan era emozionato. Si controllò davanti allo specchio; con i suoi jeans migliori e una maglietta bianca si sentiva pienamente a suo agio.

Toc,toc. Era sua nonna.

"Avanti."

"Non vorrei disturbarti, ma ho un regalo per te."

"Va bene se lo apro domani? Tra poco devo essere a casa di Valter." Sua nonna osservò bene suo nipote:stava diventando un uomo.

"Se tu lo aprissi adesso, sono sicura che potrà tornarti molto utile stasera." Incuriosito Logan prese il pacchetto e lo scartò con impazienza.

Restò senza fiato: "Nonna, è bellissima. Come hai fatto a indovinare che questa è la camicia dei miei sogni?" "Mi è bastato vedere come strabuzzavi gli occhi ogni volta che passavamo davanti alla vetrina."

In un batter d'occhio Logan si tolse la maglietta e indossò la camicia nuova. Con le scarpe giuste avrebbe fatto un figurone. Si sentiva davvero felice.

Una volta a casa di Valter, partirono in direzione della festa: entrambi i ragazzi si sentivano davvero tanto euforici.

Quando arrivarono a destinazione la musica era già a tutto volume. All'interno il salone era ancora discretamente vuoto, ma nel giro di poco tempo la gente incominciò ad arrivare.

Il suo amico Valter conosceva parecchie di quelle persone, mentre Logan si sentiva come un pesce fuor d'acqua.

Aveva intravisto un paio di suoi coetanei con i quali non aveva mai avuto un buon rapporto. Anzi! Non era mai stato preso in considerazione. Quando quei ragazzi passarono davanti a lui a malapena lo degnarono di uno sguardo.

Logan prese una birra. La gente incominciava ad arrivare e iniziarono i balli. La voglia di buttarsi nella mischia era tanta, ma c'era sempre quella sua insicurezza che lo tratteneva. Prese un'altra birra. Aveva bevuto giusto un paio di sorsi e tutto ad un tratto vide, al centro del salone, una ragazza stupenda che ballava.

La birra gli andò di traverso e incominciò a tossire. Un ragazzo vicino a lui disse: " Torna a casa a bere il latte che è meglio."

Quando si girò per guardare da chi arrivasse quella frase, lo riconobbe subito. Era lo smilzo. Ora non era più così magro, infatti mostrava, compiaciuto, il suo fisico palestrato.

" Ti piace quella ragazza eh? Continua a sognartela, una cosi" e andò via ridendo.

Finì la birra velocemente e quando fece per guardare un'ultima volta quella ragazza, lei non era più lì. "Al diavolo" e si incammino verso l'uscita.

"Vai via senza nemmeno offrirmi da bere?"

Voglia di Vita

Logan si girò e rischiò di soffocarsi di nuovo. Di fronte a lui c'era la ragazza più bella che avesse mai visto: la dea al centro della pista da ballo.

"Mi chiamo Veronica e tu?"

"Logan" e si raschiò la gola perché aveva l'impressione che solo lui avesse sentito. "Logan" disse con tono più deciso.

Veronica incominciò a parlare commentando la festa. Era ben riuscita nonostante fosse stata organizzata in pochissimo tempo.

La musica, ora, era eccessivamente alta e Veronica dovette avvicinarsi all'orecchio di Logan perché lui potesse sentire ciò che diceva.

"Usciamo? Fa caldo qua dentro!" e con la mano Veronica si fece aria.

Logan rimase paralizzato, completamente incapace di proferire parola. Era in preda ai brividi che Veronica gli aveva creato, quando gli aveva sussurrato nell'orecchio. La ragazza lo prese per mano e lo portò fuori.

Trovarono una panchina, al riparo dagli sguardi della gente e, soprattutto, dalla musica che, nel frattempo, si era fatta ancora più assordante.

"Allora: ho capito che ti chiami Logan e cos'altro puoi dirmi di te? Forse sei timido? Quanti anni hai, me lo puoi dire?"

"Ne ho diciotto" rispose Logan.

Veronica scoppiò in una risata che non era di scherno, piuttosto una risata spontanea, genuina.

"Dai Logan. Io conosco Valter e so già parecchie cose di te. Ad esempio che compirai 15 anni il prossimo 28 ottobre."

"Ecco. Mi sono appena fatto la prima figura di merda di fronte alla ragazza più bella del mondo" pensò Logan.

Veronica si avvicinò di più al ragazzo a cui venne naturale allungare un braccio per tenerla stretta a lui. In quel momento Logan pensò che se il mondo fosse finito in quel momento, lui sarebbe morto come il ragazzo più felice dell'universo.

A mano a mano che il tempo passava la conversazione tra Veronica e Logan si faceva più sciolta. Logan ora non era più imbarazzato; almeno non lo era stato fino a quando Veronica non si era accorta della sua eccitazione.

Lei lo guardò e gli sorrise: "Ti faccio davvero questo effetto?" Logan non riuscì a rispondere limitandosi ad annuire.

Veronica gli si avvicinò di più e dopo averlo guardato negli occhi, appoggiò la sua bocca su quella di Logan. Giocarono così per il resto della serata. Logan desiderava fortemente che tutto si fermasse a quel momento.

Una voce di donna interruppe quel momento.

"Finalmente ti ho trovata. E' tardi. Sono quasi le tre. Mi riporti a casa? Ops, ho forse interrotto qualcosa di importante?"

Veronica aveva le mani infilate nei pantaloni di Logan. La sua amica li aveva interrotti proprio sul più bello. Logan si accorse che quella ragazza aveva bevuto parecchio.

"Questo è il mio numero di telefono. Non lo perdere. Chiamami!"

A Logan non restò altro da fare che guardarla andar via. Era perfetta sotto ogni punto di vista, ma in quel preciso istante decise che non l'avrebbe chiamata. Nella sua mente era ancora ben impresso lo scherzo che quella piccola stronza di Valeria gli aveva fatto.

"E poi è più grande di me: ha già la patente. Non è cosa per me."

Prese il biglietto su cui era segnato il numero di Veronica e lo fece in mille pezzi.

Era ora di rincasare anche per lui; aveva intravisto Valter che lo stava cercando. Si alzò dalla panchina e l'eccitazione che aveva tra le gambe gli procurò non pochi problemi nel camminare.

Si sarebbe placata anche quella come si sarebbe calmato quel batticuore che ancora sentiva fortissimo.

Una volta a casa, sul suo letto, si convinse che quella serata era stata tutta frutto della sua immaginazione. Sarebbe stato più semplice dimenticare tutto.

Al solo pensiero, si eccitò di nuovo. La domanda che continuava a porsi era come fosse possibile che una ragazza stupenda come Veronica si fosse accorta di lui. Lui che si era sempre considerato l'ultimo degli ultimi. Si girò dall'altra parte e crollò in un sonno profondo.

Erano passati sei giorni dalla sera della festa. Logan si trovava spesso a ripensare a quella ragazza. Si era pentito almeno mille volte di aver buttato via il suo numero di telefono. Al pensiero si diede per l'ennesima volta del coglione. Era meglio se finiva di sistemare la catena della sua bicicletta: voleva fare il giro completo intorno al lago, ma ogni volta che ripensava a Veronica la sua eccitazione si faceva sentire prepotentemente.

"Logan" era la voce di sua nonna Luna. Non aveva voglia di rispondere. Sarebbe stato imbarazzante per entrambi se sua nonna l'avesse visto in quelle condizioni.

"Logan…" la voce si fece più vicino.

"Ti ho trovato finalmente. Perché non rispondevi?"

"Non ti ho sentito." E nel frattempo mise uno straccio in grembo. "Ti vogliono al telefono."

"Chi è?"

"Non lo so. Ha solo detto che vuole parlare con te."

Porca miseria. Gli venne in mente che aveva un appuntamento con Valter. Raggiunse di corsa il telefono di casa.

"Valter, scusami. Mi sono appena ricordato che…" "Sono Veronica."

"Logan, impietrito, non trovò di meglio che ripetere il suo nome. "Veronica…"

"Non mi hai chiamato."

Logan si schiarì la voce e rispose: "Ho perso il tuo numero." "Faccio finta di crederti" e si mise a ridere.

"Quando ci possiamo vedere?" chiese Veronica. "Non so.... In questo periodo sono molto impegnato."

"Domani sera alle otto sotto al campanile del tuo paese."

Logan non fece in tempo a ribattere che Veronica aveva già interrotto la linea. Ora non aveva più scampo.

Erano le sette e mezza e Logan era già sotto al campanile. Si sentiva emozionato, ma anche tanto impaurito. Possibile che fosse piaciuto così tanto a quella ragazza? Tanto da cercarlo e avere un appuntamento così a breve? Da quando sapeva che doveva incontrarla queste erano le domande che gli tornavano continuamente in testa.

Sentì arrivare una macchina e subito il cuore gli arrivò in gola. L'auto tirò dritto. Logan si passò una mano tra i capelli e riprese fiato. Doveva darsi una calmata.

Si sedette sugli scalini della chiesa. Se avesse fatto finta di essere sotto la sua quercia avrebbe potuto sempre parlare con Dio. Che sciocchezza. Tutto questo per un appuntamento con una donna. E magari sarebbe finita ancora prima di iniziare; magari le avrebbe dato buca o magari era già dietro a qualche cespuglio pronta a uscire per prenderlo in giro. O magari aveva cambiato idea all'ultimo momento e non poteva avvisarlo.

Tutto preso dai suoi cattivi pensieri, si accorse di Veronica solo quando la ragazza gli posò una mano sulla spalla.

"Ehi.... Un soldo per i tuoi pensieri."

Logan sobbalzò. Si schiarì la voce: "Ciao ragazza dei miei sogni." Quella frase gli uscì dalla bocca senza che se ne accorgesse.

Veronica gli si avvicinò dandogli un lieve bacio sulla guancia. Fu allora che Logan agì d'impulso prendendole il viso tra le mani e le diede un bacio da togliere il fiato ad entrambi.

Era troppo presto per parlare d'amore, ma, sia Veronica sia Logan, capivano che erano fortemente attratti l'uno verso l'altro.

1984

Erano passati undici giorni dalla fine della scuola. Fiamma si stava godendo ogni attimo di tutto quello che vedeva intorno a se. Quando era andata a vivere con i suoi nonni si era sentita felice come mai prima.

In paese non era riuscita a instaurare amicizie con nessuno, tanto meno con i suoi compagni di scuola, ma aveva la compagnia del suo cane e questo le bastava. L'aveva chiamato Basto.

Sorrideva al pensiero che solo lei sapeva che quel nome era un diminutivo di bastardo; quel cane era un regalo di Logan. Odiava con tutta se stessa il suo vecchio amico per aver tradito il suo più grande segreto ma il cane, in fondo, non aveva alcuna colpa.

"Ehi, Basto! Vieni qui!" il cane si avvicinò velocemente, scodinzolando. Fiamma incominciò a piangere e guardandolo disse: "Presto dovrai cambiare casa. Lo sai che io dovrò andare in un posto dove tu non potrai venire." Basto appoggiò il muso sulla gamba della ragazza. Continuò ad accarezzare la testa del cane e disse: "Prometto che tornerò a trovarti tutte le volte che mi sarà possibile." Fiamma sapeva benissimo che era un bugia.

Con lo sguardo verso l'orizzonte si perse nei ricordi degli ultimi mesi che avevano cambiato, di nuovo, il corso della sua vita.

Sua nonna l'aveva fatta uscire dal collegio dove sua madre l'aveva portata e solo perché lei risultava essere la figlia scomoda.

Da allora le sue giornate erano trascorse serene anche se i primi tempi aveva temuto che sua madre cambiasse idea e la riportasse in collegio o, peggio ancora, a vivere con lei e il suo nuovo compagno. Di suo padre aveva ricevuto poche e sporadiche notizie: era sempre in giro per il mondo.

Una sera in cui i suoi nonni credevano che Fiamma dormisse aveva sentito dire che sua madre era incinta del nuovo compagno. Aveva tirato un sospiro di sollievo a quella notizia perché sentirla l'aveva convinta che mai e poi mai sua madre l'avrebbe riportata a casa con se.

Fiamma era convinta da sempre che con quella famiglia lei non c'entrasse davvero nulla.

Restava la possibilità che, in preda a uno gesto di bontà, sua madre decidesse che il collegio sarebbe stata la soluzione migliore per lei.

"Nonna, se un giorno mia madre decidesse di portarmi via cosa succederebbe?" Quel giorno Fiamma ebbe il coraggio di fare quella domanda. Quando sentiva parlare di sua madre temeva sempre quello che avrebbe potuto sentire.

"Non succederà mai. Te lo garantisco io. Da adesso in avanti tu vivrai sempre con noi." Fiamma sapeva che sua nonna non le diceva nulla che non potesse davvero mantenere.

Erano trascorsi diversi anni dall'ultima estate passata al lago di Viverone. A volte le venivano in mente tante avventure condivise con Logan. Perché quello stronzo aveva dovuto per forza rovinare tutto tradendola?

Diede una carezza a Basto. Il cane alzò lo sguardo verso di lei dopodiché tornò a sonnecchiare.

Seduta sotto alla tettoia del vecchio pollaio, ormai in disuso, riusciva a vedere perfino le montagne. Era un posto incantevole e la sola idea di dover andare via da quel posto le faceva venire il magone eppure, dalla morte del nonno, sua nonna era stata costretta ad accettare quel lavoro che le avrebbe portate lontano dalla loro casa.

Di quel giorno Fiamma ricordava tutto nel dettaglio. Tutti insieme

Voglia di Vita

avevano fatto colazione sotto il porticato perché l'aria era insolitamente calda. Fiamma era insonnolita e con poca voglia di mangiare, come sempre d'altronde.

"Fiamma smettila di dare da mangiare al cane." Disse suo nonno.

Fiamma, quando si trattava di Basto non sentiva ragioni. Riteneva che anche lui dovesse fare colazione. Ne aveva tutti i diritti.

"Insomma, basta! Non puoi vivere di sola aria." Suo nonno perse la pazienza e alzò il tono di voce. Fiamma sapeva che era preoccupato. Aveva sentito discutere molto spesso i suoi nonni per i soldi che non bastavano mai.

"Vado da Carlin, per quell'albero da tagliare. Torno per pranzo."

Zan si alzò da tavola, piegò il tovagliolo come era solito fare e salutò sua nonna con un bacio sulla guancia e un pizzicotto sul sedere. Nonna Angelina faceva sempre una risatina quando suo nonno faceva quel gesto.

"Tu vedi di fare la brava e di non combinarne una delle tue e dai una mano a tua nonna con le faccende di casa." Quella fu l'ultima volta che vide suo nonno.

Ormai era passato da un bel pezzo l'ora di pranzo e Angelina incominciò a innervosirsi. Suo marito non era solito fare tardi. Si asciugò le mani nel grembiule e disse: "Vado a vedere dove si è cacciato tuo nonno. Oggi ha perso la cognizione del tempo." E uscì di casa.

Passò ancora dell'altro tempo e intanto alcuni nuvoloni si erano fatti minacciosi. Incominciò a tuonare e Fiamma si mise a correre velocemente in direzione del prato dietro casa dove c'erano ancora le due capre al pascolo. Riuscì a ritirarle appena in tempo prima che incominciasse a grandinare. Si era fatto tutto scuro e, con Basto al suo fianco, si ritirò in casa, al sicuro. Passò ancora dell'altro tempo e il temporale non dava cenno di smettere.

Qualcuno bussò violentemente alla porta di casa tanto da far sobbalzare Fiamma. Basto incominciò a ringhiare, segno che non era nessuno che conoscesse. Fiamma, spaventata, si avvicinò alla porta e la socchiuse giusto per vedere chi fosse. Era il loro vicino di casa. Spalancò la porta e, insieme a Carlin entrò una ventata d'aria gelida.

Fiamma non disse una sola parola. Aveva già capito che qualcosa di veramente grave era capitato. "Siediti ragazza, che ti devo parlare."

Fiamma alzò il mento in segno di sfida e disse: "Qualsiasi cosa hai da dirmi posso stare in piedi." "Giusto" rispose Carlin. "Quanti anni hai?"

"Sedici."

Sedici anni; era così minuta che sembrava poco più di una bambina. Carlin, in quel preciso istante, decise che era abbastanza grande da sentire quello che aveva da dire senza tanti giri di parole.

"Ascolta ragazza, c'è stato un incidente."

Fiamma restò in silenzio tanto niente e nessuno ormai poteva impedire ciò che era già successo e lei era certa che qualcosa di irrimediabilmente grave fosse accaduto. Quasi in segno di sfida alzò lo sguardo verso quello di Carlin e incrociò i suoi occhi. Era pronta a ricevere la brutta notizia ma, con sua grande sorpresa, Carlin le passò una mano sulla testa e le disse: "Mia moglie verrà a tenerti compagnia fino a quando non si sarà risolto tutto."

Una volta che quell'uomo fu uscito Fiamma si sedette. Impietrita e completamente incapace di pensare a cosa fare, senza nemmeno rendersene conto, uscì di casa e si diresse verso la vigna.

Arrivò vicino a un gruppo di persone che gli oscuravano la vista. Fece un giro più largo e si arrampicò sul muretto che gli avrebbe garantito una vista più ampia di quello che stava succedendo. Riconobbe sua nonna dal grembiule ed era seduta per terra. C'erano diversi carabinieri vicino a delle persone vestite di bianco. Riconobbe qualcuno degli amici di suo nonno che stavano cercando di spostare un grosso albero.

Totalmente incapace di comprendere quello che stava succedendo Fiamma si guardò intorno e vide un ramo non troppo distante da lei che le sarebbe tornato utile per arrampicarsi un po' più in alto.

Una volta salita volse lo sguardo verso il gruppetto di gente giusto in tempo per vedere suo nonno che veniva coperto con un grande telo nero. Fiamma restò immobile. Ancora non capiva.

E tutto in un attimo fu chiaro. Quello che inizialmente Fiamma aveva scambiato per un telo non era altro che un grande sacco e proprio in quel momento stavano chiudendo la cerniera. Un carabiniere fece per trattenere nonna Angelina. Suo nonno era morto.

Dalla gola di Fiamma uscì un grido fortissimo. Scese velocemente dal ramo su cui era abbarbicata e incominciò a correre in direzione di suo nonno. Una figura le si parò davanti.

"Lasciami stare. Voglio vedere mio nonno."

Quelle braccia erano troppo forti perché Fiamma potesse liberarsene.

Sua nonna si avvicinò e la strinse forte, la prese per mano e si disse: "Andiamo a casa, qui non abbiamo più nulla da fare."

Di quel giorno Fiamma avrebbe ricordato ogni dettaglio per il resto della sua vita, ma cosa non si sarebbe mai perdonata era il modo antipatico con cui aveva salutato suo nonno e ora uno stupido incidente glielo aveva portato via per sempre.

Ai funerali c'era tantissima gente e anche lei, come sua nonna, strinse tante mani ma non sarebbe stata in grado di ricordarsi un solo volto.

Concluse tutte le formalità, Angelina e sua nipote tornarono a casa. Fiamma prese il cappello di suo nonno e senza proferire parola andò a coricarsi nel suo letto. Finalmente prese sonno.

Un rumore in sottofondo svegliò Fiamma; sentì chiaramente la voce di sua nonna dire: "E ora che ne sarà di noi?"

"Angelina, non ti preoccupare di questo adesso. Tutto si risolverà per il meglio."

"Glielo avevo detto a mio marito che non era un lavoro che doveva fare, ma lui era testardo peggio di un mulo e non mi dava mai retta." Disse Angelina.

"Ormai indietro non si torna, non ti tormentare così." Fiamma riconobbe la voce di Gianna, la moglie di Carlin. Era una donna buona che spesso li aveva aiutati.

"Cos'hai intenzione di fare adesso?" Gianna fece una breve pausa prima di dire: "Soprattutto con Fiamma…" "Cosa intendi dire?"

"Che forse sarebbe meglio mandare tua nipote a vivere di nuovo con la sua famiglia."

Fiamma era impietrita; temeva la risposta di sua nonna. Ormai era grande abbastanza da capire che lei era una bocca da sfamare e liberarsi di lei ora, che suo nonno non c'era più sarebbe stata la cosa più saggia da fare.

Il tempo che impiegò sua nonna a rispondere fu terribile per Fiamma. Già i suoi pensieri erano volti a come scappare il più lontano possibile dalla possibilità di tornare a vivere con sua mamma.

"Non lascerò mai che mia nipote torni a vivere con sua madre. Una soluzione la troverò."

Fiamma strinse forte a se il cappello di suo nonno e lasciò andare tutte le lacrime. Giurò a se stessa che mai e poi mai sua nonna si sarebbe pentita di quella scelta. Avrebbe fatto di tutto affinché un giorno sua nonna potesse dire di essere orgogliosa di lei.

Fiamma restò ancora in ascolto. Aveva imparato a sue spese che origliare non aveva mai portato a nulla di buono ma aveva anche capito che se voleva sapere la verità delle cose, solo così poteva ottenerla.

Aveva già sedici anni e aveva una reputazione di ragazza selvaggia che la precedeva e questo, molto spesso, le aveva precluso la possibilità di avere rapporti anche con i suoi coetanei. Questo non aveva fatto altro che peggiorare la sua solitudine. In quel momento le venne in mente Logan: forse il suo amico aveva agito a fin di bene. Forse!

L'attenzione di Fiamma venne catturata di nuovo quando Gianna incominciò a parlare dell'incidente dove suo nonno aveva perso la vita.

Bastava davvero un attimo per cambiare il corso della propria esistenza. Suo nonno, contadino da sempre, aveva fatto un solo piccolo sbaglio. Aveva messo un piede nel posto sbagliato ed era scivolato nello stesso momento in cui il suo amico stava tagliando la grande quercia.

Una manciata di secondi e tutto era finito. Gianna continuava a ripetere ad Angelina che era morto sul colpo, senza accorgersene, quasi potesse essere una consolazione.

"Non cambia nulla" rispose Angelina. "L'unica cosa certa è che io ho perso il mio compagno di vita per sempre."

Dopo una lunga pausa Fiamma sentì la voce di Gianna dire: "Potresti provare a chiedere al convento. Hanno sempre bisogno di qualcuno."

Fiamma tremò al pensiero di dover tornare in un collegio, ma se non ci fosse stata un'alternativa avrebbe fatto di tutto per aiutare sua nonna.

Prese fiato e si alzò. Si diresse verso il prato dietro casa. Osservò tutto quello che la circondava con la massima attenzione; sentiva il profumo della natura. Sapeva che presto tutto quello sarebbe stato solo un ricordo. Presto, lei e sua nonna, sarebbero andate via da quel posto che Fiamma amava sopra a ogni cosa. Quello era il luogo dove era stata davvero felice.

Logan stringeva forte a se Veronica che piangeva disperata. "Starò via solo un mese. Non fare così, mi fai star male."

Logan aveva ricevuto un invito da parte di suo padre per passare tutto il mese di agosto insieme. Non poteva permettersi di rifiutare: era la prima volta che Ludovico (chiamarlo papà pareva strano visto la latitanza con cui aveva fatto il genitore) manifestava la voglia di passare del tempo con lui. Magari avrebbe avuto l'occasione di conoscere i motivi del perché non avesse mai avuto interesse nei suoi confronti: fino ad ora aveva solo la versione di sua madre Petra.

"Passerà in fretta vedrai." Logan prese il mento della ragazza tra le sue dita e alzò il viso verso di lui. Era bellissima anche con gli occhi rossi dal pianto e con il trucco che colava sul suo viso.

Nonostante facessero coppia fissa da quasi due mesi, ancora non si capacitava che una ragazza come Veronica fosse tra le sue braccia, a piangere disperatamente per la sua partenza.

Aveva dieci anni più di lui, ma era solo lui che voleva. L'ultimo degli ultimi.

Con lei aveva perso la sua verginità. Sorrise al ricordo della sua prima volta. Non si poteva parlare di un vero e proprio fallimento; le emozioni che aveva provato erano state fortissime e l'avevano portato a perdere il controllo di se.

Poi tutto divenne perfetto tra di loro. Veronica gli aveva insegnato tutto quello che sapeva sul sesso e lui era stato pronto a imparare ogni cosa, ogni segreto per far felice la sua donna.

La strinse ancor di più a se perché non voleva che Veronica lo vedesse piangere. La sua ragazza! Unica e bellissima.

Logan sentì il capotreno fischiare per avvertire che la partenza era imminente. Si staccò a malincuore da Veronica e guardandola un'ultima volta, disse: "Ti amo."

Era la prima volta che glielo diceva. Sul viso di Veronica traspariva tutta l'emozione per quelle parole che lui aveva appena detto.

Logan le diede ancora un bacio, prese la valigia e salì sul treno, un attimo prima che le porte si chiudessero. Era la prima volta che prendeva il treno.

Il suo cuore stava galoppando e la mancanza di respiro lo faceva stare malissimo.

Cercò di convincersi che un mese sarebbe passato veloce, ma se si fosse soffermato sulla scelta che aveva fatto, sarebbe sceso al volo da quel treno.

Un ultimo saluto alla sua amata e il treno partì. Si mise comodo e prese il libro che aveva portato con se. Al primo cambio mancavano circa due ore.

Milano, Bologna, Faenza e poi Ancona; Ludovico sarebbe stato lì ad aspettarlo.

I nomi delle fermate dei paesi più piccoli non li ricordava, ma poco importava: Ancona era la sua destinazione.

"Ehi ragazzo. Ben arrivato. Sono felice che tu abbia accettato il mio invito; abbiamo tanto tempo da recuperare."

Logan rimase con la mano a mezz'aria. Non sapeva come salutarlo.

Ludovico, invece, sembrava completamente a suo agio tanto da averlo salutato con una pacca sulla spalla seguito da un abbraccio.

Logan era d'accordo sul fatto che dovevano recuperare tanto tempo, ma sicuramente trenta giorni non sarebbero bastati per colmare tanti anni di assenza e, ancor meno, quel mese sarebbe bastato per dare delle risposte a tutte le domande che Logan aveva da fare.

Una volta usciti dalla stazione si diressero dov'era parcheggiata la macchina di suo padre. Logan rimase a bocca aperta: era una berlina lussuosa.

"E' tua?"

Suo padre gonfiò il petto e disse: "Si, frutto di anni di duro lavoro."

Logan, ammutolito, salì in macchina. Ludovico mise in moto e, facendo sgommare le ruote, partì a tutto gas sfrecciando tra il traffico. Ci sapeva fare con le macchine.

"Ci vorrà circa mezz'ora prima di arrivare alla casa al mare. Mettiti comodo. Ti da fastidio se fumo?" Ludovico accese la sigaretta ancor prima che Logan potesse rispondere.

"Va bene la bicicletta?" "Si, certo."

"Contento di passare un po' di tempo con me?" "Si."

La conversazione era stentata. Logan, da parte sua, non ci metteva troppo impegno. Quello seduto al suo fianco era suo padre, sicuramente, ma pur sempre un perfetto sconosciuto.

"Mi fermo un attimo dal tabaccaio. Vieni con me?" Logan rispose di no.

Ludovico scese dalla macchina. Suo figlio lo osservò camminare. Portamento elegante, sprigionava fascino ed era convinto che ci sapesse fare con le donne.

Ancor prima di entrare nel negozio si era fermato a parlare con una splendida donna. All'incirca trent'anni, bionda e con una scollatura vertiginosa. Suo padre si era chinato a sussurrarle qualcosa all'orecchio e subito lei si mise a ridere.

In un attimo Logan capì che sua madre, Petra, non aveva mentito sul fatto che suo padre era un grande playboy, motivo principale del suo allontanamento.

Fisicamente non gli assomigliava. Ludovico aveva gli occhi neri e capelli castani. Carnagione scura e fisico atletico, probabilmente dovuti a lunghi allenamenti.

I suoi occhi chiari, Logan, li aveva ereditati da nonna Luna. Cos'aveva in comune con suo padre? Avrebbe avuto trenta giorni per scoprirlo.

"Stasera ti porto a mangiare in un locale strepitoso. Vedrai, ti piacerà."
"Come mi devo vestire?"

"Ti ho comprato questo completo. Ti starà a pennello."

Logan andò in camera sua e lo provò. Aveva ragione suo padre. Era perfetto indosso a lui. Con i soldi si poteva tutto, di questo ne era certo.

Solo una volta nel locale, Logan si ricordò che non aveva telefonato a Veronica. Era una promessa che le aveva fatto per farla stare più tranquilla.

Si sarebbe fatto perdonare l'indomani e incominciò a godersi la serata. Ormai era passata una settimana e Logan aveva fatto in fretta ad abituarsi alla vita che suo padre gli stava offrendo.

"Logan, stasera ti dispiace se ti chiedo di tornare in taxi?" Logan restò in silenzio.

"La vedi quella bella signora seduta al bancone?"

Logan fece un cenno di assenso. Rossa di capelli, sexi da morire e aveva delle gambe strepitose. Aveva buon gusto suo padre.

"Stasera mi vado a divertire con lei... hai capito come, vero?"

Logan sorrise a quella battuta. Anche lui non si sarebbe tirato indietro di fronte a una donna così. Chissà di che cosa poteva essere capace a letto.

Ludovico aprì il portafoglio e gli mise in mano quattro banconote da cinquantamila lire.

"Così ti paghi il taxi e se ti dovesse capitare qualche occasione almeno puoi pagarti il divertimento."

Il ragionamento di suo padre non faceva una piega.

Ludovico si avvicinò alla rossa e, una volta presa sotto braccio, uscì dal locale.

Logan notò che barcollava leggermente. Sicuramente aveva bevuto parecchio e dava l'impressione che avrebbe continuato.

Logan alzò un dito e il cameriere si avvicinò: "Mi porti un buon whisky? A tua scelta e che sia il migliore che hai, mi raccomando."

Provò a imitare suo padre, bevendolo tutto d'un fiato; un forte bruciore gli prese la gola. Fuoco allo stato puro. Sicuramente ci sarebbero voluti molti tentativi prima di riuscire a berli senza sentirsi soffocare.

Arrivato al quarto decise di averne abbastanza. Fece per alzarsi in piedi e si ritrovò barcollante. I volti delle persone che lo circondavano erano sfocati. Tornò a sedersi sulla poltroncina; forse era ora di bere un caffè se voleva tornare a casa.

Alzò di nuovo il dito, ma questa volta a servirlo venne uno schianto di ragazza. Gambe lunghissime che sembravano non finire mai; capelli lunghi e scuri e occhi di un incredibile azzurro. Strepitosa. Suo padre non avrebbe esitato un attimo a portarsela a letto. Logan decise di provarci: d'altronde qualcosa da suo padre doveva pur aver ereditato.

Con la bocca impastata chiese un caffè. La ragazza tornò poco dopo con la sua ordinazione e disse: "Offre la casa."

Logan si compiacque. Se ci avesse provato, magari ci sarebbe pure riuscito a portarsela a letto. Con voce leggermente più lucida chiese: "Hai da fare dopo il lavoro?"

"Io no e tu?"

Logan rimase sorpreso di se stesso. Possibile che fosse così semplice portarsi a casa una donna?

Il mattino dopo Logan si svegliò con un fortissimo mal di testa. Aprì gli occhi e ci volle un po' per capire che era in una stanza d'albergo e fu allora che vide accanto a lui la ragazza della sera prima; ricordava a stento il suo nome. Forse Melissa.

Si alzò di scatto. Aveva tradito Veronica. Com'era possibile?

Cercò di alzarsi, ma la voglia di vomitare era davvero tanta e non riuscì a trattenersi. Raggiunse in tempo il bagno. Una volta finito, cercò di pulire al meglio il disastro che aveva combinato.

Si sedette sul coperchio della tazza del water. Le mani gli tremavano. Non capiva se aveva vomitato per il troppo bere della sera precedente o per il fatto di essersi risvegliato accanto a una donna che non era Veronica. Lo schifo che stava provando lo indusse di nuovo al vomito. Ecco, si era appena risposto.

Tornò in camera e, in silenzio, cercò di rivestirsi. Era sul punto di uscire quando quella donna lo chiamò. A differenza sua lei si ricordava il suo nome.

"Logan... vieni qui. Io ho ancora voglia di te. Sei un portento a letto."

A Logan bastò un attimo per scacciare i sensi di colpa. Si svestì e tornò a letto. Restarono chiusi per due giorni in quella camera. Si facevano portare da mangiare giusto per riprendere un po' le forze e poi tornavano a letto. Non ne avevano mai abbastanza. Un'altra donna che gli aveva insegnato parecchie cose e lui era pronto a imparare, come sempre, e ne avrebbe fatto tesoro.

Alla fine dei due giorni ancora non sapeva con certezza il nome di quella ragazza. L'aveva chiamata per tutto il tempo tesoro.

Quando tornò a casa da suo padre, Ludovico non parve per nulla preoccupato della sua scomparsa. L'unica cosa che gli disse quando lo vide fu: "Te la sei spassata eh?"

Logan mise mano al portafoglio e restituì i soldi a suo padre. Quattro banconote da cinquantamila lire. "E pensa che non ho avuto nemmeno bisogno dei tuoi soldi."

La voce impastata di Ludovico fece capire a Logan che doveva aver bevuto molto, ma si accorse anche che, sul tavolino di fronte, c'era una canna. Non era molto afferrato in materia, ma aveva visto diversi suoi compagni farne uso. Uno spinello.

Senza indugio si sedette di fianco a suo padre e lo prese. Lo accese e se la gustò.

Voleva provare tutto. Al paese era considerato un coglione, ma al ritorno avrebbero trovato un uomo. Un uomo, certo!

In tutto quel modo di vivere Logan si era completamente scordato di Veronica. Non l'aveva più chiamata. Amen.

Alla scadenza del ventiduesimo giorno tutto cambiò. Suo padre entrò in camera sua come una furia.

"Dobbiamo andarcene. Veloce. Svelto, raccogli i tuoi stracci e fallo velocemente." E altrettanto velocemente come era entrato, uscì dalla sua camera.

Logan, confuso, fece come gli disse Ludovico.

Dopo nemmeno dieci minuti fu pronto e vestito di tutto punto. "Dobbiamo andare via da qui."

Logan non osò fare domande.

Arrivati sotto casa c'era un taxi che li stava aspettando. "La macchina dove l'hai lasciata?"

"Te lo spiego dopo. Ora non ho tempo."

"Ci porti alla stazione" disse Ludovico. "Passi da via Mercadante. Al 124, per favore." Il tassista fece come Ludovico gli ordinò.

Solo una volta arrivati alla stazione suo padre si degnò di rivolgergli la parola.

"Devo partire per lavoro. E' una questione urgente." "Va bene. Quando ci rivedremo?"

"Presto, molto presto figliolo."

Si salutarono con una stretta di mano e presero direzioni opposte. Logan prese il treno che l'avrebbe portato verso casa e suo padre verso Avellino.

Il ritorno a casa fu lento e noioso. Tutto sommato quei giorni passati con suo padre non erano stati malvagi anche se il tempo passato insieme era stato davvero poco. Quando si era messo in viaggio per raggiungere suo padre, aveva immaginato che avrebbero fatte cose diverse. L'unico ricordo degno di nota erano stati i giorni passati con la cameriera.

Una volta arrivato a casa tirò un sospiro di sollievo.

Aprì il cancello e vide sua madre che stava tagliando alcune rose.

Alla vista di suo figlio, Petra disse: "non saresti dovuto tornare tra una settimana?" "Ho anticipato il rientro. Ludovico aveva da fare."

Petra lo osservò con molta attenzione: trovò suo figlio cambiato e non sapeva dire esattamente se il cambiamento era stato in meglio.

"E' andato tutto bene?"

"Sicuramente meglio di quanto mi aspettassi" rispose Logan e sorrise al ricordo dei due giorni in quella camera.

Petra, vedendolo sorridere, fraintese. Sperava che quella manciata di giorni passati con il padre non avessero cambiato suo figlio in modo irrimediabile.

"Veronica ha continuato a cercarti ogni giorno. Ha detto che non ti ha più sentito. Vai da quella ragazza. Alle valigie ci penso io. Corri, vai che ti aspetta con ansia."

Logan tolse il telo dal suo Fifty. Era lucidissimo. Provò ad accenderlo e partì al primo colpo. Raggiunse la casa di Veronica in meno di quindici minuti.

Veronica riconobbe il rumore del motorino di Logan. Scese e subito lo abbracciò. "Dove diavolo eri finito? Sono stata malissimo."

Logan si scansò e guardò Veronica dritto negli occhi.

"La nostra storia finisce qui." E senza dare il tempo a Veronica di ribattere, salì velocemente sulla sua moto e altrettanto velocemente se ne andò da quel posto.

Nessuno si accorse delle sue lacrime mentre sfrecciava col suo motorino per le strade del paese. Si fermò davanti al cancello del cimitero. Niente di quello che era appena successo era stato progettato. Per Logan era stato più facile lasciare Veronica piuttosto che dirle che l'aveva tradita. E ora stava malissimo. Dopo un'ora rimontò in sella al suo motorino e prese la direzione di casa.

I due giorni seguenti li passò chiuso in camera sua fatta eccezione per scendere a mangiare qualcosa e andare in bagno. Nonna Luna aveva provato a parlare con suo nipote, ma lui aveva alzato un muro che sembrava invalicabile.

Una mattina sua madre lo chiamò: "Ti vogliono al telefono." Incuriosito Logan scese in cucina e rispose: "Pronto?"

"Sono io." E riconobbe la voce di Ludovico.

Logan stupito da quella telefonata rispose: "Ehi ciao papà." Per la prima volta non lo aveva chiamato Ludovico.

"Avrei bisogno di un favore da te." "Dimmi."

"Hai presente la bicicletta che ti ho regalato?" "Certo. E' stupenda."

"Ecco, avrei bisogno che me la ridassi indietro." Logan quasi soffocò a quella richiesta.

"Perché?" si limitò a chiedere.

"Perché mi serve. Tu hai già il motorino."

Logan, con tono più severo, rispose: "Quando passi a prenderla?" "Oggi pomeriggio."

"Ti aspetto. Te la faccio trovare pronta."

Chiuse la telefonata senza nemmeno ricambiare il saluto di Ludovico.

Che cazzo di idee gli erano passate per la testa in quei giorni. Davvero sperava di essere diventato importante per suo padre? Un uomo che per la maggior parte del tempo non si ricordava di avere un figlio e poi all'improvviso compariva nella sua vita per poi scomparire senza nessuna spiegazione. Era arrivato il momento che Logan desse una lezione a suo padre. Non avrebbe più permesso che si prendesse gioco di lui.

"Bastardo." Disse ad alta voce.

Andò come una furia in garage, prese la bici e fece un giro per i sentieri del bosco.

Si fermò in una piazzetta appartata e con un sasso incominciò a spaccare tutto di quella bicicletta. Suo padre avrebbe solo potuto buttarla una volta che Logan avrebbe finito di sfogare tutta la sua rabbia.

"Voglio una spiegazione." Veronica era lì, davanti a lui. "Vattene."

"Ho detto che voglio avere una spiegazione. Quando sei partito mi hai detto ti amo e ora? Torni, mi lasci e pretendi anche che io ti lasci stare?"

Veronica prese a spintonarlo. "Voglio sapere cosa ti ho fatto."

"Tu non hai fatto assolutamente nulla. Sono io ad essere un bastardo, proprio come mio padre." "Cosa cazzo stai dicendo?"

"La verità. Stavolta sto dicendo la verità."

Logan prese fiato e con voce grossa disse: "Ti ho tradito. Si ti ho tradito. Quando sono partito ti amavo e adesso non so nemmeno più chi sono. Contenta?"

Veronica restò a bocca aperta.

"Il fatto che tu stia distruggendo la bicicletta che ti ha regalato tuo padre c'entra forse qualcosa?" Logan si fermò col sasso a mezz'aria.

"Fatti gli affari tuoi e sparisci." "Tu sei affar mio."

Logan smise di colpire la bicicletta.

Si girò verso Veronica e in attimo le raccontò tutto quello che era successo in quelle tre settimane.

Alla fine Veronica prese il sasso che Logan aveva tra le mani e diede un colpo al sellino. E poi picchiò più forte. Quando della bici non rimase che un ammasso di ferraglia, Veronica si girò verso Logan e disse: "Ricominciamo."

Si diressero verso casa di Logan. Quando suo padre telefonò per sapere della bicicletta, Logan si limitò a dire dove avrebbe potuto trovarla. Non seppe mai cosa suo padre ne fece.

Passò parecchio tempo prima che avesse ancora sue notizie. Per lui era un capitolo chiuso. Si buttò a capofitto nella relazione con Veronica. Aveva ritrovato la strada giusta.

7

Il primo vero bacio

1985

"Non ti agitare Fiamma" disse sua nonna "staremo via solo una giornata."

"Posso restare a casa. Mi fido della tua scelta e so benissimo che prima o poi dovremo andare via da qui. Per me va bene qualsiasi posto, basta che io possa restare con te."

"Certo sciocchina che resterai insieme a me, ma preferisco che tu venga insieme a me."

A malincuore Fiamma finì di prepararsi. Qualche minuto dopo si sporse verso la cucina e disse: "Sono pronta."

Vide sua nonna con un portafoto in mano e copiose lacrime solcavano il suo viso.

Fiamma conosceva molto bene quella foto. C'era suo nonno che con una mano teneva una falce e con il braccio stringeva a se sua moglie. Ridevano felici. Era una rarità quella foto. Vide sua nonna asciugarsi le lacrime e mettere il porta foto nella borsa. Si asciugò le lacrime e si diresse verso Fiamma.

"Andrà tutto bene."

"Si nonna, andrà tutto bene."

Il viaggio in pullman fu lungo e noioso per Fiamma; sua nonna aveva passato il tempo guardando fuori dal finestrino. Non l'aveva mai vista con quello sguardo così triste. Fiamma era certa che stava pensando a suo marito e a tutti i cambiamenti che la sua morte aveva portato, compreso il fatto di dover lasciare la casa dove avevano vissuto una vita insieme.

Finalmente arrivarono a destinazione: un piccolo paese sperduto sulle colline dell'alta Lombardia: Gervasio. Era un paesino piccolo e sembrava che per strada non ci fosse nessuno.

Sua nonna controllò di nuovo le indicazioni per raggiungere il convento.

"Siamo quasi arrivate, sei stanca?" Furono le prime parole che Angelina pronunciava da quando erano partite.

"No, stai tranquilla nonna." E sorrise anche se in realtà era l'ultima cosa che Fiamma volesse fare.

A un tratto Angelina si fermò decidendo di fare una piccola pausa. Il largo anticipo sull'ora dell'appuntamento glielo permetteva.

"Siediti qui Fiamma." Facendo cenno di mettersi al suo fianco.

Fiamma sapeva che quello era un momento difficile. Da quando nonno Zan era morto, sua nonna aveva fatto l'impossibile per cercare di trovare qualche lavoro che permettesse loro di poter restare nella loro cascina. Aveva già un'idea di cosa volesse dirle sua nonna, ma allo stesso tempo lo temeva. Fiamma avrebbe accettato tutto tranne il fatto di dover si separare da sua nonna.

"Vorrei che cercassi di capire che ho accettato questo colloquio di lavoro così lontano da casa solo perché mi hanno dato la possibilità di poterti tenere con me e potresti frequentare la scuola in uno dei più prestigiosi istituti della Lombardia. Sempre se il colloquio andrà a buon fine."

"Io mi adatterò a qualsiasi situazione l'importante è che io possa restare con te. Da mia madre e dal suo nuovo compagno non ci voglio andare."

Sua nonna le accarezzò i capelli e se la strinse forte al petto. "Ti voglio bene Fiamma."

"Anche io nonna, tantissimo."

Ripresero il cammino e, dopo circa mezz'ora, raggiunsero la destinazione.

Fiamma alzò lo sguardo e si ritrovò a osservare un edificio enorme dall'aspetto cupo; oltrepassarono la soglia e si trovarono a percorrere un lungo corridoio avvolto dall'oscurità. A Fiamma vennero i brividi al sol pensiero di cosa avrebbe trovato dall'altra parte. Ancora pochi passi e incontrarono una suora che spiegò loro dove andare.

Angelina si fermò di fronte a una porta dall'aria massiccia e bussò. Si aggiustò la giacca e raddrizzò le spalle.

"Avanti". Angelina aprì la porta e quando fu entrata Fiamma lasciò andare il respiro che aveva trattenuto fino ad allora.

Fiamma si guardò intorno e vide un piccolo sgabello dove decise di sedersi. Aveva il sentore che il colloquio sarebbe durato a lungo.

"Prego, si accomodi." La madre superiora aveva un'aria severa, ma Angelina non ne aveva timore. "Ho letto la sua lettera di referenze del parroco del suo paese."

Angelina fece un cenno di assenso.

"Avrei da offrirle un posto da tuttofare in cucina e inoltre ho l'esigenza di avere una persona che si occupi anche della pulizia delle camere. So che si tratta di una grande mole di lavoro, ma il suo parroco mi ha garantito che lei è una grande lavoratrice. Nella paga è incluso vitto e alloggio per lei e sua nipote e in più la ragazza potrà frequentare questo Istituto garantendole un'ottima istruzione."

"Grazie" rispose Angelina "quando potrò incominciare?" "Direi che verso la metà di settembre può andare bene."

Angelina si alzò e allungò la mano per salutare la madre superiora. "La ringrazio per questa opportunità che mi da. Non la deluderò." "Aspetti. Bisogna espletare alcune formalità."

Angelina tornò a sedersi.

Voglia di Vita

"Quanto ci mette?" Fiamma sbuffò per l'ennesima volta. Era stanca di star seduta su uno sgabello, tra l'altro molto scomodo.

Incapace di stare ancora seduta su quello sgabello dopo un tempo che le pareva un'eternità, Fiamma si alzò e incominciò a guardarsi intorno; sembrava un dejà vu. Tutto intorno le ricordava il collegio in cui era stata a Torino. Le dava un senso di soffocamento, ma d'altronde lei e sua nonna non avevano molte alternative.

Si sporse dal muretto e vide alcune suore vestite di grigio passeggiare nel cortile sottostante. Alcune piccole aiuole sparpagliate sembravano messe a caso per dare un tocco più allegro a tutto il contorno. Alzò lo sguardo per contare i piani.

"Tre!" disse ad alta voce.

"Tre cosa?" sentì una voce dietro di se.

"Mi scusi suora, non l'ho sentita arrivare. Stavo contando i piani." "Mi chiamo suor Giuseppina. E tu chi sei?"

"Mia nonna è a un colloquio con la madre superiora." Fiamma stava cercando di mantenere un tono gentile. "Bene." e senza chiedere altro la suora si allontanò.

Fiamma pensò che non dovesse essere tutta a posto.

Guardandosi intorno per vedere se stava arrivando qualcun altro, Fiamma tornò a osservare tutto quello che la circondava. Si sforzava di trovare qualcosa di bello, ma si arrese molto presto. Li dentro non c'era nulla che valesse la pena di osservare, ma a sua nonna aveva fatto una promessa e aveva tutte le intenzioni di mantenerle.

Finalmente Angelina uscì dalla stanza. "Possiamo andare."

Fiamma prese a camminare dietro a sua nonna e solo quando furono fuori dall'istituto chiese come fosse andato l'esito del colloquio.

"Bene. Sono stata assunta."

Fiamma fece un lungo sospiro e non chiese altro. Il viaggio di ritorno sembrò più corto dell'andata. Una volta a casa, sua nonna preparò la cena che consumarono in silenzio. Tutte e due perse dietro ai propri pensieri. Finita la cena Fiamma sparecchiò la tavola, dopodiché raggiunse Basto che sembrava non aspettare altro che lei.

Quella notte Fiamma sognò di nuovo la morte di suo nonno.

I due mesi che separavano Fiamma e sua nonna dalla loro nuova vita a Gervasio, passarono velocemente. Per entrambe fu molto difficile adattarsi, ma erano riuscite ad ambientarsi lo stesso.

Sua nonna era stata elogiata più volte per l'ottimo svolgimento del suo lavoro e anche Fiamma aveva ricevuto complimenti per il suo rendimento scolastico. La madre superiora aveva dei forti dubbi sulla riuscita dell'inserimento di quella ragazza che sembrava una selvaggia, ma già alla fine del primo trimestre Fiamma aveva dimostrato di essere una ragazza intelligente anche se continuava a essere molto schiva e a non socializzare con le sue compagne. Appena poteva si isolava e spesso passava il suo tempo libero nei campi che circondavano l'istituto.

Alla madre superiora interessava solo che la ragazza si comportasse secondo i canoni stabiliti, tutto il resto non era affar suo. Aveva dovuto ammettere con se stessa che sia Angelina sia Fiamma erano state all'altezza delle sue aspettative.

Alla fine dell'anno scolastico, il giorno in cui esposero le pagelle, Fiamma risultò essere la prima della sua classe; nonostante passasse tutto il suo tempo libero ad aiutare sua nonna nel lavoro, riusciva a trovare anche il tempo per studiare con un'ottima resa.

L'avevano descritta come una ragazza a cui mancasse qualche rotella. Fece un sospiro e si alzò dalla sedia. Aveva deciso che sarebbe andata di persona a congratularsi con entrambe. Il ruolo che ricopriva le imponeva la massima serietà, ma nulla le impediva di elogiare qualcuno quando faceva un ottimo lavoro.

La madre superiora, una volta davanti alla porta, bussò imponentemente. In un attimo l'uscio si aprì e si trovò di fronte ad Angelina sorpresa. Era la prima volta, dopo più di nove mesi, che qualcuno andava a trovarle nel loro piccolo alloggio.

La madre superiora entrò e vide che la stanza era tenuta bene e tutto era stato reso allegro da colori vivaci e da alcuni disegni appesi alle pareti.

"Prego, si accomodi." Angelina prontamente la fece accomodare sulla poltroncina. "Posso offrirle un caffè?"

"Stia comoda, sono venuta a farvi visita per congratularmi con voi per l'ottimo lavoro svolto da entrambe." All'unisono nonna e nipote risposero "Grazie."

"Dopo questa stagione di duro lavoro, pensavo che alla ragazza facesse piacere andare qualche giorno al mare. Abbiamo un convitto dove possiamo ospitarvi. Avete diritto anche voi a un po' di riposo."

"Io... la ringrazio, madre. Possiamo parlarne tra di noi?"

"Certamente." La madre superiora si alzò e prima di uscire disse: "Complimenti per come siete riuscite a rallegrare questa stanza." E uscì.

Fiamma guardò sua nonna e disse: "Scordatelo nonna. Abbiamo deciso di tornare in cascina. Io non voglio andare al mare."

"Ti farà bene cambiare aria e soprattutto avrai modo di farti delle amicizie."

Fiamma scelse di non dire nulla; la sola idea di andare al mare la deprimeva. Più tardi avrebbe ripreso il discorso.

Arrivò il giorno in cui Fiamma si trovò a dover partire per il convitto che l'avrebbe ospitata per parte dell'estate. Aveva provato con tutti gli argomenti di sua conoscenza per far desistere sua nonna, ma aveva miseramente fallito. Sua nonna aveva deciso di non tornare in campagna per continuare a lavorare nell'istituto e non aveva voluto sentir ragioni:

Fiamma sarebbe partita per il mare.

Rassegnata Fiamma preparò i bagagli. Una volta salita sul treno si mise comoda e guardò fuori dal finestrino per cercare di distrarsi dagli schiamazzi che facevano le sue compagne di viaggio.

"Posso sedermi vicino a te?" Fiamma si girò e vide Alessia. Una ragazza che si dava sempre un sacco di arie, ma era anche una delle poche che le avesse rivolto la parola durante tutto l'anno scolastico.

Fiamma liberò il sedile accanto a lei e fece cenno di sedersi. "Hai una faccia... non sei contenta di andare al mare?" "No." Fu la risposta secca di Fiamma.

"Ci sarà da divertirsi. Ormai sono sei anni che ci vado e conosco tutti i segreti per violare le regole senza farsi scoprire."

Questo bastò per attirare l'attenzione di Fiamma. Adorava le avventure.

Il resto del viaggio trascorse tranquillo e arrivarono a destinazione che orami era già buio.

Quando Fiamma si trovò davanti al convitto non fu per niente sorpresa dal fatto che fosse la fotocopia dell'istituto di Gervasio. A lei erano sempre piaciuti i colori sgargianti e le scappò una risatina alla considerazione che chi avesse costruito quei mausolei conoscesse solo due colori: il grigio e il marrone.

Ci fu l'assegnazione delle camere: lei fu fortunata perché quella che le fu data era a tre letti. Alessia era una delle sue compagne e l'altra si chiamava Chiara: una ragazza schiva almeno quanto lei.

Fiamma fece spallucce e incominciò a disfare la sua valigia. In quel posto doveva restarci trenta giorni. Doveva farselo andare bene!

I primi giorni passarono all'insegna della tranquillità. Fiamma si convinse che tutto quello che le aveva raccontato Alessia fossero solo delle colossali bugie, ma in fondo a lei andava benissimo così.

Le giornate erano suddivise in modo schematico, che nulla toglieva alla routine del collegio.

Al mattino si ritrovavano in refettorio per la colazione, seguita da una passeggiata fuori dal convitto e poi, per grazia ricevuta, prima che fosse l'ora di pranzo le lasciavano del tempo libero che lei passava leggendo. Raramente scambiava qualche parola con le compagne di camera, tantomeno con le altre ragazze.

Dopo il pranzo avevano di nuovo un'ora di tempo libero e poi andavano in spiaggia e, molto raramente, gli educatori permettevano di fare il bagno. A lei non importava affatto visto il terrore che aveva dell'acqua.

L'ora di cena era quella preferita da Fiamma perché indicava che la giornata era quasi volta al termine.

Restava ancora da superare la passeggiata serale, in cui era d'obbligo indossare la divisa e cantare le canzoni che avevano imparato nelle varie attività. Dopo dieci giorni di quello che Fiamma considerava un inferno la malinconia della sua stanza a Gervasio si faceva sempre più forte. Chissà se sua nonna sentiva la sua mancanza. Tutte le sere, prima di addormentarsi, Fiamma piangeva. La voglia di andare via da lì si faceva sempre più forte.

Quella notte un rumore la svegliò. Confusa si tirò su dal letto e sentì Alessia parlare sottovoce con Chiara.

"Secondo me è meglio non dirglielo. Hai visto come si è comportata in questi giorni?" la voce di Chiara le arrivò nitida.

"Credimi. Secondo me è affidabile." Rispose Alessia. Quando la ragazza si girò vide che Fiamma era sveglia. "Stasera è la sera giusta per uscire, ti va di venire con noi?"

Fiamma non se lo fece ripetere due volte e si preparò in un battibaleno.

Silenziosamente attraversarono il corridoio e, passando dalla cucina, si ritrovarono di fronte al cancello sul retro. Lo scavalcarono e in un attimo furono fuori dal convitto. Era stato facile.

Fiamma seguì Alessia e Chiara sempre più incuriosita e con tantissima voglia di fare qualcosa fuori dalle regole. Non si allontanarono molto dalla colonia; presero la strada che portava al parco. Una volta arrivate, le ragazze trovarono altri loro coetanei e passarono la notte a chiacchierare. Qualcuno aveva azzardato portare della birra e qualcun altro delle sigarette. Quando fu la volta di bere Fiamma rifiutò ma non disdegnò la sigaretta. Una prima boccata e tossì all'inverosimile ma, contrariamente a quanto potesse immaginare, nessuno la prese in giro.

Fiamma si ritrovò a ridere come da tempo non faceva più. C'erano alcuni ragazzi che parlavano di motori e a lei non dispiaceva ascoltare. Le ragazze che lei credeva essere impagliate in realtà erano molto divertenti. Una di loro, per il troppo bere, stette male al punto di vomitare ma, dopo un paio di minuti di preoccupazione, tutto tornò alla normalità.

L'alba arrivò fin troppo presto e la compagnia si sciolse in fretta con la promessa di rivedersi al più presto. Fiamma tornò in camera soddisfatta.

Affrontò il resto del soggiorno con più serenità. Ci furono altre notti come quella; a volte si trovavano al parco, altre in riva al mare. Le facce erano sempre le stesse e Fiamma fece amicizie con alcuni di loro. C'era un ragazzo che spesso la guardava e le, intimidita, scostava sempre lo sguardo per poi tornare a osservarlo quando era convinta che Roberto non la guardasse. Così si chiamava quel ragazzo.

Ormai mancava poco meno di una settimana alla partenza e Fiamma si sentiva confusa. Ludovico le aveva chiesto espressamente di baciarla e lei era scappata. Non aveva mai baciato nessun ragazzo prima d'ora. Desiderava diventare più femminile come le sue nuove amiche e magari avrebbe anche imparato a truccarsi come facevano tutte, ma la cosa che la spaventava di più in assoluto era stata la richiesta inaspettata di quel bacio da parte di Roberto.

Con tutto il coraggio di cui era capace chiamò Alessia. Le sembrava la persona più adatta a cui chiedere consiglio.

"Roberto vuole un bacio e io non ho mai baciato nessuno e mi vergogno." Rossa in viso Fiamma si aspettava una risata di scherno da parte della ragazza.

Invece, con suo grande stupore, Alessia si fece seria e le disse: "A tutto c'è rimedio." La accompagnò in camera e, di fronte a uno specchio, le fece vedere come doveva mettere le labbra per baciare il ragazzo. Provarono e riprovarono tra risate e macchie di rossetto che poi dovettero pulire dallo specchio. Fuori pioveva e quindi non dovevano andare in spiaggia. Alessia insegnò a Fiamma anche a truccarsi. In modo semplice e garbato. Quando Fiamma si guardò allo specchio quasi non si riconobbe. Si guardava e riguardava. Alessia l'aveva trasformata. Un velo di rossetto, un po' di matita negli occhi; il rimmel le faceva delle lunga ciglia e i capelli erano stati domati da una bellissima treccia.

Fiamma era diventata un'altra. Anzi, si sentiva un'altra. Quella sera stessa avrebbe dato il suo primo bacio. Il suo cuore galoppava all'idea che un ragazzo come Roberto l'avesse guardata. Le parole di Alessia la incoraggiarono. Guardandosi allo specchio per la prima volta in vita sua Fiamma si piacque. L'immagine della ragazza maschiaccio, selvaggia e insignificante era scomparsa del tutto.

Finalmente arrivò l'ora dell'appuntamento. La serata era iniziata come tutte le altre all'insegna di grandi risate e qualche sigaretta. Roberto le si avvicinò da dietro e le sussurrò qualcosa all'orecchio che subito Fiamma non capì, ma le bastò vedere la mano tesa del ragazzo per capire che il suo momento era arrivato.

Mano nella mano si allontanarono dal caos e una volta raggiunto un luogo tranquillo Roberto le disse: "Sei bellissima." A Fiamma tremarono le gambe per l'emozione ma non era nulla di paragonabile a quello che provò quando Roberto le prese il volto tra le mani e la baciò.

Dapprima Fiamma fece resistenza, ma Roberto la accompagnò in quel mondo del tutto nuovo per lei.

Restarono così per parecchio tempo, fino a quando una voce da lontano li richiamò alla realtà. Era ora di rientrare altrimenti rischiavano che la loro fuga fosse scoperta.

Si diedero appuntamento per l'indomani sera. Pochi giorni e tutto sarebbe finito perché Fiamma sarebbe dovuta rientrare in collegio.

L'ultima sera arrivò fin troppo velocemente. Si presentò all'appuntamento completamente al naturale, senza trucco e con i capelli sciolti.

I baci di Roberto quella sera si fecero più audaci. Fiamma si convinse che dipendesse dal fatto che non si sarebbero più rivisti.

"Ti amo." Furono le parole di Roberto. Fiamma non rispose. Lei non sapeva se lo amava. Era ancora troppo confusa, persa alla ricerca di una spiegazione per tutte le emozioni che aveva provato con quei baci. Il ragazzo l'aveva sfiorata anche in parti intime e la cosa era piaciuta a Fiamma, ma da li ad amarlo…

"Roberto… io…" "Facciamo l'amore…"

Fiamma si irrigidì e questo Roberto lo percepì. Cerco di sussurrarle parole gentili alle orecchie e Fiamma si rilassò nuovamente.

"Dai… ho voglia di te…" Fiamma si irrigidì nuovamente.

Roberto perse la pazienza e disse: "Se non fai l'amore con me è perché non ti importa nulla di me." Fiamma era confusa.

Le mani del ragazzo si erano fatte nuovamente audaci e lei finalmente si lasciò andare.

Tutto avvenne velocemente. Roberto abbassò i suoi pantaloni e senza nessun riguardo incominciò a farsi strada dentro Fiamma. La ragazza sentì un forte dolore, ma tutto finì in un attimo.

Il ragazzo, soddisfatto, si rivestì velocemente. Il suo sguardo, però, si era fatto di ghiaccio. Fiamma cercò di coprirsi velocemente. Nulla l'aveva resa pronta alle parole che uscirono dalla bocca di Roberto.

"Mi avevi detto che eri vergine e invece… sei una puttana."

Fiamma non ebbe nemmeno il tempo di dire qualcosa che Roberto era già lontano.

Rientrò in convitto sconvolta. Quando le sue compagne di camera l'avevano vista rientrare si erano accorte subito che qualcosa di grave era accaduto a Fiamma.

"Cos'è successo?"

Fiamma la guardò e non riuscì a proferire parola. Allontanò da se le sue amiche, si mise nel letto e scoppiò a piangere.

Il viaggio di ritorno fu lungo e Fiamma non rivolse la parola a nessuno, nemmeno ad Alessia.

Il pullman arrivò davanti al cancello principale dell'istituto. Fiamma intravide sua nonna nel piazzale. Aveva le braccia alzate in segno di saluto.

Fiamma scese velocemente e andò di corsa ad abbracciare sua nonna. "Ti voglio bene." disse la nipote.

I giorni passavano lenti, con poche cose da fare. L'estate era ancora lunga e sia Angelina sia Fiamma cercavano di impegnare il loro tempo con dei piccoli lavoretti. Angelina aveva cercato più volte di intraprendere un discorso con sua nipote. Aveva capito che qualcosa di importante era accaduto ma sua nipote aveva innalzato un muro. Ogni suo tentativo di capire si fermava di fronte al silenzio di Fiamma.

Qualche giorno dopo Angelina scoprì per caso dove sua nipote passasse i pomeriggi.

Aveva deciso di fare una sorpresa a Fiamma. Aveva già il benestare della madre superiore. Mancavano ancora una quarantina di giorni all'inizio della scuola; era andata a comprare i biglietti per passare il resto di quelle settimane nella loro cascina, al paese.

La vide arrivare e fece per chiamarla quando sua nipote entrò nella biblioteca comunale. Restò ad aspettare li fuori per un tempo che le parve interminabile. Dopo circa due ore vide Fiamma uscire con un libro di testo sotto al braccio. Fece per seguirla, ma dopo pochi passi si sentì chiamare. Era il signor Gino, il proprietario della tenuta dove lei e suo marito avevano lavorato per anni. Guardò in direzione della nipote e lasciò che la ragazza facesse la sua strada. Avrebbe scambiato volentieri qualche parola con il signor Gino.

Quando Angelina tornò a casa vide sua nipote tutta intenta nella lettura di un libro che ritirò velocemente non appena Fiamma si accorse della presenza di sua nonna.

Solo a notte fonda sua nonna andò a controllare. Era un libro di testo inusuale. Avrebbe chiesto spiegazioni ma prima le avrebbe detto della sorpresa. Era convinta che l'avrebbe fatta felice.

Fiamma continuò a leggere freneticamente. Aveva trovato il libro giusto. Lei non sapeva nulla di quelle cose e non osava chiedere a nessuno.

La frase che aveva appena letto dovette ripeterla ad alta voce per capirne bene il senso.

"La prima volta che l'imene viene sollecitato per lasciare entrare un pene può provocare un sanguinamento, ma sono pochissime le donne che sanguinano e questo è dovuto alla rigidità della corona vaginale o alla sua forma."

"Bastardo."

Aveva dovuto dare fondo a tutti i suoi già miseri risparmi per potersi permettere la tessera della biblioteca. Era l'unico modo per riuscire a darsi delle risposte a quello che era successo. Era certa di essere ancora vergine e le accuse che le aveva rivolto quello schifoso erano a dir poco infamanti. Uno sporco pidocchioso che aveva solo voluto dar sfogo al suo eccitamento e Fiamma non aveva capito assolutamente nulla di lui.

Era arrivata a una sola conclusione: non avrebbe mai più permesso a un maschio di entrare nella sua vita.

Fiamma si rifugiò nei suoi ricordi felici, a quando passava giornate intere nella vecchia cascina al paese. Era l'unica cosa che riuscisse a darle conforto.

La morte di suo nonno aveva nuovamente ribaltato il suo futuro e quello di sua nonna. Avrebbe dato qualsiasi cosa per tornarci. Quella sera Fiamma non riusciva a prendere sonno: era irrequieta.

All'improvviso le venne voglia di cioccolato. Ne era ghiotta ed era per questo motivo che sua nonna non glielo faceva mai mancare, ma era anche per questo stesso motivo che lo nascondeva in posti inimmaginabili.

Incominciò ad aprire i cassetti in cucina, e poi fu la volta della dispensa. Nulla, non trovò assolutamente nulla.

I posti in cui aveva cercato fino a quel momento, però, erano fin troppo ovvi. Si diresse in camera di sua nonna. Aprì la porta dell'armadio e incominciò a rovistare un po' dappertutto e, quasi sul punto di arrendersi, sotto a un mucchio di lenzuola, la sua mano toccò una scatola. Sorrise! Aveva trovato il nascondiglio. Prese la scatola e, facendo ben attenzione a non far cadere la biancheria, con il bottino in mano Fiamma si mise comoda sul letto di sua nonna. Aprì il coperchio e si stupì di quello che vide: era di gran lunga molto meglio.

L'inseparabile fionda di Fiamma era in bella mostra, davanti ai suoi occhi. Quanti ricordi erano collegati a quella che era stata considerata , da suo nonno, un'arma.

Era stato proprio quello il motivo per cui le era stata tolta. Ricordava benissimo quel giorno: nonno Zan l'aveva vista all'opera con quell'arnese e, anche se Fiamma aveva avuto i suoi buoni motivi, suo nonno non aveva voluto sentire ragioni.

Nonno Zan aveva avuto una brutta litigata con il grossista che era solito rifornirsi da lui di frutta e verdura.

Quell'uomo, dall'aria così minacciosa, aveva cercato di imbrogliare suo nonno. Quella discussione era finita a discapito di suo nonno. Aveva perso la vendita dei suoi prodotti e questo era davvero un grande, grosso guaio perché suo nonno, col ricavato, avrebbe potuto comprare altre cose di prima necessità. Fu in quel momento che Fiamma decise di farla pagare a quel maiale.

Sapeva dove era solito fermarsi per il riposino pomeridiano. Aspettò che quell'uomo si addormentasse e dalla sua postazione prese la mira e tirò un sasso sul vetro del camioncino. Il vetro andò in mille pezzi; Fiamma faceva fatica a trattenere le risate per la scena che si parò davanti ai suoi occhi. Quell'uomo era sceso dal furgone. La maglietta non bastava per coprire l'enorme pancia che trasbordava dai pantaloni. Aveva fatto il giro del furgone cercando la causa di quel disastro e alzando gli occhi al cielo si era tolto il cappello per grattarsi la sua brutta testa pelata, senza riuscire a darsi una risposta in merito.

A un certo punto Fiamma si sentì toccare la spalla. Solo un'altra persona era in grado di muoversi senza fare il minimo rumore: suo nonno. Quella fu l'ultima volta che la ragazza vide la sua fionda. Una volta a casa, nonno Zan le aveva fatto una bella ramanzina. Nessun castigo però, di alcun tipo; solo tante parole su come fosse stato sbagliato quello che Fiamma aveva fatto. La sera stessa, quando la ragazza era già nel letto, sentì suo nonno raccontare alla moglie quello che era successo quel pomeriggio.

"Prendi, pensaci tu a nascondere la fionda di tua nipote." Angelina rise e rispose: "Certo, mia nipote, vero?"

Zan rise e rispose: "Fiamma è stata davvero brava: ha preso la mira e ha fatto centro; almeno quello la impara. Derubarmi…"

"Che punizione intendi dare a nostra nipote?"

Zan si fece pensieroso: "Io… io… ecco! Trovato. Un mese senza cioccolato." "Non ti pare di essere troppo severo?"

Zan si toccò il mento e rispose: "Forse hai ragione. Quindici giorni possono bastare. E' la punizione giusta." "D'altronde Fiamma ha fatto solo quello che avresti voluto fare tu…." Disse Angelina.

Zan si fece pensieroso: " Due giorni saranno sufficienti, ma la fionda resta sotto sequestro. Pensaci tu a nasconderla come si deve. Quel diavolo di ragazza, altrimenti, la troverebbe subito."

Angelina passò accanto a suo marito e gli diede un bacio sulla fronte e nonno Zan, con molta destrezza, diede un pizzicotto sul sedere di sua moglie, che fece un bel salto. Risero insieme di tutta quella faccenda.

Fiamma, a quelle parole, si tranquillizzò. In fondo due giorni non erano la fine del mondo: sarebbe sopravvissuta. Dormire nella camera comunicante con la cucina, con una tenda al posto di una porta aveva i suoi vantaggi. Aveva agito d'impulso quel pomeriggio e se si fosse fermata a riflettere, molto probabilmente, non avrebbe fatto nulla, ma odiava le ingiustizie. Avrebbe fatto a meno anche della sua fionda; ne avrebbe costruita un'altra. Cinque giorni dopo, suo nonno morì.

Frugò ancora nella scatola, incuriosita da quello che sua nonna aveva ritenuto molto importante da conservare così gelosamente.

C'erano delle foto che Fiamma non aveva mai visto. In una di queste c'erano delle ragazze in costume da bagno, sorridenti, con pettinature che, alla ragazza, parvero di un altro mondo. Erano in piedi su un grande scoglio e, in sottofondo, si intravedeva il mare. Incuriosita, guardò sul retro e trovò una scritta "15 agosto 1938".

"Questa sono io."

Fiamma non aveva sentito sua nonna entrare. "Cercavo la cioccolata…"

"E non l'hai trovata. Stavolta l'ho nascosta dove nemmeno tu, caro il mio segugio, saresti riuscita a trovarla."

In realtà Angelina aveva mentito al riguardo. I soldi per comprare il cioccolato non c'erano. Li aveva spesi tutti per un'altra cosa che era sicura avrebbe fatto impazzire di gioia sua nipote.

"Vedo che hai in mano la busta. L'hai già aperta, mia piccola ficcanaso?" Fiamma si limitò a fare un cenno con la testa in segno di diniego.

"Avrebbe dovuto essere una sorpresa ma, arrivate a questo punto, direi che puoi aprirla anche adesso. In fondo si sarebbe trattato solo una manciata di giorni."

Incuriosita, aprì velocemente la busta: la ragazza adorava le sorprese e non appena ne vide il contenuto Fiamma strabuzzò gli occhi.

"Nonna, davvero torniamo a casa?" "Per sei lunghe settimane."

Fiamma si buttò tra le braccia di sua nonna e disse: "Eri bellissima da giovane." "Perché, adesso sono brutta?" rispose Angelina.

"Sei la nonna più bella del mondo. Vorrei anche io essere bella come te." Angelina guardò con commozione sua nipote.

"Lo sei già."

"Non è vero, nonna."

Ad Angelina venne in mente una cosa.

"Voltati, alla tua sinistra, ma fallo molto lentamente."

Anche se Fiamma non capiva, fece quello che sua nonna le disse di fare. "Scoprirai che c'è una persona che ti sta guardando ed è bellissima."

Fiamma vide la sua immagine riflessa allo specchio e tornando a guardare sua nonna disse: "Dici sul serio?" "Certo, io non dico mai bugie. Tu sei una ragazza bella, ma soprattutto sei speciale."

Sua nonna allargò le braccia e Fiamma ci si rifugiò e restò così fino a quando non si addormentò.

Anche se tra qualche mese Fiamma avrebbe compiuto diciotto anni, per lei restava ancora una bambina.

Fiamma si svegliò nel letto di sua nonna. La scatola ancora aperta sul letto: Angelina aveva lasciato il contenuto della scatola a sua disposizione. La ragazza ripose tutto con molta cura e tenne per se solo due cose: la busta contenente i biglietti del pullman e la sua inseparabile fionda.

Andò in cucina dove trovò il tavolo apparecchiato con la colazione. Sua nonna era davvero una donna instancabile. Si fermò a osservare l'arredamento di quella stanza come non aveva mai fatto prima. Angelina aveva delle mani straordinarie che, dal nulla, sapevano creare cose straordinarie. Sua nonna, spesso, non riusciva a dormire e allora passava il suo tempo tagliando stoffa, imbastire e cucire, riusciva a fare delle cose uniche con degli scampoli di stoffa ricavati da cose che non servivano più. Lei non buttava mai via niente.

Fiamma sperava ardentemente che un giorno potesse diventare brava come sua nonna in modo tale da riuscire a rendersi più utile.

Due giorni dopo, entrambe, erano sedute sul pullman che le avrebbe riportate a casa loro.

Fiamma stava pensando a come sarebbe stato rivedere la sua stanza, le sue capre Musci e Calimero ma, soprattutto, era emozionata all'idea di rivedere Basto. Logan gli aveva fatto un bel regalo. L'astio che aveva provato nei suoi confronti era scomparso del tutto. Col tempo la ragazza aveva compreso che, in fondo, il suo non era stato un tradimento. Voleva solo proteggerla e quello di tradire il suo più grande segreto si era rivelata la cosa giusta da fare. Logan... chissà cosa stava facendo della sua vita.

Logan... con una scrollata di spalle rimise il ragazzo al suo posto: in un angolo della sua mente dove riponeva i ricordi del suo passato. Le loro vite avevano preso strade diverse.

Una volta arrivate in cascina, Angelina e Fiamma incominciarono subito a rendere abitabili le due stanze che avrebbero usato in quelle settimane: la cucina e la camera da letto, che avrebbero condiviso. A loro due non serviva altro.

Terminato di sistemare, Fiamma si diresse velocemente verso casa di Carlin. Appena Basto la vide le corse incontro, ma non le saltò addosso come era solito fare. Si fermò ai suoi piedi e puntò i suoi occhi in quelli di Fiamma.

"Vieni qui, balordo" la ragazza si mise le mani al petto e solo allora il cane le saltò letteralmente addosso.

Basto era talmente emozionato che si fece la pipì addosso, sporcando anche le scarpe della ragazza ma nulla importava in quel momento. Cercando di tenere il cane in braccio, anche se incominciava a pesare, Basto incominciò a darle delle vigorose leccate. In quel momento Fiamma ebbe la sensazione che il tempo non fosse mai passato e aveva tutte le intenzioni di godersi ogni attimo, perché era ben cosciente che sei settimane sarebbero passate fin troppo velocemente. Con Basto al suo fianco si diresse nel prato dietro casa dove era sicura di trovare le sue capre.

Musci, dolcissima come sempre, incominciò a sfregare il suo muso sulle gambe di Fiamma. Calimero, invece, fece l'indifferente ignorando i suoi richiami, ma la ragazza sapeva benissimo come attirare la sua attenzione.

Mise la mano in tasca e prese il sale, chiuse a pugno la mano e si avvicinò al caprone. Quante cornate si era presa da quel testone. Calimero alzò il muso e, alla vista del sale, raggiunse Fiamma e in un attimo se lo divorò. La ragazza si guardò intorno alla ricerca di Carlin e di sua moglie; voleva portarsi le tre bestiole a casa con l'intento di godersi la loro compagnia. "Ciao ragazza, bentornata."

Carlin non si ricordava mai il nome della ragazza. Fosse stato per lui l'avrebbe chiamata "uragano". "Buongiorno" rispose Fiamma.

"La stavo cercando per chiederle il permesso di portarmi a casa loro." e indicò col dito le tre bestiole. Subito ritrasse la mano: le suore le avevano insegnato che era segno di maleducazione indicare col dito. "Mannaggia, non imparerò mai le buone maniere" disse Fiamma ad alta voce.

"Non ti preoccupare, non sono così formale e comunque, con o senza dito, ho capito lo stesso." Carlin si mise a ridere. "Io te le lascio volentieri, ma per quanto riguarda le capre, io chiederei prima a tua nonna."

Carlin, passandole vicino, le diede una carezza.

Era contento di rivedere la ragazza. Era cresciuta molto in altezza ma era sempre molto magra. Finalmente il piccolo paese avrebbe ripreso ad avere un po' di vita. Quella ragazza aveva il potere di farsi amare e odiare con la stessa intensità. Era sempre pronta ad aiutare chiunque ne avesse bisogno, ma era anche in grado di fare una quantità di scherzi da creare non pochi problemi.

D'accordo con Carlin, Fiamma si portò a casa solo Basto. Per le capre avevano deciso, invece, che sarebbero rimaste da lui. Era impensabile riuscire a rimettere a posto la stalla della vecchia casa e ancor di più portarle in casa. Sua nonna l'avrebbe fatta correre.

La ragazza si era presa l'impegno di portar le capre al pascolo tutti i giorni. Sarebbe già stato sufficientemente difficile convincere sua nonna a tenere in casa Basto. Senza capre avrebbe avuto qualche possibilità in più.

Fiamma rise al ricordo di quella volta che Musci e Calimero si erano mangiati tutte le tende di casa e se si passava la mano sul sedere ne sentiva ancora il bruciore. Gli era servita di lezione.

Troppo presa dall'eccitazione di trovarsi al paese, la ragazza si era accorta della novità solo nel pomeriggio: se poi fosse stata buona o meno, l'avrebbe scoperto molto presto.

Affacciandosi dal balcone, vide sua nonna parlare con una coppia. Incuriosita scese in cortile e si mise vicino ad Angelina.

"Ecco che si parla del diavolo e spuntano le corna" disse sua nonna. Fiamma non l'aveva preso come un complimento, soprattutto di fronte a quelli che lei riteneva dei perfetti estranei.

"Questa è Fiamma, mia nipote. Vive con me già da diverso tempo."

Angelina fece l'occhiolino a sua nipote, segno d'intesa per dire che erano persone "ok". "Hanno un figlio più o meno della tua età e si chiama Angelo."

Fiamma guardò fin dove poté, ma di quel ragazzo non c'era traccia. Vide una tenda muoversi; era sicura che fosse il ragazzo in questione che la stesse spiando attraverso le tendine.

Salutando, Fiamma tornò verso casa per prendere Basto. Prima o poi l'avrebbe conosciuto. Si diresse verso la vigna e quando arrivò sul piano la vista che le si parò davanti non era sicuramente quella che la ragazza si sarebbe aspettata. Le erbacce erano cresciute a dismisura e i rovi pieni di spine erano dappertutto. Era ben cosciente del fatto che, senza il lavoro quotidiano di suo nonno, presto sarebbe andato tutto in rovina, ma non si aspettava di trovare un cambiamento tale da non riuscire nemmeno a trovare il buco nella recinzione che lei stessa aveva fatto.

Decise di arrampicarsi sul grande masso che si trovava sul sentiero: da quel punto sarebbe riuscita a vedere meglio. Una volta in cima, seguita da Basto, tirò un sospiro di sollievo. La vista non era proprio la stessa, ma poteva definirla simile. Fu in quel momento che fece un giuramento a se stessa. "Un giorno riuscirò ad avere tanti soldi da poter rimettere tutto a posto, casa compresa."

Accarezzò il muso del cane e fischiettando decise di inoltrarsi nel bosco. Non lo temeva perché conosceva molto bene ogni sentiero. Non si accorse del tempo passato; nel bosco faceva scuro molto presto. Corse da Carlin per prendere le capre e riportarle nella loro stalla. Diede a entrambi un premio e si precipitò a casa. Si era ripromessa che, in quelle settimane, avrebbe fatto il massimo per essere di aiuto a sua nonna: non si riposava

Voglia di Vita

mai. Al suo rientro, con molto stupore, Fiamma vide che la tavola non era ancora apparecchiata e sul fornello non c'era alcuna traccia di pentole. Fece per togliersi la giacca quando Basto incominciò a grattare vicino alla porta e dopo una manciata di secondi, arrivò sua nonna.

"Sono andata a fare una telefonata. Ho ordinato qualcosa e domani il botteghino ci porterà la spesa a casa e prima che tu me lo chieda, ho fatto mettere anche le merendine che ti piacciono tanto."

"Nonna, ormai sono grande."

"E questo cosa vorrebbe dire… che il cioccolato non ti piace più?"

"No, questo mai. Dai che ti aiuto a preparare la cena."

"No, ragazza! Stasera siamo ospiti dei nostri nuovi vicini di casa."

"Quelli che hanno il figlio invisibile?"

"Fiamma, su dai. Solo perché non è venuto quando l'hanno chiamato non vuol dire che sia inesistente. Vieni, siediti qui, vicino a me. Ho conosciuto quel ragazzo e non è niente male, sai? Siedi qui accanto a me: ti racconto un paio di cose su di lui, così non avrai sorprese quando, più tardi, lo vedrai. Tra qualche mese compirai diciotto anni, ma a volte sei peggio di una bambina. Per te esiste solo il nero o il bianco."

Più tardi Angelina e Fiamma bussarono alla porta. La ragazza cercò di usare tutte le buone maniere di cui era capace. Angelo non era così simpatico come sua nonna le aveva fatto credere: aveva anche ignorato la mano che Fiamma aveva teso per le presentazioni.

Si sedettero tutti e cinque a tavola e la conversazione tra gli adulti prese a scorrere tranquillamente. Fiamma si stava annoiando, ma tutte le buone maniere che le avevano inculcato in collegio, le imponevano di stare seduta fino a quando la cena non fosse finita. Quando fu ora del dessert la padrona di casa propose di andare a sedersi in salotto. Fiamma colse la palla al balzo e disse: "io sparecchio." Sua nonna la guardò storto, le si avvicinò e le disse: "Quando mai ti sei offerta volontaria per riordinare la cucina?"

"Nonna, mi sto rompendo le scatole quindi o faccio qualcosa oppure fingo di avere mal di testa e torno a casa… e poi non sei tu che, poco fa, mi hai detto che devo comportarmi come un'adulta responsabile?"

"Fiamma, per favore…"

"Quello li è pure antipatico. Non mi ha rivolto la parola nemmeno una volta. Mi sta sul cu…"

"Fiamma…" Sua nonna le diede un'occhiataccia che smorzò sul nascere ogni altra rimostranza da parte di sua nipote.

"Vado in cucina e lavo anche i piatti, però non è colpa mia se quello li è un coglione cafone." "Fiamma.."

La ragazza si precipitò in cucina prima che sua nonna perdesse la pazienza. Era vero che presto avrebbe compiuto diciotto anni, ma era anche vero che non si era mai abbastanza grandi per prendere un sonoro ceffone e Fiamma era cosciente di esserci andata molto vicina, con le sue esclamazioni piuttosto vivaci, ma non era proprio riuscita a trattenersi.

Una volta in cucina si guardò un po' intorno per organizzarsi e alzò gli occhi al cielo per ringraziare l'esperienza che si era fatta in collegio. Il suo compito era quasi sempre quello di riordinare una cucina che era grande almeno dieci volte di più rispetto a quella dove si trovava in quel momento.

"Hai bisogno di aiuto?" la voce del ragazzo la spaventò a tal punto che le scivolò un bicchiere dalle mani, che andò per terra rompendosi in mille pezzi.

"Coglione" disse sottovoce Fiamma. "Guarda che sono zoppo, non sordo."

"Sono contenta, così sei perfettamente in grado di capire quello che penso di te."

Angelo sorrise a quell'affermazione. La ragazza non aveva fatto alcun cenno al suo handicap e quella che credeva fosse la classica ragazza di città, si era appena rivelata quello che era in realtà: un vulcano.

Il ragazzo tese la sua mano in direzione di Fiamma. Non gli sfuggì la bestemmia che la ragazza disse quando si tagliò con un pezzo di vetro. Si, decisamente non era una ragazza di città.

"Piacere, mi chiamo Angelo. Se ti chiedo scusa per il mio comportamento, possiamo ricominciare da capo?"

Fiamma, col dito in bocca perché il taglio bruciava, si alzò e rispose: "Tu sei tutto matto e io con quelli come te, ci vado d'accordo."

I ragazzi non si accorsero di essere osservati. Maria, la madre di Angelo, si rivolse ad Angelina dicendo: "Fiamma deve essere una ragazza davvero straordinaria. Mio figlio è un ragazzo molto difficile e non ride mai, non da confidenza a nessuno e questo gli ha impedito di fare amicizie. Fiamma, in pochissimo tempo, è riuscita a buttare giù il muro con cui, mio figlio, si era circondato." Angelina fece un cenno alla donna di tornare in salotto. Sapeva che Fiamma era in grado di sentire un bisbiglio lontano un miglio.

"Mia nipote ne ha passate davvero tante. Sto cercando di garantirle un'adeguata istruzione perché, nonostante l'apparenza di ragazza selvaggia, è molto intelligente. Il problema è sempre stato quello di riuscire a incanalare la sua energia nella direzione giusta."

Le due donne furono interrotte dal forte russare di Giovanni, il padre di Angelo.

"Lo sapevo!" esclamò Maria "Se lascio mio marito solo anche solo per una manciata di minuti, lui si addormenta e sprofonda in un sonno talmente profondo che nemmeno le cannonate riescono a svegliarlo." Angelina sorrise a quell'affermazione: suo marito Zan era uguale.

"Sono sei mesi che è in pensione e mi sa tanto che si è adagiato fin troppo nella sua nuova condizione."

Le due donne sorrisero e continuarono a chiacchierare del più e del meno. Dalla cucina provenivano delle risate, segno che faceva ben intendere.

"Questa è la serata perfetta" pensò Angelina la donna si sentiva finalmente in pace. L'anno passato era stato davvero duro, ma ora aveva tutte le intenzioni di godersi un meritato riposo.

"Sei nato zoppo?" Fiamma fece quella domanda senza alcun imbarazzo. Dopo una sola settimana il ragazzo aveva imparato a conoscerla e quindi, senza alcun problema, le rispose.

"No. Io non ricordo nemmeno più quel giorno. Col tempo ho rimosso e poi avevo solo otto anni." "Mi racconti com'è successo?"

"Certo" rispose Angelo .

"Dai, vieni a sederti sull'erba." Angelo seguì il consiglio di Fiamma e si accomodò vicino a lei. Spesso si incantava a guardare i suoi riccioli. Fiamma le piaceva e anche più di quello che lui stesso avrebbe voluto.

"Non serviranno molte parole per raccontare com'è accaduto. Che avevo otto anni te l'ho già detto. Mia madre dice che ero un piccolo delinquente e che non stavo mai fermo. Un giorno ne ho combinata una davvero grossa. Sono entrato in un parco dove sapevo di avere il divieto assoluto di entrare ma io l'ho fatto ugualmente. Ero per i fatti miei quando a un certo punto ho sentito dei guaiti. Ho raggiunto il posto da dove avevo sentito provenire quegli strani rumori e ho trovato un sacchetto dove, aprendolo, ho trovato 5 cuccioli di cane. Proprio in quel momento è sopraggiunto un uomo, grande e grosso, con una faccia butterata. Era davvero enorme. Io mi sono spaventato ma ancor prima che riuscissi a scappare, quel brutto

omone ha tirato fuori un grande e grosso bastone. Ha incominciato a picchiare sulla mia gamba. Un colpo, due colpi e poi non li più contati. Avevo sangue dappertutto e credevo davvero di morire. Poi sono svenuto e sognavo che i miei genitori mi venissero a salvare. Quando mi sono risvegliato, ero in ospedale. Tutto qui!"

Fiamma, inorridita, guardava il suo amico con la bocca spalancata in cerca di trovare delle parole giuste da dire.

"Buuuu" Angelo fece un verso per spaventare Fiamma.

"Non vorrai dirmi che hai creduto per davvero alla mia storiella?"

Fiamma restò senza parole. Angelo era un perfetto imbecille. Ancora qualche istante e Fiamma si riprese e diede sfogo a tutta la sua rabbia.

"Allora è vero che sei un coglione! Imbecille che non sei altro." "E dai... era uno scherzo."

"Uno scherzo di merda, riuscito anche malissimo!"

"E che con tutte le avventure che mi racconti tu, la verità sul mio incidente ti sarebbe risultata banale, credimi."

"Ti decidi a raccontarmi la verità? Io non ti avrei mai deriso. Sei un mio amico adesso e quindi non lo farei mai.

"Non ho mentito sull'età e nemmeno sul fatto che fossi un bambino molto vivace e allergico alle regole. C'era un'impalcatura e prima che mia madre riuscisse a fermarmi, io ero arrivato in cima."

Angelo prese fiato.

Quando sono sceso, ho perso l'equilibrio, cadendo su un marciapiede di cemento quindi capirai che il mio atterraggio non è stato dei più morbidi. In realtà, se zoppico, è perché ho una protesi. "

Il ragazzo si alzò il pantalone e fece vedere alla ragazza il suo pezzo di gamba finta. Da bambino non capiva quali sacrifici dovessero affrontare i suoi genitori per aiutarlo. Ora invece ne aveva piena coscienza.

"Mi spiace" fu tutto quello che Fiamma riuscì a dire.

"Come vedi non sono un eroe. Probabilmente è vero che sono un coglione."

Fiamma si sentiva in imbarazzo e non sapeva cosa dire al suo amico. A volte era meglio scegliere il silenzio piuttosto di dire qualcosa fuori luogo che avrebbe potuto ferire Angelo.

Entrambi i ragazzi si misero a osservare il panorama. Si erano avventurati fino al parco della rimembranza: era il luogo più alto di tutto il paese e si godeva un panorama a 360 gradi.

"Senti" fu Fiamma a interrompere quel silenzio che si era creato tra di loro. "Stasera ti andrebbe di andare alla festa del paese, qui vicino?"

"No" fu la secca risposta di Angelo.

"Guarda che non ti mangia nessuno e se per una volta ti mescoli tra i comuni mortali, di certo non muori."

"Ho detto di no" Angelo si alzò e prima di dirigersi verso casa si voltò verso Fiamma e disse: "Non sono più lo zimbello di nessuno." e se ne andò.

"Allora è vero che il ragazzo è un matto."

La ragazza decise di non seguirlo e si mise ad accarezzare il suo cane.

"E poi dicono che siamo noi donne a essere lunatiche. Che ne dici tu, bel cagnone?" Guardò Basto, in attesa della sua risposta.

"Fiamma..." la ragazza si voltò riconoscendo la voce di Angelo. "Hai cambiato idea per caso?"

Angelo si avvicinò alla ragazza, prese il suo viso tra le mani e fece quello che desiderava più di ogni altra cosa: baciarla. Fiamma non ebbe nemmeno il tempo di accorgersi di quello che stava succedendo e si abbandonò completamente a quel bacio, dolce, delicato e che faceva tremare entrambi.

Quando si staccarono Fiamma chiamò Basto e corse verso casa, lasciando Angelo da solo.
Quella sera, nel suo letto, la ragazza ripensò a lungo a quel bacio: sentiva ancora le gambe molli e il cuore faceva ancora le capriole al solo ricordo
Per il resto del soggiorno Fiamma aveva evitato Angelo in ogni modo possibile.

Il bacio che gli aveva dato era ancora ben impresso , ma anche il ricordo di quello che era accaduto con Roberto lo era.

115

Voglia di Vita

La mattina l'aveva passata a preparare la sua valigia: l'indomani lei e sua nonna sarebbero dovute ripartire. Il nodo che aveva allo stomaco la faceva stare davvero male, anche fisicamente. Con tutta se stessa avrebbe voluto avere il potere di cambiare le cose, ma sapeva benissimo che ciò non era possibile.

Chiuse bene la valigia, chiamò Basto e andò, ancora una volta, nella vigna. Voleva imprimersi bene ogni dettaglio in modo tale da avere qualche ricordo da cui attingere quando le serate nella sua camera sarebbero state interminabili. Si mise seduta sul grande masso da cui poteva vedere l'intera vallata, Superga, il Monviso e l'aeroporto. Come se fosse comparso dal nulla si ritrovò davanti Angelo.

Fiamma non riuscì a dire una sola parola.

"Hai proprio intenzione di evitarmi come la peste fino all'ultimo giorno?" "Scusa, ma ho avuto un sacco di cose da fare."

"E io faccio finta di crederci. Posso sedermi vicino a te o c'è il rischio che tu morda?" Fiamma rimase di nuovo in silenzio: si limitò a fare un cenno in direzione di Angelo. "Perché non hai più voluto vedermi?"

Fiamma restò ancora in silenzio.

"Mi dispiace se ti ho offeso, non era mi intenzione."

La ragazzo trovò finalmente il coraggio di guardare Angelo negli occhi. Fu un grande sbaglio perché in un attimo si ritrovò singhiozzante.

Il ragazzo le cinse le spalle e la strinse forte a se e lasciò che si sfogasse.

Con gli occhi rossi dal pianto Fiamma disse: " Io non voglio andare via. Qui sono felice."

"A volte si è costretti a fare delle cose che non vorremmo, ma non è detto che il tuo futuro non possa essere qui. Magari ci vorrà solo più tempo di quello che vorresti, ma nessuno, e dico nessuno, potrà impedirti, un giorno, di venire a vivere qui. Impegnati al massimo, tira fuori tutta la grinta che hai e prendi in mano la tua vita."

Fiamma lo guardò e disse: "Grazie." "Per cosa?" rispose Angelo.

"Per non avermi fatto sentire una stupida."

Angelo la strinse a se ancora più forte. Fiamma era straordinaria. Solo lei non se ne rendeva conto e questo la rendeva ancora più speciale.

Passarono il resto della mattinata parlando di ogni cosa che gli passasse per la testa.

Il disagio era passato e questo aveva reso Fiamma libera di esprimere ogni suo pensiero. Era come un fiume in piena e riuscì a parlare anche di quello che lei definiva "una brutta faccenda" partendo dalle molestie di "zio Piero" fino ad arrivare a quello che era successo con Ludovico.

Angelo restò ad ascoltarla in perfetto silenzio. Al confronto, le sue pene, non erano nulla. "Vorrei farti un regalo." Disse Angelo.

"A me?"

"Certo, proprio a te. Dammi una mezz'ora… non scappare capito?"

Quando Fiamma rispose "va bene" Angelo era già sparito dalla sua vista. E meno male che era zoppo. Non osava immaginare la velocità che avrebbe potuto avere con due gambe perfettamente funzionanti.

Era un ragazzo strambo, dai modi arroganti ma sapeva anche essere dolce e paziente, proprio come aveva dimostrato poco prima e un dettaglio non da poco, sapeva baciare benissimo.

Angelo fu di parola perché dopo mezz'ora tornò e aveva un cesto in mano. "Finalmente. Pensavo di fossi perso…"

"Esagerata. Non sono così imbranato da perdermi sulla strada che da qui porta verso casa."

Il ragazzo aprì il cesto da cui tirò fuori ogni tipo di prelibatezze. Prese anche una tovaglia che stese per terra.

"Prima che tu lo dica, ho avvisato io tua nonna che siamo qui. Mi ha detto di ricordarti che Carlin ti aspetta nel tardo pomeriggio. Devi riportargli il cane."

Istintivamente Fiamma allungò la mano per accarezzarlo: gli sarebbe mancato tantissimo e dal musetto triste che aveva Basto, sapeva che la cosa sarebbe stata reciproca.

"Non puoi proprio portarlo con te?" disse Angelo.

"Le suore tollerano a mala pena la mia presenza, figurati quella di un cane." "Lo sai che sarà qui ad aspettarti…"

"Sì."

Incominciarono a mangiare e Fiamma era davvero grata ad Angelo per tutto quello che stava facendo per lei, rendendo così meno doloroso il distacco che da lì a qualche ora sarebbe avvenuto.

A malincuore arrivò l'ora di rientrare. In lontananza si sentiva il rumore di un trattore. Fiamma e Angelo, seguiti da Basto, incominciarono ad avviarsi verso casa.

Il trattore li aveva quasi raggiunti ormai e si misero a bordo strada. Il rumore era assordante e i due ragazzi si ritrovarono a gesticolare per cercare di capirsi e risero a squarciagola per quelli che erano diventati gesti senza un senso.

Tutto successe in un attimo. Basto incominciò ad abbaiare e Fiamma, cercando di capire il perché dello strano comportamento del cane, si avvicinò.

Basto prese a ringhiare proprio in direzione della ragazza e questo bloccò ogni movimento di Fiamma, facendola indietreggiare di qualche passo e quella fu l'ultima cosa che il cane fece per lei. Un attimo dopo la corda che teneva il carico di legna si ruppe e la grandi rami incominciarono a cadere. Basto era stato sommerso.

Ci volle parecchio tempo prima di riuscire a liberare il cane dal grande peso. Fiamma, Angelo e il contadino lavorarono freneticamente, ma quando riuscirono ad arrivare al cane, per lui non c'era più nulla da fare. Era morto per salvare la vita di Fiamma.

Guardò gli occhi del suo cane ormai spenti e senza dire una sola parola, si diresse verso casa.

In quei pochi minuti Fiamma arrivò alla conclusione che lei non aveva diritto a essere felice e se uno stupido cane aveva dato la sua vita per salvare la sua, aveva avuto solo quello che si meritava.

Alle sei del mattino del giorno dopo Fiamma e nonna Angelina erano dirette verso la stazione dei pullman che le avrebbe riportate al convento.

Tutto era già stato dimenticato.

Fiamma, ora, si era convinta più che mai non si sarebbe mai più affezionato a nessuno.

Arrivarono a destinazione verso le quattro del pomeriggio. Era risultato un viaggio assai lungo e noioso. Una volta in camera sua Fiamma aprì la sua valigia e ripose ogni cosa al suo posto nel silenzio più assoluto. "Vuoi parlarne?" chiese sua nonna.

"No." Fiamma troncò sul nascere ogni tentativo di conversazione.

Passarono settimane prima che Fiamma, e solo in apparenza, tornasse alla normalità.

Arrivarono anche le feste di Natale; ricevette un biglietto di auguri da parte di Angelo. Dopo averlo letto lo fece in mille pezzi e lo gettò nella spazzatura.

Anche lui, ormai, faceva parte della sua vecchia vita.

8

Il diavolo esiste?

1987

Logan aveva litigato per l'ennesima volta con nonno Luigi. Gli aveva imposto un lavoro al mattino e un altro al pomeriggio. Suo nonno era un folle se pensava che Logan avrebbe passato tutta l'estate in quel modo, ma non vedeva una via di fuga.

Sveglia all'alba e, quando il ragazzo si attardava con la colazione, suo nonno si faceva trovare, braccia conserte, sulla soglia della cucina e lo intimava di sbrigarsi.

"Non abbiamo tutto il giorno."

Logan non osava contraddirlo. Era convinto che l'arrabbiatura che aveva nei suoi confronti, gli sarebbe passata velocemente, proprio come le altre volte. Si sbagliava di grosso perché ormai da più di quindici giorni non faceva altro che lavorare quasi senza sosta.

Al mattino saliva sul trattore e andava ad arare i campi. Spesso il trattore faceva capricci e questo complicava di parecchio le cose, facendogli perdere tempo utile. Odiava fare quel lavoro, ma se lo svolgeva male, doveva rifarlo e questo non andava a suo vantaggio. Suo nonno lo controllava a vista.

Come se non bastasse Luigi aveva provveduto a trovargli un altro lavoro per occupare anche il pomeriggio.

Vittorio, proprietario dell'officina del paese e grande amico di suo nonno, era di origine di siciliana proprio come Luigi. Spesso Logan si fermava ad ascoltarli quando parlavano in dialetto, soprattutto quando la discussione si faceva accesa. Ora anche quel divertimento gli era stato negato.

Il compito che Vittorio gli aveva assegnato in officina era quello di pulire il pavimento dalle macchie di grasso e, qualche volta, doveva rimettere a posto tutti gli attrezzi. Quando arrivava la domenica e Logan avrebbe potuto godersi il meritato riposo, spesso si ritrovava a scegliere di restare a letto perché le ossa gli facevano male e i muscoli erano tutti indolenziti.

Tutto quel lavoro non gli permetteva più di fare la bella vita a cui si era abituato facilmente ed era motivo di grandi discussioni con suo nonno: lui voleva che imparasse a coltivare la campagna o, comunque, che trovasse un lavoro qualsiasi che lo rendesse autonomo. Già, perché la bella vita che conduceva Logan costava parecchio.

Luigi non aveva ben compreso come con tutti gli sfizi che suo nipote si toglieva, potesse bastare la piccola paghetta che gli passava ogni settimana. Dieci mila lire non erano di sicuro sufficienti, ma allo stesso tempo non osava pensare a come suo nipote potesse procurarseli.

Scorrazzava su e giù, col suo motorino, per le vie del paese. Usciva tutte le sere e rincasava sempre a notte fonda, per poi svegliarsi nel pomeriggio e avere la pretesa che sua nonna fosse a sua completa disposizione. Luigi l'aveva visto seduto sul muretto della chiesa che alternava la sigaretta a una bottiglia di birra. A volte in compagnia della sua ragazza Veronica, altre con quelli che Logan considerava suoi amici quando in realtà non erano altro che degli sfaccendati ma a differenza di suo nipote, loro erano figli di gente ricca.

Questi comportamenti avevano fatto infuriare una volta di troppo Luigi, soprattutto quando vedeva sua moglie Luna in difficoltà nel cercare di esaudire tutte le richieste del nipote.

Ogni tanto lo vedeva con un paio di pantaloni nuovi o scarpe da ginnastica costose. Luigi non era uno stupido: le vetrine del paese le guardava anche lui e sapeva molto bene che capi di abbigliamento come quelli che indossava suo nipote erano molto costosi.

Sua moglie l'aveva viziato troppo e questo, oltre che essere motivo di grandi discussioni tra loro, aveva reso Logan uno smidollato. Ora toccava a Luigi rimettere in riga quel fannullone.

Tutto era precipitato il giorno in cui squillò il telefono di casa. Luna andò a rispondere. "Glielo passo subito."

Luna fece segno a suo marito che si alzò dalla sedia sbuffando. La telefonata durò solo una manciata di secondi in cui Luna vide suo marito impallidire. La mascella di Luigi si era irrigidita segno che suo marito era davvero furioso.

"Cos'è successo?" chiese Luna. "Nulla che non avessi già previsto."

Luigi lanciò uno sguardo d'accusa in direzione della moglie, in modo tale da troncare sul nascere ogni cosa che lei avesse da dire.

Luigi la guardò e mentre indossò la giacca disse: "Non sono uno scemo. L'ho sempre saputo che davi dei soldi a quel buono a nulla, fino ad arrivare a prenderli di nascosto dal mio portafoglio. Questo è il risultato."

"Non capisco, spiegati meglio." Rispose Luna.

"Era Giacomo, il proprietario del bar su in paese. Si vede che i soldi che davi a Logan non gli bastavano perché l'ha beccato a rubare."

Dopo aver quasi gridato quest'ultima frase Luigi uscì di casa, infuriato più che mai.

Quando l'uomo entrò nel bar vide Logan seduto al tavolino, in apparenza tranquillo. L'uomo dovette dar fondo a tutta la sua pazienza, ormai al limite, per non andare subito da suo nipote per prenderlo a schiaffi.

"Ciao Luigi."

Giacomo lo salutò con forte imbarazzo; conosceva l'uomo da moltissimi anni e dover fare quella telefonata gli era costato molto. Logan non aveva dato segno di pentimento, anzi, gli aveva risposto con tono molto arrogante.

Giacomo raccontò a Luigi di come, già da qualche tempo, si era accorto di ripetuti ammanchi nel negozio. Cosette da nulla all'inizio ma poi incominciarono a mancargli soldi dalla cassa, sigarette e spesso anche degli alcolici. Purtroppo il gestore e sua moglie avevano già un sospetto su Logan, ma solo quel pomeriggio erano riusciti a coglierlo in flagranza.

"Quanto ti devo per il danno economico che ti ha creato mio nipote?"
"E' difficile quantificare…"
"Fallo!"
"Facciamo centomila lire?"

Luigi imprecò. "Eccoti i tuoi soldi." E glieli mise sul banco. "Logan, alzati. Andiamo!"

Appena i due arrivarono a destinazione, Luigi si girò verso Logan e, prima che il ragazzo potesse proferire parola, gli diede due sonori ceffoni. Le mani di suo nonno erano grandi, ma soprattutto molto forti e sul viso di Logan comparvero dei grossi segni.

"Vai in camera tua. Domani mattina ne riparleremo. Alle cinque devi essere pronto."

Il ragazzo andò in camera sua e incominciò a mettere alcuni dei suoi vestiti dentro a un borsone. Aspettò che i suoi nonni andassero a dormire dopodiché scese le scale ben attento a non fare il benché minimo rumore. Una volta fuori nel cortile controllò di avere nella tasca quello che gli serviva per allontanarsi e andare il più lontano possibile da quella casa.

Al tatto, il rotolo dei soldi si sentiva. Mancava un'ora all'appuntamento che aveva con i suoi amici. Il giorno prima, Valter, Marco e lui, avevano deciso che sarebbero partiti per il mare. La punizione di suo nonno poteva aspettare perché, per nulla al mondo, Logan avrebbe rinunciato a quella grande avventura.

Era riuscito a rubare qualche contante dal portafoglio di sua madre quando era venuta in visita la settimana prima e sommati a tutti quelli che aveva preso a sua nonna e a qualche furtarello qua e la, si era fatto un bel gruzzoletto. Il biglietto del treno era nell'altra tasca. Doveva ancora nascere chi gli diceva cosa fare e suo nonno non ci sarebbe mai riuscito. Di questo Logan ne era certo.

I tre ragazzi arrivarono al mare e incominciarono fin da subito la loro vacanza. A differenza di Logan ai suoi amici era bastato chiedere ai rispettivi genitori visto che derivavano da famiglie più che agiate.

Per lui era stata tutt'altra cosa; non ne andava orgoglioso di quello che aveva fatto, ma se non voleva perdere quelle amicizie doveva fingere di essere qualcun altro. Con Valter si trovava bene e ci andava d'accordo con

Voglia di Vita

Marco, invece, era tutt'altra cosa.

Era iniziato tutto quasi per scherzo. "Secondo me non hai il coraggio per farlo."

Marco aveva sfidato Logan a rubare una canna da pesca nel negozio di una cittadina non troppo distante da Viverone.

Solo al ricordo della paura che aveva provato in quel momento, Logan sentì l'adrenalina raggiungere il culmine, ma la soddisfazione che provò nel vedere la faccia di Marco quando gli mostrò la canna da pesca, era stata impagabile.

Fu da quel giorno che incominciò a pensare che se una cosa gli piaceva, bastava allungare la mano e prenderla; aveva imparato a farlo fin troppo bene. Fu così che si conquistò le simpatie di Marco.

Per i tre ragazzi fu un mese di puro divertimento. Nottate nei locali alla moda, ragazze disponibili, bere e fumare senza limiti, ma i soldi finirono e dei tre ragazzi Valter era stato l'unico a non essere d'accordo di rubacchiare. L'intesa dei tre incominciò a vacillare fino al giorno in cui Valter chiamò suo padre per farsi riportare a casa.

La vacanza per lui era finita. Dopo qualche tentennamento anche Marco e Logan si fecero convincere a tornare a casa. Era stati trentacinque giorni incredibili e sicuramente erano bastati affinché Luigi sbollisse la rabbia. Era anche sicuro che nonna Luna sarebbe riuscita a togliere le strane idee dalla di testa di Luigi, come quella di farlo andare a lavorare per ripagare di tutti i soldi che aveva fatto spendere a suo nonno.

Logan non aveva mai detto che aveva anche un complice. Non era un infame e poi chi gli avrebbe creduto? Alzò le spalle in un chiaro gesto di menefreghismo. Quel bambino solitario non esisteva più perché aveva anche lui degli amici.

E ora si ritrovava ai bordi della strada, osservando il campo enorme da lavorare e il trattore che si era di nuovo fermato. Quella mattina aveva concluso poco. Il campanile del paese stava suonando mezzogiorno. Doveva sbrigarsi altrimenti non sarebbe mai riuscito ad arrivare in tempo in officina e non aveva alcuna voglia di saltare di nuovo il pranzo.

Il giorno in cui era tornato dalla sua vacanza al mare, con aria baldanzosa era entrato in casa, convinto di non dover dare nessuna spiegazione. Infatti fu così. Nessuno dei due nonni chiesero dove fosse stato tutto quel tempo. Solo qualche settimana più tardi seppe che Franco, il papà di Valter, teneva costantemente informati Luigi e Luna.

Il giorno in cui tornò dal mare se lo ricordava molto bene. Suo nonno seduto a tavola intento a bere il caffè e sua nonna che riordinava la cucina. Luigi si alzò, andò talmente vicino a Logan che il ragazzo fece un passo indietro. Aveva visto suo nonno arrabbiato, ma mai come in quel momento. Luigi alzò un dito e lo sventolò sotto al naso di Logan.

"Da domani inizierai a lavorare."

Logan fece per controbattere, ma suo nonno lo anticipò.

"Non dire una sola parola. Ti conviene." Calò un silenzio gelido e Logan non osò nemmeno chiedere dove suo nonno l'avrebbe mandato a lavorare.

"Goditi la tua ultima giornata di vacanza. Non ne avrai più per molto, moltissimo tempo. Domani mattina alle cinque ti voglio trovare pronto e se non ti va bene, quella è la porta e torna a vivere dove sei stato nell'ultimo mese."

Luigi uscì dalla stanza sbattendo la porta. Logan si girò in direzione di nonna Luna. "Nonna, io..."

Luna si asciugò le mani nel grembiule e lentamente si girò verso suo nipote e guardandolo dritto negli occhi disse: "Abbi almeno il buon gusto di stare zitto. Io ti ho aiutato finché ho potuto, ma ora è arrivato il momento che tu cresca e ti prenda le tue responsabilità. Tuo nonno ha ragione: ho sbagliato, ma ora non ti aiuterò più."

Si girò di nuovo verso il lavello e si rimise a lavare i piatti.

Il mattino dopo Logan, alle cinque in punto, si fece trovare pronto. Suo nonno arrivò e Logan lo seguì. Si avviarono verso il garage dove Luigi teneva il trattore. Il ragazzo lo sapeva guidare anche se, fino a quel momento, l'aveva usato solo per diletto.

"Il campo deve essere lavorato entro mezzogiorno." "E' impossibile che riesca a ..."

"Non è un problema mio e se non incominci non potrai mai saperlo." Logan accese il trattore.

"Per le due dovrai farti trovare in officina, da Vittorio. Se ti organizzi come si deve forse riesci anche a pranzare."

"Come?" Rispose Logan.

"Non ti conviene controbattere."

Un anno dopo

Ne era passato di tempo dal giorno in cui Logan aveva imparato tante cose da quella che incominciò come una grandissima punizione a dir poco esemplare. Di Marco non aveva più avuto notizie, mentre Valter lo vedeva saltuariamente. Frequentava il liceo e sapeva da sempre cosa avrebbe fatto del suo futuro: l'avvocato, proprio come i suoi genitori. Valter aveva sempre avuto le idee chiare al riguardo, non come lui che, nonostante avesse imparato ad arare bene i campi e svolgere altrettanto bene le sue mansioni in officina, non sapeva ancora cosa volesse fare nella vita. Per un attimo pensò che, se avesse potuto scegliere, sicuramente la vita che avrebbe voluto avere sarebbe stata quella dello scansafatiche. A quel pensiero Logan sorrise.

Con Veronica le cose non andavano benissimo. Spesso la ragazza si annoiava in sua compagnia e gli rinfacciava spesso che preferiva di gran lunga il Logan che sapeva divertirsi.

Facevano l'amore raramente ed era chiaro, ormai, che fosse una storia finita, ma nessuno dei due faceva nulla al riguardo per mettere la parola fine a quella relazione, una volta per tutte.

Quella mattina, una volta finito di arare il campo, Logan si girò per osservare il suo lavoro e se ne sentì orgoglioso. C'era voluto un po' per capire che suo nonno lo aveva fatto solo per il suo bene. all'inizio era stata dura ma col tempo le cose erano migliorare, anche in casa. Suo nonno continuava a fare progetti e

Logan non si era mai osato a dirgli che di gran lunga preferiva il lavoro in officina. Dopo i primi tempi passati a fare i lavori più schifosi, Vittorio gli aveva concesso un po' di fiducia. Dapprima gli aveva affidato lavori semplici e, a mano a mano che Logan prendeva confidenza con i motori, gli aveva affidato lavori più impegnativi. Aveva seguito tutti i consigli che Vittorio gli aveva dato e il ragazzo si era impegnato al massimo delle sue capacità.

Accese un'altra sigaretta: i bei ricordi di cui si era circondato fino a quel momento non avevano scacciato la spiacevole sensazione che qualcosa di brutto stesse per accadere.

All'improvviso tornò sul trattore: doveva imparare a tenere a bada quelle sensazioni . mise in moto il trattore e si diresse verso casa. Aveva il pomeriggio libero perché Vittorio si era concesso un giorno di vacanza. Sua moglie aveva partorito il giorno prima. In quel preciso momento decise di fare una sorpresa a Veronica. Forse, dopotutto, se le cose non andavano bene tra di loro poteva dipendere anche dal poco tempo che ultimamente Logan le dedicava. Una volta a casa mangiò velocemente, si fece una doccia e si recò in paese, dal fioraio. Scelse un mazzo di fiori di campo a cui fece aggiungere un bel girasole. Il tragitto in motorino fino a casa di Veronica, con in mano il mazzo di fiori, fu un'impresa ardua, ma alla fine riuscì ad arrivare a destinazione senza fare grossi danni.

Dovette suonare un paio di volte prima che qualcuno venisse ad aprirgli la porta. La cameriera disse che Veronica sarebbe tornata a casa verso le tre. Logan guardò l'orologio e decise che l'avrebbe aspettata visto che ormai non mancava molto.

Faceva caldo quel giorno; decise di andare nel parco che si trovava a pochi passi dalla casa della sua ragazza. Trovò un posto all'ombra da cui poteva vedere l'arrivo di Veronica. Ormai non avrebbe tardato molto.

Quella strana sensazione non l'aveva lasciato un attimo anche se Logan aveva cercato di distrarsi.

Il caldo aumentava. Decise di andare alla fontana che non era troppo distante da lui, quando all'improvviso sentì l'inconfondibile risata di

Veronica.

Si girò e fece per chiamarla, ma si bloccò subito. Non era sola; c'era un ragazzo al suo fianco che, con un braccio, gli cingeva la vita. L'atteggiamento dei due sembrava molto confidenziale e ne ebbe la prova quasi subito perché il ragazzo prese a baciare Veronica. Quei baci non lasciavano spazio a dubbi.

Il primo istinto fu quello di nascondersi ma non lo fece. In un attimo Logan si parò di fronte alla coppia e ora che non c'era più il sole ad abbagliarlo riconobbe il viso del ragazzo: era lo smilzo.

A Logan bastò uno sguardo per capire che non se la passava affatto male, d'altronde faceva parte di quella categoria di figli di gente benestante. Sfacciatamente il ragazzo continuava ad abbracciare Veronica anche se Logan era davanti a lui e la ragazza non fece assolutamente nulla per togliere Logan dal disagio.

"Ciao." Logan salutò la ragazza . Fece per darle i fiori e lei si ritrasse. In quel momento avrebbe voluto sprofondare nel terreno perché a Logan non ci volle molto per capire che da li a poco avrebbe ricevuto il benservito.

Logan decise di essere il primo ad attaccare e disse: "Da quanto tempo mi tradisci con quello?" "Non è come pensi, Logan." Rispose la ragazza.

"No? Allora se non è come penso, spiegami." Rispose il ragazzo.

Veronica, sentendosi rispondere in modo così arrogante, si sentì punta sul vivo e rispose a tono.

"E' tutta colpa tua. Mi avevi e non hai fatto nulla per tenermi. Ora io sto bene così… e non fare quella faccia. E' da parecchio che sono stanca di te e di quello che sei diventato."

"Che cazzo stai dicendo…" Logan stava perdendo il controllo di se. Era davvero furioso.

Veronica era ben decisa a cogliere l'attimo che le veniva servito su un piatto d'argento per lasciare Logan.

Si era stancata di portare avanti due relazioni. Logan era bravo a letto ed era anche ben dotato, ma i soldi, la bella vita e i regali costosi che a lei piacevano tanto, solo Fabio poteva offrirgliele. Logan era solo un bamboccio che aveva deciso di seguire la strada giusta.

"Da quando giochi a fare il bravo ragazzo sei diventato di una noia mortale. Lavoro… lavoro, sempre al lavoro e solo perché tuo nonno vuole così."

Veronica gridò tutto il disprezzo che provava nei confronti di Logan.

Il ragazzo, totalmente incapace di rispondere, fece il gesto di abbracciarla.

"Toglimi le mani da addosso. Scommetto che hai ancora il grasso sotto le unghie."

Veronica voleva ferire a tutti i costi il ragazzo, non perché si sentisse in colpa, ma perché voleva essere certa di annientarlo.

"Sei un buono a nulla. Vali meno di zero e ora sparisci, non ho più voglia di passare il mio tempo con uno sfigato come te."

Fu in quel momento che Logan si avvicinò alla ragazza e le diede uno schiaffo talmente forte da farla cadere a terra.

Era completamente fuori di se. Non aveva mai alzato le mani su una donna prima di quel momento, ma Veronica era andata ben oltre al suo limite di sopportazione.

"Mi fai schifo" gridò Veronica.

Logan rimase fermo per un tempo che non riuscì a quantificare. Il mazzo di fiori ancora in mano, totalmente incapace di reagire, abbassò la testa e si mise a ridere. Le dure parole di Veronica l'avevano ferito profondamente, ma in quel momento era felice di aver tradito Veronica ripetutamente.

Tornò verso il suo motorino e si diresse verso casa. I suoi nonni non erano a casa e Logan ne approfittò per cercare di calmarsi prima del loro rientro.

Le parole di Veronica continuavano a rimbombargli in testa con una violenza inaudita. Lui era cosciente del fatto che la loro relazione era arrivata alla fine, ma ora era certo che, entrambi, avrebbero potuto trovare un modo migliore per chiudere una relazione durata quasi quattro anni.

In quel momento gli venne in mente suo padre. Non l'aveva più visto dall'unica vacanza che fecero insieme. Logan non l'aveva più cercato e la cosa era stata reciproca. Chissà che fine aveva fatto Ludovico. Perso nei suoi ricordi, fu riportato alla realtà dal suono insistente del campanello di casa.

Andò ad aprire e, ancor prima di rendersi conto chi avesse davanti, gli arrivò un pugno in pieno viso. Giusto il tempo per rendersi conto che quel gesto era arrivato da quel viscido di Fabio che Logan sferrò a sua volta un pugno in cui mise tutta la rabbia di cui era capace. Logan colpiva, colpiva e colpiva ancora. In ogni pugno sferrato chiudeva un conto del passato. era arrivato il momento di fargliele pagare tutte.

Una cosa lo smilzo aveva sottovalutato: Logan non era più un bambino magro e fragile. Ora era in grado di difendersi.

"Adesso vattene se non vuoi prenderne ancora" gridò Logan. "Me la pagherai cara." Rispose Fabio.

"Ne dubito fortemente. Forse non te ne sei accorto ma non sono più il bambino a cui facevi di tutto. Ricordatelo!"

Lo smilzo si allontanò di corsa. Il gusto del sangue che aveva in bocca, per lui, sapeva comunque di vittoria. Ora Veronica era sua.

Logan era appena tornato da un funerale. Prima di entrare in casa si accorse che la buca delle lettere era stracolma. Sfogliò velocemente tutte le lettere e una in particolare lo colpì. Era bastato leggere l'intestazione per capire cosa contenesse.

Logan sentì lo stomaco in disordine e, appena in tempo, raggiunse il bagno e iniziò a vomitare.

Cercò di pulire al meglio e andò in salotto. Paolo era morto cinque giorni prima. Logan ricordava benissimo quella sera. Lui e un'altra decina di amici si erano ritrovati in birreria. Alcuni di loro erano arrivati già ubriachi, ma ancora abbastanza lucidi da poter sparare un sacco di cazzate. Quando il gestore del locale dovette chiudere il gruppo si spostò fuori, nel parcheggio. Qualcuno accese uno spinello e tutti, compreso Logan, avevano tirato qualche boccata che, in aggiunta a tutto quello che avevano bevuto, diede il colpo di grazia. Arrivò la fine della serata e uno a uno tornarono a casa. Restarono solo Paolo e Logan. Bevvero ancora una birra continuando a parlare. Logan era affascinato dal modo di fare che aveva Paolo: sempre sicuro di se, sembrava che possedesse il mondo.

"Vai a casa a piedi?" chiese Paolo.

"Si, così smaltisco un po'. Non sono così distante da casa.." Logan non fece in tempo a finire la frase che, sporgendosi dal muretto, incominciò a vomitare tutto quello che aveva nello stomaco. Paolo gli andò vicino cercando di aiutarlo. Quando il ragazzo si riprese si volse verso il suo amico per ringraziarlo.

"Tranquillo, anche io sto male a volte. "

"… sembra che tu sia lucidissimo e hai bevuto e fumato quanto me."
"Ho il fisico io" e Paolo si mise a ridere.

Era quasi l'alba e il sole stava incominciando a schiarire la notte. La figura di Paolo che si allontanava alzando la mano in segno di saluto, era l'unico ricordo nitido che Logan avesse di quella serata.

Paolo accese la sua moto: un cagiva 125. Era una moto che tutti i ragazzi della comitiva gli invidiavano. Di colore rosso brillante, motore elaborato e qualche modifica alla carenatura e quella moto era diventata uno spettacolo.

"Sicuro di non volere un passaggio fino a casa?" chiese Paolo.

Logan fece cenno di no e ricambiò il saluto e partì dalla parte opposta. Voleva vedere l'alba sul lago. Da sempre, per lui, quel momento era uno spettacolo da godersi appieno, con i colori dell'autunno e un cielo terso come in quella mattina, rendeva tutto ciò che vedeva, magico, quasi mistico.

Quando Logan tornò a casa aveva ormai riacquistato la completa lucidità: vomitare gli aveva fatto bene. Andò sul letto ben deciso a recuperare qualche ora di sonno.

Una voce lo stava chiamando: era sua nonna. "Logan… Logan… svegliati. Sono le nove."

Ecco perché il ragazzo aveva l'impressione di essersi appena addormentato. "C'è Mauro sotto. Ha detto che ti deve parlare urgentemente."

Logan fece una smorfia e si girò dall'altra parte. Era domenica e aveva tutto il sacrosanto diritto di dormire fino a quando ne avesse avuto voglia.

"Logan… insomma…. Per l'amor di Dio, svegliati. E' successa una cosa terribile. Paolo è…" Sua nonna incominciò a singhiozzare senza riuscire a concludere quello che stava per dire. Logan si tirò su velocemente e in un attimo scese al piano di sotto.

C'era Mauro davanti a lui e aveva gli occhi rossi dal pianto e le uniche parole che riuscì a dire furono: "Paolo è morto."

"Non dire fesserie." Anche se bastava guardare il volto del suo amico per capire che stava dicendo la verità.

Mauro si mise seduto e trascorse qualche minuto prima che entrambi riuscissero a proferire parola. Fu Logan a parlare per primo.

"Com'è successo?"

A Mauro ci volle tutto il coraggio di cui era capace per raccontare quello che era accaduto. "Hai presente la curva del delfino?"

"Si, è molto brutta. Ci sono già stati decine di incidenti."

"Paolo ha perso il controllo della moto ed è andato a sbattere contro il muraglione di pietra." Logan rispose: "Non è possibile che sia successo a lui. Era un mago con la moto."

"E invece è proprio andata così. Ha superato una macchina a folle velocità e si è trovato ad affrontare la curva troppo velocemente. Dicono che sia morto sul colpo e dicono anche che lo schianto è stato talmente violento da spezzargli l'osso del collo. La sua moto ha finito la corsa quasi a cento metri di distanza."

"Non ci posso credere" disse Logan "non lui, non Paolo. Voglio andare a vedere con i miei occhi." In quel momento ringraziò il cielo di essere andato a letto vestito la sera prima.

"Logan… Logan! Fermati, dove vai adesso?" La voce di sua nonna era già lontana.

Per tutto il tragitto Logan non fece che ripetersi "non è possibile, non lui."

Quando i due ragazzi raggiunsero il luogo dell'incidente la prima cosa che notarono fu la grande macchia di sangue sull'asfalto. Poco più distante si intravedeva una scarpa da ginnastica che dava l' impressione di essere stata appoggiata ad arte. Logan distolse lo sguardo da quell'oggetto e fu in quel momento che vide la moto di Paolo. Rossa come il sangue, coricata sull'asfalto. Pezzi dello specchietto retrovisore ovunque, il manubrio piegato e la marmitta completamente staccata.

Logan volse lo sguardo nuovamente in direzione della macchia di sangue e riconobbe un guanto. Il ragazzo allungò una mano e lo prese.

"Sei matto?" disse Mauro. Logan alzò le spalle e non rispose e prese la strada verso casa. Solo quando arrivò a destinazione si accorse che le sue mani erano sporche di sangue: il guanto ne era pieno e si era sporcato anche la giacca.

Dopo cinque giorni dall'incidente si ritrovava a stringere quel guanto come se fosse la cosa più importante al mondo. Era rimasto fuori dalla chiesa per tutta la durata della messa e quando la bara gli passò davanti niente e nessuno era riuscito a convincerlo che dentro a quella cassa ci fosse Paolo.

La famiglia aveva deciso di seppellirlo nella terra e anche quando l'ultima palata di terriccio fu sistemata, per Logan ancora nulla era cambiato. Per lui Paolo era quello che, in un'alba autunnale, alzava il braccio in segno di saluto. Il suo guanto, custodito gelosamente in tasca, gli aveva fatto compagnia tutto il tempo. Si mise comodo sulla poltrona e aprì la lettera.

Lesse tutto con molta attenzione: il 29 novembre avrebbe dovuto presentarsi alla visita militare di leva. Era fregato, ma, comunque, aveva quasi un mese e mezzo per escogitare qualcosa al fine di renderlo non idoneo. Non aveva certo intenzione di buttare dodici mesi della sua vita per il servizio militare.

Prima doveva pensare alla festa del suo compleanno. Quell'anno l'avrebbe festeggiato in modo grandioso.

Arrivò fin troppo presto il giorno della visita e Logan non aveva ancora trovato nessun modo per fregare la commissione. Se tutto ciò fosse successo un anno prima era certo che lo avrebbero esonerato per insufficienza toracica. Il tanto lavoro e parecchio esercizio fisico lo aveva trasformato: il suo corpo forte e muscoloso e di cui ne andava orgoglioso. Aveva spalle possenti, torace ben sviluppato e muscoli guizzanti.

Quella mattina si era recato alla caserma di Torino. Non era molto pratico di quella città e fu con molta fatica che trovò corso Duca degli Abruzzi. Dalla stazione di Porta Susa qualcuno gli aveva assicurato che c'era poco da camminare, invece ci impiegò quasi un'ora per arrivare a destinazione, sbagliando strada diverse volte.

All'improvviso si trovò la caserma davanti. Enorme. Non appena entrò gli prese una strana agitazione perché solo in quel momento si rese conto che le sue preghiere non erano state ascoltate. Fece vedere la sua lettera all'addetto che trovò all'entrata e questi gli indicò la direzione giusta per raggiungere gli uffici appositi. Guardò l'ora: le nove. Varcò la soglia di quello che si rivelò essere un camerone.

"Prenda il numero" Logan si guardò intorno e vide un altro addetto che consegnava dei biglietti: quando ebbe il suo strabuzzò gli occhi: 162 davanti a lui. Il primo pensiero che lo sfiorò fu quello che lì dentro ci sarebbe morto.

Uscì dalla caserma che erano ormai le cinque del pomeriggio. Teneva in mano il foglio in cui c'era qualche annotazione che nemmeno guardò. Gli dissero anche che l'esito della visita sarebbe arrivato a casa per posta. Una raccomandata questa volta. Qualche mese dopo, quando il ragazzo si era quasi convinto del tutto che di lui si fossero dimenticati, ecco che si ritrovò la raccomandata sul tavolino dell'entrata di casa, firmata per accettazione da

Voglia di Vita

sua nonna.

La aprì e lesse qualche riga: "Il signor Bonetti Logan nato a…. bla bla bla… è invitato a presentarsi il giorno…."

Dopo aver letto per ben due volte la missiva Logan incominciò a imprecare. Si diresse verso il tavolino e prese la rubrica telefonica e dopo aver cercato tra i nomi ecco che vide quello che gli interessava. Compose il numero e fu fortunato perché solo dopo un paio di squilli qualcuno rispose. Logan riconobbe subito la voce. "sono Logan. Ho bisogno di te."

"Dimmi."

Seduto comodamente al tavolino del bar, Logan lo vide arrivare. Si alzò, lo salutò e gli fece cenno di accomodarsi.

"Hai sempre detto che se avessi avuto bisogno di te avrei potuto chiamarti. E' arrivato quel momento." Logan, seduto di fronte a suo padre, finì di bere il caffè.

"Hai messo nei guai qualche ragazza? Perché se hai bisogno di soldi questo non è davvero il momento giusto."

A quell'affermazione Logan sorrise e rispose: "Non ti ho mai chiesto un solo centesimo, non vedo perché dovrei incominciare a chiederti qualcosa adesso. E no! Non ho messo nei guai nessuna ragazza. Ho imparato a tirarlo fuori al momento giusto."

Per suo padre tutto si riduceva a una questione di soldi o di sesso. Sapeva che aveva messo su un'altra famiglia e aveva avuto un altro figlio. Forse era cambiato, pensò Logan.

"E comunque non ho bisogno di denaro, Ludovico." "In cosa posso aiutarti allora?"

Logan incominciò a parlare con suo padre. Ludovico si era sempre fatto grande quando affermava di conoscere persone di una certa influenza.

"Non ti ho mai chiesto nulla, semplicemente non voglio fare il servizio militare. Mi puoi essere di aiuto in questo?"

Ludovico guardò suo figlio e prima che potesse dire qualcosa suo figlio riprese il discorso. "Sempre che le tue non siano state solo parole, come sempre d'altronde."

Da parte di suo padre ,il silenzio più totale che Logan scambiò per disinteresse.

Ludovico, dopo aver cercato le parole giuste da dire a suo figlio, si limitò a rispondere con poche e semplici parole: "Farò tutto quello che posso, figlio mio."

Logan rise sentendo quelle parole. Patetico. Suo padre che lo definiva "figlio". Quando mai gli aveva fatto da padre? Il ragazzo era convinto che Ludovico gli avrebbe chiesto qualcosa in cambio, ma questo non avvenne.

Logan lo guardò ancora per un momento e quando ne ebbe abbastanza si alzò e disse: "Tranquillo, te lo offro io il caffè." Andò alla cassa, pagò e, una volta usciti , salutò Ludovico con una stretta di mano.

Quell'uomo era suo padre e dall'ultima volta che lo aveva visto l'aveva trovato invecchiato ma, nonostante tutto, non riuscì a dirgli una sola parola gentile.

Ognuno prese una direzione diversa. Suo padre era un'opportunista e in quel momento Logan capì di assomigliare a suo padre più di quanto lui stesso volesse ammettere. Se fosse stato coerente con quello in cui aveva sempre creduto fermamente, non sarebbe mai arrivato a chiedere quel favore a suo padre, con il rischio di farlo sentire importante. Lo vide allontanarsi. Non lo odiava ma nei suoi confronti provava qualcosa di molto più brutto: l'indifferenza.

Quando tornò a casa Logan andò direttamente in camera sua. Si guardò allo specchio e si fece la domanda di cui temeva tanto la risposta: "Di cosa hai paura Logan?"

Dopo essersi guardato a lungo allo specchio si allontanò. Fece qualche passo e andò a sbattere contro l'anta aperta del mobiletto. Dalla sua bocca uscì un'imprecazione e poi un'altra e un'altra ancora. Fu in quel momento che Logan vide sua madre. La donna aveva già alzato la mano e in meno di un secondo gli arrivò un sonoro ceffone.

"Nessuno in questa casa ti ha insegnato a bestemmiare. Impara ad affrontarli i problemi, quando ti si pongono e smettila di perdere il tuo tempo, invece, per cercare delle alternative."

"Cosa vorresti dire?"

"Tuo padre ha chiamato. Mi ha raccontato tutto."

Logan passandosi una mano sulla guancia ancora dolente cercò di rispondere a sua madre, ma le parole non gli uscirono. Sapeva che Petra aveva ragione e questo lo faceva infuriare ancora di più.

Tornò in camera sua, si mise sul letto e in un attimo tutto gli fu chiaro. La risposta che tanto temeva gli salì all'improvviso.

Aveva compiuto diciannove anni ma nulla era cambiato. Avrebbe sempre trovato lungo il suo cammino di vita persone come lo smilzo, il grosso e i figli neri che avrebbero fatto di lui quello che volevano. Se avesse dovuto trascorrere un anno in caserma, non sarebbe sopravvissuto. Avrebbe dovuto sottostare a innumerevoli regole. No. Una soluzione l'avrebbe trovata con o senza l'aiuto di suo padre.

Si lavò si cambiò d'abito, passò davanti alla porta della cucina e si sporse quanto bastava perché Luna e Petra sentissero: "Io esco. Non mi aspettate per cena." E uscendo chiuse violentemente la porta.

Petra si girò verso sua madre e disse: "Fa sempre così?" Petra restò in attesa di una risposta.

"Chi sei?" disse Luna. "Mamma, cosa stai dicendo?"

Petra mise le sue mani sul viso di sua madre, "Mamma…"

"Chi sei?" tornò a rispondere Luna.

"Mamma, che sta succedendo? Sono io, Petra…"

Luna scrollò la testa e si allontanò da quella che per lei, in quel momento, era una perfetta estranea.

Petra osservò sua madre dirigersi verso il lavello, prese il grembiule e incominciò a preparare qualcosa da mangiare.

Petra la raggiunse "Mamma..." "Dimmi..."

Petra tirò un sospiro di sollievo. Non riusciva a darsi una risposta di quello che era appena successo. Per il momento le bastava che tutto fosse tornato alla normalità. Ignorare quello che era appena successo la faceva stare meglio.

Quella sera stessa Petra aspettò il ritorno a casa di suo figlio.

Era notte fonda ormai quando Logan rincasò. Era palesemente ubriaco e Petra decise di non affrontare alcun discorso con suo figlio. In quello stato non sarebbe mai stato in grado di dare delle risposte. Sempre che quello che era successo quel giorno con sua mamma non fosse stato tutto un sogno.

Arrivò il giorno in cui Logan dovette presentarsi in caserma. Se ora si ritrovava a dover andare in caserma era evidente che Ludovico non aveva fatto assolutamente nulla al riguardo.

Un militare scortò lui e un'altra decina di ragazzi in un camerone. Gli venne assegnato il letto: era quello in basso di un letto a castello. Lenzuola e coperte ben piegate in fondo al letto, un cuscino bene in vista e un odore di disinfettante che gli fece venire una forte nausea, completavano il quadro.

Logan posò lo zaino sul letto.

"Prima regola: tutto quello che non appartiene al letto, va riposto nell'armadietto." Il ragazzo alzò lo sguardo in direzione della voce. Un sudore freddo lo fece tremare quando vide chi aveva davanti. Fabio Struzi: lo smilzo.

Logan lo guardò dritto negli occhi e disse: "Non sei certo tu a dirmi cosa devo o non devo fare." "Mi dica il suo nome, prego."

"Come se non lo sapessi. Sei uscito da un cartone animato?" "Il suo nome, per favore."

Logan si mise a ridere attirando l'attenzione degli altri camerati. "Glielo chiedo per l'ultima volta. Qual è il suo nome?

Logan, in risposta, si sdraiò sul letto che gli era stato assegnato e prese ad accarezzare il suo zaino. Dentro aveva riposto solo un oggetto ed era tutto quello che gli serviva.

"Ha paura forse di dirmi il suo nome?"

"Non hai capito un cazzo. Non ho paura di te, anzi, sei ridicolo. Il mio nome è Bonetti Logan." Il soldato prese un taccuino e incominciò a scrivere.

"Complimenti" disse il soldato

"Con le ammonizioni qui annotate, ha vinto una visita immediata dal capitano."

Finito di elencare le mancanze di Logan il soldato si avvicinò al ragazzo e sussurrando al suo orecchio in modo tale che nessun altro potesse sentire disse: "Hai un bel coraggio a sfidarmi, ma è chiaro che non hai ben capito con chi hai a che fare. Ora ti spedisco dal capitano, ma quando tornerai in camerata ti farò mangiare tanta di quella merda che ti farò pentire perfino di essere venuto al mondo. Non è una minaccia questa, ma solo una semplice promessa. Te l'avevo detto che te l'avrei fatta pagare. Ricordi?"

"Sottotenente De Giorgis..." il ragazzo in questione si mise sull'attenti.

"Accompagni il signor..." il militare guardò il suo taccuino "Ah sì... il signor Bonetti Logan dal comandante.

Quando avranno finito con lui, lo dovrà scortare nel mio ufficio; mi occuperò personalmente di questo ragazzo. Qualcuno dovrà pur insegnare a questo bamboccio qualche regola."

Il sottotenente prese Logan sottobraccio e lo scortò fin davanti all'ufficio del comandante Tommasi.

Il militare guardò Logan e, dopo aver bussato, si volse verso il ragazzo e disse: "Auguri! Ne hai davvero bisogno."

"Avanti!"

Il militare aprì la porta, presentò Logan al comandante, consegnò il taccuino e solo dopo aver fatto il saluto militare, uscì dalla stanza. Era arrivato il momento di dare il massimo di se stesso. Non poteva tornare in camerata. Non con lo smilzo che lo stava aspettando.

Il capitano lesse il tutto, si tolse gli occhiali e si rivolse al ragazzo. "Bonetti! Conosco una persona con questo cognome: Ludovico Bonetti."

"E' mio padre." Rispose Logan.

"Non sapevo che avesse un figlio."

Logan fece una smorfia a quell'affermazione. "Ne sono certo" rispose al comandante.

Da sempre Logan era convinto che Ludovico fosse il primo ad aver dimenticato di avere un figlio. Figurarsi se andava a dirlo in giro.

"Bene. Leggo che in meno di mezz'ora ha violato una decina di regole. Posso sapere quali sono le sue intenzioni?"

Logan si girò per prendere il suo zaino. Lo mise sulle sue ginocchia e disse: "Glielo faccio vedere subito, signor Comandante."

Aprì lo zaino e tirò fuori un cappio. "Non capisco..." disse Tommasi.

"Mi lasci il tempo necessario e vedrà che le sarà tutto chiaro."

Logan si infilò il cappio al collo e lo strinse giusto il necessario perché non si sfilasse. Aveva stretto a sufficienza quel tanto perché il respiro risultasse affaticato. Guardò dritto negli occhi il graduato e disse: "Questo è quello che farò se non otterrò l'esonero."

"Non sarà di certo una sceneggiata come questa che mi convincerà del fatto che lei non sia idoneo. Tra un'ora se lo sarà già tolto."

Logan rispose: "Io ho tutto il tempo che voglio." E si mise a ridere.

Voglia di Vita

Il comandante Tommasi si alzò, si avvicinò a Logan e gli sussurrò: "Ho cambiato idea, devo fare delle commissioni. Tornerò per le cinque. Vedremo se sarà ancora così baldanzoso."

Si avvicinò alla porta, la aprì: "Piantone. Venga qua immediatamente."

"Signorsì, signor comandante." Logan sentì il rumore dei tacchi: segno che lo smidollato aveva fatto il saluto militare.

Quella vita Logan non l'avrebbe retta un giorno, figurarsi per un anno intero.

"Mi devo assentare per qualche ora. Il suo compito, fino al mio ritorno, è quello di sorvegliare a visto quel ragazzo."

"Signorsì, signor comandante." E di nuovo sentì il suono dei tacchi che sbattevano. "Non si deve muovere da qui per nessun motivo. Sono stato abbastanza chiaro?"

Il piantone volse uno sguardo veloce a quel ragazzo. Forse si stava sbagliando ma quello che aveva la collo era un cappio.

Guardò meglio e ne ebbe la conferma: doveva essere un matto.

Il piantone si rivolse al comandante e, sottovoce, gli disse: "E se dovesse tentare di fare un gesto insano?"

Il comandante guardò Logan e poi si rivolse nuovamente verso il piantone e rispose: "Stai tranquillo. Non farà nulla."

Il comandante uscì e lasciò i due ragazzi da soli.

Logan stava squadrando dalla testa ai piedi quel manichino. "Riposo, piantone." Disse Logan ridendo. "Su, dai, rilassati. Puoi anche sederti, non lo dirò al capitano."

Il piantone restò immobile. Logan fece ancora un paio di tentativi per socializzare, ma il ragazzo era chiaramente intenzionato a rispettare gli ordini che gli erano stati impartiti.

Logan si mise a fischiettare e ogni tanto controllava che il cappio fosse a posto per poi tornare a fischiettare.

Il piantone sudava copiosamente. Non era così sicuro che il ragazzo che aveva di fronte non avrebbe fatto nulla, soprattutto quando quello stronzo si divertiva a spaventarlo con degli scatti improvvisi.

Sembrò passare un'eternità prima che il comandante fosse di ritorno. Il piantone, solo una volta uscito da quella stanza, riuscì a tornare a respirare in modo normale.

"Quindi lei è ancora intenzionato a fare quello che ha detto stamattina? Queste ore non le hanno portato consiglio?"

"Se ha ancora qualche dubbio ha solo da mettermi alla prova."

Il comandante prese un foglio, lo compilò e, dopo aver guardato il ragazzo, disse: "Sei esonerato." Il rumore che fece il timbro sulla carta per Logan fu il suono più bello della sua vita.

"Visto il suo atteggiamento di ostilità e soprattutto la sua chiarissima instabilità mentale, ho deciso, dopo aver consultato i miei colleghi, di esonerarla dal servizio militare."

Logan fece per alzarsi.

"Non ho detto che può andare. Ho ancora una cosa da dire riguardo al suo atteggiamento."

Logan tornò a sedersi. Fino a quando non avesse avuto quel foglio in mano gli conveniva stare agli ordini.

"Non ho ben chiara una cosa" disse Tommasi "o lei è matto sul serio oppure è un grande attore. Quale dei due pensa di essere?"

"Tutti e due." rispose Logan.

"Prima di uscire, mi faccia il favore di togliersi quel ridicolo cappio dal collo. E ora vada."

Il comandante porse il foglio che Logan prese al volo e lo strinse forte a se: era il suo lasciapassare per la libertà.

Il ragazzo uscì da quella stanza in apparenza sicuro di se, ma non appena si trovò in un posto sicuro lontano da sguardi indiscreti, si lasciò andare. Allentò il nodo del cappio anche se era intenzionato , comunque, a tenerlo fino a casa. Bastò qualche secondo per riprendersi. Era soddisfatto di se stesso. Matto o no era riuscito nel suo intento anche senza l'aiuto di suo padre.

"Pronto?"

"Ciao. Sono Giorgio Tommasi." "Ciao." Rispose Ludovico.

"Innanzitutto ti ricordo quello che mi hai promesso oggi: domenica al golf." "Certamente. E per l'altra questione sei riuscito a fare qualcosa?"

Giorgio Tommasi rispose: "In tutta sincerità, uno come tuo figlio l'avrei esonerato lo stesso. Non ti offendere, ma tuo figlio ha dei seri problemi."

"Cos'ha combinato?"

"Sicuro di volerlo sapere?" rispose Tommasi.

Alla risposta affermativa il comandante incominciò a raccontare molto brevemente quello che era successo quel giorno.

"Ho guardato tuo figlio dritto negli occhi e per un attimo ho creduto davvero che fosse un folle, anche se, seguendo il mio istinto, sarei stato più propenso a dargli un paio di calci nel sedere."

"Già! Allora restiamo d'accordo così: domenica alle nove al campo da golf. Ti sono debitore di una colazione."

Tommasi chiuse la telefonata, guardò la foto che aveva in bella vista sulla sua scrivania che ritraeva i suoi tre figli che abbracciavano la madre. Si considerava un uomo fortunato. In fondo Logan, gli aveva fatto anche una grande tenerezza perché negli occhi di quel ragazzo, oltre a una vena di follia, aveva visto soprattutto tanta solitudine.

Chiuse il dossier e disse: "Ti auguro una buona vita ragazzo."

Spense la luce della sua scrivania, guardò l'ora e si avviò verso l'uscita. Non voleva far tardi per cena: sua moglie lo stava aspettando. Il pensiero che tra meno di un mese avrebbero fatto 38 anni di matrimonio, lo rese orgoglioso ma aveva anche un altro pensiero che gli passava per la testa e non altrettanto piacevole.

Prima di uscire si guardò nuovamente intorno come se volesse imprimersi bene nella mente ogni minimo dettaglio. Era giunto il momento di accettare il pensionamento.

Il soldato fuori dalla porta si mise sull'attenti: "Comodo ragazzo. A domani."

Petra ancor prima di vedere la macchina, capì che suo figlio stava arrivando per via della musica a tutto volume che sentiva in lontananza. Eccolo! Non si era sbagliata. Logan arrivò davanti a casa, scese dalla macchina con ancora il cappio al collo.

"Yeahhh..." suo figlio gridò con quanto fiato avesse in gola.

"E ci sono riuscito facendo tutto da solo. Quell'imbecille di mio padre...." "Logan" sua madre lo richiamò con tanto impeto da zittire subito il ragazzo. "Non ti permettere mai più di definire tuo padre in quel modo."

"Ma se tu dici sempre che..."

"Zitto ti ho detto. Il fatto che lui sia stato un pessimo compagno per me non ti autorizza, comunque, a usare quei termini quando parli di lui. Chiaro?"

"Si, ma..."

"Nessun ma! Tu assomigli a tuo padre più di quanto io stessa voglia ammettere. Quindi mi auguro che, da adesso in avanti, tu faccia molta attenzione a usare parole come "imbecille" perché un giorno, guardandoti allo specchio, potresti riscontrare che anche tu lo sei. E adesso, per favore, entra in casa. Devo parlarti di una cosa importante e togliti quel cappio dal collo. Sei ridicolo."

Logan non aveva mai visto sua madre così furiosa. Logan rimase in silenzio. Qualcosa stava per cambiare, ne era certo, come era sicuro che il cambiamento non sarebbe stato positivo.

9

Il passato alle spalle

Erano le due del pomeriggio e Fiamma era ancora a letto: la luce che arrivava da fuori la accecava, ma non aveva voglia di alzarsi per chiudere le tende.

Ogni movimento che faceva, le creava dei forti dolori. La bocca era impastata tanto da non riuscire nemmeno a deglutire.

L'impellente bisogno di andare in bagno la costrinse ad alzarsi dal letto. Guardò di nuovo l'ora: le 14.27. doveva ricordarsi di avvisare il suo datore di lavoro che l'indomani non sarebbe andata a lavorare, almeno avrebbe avuto tutto il tempo di cercare qualcun altro per sostituirla. Quando si avvicinò allo specchio evitò di guardarsi. Sentì il bisogno urgente di lavarsi. Aprì l'acqua della doccia e la fece scorrere a lungo, tenendo la mano sotto al getto bollente. Si tolse i vestiti con cui, la sera prima, era andata a dormire. Si mise sott l'acqua e restò così per un tempo che parve infinito e finalmente si lasciò andare a un pianto irrefrenabile e liberatorio. La sua mente ricordava tutto quello che era successo la sera precedente, nei minimi dettagli.

Prese del sapone e lo mise sulla spugna e incominciò a sfregarsi con violenza.

La pelle incominciava ad arrossarsi al contatto con l'acqua bollente, ma Fiamma ignorò volutamente la cosa: voleva punirsi e al momento quella era l'unica cosa che le venne in mente da fare.

Senza guardare, passò la spugna sul livido che aveva sul braccio. Al solo sfiorarsi , un gemito di dolore uscì dalle sue labbra.

Prese dell'altro sapone e tornò a sfregarsi con molta più determinazione, ma nulla sembrava far effetto: la sua pelle continuava a puzzare di marcio.

Si fermò un attimo per prendere tutto il coraggio di cui era capace e passò la spugna in mezzo alle cosce: anche in quel punto c'era un grande livido che, al solo sfiorare, le creava un dolore lancinante.

Tutto ebbe inizio un mese prima.

"Tu non esci mai alla sera?" disse Francesco.

"No. Di solito passo la serata in compagnia di qualche libro: voglio laurearmi." "Wow. Sei molto determinata. In cosa vuoi laurearti?"

Fiamma, stupita, rispose con orgoglio: "Voglio diventare una grande giornalista." Francesco rispose: "Non ci posso credere: questo è il destino."

"Perché?" rispose Fiamma.

"Perché è anche il mio traguardo. Come mai non ti ho mai visto ai corsi?" disse Francesco. "Solitamente frequento i corsi serali."

"Ah, ecco spiegato il motivo del perché io ti abbia visto solo qui in biblioteca." Fiamma guardò l'ora e disse: "Si è fatto tardi. Devo andare."

"Prendi il pullman?" "Si" rispose Fiamma.

"Allora mancano ancora più di dieci minuti prima che arrivi, così abbiamo ancora qualche minuto a disposizione per fare quattro chiacchiere."

Fiamma si stupì dell'insistenza del ragazzo, ma si diresse ugualmente verso la fermata. "Come ti mantieni gli studi?" chiese Francesco.

Fiamma incominciò a raccontare del suo lavoro in un magazzino all'ingrosso dove trattavano stoffe di tutti i tipi.

Dopo qualche minuto, Francesco propose alla ragazza di andare a prendersi un gelato insieme e fu in quel momento che Fiamma si oscurò, rifiutando gentilmente l'invito.

Anche se era passato tanto tempo, il ricordo di quella sera passata con Roberto non era mai riuscita a dimenticarla. L'aveva semplicemente relegato in un angolo nascosto della sua mente.

Cercando di rendersi invisibile agli occhi delle persone che la circondavano, Fiamma si era creata un mondo tutto suo: aveva adottato un modo di vestire maschile e sapeva benissimo che questo le era costato la nomina di lesbica. L'aveva sentito con le sue orecchie, ma aveva deciso di non reagire: che credessero quello che volevano, purché la lasciassero in pace.

Non socializzava mai con nessuno e faceva sempre in modo di restare appartata, sia sul lavoro, sia quando presenziava alle lezioni in facoltà.

Per questo fu molto stupita dal fatto che Francesco l'avesse fermata per parlare con lei.

Con il suo modo di fare indisponente, Fiamma si era creata il vuoto intorno a lei e le andava bene così. Proprio in quel momento arrivò il bus e Fiamma ci salì sopra molto velocemente.

Da quasi tre settimane, Francesco aveva preso l'abitudine di aspettarla fuori dalla biblioteca. Le loro brevi chiacchierate erano diventate sempre più piacevoli, tanto che, spesso, la ragazza prendeva il pullman successivo. Aveva incominciato ad abbassare le difese; aveva incominciato a indossare delle magliette leggermente più femminili e, a volte, osava anche mettersi un lieve cenno di rossetto , ma nulla la preparò all'invito che ricevette da parte di Francesco.

"Vuoi venire alla festa di leva, sabato sera?" "Vorresti andarci con me?" chiese Fiamma. "E con chi sennò? Qui ci siamo solo noi due." "Non ti vergogni a uscire con una come me?"

"Perché? Cos'hai tu di strano diverso dalle altre?" rispose Francesco. "Figuriamoci se non sei al corrente delle voci che circolano su di me…"

"Se anche fosse vero ciò che dici, a me non interessa assolutamente nulla. Voglio andare alla festa di leva con te. Punto!"

"Ti do una risposta domani, va bene?" Fiamma era rimasta spiazzata da quell'invito.

Francesco la prese per un braccio prima che lei potesse salire sul pullman e sparire di nuovo: " Dimmi di si."

Fiamma senza più esitazione, rispose in modo affermativo stupendosi di se stessa. Una volta a casa, Fiamma controllò i soldi che aveva messo da parte e vide che ne aveva a sufficienza per comprarsi qualcosa da vestire con cui avrebbe stupito Francesco.

Il fatto che lei non volesse socializzare con nessuno, non voleva certo dire che non fosse in grado di vestirsi in modo carino e con un filo di trucco avrebbe reso Francesco, fiero di averla invitata alla festa e magari sarebbe stata anche la volta buona in cui le sue compagne di corso sarebbero state zitte una volta per tutte.

Francesco raggiunse i suoi due amici e disse: "E' fatta ragazzi. Fiamma ha accettato di uscire con me." Lucio, il più spavaldo dei tre, disse: "Non ci credo."

"E invece è proprio così: fattene una ragione."

Lucio guardò il suo amico e disse: "Sabato ci sarò anche io alla festa: fino a quando non lo vedrò con i miei occhi, non ci crederò."

Biagio, il terzo amico, disse: "Io me ne tiro fuori ragazzi. Non voglio sapere nulla di quello che vi frulla per la testa." Salutò e se ne andò.

Lucio si rivolse a Francesco e disse: "Complimenti! Sei riuscito a far sciogliere la vergine di ghiaccio."

Francesco, soddisfatto, alzò il braccio in segno di saluto e se ne andò verso casa. "Ci vediamo sabato sera."

Fiamma, emozionata come non mai, si controllò ancora una volta allo specchio e, quasi volesse trarne coraggio, disse ad alta voce: "Andrà tutto bene. " e con la mano si lisciò la gonna.

L'appuntamento era per le nove nella piazza centrale e, anche se mancava ancora più di un'ora, decise di uscire di casa, prima che le mancasse il coraggio. Una serata di svago le avrebbe fatto bene.

Con suo grande stupore, una volta arrivata nel luogo dell'appuntamento, trovò Francesco che l'aspettava. "Wow, sei proprio uno splendore." Disse il ragazzo.

"Grazie." Fiamma arrossì a quel complimento. Non si era mai interessata al suo aspetto esteriore, ma ricordava ancora gli insegnamenti della sua amica Alessia e quella sera li aveva messi in atto. Non voleva che Francesco si potesse pentire di averla invitata a quella festa.

Fiamma non era una ragazza abituata a bere alcolici ma quella sera aveva deciso di fare un'eccezione assaggiando un cocktail che gli offrì Francesco. Quella sera non aveva nemmeno cenato per potersi preparare quindi quel primo sorso risultò essere molto forte. Si sentì come se fosse su una nuvola e tutto le appariva più bello e magico, anche se il suo stomaco bruciava. Seguì un altro bicchiere che le tolse completamente ogni inibizione fino a portare la ragazza a ballare: aveva sempre avuto il senso del ritmo e Fiamma si lasciò andare alla musica.

La serata trascorse in allegria, fino a quando Francesco non le presentò il suo amico Lucio. Istintivamente a Fiamma non piacque.

Francesco le si avvicinò e disse: "Sei bellissima. Vieni con me."

Fiamma lo seguì senza nessun problema. La ragazza si sentiva felice, eccitata e la voglia di appartarsi con Francesca era davvero tanta. Arrivarono al parcheggio e incominciarono a baciarsi, ma a un certo punto, quando la ragazza sentì le mani di Francesco tirarle su la gonna, incominciò a dimenarsi e disse con voce alterata dall'alcol: "Dai, siamo in mezzo a un parcheggio e qualcuno potrebbe vederci."

Francesco rispose: "Stai tranquilla. Qui nessuno ci potrà vedere."

Spinse la ragazza sul cofano della macchina e, spostando le mutandine di lato, si fece strada dentro di lei. "Mi fai male" disse la ragazza "fermati."

Francesco, incurante dei richiami della ragazza, entrò dentro di lei senza alcuna esitazione.

Fiamma provava un gran senso di nausea e non capiva se era per il troppo alcol che aveva in corpo o per il disgusto che provava per se stessa.

"Mi fai male" continuava a ripetere Fiamma. "Dai… stai zitta che piace anche a te."

Fiamma, sempre più stordita, incominciava a sentirsi più distesa e seguiva i movimenti del ragazzo. Si sentiva come sdoppiata. Non era quello che lei voleva fare, ma il suo corpo reagiva in un altro modo.

Quando Francesco finì, incurante della ragazza, si pulì e si rimise a posto, lasciando la ragazza ancora stordita, sul cofano della macchina. Fiamma sentì un'altra voce, ma non riusciva a mettere a fuoco quello che stava accadendo intorno a lei.

"Me la impresti vero?" furono le uniche parole che riuscì a comprendere e dopo pochi istanti sentì di nuovo due mani che la toccavano dappertutto, cercando di farsi strada dentro di lei.

Questa volta l'atto fu ancora più brutale e Fiamma si ritrovò a gridare con quanto fiato avesse in gola, ma fu tutto inutile. Lucio guardò in direzione del suo amico, e disse: "Hai vinto la scommessa! Questa non è una lesbica. Guarda come è bagnata. E' piaciuto anche a lei" Quando Fiamma ebbe il coraggio di aprire gli occhi vide su di se Lucio. Incominciò a scalciare e a difendersi e fu in quel momento che vide Francesco avvicinarsi a lei per tenerle ferme le mani.

Fiamma capì tutto, chiuse gli occhi e pregò che tutto finisse in fretta. La sua preghiera fu ascoltata e in un attimo si ritrovò da sola.

La sbornia era passata di colpo: incominciò a vomitare e dopo essere riuscita a sistemarsi, si diresse verso casa.

Poco dopo una macchina le si affiancò.

Riconobbe Biagio, l'altro amico di Francesco. Senza dire una sola parola il ragazzo le si avvicinò. Fiamma era pronta a ricevere un'altra umiliazione. Biagio si tolse la giacca e la posò sulle spalle della ragazza.

"Mi dispiace. Non avevo idea di cosa avessero in testa quei due. Se vuoi ti accompagno in caserma per sporgere denuncia o in ospedale, come preferisci."

Fiamma lo guardò con occhi gelidi e disse: "Non è successo nulla che io non volessi."

Biagio cercò di convincerla ancora una volta, ma la ragazza era davvero convinta di quello che stava dicendo.

"Lasciati accompagnare a casa, almeno." Fiamma non disse nulla e come un automa salì sulla macchina.

Quando arrivarono sotto casa di Fiamma, la ragazza guardò Biagio e disse: "Ero consenziente."

Biagio la guardò e non riuscì a proferire parola. Alla ragazza stava sanguinando il naso e continuava a massaggiarsi il braccio, dove un grande ematoma si stava formando. Si era accorto anche che Fiamma non riusciva a stare seduta.

Nessuna ragazza consenziente sarebbe mai uscita da un amplesso conciata in quel modo. "Pensaci per favore. Quei due non devono passarla liscia."

Fiamma guardò dritto negli occhi Biagio e disse: "Ti ripeto che ero consenziente."

In quel momento, sotto il getto d'acqua bollente, Fiamma desiderava solo strappare la sua pelle e che quell'odore schifoso che si sentiva addosso, sparisse.

Quando decise di uscire dalla doccia, si mise l'accappatoio e tornò nel letto e si addormentò quasi subito. Restò in quello stato catatonico per quattro giorni. Una mattina si svegliò e con tutto il coraggio di cui era capace, si guardò allo specchio.

"Non è successo nulla." Indossò un abito succinto, si truccò e uscì. Per prima cosa, non appena fu fuori casa, si diresse alla facoltà e mise fine al suo percorso universitario.

Biagio stava aspettando sotto casa di Francesco. Poco dopo lo vide arrivare in compagnia di Lucio.

Senza proferire parola, si avvicinò a Francesco e gli sferrò un pugno. Lucio cercò di alzare il braccio per tirare un pugno a Biagio ma riuscì solo a cadere per terra.

Fu in quel momento che la furia di Biagio divenne incontenibile e la scaricò completamente sui due ragazzi. Quelli non era due esseri umani: erano delle bestie.

1991, tre anni dopo

Fiamma era orgogliosa del suo monolocale. Durante le sue ferie aveva ridipinto le pareti della cucina e dell'entrata di arancione. Aveva letto da qualche parte che quel colore era simbolo di armonia, creatività artistica e sessuale. A quell'ultimo pensiero, si mise a ridere.

L'arancione era anche simbolo di comprensione, saggezza, equilibrio e ambizione. Se avesse dovuto scegliere un colore che la rappresentasse, avrebbe scelto il nero, ma era un colore che non sarebbe stato bene sulle pareti di casa sua, già piccola e buia di suo.

Si guardò intorno ancora una volta soddisfatta e uscì di casa. La sua macchina era parcheggiata in fondo alla via. La poteva riconoscere anche da lontano, vista la particolarità del colore: azzurro.

Altro colore che non la rappresentava nemmeno lontanamente. Era definito un colore che aiutava la meditazione e anche a essere più estroversi. Il criterio che lei aveva adottato quando l'aveva presa, invece, era di tutt'altra origine. Una macchina che costasse poco e che le durasse il più a lungo possibile. Aveva già qualche ammaccatura ma tutto sommato funzionava alla grande.

Fuori era lucida mentre all'interno regnava il disordine più assoluto. Mise in moto e partì

Arrivò a destinazione dopo circa un paio d'ore. Quando vide il paese in cima alla collina incominciò a sentirsi a casa. Era da due anni, ormai, che una volta al mese faceva quel viaggio.

Prima di andare in cascina, si fermò nel piazzale del cimitero. Con passi decisi raggiunse la tomba di suo Zan, suo nonno. Erano passati diversi anni dalla sua morte, ma la sua mancanza la percepiva ancora molto forte. Arrivò il momento di dirigersi verso un'altra tomba. Fece molta fatica ad arrivarci perché le sue gambe tremavano in modo violento.

Una volta arrivata disse: "Ciao nonna."

Lucidò la sua foto, tolse qualche foglia secca e si mise comoda e incominciò a parlare con Angelina.

Le raccontò tutte le novità di quell'ultimo mese, compreso il fatto che, più tardi, avrebbe incontrato l'impresario che avrebbe incominciato i lavori di ristrutturazione alla vecchia cascina.

L'avrebbe portata all'antico splendore. Aveva risparmiato tutto quello che aveva potuto, rinunciando a qualsiasi spesa superflua e i risultati non era tardati ad arrivare.

"Vedrai, nonna, cosa riuscirò a fare."

Rimase in silenzio quasi fosse in attesa di una risposta.

Guardò l'orologio: mancava una mezz'ora all'appuntamento e decise di concedersi un altro po' di tempo da passare sulla tomba di sua nonna.

"Sai, vorrei poter trovare il modo di stare con te."

"Sei matta? Qui, per il momento non c'è posto per te. Hai ancora tantissime cose da fare."

A Fiamma venne istintivo rispondere: "No, nonna, non mi chiamare anche tu matta, per favore…"

All'improvviso si rese conto di quello che era appena successo. Sua nonna non poteva averle risposto. Era morta. Ricordava in ogni minimo dettaglio quel giorno.

Quella giornata era iniziata uguale a tante altre. In convento era difficile che succedesse qualcosa che movimentasse le giornate.

Quando Fiamma terminò le lezioni, si diresse in chiesa, dove era certa di trovare sua nonna. Era un'abitudine che aveva preso a fare tutti i giorni in modo tale da poter aiutare sua nonna. Era sempre stata una donna infaticabile, ma ora stava invecchiando e si stancava facilmente.

Una volta entrata in chiesa fece il segno della croce. Vide subito sua nonna ma non era sola: la madre superiora stava raccontando qualcosa di divertente, visto che sua nonna stava ridendo.

La ragazza si trovava ormai a un paio di metri da loro. Sua nonna con una mano teneva il bastone con cui lucidava i pavimenti della chiesa e con l'altra stava gesticolando.

All'improvviso il sorriso di Angelina si trasformò in una smorfia ; con la mano libera si toccò il petto. Un sospiro il bastone cadde a terra. L'ultimo sguardo lo rivolse a Fiamma dopodiché chiuse gli occhi e cadde per terra. Completamente incapace di muoversi Fiamma restò a guardare sua nonna fino a quando due forti braccia cercarono di spostarla da quel posto. Era il giardiniere del convento.

"Un attimo per favore. Voglio dare un ultimo bacio a mia nonna." Fiamma si diresse verso di lei. Una lacrima bagnò il viso di sua nonna. Si chinò su di lei, le diede un bacio e uscì dalla chiesa. Tutto quello che successe dopo era confuso. Il resto della giornata lo trascorse in camera sua. Solo alla sera qualcuno venne bussare alla sua porta. Era la madre superiora.

Le si avvicinò, la abbracciò e disse: "Per quanto riguarda il funerale non dovrai preoccuparti di nulla. Penseremo noi a tutto."

"Grazie." E solo in quel momento Fiamma si accorse che Suor Teresa aveva gli occhi rossi dal pianto. "Tua nonna era una donna eccezionale."

Suor Teresa guardò Fiamma dritto negli occhi e disse: "Tu non sei da meno. Non permettere mai a nessuno di farti credere il contrario."

In silenzio, proprio come quando era entrata, Suor Teresa uscì dalla stanza della ragazza.

Il giorno del funerale c'era tantissima gente e pensare che quello non era nemmeno il loro paese eppure nonna Angelina era riuscita a farsi voler bene anche in quel luogo.

Fiamma aveva espresso un unico desiderio alla madre superiora: quello che sua nonna potesse essere seppellita accanto a suo marito. Si era fatta garante di ogni spesa. Avrebbe lavorato fino all'estinzione completa del debito. Suor Teresa accettò.

In meno di sei mesi, lavorando sodo, Fiamma riuscì a estinguere il debito.

Poi venne il momento di pensare al suo sogno di poter proseguire i suoi studi all'università. Dovette arrendersi quasi subito quando Fiamma scoprì la cifra esorbitante che chiedevano solo per l'iscrizione e quindi rivolse i suoi sogni in un'altra direzione: avrebbe ristrutturato la vecchia cascina.

Durante il giorno lavorava nella segreteria della scuola e le serate le passava pulendo i pavimenti delle aule. Non era più voluta entrare in chiesa. Spesso suor Teresa si fermava a osservare Fiamma. Era una ragazza a cui il lavoro non spaventava. In quel momento decise che avrebbe trovato il modo giusto per ricompensarla. L'occasione arrivò quando Fiamma decise di andare a vivere in un monolocale non troppo distante dal convento.

Un giorno suor Teresa la fece chiamare nel suo studio. Fiamma, agitata, si presentò all'appuntamento puntualissima.

Bussò e una voce le disse di entrare.

"Buona sera, madre."

Qualche minuto dopo Fiamma uscì da quella stanza completamente stranita. Guardò ancora una volta quel pezzo di carta che teneva in mano.

"Non è possibile" continuò a ripetersi Fiamma.

Una volta in camera sua, si mise sul letto e guardò per l'ennesima volta quel pezzo di carta: era un assegno da trenta milioni di lire. Lo ripose con cura nel cassetto, si affacciò alla finestra e lasciò andare tutte le sue lacrime, questa volta di felicità.

Suor Teresa aveva appena terminato di pregare. Dopo aver fatto il segno della croce si diresse verso la sua camera e ripensò a quello che era accaduto poco prima.

Fiamma le ricordava molto a com'era lei da ragazza. Era la prima di cinque figli ed era l'unica femmina. Aveva imparato molto presto a lavorare sodo. Sua madre era morta quando lei aveva appena compiuto dieci anni. La sua vita di ragazza non era stata per niente facile. Solo al compimento dei suoi 21 anni poté andarsene. I suoi fratelli erano cresciuti ormai e finalmente lei aveva potuto seguire la sua strada. Si era sempre sentita diversa dalle sue coetanee. La sua strada la comprese a pieno la sera in cui tutto il paese era in festa per la festa patronale. Un ragazzo, il più bello del paese e anche il più benestante, l'aveva baciata. L'unica cosa che aveva provato era stata una fortissima voglia di scappare e così fece, guadagnandosi la nomina di matta, per non aver accettato la corte di un ragazzo così facoltoso.

Nel suo cuore sentiva di avere tantissimo amore da dare, ma non come la sua famiglia potesse immaginare. Voleva farsi suora; era certa di aver ricevuto la chiamata da Dio. Il giorno del suo ventunesimo compleanno, fece la valigia, lasciò un biglietto sul tavolo per suo padre e se ne andò. Passarono anni prima che la sua famiglia la perdonasse.

"Caro papà, ho deciso quale sarà il mio futuro. Voglio farmi suora. Ti prego di perdonarmi, ma sei stato proprio tu a insegnarmi che devo seguire sempre ciò che dice il mio cuore."

Rivide suo padre diciotto anni dopo. Vecchio e stanco, un giorno se lo ritrovò in convento. Bastò uno sguardo per seppellire tutti i rancori che per anni li aveva divisi.

Fiamma era la copia di lei da giovane.

Conosceva la ragazza molto più di quello che lei potesse immaginare. I racconti di Angelina l'avevano aiutata molto.

Circa un mese prima, dopo un malore, aveva deciso di recarsi da un medico. La diagnosi era arrivata veloce e spietata: aveva il cancro. Teresa non aveva paura di morire. I mesi che le restavano sarebbero passati in un soffio e una decina di giorni prima prese una decisione che sapeva di buono.

Andò da un notaio e fece in modo che i suoi risparmi fossero messi a disposizione di Fiamma nel più

completo dell'anonimato. Se conosceva Fiamma come immaginava, sapeva che la ragazza avrebbe rifiutato qualsiasi aiuto, ma mettendola di fronte al fatto compiuto e in più mettendola nella condizione di non sapere da dove arrivassero quei soldi, non avrebbe potuto rifiutare.

Teresa non voleva comprarsi il paradiso con quel gesto. Nella sua vita aveva fatto tanti sbagli, ma avrebbe dovuto renderne conto solo a Dio. Teresa ricordava benissimo il periodo della sua vita in cui gli stenti erano all'ordine del giorno. Aveva patito la fame e quei morsi facevano ancora male. Ora toccava a Fiamma partire con una marcia in più. Quello che vide negli occhi di Fiamma quando guardò quel pezzo di carta

l'aveva ripagata in pieno e soprattutto le aveva dato la certezza di aver fatto la cosa giusta. "E ora vai, ragazza. Hai una nuova vita che ti aspetta."

"Quindi non saprò mai chi è il mio benefattore?" "Credo proprio di no" rispose suor Teresa.

"Ma non deve diventare un problema. La persona che te li ha donati sa con certezza che ne farai un ottimo uso."

Vide Fiamma uscire dalla sua camera. Teresa vide se stessa uscire dalla casa di suo padre. Aveva un vestito liso, le scarpe bucate e una borsa in cui aveva riposto quelle poche cose che aveva e per la prima volta smise di avere rancore verso quello che era stata la sua vita.

All'improvviso Fiamma si riscosse dai suoi pensieri. Si convinse che sua nonna non poteva averle risposto e soprattutto non si sarebbe mai rivolta a lei chiamandola matta, anche se in tono benevolo.

Si accorse di non essere più sola nel cimitero. Si guardò intorno e riconobbe subito le due pettegole del paese.

Riuscì a sentire una piccola parte della loro conversazione. "Quella li non è la nipote di Zan?"

"Si, sì! La matta! Pensare che avrei giurato di…"

Fiamma si alzò velocemente e altrettanto velocemente si diresse verso la macchina. Salì, mise in moto e partì. Nulla di quello che avrebbe potuto dire o fare sarebbe riuscito a cancellare quel soprannome dalla bocca dei suoi paesani.

Quella parola l'avrebbe inseguita ovunque lei fosse andata per il resto della sua vita.

Arrivò alla cascina e il geometra era già arrivato. Guardarono insieme il progetto e concordarono la data dell'inizio dei lavori. Sentiva l'impellente necessità di mettere più chilometri possibili tra lei e il paese.

Logan stava dormendo profondamente quando qualcuno entrò all'improvviso nella sua camera e accendendo la luce, incominciò a gridare.

"Che cazzo stai facendo…?"

Logan aprì gli occhi e si ritrovò suo nonno a un palmo dal suo naso. "Ehi, datti una calmata…. Piuttosto cosa vuoi tu…"

Luigi si avvicinò ancor di più a suo nipote e alzando ulteriormente il tono della voce disse: "Tu che dici a me di stare calmo?"

Luigi si fermò un attimo. Logan sapeva che il peggio doveva ancora arrivare.

Luigi prese una maglietta e un paio di pantaloni e li scaraventò addosso a suo nipote. "Vestiti e scendi subito. Hai esattamente due minuti, a partire da adesso."

Prima di uscire dalla stanza, Luigi si fermò qualche istante per osservare la camera del nipote. Sembrava un porcile: abiti ovunque, portacenere pieni e puzzolenti, bottiglie di liquori sparse ovunque.

Uscì sbattendo la porta talmente violentemente da far tremare i muri. "Che cazzo vuole, di nuovo, da me, sto rompi coglioni…"

I postumi della sbornia della sera prima si facevano sentire. La testa gli faceva male e la voglia di vomitare era tanta.

Cercò di vestirsi e scese al piano di sotto. Non fece nemmeno in tempo a entrare in cucina che Luigi incominciò a inveirgli contro.

"Questa volta hai superato di gran lunga il mio limite di sopportazione."
"Non capisco cosa tu voglia da me."

"Stai zitto." Rispose Luigi.

"Sto cercando di tenere a bada la voglia che ho di spaccarti la faccia e non ti garantisco che riesca a trattenermi dal farlo se osi ancora dire una sola parola."

Logan ricordava a malapena cosa fosse successo la sera prima, che di sicuro doveva essere la causa di tanta ira da parte di suo nonno.

Il ragazzo scelse il silenzio. Suo nonno non gli avrebbe lasciato molte alternative. "Quando avresti trovato il tempo per dirmelo?"

"Dirti cosa?" E subito arrivò un altro manrovescio.

"Hai avuto un incidente, ubriaco alla guida, hai distrutto la macchina e, come se non bastasse, i tuoi amici sono finiti in ospedale. Ti basta?"

"Non si sono fatti male…"

"Ti sei reso conto, vero, che hai distrutto anche un'intera recinzione?"

"Si, ma…"

"Sono stanco delle tue bravate. Ti do due giorni di tempo per trovarti un lavoro o ti metterò personalmente fuori da questa casa." Luigi fece per uscire ma cambiò idea. Tornò indietro e guardò suo nipote dritto negli occhi e sventolando il dito sotto al naso disse: "Scordati di ripiegare su una eventuale ospitalità da parte di tua madre. Le ho già raccontato tutto. Io ho finito di spezzarmi la schiena per un coglione come te.

E finalmente Luigi uscì dalla stanza.

Logan cercò di ricordare qualcosa in più della sera precedente, ma si rese conto che gli arrivavano solo dei frammenti.

Si alzò per farsi un caffè: forse lo avrebbe aiutato a schiarirsi le idee. La zona dove suo nonno l'aveva colpito era dolorante e incominciò a sfregarsi per cercare di alleviare il dolore.

Bevve il caffè, ma i ricordi continuavano a restare sfocati. Tornò in camera sua, si accese una sigaretta e si vestì.

Raggiunse gli amici al bar, certissimo di trovarli al solito tavolo, ma fu con sorpresa che trovò solo Sergio e dopo i saluti, il ragazzo incominciò a raccontare cosa fosse successo la sera prima. "

Logan aveva accettato una ridicola sfida che gli aveva lanciato un pivello. Perdeva chi, per primo, si fosse arreso nel bere birra e il coglione di turno era stato proprio lui.

Logan beveva occasionalmente, ma mai fino ad arrivare a perdere il controllo di se. Aveva vomitato e che questo gli avesse dato la certezza di essere in grado di guidare.

A mano a mano che Sergio raccontava, nella mente di Logan i ricordi, si erano fatti sempre più nitidi.

Aveva alzato il volume dello stereo e il rettilineo davanti a se invitava all'alta velocità.

Spense la sigaretta nel portacenere e quando rialzò lo sguardo sulla strada vide il cinghiale attraversargli la strada. Una brusca frenata e ci fu il primo impatto; perse il controllo della macchina che finì la sua corsa con un altro forte impatto. Una volta che si fu ripreso, Logan si sincerò che i suoi amici stessero bene.

Spaventato, scese dalla macchina per controllare i danni. Il muso della macchina completamente disintegrato, il piantone dello sterzo si era rotto e si era piantato nella terra. Dal lato passeggero, la portiera era completamente rientrata segno che non era riuscito a evitare la bestiaccia.

Aveva rivolto uno sguardo distratto all'animale morto, ancora in mezzo alla strada. La voce di Sergio lo riportò al presente.

."Mio padre è solito ripetermi che non è scaricando le proprie responsabilità sugli altri, che si cresce."

Logan si alzò, lasciò sul tavolo una banconota da cinque mila lire sul tavolino e disse: "Beato te che un padre ce l'hai."

Fuori dal locale il ragazzo inforcò la sua bicicletta e incominciò a pedalare velocemente.

Una volta a casa passò a fianco di suo nonno, che non lo degnò di un solo sguardo. Andò in camera sua, si distese sul letto e tornò a dormire.

"Non ti permettere di dire una sola parola. Hai perso completamente la fiducia che avevo riposto in te. Sei solo un buono a nulla."

Logan rimase in silenzio. Bastava che chiudesse gli occhi per risentire il dolore che gli schiaffi di suo nonno gli avevano procurato.

"Hai deciso cosa fare? Resti o te ne vai? Fai ben attenzione a quello che dirai perché qualsiasi sarà la tua risposta i danni che hai causato con l'incidente saranno comunque a carico tuo. Sarebbe troppo comodo andare via per fare lo scansafatiche, lasciando noi nella merda."

Logan non potè far altro che abbassare la testa. Suo nonno aveva ragione. Era un buono a nulla.

"Potrei tornare a lavorare la terra per te." "Troppo comodo."

"E se andassi da Vittorio in officina?"

"Dove hai la testa! Vittorio si è trasferito in Sicilia più di sei mesi fa. Dovrai trovare un'altra soluzione. Venti milioni di debiti ti aspettano. Ricordati bene quello che ti dico perché non te lo ripeterò un'altra volta: non farò assolutamente nulla per toglierti dalla merda. Questa volta, caro mio, sarai costretto a prenderti le tue responsabilità."

Logan tornò in camera sua e si mise sul letto. Le mani dietro la nuca, cercò di trovare una soluzione per ripagare il debito.

Provò a chiamare Valter, ma nessuno rispose.

Logan aveva circa due milioni sul suo conto corrente e, guardando l'ora, decise di essere ancora in tempo per andare in banca e ritirare tutto quello che aveva sul conto. Li avrebbe dati a suo nonno come anticipo: bastavano per pagare tre rate della macchina.

Durante il tragitto di ritorno Logan cambiò idea sulla destinazione dell'intera somma. 500 mila lire li tenne per se.

Una volta a casa, andò da suo nonno e gli consegnò la busta con il resto dei soldi.

"Per il momento ho solo questi; troverò un lavoro e pagherò tutto il resto del debito." Luigi , senza dire nessuna parola, prese la busta, controllò il contenuto e la mise in tasca. Logan si allontanò e, credendo di non essere sentito, disse: "Nemmeno un grazie."

La voce impetuosa di suo nonno si fece sentire: "Vorresti anche sentirti ringraziare?" La voce di suo nonno fu interrotta da una tosse improvvisa.

Quando Luigi smise di tossire riprese a parlare: "Forse chi deve dire grazie dovresti essere tu, visto che la voglia di spaccarti la testa è ancora tanta!" Logan alzò le spalle e si allontanò. Luigi incominciò a tossire di nuovo, violentemente. Prese il fazzoletto e lo mise davanti alla bocca. Quando la tosse si placò fece per ritirare il fazzoletto e in quel momento si accorse che era sporco di sangue: di nuovo!

Doveva decidersi ad andare dal medico. Sua moglie, nel frattempo, si era avvicinata senza fare alcun rumore e quando Luna parlò, Luigi sobbalzò.

"Oggi stesso andiamo dal medico. Non puoi più andare avanti così."

Luigi assentì. Sua moglie aveva ragione. Si fermò a osservarla: ultimamente era sempre troppo stanca e ogni tanto l'aveva sorpresa mentre vagava per la cucina, con lo sguardo perso nel vuoto e senza sapere cosa dovesse fare.

Era stanca. Si sarebbe meritata una bella vacanza, ma quell'anno non se l'era potuta permettere. Un sogno che, purtroppo, sarebbe rimasto tale per chissà ancora quanto tempo. Quello stupido incidente, suo nipote, avrebbe potuto evitarlo se solo avesse messo un po' di giudizio prima di mettersi alla guida, ubriaco.

Questa volta era ben deciso a non fargliela passare liscia. Lui non sarebbe vissuto in eterno e Logan avrebbe dovuto imparare a cavarsela da solo, da uomo e non da eterno fanciullo.

C'era stato il periodo in cui sembrava fosse cambiato. Dopo la sua fuga durata circa un mese, era tornato a casa, disposto a imparare a guadagnarsi la giornata.

Alla prima occasione, però, era tornato a essere lo sfaccendato di sempre, con la differenza che ora beveva e fumava. Era vecchio, sì, ma non stupido.

Un altro attacco di tosse lo distolse dai suoi pensieri.

Tornò a guardare sua moglie. Erano in quei momenti che la paura lo assaliva. Luna aveva di nuovo lo sguardo perso nel vuoto.

"Luna..."

Luigi la toccò e lei si girò e disse: "Chi sei?"

All'uomo si gelò il sangue. Guardò gli occhi di sua moglie: erano spenti. La prese sottobraccio e, insieme, si avviarono verso casa.

Luigi continuava a ripetersi che, quella di sua moglie, era solo stanchezza. Prese sua moglie sottobraccio e si diressero verso casa.

Logan raggiunse suo nonno in cucina. Stava tossendo violentemente. "Tutto bene?"

"Si." Fu lapidario nella risposta; Logan vide il fazzoletto sporco di sangue. Luigi riprese a tossire ancora più forte.

Quando riprese fiato, guardò il nipote e gli disse: "E' ora che tu cresca."

Luigi prese la mano del nipote e la strinse. Restò meravigliato dal calore che sprigionavano le mani del ragazzo.

"Ho trovato un lavoro. Incomincerò domani mattina. "Bene." Luigi uscì .

Logan osservò suo nonno uscire dalla stanza e per la prima volta si accorse di quanto fosse invecchiato. Non l'aveva mai visto così, prima di quel momento. Era davvero un grande egoista per non essersi accorto di tutti i cambiamenti che c'erano stati in quella casa.

Deciso a cambiare vita, si toccò per l'ennesima volta la tasca dei pantaloni . Salì in camera e la ripose nel cassetto del comodino. Il progetto che aveva in mente era sospeso, almeno per il momento.

Il mattino dopo, alle sette precise, si fece trovare davanti al cancello della villa. Prima di entrare si guardò attorno. La villa e il parco erano davvero stupendi. Sul retro della casa c'era anche un'enorme piscina. Una Mercedes sportiva nera faceva bella mostra di se davanti all'entrata principale. Sull'uscio di casa c'era il giardiniere che lo stava aspettando. Giacomo lo portò in giro per la tenuta in modo tale che Logan prendesse confidenza con i lavori da fare. Se all'inizio Logan pensò che sarebbe stato un gioco da ragazzi, alla sera, sdraiato sul letto e senza nemmeno trovare la forza di mettersi sotto le coperte, i dolori che sentiva in tutto il corpo gli stavano ricordando che era davvero un rammollito. Finalmente riuscì a prendere sonno.

Passarono circa tre settimane dal suo primo giorno di lavoro e anche fisicamente le cose erano migliorate. Quel giorno aveva ricevuto l'ordine di pulire tutto intorno al gazebo proprio di fronte alla piscina. Fece una breve pausa per asciugarsi il sudore e notò un libro sul tavolino. Guardò l'orologio e vide che era ora della pausa pranzo. Tirò fuori il suo panino e sedendosi sullo sgabello notò un libro. Lo prese e incominciò a sfogliarne qualche pagina. Ogni tanto una frase catturava la sua attenzione. Alla fine della pausa decise di prenderlo in prestito. Finito il suo lavoro, passò da Giacomo.

"Ho preso in prestito un libro: era sul tavolino sotto al gazebo. Glielo dici tu?" Giacomo assentì e alzò il braccio in saluto.

Dopo cena Logan andò in camera sua e incominciò a leggere. A mano a mano che sfogliava le pagine la voglia di arrivare alla fine si fece sempre più pressante. Alle cinque del mattino finì di leggere l'ultima pagina.

Ne era rimasto talmente affascinato che, anche se era domenica e non doveva andare al lavoro, si presentò a casa di Valter.

Il suo amico venne ad aprirgli la porta ancora assonnato. Dopo circa un paio d'ore Logan uscì dalla villa con i libri che desiderava.

Salutò velocemente Valter e si diresse verso casa.

Arrivato davanti al cancello di casa il portone si spalancò all'improvviso e si trovò di fronte sua madre. "Ciao, ti devo parlare."

L'ultima volta che sua madre aveva pronunciato quelle stesse parole fu per dire che, secondo lei, Luna aveva dei seri problemi di salute.

L' arrivo improvviso di Petra, non era di sicuro di buon auspicio.

La donna fece segno a suo figlio di andare nel prato, che si trovava proprio davanti a casa loro. Era l'unico posto che le venne in mente per essere certa che nessuno sentisse quello che aveva da dire.

Logan incominciò a sentirsi irrequieto. "Cosa mi devi dire di così urgente?"

"Stavo cercando le parole, ma non credo che esistano quelle giuste per dire questo: tuo nonno ha il cancro ed è in stato avanzato."

"Perché non mi hai detto nulla prima?" non appena finì di pronunciare quelle parole, l'immagine di suo nonno con il fazzoletto pieno di sangue in mano, gli tornò alla mente. La risposta se l'era data da solo: le cose non andavano bene già da tempo, ma lui aveva preferito ignorare.

"Cosa ti ha detto il medico?"

"Gli restano circa sei mesi di vita, giorno più, giorno meno." "Nonna come l'ha presa?"

"Di comune accordo con il medico, abbiamo deciso di non dire niente, a entrambi."

Logan si guardò intorno cercando un qualsiasi segno da cui potesse trovare conforto. Con suo nonno aveva sempre avuto un rapporto conflittuale, ma era stato anche il suo unico punto di riferimento.

Sicuramente i calci nel sedere che gli aveva dato non erano ingiustificati. Per Logan era sempre stato più facile scegliere la strada comoda, oltretutto supportato sempre da Luna. Spezzarsi la schiena lavorando nei campi ed essere poco ripagato, non era cosa per lui.

Ora era arrivato il momento per Logan di crescere. Suo nonno aveva tutti i diritti del mondo di morire sereno.

"C'è qualcosa che posso fare per lui?" chiese Logan.

"Basterebbe che creassi meno problemi e che fossi più presente."

Logan lasciò che sua madre rientrasse in casa da sola: pianse tutte le sue lacrime. Un nodo gli attanagliava lo stomaco fino a togliergli il respiro.

Nello stesso periodo…

Non appena la ragazza varcò la soglia di casa sua, si tolse immediatamente le scarpe e posò la giacca. Prese il telecomando e si mise seduta sul divano.

Era bastato sentire quelle due pettegole chiamarla matta, per farle desiderare fortemente di tornare a casa. L'incontro col geometra durò pochissimo e poi lasciò perdere tutto il resto del suo programma.

Una volta entrata nell'androne vide che la buca delle lettere straripava. Prese la posta, diede un'occhiata veloce e una busta verde attirò la sua attenzione.

Ed ora era lì, seduta, indecisa sul da farsi.

Fece un lungo respiro: rimandare non sarebbe servito a nulla. La aprì e non appena incominciò a leggere, le salì una risata isterica. Cosa voleva, ancora, da lei, sua madre? Addirittura l'aveva fatta cercare da un avvocato: troppa fatica alzare il telefono e chiamarla.

Prese il foglio e lo appallottolò e lo lanciò dall'altra parte della stanza.

Poi, con calma, avrebbe deciso il da farsi, ma in quel momento l'unica cosa che desiderasse ardentemente era quello di diventare invisibile agli occhi del mondo.

Il giorno seguente, dopo aver fatto colazione, decise di fare ordine nel suo piccolo appartamento. Voleva a tutti i costi tenersi la giornata impegnata. Era il suo ultimo giorno di ferie, ma non aveva voglia di uscire.

Quando andò in salotto la prima cosa che notò fu il foglio stropicciato. Lo raccolse, cercò di lisciarlo e lo lesse di nuovo, questa volta con più attenzione.

Il motivo della convocazione non era ben specificato; una cosa che non aveva notato il giorno prima era il nome delle sue sorelle. Bene, avrebbe rivisto tutte e tre insieme.

"Bene" si disse "voglio proprio vedere cosa vogliono da me."

Nove giorni dopo, Fiamma era nel luogo dell'appuntamento. Quando si presentò, la segretaria la fece accomodare in una saletta.

L'attesa si stava prolungando. Guardò l'orologio e vide che erano passati quarantacinque minuti. Fiamma odiava i ritardatari. Si alzò e fece per andare in bagno quando si scontrò con una persona.

"Mi scusi" disse Fiamma.

Alzò gli occhi e vide sua sorella. Non si stupì più di tanto quando sua sorella fece finta di non conoscerla e tirò dritto.

"Signorina, prego, si accomodi. L'avvocato la sta aspettando."
"Finalmente" disse Fiamma.

D'istinto Fiamma si passò le mani sui pantaloni: era agitata. Se da una parte vedere la sua famiglia la incuriosiva, dall'altra le era bastato l'incontro casuale con la sorella per capire che nulla di buono l'aspettava oltre quella porta.

Era pronta a scommettere che l'argomento in questione sarebbero stati i soldi. Fece un lungo respiro ed entrò nella stanza.

Dapprima vide sua madre. Era seduta con la schiena eretta e il solito sguardo saccente. Le sorelle, sedute anche loro in imitazione della madre, sembravano avessero un riccio sotto al sedere. Erano ridicole ai suoi occhi. Non aveva mai sentito la loro mancanza.

L'avvocato si presentò e fece cenno di sedersi. Con fare provocatorio, Fiamma decise di sedersi in modo scomposto, sicura di garantire un attacco di bile a sua madre.

L'avvocato incominciò a parlare. In breve spiegò il motivo di quella riunione familiare.

La famiglia, non riuscendo a rintracciarla, aveva pensato bene di farlo fare attraverso il suo studio legale. Fiamma si soffermò a osservare i lineamenti dell'avvocato. Aveva l'aria di essere un topo travestito.

"Sarò breve." Disse l'avvocato. "Me lo auguro" rispose Fiamma.

Aveva una voglia irrefrenabile di mettersi le dita nel naso. Era certa che alle tre smorfiose sedute alla sua sinistra , sarebbe caduta l'impalcatura di perbenismo di cui si erano rivestite quel giorno.

Quando l'avvocato arrivò al dunque, finalmente Fiamma ebbe la certezza di quello che volessero quelle tre arpie da lei: soldi. D'altronde era stata solo una conferma ai suoi pensieri.

Trenta milioni di lire per non procedere contro l'atto di donazione con cui Fiamma era venuta in possesso della casa dei suoi nonni. Per il disgusto le venne una grande voglia di vomitare.

Aprì la borsa, prese il libretto degli assegni, lo compilò con la cifra che gli era stata richiesta e, senza nemmeno guardare in faccia quelle tre merde, disse: "Qui ci sono i soldi richiesti. Entro 15 giorni voglio avere tutti i documenti pronti, compresa una postilla inoppugnabile con cui, quelle tre" e si girò a guardarle "non potranno mai più far valere alcun diritto futuro sulla mia proprietà."

Consegnò l'assegno all'avvocato e si diresse verso l'uscita. "Manca la firma…" disse il topo travestito.

Fiamma si girò e disse: "Da molti vengo considerata una stupida, ma le garantisco che non è così. Quando tutti i documenti saranno pronti, compresa la mia richiesta, le firmerò l'assegno. Non si disturbi a cercarmi prima. Non mi troverà." E uscì senza nemmeno salutare.

"Le avevo detto che mia figlia è matta. Non per nulla…"

Di nuovo quella parola: matta, matta, matta! Quel termine l'avrebbe perseguitata per sempre.

Non fece nemmeno in tempo ad arrivare all'ascensore che Fiamma incominciò a vomitare. Decise di lasciarglielo per ricordo. Una volta a casa la prima cosa che fece fu quella di chiamare l'impresario.

"Ciao, sono Fiamma. Ho bisogno di parlarti urgentemente." Ci fu una breve pausa.

"D'accordo. Alle due sarò da te. Sarò puntuale." E riagganciò.

Certo, a lei era parso di essere uscita vincente da quell'incontro quando, in realtà, per l'ennesima volta la sconfitta l'aveva colpita in pieno.

Quell'assegno era tutto quello che possedeva.

Decise di uscire di casa e di andare al parco: avrebbe aspettato lì l'ora dell'appuntamento con Stefano.

Quando lo vide gli spiegò brevemente il problema e l'uomo rispose: "Vorrà dire che faremo le cose con più calma. Se vali anche solo la metà di tuo nonno, ragazza mia, sono sicuro che arriverai ovunque tu vorrai."

Si salutarono con la promessa di rivedersi quanto prima.

Una volta salita in macchina decise di cambiare strada: si diresse verso il paese. Non passò ne dal cimitero, ne dalla casa, ma prese subito la direzione della vigna. Parcheggiò in piazza e raggiunse il grande masso. Si mise seduta e si perse nel guardare tutto quello che le si parava di fronte.

L'aria fresca si fece sentire all'improvviso. Era arrivata l'ora di tornare a casa. Dopo qualche passo, qualcosa attirò la sua attenzione: una piccola croce di legno. Una scritta incisa riportava una data e il nome del suo cane: Basto. Solo Angelo poteva aver fatto una cosa simile e il fatto che tutto fosse così pulito intorno, era un chiaro segno che il ragazzo veniva spesso da quelle parti.

Chissà se era riuscito a intraprendere gli studi di medicina.

Fece il viaggio di ritorno con la musica a tutto volume. Voleva e doveva stordirsi a ogni costo. Una volta a casa si mise nel letto e si lasciò andare al pianto che aveva soffocato fino a quel momento.

Il mattino dopo il suono della sveglia fu impietoso. Segnava l'inizio di una nuova giornata e non solo. Doveva ricominciare tutto da capo. Fece colazione, si lavò, si vestì e uscì di casa.

"E che nuovo inizio sia.

1992 un anno dopo

Logan guardò il calendario: era passato quasi un anno da quando a suo nonno era stato diagnosticato il cancro. Erano sei mesi in più rispetto a quello che i medici avevano previsto.

In quell'anno erano cambiate molte cose anche per lui.

Tutto era iniziato con la lettura del suo primo libro che parlava di sciamanesimo.

Per qualche mese aveva mantenuto il lavoro di giardiniere, ma nel frattempo si era iscritto a una scuola serale per prendere l'attestato che gli avrebbe permesso di diventare pranoterapeuta.

Un giorno, suo nonno, si trovò in difficoltà. Aveva voluto a tutti i costi uscire e andare nella stalla per controllare che tutto procedesse al meglio, solo che al rientro, a metà strada, non riuscì più a trovare le forze per tornare in casa.

Logan cercò di aiutarlo. Rientrarono in casa e suo nonno decise di farsi un caffè, ma nuovamente si trovò in difficoltà nel momento in cui dovette chiudere la caffettiera.

Logan gli si avvicinò per aiutarlo e le loro mani si toccarono. Luigi cambiò subito sguardo e una luce si accese nei suoi occhi. "Siediti" disse Luigi.

Logan fece come gli disse suo nonno. "Sono mani calde le tue." Disse

Luigi. Logan non capiva.

"E' un calore speciale quello emani: in futuro ti permetterà di aiutare parecchie persone." Logan, con la bocca spalancata, continuava a non capire.

Suo nonno continuava a tenere le mani di suo nipote strette tra le sue.

"Non sono impazzito, Logan. Qualche volta ho avuto il sospetto che potessi avere ereditato il mio dono." Luigi ora aveva la completa attenzione di suo nipote.

"Senti il calore delle mie mani?" Logan assentì.

"E' un dono che pochi hanno e non tutti lo riconoscono. Vedi, io arrivo da una generazione in cui i ruoli erano ben definiti: genitori e figli e guai a invertirli."

Luigi si fermò perché una serie di colpi di tosse lo lasciarono senza respiro e fu costretto a interrompere il contatto che si era creato tra le loro mani.

Logan, a quel distacco, sentì le sue mani bruciare. Le guardò e vide che erano diventate di colore viola e gli venne spontaneo sfregarsele sui pantaloni per trovare un po' di sollievo.

Quando suo nonno smise di tossire riprese il discorso.

"In futuro, quando le mani ti faranno male proprio come adesso, vorrà dire che hai raggiunto il massimo di energia che potrai sprigionare. Io non ho mai potuto parlare di questo dono, ma sono sicuro che tu potrai fare la differenza."

Logan si alzò dalla sedia e, senza proferire alcuna parola, finì di preparare il caffè d'orzo per suo nonno. Non era più l'uomo alto e robusto, che con il solo sguardo incuteva timore.

La maglia che Luigi indossava non riusciva a mascherare le ossa sporgenti.

Logan in quel preciso istante si rese conto che mai prima di quel momento, aveva ascoltato con tanta attenzione le parole di suo nonno.

Suo nonno faceva fatica a fare qualsiasi movimento. Cercava di trovare conforto nelle sue brevi passeggiate e quando Logan poteva lo accompagnava fuori dal portone di casa in modo che potesse riempirsi gli occhi della sua amata campagna e Logan rimaneva soddisfatto quando vedeva gli occhi di suo nonno illuminarsi.

Era certo che una persona gravemente malata come Luigi avesse ancora il diritto di sentirsi vivo. Il tempo in cui sarebbe stato costretto a letto, sarebbe arrivato fin troppo presto.

Negli ultimi mesi Logan aveva passato ogni suo momento libero a leggere libri sullo sciamanesimo: la passione che aveva avvolto il ragazzo non era diminuita di un briciolo.

Ora le sue mani calde avevano preso ad avere un senso.

Logan la definiva un'arte: la sua scoperta risaliva all'800. Con l'avanzare degli anni divenne uno dei temi principali delle religioni Mircea Eliade.

Molti poteri erano attribuiti alla figura dello sciamano a cui si riconosceva il potere di guarire, di entrare in contatto con gli spiriti e di fare da intermediario tra il mondo terreno e il mondo ultraterreno.

Lo sciamano aveva infatti la capacità di entrare in contatto con le forze della natura e di parlare con esse ed era la forma di spiritualità più antica, conosciuta.

Era in grado di mettere in relazione i popoli molto diversi tra loro e ridurne la distanza. Era un tema, questo, che aveva affascinato fin da subito il suo immaginario. Di fondo Logan restava sempre quel bambino che andava a parlare con Dio seduto sotto a una quercia.

Leggendo tanti libri al riguardo l'aveva portato ad avere una profonda conoscenza delle filosofie occidentali.

Un'antica forma di spiritualità che l'aveva avvicinato molto alle culture degli indiani d'America. Una cultura che era sopravvissuta al passare dei secoli e che continuava a mantenere la sua carica di fascino e mistero.

Certo, con tutte le distrazioni che il mondo moderno aveva portato, diventava sempre più difficile ascoltare, ma non così impossibile. Il fatto che fosse riuscito a dare un significato al calore che le sue mani sprigionavano, era stata solo la conclusione positiva di tutto ciò.

Aveva imparato a conoscere molto bene i lupi e il loro mondo. Un animale che risultava essere amato e odiato con la stessa intensità e che era in grado di rubare lo sguardo umano, per poi restituirlo. Da sempre il suo rapporto con gli esseri umani era risultato molto complesso, fatto di paure e di ostilità, ma anche di grandi affinità.

Per una manciata di secondi Logan si perse in uno dei suoi sogni: desiderava con tutto se stesso andare a vedere il Canada, visitarne le foreste e assimilare quanto più potesse.

Per il momento sarebbe rimasto un sogno nel cassetto.

Sei mesi prima era riuscito a ottenere l'attestato: un grandissimo traguardo per lui.

Non aveva avuto difficoltà a trovare un lavoro ed era stato fortunato perché il centro di riabilitazione che l'aveva assunto, distava solo tre chilometri dal suo paese e questo gli permetteva di poter tornare a casa all'ora di pranzo per accudire i suoi nonni.

In quei mesi si era confrontato con tante realtà molto diverse da quelle a cui era abituato lui.

Aveva lavorato in diversi reparti: aveva trattato con anziani che avevano avuto la rottura del femore; in un altro reparto aveva conosciuto un ragazzo che, a causa di un brutto incidente in moto, si era fratturato il bacino. Sotto molti aspetti gli ricordava il suo amico Paolo, morto in una notte d'autunno e che Logan ricordava sempre allo stesso modo: lui che si allontanava, con il braccio alzato in segno di saluto.

Era da oltre un anno che Federico passava da una struttura all'altra e piano piano le sue condizioni erano migliorate. Logan ne era diventato amico e, qualche volta, quando i suoi impegni glielo permettevano, si fermava a chiacchierare con lui oltre l'orario di lavoro.

Aveva dovuto ammettere con se stesso che da tutte le storie che aveva ascoltato aveva imparato molto.

Poi si era ritrovato a lavorare nel reparto delle persone che venivano ricoverate in pianta stabile perché considerate non più autosufficienti.

Un uomo l'aveva colpito in particolar modo: Silvano. Aveva 52 anni. Negli ultimi quattro anni aveva girato gli ospedali di tutto il nord Italia. Nessun medico era riuscito a dare un nome specifico alla sua malattia. Per Silvano era incominciato tutto una mattina in cui, cercando di alzarsi dal letto per andare in bagno, si accorse che le sue gambe non volevano ubbidirgli. Aveva chiamato la moglie e insieme erano riusciti a metterlo in piedi e risero di quella che avevano definito entrambi una situazione buffa.

Dentro a Silvano, però, era scattata la certezza che qualcosa in lui era cambiata.

Un paio di mesi dopo fu la volta in cui si accorse di non riuscire a tenere un bicchiere in mano. Era iniziato il suo calvario e senza conoscere nemmeno il nome di questa malattia che lo stava trasformando. Fu allora che incominciò ad andare, due o tre volte all'anno, in strutture riabilitative e quando ne usciva si sentiva rinato, ma il benessere era sempre di breve durata e le cose andarono peggiorando.

Eppure si riteneva fortunato perché aveva una moglie e due figli che non lo lasciavano mai solo.

Nulla poteva far supporre che le cose sarebbero precipitate. Nel giro di una settimana la sua malattia ebbe finalmente un nome: sclerosi multipla.

Una malattia neurodegenerativa, che colpiva il sistema nervoso centrale. Una malattia complessa e imprevedibile, ma i medici gli avevano assicurato che non era ne contagiosa tantomeno mortale e lui, di questo, avrebbe dovuto gioirne. Quanto era buffo il destino.

Le loro lunghe chiacchierate prendevano spesso una piega strana: Silvano incominciava a raccontare di quando correva nei rally e un attimo dopo descriveva la sua malattia come una patologia autoimmune che aveva scatenato il mal funzionamento delle sue stesse difese immunitarie, attaccando i componenti del suo sistema nervoso. Non era una malattia mortale, certo, ma il fatto di non riuscire a tenere un bicchiere in mano o, peggio ancora, dover dipendere da un altro per andare in bagno, non rendeva Silvano propriamente una persona fortunata.

Sicuramente preferiva parlare della potenza dei cavalli nascosti sotto al cofano di una macchina. In quel periodo Logan maturò un altro sogno: correre nei rally. Chissà, magari si sarebbe rivelato più a portata di mano del suo viaggio in Canada.

Logan era presente il giorno in cui Amalia, così si chiamava la moglie di Silvano, disse a suo marito che era costretta a diradare le sue visite. Silvano non lo dette a vedere fino a quando sua moglie era rimasta, ma una volta uscita, sul volto dell'uomo si dipinse una maschera di dolore. Quello era solo l'inizio della fine. Di tutto.

I suoi figli, presi dalla loro vita, avevano già diradato le loro visite e venivano a trovarlo sempre più raramente.

Logan era felice ogni volta che gli veniva assegnato il turno in cui avrebbe visto Silvano. Aveva preso l'abitudine di portargli riviste sui rally e cercava di tenerlo aggiornato su ogni novità al riguardo.

Le giornate si fecero sempre più intense soprattutto perché le condizioni di Luigi erano peggiorate a tal punto che dovette decidere di far venire la sorella di sua nonna, Lisa, per dare un aiuto. Petra aveva chiesto il trasferimento dal suo posto di lavoro in modo tale da essere più vicino a casa, ma il provvedimento tardava ad arrivare.

Logan si alzava presto, preparava la colazione ai suoi nonni e, spesso, doveva imboccare suo nonno. Luigi distoglieva lo sguardo ogni volta che Logan lo lavava e cambiava. Mai avrebbe creduto che la sua fine sarebbe arrivata così. Sua figlia Petra e Logan avevano escogitato di tutto perché Luna non capisse che Luigi avesse il cancro: le aspettative di vita che gli avevano dato le aveva superate da un pezzo. Non gli era rimasto altro che aspettare la morte, ma tutto sommato era sereno. Aveva una grande voglia di lasciarsi andare.

Per Luigi, Petra e Logan mentire a Luna era diventato sempre più facile perché la donna si perdeva sempre più spesso nel suo mondo.

Petra raggiungeva la sua famiglia ogni weekend. Logan si era fatto carico di un peso troppo gravoso secondo lei. Suo figlio contava molto sull'aiuto di Luna, ma il "chi sei" si era fatto sempre più frequente. Petra, spaventata da tutta quella situazione, non vedeva una via d'uscita.

Fu con quei pensieri in testa che varcò la soglia di casa sua. Aveva lasciato la macchina parcheggiata in strada perché non appena avesse salutato tutti, sarebbe andata a fare la spesa.

Fu con stupore che trovò zia Lisa intenta ai fornelli.

"Buongiorno mamma." Logan gli passò vicino e le diede un bacio frettoloso. " Il nonno è a posto. Colazione fatta! Lavato e cambiato!"

Petra restò in silenzio.

"Vado al lavoro. Oggi straordinario."

Prese una fetta di pane al volo e uscì di casa.

Petra restò, per alcuni istanti, ferma e immobile. Scosse la testa e disse: "Quello non è mio figlio" e si diresse a salutare sua zia.

In camera dei suoi genitori tutto era in perfetto ordine. "Ciao papà, come stai?"

"Oggi mi sembra di stare meglio del solito." La voce di Luigi sembrava

essere tornata quella di un tempo. "Devo parlarti." Disse Luigi.
"Sono qui: ti ascolto."

10

Svolte

1992

Di certo Fiamma non poteva definire propriamente un periodo fortunato quello che stava passando. Dopo che si era recata nello studio dell'avvocato per firmare quel dannato assegno niente era più andato per il verso giusto.

Aveva disperatamente bisogno di soldi, ma non sapeva come procurarseli. Ormai era giunta alla conclusione che sua madre, insieme alle sue sorelle, l'avrebbero tormentata finché avrebbero avuto fiato. Stava pensando di cambiare paese e nascondersi in una baita in mezzo ai monti. A quel pensiero le venne da sorridere. La sua così detta "famiglia" sarebbe riuscita a trovata anche lì.

Guardò l'estratto conto che la banca le aveva mandato: dalle stelle alle stalle. Le era rimasto ben poco.

Si fermò a osservare il muraglione del convento: ricordava benissimo il primo giorno che lo vide. Aveva avuto il sentore che, una volta oltrepassato il grande cancello, si sarebbe sentita in prigione. Col tempo aveva imparato ad apprezzare il suo lato positivo: le mura alte potevano anche proteggere. Sì! Doveva ammettere con se stessa che non erano stati brutti gli anni che aveva vissuto li dentro, ma era arrivato il momento di cambiare di nuovo.

Guardò di nuovo l'estratto conto della banca. Con meno di ottocento mila lire non poteva andare molto lontano, ma decise che era la cosa più giusta da fare. D'altronde, lei e sua nonna, il giorno che erano arrivate in quel luogo avevano molto meno di quella cifra eppure erano riuscite a rifarsi una vita.

Meno di due ore dopo era già sul treno per Firenze. Qualcosa avrebbe pur trovato per lei e la voglia di lavorare non le mancava sicuramente. Il rimpianto di aver venduto la sua macchina così preziosa per lei le fece scendere una lacrima. Tirò sul col naso, alzò le spalle e si incamminò verso il suo nuovo futuro, lontano da tutto e da tutti.

Quando Fiamma scese dal treno, in una città completamente nuova per lei, si fece prendere dall'agitazione: era una ragazza che agiva sempre d'impulso e per una manciata di secondi ripensò alle parole di Suor Teresa.

"Sei sicura che sia la decisione giusta?"

"Non ho molte alternative." Rispose Fiamma.

Era stata sincera con la madre superiora. Aveva raccontato in ogni minimo dettaglio l'incontro con la sua famiglia nello studio dell'avvocato.

"Devo andare via da qui o non riuscirò mai a concludere nulla nella mia vita."

Suor Teresa si era commossa al momento dei saluti e disse: "Mi dispiace per tutto. Abbi cura di te ragazza selvaggia."

In quel momento Fiamma si rese conto che la suora stava piangendo e con un nodo alla gola rispose: "Grazie di tutto."

E ora era lì, con il naso rivolto verso l'alto, per cercare di capire se si trovava di fronte all'albergo giusto.

La camera della pensione era modesta ma pulita. Il bagno era in comune con le altre camere di quel piano, ma non le importava molto. Grossi tendoni scuri rendevano la camera buia; posò la valigia e si avvicinò alla corda che serviva per aprire le tende. Una portafinestra fece bella mostra di se: uscì fuori sul balconcino

si accese una sigaretta. Tornò dentro e si guardò di nuovo intorno: nella parete di fronte a se vide un crocefisso.

Tolse la sedia da sotto alla scrivania, la posizionò sotto al crocefisso e, cercando di staccarlo dal muro, Fiamma disse: "Scusami Gesù." Una volta scesa, lo ripose nel cassetto e, guardandolo ancora, disse: "Non ce l'ho con te, ma preferisco così."

I quattro giorni successivi Fiamma li passò a cercare lavoro: aveva delle buone referenze, ma fino a quel momento, non le erano servite a molto.

Stava tornando verso la pensione quando un cartello attirò la sua attenzione: "Cercasi personale." Senza esitazione entrò nel locale, ma non appena varcò la soglia si sentì dire: "E' ancora chiuso." Fiamma rispose: "Sono venuta per l'annuncio."

Sentì brontolare qualcosa che la ragazza non comprese e dopo alcuni attimi sbucò da dietro una porta una grande donna: grande in tutti i sensi. Doveva essere alta almeno un metro e ottanta, corporatura massiccia e una camminata che assomigliava più a una marcia, ma cosa colpì di più in assoluto Fiamma erano state le sue mani: grosse e spesse e con diversi anelli, che rendevano le sue dita corte e tozze.

Senza tanti preamboli la donna disse: "c'è da lavorare sodo. Prendere le ordinazioni, servire ai tavoli e qualche volta c'è da dare un aiuto in cucina. La paga è buona se il lavoro non ti spaventa."

Quando la donna pronunciò la cifra, Fiamma strabuzzò gli occhi e non esitò un solo attimo. "Affare fatto." "La ragazza che avevo si è licenziata due giorni fa e senza nemmeno darmi il preavviso."

Fiamma restò in silenzio.

"Sembrava che volesse spaccare il mondo, andava dicendo che sapeva fare tutto, ma non ha retto nemmeno un mese."

"Ho sufficiente esperienza per fare questo lavoro. Se mi assume non la deluderò."

"Vedremo. Di solito, quando una ragazza della tua età scopre che lavorare sei giorni su sette compresi i weekend è parecchio faticoso, scappa a gambe levate."

"Le ripeto: mi metta alla prova e non la deluderò."

Fiamma aveva servito in refettorio per anni settanta smorfiose e di sicuro nulla più la spaventava. "Va bene. Un mese di prova e se la supererai, ti assumerò in regola."

"Io mi chiamo Emma." "Piacere. Fiamma."

Petra uscì dalla stanza. Ripassò mentalmente tutto quello che suo padre gli aveva detto. "So che sto per morire, lo sento. Il tempo che mi è concesso, ormai, è terminato." "Papà, non dire così…"

"Shhh… fammi parlare per favore. So che con te ho sbagliato molte volte, ma indietro non si torna. So di essere stato un padre padrone ottuso a volte fin troppo, ma ho cercato di fare sempre del mio meglio. Ricordo ancora il giorno in cui tua madre mi disse di aspettare un bambino. Si era presentata a tavola con un pacchettino. Io l'avevo guardata e nel mentre cercavo di ricordare quale ricorrenza fosse…"

Si girò a guardare sua moglie ancora coricata al suo fianco.

"Lei è stata per me la donna giusta anche se non mi sono sempre comportato correttamente con lei. Non ho giustificazioni al riguardo e non sto cercando perdono. Presto renderò conto a Dio per tutti i miei sbagli."

Si fermò per un'altra serie di colpi di tosse. Quando riprese fiato disse: "Voglio chiederti scusa per non averti capito prima. Ho passato la vita a dirti che assomigliavi a tua madre quando in realtà sei tale e quale a me." Concluse la frase sorridendo.

Petra non osava interromperlo. Se avesse dato voce ai suoi pensieri era sicura che si sarebbe messa a piangere.

"Veglia su tuo figlio. Si sta impegnando per cambiare vita, ma ho paura che sia solo un fuoco di paglia ed è per questo che ho deciso che la casa vecchia vada direttamente a lui."

Petra guardò ben bene suo padre. Tante erano le cose su cui si erano scontrati, fino ad arrivare al punto di scegliere di andare via di casa lasciando suo figlio con loro, ma era sempre suo padre e gli voleva un gran bene.

"Va bene papà. Farò tutto quello che vuoi, però ora riposati. Torno tra poco con il caffè d'orzo e lo beviamo insieme."

Petra uscì in fretta dalla stanza perché non voleva farsi vedere da suo padre. Non appena chiuse la porta dietro di se scoppiò a piangere. Ora che le cose con suo padre avrebbero potuto essere differenti, lo stava perdendo.

Andò in cucina a preparare il caffè e lo portò a suo padre. Nelle due ore successive parlarono di ogni cosa. Spesso Petra si soffermava a guardare suo padre. La voce era forte e chiara e il colorito della pelle era roseo. Non aveva di sicuro l'aspetto di una persona che stesse per morire. Nel frattempo Luna aveva raggiunto sua sorella Lisa in cucina. da lì poteva sentirle conversare piacevolmente. Tutto sembrava essere tornato al suo posto. In quel momento Petra sperò che nulla cambiasse. Tutto era perfetto così.

Logan arrivò al lavoro contento. Quella mattina era nel turno giusto e avrebbe potuto passare del tempo con Silvano. Nella borsa aveva un paio di riviste che lo avrebbero fatto contento. Voleva chiedergli consiglio su un'idea che già da un po' gli frullava in testa: non potendo permettersi di comprarne una, aveva trovato un posto dove affittavano macchine da corsa.

Quando entrò in camera, sua lo trovò ancora nel letto.

"Cosa ci fai ancora li pigrone che non sei altro?"

"Eh, a chi lo dici. Una ruota della sedia è bucata e sai come funziona al riguardo. Bisogna portarla a far riparare, poi attendere il collaudo e poi, forse, potrò tornarci sopra. Questa è la burocrazia italiana.

Aggiungo di "una burocrazia di merda" direi. A chi comanda non gliene frega un cazzo se io devo stare nel letto per giorni perché la mia sedia non è idonea. Se solo potessi farlo , glielo farei vedere io come si

aggiusta una ruota."

"A tutto c'è una soluzione. Intanto vado in cerca di una sedia per portarti in palestra e poi vedrò di trovare una soluzione per accorciare i tempi."

Logan aveva già idea di come fare. Nella pausa pranzo si sarebbe portato a casa la ruota, l'avrebbe sistemata personalmente e in pochissimo tempo Silvano sarebbe tornato alla guida della sua fuoriserie.

Quella mattina, in palestra, Silvano non aveva molta voglia di fare esercizio. Tutto gli costava fatica e si vedeva che qualcosa lo stava tormentando.

Logan si sedette di fronte a lui e disse: "Vuoi parlarne?"

"C'è poco da parlare. Mai come adesso mi sento una mezza calzetta. L'episodio della ruota bucata mi ha solo messo di fronte ai miei grandi limiti. Non è più vivere questo."

Logan non trovò di meglio da fare che tirare fuori le riviste che aveva nella sua borsa. Qualsiasi parola che avesse voluto dire al riguardo era certo che si sarebbe rivelata sbagliata. Solo chi viveva quelle situazioni sulla propria pelle poteva capire.

Iniziò a girare pagina fino a quando non trovò quella giusta. "Ecco. Ho trovato la macchina da prendere."

Girò la rivista in modo tale che Silvano potesse vedere meglio.

Silvano guardò attentamente tutto quello che Logan gli stava facendo vedere e alla fine disse: "Ho creato un mostro." E lo disse sorridendo.

"Vai e spacca il culo a tutti i passeri che trovi. Corri come se avessi il fuoco attaccato al sedere e lascia che l'adrenalina prenda possesso di te. Ti farai conoscere, già lo so."

Voglia di Vita

Logan lo riportò in camera, si allontanò giusto il tempo per trovare quello che gli serviva, tornò in camera e smontò la ruota bucata in una manciata di secondi.

Silvano disse: "Che fai? Sai che andrai nei guai per quello che stai facendo?" "E chi se ne frega. E' ora della pausa pranzo e nessuno si accorgerà di nulla." I due non si accorsero che qualcuno li stava spiando.

Logan tornò a casa, mangiò velocemente e andò subito in garage e in una manciata di minuti riparò la ruota.

Tornò da Silvano e rimontò la ruota e con orgoglio disse: "Ora sei pronto per riprendere il volo."

"Grazie. E io che speravo di stare a riposo nel letto per almeno qualche giorno." E scoppiarono entrambi in una sonora risata.

Logan portò fuori in giardino Silvano e continuarono a parlare di corse.

"Logan Bonetti è desiderato in direzione." L'altoparlante gracchiava, ma il nome era stato pronunciato chiaramente.

"Vado e torno" disse Logan.

"Ok. Io ti aspetto qui. Dicono che il sole baci i belli ma, in realtà, secca anche le merde."

Logan rise di gusto a quella battuta. Silvano gli piaceva molto anche per il modo diretto che aveva di dire le cose; bussò alla porta. Era convinto che l'avessero chiamato per il rinnovo del contratto. Sarebbe scaduto da lì a tre giorni ed era convinto di aver fatto un buon lavoro.

"Si sieda per favore. Sarò breve."

Logan fece quello che il direttore gli disse, anche se ora si sentiva a disagio. "Ho saputo della bravata che ha fatto oggi."

"Non capisco…" disse Logan.

"Non faccia il finto tonto. Conosce molto bene il regolamento e quello che lei ha fatto va contro a ogni logica.

"Ma…"

"Glielo ripeto: non faccia il tonto. Oggi si è portato a casa una ruota da riparare e l'ha rimontata e senza che nessuno gli desse il permesso. Le regole sono fatte per essere rispettate e lei non è nessuno per decidere cosa è giusto e cosa non lo sia. Non andava fatto. Punto!"

"Sarebbero passati giorni prima che il paziente potesse uscire dalla sua camera. Non è un prigioniero di guerra." Logan sentiva salire una rabbia tale dentro di se da risultare quasi incontrollabile e fu per questo che si alzò dalla sedia. Era pronto a sentirsi dire che presto avrebbe ricevuto un reclamo scritto sul suo comportamento poco consono alla situazione, ma quello che sentì fu ancora peggio: "Lei è licenziato. Il suo contratto sarebbe scaduto venerdì. Si prenda questi tre giorni di ferie e non si faccia mai più vedere. Se sarà fortunato, col tempo, imparerà che nella vita non potrà fare sempre ciò che vuole. E adesso sparisca dalla mia vista. Di vedere ragazzi come lei ne ho fin sopra ai capelli."

Logan lasciò che la sua ira prendesse il sopravvento. Sbattendo i pugni sulla scrivania e avvicinandosi a tal punto che i loro nasi quasi si toccavano, disse: "Non sarò il massimo, ma di una cosa sono certo: magari sarà la sua fortuna se nella vita incontrerà più gente come me. Ritengo di non aver fatto nulla di male aggiustando una ruota in 5 minuti invece di aspettare la burocrazia che, se si fosse stati fortunati, avrebbe permesso a quell'uomo di usare la sua sedia tra 15 giorni. Buona giornata." Uscì sbattendo violentemente la porta.

Dopo due passi urtò un uomo che veniva dalla direzione opposta e quando Logan fece per scusarsi, vide che quell'uomo aveva un ghigno maligno sulle labbra. Lo riconobbe subito: Alberto.

"Cos'hai da ridere?"

"Hai avuto quello che ti meritavi. Giusto perché tu lo sappia mi sono preso io la briga di andare dal direttore e dire quello che hai fatto con quella ruota. Hai avuto solo quello che ti meritavi."

"Perché l'hai fatto?"

"Così impari a portarti a letto mia moglie." "Che cazzo stai dicendo."

Logan, negli ultimi tempi, aveva avuto solo una piccola avventura con una donna: Ilenia. Una donna separata da poco dal marito e che, di comune accordo, avevano deciso di passare un po' del loro tempo divertendosi sotto le lenzuola. Nulla di romantico e nessuna promessa amorosa: era stato sesso allo stato puro.

Prima che Logan potesse dire qualcosa al riguardo Alberto disse: "Ilenia è mia moglie." Logan lo guardò confuso.

"Bene! allora una cosa te la dico al riguardo. "Tua moglie" va in giro dicendo che è separata da te, punto primo.

Punto secondo continua a ripetere che la tratti male e che le usi violenza. Fossi in te controllerei bene perché una donna così, secondo la mia modesta opinione, non è venuta a letto solo con me. Vai a casa e parlane bene con la tua dolce mogliettina. Hai un cesto di lumache in testa. Fatti una domanda e datti una risposta." Logan si allontanò da quell'uomo. Provava quasi pena per lui.

Sua moglie, quella che lui credeva essere vittima, in realtà era una grande vacca a letto e il sospetto che si divertisse anche con altri Logan l'aveva avuto spesso.

Alberto era impallidito di fronte alle sue dichiarazioni. Logan era single, lei no, ma se qualcuno doveva essere giudicato doveva essere per forza lui. Quanto era strano il mondo. Andò nello spogliatoio, prese le sue cose e si allontanò da quel posto senza nemmeno passare a salutare Silvano. Qualcuno l'avrebbe riportato in camera.

Una volta tornato a casa si stupì di trovare ancora tutti a tavola che conversavano tranquillamente. A capotavola c'era suo nonno, alla sua destra

Luna, Lisa e Petra. C'era ancora perfino il suo piatto.

Salutò allegramente e disse: "Oggi ho finito prima. Vado a farmi una doccia veloce e poi esco."

Logan aveva maturato una sua piccola vendetta personale. Nulla di cattivo, certo, ma di essere preso per il culo non ne aveva nessuna voglia.

Meno di un'ora dopo si trovava sotto casa di Ilenia. Suo marito faceva il secondo turno e non sarebbe rientrato che a tarda sera.

"Chi è?" disse una voce al citofono.

"Sono Logan. Mi mancavi da morire. Posso salire?" E senza attendere oltre, sentì il click della serratura.

Una volta arrivato in casa, sorprese Ilenia con un bacio mozzafiato. Era accecato dal fatto che lei l'avesse preso in giro, ma un'ultima volta se la sarebbe concessa.

"Ehi, che ti prende oggi." Disse Ilenia.

"Ho una voglia pazza di te. Mi mancavi. Non potevo resistere."

Ilenia, sentendosi gratificata da quelle parole, non se lo fece ripetere due volte e si spogliò in una manciata di secondi. Passarono le due ore seguenti facendo dell'ottimo sesso e fu la ragazza a dire basta. Era sfinita. A quel punto Logan si tirò indietro.

"E tu non godi?"

E Logan rispose: " mi è bastato far godere te." Ilenia restò stupita da quella risposta.

"Hai qualche problema?" disse la ragazza.

Logan, ora completamente rivestito, rispose: "No, io non ho nessun problema. Sei tu ad averlo." "Non capisco."

"Ora te lo spiego io. Oggi ho avuto un incontro interessante con tuo marito. Si, tuo marito. Hai capito benissimo."

La ragazza lo stava guardando con la bocca spalancata.

"Se vuoi divertirti e farti sbattere da altri che non siano tuo marito, abbi almeno il buon gusto di dirglielo." "Ma.."

"Sempre a proposito di buon gusto ti consiglierei di stare zitta. Per colpa tua e delle tue bugie oggi ho perso il lavoro, ma stai tranquilla. Una piccola soddisfazione me la sono tolta. Ho aperto gli occhi a tuo marito. E ora, se non ti dispiace, vado per la mia strada e sono certo che non si incontrerà mai più con la tua. Buona vita."

Logan era uscito da quella casa quasi sollevato. Che lui adorasse le donne non l'aveva mai tenuto nascosto, ma quelle bugiarde proprio non le sopportava. Almeno l'ultima parola l'aveva avuta lui. Ilenia l'avrebbe dimenticata ancor prima di arrivare a casa.

Averla trattata in quel modo, l'aveva fatto sentire onnipotente.

Vestito di tutto punto, aprì il cassetto del comodino. Prese la busta che aveva riposto parecchio tempo prima, contò di nuovo i soldi e, passando nuovamente dalla cucina, salutò tutti e uscì di casa.

Evitò di dire che aveva perso il lavoro; non era pronto a ricevere numerosi rimproveri al riguardo. E si allontanò velocemente da casa.

Petra stava osservando i suoi genitori. Era da tanto che non ci si sedeva tutti quanti a tavola. Luna stava parlando normalmente con suo marito e con sua sorella. Petra ascoltava attentamente tutto quanto: era convinta che quel momento sarebbe rimasto scolpito nella sua memoria per sempre.

Luigi, una volta finito di mangiare, era solito mettere i gomiti sulla tavola in modo tale da poter appoggiare la testa tra le mani. Era il momento di pausa che si prendeva prima di riprendere il lavoro nei campi. Di fronte a lui il bicchiere di vino quasi vuoto. Un'altra abitudine che aveva era quella di conservarne sempre un goccio per quando si fosse ripreso dal breve pisolino.

Petra stava parlando con zia Lisa quando si rivolse verso suo padre per avere conferma di una cosa di cui stavano parlando.

"Vero, papà?"

Luigi non diede risposta.

"Ehi papà, secondo te è vero quello che ha appena detto zia Lisa?" Nel mentre Petra si avvicinò a suo padre e gli toccò la spalla. "Papà…"

"Scusa" rispose Luigi.

"Avrei tanto voglia di andare a fare un giro nel prato dietro casa. Mi potresti accompagnare?"

Petra non era molto d'accordo di interrompere un momento così bello, ma accontentò ugualmente suo padre.

"Metti la maglia. Fa un po' fresco fuori." Luigi non se lo fece ripetere due volte.

Per uscire passarono dal garage. Luigi alzò il telo che copriva la sua macchina: una vecchia 500 blu.

Fino a quando l'aveva usata solo lui era rimasta perfetta, ma da quando Logan aveva incominciato a usarla, i segni si vedevano: perfino il cerchione della ruota era riuscito a piegare in chissà quale rocambolesca esibizione.

Luigi si lasciò andare ai ricordi. Quelli si che erano stati bei tempi. Quell'auto aveva segnato un pezzo importante della sua vita. A fatica fece un giro tutto intorno alla macchina, passando la mano sulla carrozzeria quasi come se fosse una carezza.

Si girò verso sua figlia e disse: "Mi siedo qualche minuto. Tu vai pure. Quando ho bisogno ti chiamo."

"Non vuoi più andare nel prato?"

"Magari dopo." Petra rientrò in casa.

Luigi continuò ancora per qualche minuto ad accarezzare la sua macchina. La domenica mattina, dopo la messa, passava il suo tempo a lavarla e lucidarla. Era costata tanti sacrifici ma ne era valsa la pena.

Petra, dalla finestra della cucina, teneva d'occhio suo padre. Quella

Voglia di Vita

macchina era il suo gioiello. Era bello vedere suo padre accarezzare quella macchina. Petra sorrise a un ricordo ben specifico. Come sempre centrava suo figlio. Logan aveva il potere di mettersi sempre nei guai, ma guai davvero grossi.

Logan aveva all'incirca 14 anni quando, suo padrino, lo portò per la prima volta a vedere un rally e da quella volta aveva incominciato a far ammattire tutti quanti sul fatto che volesse fare il pilota a tutti i costi.

Luigi e Luna, quella mattina, stavano partendo per le vacanze. Sarebbero stati via una ventina di giorni e lei era venuta a stare a casa dei suoi genitori per badare a Logan.

Aveva usato la sua auto per accompagnarli alla stazione. Sapeva benissimo quanto suo padre fosse geloso della sua macchina.

"Mi raccomando, ogni tanto mettila in moto. " disse suo padre.

"Papà, me l'hai detto almeno una decina di volte. La metterò in moto, la terrò in ordine e soprattutto non permetterò in nessun modo che Logan ci si avvicini."

Luigi, avesse potuto, si sarebbe messo in valigia la sua adorata macchina.

Una volta che il treno partì, Petra tornò verso casa, ma prima fece una piccola sosta nel piccolo negozietto per comprare i dolci preferiti da suo figlio.

Una volta a casa Petra aprì il pacchetto e, con Logan di fronte a se, incominciò a mangiare il primo pasticcino. Suo figlio non si faceva pregare di fronte a quelle leccornie.

"Logan, mi sembra superfluo ripetertelo, ma con te non ci sono mai certezze. Guai a te se ti avvicini alla macchina di tuo nonno, per nessun motivo. Chiaro?"

"Me l'ha già detto il nonno. Stai tranquilla. Puoi fidarti di me."

A Petra quel "fidati di me" risultava poco convincente, ma le chiavi erano ben nascoste dove suo figlio non le avrebbe mai potute trovare.

Continuarono a mangiare pasticcini e ne approfittarono per decidere dove andare a fare qualche gita.

Poche volte madre e figlio avevano avuto l'occasione di passare del tempo da soli. Luca non sarebbe venuto in vacanza al paese. A giorni sarebbe dovuto partire per un viaggio di lavoro, ma era certa che a suo figlio non sarebbe dispiaciuto affatto non averlo nei paraggi. Quei due non erano mai riusciti ad andare d'accordo. Certo, Logan non era proprio uno stinco di santo, ma era pur sempre suo figlio e i modi che Luca usava con suo figlio non gli erano mai andati a genio.

"Mamma, io esco."

"Non fare tardi, per favore. Solo perché il nonno non c'è non vuol dire che tu possa fare quello che vuoi." "Va bene." e ancora prima di finire la frase Logan era già per strada.

Passarono due giorni tranquilli. Una mattina Petra dovette assentarsi per delle commissioni e prima di uscire fece qualche raccomandazione a suo figlio. Era ancora sotto le coperte. Odiava da sempre alzarsi presto. Petra guardò l'ora: erano le 11 passate. Lasciò che il figlio continuasse a dormire, tanto il pranzo era già pronto.

Dopo che Petra fu uscita dalla camera, Logan, con un balzo, uscì da sotto le coperte. Andò alla finestra per sincerarsi che sua madre uscisse e, dopo aver fatto passare un tempo che Logan ritenne sufficiente, scese in cucina e andò a colpo sicuro: sua madre aveva nascosto molto bene le chiavi della 500, ma a lui poco importava. Sapeva benissimo dove suo nonno tenesse le chiavi di scorta.

Conoscendo i tempi di sua madre era sicuro di avere almeno due ore di tempo prima che lei tornasse.

Si diresse in garage, tolse il telo dalla macchina di suo nonno, aprì la portiera e mise in moto. Era emozionato. La macchina partì al primo colpo e mentre aspettava che il motore si scaldasse, andò ad aprire il portone. Una volta fuori, fece manovra e scese la strada che portava verso il lago. I vicini di casa non si erano accorti di nulla. La strada che Logan aveva scelto era secondaria ed era certo di non correre nessun pericolo nell'incontrare qualcuno di indesiderato. Sua madre era via, suo nonno era in vacanza e nessuno, in quel frangente, avrebbe potuto fermarlo.

Logan si fece prendere dall'euforia e incominciò a pigiare il piede sull'acceleratore. Si divertiva a scalare marcia, prendere le curve strette e fare qualche sgommata creando un polverone che si sarebbe visto lontano un miglio. Nulla poteva convincerlo in quel momento a tornare indietro e nulla gli faceva paura in quel momento, nemmeno la reazione di suo nonno se solo l'avesse scoperto.

Arrivò in cima alla salita e all'ultimo momento decise di girare a destra, una stradina stretta e sconnessa che portava alla piccola casetta di legno in mezzo al bosco. Nel fare quella sterzata improvvisa sentì qualcosa urtare la macchina. Scese a controllare e notò che un ramo aveva rigato la fiancata della macchina. Alzò le spalle e proseguì la sua folle corsa. Arrivò alla casetta, ma trovò una sorpresa del tutta inaspettata.

Qualcuno aveva messo un cancello. Cercò di aprirlo e ci riuscì al secondo tentativo. Non poteva rinunciare a entrare. In quella proprietà c'era tanto spazio dove lui avrebbe potuto sbizzarrirsi a fare tanti testa coda e senza rischiare di rovinare la macchina. Una volta a casa sarebbe bastato lavarla e tutto sarebbe tornato al suo posto: tranne quella riga sulla fiancata. A quello, però, decise che ci avrebbe pensato in un secondo momento.

Dopo un tempo sufficiente Logan decise che era arrivata l'ora di tornare a casa anche perché, quando diede un'occhiata all'orologio, la paura incominciò a fare da padrona. Ormai gli restava poco tempo per arrivare a casa prima di sua madre. Si diresse verso l'uscita. Il proprietario del campo, probabilmente stanco delle bravate di Logan, nel frattempo aveva chiuso il cancello. Logan prese una decisione: pigiò il piede sull'acceleratore e si fece strada andando a sbattere contro il cancello che si aprì al primo colpo. Non aveva previsto però che la botta sarebbe stata così violenta. Scese immediatamente dalla macchina e quando guardò il muso della macchina si mise le mani tra i capelli. Aveva appena finito di fare un disastro di colossali dimensioni. Il paraurti si era staccato, il faro destro era rotto e una grossa ammaccatura ricopriva il cofano.

Lasciò la macchina in quel posto e tornò a casa a piedi. Tagliando per i boschi avrebbe impiegato la metà del tempo ma, anche quando fosse arrivato prima di sua madre, restava sempre il grandissimo problema su cosa dire a Petra sul fatto che avesse preso la macchina quando sapeva benissimo che gli era stato categoricamente vietato ma, soprattutto, cercare di trovare le parole giuste per dirle che aveva distrutto la macchina di Luigi.

Una volta a casa trovò sua madre sul portone.

"Entra subito in casa: io e te dobbiamo parlare."

A Logan non restò altro che dire tutta la verità a sua madre. " Devi aiutarmi o nonno mi ammazzerà di botte."

"Sarebbe solo quello che ti meriteresti. Ti rendi conto di aver fatto un bel macello? E poi, si può sapere cosa ti passa per la testa? Hai solo 14 anni. Hai pensato anche solo per un attimo se avessi fatto del male a qualcuno?"

"Ma io…"

"Stai zitto. E' il minimo che tu possa fare"

Petra era furiosa. Suo figlio, a volte, si comportava come un ragazzo completamente senza cervello.

Rimettere a posto la sua macchina le sarebbe costato parecchio e soprattutto doveva darsi da fare a trovare qualcuno che gliela rimettesse a posto prima che suo padre tornasse dalle vacanze. Restavano una decina di giorni prima del loro rientro, ma al mese di agosto sarebbe stata un'impresa trovare qualcuno aperto disposto a riparare quel danno e soprattutto, piccolo dettaglio, quel "qualcuno" avrebbe dovuto mantenere il massimo del riserbo al riguardo.

Il giorno prima che Luigi tornasse tutto era tornato al suo posto. La macchina era impeccabile. Quando Luigi tornò, non si accorse di nulla. la macchina era come l'aveva lasciata.

Petra voltò lo sguardo in direzione di suo padre: ora era vecchio e stanco ma l'amore che provava verso la sua macchina era ancora intatto e mai era venuto a conoscenza del grande danno che aveva causato Logan. Certo, aveva speso parecchi dei suoi risparmi, ma non avrebbe potuto lasciare suo figlio in guai così grossi.

"Petra" suo padre la stava chiamando. "Eccomi."

Suo padre continuava a passare la mano sul cofano. "Ti ricordi dell'incidente che ha avuto Logan con questa macchina?"

Petra impallidì.

170

"Se non sbaglio erano tre giorni che aveva preso la patente."

Petra tirò un sospiro di sollievo. Per un attimo aveva temuto che suo padre sapesse da sempre quello che Logan aveva combinato.

"Si, certo che lo ricordo."

"Non credo che esista un altro scavezza collo come lui." Petra rise.

"Si era messo in testa di fare scuola di rally. Con una macchina come questa, poi…" "Già" si limitò a rispondere la figlia.

"Erano in tre se non ricordo male. Valter e quell'altro… come si chiamava?" Petra ci pensò un po' su e rispose: "Forse Giacomo, ma non ricordo bene."

"E' arrivato nella piazza del paese tutto sparato, ha sbagliato manovra e la macchina ha capottato." "Oh se ricordo bene" rispose Petra.

"Mi volevo allenare" era stata la risposta di tuo figlio, ricordi?"

"Ringrazio ancora adesso che nessuno si sia fatto male." Fu la risposta di Petra.

"E poi c'è stata la volta che ha distrutto la sua macchina andando a sbattere contro un cinghiale."

"Ricordo molto bene i disastri che ha fatto mio figlio. Però sarebbe ora di rientrare in casa. L'aria fresca si sta facendo sentire."

"Hai ragione" Petra prese sottobraccio suo padre e lo accompagnò in casa. Toccando le sue braccia, Petra si rese conto di quanto suo padre fosse dimagrito negli ultimi giorni: le braccia ossute si sentivano al tatto.

Quella sera cenarono di nuovo tutti insieme: mancava solo Logan ma essendo giorno di festa sicuramente si sarebbe ritirato solo a notte fonda.

Petra accompagnò i suoi genitori in camera e dopo che si fu sincerata che non gli mancasse nulla, si diresse in cucina. Finì di riordinare, guardò ancora una volta fuori nel cortile e si mise seduta sulla poltrona preferita di suo padre.

Un rumore la svegliò all'improvviso. Guardò l'orologio: erano le tre e mezza . Si era addormentata su quella poltrona. Credendo si trattasse di suo figlio, si alzò per andare a vedere che tutto fosse a posto. Aprì la camera e suo figlio era nel letto, profondamente addormentato.

Strano, il rumore che aveva sentito era stato forte e chiaro. Solo Logan entrava e usciva di casa in piena notte facendo tanto baccano.

Fece per andare in camera sua; la schiena le doleva perché sicuramente la poltrona era comoda, ma non era assolutamente fatta per dormirci. Si fregò all'altezza dei reni. Passò davanti alla porta della camera da letto dei suoi genitori, aprì la porta cercando di fare meno rumore possibile e diede uno sguardo all'interno. Tutto sembrava a posto. Luigi e Luna stavano dormendo profondamente. Fu un attimo prima di chiudere la porta che si accorse che, per terra, c'era un bicchiere rotto. Ritornò sui suoi passi e solo quando volse lo sguardo verso suo padre, si accorse che qualcosa non andava.

Il respiro di Luigi si era fatto affannato. Petra cercò di sistemargli meglio i cuscini e all'improvviso si sentì afferrare per un braccio. La mano di Luigi stringeva forte, Petra lo guardò.

"Figlia mia, grazie…"

Un attimo dopo Luigi chiuse gli occhi. Suo padre non c'era più.

Il suo primo pensiero fu che finalmente aveva finito di soffrire, ma subito dopo volse lo sguardo verso sua madre che nel frattempo si era svegliata. Petra non sapeva se desiderare che sua madre fosse lucida o no.

"Papà non c'è più" disse a sua madre. Luna incominciò a piangere. Allungò una mano verso suo marito alla ricerca della sua mano. Quando la trovò incominciò a stringerla.

"Logan" pensò Petra.

Si precipitò in camera di suo figlio e senza rifletterci su incominciò a chiamarlo. "Logan, svegliati. Logan!"

Suo figlio dormiva profondamente, ma al secondo tentativo aprì gli occhi. "Nonno è morto."

Petra non era riuscita a trovare parole meno dolorose per dirlo a suo figlio.

In un attimo Logan si mise seduto sul letto. Un sudore freddo lo fece tremare. Gli occhi sbarrati che guardavano un punto non definito al di sopra della testa di sua mamma. Le mani avevano preso a tremare, l'aria si faceva rada e a Logan mancava l'ossigeno. Petra incominciò ad accarezzarlo.

"Figlio mio."

Logan incominciò a piangere senza sosta. Fu in quello stato che si diresse in camera dei suoi nonni. Luna, seduta sul letto ferma immobile a osservare suo marito. Logan si avvicinò a Luigi, gli prese la mano e se l'avvicinò alle sua labbra. Gli diede un bacio e disse: "Grazie nonno."

Arrivò presto il mattino e la voce che Luigi era morto si era sparsa velocemente e la gente incominciò ad arrivare. Logan non tollerava la presenza di tutte quelle persone che, nel tentativo di aiutare o portare conforto, giravano per casa. prese il sentiero che portava in cima alla collina e una volta arrivato, alzò gli occhi verso il cielo e con le lacrime agli occhi mandò un ultimo saluto a suo nonno.

Quando tornò in casa trovò Petra seduta su una sedia in cortile: teneva stretto a se l'abito da festa di suo padre. Sapeva quanto Luigi ci tenesse ad apparire sempre elegante e in quell'occasione lo sarebbe stato più che mai.

Logan andò in cerca di sua nonna. Quando la trovò vide che aveva di nuovo lo sguardo perso nel vuoto: chissà se si rendeva conto di quello che stava succedendo.

I due giorni seguenti erano stati impegnativi. Gente che arrivava da tutte le parti per portare le condoglianze, il rosario a cui aveva partecipato tantissima gente e arrivò anche il giorno del funerale.

Logan, Petra e Luna rimasero fino a quando il cantoniere non ebbe buttato l'ultima pala di terra sulla tomba di Luigi. Logan prese sottobraccio sua nonna e l'accompagnò fino alla macchina, la fece salire e, mentre aspettava sua madre, guardò ancora una volta in direzione di suo nonno: ora le cose sarebbero davvero cambiate, sotto ogni aspetto.

Una volta in casa, Logan si rifugiò in camera sua e diede sfogo a tutte le sue lacrime.

Sei mesi dopo

Toccò la busta che aveva in tasca. Ormai era diventato un gesto scaramantico. Si mise a ridere a quel pensiero.

Entrò in un bar e ordinò una birra.

Fu in quel momento che rivide una vecchia conoscenza: Gioele. Era considerato un ragazzo di dubbia fama e che viveva di espedienti, ma a lui era simpatico.

"Ehi, qual buon vento di porta da queste parti?"

E Logan rispose: " il vento delle occasioni perdute." "Spiegati meglio."

E fu così che Logan incominciò a parlare a ruota libera sul fatto che non aveva soldi a sufficienza per cercare di arrivare a esaudire il suo sogno.

Gioele ascoltò tutto con molta attenzione. "Ho io la soluzione che fa per te. Ascolta!

Logan non si perse una sola parola e alla fine si convinse che quello che gli aveva suggerito Gioele fosse la cosa giusta da fare.

Dopo meno di un'ora i due si ritrovarono di fronte a un casinò. Per Logan era la prima volta mentre era chiaro che il suo amico fosse considerato uno di casa.

Un uomo sulla quarantina, trasandato e che odorava di sudore, si avvicinò ai due.

Era evidente che conoscesse bene Gioele, ma prima ancora che quell'uomo potesse aprire bocca, Gioele invitò Logan a entrare.

"Aspettami al bar, io ti raggiungo subito." E si girò mettendo un braccio sulla spalla all'altro uomo.

Logan tardò qualche istante ad allontanarsi e bastò quel tanto perché potesse sentire quello che Gioele disse a quell'uomo.

"Vedi amico mio, le cose funzionano diversamente da come pensi tu. Prima di chiedermi altri soldi, devi restituirmi quelli che già mi devi."

"Sento che oggi sarà il mio giorno fortunato, per favore." Disse l'uomo con tono disperato. "Niente da fare. Restituiscimi i soldi che mi devi e poi ne potremo parlare." Rispose Gioele.

Logan aveva sentito abbastanza. Non era così ingenuo da non capire che Gioele doveva essere coinvolto in affari poco puliti, ma alzò le spalle e si diresse al bar. Toccò di nuovo la tasca dei suoi pantaloni: lui, i suoi soldi, li

Voglia di Vita

avrebbe impegnati bene. Era il suo giorno fortunato, se lo sentiva.

Dopo pochi minuti il suo amico lo raggiunse e lo accompagnò alle slot.

"Gioca con parsimonia" gli disse Gioele "il trucco sta nel fermarsi in tempo."

Logan si mise a giocare. Ci volle un po' per capire il funzionamento del gioco, ma poco a poco prese confidenza con quella che aveva eletto "la sua" macchinetta fortunata.

Quando ne ebbe abbastanza, andò a cercare il suo amico. Era seduto al bar che stava sorseggiando un cocktail. Dava l'impressione di essere un grande uomo d'affari. A Logan salì un senso di invidia nei confronti di Gioele che a parer suo aveva capito tutto dalla vita. Guadagnare tanti soldi senza fare il minimo sforzo. Era quello che anche lui aveva sognato di fare nella vita.

Una volta raggiunto disse: "Andiamo a casa. Per oggi ne ho abbastanza."

"E' andato tutto bene?"

Logan toccò ancora la tasca dei pantaloni. La busta, ora, era rigonfia. Aveva vinto oltre la sua immaginazione. Ricordava benissimo il momento in cui si accorse che aveva perso quasi tutto. "Sei un coglione. In meno di mezz'ora ti sei mangiato tutto."

"O la va o la spacca" si disse Logan e dopo un attimo si ritrovò con la mano sulla leva. In un secondo si sarebbe giocato gli ultimi soldi rimasti. La macchinetta si mise a suonare attirando lo sguardo delle persone vicino a lui.

Proseguì per altre due ore. All'improvviso gli tornarono alla mente le parole di Gioele: doveva ritirarsi. Era arrivato il momento giusto.

Nella busta aveva quasi dieci milioni.

"Si, non mi posso lamentare." Rispose Logan.

Il viaggio di ritorno fu allegro. Si fece scaricare nei pressi della sua macchina e, una volta solo, Logan tirò fuori la busta e incominciò a contare i soldi. Si era sentito potente e la sensazione che aveva provato era paragonabile solo a un orgasmo o forse anche di più.

"Nove milioni e ottocentomila lire. Porca miseria."

A Fiamma piaceva passare il suo tempo libero andando in giro per la città. Firenze era tutta da scoprire, ma il suo luogo preferito l'aveva già trovato.

C'erano parecchi ponti che oltrepassavano il fiume Arno ma quello che lei prediligeva era il Ponte Vecchio, l'unico che non fosse crollato sotto ai bombardamenti dei tedeschi nell'ultima guerra mondiale.

Era stato impossibile per Fiamma imparare a memoria tutti i nomi dei ponti di Firenze , ma qualcosa in più l'aveva imparato sul Ponte Vecchio. Era uno dei simboli della città e attraversava il fiume nel suo punto più stretto. La sua costruzione risaliva ai tempi dei romani ma fu più volte danneggiato dalle alluvioni. Alcuni dicevano anche che l'ordine di salvare quel vecchio ponte fu dato da Hitler personalmente perchè ne era rimasto affascinato o forse un'altra spiegazione più sensata avrebbe potuto essere l'inutilità della demolizione perché, con l'enorme massa della sua struttura e trovandosi nel posto più stretto del fiume Arno, avrebbe colmato il letto del fiume consentendo comunque il passaggio.

Quel giorno, però, aveva dovuto rinunciare alla sua gita perché fuori diluviava e questo le bastò per farle cambiare idea.

Si trovava bene a lavorare in quel ristorante. Emma, la proprietaria, si era rivelata essere una persona dolce. Era stata di parola e dopo poche settimane di prova l'aveva assunta regolarmente. Ora Fiamma poteva contare su uno stipendio fisso e poteva dirsi soddisfatta.

Girò a vuoto per qualche minuto e poi decise di andare nel salone dove, il sabato sera, una piccola band suonava qualsiasi genere di musica.

Si avvicinò alla batteria e ne restò incantata. Si guardò intorno e certa che non ci fosse nessuno, salì sul piccolo palco. Si mise seduto allo sgabello del batterista e incominciò a picchiettare con le dita sui vari piatti. Poco più in la c'erano le bacchette ben riposte sul cassettone dove c'erano gli spartiti.

Dapprima toccò i piatti dolcemente , ma dopo qualche minuto si ritrovò a pestare con quanta forza avesse e anche se il suono risultava assordante e poco invitante Fiamma si stava divertendo tantissimo.

Si accorse di non essere più da sola quando sentì battere le mani. "Brava. Complimenti."

Fiamma si girò in direzione della voce e vide subito Gabriele, il batterista.

In forte imbarazzo fece per alzarsi, ma Gabriele fu più veloce di lei e disse: "Non sapevo di avere le sembianze di un orso."

Fiamma, ancor più in imbarazzo, non riuscì a fare altro che chiedere scusa.

"Dai, non fare così. Se ti fermi ti insegno qualcosa di più. Magari potresti scoprire in te un talento che non sapevi di avere."

Fiamma non aveva capito bene se il suo fosse un modo per prenderla in giro ma prima che potesse dire qualcosa al riguardo Gabriele la anticipò dicendo: "Dai. Ti spiego qualcosa, ok?"

Fiamma conosceva tutti i ragazzi della band ma appositamente aveva messo subito le giuste distanze. Aveva ritenuto che fosse il modo migliore per restare fuori dai guai.

Gabriele, intanto, si era messo dietro a Fiamma. Le prese le mani e incominciò a guidargliele sui piatti. "Devi dare la giusta importanza a tutti i suoni e conoscerne l'essenza."
Fiamma, a mano a mano che Gabriele parlava, si sentiva sempre più a suo agio. "Devi sapere che i batteristi sono molto richiesti."

Fiamma si stava lasciando guidare dalla voce di Gabriele.

"La batteria è uno degli strumenti più popolari al mondo. Le tecniche di base e le capacità posso essere apprese in un pomeriggio poi dipenderà tutto dal feeling che si creerà tra te e lei.

Sono necessari mesi se non addirittura anni di pratica e dedizione per diventare un esperto. Con il tempo e l'esercizio costante potrai imparare i ritmi e i principi fondamentali della batteria."

Fiamma era stupita dai vari suoni. Riuscì anche a far produrre un dolce suono dalla grancassa. Dipendeva dalla forza con cui batteva sul pedale. Alla fine delle due ore aveva imparato tutti i nomi dei vari piatti.

"Ho sempre sognato di far parte del gruppo musicale della scuola." Disse Fiamma "Scommetto che suonavi il flauto."

Fiamma si mise a ridere al solo ricordo. "Ebbene si. Ed ero una frana. Anche con le note disegnate sul rigo musicale non andavo d'accordo. Le sbagliavo sempre e allora avevo escogitato un metodo tutto mio: sotto a ogni nota scrivevo il nome."

"Ah però. Oserei dire che sei una persona con la musica nel cuore." E scoppiò a ridere. Fiamma si era sentita un nodo allo stomaco a cui non riusciva a dare un significato.

"E' ora che io vada. Tra un po' apre la cucina e devo farmi trovare al mio posto." "Ci vediamo presto, bambola."

"Cretino" rispose Fiamma ma in cuor suo le era piaciuto sentirsi chiamare in quel modo.

Due settimane di pioggia ininterrotta avrebbe estenuato chiunque, ma non lei. Camminare sotto alla pioggia aveva sempre avuto il potere di ricaricarla di energia. Il fiume Arno faceva paura ed era monitorato costantemente perché in alcuni punti rischiava di straripare.

Quella mattina Fiamma si fermò per osservare le acque scure che scorrevano veloci e travolgevano qualunque cosa si trovasse sul loro cammino. Spesso pensava che la natura si volesse ribellare ai tanti torti subiti ma allo stesso tempo credeva fortemente che quelle acque, ora così minacciose, una volta arrivate a destinazione avrebbero trovato pace. Quella mattina era in anticipo. Decise di fare una piccola deviazione per andare a vedere il Ponte Vecchio. Aveva bisogno di rivedere quel posto per schiarirsi le idee.

Passare tutto il suo tempo libero con Gabriele le piaceva ma allo stesso tempo ne era anche spaventata. Fiamma si impegnava al massimo per imparare a suonare la batteria e, a detta di Gabriele, ci stava riuscendo molto bene. Certo, il ragazzo aveva una pazienza infinita con lei; tutte le volte che Fiamma perdeva il ritmo l'istinto era quello di lanciare le bacchette il più lontano possibile. Fu proprio durante una di queste prove che Gabriele la baciò e Fiamma reagì malissimo. Non era ancora riuscita a superare il ricordo di Ludovico.

"Non lo fare mai più." Aveva gridato dietro a Gabriele. Il ragazzo la stava guardando e si ritrovò spiazzato di fronte alla reazione della ragazza.

"Cosa ho fatto di male?"

Fiamma, inferocita, si allontanò in fretta dal ragazzo. Per due giorni aveva evitato qualsiasi occasione che avrebbe potuto portarla a incontrarlo di nuovo.

Ora, su quel ponte, sentiva di avere il bisogno disperato di riempirsi i polmoni di ossigeno. "Signorina, prende freddo a stare sotto alla pioggia." Si girò e vide una signora anziana. "Prenda questo." E le porse un ombrello.

Fiamma fece come disse la signora sperando che se ne andasse via il più presto possibile. "Qualunque cosa a cui stai pensando, non ne vale la pena."

Fiamma si girò verso la signora; non capiva cosa avesse voluto dire con quella frase. Solo in quel momento si accorse di essersi sporta troppo dal muretto.

"Non è come pensa." Rispose Fiamma.

"Allora per favore, vieni via con me. Ci prendiamo una cioccolata calda e tutto si risolverà nel migliore dei modi."

Fiamma incominciò a guardarsi intorno e vide che la gente la stava osservando. Senza più dire nulla, seguì la vecchietta. Quando si ritrovarono sedute al tavolino con una tazza di cioccolata calda tra le mani, Fiamma parlò per prima.

"Non volevo buttarmi dal ponte."

Fiamma era convinta che la signora che aveva di fronte e di cui non conosceva il nome, avesse pensato che volesse farla finita.

"Parlo sul serio, signora. Io non volevo buttarmi giù."

"Meglio così allora." Conversarono del più e del meno ancora per una buona mezz'ora. "Devo andare al lavoro. E' stato un piacere passare del tempo con lei."

La signora tese la mano e Fiamma se ne andò.

Fiamma continuava a pensare alle parole di quella donna. Non sapeva nemmeno il suo nome. Il fatto che fosse convinta che lei volesse buttarsi di sotto non le era piaciuto per niente. Di una cosa, però, si era resa conto: parlare con quella donna le aveva fatto bene. Ora si sentiva molto più leggera.

Si presentò al lavoro bagnata fradicia, ma si sentiva felice.

Da quell'incontro per Fiamma le cose incominciarono a cambiare in meglio. Sorrideva più spesso e questo suo nuovo modo di porsi fece si che anche le persone che aveva intorno imparassero a conoscerla meglio. Basta muri, basta stare nell'ombra.

Anche Gabriele notò il cambiamento nella ragazza e questo gli permise di riuscire ad avvicinarsi a lei. Quando provò a baciarla di nuovo, la ragazza non lo respinse.

Incominciarono a passare insieme ogni loro momento libero e il sentimento che provavano l'uno nei confronti dell'altro si faceva sempre più forte. Fiamma era felice. Per la prima volta in vita sua aveva

scoperto cose volesse dire sentirsi amata. Nulla di lontanamente paragonabile a quello che aveva provato per Ludovico.

Gabriele era riuscito a cancellare tutta quell'amarezza che la ragazza si portava dentro. Fiamma si sentiva felice proprio come da bambina quando correva nei prati in cerca di nuove avventure con il suo amico Logan, Lem e Rocky.

Logan! Chissà che fine aveva fatto. Scacciò immediatamente quel pensiero. Dopo tanti anni ancora non era riuscita a perdonarlo per aver tradito il suo più grande segreto. Qualunque fossero state le sue ragioni non aveva alcun diritto di farlo.

In quel preciso momento qualcuno le coprì gli occhi con le mani. Fiamma sorrise: Gabriele. Si girò e lo baciò. Era finalmente felice ed era certa che niente e nessuno avrebbe potuto mettersi tra di loro.

11

Compromessi

Logan aveva, tanta passione, ma non conosceva nessuno nell'ambiente dei rally. Era davvero convinto di avere tutte le carte in regola per poter entrare in quel mondo, ma si era dovuto scontrare con la dura
realtà: l'ambiente delle corse era solo ed esclusivamente per i figli di papà e che fossero capaci o meno, poco importava.

Con i soldi potevano comprarsi tutto quello che volevano. Doveva ammettere con se stesso, però, che l'invidia che provava per "i figli di papà" era davvero molto forte. Avrebbe dato qualsiasi cosa per essere come loro: viaggi in isole esotiche, macchine di lusso e belle donne. Con i soldi anche le più fighe sarebbero cadute ai suoi piedi.

Ben presto trovò una soluzione al suo problema più grande: essere costantemente senza soldi. Gli piaceva il sesso sfrenato e Logan non ne aveva mai fatto mistero con nessuno.

Guardò la donna accanto a se che stava ancora dormendo profondamente: il trucco leggermente sbavato agli occhi. Gli piaceva osservare le donne che aveva nel letto perché mentre dormivano la maschera che indossavano solitamente, si scioglieva come neve al sole. Con un trucco sapiente era riuscita a mascherare i difetti del viso dovuti all'età.

Aveva il doppio dei suoi anni, ma era, comunque, una donna che si teneva bene. Aveva una collana di perle che copriva parte del collo. Poco seno, ma a lui non importava. Gambe lunghissime, sode e lisce, segno evidente di tanto sport e, cosa non da poco, aveva un fondoschiena piccolo, sodo e a forma di cuore.

Logan sorrise al pensiero della sera prima. Avevano incominciato a toccarsi freneticamente già in ascensore. Quando arrivarono nella camera d'albergo, si erano spogliati velocemente e si erano lasciati andare completamente. Una volta a casa, sul suo quaderno personale, Logan avrebbe riportato il suo nome con il voto 9.

Quella era la terza volta che si vedevano. Si erano conosciuti in un bar, quasi per caso. Ricordava la prima volta che si erano trovati a letto. Logan faceva ancora fatica a ricordarsi il suo nome e dovette fare uno sforzo per non sbagliare: Laura! Si chiamava Laura.

Dopo che gli si era avvicinata, gli offrì da bere. Dopo meno di un'ora erano in una camera d'albergo. Logan aveva messo le cose in chiaro fin da subito. "Io faccio l'accompagnatore per mestiere."

La donna non si formalizzò di fronte alla sua dichiarazione e disse: "Quanto costi?" "Duecento mila lire e tutte le spese sono a carico tuo."

Laura accettò le sue condizioni senza battere ciglio. Un'ora dopo erano

Voglia di Vita

in camera.

Logan era pronto a ritrovarsi una leonessa nel letto. Si vedeva lontano un miglio che aveva voglia di fare del buon sesso, ma una volta che incominciarono a scaldarsi, Laura ebbe una reazione a cui Logan non era preparato.

"Non l'ho mai fatto così, prima d'ora."

"Se ti farai guidare da me, non te ne pentirai." Rispose Logan. La donna lo guardò, ma restò ferma sulla sua posizione.

Logan fece quello per cui era stato pagato e la serata si concluse velocemente.

Restò sorpreso quando, due giorni dopo, Laura lo richiamò. "Sei libero stasera?"

Logan guardò la sua agenda e rispose: "Dopo le nove." "Va bene."

Logan non aveva avuto bisogno di andare a rivedere il suo quaderno. La noia che aveva provato durante quel rapporto sessuale era ancora vivo nei suoi ricordi. Si preparò a uscire: aveva un altro appuntamento di lavoro.

Anche per Silvia non aveva avuto bisogno di andare a guardare sul quaderno, ma per il motivo opposto. Quella donna non rappresentava il suo prototipo di donna, ma aveva trovato fin da subito le parole giuste perché Logan scatenasse tutte le sue capacità a letto.

Silvia era una donna sposata, con due figli e non andava d'accordo col marito. Ormai era abituato anche a quelle frasi predefinite. In realtà volevano solo divertirsi, ma era più comodo per loro farsi passare per delle vittime piuttosto di avere il coraggio di dire la verità. Silvia, in particolare, aveva incominciato con le solite parole scontate "io non ho mai tradito mio marito". Peccato che poi Non si era fatta molti problemi una volta entrata in camera. Si era svestita e Logan notò subito un fisico stupendo, perfetto sotto ogni punto di vista. Doveva solo capire se quella donna si sarebbe lasciata andare.

Silvia si coricò nel letto e si mise in una posizione di invito, ma quello che fece perdere il controllo a Logan furono le sue parole: "Scopami, bastardo!"

I soldi di quella prestazione furono ben guadagnati.

All'idea di rivedere Laura, la noia lo assalì. Tutto sommato, però, cosa lo rinfrancò e che la sua prestazione con quella donna sarebbe durata poco.

Non si era sbagliato! Alle undici stava già uscendo dalla stanza d'albergo. "Io parto per un piccolo viaggio. Ci vediamo al mio ritorno?"disse Laura.

Logan assentì e con la mano sulla maniglia della porta pronto per uscire, si girò e disse: "Un consiglio però te lo voglio dare. Per fare del sesso alla tua maniera non è il caso che tu spenda tutti quei soldi per avere me. Il sesso come lo vuoi tu te lo può offrire qualsiasi uomo."

Logan uscì chiudendosi dolcemente la porta dietro di se, tirando un sospiro di sollievo. Fare l'accompagnatore gli rendeva bene ed era convinto di valerli tutti i soldi che le donne spendevano per stare con lui, ma se donne come Laura si fossero lasciate andare, si sarebbero potuti divertire molto di più, entrambi.

Non si era sentito dispiaciuto per aver detto alla donna quello che pensava al riguardo dei loro incontri. Se una donna o uomo volevano divertirsi davvero dovevano lasciare le loro remore a casa loro, altrimenti non ne sarebbe mai valsa la pena.

Un paio di settimane dopo Laura gli chiese di incontrarsi ma questa volta la donna voleva incontrarlo nel parco del paese: voleva parlare prima di andare in camera.

Logan aveva già annusato odore di guai, ma guadagnarsi altri soldi gli avrebbe fatto comodo e accettò.

La vide seduta sulla panchina, assorta nei suoi pensieri. Un po' le faceva tenerezza. Era una donna che incominciava a fare i conti con l'età che avanzava, probabilmente delusa e amareggiata dalla vita, aveva scelto di seguire la propria carriera, oppure aveva deciso di sposarsi per convenienza. Da giovane doveva essere una bellissima donna e Logan pensava che ai tempi non aveva dovuto faticare più di tanto per sistemarsi a livello economico.

Ora, però, stava pagando cara la sua infelicità qualsiasi fosse la fonte di provenienza: un uomo che non la voleva più o magari un lavoro che non la soddisfaceva. Scosse la testa: non era un problema suo quello che la donna sentiva. Lui era lì per lavoro. Punto! Ascoltare non faceva parte dell'accordo.

"Ciao Logan."

"Ciao, cara." E per l'ennesima volta non si ricordò quale fosse il suo nome. "Andiamo?"

"Vorrei parlare un po' con te, prima. Ti va?" "Se quello che desideri è questo, va bene."

Logan era andato contro alle regole che si era sempre imposto da quando aveva incominciato a fare questo lavoro.

La donna incominciò a parlare e ogni tanto Logan guardava l'orologio. Dopo avrebbe avuto un altro appuntamento e la cosa si stava portando per le lunghe.

"Hai fretta, vero? Il tempo è denaro anche nel tuo ambiente." Laura pronunciò quella frase con molto sarcasmo.

"Andiamo." Disse la donna.

Poco dopo si ritrovarono nella solita camera d'albergo: "Voglio provare tutto quello di cui sei capace."

Logan rimase stupito da quella richiesta: era convinto che tutto si sarebbe concluso in meno di un'ora, in modo tale da non perdere l'appuntamento successivo.

"Era ora che trovassi il coraggio di buttarti in un mondo tutto nuovo per te."

Logan, in quelle ore di sesso, mise tutto quello di cui era capace e ogni volta che la donna raggiungeva un orgasmo, lui ne era pienamente soddisfatto.

Quando tutto ebbe fine, Logan guardò l'orologio e capì che era troppo tardi per poter raggiungere l'altra donna che lo aspettava.

"Posso fare una telefonata?" chiese Logan.

Laura acconsentì. Logan spostò l'appuntamento per l'indomani e tornò a letto. Guardò la donna che, prima di addormentarsi, disse: "Ti amo."

Logan non rispose: si girò dall'altra parte e si mise a dormire. Quando il respiro di Laura si fece regolare, lui si girò a guardarla.

La donna si era fidata di lui e Logan l'aveva portata in paradiso, per poi farla precipitare all'inferno. Sul quaderno si sarebbe meritata un bel 9... perché nello stesso momento in cui aveva accantonato tutte le sue paure, quella donna era stata una scoperta anche per Logan stesso. Questo era decisamente insolito, visto che la maggior parte delle persone lo sciocavano a morte.

Lui era solito dire quello che pensava, sempre e comunque e questo, spesso, l'aveva reso impopolare, ma non esisteva persona al mondo che potesse dire il contrario.

Logan si era quasi convinto che Laura avrebbe potuto frequentarla anche al di fuori del mondo del lavoro. Aveva solo un unico e insormontabile grandissimo difetto: quel "ti amo" non avrebbe dovuto dirlo.

L'avrebbe cancellata per sempre dalla sua agenda. Si alzò, approfittò della doccia, si vestì e uscì.

Seduto sul suo letto, Logan stava contando i soldi che si era guadagnato nell'ultimo mese. Togliendo quello che gli serviva per pagare le bollette, non gli restava molto. Le serate al bar con gli amici, le sigarette e qualche gita al mare, il gruzzoletto si era assottigliato sempre di più. Era arrivata l'ora di tornare a giocare. Sentiva che era il periodo giusto per riprovarci. Era da parecchio tempo che non ci andava e il ricordo di quella prima e unica volta era ancora ben impresso nella sua memoria. Aveva vinto dei bei soldi.
Quel giorno sarebbe stato fortunato: dopo circa quaranta minuti si trovò di fronte all'entrata principale del casinò.

Una volta entrato si guardò intorno e, passando accanto alle macchinette, si fermò di fronte a quella che, ne era certo, l'avrebbe fatto ritornare a casa con parecchi soldi in più.

Dopo circa quattro ore di gioco ininterrotto, cercò l'ennesima sigaretta e si accorse di averle finite. In mano aveva ancora una manciata di monete: le mise nella macchinetta, si sputò nelle mani in gesto scaramantico e tirò giù la leva.

Una bestemmia gli sfuggì talmente forte da attirare gli sguardi su di se delle persone che aveva accanto. Alcuni lo guardavano con uno sguardo di compatimento altri, invece, avevano lo sguardo disperato almeno quanto il suo. Aveva perso tutto. Uscì e salì in macchina. Aveva un'altra soluzione a portata di mano: era ancora sempre convinto che quella sarebbe stata la sua giornata fortunata.

Sapeva dove avrebbe potuto trovare Gioele: si sarebbe fatto imprestare un paio di banconote che gli avrebbe restituito con gli interessi. Lo trovò al bar appena fuori dal casinò. Qualche minuto dopo uscì con duecento mila lire in tasca.

Con la certezza che ne sarebbe uscito vincente, tornò nella sala e si mise a giocare. Mezz'ora dopo era già fuori dal casinò.

Quando arrivò in prossimità della sua macchina lasciò andare una serie di imprecazioni e diede un calcio alla portiera della sua macchina.

"Sei un coglione" si ripeté più volte "dovevi smettere quando eri ancora in tempo."

Salì in macchina, ingranò la marcia e senza nessun giudizio guidò come un pazzo fino a casa.

Non solo aveva perso tutto quello che aveva in tasca, ma aveva contratto un debito anche con Gioele.

Diede un'occhiata veloce a sua nonna: dormiva beatamente e zia Lisa era fuori nel cortile intenta a rammendare.

La salutò frettolosamente e salì al piano di sopra.

"Come hai potuto essere così coglione" si disse Logan guardandosi allo specchio. A un certo punto gli venne in mente un biglietto da visita che Stefania gli aveva dato.

Non aveva bisogno di andare a vedere sul quaderno per ricordarsi come era fatta. Fisicamente stupenda, 24 anni, un'età che lui riteneva perfetta in quanto sicuramente non era più vergine e ne sapeva abbastanza da poter osare a letto. Spudorata, fantastica e vogliosa tanto da continuare a cercarlo. Una volta Logan non si era nemmeno fatto pagare tanto si era divertito con lei.

"Ho un'amica che lavora nell'ambiente pornografico. Tu hai tutte le qualità necessarie per fare un colloquio." Stefania si era messa a ridere alla sua stessa affermazione. Logan rispose: "Mi puoi davvero mettere in contatto con questa tua amica o mi stai prendendo in giro?"

Stefania si alzò dal letto e camminando nuda per la stanza con fare provocante, raggiunse la sua borsetta.

Incominciò a frugarci dentro alla ricerca di qualcosa che solo lei sapeva. Logan, però, alla vista di quel fondoschiena così perfetto, le si avvicinò e incominciò a stuzzicarla e disse: "Omaggio della casa" e la portò sul letto dove diedero sfogo, di nuovo, a tutte le loro voglie.

Dopo un paio d'ore ripresero il discorso.

"Si chiama Jenny. Chiamala e vedrai se non è vero quello che ti ho detto. In quel campo cercano sempre delle nuove proposte e tu" Stefania mise le mani sotto le lenzuola per toccarlo "hai tutti i requisiti necessari per sfondare in quel campo. Oltretutto la sai usare anche bene la tua attrezzatura…"

Logan sorrise: gli piaceva quando lo gratificavano in quello che lui riteneva saper fare bene.

"Ah, se solo ricordassi dove l'ho messo quel dannato biglietto da visita." Logan incominciò ad aprire tutti i cassetti, lasciando dietro di se un caos non indifferente.

A un certo punto ebbe un'illuminazione. Si diresse verso la libreria, prese il suo quaderno e guardò all'interno: "Ovvio che fosse qui, ma se uno è scemo è scemo."

Tornò di sotto e, una volta accertatosi che nessuno potesse sentirlo, compose il numero e attese che qualcuno rispondesse.

Dopo svariati squilli finalmente una voce maschile rispose. Logan spiegò brevemente come aveva fatto ad avere quel numero di telefono e nel giro di pochi minuti ottenne un appuntamento già per il giorno dopo.

Vide che sul tavolino d'entrata c'era della posta. Aprì alcune buste, di cui una era un sollecito di pagamento della bolletta della luce. Un'imprecazione gli uscì tanto forte da far tremare i muri. Si era ripromesso svariate volte che l'avrebbe pagata con i soldi che era certo di vincere al casinò, ma essendo andate diversamente le cose, aveva dovuto accantonarla, vicino alle altre.

Innervosito più che mai da una situazione che lui stesso aveva creato, si accese l'ennesima sigaretta. Avrebbe dovuto imparare a moderarsi anche con quel vizio perché ormai era arrivato a fumarne quasi tre pacchetti al giorno. Si guardò allo specchio nell'entrata: aveva la barba incolta, profonde occhiaie segnavano i suoi occhi, il viso stanco e tirato. "Come cazzo ti stai riducendo, Logan" disse ad alta voce il ragazzo.

Scosse la testa e con un'alzata di spalle uscì nuovamente di casa, questa volta senza nemmeno salutare. Se avesse mai incontrato sua nonna in uno dei suoi momenti di lucidità, si sarebbe vergognato a morte.

Quando tornò a casa a notte fonda Luna e Lisa erano già a dormire. Aveva bevuto un paio di birre con gli amici e questo gli aveva tolto da addosso quella tristezza che aveva provato lungo tutta la giornata.

Una volta nel suo letto incominciò a pensare al colloquio che avrebbe avuto l'indomani: sorrideva al solo pensiero. Girare film porno era come vivere nel paese dei balocchi. Tutto bello, tutto divertente e poter fare quello che più piaceva addirittura con un guadagno. Si girò e prese sonno immediatamente.

Il giorno dopo, durante il colloquio, scoprì che non era esattamente come se l'era immaginato.

"Eccoci qua. Scusa il ritardo, ma ero alle prese con un problema che si è protratto più del previsto. Piacere, io mi chiamo Giulio. Tu sei Logan Bonetti se non ricordo male."

"Piacere e si, non ti sei sbagliato. Sono proprio io."

"Conosci già qualcosa o è la prima volta che ti presenti a un colloquio?"
"E' la prima volta in assoluto."

"E' in arrivo la prima domanda per te" disse Giulio.

"Perché vorresti entrare in questo ambiente lavorativo?"

Logan cercò di prendere tempo. Non voleva dare subito una brutta impressione di se. "Parlando con un'amica mi ha consigliato di…"

"Parti già col piede sbagliato, ragazzo." "In che senso?"

"Nel senso che togliti dalla testa che questo lavoro sia tutto gioie e nessun dolore." Logan si rese conto che dire la verità sarebbe stato la cosa migliore.

"Sono qui perché ho un disperato bisogno di soldi."

"Ecco! Non è esattamente la risposta che mi aspettavo, ma almeno sei stato sincero." Logan tirò un sospiro di sollievo: almeno era riuscito a non farsi sbattere subito fuori.

Giulio incominciò a parlare di quell'ambiente. Non era esattamente il paese dei balocchi.

"Non è facile girare un film porno. Può capitare di trovarsi a girare scene hard con temperature sotto zero o con temperature che sfiorano i 40 gradi e, soprattutto, non è facile ripetere una scena decine di volte o avere un orgasmo a comando. Solo i migliori ci riescono e per arrivare a questi livelli occorrono uomini disposti a raggiungere un traguardo, ma con la necessaria serenità. Tu pensi di esserne in grado?" "Credo di si" rispose Logan.

Giulio riprese a parlare. "Se pensi che sia solo gran bel sesso, forse devi riconsiderare i tuoi obiettivi." Logan fece un cenno di assenso.

"Questo è per dire che da questo ambiente si entra e si esce quando i tempi cambiano. Non è un lavoro eterno. C'entrano l'età, il mercato e le occasioni per andare avanti o per fermarsi: a te la scelta."

Logan assentì di nuovo.

"Tanti attori hanno visto in questo lavoro un'opportunità di guadagno, altri l'hanno fatto per potersi pagare gli studi universitari, altri ancora ci sono entrati per caso. Cosa ti attrae di più di questo lavoro?"

"Ora non sono più così certo che dipenda solo dal fatto di guadagnare tanto facendo una cosa che adoro. Credo di aver capito che le cose sono molto diverse da quelle che pensavo."

"Ecco, finalmente ti sei avvicinato a capire cosa sia realmente questo mondo. Ti spiegherò altre cose al riguardo."

Quando Logan uscì dallo studio aveva compreso cose che erano decisamente lontane da quello che poteva immaginare. Serviva passione, tenacia e tanto autocontrollo. Avrebbe dovuto frequentare qualche lezione

per conoscere tutto sull'igiene, imparare un'alimentazione sana e, soprattutto, sottoporsi a stretti controlli medici, per escludere ogni tipo di malattia.
Quel lungo colloquio gli aveva aperto gli occhi su un mondo che lui credeva essere molto più leggero e invece nulla veniva lasciato al caso. Ora aveva di nuovo uno scopo e si sarebbe impegnato al massimo per riuscirci.

Dopo qualche mese, Logan si accorse che il suo sogno stava per avverarsi. Ora aveva soldi a sufficienza per affrontare le spese per comprarsi la tuta, il casco e pagarsi l'iscrizione alla sua prima gara. Poco importava se non era lui a guidare.
Anche fare da navigatore era comunque un grandissimo traguardo. Dopo quel lungo periodo di pausa in cui aveva cercato di mettere da parte quanti più soldi avesse potuto, finalmente le cose erano riprese a girare per il verso giusto.
Lavorare nell'ambiente del porno aveva portato a un discreto profitto, anche se incominciava a stancarsi anche di quel lavoro. Non era come se l'era immaginato.
Provare e riprovare le stesse scene all'infinito lo sfiniva, sia fisicamente sia mentalmente. Quando il suo membro non voleva collaborare, doveva andare in una stanza cove c'era una gran bella donna, simile a una dea che, come lavoro, doveva portare il suo pene alla massima erezione, in modo tale da poter affrontare la scena da girare. Quando al tocco della donna il pene fosse risultato morbido come il velluto e duro come l'acciaio, poteva tornare sul set.
Gli venne in mente una delle tante prove che aveva dovuto affrontare per superare la selezione: una volta avuta la conferma che gli attributi non gli mancavano, si mise in attesa per superare un'altra prova.
Una donna perfetta sotto a ogni punto di vista era a disposizione per portare al massimo dell'eccitazione, l'uomo di turno. Se Logan aveva considerato quella prova quasi un gioco da ragazzi, era solo perché non sapeva ancora cosa lo aspettasse.
Dopo essere passato dalla stanza soprannominata "La camera del paradiso" si trovò di fronte a un'altra porta con un cartello "Porta dell'inferno".
Aprì la porta e si ritrovò nel buio più totale, con il membro ancora eretto. All'improvviso si accese una luce e vide una delle donne più brutte che avesse mai visto in vita sua.
Il suo membro si afflosciò all'istante e quello che ormai aveva dato come scontato, si rivelò essere un fiasco totale, perché non superò la selezione.
Solo frequentando i vari corsi di preparazione per gestire l'autocontrollo, capì che superare quel test era fondamentale : aveva finalmente capito il

motivo del per cui venisse sottoposto a quello che lui aveva dato definito "dalle stelle alle stalle".

L'avrebbe reso capace di riuscire ad avere il pieno controllo sul suo corpo e sulla sua mente, in maniera nettamente distinto in modo tale da riuscire a svolgere il suo lavoro al massimo e, soprattutto, avere il controllo del momento in cui ci sarebbe stato l'atto finale. In quel lavoro non ci si poteva far coinvolgere, altrimenti tutto sarebbe finito in pochi minuti, soprattutto con il materiale che avevano a disposizione. Donne talmente belle che avrebbero fatto perdere la testa a chiunque, lui compreso.

Dopo un anno era riuscito a capire molte cose di quell'ambiente e questo l'aveva portato a prendere una decisione drastica: la sua comparsa in quei film, sarebbe finita prestissimo.

Era molto meglio il lavoro di accompagnatore che gli permetteva la quasi totale libertà di scelta sulle donne con cui doveva uscire e decidere le tariffe da attuare, in base al portafoglio della donna che si trovava davanti. A volte decideva anche di prestare i suoi servizi in modo del tutto gratuito e lo faceva con un solo e unico scopo: quello di sentirsi ancora un essere umano.

Aveva trovato anche un'altra fonte di guadagno senza fare alcuna fatica, ma che necessitava del massimo autocontrollo, molto più di quello che occorreva quando faceva i film: giocare!

Giocava al casinò, al lotto, alle corse dei cavalli e a volte perfino d'azzardo.

Aveva dovuto imparare a gestire molto bene l'impulso di volere sempre di più. Tutte le volte che si era lasciato tentare era finita male. Spesso aveva dovuto ricorrere ai prestiti di Gioele: ora non aveva più tutta quella simpatia sei suoi confronti. Aveva scoperto sulla sua pelle, e a caro prezzo, fino a che punto potesse arrivare quell'uomo. Era un usuraio a tutti gli effetti e di fronte ai suoi guadagni, sarebbe passato sopra anche al cadavere della sua stessa madre. Una volta che Logan era riuscito a estinguere il debito che aveva contratto con lui, non ne aveva più voluto sapere.

Gioele gli aveva proposto più volte di entrare in società con lui con la promessa che avrebbe guadagnato un sacco di soldi facili, ma anche Logan aveva dei limiti che non aveva nessuna volontà di oltrepassare.

Ricordava molto bene i suoi tentativi di trovare lavoro e aveva anche avuto fortuna nel trovarli, ma quello che era durato di più era stato proprio quello in RSA: tre settimane e per aver fatto qualcosa che sapeva di buono, gli era costato il posto di lavoro.

Odiava stare chiuso per otto ore in una fabbrica, ma non tollerava nemmeno lavorare la campagna, guidando un trattore sotto al sole cocente. Però una cosa aveva ben chiaro: avere molti soldi a disposizione facendo il meno possibile era il suo sogno da quando era ragazzo. Finalmente era riuscito ad ammetterlo anche con se stesso. Istintivamente si guardò intorno, come se qualcuno avesse potuto udire i suoi pensieri.

Era arrivato il momento di raggiungere Massimo; Logan gli avrebbe fatto da navigatore. Era eccitato come mai prima di quel momento.

Avrebbe corso in occasione del primo rally sprint di Ivrea ed era certo che quella sua prima esperienza non l'avrebbe mai dimenticata.

Diventare pilota sarebbe venuto da se: una volta entrato nell'ambiente non sarebbe più stato così difficile trovare nuove opportunità.

"Sei pronto?" chiese Massimo. "Sempre!" rispose Logan.

"E allora Sali. Alla fine di questa gara qualcosa di buono l'avremo comunque fatta!" Logan si voltò per guardare Massimo e disse: "Cosa? Vincere?"

"Esagerato" rispose Massimo "vincere non è così facile: primo, avremo dato sfogo alla nostra grande passione e secondo, sperare di riuscire a classificarci bene. e comunque vada, ogni secondo di questa gara resterà impresso dentro di noi per sempre e fidati che non è cosa da poco."

Logan sorrise a quelle constatazioni. Indossò il casco, mise le cinture, prese il blocco tra le mani e alzò il pollice in direzione del suo compagno di avventure.

Quella sera, sdraiato sul suo letto, Logan cercava di tenere a bada la sua adrenalina che circolava ancora dentro di se. Correre in macchina era stata un'esperienza fuori da ogni paragone e soprattutto aveva avuto la conferma che anche nella prossima gara avrebbe fatto da navigatore a Massimo.

Era talmente eccitato, che se nel suo letto ci fosse stata una donna avrebbe avuto tutta l'energia necessaria per amarla, senza sosta, fino al mattino successivo.

Era inutile stare a letto: scese in cucina per farsi una tisana, nella speranza che potesse placare, almeno leggermente, la sua eccitazione.

Sentì un rumore di piatti provenire dalla cucina: nonna Luna era intenta a cucinare le lasagne. Logan guardò l'orologio: erano le due e mezza di notte.

Incominciò a chiamarla per non spaventarla. Luna si girò e gli disse: " siediti, gioia. Ho cucinato il tuo piatto preferito."

Logan fu sopraffatto da un grandissimo dolore: non riusciva a sopportare la vista di sua nonna persa in chissà quale mondo.

Luna si girò e disse: "Ti ho messo da parte una porzione abbondante di lasagne da portare alla tua amica. Fiamma è così magra, povera ragazza."

"Nonna…"

"Mangia, gioia. Ho già messo da parte anche la razione per tuo nonno. A momenti dovrebbe tornare dai campi e sarà affamato."

Sua nonna si girò e prese a canticchiare.

Logan fissò il cibo nel piatto e incominciò a mangiare: il cibo che aveva in bocca, però, aveva un sapore salato. Quello delle sue lacrime.

Insieme lavarono i piatti dopodiché Logan accompagnò Luna in camera sua. L'aiutò a mettersi sul letto e si sedette sulla poltrona e passò il resto della notte a vegliare sua nonna. L'eccitazione che aveva avuto fino a poco prima, ora era scomparsa del tutto.

Il giorno dopo avrebbe chiamato il medico che aveva in cura sua nonna: le gocce che gli aveva prescritto non facevano più il loro effetto.

"Logan, lo sai come la penso al riguardo" gli avrebbe detto il dottore "sarebbe meglio trovare una struttura che la prenda in carico in modo tale che anche tu saresti sollevato da un peso gravoso come quello di prenderti cura di lei."

"Mai" sarebbe stata la sua risposta.

Con tutto quello che sua nonna aveva fatto per lui, non l'avrebbe mai abbandonata, fino alla fine. Aveva il diritto di morire nel suo letto, in casa sua. All'alba Logan uscì fuori nel cortile, respirò a pieni polmoni e diede una carezza a Rochy: il suo cane, ormai era vecchio e stanco, presto anche l'avrebbe lasciato da solo: anche lui pianse tutte le sue lacrime.

Quindici giorni dopo Logan si trovò a compilare la sua scheda personale e con mano tremante cercò di compilare tutte le caselle.

La prima impressione che dava alle persone era quella di un uomo sicuro di se, baldanzoso e superficiale e a lui faceva comodo così. Erano davvero poche le persone che lo conoscevano a fondo.

Fece un bel respiro e cercò di concentrarsi sulla scheda che aveva davanti a se:

nome: Logan

cognome: Bonetti

nato: a Ivrea il 28.10.1969 stato civile: celibe.

Ogni volta che si trovava a dover dichiarare il suo stato civile, gli veniva sempre da sorridere, vista la convinzione che aveva sul fatto che mai si sarebbe sposato.

Professione: disoccupato

Peso: 78 kg Capelli: rasati Occhi: azzurri

Una volta ricontrollato tutto, firmò in calce e lo consegnò al responsabile del team. Sarebbe stato carino aggiungere qualche altra casella come, per esempio, pregi e difetti.

Nel primo avrebbe scritto "cuore e determinazione" e nel secondo avrebbe messo "cocciutaggine" sottolineandolo un paio di volte.

Avrebbe aggiunto i suoi hobby: regista di film, bici, rally e donne.

Cibo preferito: lasagne, proprio come quelle che sua nonna aveva cucinato in piena notte, un paio di settimane prima.

Avrebbe anche messo una casella per "il sogno nel cassetto": un mondo composto da persone oneste e sincere, ed era quello in cui credeva davvero, anche se avrebbe preferito rispondere: "soldi a volontà", da spendere dove meglio credeva."

"Certo che sei proprio un gran bastardo" si disse Logan.

Dopo aver consegnato la scheda si mise ad aspettare Massimo, sempre e comunque in ritardo.

"Sai, ero con la mia donna" gli disse appena arrivato "e mi sono fatto prendere troppo la mano." Concluse la frase con un bel sorriso soddisfatto.

"Dai, Sali; le prove ci aspettano."

Logan, blocco in mano, si preparò per prendere appunti sul percorso in cui avrebbero corso. Per una buona riuscita della gara, oltre alla bravura del pilota, contava anche quello.

Erano sul percorso del rally di Cortanze: avevano già provato due volte il tragitto. "Facciamo ancora una prova e poi andiamo a casa." disse Massimo.

Erano circa a metà del percorso quando, in una curva destra due, il pilota strinse troppo poco la curva e solo per una grande botta di fortuna riuscì a evitare un frontale con un'altra macchina: stavano provando anche loro.

Dopo lo spavento iniziale Logan fece amicizia con Francesca: navigatrice anche lei. Era uno schianto!

Era il suo tipo ideale di donna.

Logan provò a invitarla a cena quella sera stessa anche se sapeva che la donna era già impegnata: al massimo avrebbe ricevuto in risposta un semplice no.

E invece, con grande stupore di Logan, la donna accettò l'invito.

Di fronte a una pizza gigante Logan raccontò a Francesca un po' di se, tralasciando volutamente i suoi periodi neri.

"Ascolta questa" disse Logan "e capirai che proprio tutto finito non lo sono." Addentò un pezzo di pizza e iniziò a raccontare.

"La mia passione per i rally risale a quando avevo 14 anni. Mio padrino mi portò a vedere il rally della lana e faceva parte del campionato europeo. Sai quale voglio dire, vero?"

"Certo" rispose Francesca "quello che si svolge nelle zone di Biella." Concluse la donna. "Esatto, proprio quello." Addentò un altro pezzo di pizza.

"Da quella volta il mio sogno più grande è stato quello di diventare pilota. Ne ho combinati di pasticci, da allora."

"Anche a me è successa più o meno la stessa cosa. Soldi in casa, però, non ce n'erano e chiedere aiuto ai miei genitori, per una passione che loro hanno sempre ritenuto prettamente maschile, era impensabile." Disse Francesca.

"E come hai fatto?"

"Semplice. Mi sono trovata due lavori e ho messo da parte tutto quello che potevo."

A Logan andò il boccone di traverso. Lui, a malapena, riusciva a tenersi un lavoro: trovava del tutto incomprensibile farne addirittura due. Quando riteneva di avere soldi a sufficienza, si licenziava.

"Mio nonno, buon anima, aveva una 500 blu di cui era gelosissimo."

E incominciò a raccontare la serie di cazzate che aveva fatto con quella macchina. "Se non ti ho ancora annoiato troppo, vorrei raccontarti di un'altra volta che…" "Starei ore ad ascoltarti" lo interruppe Francesca.

Logan la guardò negli occhi e sentì il suo cuore fare una capriola. Fece segno al cameriere e ordinò un'altra birra.

"Mio nonno, stanco di vedersi rovinare la sua macchina, mi ha comprato una macchina: una 112.

L'ho tenuta fino a quando non mi sono messo in testa di venderla per prenderne una più potente. Ho trovato l'acquirente, ma la sera prima di consegnargliela, non ho resistito alla tentazione di fare un ultimo giro." Bevve un altro sorso di birra.

"Una manovra sbagliata e ho preso male una curva, andando a sbattere contro un palo della luce, distruggendo completamente la fiancata destra della macchina."

"E cos'hai fatto?"

"Aspetta! Qui viene il bello. Sono corso a chiamare mio nonno, con la certezza che potesse fare un miracolo. Quando ha visto il macello che avevo combinato, si è tolto il cappello, si è grattato la testa e mi ha detto testuali parole: "Caro ragazzo! Tu hai fatto questo casino e tu ti arrangerai."

Francesca rise: "Davvero pensavi che tuo nonno potesse rimettere tutto a posto in una sola notte?"

"Si, ci credevo davvero e avresti dovuto vedere la delusione che ho provato alla sua risposta…" Francesca scoppiò in una fragorosa risata.

Logan la osservò meglio. Era davvero bella, soprattutto quando rideva. "Sei proprio tremendo" disse Francesca.

"E poi?"

"Avevo speso più della metà della caparra che l'acquirente mi aveva dato. L'unica cosa possibile da fare che mi sia venuto in mente in quel momento è stata quella di rendermi latitante e per un po' ci sono anche riuscito. Fino a quando non ho trovato una soluzione."

"Qual è stata?" chiese Francesca.

"Ho trovato un demolitore disposto a comprarmela, così ho potuto restituire tutti i soldi della caparra."

Passarono il resto della serata a raccontarsi e al momento dei saluti Logan le diede un bacio che Francesca non rifiutò.

Erano entrati in sintonia perfetta che, unita alla grandissima passione che li accomunava per le corse, in breve tempo, fece scattare la scintilla tra loro.

Francesca prese la difficile decisione di lasciare il ragazzo con cui stava per sentirsi libera di frequentare Logan. Da lì ad arrivare alla decisione di mettersi in società per correre in macchina, il passo fu breve: Logan come pilota e Francesca navigatrice.

A differenza della donna che impiegava tutte le sue forze per continuare a mantenere i suoi due lavori, Logan aveva preferito vendere tutto il suo oro e altri bene preziosi. Erano riusciti a farsi notare e acquistarono popolarità e questo permise loro di trovare qualche piccolo sponsor.

Quando Logan si ritrovava nuovamente senza soldi, allora scendeva a compromessi con se stesso e accettava qualche lavoretto saltuario, ma che fosse sempre di breve durata. Era ben cosciente di essere uno sfaticato di merda, ma si andava bene così. Era anche cosciente, però, del fatto che se non fosse stato per Francesca, lui da solo non sarebbe approdato a nulla.

Fiamma si alzò dal letto cercando di fare meno rumore possibile perché non voleva svegliare Gabriele.

Mise la caffettiera sul fuoco e nell'attesa che il caffè uscisse, si accese una sigaretta. Solo dopo averlo bevuto si ricordò che doveva restare a digiuno. Alzò le spalle: ormai il danno era fatto. Mise la giacca e uscì.

Controllò di avere l'impegnativa: ultimamente aveva sempre la testa tra le nuvole. La sua dottoressa aveva voluto essere scrupolosa vista la quantità di esami che le aveva dato da fare.

Quando entrò in ospedale si mise in coda, aspettando pazientemente il suo turno. Dopo circa un'ora era fuori; si fermò al primo bar e fece una sostanziosa colazione. Per gli esiti avrebbe dovuto aspettare quattro giorni. I dolori alla schiena erano peggiorati a tal punto da non riuscire nemmeno più a dormire. Per non parlare delle forti contrazioni che aveva al basso ventre. Aveva cercato di ignorare quei sintomi fino a quando le cose non erano ulteriormente peggiorate. Non riusciva più a tenere nulla nello stomaco. Una sera Gabriele si accorse di quanto Fiamma stesse male e si preoccupò a tal punto da metterla con le spalle al muro, obbligandola ad andare dalla dottoressa e così Fiamma fece.

Una volta a casa, Fiamma andò in camera: Gabriele dormiva ancora profondamente. Era da circa un anno e mezzo che il ragazzo si era trasferito a casa sua. Non era mai stata così felice in vita sua. Gabriele era sempre molto accorto nei suoi confronti e quando qualche volta litigavano era sempre per dei motivi futili.

Di comune accordo, però, avevano deciso di non andare mai a dormire se prima non avevano fatto pace, cercando sempre di chiarire il motivo della discussione.

Fiamma, a volte, non si capacitava della fortuna che aveva avuto nel conoscerlo.

Ricordava ogni dettaglio del loro primo incontro; i pomeriggi passati a suonare la batteria, le passeggiate lungo il fiume Arno, i primi baci e soprattutto non aveva scordato la prima volta che avevano fatto l'amore.

Gabriele, un po' alla volta, era riuscito a smontare tutte le sue paure.

Si sdraiò accanto a lui, allungò la sua mano in modo da poterlo toccare e prese sonno.

Si svegliarono che ormai era quasi mezzogiorno. Fuori c'era un bellissimo sole e decisero di andare a mangiare al solito chiosco, dove facevano degli ottimi panini a un costo ragionevole. Il resto della giornata lo passarono a camminare nel centro storico di Firenze. Fiamma si fermò all'improvviso, si voltò verso

Gabriele e guardandolo dritto negli occhi, disse: " ti amo."

Era la prima volta in assoluto che Fiamma pronunciava quelle parole. Gabriele la prese in braccio e alzandola verso il cielo le fece fare un bel girotondo. Quando la rimise per terra, le prese il viso tra le mani e le disse: "Con queste parole hai fatto di me l'uomo più felice del mondo." Ed era così anche per Fiamma.

Tutto, in quel momento, era perfetto.

"Ho voglia di te" disse Gabriele. Fiamma gli sorrise e si diressero alla macchina.

Fiamma cercava di aprire gli occhi senza riuscirci. C'era qualcosa che non andava, ma non riusciva a capire cosa.

Sul viso sentiva qualcosa che premeva. A fatica allungò la mano riuscendo a toccarsi. Aprire gli occhi le costava, invece, una gran fatica. Un attimo dopo era di nuovo sprofondata nel buio.

La testa sembrava dovesse scoppiare da un momento all'altro. Cercò nuovamente di aprire gli occhi e questa volta ci riuscì. Cercò di mettersi seduta, ma ogni suo tentativo fallì miseramente.

Le venne in mente che doveva fare gli esami del sangue e un paio di visite specialistiche per capire, una volta per tutte, la causa di quei dolori. Si accorse di non essere nel suo letto. Era tutto così strano.

Le venne una forte nausea che cercò di controllare, ma le fu impossibile e vomitò. "Infermiera! Infermiera!"

Fiamma riconobbe la voce di Emma. Cosa ci faceva lì, con lei?

Appoggiò la testa sul cuscino. Ogni movimento le costava uno sforzo immane. "Si è svegliata e ha vomitato" disse Emma.

"Non si preoccupi. E' tutto sottocontrollo. Capita spesso che, dopo un intervento, il paziente smaltisca l'anestesia in questo modo."

Fiamma riuscì ad aprire gli occhi e mise a fuoco il volto di Emma. "Fiamma. Finalmente."

"Cos'è successo?" disse con un sussurro. Emma si alzò e le sistemò meglio il cuscino.

"Stai tranquilla. Ora che ti sei svegliata possiamo dire che il peggio è passato." "Non capisco…"

"Shhh… adesso riposa."

Passarono altri due giorni prima che Fiamma si risvegliasse

completamente. Quella mattina, quando Emma entrò nella stanza, la trovò seduta sul letto. "Che bella sorpresa…. Finalmente ti trovo meglio."

Fiamma cercò di sistemarsi meglio nel letto, ma rinunciò al secondo tentativo.

"Aspetta, ti aiuto io." Emma prese un cuscino e lo sistemò dietro alla testa di Fiamma. "Ecco, così dovresti stare meglio."

"Poco fa ho parlato col medico." Emma non proferì parola al riguardo. Ricordava benissimo la telefonata che aveva ricevuto.

Brevemente le avevano comunicato che Fiamma era ricoverata in ospedale, senza aggiungere altro. Solo una volta arrivata a destinazione aveva saputo che la ragazza era in gravi condizioni.

Si era fatta sostituire immediatamente da Mauro, il suo aiuto cuoco, e in meno di mezz'ora aveva raggiunto l'ospedale. Svariate volte aveva cercato di avere notizie, ma quello che le dicevano risultava sempre molto vago.

"Se vuoi parlarne, io sono pronta ad ascoltarti." Emma era convinta che Fiamma non sapesse tutto e presto l'avrebbe scoperto.

"Ho avuto un incidente in macchina di cui non ricordo assolutamente nulla. ho un trauma cranico occipitale piuttosto serio ma al riguardo mi hanno detto che lo sto superando brillantemente. Ho anche il femore destro rotto e come se non bastasse ho avuto un trauma importante all'anca." Fiamma riprese fiato: anche solo parlare le costava molta fatica.

Fece un lungo respiro e riprese a parlare. "Mi hanno assicurato, però, che alla mia giovane età mi ristabilirò completamente. Dovrò solo pazientare un po' e lavorarci su parecchio."

Fiamma appoggiò di nuovo la testa sul cuscino. Non si era mai sentita così stanca. A Emma non sfuggì il fatto che Fiamma aveva tenuto per tutto il tempo la mano sul grembo e un lieve sorriso sul suo volto rendeva tutto più leggero.

Non sapendo cosa dire, Emma prese la borsa e mise sul comodino un budino al cioccolato. Toc! Toc! La porta si spalancò.

"La signorina Ferraris?"

"Nella camera ci sono solo io come paziente…" e sorrise. "Sono il dottor Gambi. Dovrei parlarle. Da sola."

Emma colse immediatamente l'invito, non troppo velato, di uscire. Ora era certa che Fiamma non sapeva tutto.

Passò più di un'ora prima che il medico uscisse dalla stanza. "Può entrare."

Quando Emma rientrò in camera prima ancora di vedere Fiamma sentì il rumore inconfondibile di vetri rotti. Fiamma aveva appena spaccato un bicchiere. Quando si accorse della sua presenza si mise a gridare.

"Vattene." Emma si avvicinò nel tentativo di calmarla ma la ragazza si mise a gridare ancora più forte. "Lasciami stare. Vattene."

Emma, non sapendo cos'altro fare, prese la sua borsa e uscì. Non aveva intenzione di andarsene, ma era sicura che Fiamma avesse bisogno di stare da sola per un po'.

Dopo un tempo che ritenne sufficiente, rientrò in camera e trovò Fiamma in lacrime. La tenne abbracciata a se fino a quando i singhiozzi non si placarono.

"Aspetto un bambino." Emma la tenne stretta a se "e devo decidere se tenerlo o meno, per via di…" Fiamma riprese fiato e disse: "Non riesco a ricordare nulla dell'incidente."

"Stai tranquilla. C'è un tempo per ogni cosa." "Ho voglia di riposarmi." Disse Fiamma.

"Torno nel pomeriggio, va bene?"

Fiamma fece un cenno di assenso e subito dopo chiuse gli occhi.

Gabriele le stava sorridendo. Aveva appoggiato la mano sulla sua gamba. In sottofondo John Denver cantava Country Boy: una canzone che adoravano entrambi. Fiamma, stonata come una campana, cantava a squarciagola. Erano felici.

Fiamma si svegliò all'improvviso. Fuori era già buio. Guardò verso il tavolino e notò un piccolo pacchetto. Emma doveva essere passata mentre lei dormiva. Lo aprì e vide il suo dolce preferito. Istintivamente si passò una mano sul ventre. Era incinta di 11 settimane. Ora quella notizia non le pareva più così terrificante anche se il ginecologo era stato molto chiaro spiegandole tutti i pro e i contro nel portare avanti quella gravidanza. Quando era arrivata in ospedale, viste le sue gravi condizioni, erano dovuti intervenire per stabilizzare i suoi parametri vitali.

Il dottor Gambi le spiegò molto chiaramente che tutti quei dolori che aveva prima dell'incidente erano da attribuire alla sua gravidanza.

Fiamma decise che, non appena gli fosse stato concesso, sarebbe andata da Gabriele per dargli la notizia personalmente e con lui avrebbero deciso il da farsi.

Con quel pensiero riprese sonno.

Fiamma sentiva mani dappertutto. Voci sconosciute che impartivano ordini. Istintivamente si girò verso Gabriele e vide che non era al suo posto. Riusciva a vedere solo il volante e il sedile che aveva preso una strana forma.

Un vigile del fuoco, con tono gentile, continuava a ripeterle che presto sarebbero riusciti a liberarla.

Di nuova delle forti urla. Si guardò intorno per cercare di capirne la provenienza. Strano: era la sua voce. Di nuovo guardò in direzione di Gabriele e questa volta lo vide: "Andrà tutto bene" gli stava ripetendo.

"Ti amo Fiamma." E poi di nuovo il buio.

La ragazza si svegliò in un bagno di sudore. Si accorse di tremare e suonò il campanello e un'infermiera arrivò subito.

Senza dire una sola parola, le toccò la fronte. Controllò la flebo, guardò

Fiamma e disse: "Torno subito." Poco dopo tornò con un medico e, dopo aver letto la cartella clinica, diede nuove disposizioni all'infermiera. "Non ti preoccupare. Andrà tutto bene!" disse il medico.

Aveva già sentito troppe volte quella frase, ma se andava davvero bene come tutti continuavano a ripeterle, perché allora stava così male?

Fiamma chiuse gli occhi e sprofondò di nuovo nel buio.

Non si rese conto del tempo che era passato, ma di una cosa era certa: ora si sentiva molto meglio.

Emma era lì, proprio di fronte a lei.

"Ciao" disse Fiamma e cercando di risultare allegra, disse: "Ora sei tu ad avere una brutta cera." A quelle parole Emma scoppiò a piangere.

"Ehi scusa, non volevo farti stare male." "Non so come dirtelo."

"Dirmi cosa?"

Emma non riuscì a proferire parola. "Per favore Emma…"

La donna, senza riuscire a trovare il coraggio di guardarla negli occhi, disse: "Hai avuto un'emorragia ." Fiamma si mise la mano sul ventre.

"Hai perso il bambino."

A Fiamma ci volle qualche secondo per capire quello che Emma le aveva appena detto. "Non ho parole, Fiamma. Mi spiace per tutto."

"Gabriele lo sa? Voglio andare da lui." "Fiamma…"

La ragazza incominciò a gridare con tutto il fiato che aveva in gola. "Ho detto che voglio andare da lui."

"Gabriele non c'è più."

Quelle parole colpirono Fiamma con una violenza inaudita. Il velo che aveva avvolto i suoi ricordi fino a quel momento, cadde all'improvviso.

Lei che guardava in direzione di Gabriele.

Lui che le teneva la mano e che con un filo di voce le aveva sussurrato "ti amo". I suoi occhi, subito dopo aver pronunciato quelle parole, si erano spenti.

La voce del vigile del fuoco che le diceva di guardare verso di lui e Fiamma, invece, non riusciva a fare altro che guardare il volto di Gabriele fino a quando la mano di lui scivolò, inesorabilmente, dalla sua.

Gabriele non c'era più e non c'era più nemmeno il loro bambino. "Vattene via." Gridò Fiamma.

"Vattene."

Emma uscì dalla camera in perfetto silenzio. La domanda che continuava a porsi era "perché proprio a loro?"

Non esisteva una risposta.

Gabriele e Fiamma, seduti in macchina fermi al semaforo mentre il loro destino stava arrivando. Un mezzo pesante fuori controllo li aveva investiti in pieno e tutto era cambiato in un secondo per loro.

Gabriele aveva perso la vita.

Esattamente un anno dopo dal giorno dell'incidente, Fiamma era in piedi davanti alla tomba di Gabriele, con Emma al suo fianco. Il taxi aspettava fuori dal cimitero.

"Sei sicura che quella di andar via sia la cosa giusta?"

"Non ho alternative. Tutto mi ricorda lui e io non riesco più a sopportarlo." Emma le porse una busta.

"Qui dentro c'è il saldo di tutto quello che ti aspetta. Ho aggiunto qualcosa e prima che tu dica qualcosa al riguardo, ti anticipo dicendoti che te li sei ampiamente guadagnati."

Fiamma si avvicinò a Emma e le diede un bacio. "Sei la madre che non ho mai avuto. Grazie."

Si girò verso la tomba, si chinò e ripose una rosa e disse: "Io ti amo ancora, sai?"

In quel momento si alzò una leggera brezza che diede uno strano senso di benessere a Fiamma. Fece un bel respiro: non poteva vederlo, ma era certa che Gabriele fosse vicino a lei.

Dopo aver salutato Emma, raggiunse il taxi.

Non aveva ancora le idee chiare su cosa avrebbe fatto della sua vita ora, ma di una cosa era certa: la vecchia cascina dei suoi nonni la stava aspettando e ora aveva anche soldi a sufficienza per riprendere la ristrutturazione.

"Alla stazione dei treni. Grazie." E sprofondò nel sedile.

12

Tutto si dimentica

2000

Seduta in modo tale da poter guardare fuori dalla finestra, si mise in attesa dei fuori d'artificio.
Era l'ultimo giorno dell'anno e, ormai, mancava poco alla mezzanotte. Spesso si trovava a ripensare agli ultimi due anni della sua vita. Pensava spesso a Gabriele: era stato il suo primo, unico grande amore e il suo ricordo non l'avrebbe mai lasciata.
Era stato il bisogno di sentire le braccia di un uomo intorno a se che l'aveva convinta ad accettare la corte di Nicola, due anni e mezzo prima. Il giorno in cui lo conobbe era il primo giorno di primavera.
Fiamma era soddisfatta per come era riuscita a ricostruirsi una vita. Quel giorno il sole era forte e accecante tanto da costringerla a mettersi una mano sugli occhi in modo da potersi fare ombra. Il desiderio di poter vivere nuovamente una storia d'amore si era fatto sempre più pressante, ma allo stesso tempo non doveva mettersi troppa fretta: conosceva molto bene la sua totale incapacità che aveva nella scelta delle persone di cui circondarsi. Aveva deciso di cambiare approccio alla vita se davvero desiderava qualcosa di diverso. Incominciò a percorrere il sentiero che l'avrebbe riportata a casa. La vecchia cascina era diventata il suo porto sicuro. C'erano ancora tanti lavori da fare, certo, ma non aveva nessuna fretta. Nel frattempo poteva ritenersi fortunata perché era convinta di vivere nel posto più bello che esistesse al mondo. Lungo il tragitto passò davanti alla piccola lapide: dopo Basto non aveva più voluto tenere altri animali. Si chinò a togliere le erbacce. Di Angelo non aveva più avuto notizie e fu solo per puro caso che aveva saputo che suo padre era morto e tutti i suoi tentativi di saperne di più erano stati vani.
Quando finì di ripulire tutto, riprese il cammino verso casa. Decise che per cena sarebbe andata a prendersi una pizza. Prese la macchina e andò nel paese vicino: la pizza era davvero speciale.
Quando entrò nel locale, trovò una sola persona davanti a lei. Era ancora presto: non erano ancora le sette.
"Vorrei una pizza con tanto formaggio, peperoni, acciughe, olive e capperi."
L'uomo che fiamma aveva di fronte a se, era enorme. Prese fiato solo per ricominciare.
"Dimenticavo: ci vorrei anche dei funghi, tanto origano, abbonda col sugo e olio d'oliva, ma che sia di quello buono, mi raccomando."

Fiamma restò a bocca aperta di fronte a quell'ordinazione. Quando arrivò il suo turno, disse: "Una pizza con i funghi." E proprio non resistette alla tentazione di aggiungere "Sempre che ci sia
rimasto qualcosa anche per me."
L'uomo si girò verso Fiamma e disse: "Se accetterai di prendere un caffè con me, non ti romperò le scatole." Erano state le parole di Nicola.

Da quel giorno era passato parecchio tempo. Di fatto ognuno dei due aveva una casa propria, ma cercavano di passare insieme quanto più tempo possibile. Fiamma si sentiva di nuovo felice. Il sentimento che aveva provato nei confronti di Gabriele sarebbe sempre stato speciale. Quello che provava per Nicola era semplicemente diverso, ma pur sempre molto bello. Dopo altri sei mesi Fiamma decise di accettare l'invito di Nicola di andare a vivere a casa sua.

Nicola era un uomo dal carattere deciso e a volte questo diventava un problema, ma Fiamma aveva imparato ad aggirare gli ostacoli in modo tale da evitare, il più possibile, gli scontri tra loro. D'altronde anche lei doveva rinunciare a qualcosa di suo per poter fare in modo che le cose tra loro funzionassero. Si ricordava benissimo il giorno in cui ebbe il dubbio di essere incinta. Una volta a casa andò in bagno e si decise ad aprire la scatola che aveva tra le mani: presto, il test, avrebbe dato una risposta ai suoi dubbi.

Incrociò le dita, chiuse gli occhi e incominciò il conto alla rovescia: cinque minuti e avrebbe saputo. Mai tempo le era sembrato così lungo. Avevano sempre cercato di fare attenzione e nei loro progetti futuri non si era mai parlato di avere dei figli. Lei stessa non sapeva quale sarebbe stata la sua reazione, qualsiasi fosse stato il risultato. Con mano tremante guardò il risultato: due linee.

Positivo!

Incominciò a sentirsi agitata, poi gioia, ansia paura e incredulità e nella testa incominciarono a passare una miriade di domande, prima di tutte come l'avrebbe presa Nicola. Il risultato positivo l'aveva mandata nel panico e doveva riflettere molto bene, prima di agire. Fece qualche respiro profondo, mise il test nella sua scatola e decise di prendere appuntamento col suo medico, per avere un'ulteriore conferma. Nel frattempo avrebbe cercato di capire come sarebbe stata la reazione di Nicola all'idea di diventare genitore.

Quando Fiamma tornò a casa, con suo grande stupore, trovò Nicola ad aspettarla e tutti i suoi progetti su come prepararlo alla notizia, si sciolsero come neve al sole.

"Ciao amore. Non ti aspettavo fino a venerdì sera." "Sono tornato prima perché ti devo parlare." "Anche io ho qualcosa da dirti." Rispose Fiamma. "Prima tu" disse Nicola.

"Sono incinta."

Nicola non trovò di meglio da dire: "Ne sei certa?"

Fiamma si aspettava una reazione diversa da parte del suo compagno, ma si trovò a rispondere: "Si, certo. Ho ritirato le analisi solo stamattina."

Nicola, dopo un attimo di incertezza, le andò incontro e l'abbracciò. "Qual era la cosa che mi dovevi dire?"

Nicola fece spallucce e rispose: "Non era nulla di importante."

Quella sera Fiamma si addormentò serenamente tra le braccia di Nicola.

L'uomo, invece, restò a lungo sveglio. Aveva anticipato il suo rientro per un motivo ben preciso: non amava più Fiamma. Questo l'aveva portato ad avere una relazione con una sua collega. Era ben intenzionato a dirglielo quella sera stessa, ma Fiamma l'aveva preceduto e ora non sapeva più cosa fare. Prese il cellulare e digitò un messaggio "Ti amo." La risposta non tardò ad arrivare.

Si girò dall'altra parte e prese sonno. Una soluzione l'avrebbe trovata.

Guardò l'ora: ormai mancava poco allo scoccare della mezzanotte. Istintivamente Fiamma si passò la mano sul ventre. Tornò con la mente al passato. Seduta sul divano accanto a Nicola, Fiamma si sentiva esplodere. Mancavano tre settimane al parto. A un certo punto l'uomo, continuando a passare la sua mano sul pancione, disse: "Poteva andare peggio."

"Che cosa vorresti dire?" rispose Fiamma.

"Gli elefanti hanno una gravidanza di 22 mesi." Fiamma rise a quell'affermazione. "A dire il vero, mi sento un po' come se lo fossi."

"Speriamo che sia maschio" e continuando ad accarezzarla disse: "Lo chiameremo Fabio."

"A me non importa del sesso; l'unica cosa che voglio è che sia sano, ma se sarà una femmina ho già scelto il nome: si chiamerà Luce."

Il cellulare dell'uomo incominciò a squillare. Lui guardò il display e rifiutò la chiamata. "Puoi anche rispondere" disse Fiamma "non mi dai fastidio."

Da giorni Nicola riceveva spesso telefonate a cui si rifiutava di rispondere e, qualche volta, Fiamma l'aveva scoperto parlare al telefono di nascosto da lei.

"Non è importante" rispose l'uomo. Quella notte stessa, con tre settimane di anticipo, a Fiamma si ruppero le acque. Dopo un travaglio di 18 ore, i medici decisero di farla partorire con il taglio cesareo. Fiamma tenne la mano di Nicola fino a quando le fu possibile e fu la prima cosa che ricordò, quando si svegliò dall'anestesia.

"Hai partorito una femmina" disse Nicola e, anche se era ancora intontita dall'anestesia, non le sfuggì il tono freddo con cui il suo compagno gli diede quella notizia. Più tardi le portarono la bimba perché provasse ad allattare. Nicola approfittò di quel momento per salutare e andarsene. "Ho un appuntamento di lavoro urgente a cui non posso proprio mancare" gli disse chinandosi a darle un bacio. Fiamma non capiva il perché di quel comportamento.

"Stia tranquilla" disse l'infermiera " a volte capita. Spesso i neo papà sono spaventati, ma presto passerà, vedrai." E con quelle parole la donna le porse tra le braccia, sua figlia.

Aveva il dito in bocca, pochissimi capelli e leggermente arrossata e aveva dei lineamenti perfetti. Il suo cuore incominciò a battere all'impazzata. Con l'aiuto dell'infermiera attaccò al seno la bimba che incominciò a nutrirsi del suo latte e fu un innamoramento fulmineo.

Nicola si rese latitante per due giorni. Ogni volta che Fiamma gli telefonava, lui rispondeva che era sovraccarico di lavoro. Quella notte Fiamma fu svegliata da un infermiere sentendosi dire che sua figlia aveva avuto dei problemi seri. Con molta fatica Fiamma si alzò dal letto e niente e nessuno

l'aveva preparata a quello che, poco dopo, vide: Luce, la sua piccola bimba era intubata e collegata a numerose flebo.

Poco dopo un medico le spiegò che sua figlia aveva la sepsi. A saperlo cos'era la sepsi e quando chiese spiegazioni al medico di turno questo, in torno sgarbato, rispose: la paziente ha il 50% di possibilità di farcela." E uscì dalla stanza senza dire null'altro.

Fiamma si fece prendere da una grandissima rabbia e rispose: "Non è una paziente. E' mia figlia e ho tutti diritti di sapere cos'ha, chiaro?"

Il medico si accorse di aver sbagliato e chiese scusa alla donna. L'accompagnò fuori dalla stanza e la fece accomodare nel suo studio. Fiamma non proferì parola e lasciò che fosse il medico a parlare.

"La sepsi è un'infezione invasiva, solitamente batterica, che si verifica durante il periodo neonatale. I segni sono molteplici, specifici e comprendono ridotta attività spontanea e…"

"Per favore" disse Fiamma "sono ignorante in materia. Io so solo che mia figlia è ricoverata due stanze più in la in gravi condizioni, attaccata a un respiratore."

"Ha ragione. A volte noi medici siamo paragonati agli alieni. dopo 38 ore di lavoro consecutivo, dovremmo essere ancora lucidi e vigili. Sua figlia ha buone probabilità di guarigione perché l'abbiamo presa in tempo. Non aveva un peso basso alla nascita e il punteggio di apgar era alto…" guardò di nuovo la donna e si accorse di parlare nuovamente in modo incomprensibile per lei.

Prese le mani di Fiamma tra le sue e disse: "Non mi sbilancio mai, ma in questo caso le posso garantire che sua figlia ha tutte le carte in regola per vincere questa battaglia."

Fiamma, leggermente sollevata, scoppiò a piangere. Da quel giorno passarono ben 50 giorni e ora, dopo aver preparato la borsa, era pronta per andare a salutare il personale con cui aveva socializzato durante tutta la sua permanenza in quel reparto.

Per ultimo, non per questo meno importante, andò a salutare il medico che tanto gli era stato antipatico quella notte maledetta.

"Avanti" disse il dottor Turini.

"Sono passata a salutare: finalmente torniamo a casa." "Siediti, cara."

Fiamma si mise comoda.

"In qualsiasi momento potrai aver bisogno, conta su di me. Sai dove trovarmi." "Certo."

Fiamma si alzò, si diresse verso la porta ma all'ultimo momento cambiò idea e tornò indietro.

Andò davanti al medico e gli diede un bacio: "Sei forte" e lasciandolo completamente senza parole, Fiamma uscì.

Nicola la stava aspettando in strada col motore acceso. Per tutta la durata del loro ricovero,

l'uomo si era fatto vedere molto poco, trovando a volte scuse assurde. Fiamma, però, continuava a essere convinta che molto presto tutto sarebbe tornato alla normalità e avrebbero potuto diventare una famiglia a tutti gli effetti. Bisognava solo che Nicola si abituasse all'idea di essere diventato padre.

Fu solo dopo un paio di mesi che le sue certezze incominciarono a vacillare. Decise di approfittare del fatto che Luce stesse dormendo per riordinare i cassetti. Fu con stupore che trovò, tra la sua biancheria intima, un reggiseno che non le apparteneva. Ne era assolutamente certa vista l'abbondanza di quell'indumento. Non aspettò oltre e andò a chiedere spiegazioni a Nicola e lo trovò in salotto, che stava bevendo. Erano le dieci del mattino: Fiamma sapeva che a Nicola piaceva bere, ma quella era la prima volta che lo faceva di fronte a lei, a quell'ora del mattino.

"Ho trovato questo" alzando il reggiseno in modo che Nicola potesse vederlo bene "e sono certissima che non sia mio." Fiamma incominciò a sventolarglielo sotto al naso. Successe tutto in un attimo: Nicola si alzò in piedi, raggiunse Fiamma e mentre con una mano gli stringeva forte il polso, con l'altra gli strappò di mano l'indumento.

"Questi non sono affari tuoi" e dicendole questo, avvicinò il suo viso a quello della donna.

"Non hai nemmeno idea a cosa io ho dovuto rinunciare per stare con una sciacquetta come te. Ma guardati" dicendo ciò la fece girare su se stessa e la obbligò a guardarsi allo specchio "fai pena".

Fiamma incominciò a piangere. "Smettila di frignare e ringrazia il cielo che non sbatta fuori di casa te e quella mocciosa."

Fiamma non riusciva a credere a quello che aveva appena sentito. Nicola mollò la presa e Fiamma si precipitò in camera di sua figlia che, nel frattempo, si era svegliata. Buttò il reggiseno nell'immondizia. Attaccò Luce al suo seno e rimase assolutamente immobile. Non poteva credere che Nicola fosse arrivato al punto di portare una donna nel loro letto.

Da quel giorno le cose incominciarono lentamente e inesorabilmente a cambiare tra di loro. Dapprima incominciò a prendere qualche schiaffo per avergli risposto in modo sgarbato. L'uomo aveva preso a bere sempre di più e spesso non rientrava a casa nemmeno per dormire.

Fiamma era certa che il suo compagno stesse frequentando un'altra donna, ma non vedeva vie d'uscita, anche perché non aveva più nemmeno un lavoro.

Dopo le sfuriate di Nicola tutto tornava tranquillo per un paio di settimane, per poi degenerare di nuovo, all'improvviso, senza apparente motivo. Una sera Fiamma gli scaldò la cena perché aveva tardato parecchio. Dopo aver assaggiato il primo boccone, Nicola allungò il braccio in direzione di Fiamma e le mise la faccia dentro al piatto, accusandola di volerlo avvelenare.

"Nemmeno un piatto di pasta sai fare. Sei proprio una buona a nulla."

Quella sera Nicola uscì di casa, per ricomparire tre giorni dopo, come se nulla fosse successo. Le cose per un po' andarono meglio. Nicola restò sobrio per quasi un mese: l'uomo non aveva più alzato le mani su di lei, ma Fiamma subiva costantemente un violenza psicologica che era anche peggio di un pugno.

Fiamma sobbalzò all'improvviso: il primo fuoco d'artificio era esploso. Dieci minuti e il cielo si sarebbe riempito di una miriade di colori. Era l'ultimo giorno dell'anno e doveva continuare a trovare il coraggio di riportare a galla tutti i suoi ricordi. Con l'ultimo botto avrebbe seppellito tutto quello che di orrendo aveva ancora dentro di se.

Era il 15 luglio: ricordava bene che era un giovedì, il giorno maledetto in cui la sua vita cambiò profondamente. Di quel giorno ricordava ogni minimo dettaglio.

Era una mattina in cui Fiamma si sentiva più stanca del solito.

Da un paio di settimane il dolore al fianco era aumentato. La pancia incominciava a pesare ed era solo all'inizio del sesto mese. Decise di rimandare le faccende domestiche. Non aveva nessuna fretta. Prese una bibita al limone e si andò a sedere sulla poltrona. Sua figlia Luce sarebbe rimasta fuori con Nadia fino alle quattro e mezza e Nicola non sarebbe tornato a casa fino a sera. Il nuovo lavoro lo impegnava moltissimo.

Fiamma si passò una mano sul pancione: anche da seduta sembrava una mongolfiera. Con Luce era stato tutto molto diverso. Aveva preso pochi chili ed era riuscita a condurre una vita regolare fino all'ottavo mese. Seduta sulla poltrona incominciò a tremare. Faceva caldo, ma lei si alzò comunque per prendersi una maglia: i brividi non accennavano a diminuire. Se solo avesse potuto tornare indietro nel tempo, ma ora c'era un altro figlio in arrivo e lei non aveva altra scelta.

Sobbalzò al suono del campanello. Non aspettava visite ed era quasi tentata di non aprire. Da dietro la porta si sentì chiamare: "Fiamma, sei in casa?"

Riconobbe la voce di Lucia, la sua vicina di casa.

Si decise ad aprire: quella donna non si sarebbe arresa tanto facilmente.

"Come sei pallida. Ti senti bene?" e prima ancora che Fiamma potesse rispondere, la donna disse: "Quel porco schifoso è in casa?"

"Smettila. Non chiamarlo così. E' pur sempre il padre dei miei figli."

"Bel bastardo. Anche il lavaggio del cervello è riuscito a farti, quel lurido verme schifoso."

"Non sono affari tuoi, chiaro? E se sei venuta per farmi l'ennesima predica, puoi anche andartene subito: quella è la porta."

"Sei proprio una stupida" rispose Lucia " se quello che vuoi è questo, allora forse è quello che ti meriti."

"Tu non capisci." Rispose Fiamma a quelle accuse.

"Certo, sono io a non capire. Ti auguro una buona giornata."

Una volta che Lucia se ne fu andata, Fiamma tornò a sedersi in poltrona. Il bimbo dentro di lei scalciava e ogni volta la lasciava senza fiato, ma riuscì ugualmente a prendere sonno.

Quando si svegliò si accorse che erano quasi le quattro. Da li a poco Nadia le avrebbe riportato Luce e lei non aveva ancora preparato la merenda per sua figlia. Il suo rapporto con Nadia si era molto raffreddato, ma ogni qualvolta aveva voglia di vedere Luce, lei non glielo aveva mai negato. Sentì il rumore della macchina. Andò alla finestra e vide che Nadia si limitò ad aprire la portiera a sua figlia, senza nemmeno scendere dalla macchina.

"Ciao mamma, è pronta la merenda? Ho una fame grande come il mondo."

Sua figlia era solita fare il gesto di allargare le braccia quando cercava di rendere più credibile il suo bisogno. Con la bocca piena Luce chiese: "Cosa c'è scritto su quel foglio?"

"E' la ricetta per fare una buonissima torta di mele." "Posso aiutarti?"

"Certo. Tu prendi le scodelle e la bilancia e io prenderò gli ingredienti, così quando tuo padre tornerà a casa, sarà contento."

Solo a sentire quel riferimento, Luce si oscurò.

Quando guardava sua figlia, ringraziava il cielo che Nicola non le avesse mai torto un capello. Semplicemente, per lui, Luce non esisteva: era invisibile, ed era un bene. La bimba non lo cercava mai e quando lui era presente, lei si metteva in un angolo, ferma e immobile.

Erano impegnate a preparare gli ingredienti e non si accorsero che Nicola era entrato in cucina. La porta fece rumore e Luce, per lo spavento, fece cadere a terra il pacco di farina, che si ruppe, sporcando dappertutto. Nicola incominciò a gridare in direzione di sua figlia, incominciando a strattonarla. Fiamma si precipitò in aiuto della figlia, ma Nicola le diede uno spintone talmente forte che la donna cadde a terra.

L'ultima cosa che Fiamma sentì prima di perdere i sensi furono le grida di sua figlia e poi ci fu il buio totale. Al suo risveglio, Fiamma si ritrovò in una stanza d'ospedale. Il primo istinto fu quello di toccarsi la pancia, dopodiché si attaccò al campanello fino a quando non arrivò un'infermiera.

Una volta controllate le flebo, la donna si rivolse a Fiamma. "Deve fare denuncia. Quell'uomo non può passarla liscia."

Fiamma la guardò dritta negli occhi e disse: "L'ho già fatto in passato e tutto quello che ho ottenuto è di trovarmi qui."

L'infermiera, prima di uscire dalla stanza, chiese: "Ha bisogno di qualcosa?" "Voglio vedere mia figlia."

Poco dopo, alla porta, si affacciò Nadia che teneva per mano Luce. "Aiutaci" disse Fiamma.

Solo un paio di giorni dopo, Fiamma trovò il coraggio di leggere il referto di sua figlia. Sulla mano sinistra aveva una profonda ustione di secondo grado, che avrebbe potuto precludere l'uso della mano stessa.

Quello stesso pomeriggio Fiamma ebbe l'occasione di parlare da sola con Nadia. "Hai parlato con mia figlia di quello che è successo?"

"Si, ma non sono sicura che tu sia pronta per sentire." "Voglio sapere tutto!"

Nadia incominciò a raccontare quello che Luce aveva confidato solo a lei.

"Nicola l'ha presa e le ha messo una mano sul fuoco. Mi ha fatto giurare di mantenere il segreto, dopodiché non ha più detto una sola parola. Tua figlia, ora, ha solo bisogno di dimenticare" disse Nadia.

Fiamma si riscosse all'improvviso dai suoi ricordi. Il secondo botto indicava che i fuochi erano in arrivo.

Proprio quel giorno, dopo 5 mesi, Luce le aveva fatto un immenso regalo, facendo sentire la sua voce.

Aveva ragione la sua amica: la bambina aveva solo bisogno di dimenticare. Fiamma mise una mano sul suo ventre, ormai vuoto, in cerca di consolazione per quel figlio perduto. In quel frangente aveva saputo che sarebbe stato un maschio.

Solo toccando veramente il fondo avrebbe trovato la forza di ricominciare. Aveva pagato troppo caro il prezzo dei suoi errori.

Dall'indomani si sarebbe buttata tutto alle spalle.

Seduto sul muretto, Logan stava guardando la sua macchina da rally: un Peugeot 205, 1900 di cilindrata.

L'unica che fosse stata solo sua. Era una macchina un po' sgangherata, ma l'aveva fatta rimettere a posto dando fondo a tutti i suoi risparmi.

Ricordava ogni momento trascorso su quella macchina. Si accese una sigaretta e si abbandonò completamente ai ricordi. Nonostante tutto, poteva ritenersi soddisfatto di quello che aveva ottenuto fino a quel momento. In quel periodo aveva preso la decisione di comprare il suo primo drone. Era stato uno dei primi a fare un video nel campionato del mondo dei rally. In presenza di Francesca non si poteva permettere di toccare quel discorso, perché finiva sempre in una litigata senza fine. Era arrivato il momento per Logan di troncare definitivamente quella relazione, che durava, ormai, da troppi anni, comprese le pause di riflessioni. Era stanco di lei e la cosa era reciproca, ma a differenza sua, Francesca non voleva ammetterlo.

Si accese un'altra sigaretta e fece un giro intorno alla macchina. Aprì la portiera e si mise seduto alla guida. Respirò a fondo per imprimersi, in modo indelebile, l'odore racchiuso in quell'abitacolo.

Dal punto dove si trovava poteva vedere la luce accesa della cucina e sua madre intenta a preparare la cena. Dopo dieci anni passati ad accudire sua nonna da solo, cinque giorni alla settimana, finalmente sua madre era riuscita a ottenere il trasferimento. Petra cercava di darsi da fare il più possibile. Luna era impegnativa con i suoi sempre più frequenti vuoti di memoria.

All'improvviso vide le luci del carro attrezzi. Questa volta Giampaolo aveva superato se stesso col ritardo. Il ragazzo scese dal mezzo, salutò Logan e disse: "Sei sicuro di fare la cosa giusta?"

Logan rispose: "Si, non ho alternative."

Giampy attaccò il cavo e caricò la vettura. Salutò e se ne andò.

"Tra poco sarà solo un ammasso di ferraglia" pensò con disinvoltura, ma la stretta che Logan sentiva allo stomaco, faceva intendere tutt'altro. Scrollò le spalle: il demolitore avrebbe fatto bene il suo lavoro.

Decise di concedersi ancora un po' di tempo prima di rientrare in casa. Attraversò la strada e incominciò a percorrere il sentiero che l'avrebbe portato nel pezzo di terreno in cui sua madre era solita piantare i pomodori.

Tutto il resto del campo era incolto: erbacce e rovi erano dappertutto. Fosse stato per lui, l'avrebbe venduto già da parecchio tempo. Si accese l'ennesima sigaretta. In quel prato, quando era bambino, aveva passato molto del suo tempo a giocare battaglie contro nemici inesistenti. Si fece strada tra i rovi, con la luce del cellulare. All'improvviso si fermò alla vista di quello che, moltissimi anni prima, era stato il suo rifugio e di Fiamma: chissà cosa ne era stato di lei. Spostò delle assi, che col tempo si erano staccate e in quel momento gli venne in mente un'idea davvero folle: era certo che il posto fosse abbastanza grande da poterci entrare. Con parecchi sforzi riuscì a passare dalla porta; gli restò un altro pezzo di asse in mano, ma alla fine ci era riuscito.

Si aggiustò all'interno e si lasciò andare al forte desiderio di tornare bambino. Chi l'aveva deciso che non sarebbe stato possibile? Si riempì i polmoni d'aria e rimase in attesa.

Tic, tic, tic. Il rumore delle gocce d'acqua l'avevano rilassato al punto di ritrovarsi nel mondo dei sogni.

"Ehi, cretino, giochiamo agli indiani?"

"Smettila di chiamarmi così, accidenti a te." Fu la risposta di Logan.

Fiamma stava saltellando di fronte a lui con al suo fianco i suoi inseparabili cani: Lem e Rochi. "Oggi mi insegni a pescare?" chiese Fiamma.

"Solo se andrai a caccia di vermi, ma devono essere quelli grandi e grossi e tanto panciuti." Rispose Logan.

"Agli ordini, capitano." Aveva risposto Fiamma.

All'improvviso si destò. Qualcosa o qualcuno l'aveva riportato alla realtà. "Logan" e riconobbe la voce di sua madre.

"Sono qui,"

"Dove ti sei cacciato?"

"Arrivo subito." Non osava farsi vedere da sua madre dove si fosse cacciato. Logan cercò di scrollarsi le foglie secche appiccicate alla maglia. Pensò ai momenti appena vissuti e a come gli fosse sembrato tutto così reale. Il cuore gli batteva forte: era certo che quello che aveva appena vissuto avrebbe presto trovato un significato. Con fare più leggero, si diresse verso casa.

Aiutò Luna a mangiare: era come se fosse tornata bambina. Petra guardò stupita suo figlio.

Solitamente quando c'era lei, suo figlio trovava sempre mille scuse per defilarsi. Decise di godere di quel momento senza porsi ulteriori domande. Sapeva per certo che era l'unica cosa giusta da fare.

Il giorno dopo Logan decise di fare quello che da settimane, ormai, stava rimandando. Prese il telefono e compose il numero di Francesca.

"Sono io. La macchina non c'è più."

"Mi dispiace davvero tanto" fu la risposta della ragazza "non ho parole." "Ti lascio."

Sentì Francesca piangere e in preda ai singhiozzi continuava a ripetere che lei l'amava ancora. "Peccato che per me non sia più così. Un giorno mi ringrazierai." E riattaccò il telefono.

Prese una birra, si mise comodo sulla sedia appoggiando i piedi sul tavolo e incominciò a bere. Era dispiaciuto per Francesca, ma era sicuro di aver preso la decisione giusta. Una lacrima scese sul suo viso: erano solo lacrime di coccodrillo. Aveva adocchiato una tipa niente male, a che si stava rivelando un osso duro e quindi aveva bisogno di tutto il suo tempo libero per farla capitolare. Via il vecchio, avanti il nuovo.

Bevve un altro sorso di birra e di nuovo si ritrovò ad asciugarsi un'altra lacrima. Logan sapeva benissimo che Francesca non si meritava un trattamento così da parte sua, ma preferiva di gran lunga che lei lo odiasse, almeno l'avrebbe dimenticato in fretta. Ora era di nuovo pronto a buttarsi a capofitto in una nuova avventura, non solo in ambito amoroso, ma soprattutto nel mondo del lavoro. Francesca l'aveva sempre osteggiato in quello, anziché incoraggiarlo e questo aveva contribuito molto a logorare il loro rapporto, già precario.

Logan non tollerava in nessuno modo che qualcuno gli dicesse cosa doveva o non doveva fare. Solo lui era padrone di decidere della sua vita. All'improvviso scoppiò in una sonora risata. In fondo lui e Francesca non potevano essere più diversi: la donna parlava di mettere su famiglia insieme, mentre per lui non c'era idea più lontana. Andò in camera sua, prese i soldi e decise di andare al casinò. Sentiva che quella sarebbe stata la serata giusta in cui avrebbe vinto i soldi necessari per comprasi il drone, categoricamente in contanti. Alla faccia di chi non credeva in lui.

Un paio d'anni dopo

Logan andò in bagno e fece l'errore di guardarsi allo specchio. Profonde occhiaie gli segnavano lo sguardo e la barba era incolta. Non era mai capitato prima, che arrivasse a ridursi in quello stato.

Logan iniziò a grattarsi il mento.

Aveva chiuso definitivamente con il mondo del porno. Si era stancato anche di quello. Occasionalmente accettava ancora qualche incontro a pagamento, più che altro per ricordare a se stesso di avere sempre un'alternativa, caso mai il mondo dei rally l'avesse tradito. Cercava di trovarsi solo con se stesso, il meno possibile: farsi un esame di coscienza sarebbe equivalso a spararsi in fronte. Di questo ne era certo.

Pensò a sua nonna: Luna non sarebbe stata propriamente fiera di quello che era diventato.

Aveva un quaderno pieno zeppo di nomi di donne con cui era stato a letto: nessuna prestazione a pagamento, tutti servizi gratis, per puro e solo divertimento.

Laura, Donatella, Barbara, Cristina e poi ancora Sabrina, Daniela... tutte donne che si aggiravano tra una valutazione media tra il sette e l'otto. Nulla di eclatante.

Grazia, Carla, Natalia...!

Che donna Natalia! Femmina da mille e una notte. Era di origine russa, 23 anni, alta 1,82 cm, occhi azzurri e bocca carnosa. Lunghi capelli biondi sfioravano il fondo schiena, perfetto. Faceva la modella di professione. Si erano conosciuti per caso sul seti dove Logan era stato incaricato di fare un video sulle modelle dietro le quinte. Aveva adocchiato quella donna fin dall'inizio, ma aveva dovuto ammettere con se stesso, che quella donna era troppo anche per lui.

Durante l'inverno le corse venivano sospese per poi riprendere verso la fine di febbraio. Ed era per quel motivo che aveva accettato di fare quel servizio: doveva riprendere le modelle, mentre lavoravano.

Dopo quasi tre giorni di riprese, Logan era sfinito, ma ne era valsa la pena aver trascorso ogni minuto di quei giorni in mezzo a donne così belle. Logan sapeva mantenere una grande professionalità sul lavoro, garanzia assoluta per un ottima riuscita del suo lavoro, anche se in quel frangente, gli costò molta fatica mantenerla.

Fu per quello che rimase parecchio stupito quando, girata l'ultima scena, Logan si trovò di fronte a Natalia in accappatoio , bella come il sole e perfetta sogni a ogni punto di vista, che disse: "Finito il lavoro, ci vorrebbe un po' di relax." E con una mano scostò l'indumento facendo intravedere un seno. Logan si trovò preso in contro piede e non fu pronto a rispondere.

"Ehi, che è successo? Il lupo ti ha mangiato la lingua?" Logan si riscosse e rispose: "Dimmi dove e quando!"

Furono due giorni indimenticabili in cui non videro mai la luce del sole, consumando i pasti sempre in camera e che si conclusero con Logan completamente privo di forze. Non per niente, sul suo diario, aveva scritto il suo nome in rosso, voto 10 e lode e, come se non bastasse, l'aveva evidenziato con un pennarello fosforescente. Unica in tutto.

Continuò a leggere i nomi: Federica, Saveria, Loredana, Luisa...! Tornò a guardarsi allo specchio e si lasciò andare ai ricordi.

Il rally continuava a essere uno sport poco pubblicizzato in Italia, ma senza dubbio era anche tra i più affascinanti. Aveva iniziato a installare camere car sulle vetture da rally, in modo tale che i piloti potessero avere la possibilità di rivedersi, comodamente seduti sul divano di casa loro.

Stava raccogliendo i frutti di tanta costanza, quando conobbe Luisa.

Doveva ammettere con se stesso che per quella donna aveva perso la testa. Faceva la navigatrice e durante le gare spesso si incontravano e questo favorì la loro conoscenza. Sposata, senza figli, economicamente benestante, viveva sotto lo stesso tetto di quello che lei definiva il suo "Ex" marito. Luisa non se l'era sentita di metterlo fuori casa e, di comune accordo, avevano deciso che lui poteva occupare la dependance.

Conservava ancora le foto che Luisa le aveva mandato dalla Tunisia. Dopo due anni che stavano insieme, all'improvviso la donna incominciò a comportarsi stranamente.. A un certo punto Luisa esclamò: "Ho deciso che vado in vacanza:"

Logan non ci trovò nulla di strano fino a quando lei non aggiunse: "Ci andrò con il mio ex marito."

Pensò che lo stesse prendendo in giro, ma il giorno che avrebbero dovuto trascorrere insieme per festeggiare il loro secondo anniversario, coincideva proprio con la partenza della sua vacanza.

Sicuramente Logan non era uno stinco di santo e forse stava ricevendo solo quello che si meritava.

Il giorno precedente alla partenza di Luisa, Logan le aveva chiesto di incontrarsi e , dopo essersi amati alla follia, lui disse: "Ti prego, non partire." E si inginocchiò ai suoi piedi.

"Non tornare su questo discorso: ormai ho già deciso."

Logan cercò di giocarsi tutte le carte, ma non riuscì in alcun modo a far cambiare idea alla donna. "Ho bisogno di una vacanza anche da te." Fu la sua risposta.

Il giorno previsto del ritorno di Luisa, Logan si presentò all'appuntamento con un mazzo di fiori: 14 splendidi girasoli, uno per ogni giorno passato lontano da lei. Rimase ad aspettarla per quasi quattro ore. Tentò ancora una volta di chiamarla al cellulare, ma per l'ennesima volta risultò spento. Dopo un tempo che parve interminabile, finalmente arrivò un messaggio da Luisa. All'improvviso si sentì un grandissimo coglione, fermo in mezzo alla strada, con quell'enorme mazzo di fiori. Salì in macchina e andò via sgommando. In testa continuavano a rimbalzargli le parole del messaggio: "ho capito di non amarti più e ho scelto di tornare con mio marito. Addio!"

Ripose il diario nel suo nascondiglio e scese di sotto. Andò in camera a controllare sua nonna e una volta sincerato che fosse tutto a posto, uscì nel cortile. Ripensò agli ultimi dieci anni della sua vita.

Già da tempo aveva capito di non avere le idee chiare su cosa volesse fare da grande. Spesso si sentiva una morsa stringere forte il suo cuore, che gli impediva di sentirsi felice. Arrivò alla conclusione che sarebbe stato un dannano per il resto della sua vita. Alcune cose, invece, erano diventate certezze della sua vita: sua nonna non sarebbe mai più tornata a essere quella di prima; aveva frequentato per mesi uno psicologo per arrivare alla conclusiva diagnosi che lui era arrabbiatissimo con sua madre per non essersi preso cura di lui, anche se, a dire il vero, ora Petra cercava di recuperare il loro rapporto in ogni modo possibile e per concludere, la convinzione più assoluta era che una donna per lui, solo per lui, non sarebbe mai esistita. Perché per lui doveva essere tutto così difficile?

Tornò in camera da sua nonna e incominciò ad accarezzarle i capelli. Luna non sarebbe più tornata a ricordare ed era inutile cercare di farle capire qualsiasi cosa.

La cosa migliore da fare era lasciarla riposare e farle sentire che Logan era al suo fianco pettinandole i capelli, baciarla sulla guancia e tenendole la mano.

Era avvolta da una profonda confusione che andava ben oltre all'immaginazione di Logan. Il viso triste, sofferente e perso in uno spazio senza fine. Logan era certo che sua nonna avesse un grande bisogno di lui e, quando le tendeva la mano per sentire il calore della sua, il suo sguardo diceva "stai con me".

Gli occhi di sua nonna sapevano comunicargli quello che la sua bocca, ormai, non riusciva più a dire.

"Non perdere la pazienza con me, non sgridarmi per favore. Non riesco a spiegarti perché mi comporto così e non riesco a tornare a essere quella che ero anche se lo desidero più di ogni altra cosa. Ricordati che ho bisogno di te."

Luna l'aveva sempre protetto, viziato e coccolato. Per anni gli aveva dato dei soldi di nascosto da Luigi. Era sempre disposta a trovare una giustificazione a ogni comportamento sbagliato di Logan. Non era stato forse proprio il modo giusto di crescerlo, ma era stato, senza ombra di dubbio, l'unico modo che aveva avuto per dimostrargli tutto il bene che gli aveva voluto.

Dopo la morte di suo nonno, Logan aveva impiegato parecchio a trovare la sua strada e nel frattempo aveva sperperato tutti i soldi che aveva in divertimenti: gioco, donne, bevute e quando si rese conto di non avere più niente, l'idea di trovarsi un lavoro, non lo aveva nemmeno sfiorato. Aveva venduto perfino uno dei terreni che suo nonno gli aveva lasciato in eredità, ma col tenore di vita che aveva scelto, dilapidò in fretta anche quella piccola fortuna. Aveva perso al gioco quasi cento milioni di lire e ancora aveva perseverato nello strafare. Quando toccò il fondo, non trovò di meglio da fare che usare i soldi della pensione di sua nonna, sperperandola nel giro di pochi giorni. Dopodiché doveva intervenire Petra a garantire il sostegno suo e, soprattutto, quello di Luna.

Quella notte, mentre dormiva profondamente, sua madre venne a bussare alla sua porta. Il sonno profondo in cui era avvolto impedì a Logan di sentire sua madre che continuava a chiamarlo.

Petra, decisa, entrò in camera del figlio. "La nonna non c'è più."

Logan si trovò a rivivere lo stesso incubo che aveva vissuto per la morte di suo nonno. Petra, a differenza della volta precedente, abbracciò suo figlio con tutta la forza di cui era capace.

Ora sarebbero rimasti solo loro due e dovevano incominciare a darsi seriamente una possibilità.

Luna venne sepolta accanto al compagno di una vita. All'improvviso Logan ricordò una cosa che sua nonna era solita ripetere, quando lui gli chiedeva "Tu non morirai mai, vero?"

E Luna, prendendosi in braccio Logan, gli rispondeva: "Prima o poi capiterà anche a me." "Io non voglio."

"Nemmeno io, ma quando capiterà, tu dovrai fare una cosa per me." "Quale?" chiese Logan.

"Quando la mia mancanza sarà così forte che ti sentirai davvero perso, allora non dovrai fare altro che guardare in alto, verso le nuvole. Io sarò lì, che ti farò ciao con la mano."

Il prete stava dando l'ultima benedizione, quando Logan si ritrovò con il volto rivolto verso il cielo. Era certo che non era il frutto della sua immaginazione: una grande nuvola aveva preso le sembianze di una mano. Era certo che fosse il saluto di Luna e al suo fianco c'era anche Luigi e tirò un grandissimo sospiro di sollievo: quando sarebbe stata la sua ora, era certo che li avrebbe ritrovati lì, pronti ad accoglierlo.

Quando fu tutto finito, Logan e Petra tornarono a casa. "Io resto ancora un po' qui fuori." Disse Logan.

Sua madre entrò in casa, lasciandolo da solo.

Logan accese un piccolo falò proprio in mezzo al cortile, tirò fuori il pacchetto di sigarette che aveva nella tasca e aspirò la sigaretta più che poté, sicuro che sarebbe stata l'ultima volta e la buttò nel fuoco, insieme al pacchetto ancora pieno.

Doveva rimettere subito ordine nella sua vita. Basta alcol, basta fumo e basta col gioco.

Fiamma stava cercando la lista delle cose che sarebbero servite a sua figlia: l'indomani sarebbe stato il suo primo giorno di scuola. Cercò nella borsa, nelle tasche della giacca e tornò perfino in macchina, ma della lista non c'era traccia. Si arrese all'evidenza di essere una smemorata cronica. Era cerca che, una volta a casa, se la sarebbe trovata in bella vista attaccata alla porta di casa. a quel pensiero le scappò un sorriso. Una volta rideva con più frequenza ora, invece, era molto più controllata in ogni sua reazione. Solo quando era con sua figlia tutto era perfetto.

Spinse il carrello nella corsia dove avrebbe trovato il materiale scolastico, cercando di fare affidamento sulla sua memoria e a quel pensiero le sfuggì un altro sorriso.

"Certo che quando sorridi sei ancora più bella." Al suono di quella voce a Fiamma si gelò il sangue. I quaderni che aveva in mano caddero per terra. Si appoggiò al carrello per non cadere per terra. Un commesso del supermercato le si avvicinò: "Tutto bene?" Fiamma non riuscì a rispondere. Si guardò intorno e non vide nessuno. Stava tremando e tutto le stava girando intorno. Guardò il commesso senza riuscire a proferire parola.

"Vado a prender subito qualcosa da bere."

Fiamma cercò di chiamare il commesso, ma il ragazzo si era già allontanato. La gente incominciò ad avvicinarsi a lei. Fiamma guardava con molta attenzione gli occhi che la stavano scrutando e a un certo punto li vide.

Due occhi scuri come la notte, fissi nei suoi, intenti a rubarle l'anima. All'improvviso quegli occhi diventarono rossi come il fuoco "tu sei mie". Fiamma cercò aiuto, ma nessuno sembrava capire il suo bisogno di aiuto. Allungò la mano per cercare qualsiasi cosa che potesse esserle di aiuto, ma non trovò nulla.

"Tu sei mia." Di nuovo quelle parole. Con tutto il coraggio di cui era capace Fiamma affrontò quegli occhi maligni: "gli occhi del diavolo."

Si svegliò tutta sudata e tremante. "Logan.." Gridando con quanto fiato avesse in gola

Gli occhi del diavolo... Logan!

Piano, piano smise di tremare: era stato un incubo. Uno strano e maledettissimo incubo. Logan. La voglia di cercarlo si fece pressante. Velocemente scese dal letto. Doveva assolutamente cercarlo e dirgli che non era più arrabbiata con lui. Magari si era sposato e aveva avuto una marea di figli.

Doveva assolutamente ritrovarlo. Fuori stava albeggiando. Si diresse verso la camera di sua figlia.

Aprì la porta e senza far umore si avvicinò a Luce. Il viso sereno, l'immancabile dito in bocca e l'altra mano sopra la testa: era l'immagine più bella in assoluto che potesse rappresentare la pace.

Più tardi, mentre stava bevendo il caffè in compagnia di Nadia, Fiamma raccontò per filo e per segno il sogno che aveva fatto: il terrore che aveva provato sembrava davvero reale.

Dovresti imparare a dare un significato a questi incubi: spesso sono le nostre paure più nascoste ad apparirci in sogno e, secondo me, tutto ha un senso. Prendi per esempio quella voce: gli occhi rossi! Ti hanno portato a una sola conclusione: Logan! Concentrati su questo e lascia perdere tutto il resto e, sempre secondo me, non farà altro che portarti qualcosa di buono l'aver ripescato nella tua memoria il tuo amico Logan. Quindi , cara bimba, vai e trovalo! Hai ancora due settimane di ferie. Una volta tanto usale per qualcosa di diverso che non sia ridipingere le pareti di casa tua."

Fiamma guardò la sua amica: aveva rischiato di perderla per colpa della sua stupidità. Anche lei era una donna provata dalla vita per via di una brutta separazione non ancora del tutto conclusa, si era presa carico della cura dei suoi anziani genitori e una figlia che non vedeva quanto avrebbe voluto, ma era giusto così: Nadia era convinta che i figli non fossero una proprietà, ma solo in prestito e sua figlia, ora, stava vivendo la sua vita. Come se non fosse abbastanza, negli ultimi tre anni aveva dovuto affrontare due tumori, ognuno di origine diversa e, nonostante tutto questo, riusciva ancora a trovare del tempo per lei.

"Conoscerti è stata una grandissima fortuna per me" disse Fiamma "Guarda che la cosa è reciproca" rispose Nadia. Le due donne non era solite alle smancerie, ma in quel frangente un grande e caldo abbraccio arrivò spontaneo. Fiamma si alzò per togliere le tazzine dal tavolo e all'improvviso incominciò a girarle la testa. Nadia si alzò in piedi per aiutarla.

"Sei pallidissima. Ti senti bene?"

"E' da qualche giorno che mi capita e prima che sia tu a dirmelo, sono già andata dalla dottoressa. Pensa che si possa trattare di sbalzi di pressione e mi ha già dato una sfilza di esami da fare."

Dopo che Fiamma si riprese completamente Nadia andò via portando con se Luce: avevano deciso di andare a fare shopping insieme. Quelle due, insieme, erano una vera forza della natura. Quando in casa calò il silenzio, Fiamma andò in salotto. Si diresse davanti alla libreria, spostò dei testi che nascondevano una piccola cassaforte, la aprì, prese un plico di fogli e li mise sulla scrivania. Dalla tasca tirò fuori una ricevuta: due mila euro.

Era tutto quello che possedeva, ma se questo fosse servito a tenere Nicola lontano da Luce, avrebbe continuato a pagarlo, solo fino a quando non avesse firmato la rinuncia alla patria potestà. Luce non portava nemmeno il suo cognome e l'avvocato gli aveva detto che quello era un punto in più a suo favore. Diede uno sguardo alle carte del pronto soccorso: ogni tanto lo faceva per fare in modo che non si scordasse mai di quello che era successo quella notte. Lei aveva perso un figlio ma si riteneva in grado di vivere con quel peso, ma sua figlia no! Non doveva pagare il prezzo dei suoi errori.

Un'unica fortuna c'era in tutto quello che era accaduto ed era che Luce non ricordava assolutamente nulla di quello che era successo. Quando chiedeva il perché di quella cicatrice sulla sua manina Fiamma le raccontava qualcosa di talmente surreale al riguardo da risultare vero agli occhi della bambina.

"Oh Gesù, un aiuto dammi tu! Tien lontan da me il dolore, dammi tanto, tanto amore. E se puoi vorrei anche una manina nuova." Fiamma aveva ascoltato la preghierina di sua figlia. Un nodo le strinse lo stomaco. Si avvicinò a sua figlia e disse: "Eri talmente bella e perfetta che gli angeli hanno deciso che la tua manina era bella così." Strinse forte al petto Luce.

Quando fosse cresciuta abbastanza, magari le avrebbe raccontato la verità al riguardo. Farlo ora, era certa che sua figlia non avrebbe capito.

Rimise tutto in cassaforte e si vestì per uscire: aveva appuntamento col suo avvocato.

"Ciao, ti stavo aspettando." "Mi dai buone notizie?"

"Più o meno" rispose l'avvocato.

"Quello che mi chiedi non è così facile da ottenere." "Ma non impossibile, giusto?"

"Ascolta" disse l'avvocato " il rimedio migliore in cui la responsabilità genitoriale non sia un onere gradito è semplicemente quello di non assumersela evitando di generare figli."

"Ho capito. Questo me l'hai già detto almeno un milione di volte. Sta di fatto che mia figlia esiste e non posso farla sparire con una bacchetta magica, quindi? Mi puoi dire qualcosa che io non sappia già?"

Giorgio la guardò e disse: "Sai come la penso al riguardo."

"E tu sai benissimo che non porterò mai mia figlia in tribunale." Rispose Fiamma. Avrebbe dovuto raccontare quello che era successo a sua figlia.

"In casi come il tuo dove ci sono violazioni piuttosto gravi della legge che mettono in pericolo i figli e il loro benessere, se non addirittura la stessa sopravvivenza, solo un giudice può disporre quello che tu vorresti."

Fiamma cercò di assimilare il più possibile di quanto Giorgio aveva appena detto. "Tu non l'hai pagato, vero?"

Fiamma non sapendo cosa rispondere preferì mentire: "No, non l'ho fatto." "Bene" Giorgio inforcò gli occhiali e incominciò a parlare.

Una volta fuori dallo studio, Fiamma si fermò a riflettere su quello che l'avvocato gli aveva ripetuto più volte.

A meno che Nicola non avesse precedenti penali talmente gravi da privarlo a tempo indeterminato della possibilità di prendere qualsiasi decisione inerente alla vita di Luce, Fiamma non poteva far altro che cercare di tenerlo il più lontano possibile da loro, pagandolo. Magari un giorno si sarebbe stancato di loro e sarebbe sparito per sempre dalle loro vite.

"La responsabilità genitoriale è un insieme di diritti e doveri." Fiamma lo disse ad alta voce attirando su di se lo sguardo dei passanti.

A cosa serviva mettere al mondo dei figli se poi non si vuole loro bene e non si è pronti e disposti ad affrontare tutte le responsabilità che comportava l'essere genitore? Giorgio aveva ripetuto quella frase talmente tante volte che Fiamma l'aveva imparata a memoria.

Fiamma, al riguardo, aveva risposto: "forse, qualcuno di molto in alto, potrebbe cercare di capire persone come me che, per un grave errore di valutazione commesso, ora rischia di far pagare il prezzo più alto alla propria figlia."

L'unica carta che aveva a sua disposizione era il mancato riconoscimento del padre naturale e doveva far di tutto perché questo non accadesse, perché una volta avvenuto, non era più revocabile.

"Sei andata a fare gli esami?" Fiamma talmente assorta nei suoi pensieri, non sentì la domanda di Nadia.

"Ehi, mi stai ascoltando?" ripeté Nadia. "Scusa, ma stavo pensando ad altro."

"Me ne sono accorta visto che sono più di dieci minuti che parlo a vuoto." "Scusa. Dimmi!"

"Gli esami? Li hai fatti?"

"Si, devo andare a ritirare gli esiti giovedì." "Beh, sono stati abbastanza veloci, direi." "Vero"

"Ho capito. Oggi non sei in vena di chiacchierare" disse Nadia e alzandosi dalla sedia, disse: "Lo sai vero che puoi contare sempre su di me?"

"Lo so. Se non ci fossi dovrebbero inventarti." Rispose Fiamma "Sei davvero sicura che non hai nulla di cui vorresti parlare?" "No."

Nadia si alzò e uscì.

Non appena chiuse la porta, il cellulare si mise a suonare. "Buongiorno. La signora Ferraris?"

"Si. Sono io."

"E' il centro analisi. E' risultata un'anomalia negli esami del sangue. Può tornare domani mattina?" Fiamma acconsentì, ma un senso di profondo disagio prese possesso di lei.

Seconda parte

13

Nulla succede per caso

2004

Cos'hai detto?" disse Fiamma

"Che ce n'è voluto di tempo perché ti decidessi a venire qui." Rispose Logan. Fiamma si mise a ridere.
"Sei sempre il solito cretino. Se non fosse stato per me...."

Logan guardò Fiamma. Nonostante fossero passati tanti anni dall'ultima volta che l'aveva vista, non era cambiata molto e glielo disse.
"No, Logan. Non è così. Adesso , in questo preciso momento, devo ammettere che mi sento come allora, ma sono cambiata anche io e non esattamente in meglio, ma di questo ne parleremo un'altra volta. D'accordo?" "Te ne vai già via?"
Fiamma guardò l'ora e disse: "Sono esattamente sette ore che siamo qui a parlare. Decisamente per me è arrivata l'ora di tornare a casa. Ho pur sempre una figlia da recuperare."
"La prossima volta che torni, voglio conoscerla." "Contaci."
Logan abbracciò talmente forte la sua amica, fino al punto di toglierle il fiato. "Ehi, mi stai soffocando" disse Fiamma.
"Scusa! E' che sono davvero felice di averti ritrovato e non voglio perderti di nuovo."
"Anche per me è la stessa cosa" Fiamma si alzò. "Tornerò presto! Contaci e dovrai spiegarmi tante cose."
"Tipo?"
"Il significato del tuo soprannome: Zainz, tanto per cominciare e mi dovrai anche spiegare come mai non hai ancora una famiglia."
A Logan venne istintivo alzare il dito medio in segno di saluto. "Non te lo dirò mai."
Fiamma si diresse alla macchina e Logan inforcò la sua bici e pedalò con forza fino a casa. Era ancora incredulo: quella mattina si era ritrovato prima con il cappio al collo e poi col sedere per terra. Rivedere Fiamma proprio quel giorno era qualcosa di veramente straordinario, tanto da rendere quella giornata, la più bella mai vissuta fino a quel momento.
Passò davanti a Petra, fischiettando un motivetto stupido. La donna lo

guardò stupita: probabilmente suo figlio doveva essere caduto dalla bicicletta, battendo forte la testa. Non riusciva a trovare un'altra spiegazione logica al suo comportamento, soprattutto quando era tornato sui suoi passi e gli stampò un bacio in piena fronte dicendo: "Ti voglio bene, mamma."

Oppure, pensò Petra, si era fumato qualcosa di veramente pesante.

Si rimise ad affettare la cipolla che si rivelò essere la scelta giusta perché poté mascherare le sue lacrime.

"Mamma, mamma" Luce le corse incontro. "Pensavo non tornassi più. E' tardissimo." "Gioia, tornerò sempre da te." E strinse forte a se sua figlia.

"Non scordarlo mai."

"Non sapevo più cosa raccontare a tua figlia per tenerla buona." Disse Nadia.

"Grazie. Ho perso la cognizione del tempo. Domani ti racconterò tutto quanto, d'accordo?" "Novità sugli esami?"

Lo sguardo che Fiamma le rivolse fece intendere a Nadia che non ci fosse nulla di bello da dire al riguardo.

Fiamma decise all'ultimo momento di fermarsi a cena a casa dell'amica. "Così ti racconterò tutto della giornata di oggi. Solo cose belle però." E incominciò a raccontare di Logan, di come si erano conosciuti e di come si fossero allontanati, ma soprattutto raccontò di come avevano trascorso quella giornata e di come nulla fosse fosse cambiato tra loro, nonostante fossero passati tantissimi anni.

"Ti piacerà, vedrai"

"Ne sono sicura, però sai benissimo che non è questo che voglio sapere."

Fiamma guardò l'amica e con tutto il coraggio di cui era capace, disse: "Ho il cancro. Mercoledì farò la prima chemio.

"Andrà tutto bene, vedrai."

"Basta" disse Fiamma "non voglio più sentirmi dire quella frase. Ogni volta che qualcuno l'ha pronunciata in mia presenza, poi le cose sono andate di merda."

Sua nonna, suor Teresa, Gabriele, Emma, Nicola e il giorno prima, perfino l'oncologo. "Non voglio più sentirla" ripeté Fiamma.

"Allora "Mucha merda!" In Spagna è considerato il miglior augurio che una persona possa ricevere."

Si misero a ridere entrambe. Era l'unica cosa possibile da fare in quel frangente per poter alleggerire la tensione.

"Sei pronta?" disse Fiamma a sua figlia. "Si mamma."

"Hai preso anche il sacchetto di pane duro che ho preparato sul tavolo?"

"Ops" disse Luce "sono proprio una sbadata." Corse a prendere il sacchetto che trovò esattamente dove disse sua madre.

"Però non ho capito a cosa ci servirà."

"Non essere così impaziente. Presto lo scoprirai."

Luce si diresse verso la macchina, saltellando. Fiamma sistemò sua figlia nel seggiolino, si mise alla guida e disse: "Si parte."

Luce si mise il pollice in bocca e non si perse nulla del viaggio. Una volta arrivate nel parcheggio del Bluperry, Fiamma fece scendere Luce dalla macchina indicandole il parco giochi. Fiamma si diresse da Alberto, il gestore. Di primo acchito lo aveva trovato simpatico e ospitale. Logan non era ancora arrivato e Fiamma ne approfittò per andare in riva al lago. Guardare il paesaggio che si poneva di fronte, la faceva sentire bene.

"Mamma" Luce le si era avvicinata senza che Fiamma se ne accorgesse. "Posso stare qui con te? I giochi li ho già usati tutti e da sola non mi diverto così tanto" e non appena ebbe finito di parlare si mise di nuovo il dito in bocca.

Fiamma guardò sua figlia e disse: "Aspettami qui. Torno subito."

Luce guardava quegli animali che piano piano si stavano avvicinando a lei. La bambina non sapeva cosa fare: aveva voglia di accarezzare quei buffi animali. Controllò dove fosse sua madre e la vide che stava parlando con il signore che poco prima le aveva regalato un gelato.

Tornò a guardare in direzione dell'acqua: mise un dito dentro. Era molto più bassa di quella che sua mamma le metteva nella vasca, quando le faceva il bagno.

"Non è pericoloso" esclamò la bimba. Si sporse un po' più avanti e perse l'equilibrio, ma un attimo prima di cadere dentro l'acqua due braccia forti la presero al volo.

La bimba si girò verso lo sconosciuto e non trovò di meglio da fare che mettergli le dita negli occhi. Sua madre le aveva insegnato che non doveva mai dare confidenza agli sconosciuti. Logan imprecò e mise per terra la bambina e incominciò a sfregarsi gli occhi. Fiamma alla vista della scena scoppiò in una fragorosa risata.

Logan disse: "Non c'è nulla da ridere. Chissà perché, ma sono convinto che questa…" guardò in direzione di quella bimba: aveva gli occhi sgranati e il dito in bocca e aveva un aspetto angelico, "….sia tua figlia: faccia d'angelo che nasconde un vulcano."

Fiamma non smetteva di ridere. Alberto si unì al divertimento e si rivolse all'amico, dicendo: "Tanta palestra e tanto sport e poi ti fai mettere ko da un affarino che non arriva al metro."

Logan continuò a sfregarsi gli occhi. Guardò Fiamma e allargò le braccia. "Tale madre, tale figlia. Se non erro tu ti sei presentata dandomi un bel calcio negli stinchi e anche tu non eri alta che così" facendo segno all'altezza del suo fianco.

"Direi che non potrà che portarci bene." Luce piano piano si avvicinò a Logan e incominciò a strattonarlo per la maglia.

"Ti do il mio fazzoletto così ti pulisci bene le mani prima di toccarti gli occhi: la mamma me lo dice sempre."

Ancor prima che Logan potesse rispondere Luce aveva tirato fuori il suo fazzoletto. Era talmente sporco che sarebbe stato in piedi da solo e incominciò a sventolarlo davanti agli occhi di Logan.

"L'ho usato solo una volta, quando ho fatto l'ultimo giro sullo scivolo."

Logan guardò Luce e poi Fiamma che le sussurrò: "Molto dipenderà dalla tua risposta" e sorrise.

Logan guardò di nuovo quel fazzoletto indeciso sul da farsi: aveva sempre immaginato i bambini come creature dolci, tranquilli e soprattutto docili. Invece si ritrovava di fronte a una Fiamma in miniatura.

"Ok, accetto. Grazie."

"Era ora" disse Fiamma "Bentornato. Per un momento ho temuto che fossi diventato uno snob."

La giornata trascorse allegra, tra chiacchiere, tanti ricordi rispolverati e un pranzo da leccarsi i baffi.

Ogni tanto Fiamma controllava Luce: stava continuando a sbriciolare il pane alle anatre. "Bisogna tenere d'occhio quando arriveranno i cigni. Potrebbero pizzicarla."

Fiamma rise al ricordo di quello che era successo al mattino.

"So benissimo a cosa stai pensando: certo che hai educato bene tua figlia." Disse Logan. "Sei tu che l'hai colta di sorpresa, quindi…"

"Avevo paura che cadesse in acqua e se ha preso da te…"

"No. Non ha preso da me. Aveva tre anni quando l'ho portata in piscina, affinché imparasse a nuotare. Luce e l'acqua sono entrati subito in sintonia. Però anche tu… non sarebbe annegata in 5 cm di acqua."

"Non si sa mai" rispose Logan " e poi si sarebbe bagnata i pantaloni…"

"Si, si vallo a raccontare a qualcun altro. Volevi apparire agli occhi di mia figlia come un super eroe. Negalo se sei capace."

Logan rise di questo: in fondo, Fiamma, non aveva tutti i torti.

Luce, sfinita, si mise a dormire sulla coperta. Fiamma era indecisa se parlarle della sua malattia. Decise di lasciar perdere: sicuramente avrebbe avuto qualcosa di più divertente da raccontare.

Una volta a casa la portò sul suo letto e le diede il bacio della buonanotte. Anche Fiamma avrebbe voluto andare a dormire, ma doveva controllare che tutti i documenti fossero pronti. L'indomani mattina avrebbe dovuto fare la chemio: la prima di una lunga serie. Prese il cellulare e mandò un messaggio a Nadia: "Tutto ok. Domani mattina alle otto?"

La risposta non tardò ad arrivare: "Ok! Mucha merda!"

Nadia era una persona fondamentalmente ottimista e riusciva sempre a strapparle un sorriso anche quando era l'ultima cosa che lei volesse fare.

Fiamma le aveva chiesto di venire a casa per stare con Luce: entrambe si adoravano, ma da quel giorno sua figlia avrebbe potuto contare su due nuovi amici: Logan e Alberto.

Quei due uomini, quel giorno a turno, non avevano fatto altro che giocare con sua figlia. Alla fine della giornata erano stremati almeno quanto Luce, se non addirittura di più.

Dopo che avrebbe scoperto quanto fossero stati pesanti gli effetti della chemio avrebbe portato di nuovo sua figlia al lago. La giornata appena trascorsa era stata stupendamente perfetta sotto ogni punto di vista.

14

Il momento della verità

Doveva decidersi a dire la verità a Logan sul suo stato di salute. Diventava sempre più difficile mentire al riguardo, anche perché, e di questo ne era sicura, Logan aveva un sesto senso molto ben sviluppato. Il fatto che lei fosse riuscita a tenergli nascosto il suo stato di salute fino a quel momento, non aveva fatto altro che alimentare le sue bugie.

Seduta sulla poltroncina, in attesa che arrivasse l'infermiera per la terapia, ripensò agli ultimi avvenimenti. Era contenta che Logan fosse ritornato nella sua vita, ma a volte non riusciva a comprenderlo a fondo: il suo lavoro girava bene, donne ne aveva quante ne voleva ma, allo stesso tempo, cercava la donna della sua vita. Ricordava benissimo il diverbio che avevano avuto al riguardo, il giorno prima.

"Ieri sera ho avuto un incontro con una donna che, ahimè, mi ha rovinato la serata." "E perché mai una donna avrebbe potuto farlo?" aveva risposto Fiamma.

"Sembrava che fosse chissà chi e invece si è rivelata un bluff." Rispose il suo amico. Fiamma si era messa a ridere.

"Non c'è proprio nulla da ridere al riguardo."

Fiamma lo guardò bene e disse: "Certo che rido; mica mi fai pena." "E con questo, cosa vorresti dire?" rispose Logan.

"Senti, se vuoi fare un discorso serio, bene, altrimenti, caro il mio bell'amico Logan, continuiamo a ridere, perché quello che avrei da dirti al riguardo, so già che non ti piacerebbe per niente."

"Lascia perdere! Oggi non è giornata."

"Non lo è mai, quando si tratta di metterti in discussione." Rispose Fiamma, seriamente. "Cosa sei tu, la voce della mia coscienza?"

"No, lungi da me tanta sapienza, ma di una cosa sono certa: con le parole dici una cosa e poi con i fatti cerchi sempre di stare molto lontano da quello che desideri veramente. Oppure è il contrario?"

"Oggi proprio non ti capisco."

"Certo ed è per quello che ti sei alzato, pronto per tornare sulla tua adorata bicicletta?" "Smettila. Oggi sei proprio antipatica."

"La smetterò quando avrò finito di dirti tutto quello che penso al riguardo, caro mio."

Logan la guardò attentamente: Fiamma era davvero furibonda per rispondere in quel modo.

"Va bene, dimmi tutto quello che pensi al riguardo. Sono pronto ad ascoltarti." Logan si sedette sulla poltroncina, proprio di fronte a Fiamma. Incominciò a guardare il cellulare, scorrendo il dito sullo schermo.

"Aspetta un attimo. A questa tipa devo rispondere subito." Disse Logan.

"Ascolta bene quello che ho da dirti perché lo farò una sola volta: vaffanculo Logan!"

Fiamma si alzò e si diresse al bar del Bluppery. Si bevve il caffè e se ne andò a casa. Quando Logan faceva così, Fiamma proprio non lo reggeva. Che si arrangiasse, lui e tutte quelle donne di cui era abituato a circondarsi. Era uno stupido se non capiva che non era lui a usarle, ma esattamente l'opposto. Quel mondo di cui adorava essere circondato, era quello che si meritava.

Grazie alla sua pagina su facebook aveva ottenuto un discreto successo e ottenuto quello che desiderava da sempre: tante di quelle donne da portarsi a letto, che non sarebbero bastate dieci vite per accontentarle tutte.

Spesso Fiamma si era chiesta se Logan era solo quello: un conquistatore incallito. Lei sapeva benissimo che non era così. Lei aveva rinunciato da tempo ad avere un compagno al suo fianco. Le bastava vedere ogni santo giorno la cicatrice sulla mano di sua figlia, per ricordare che con quella parte della sua vita, lei aveva chiuso definitivamente.

"Signora Ferraris, è pronta per la somministrazione del farmaco?" "Perché, ho delle alternative, forse?"

L'infermiera la guardò: di solito quella paziente era sempre gentile.

"Scusi. Non volevo risponderle male. E' solo che sono parecchio stanca in questo periodo." "Non fa nulla. Che ne diresti di darci del tu?"

"Per me va bene. E scusami ancora."

"Oggi devi fare anche la visita?" chiese l'infermiera.

"No. La visita dovrò farla tra due settimane, alla prossima chemio"

L'infermiera aggiustò la flebo e uscì dalla stanza: "Per qualsiasi cosa, schiaccia il bottone." "Grazie, lo farò."

Fiamma si mise le cuffie nelle orecchie e cercò di rilassarsi.

Passarono circa venti minuti dall'inizio della terapia, quando Fiamma incominciò a sentire uno strano formicolio al braccio. Guardò il punto di provenienza e vide che era leggermente arrossata, ed era in prossimità dell'ago e, non convinta, chiamò l'infermiera che, vedendo l'irritazione, decise di chiamare il medico.

"Chi c'è di turno, oggi?"

"Il dottor Marchesi. E' arrivato da poco, ma vedrai che ti troverai bene. E' uno in gamba." "Peccato. Pensavo di rivedere il mio medico."

"Da chi sei seguita?" chiese lì infermiera. "Dal dottor Ferdi."

"Oh, ma lui è in vacanza e non lo rivedrai prima di due mesi."

"Uff." Fiamma sbuffò.

"Peccato. Ero abituata a lui e cambiare ora, a metà percorso, non mi va granché a genio."

"Il dottor Marchesi è un nuovo acquisto. Il primario è riuscito a portarlo qui, da noi. Arriva da uno di quegli ospedali di Milano tanto famosi. Il primario lo definisce il nostro nuovo "fiore all'occhiello". Vedrai, ti troverai bene. Vado a chiamarlo subito."

"Grazie." Rispose Fiamma. Intanto quello che era un leggero fastidio, era diventato un dolore acuto. Fiamma sentiva la forte esigenza di strapparsi tutto, tanto faceva male.

Passò qualche minuto prima che il medico potesse andare da Fiamma. Quando il dottor Marchesi si affacciò alla porta, dovette fermarsi qualche secondo: davanti a lei c'era Fiamma. Aveva l'aria stanca e provata, ma era sicuramente lei, ne era certo. Diede un'occhiata alla cartella clinica che aveva in mano: Fiamma Ferraris.

Si! Era proprio lei, senza dubbio.

Il dottor Marchesi gli si avvicinò e si schiarì la voce.

"So che hai molto fastidio, ma se continuerai a grattarti così riuscirai solo a scorticarti."

Fiamma guardò distrattamente il medico e disse: "Allora non resti li impalato e faccia qualcosa. Sento un bruciore insopportabile."

Fiamma, la terribile ragazza dai capelli rossi, testarda come un caprone, ma anche tanto coraggiosa, era li, proprio davanti a lui.

"Stai tranquilla. Ora passerà tutto."

"Ah si, certo, tanto non è lei ad avere dolore." Fiamma continuava a grattarsi nella parte arrossata. "Vuoi stare ferma con quelle mani, per favore?"

"E lei vuole smetterla di parlare e fare qualcosa, piuttosto?"

"Fiamma dagli occhi blu…" si mise a canticchiare il dottore " se non ci fossi stata, avrebbero dovuto inventarti!" continuò a canticchiare.

Il cuore di Fiamma fece una capriola; quella canzone la conosceva molto bene. Quando cercò di guardare il volto del medico, lui si era girato di spalle e non riusciva a vederlo bene, ma qualcosa in lui gli ricordava qualcuno e fu all'improvviso che Fiamma disse: "Angelo."

"Finalmente! Era ora che mi riconoscessi. Certo che, crescendo, non sei cambiata poi molto."

Fiamma, con la bocca ancora spalancata, non riuscì a proferire parola: era proprio lui. Angelo Marchesi, il grande fiore all'occhiello.

Era riuscito nel suo sogno di ragazzo: era diventato un medico e, a detta dell'infermiera, anche bravo. "Tra poco dovrebbe andare meglio."

"Grazie. Mi sento già molto meglio."

"Quando finirà la flebo, prima di andar via, passa dal mio studio. Ok?"
"Ok."

Angelo guardò di nuovo la donna. Aveva passato tanto tempo a cercarla, ma era come se fosse stata inghiottita dal nulla. Aveva scoperto della morte di Angelina, per puro caso, un giorno in cui andò a portare un fiore sulla tomba di suo padre. Quando andava al paese, si ritrovava a percorrere tutte le strade e i sentieri che aveva fatto con Fiamma. Aveva deciso anche di costruire una piccola lapide per quel cane tanto coraggioso, che aveva dato la sua vita per salvare quella di Fiamma. Lo stesso giorno in cui Fiamma sparì dalla sua vita.

Il suo sogno di diventare medico non l'aveva mai abbandonato. Era riuscito a entrare alla Alma Mater Studiorum di Bologna. Erano stati anni duri, dove si era impegnato al massimo delle sue capacità. Lezioni, esami e poi la laurea seguito da un lungo tirocinio. Fu solo dopo la morte di suo padre che convinse sua madre a raggiungerlo a Bologna.

Dopo anni di gavetta, un professore che esercitava all'ospedale San Raffaele di Milano, gli aveva dato
l'opportunità di entrare nel suo staff e lui accettò con molto entusiasmo il suo nuovo incarico. Da poco aveva messo fine a una relazione con una donna sposata. Vista la sua condizione fisica, non aveva mai avuto una grande vita sociale e frequentare Alice, una donna sposata, gli era parsa un'occasione da non farsi sfuggire, ma alla fine decise che, quello di vivere una relazione vincolata da bugie, ritardi, assenze improvvise, non era per lui.

A Milano si era buttato anima e corpo nel lavoro. Sua madre era rimasta a Bologna. In quegli anni aveva conosciuto un uomo con cui aveva deciso di invecchiare e lui non aveva trovato nulla da ridire. Una volta al mese andava a trovarla e vederla appagata, rendeva felice anche lui. Poi, col tempo, le visite si diradarono perché Angelo era troppo preso dal suo lavoro. Gli ultimi giorni di ferie che si era concesso, risalivano a due anni prima e all'insaputa di sua madre, era andato in quel paese tra le colline, dove aveva trascorso il periodo più bello della sua vita. Aveva provato a chiedere in paese notizie di Fiamma, ma nessuno seppe dirgli qualcosa al riguardo.

Per poi trovarla in ospedale, nello stesso dove lui aveva appena iniziato la sua nuova carriera, in oncologia, con un cancro feroce da combattere.

"Si può?"

"Vieni. Ti stavo aspettando."

"Allora, se ho capito bene, da adesso, sarai tu a occuparti di me." "Oh già. Come ti senti adesso?"

"Meglio grazie. Cosa mi è successo?"

"L'episodio di oggi è stato solo un avvertimento." "Cosa intendi per avvertimento?"

"Non saltare subito a conclusioni affrettate." Disse Angelo.

"Sono dell'idea che un paziente deve sempre sapere tutto, buono o cattivo che sia, e solo così può mettersi in gioco completamente."

"Cosa aspetti a spiegarmi, allora?" rispose Fiamma. "Certo che sei sempre la stessa." E sorrise.

"Hai le vene fragili e non è più possibile usarle. E' troppo pericoloso. L'episodio di oggi indica che dovrai accettare il fatto di farti mettere un port."

"Qualcosa di simile me l'aveva accennato il dottor Ferdi." "Perché non hai seguito il suo consiglio?"

Fiamma fece passare qualche istante prima di rispondere. "Vuoi che ti dica davvero il perché?"

"Si."

"Perché credevo che dopo il primo ciclo tutto si sarebbe chiuso velocemente. Solo negli ultimi giorni mi sono dovuta arrendere all'evidenza che non sarà così facile uscire da tutto questo." A Fiamma si inumidirono gli occhi.

"Guarda che hai ancora tantissime carte da giocarti. Non sei ancora finita. Questo spero che ti sia ben chiaro."

Fiamma scoppiò in singhiozzi. "No, non mi è ben chiaro! Di merda ne ho già mangiata a sufficienza fino a ora. Sai darmi una risposta al perché proprio a me doveva accadere?"

Angelo la guardò e per un attimo non riuscì a trovare le parole giuste da dire. Di fronte ai pazienti riusciva sempre a trovare parole di conforto, ma non con Fiamma. Sapeva benissimo che con lei doveva puntare sempre sulla verità se davvero voleva riuscire a ottenere qualcosa. Ricordava molto bene quanto la donna fosse forte. Si erano frequentati per un'estate soltanto, ma non aveva mai dimenticato il suo sguardo quel giorno in cui era morto Basto.

"Allora?"

Angelo si riscosse dai suoi pensieri.

"No, non so rispondere a questo, ma so che tu ce la puoi fare." "Ne sei davvero convinto?"

"Si."

Angelo prese le mani di Fiamma tra le sue e disse: "Io sarò con te. Sempre. Tu mi hai insegnato a non mollare mai e se ora sono qui, lo devo anche a te. Non ti dirò che la guarigione è prossima e nemmeno che sarà tutto facile. Io credo in te e so benissimo che da parte tua puoi fare molto di più per sconfiggere questo male.

Dopo circa quindici giorni da quell'incontro, Fiamma era in attesa di essere chiamata per il piccolo intervento che doveva affrontare. In fondo, il port, le sarebbe stato di aiuto. Angelo era stato molto chiaro al riguardo: non aveva molte alternative. Non doveva temere l'intrusione di quell'oggetto: aveva passato di peggio.

"Pungendo la pelle in corrispondenza del punto in cui è situato è possibile raggiungere sempre il circolo venoso, solo che senti pungere la pelle, però è invisibile e avrà bisogno di poca manutenzione."

Angelo, al riguardo, era stato chiarissimo. Un piccolo ago non era nulla in confronto alla battaglia che l'aspettava e che Fiamma era ben decisa a vincere.

Doveva trovare il coraggio per affrontare anche un'altra grande sfida: dirlo a Logan. Si spacciava sempre per un uomo forte e coraggioso che avrebbe affrontato ogni cattiveria possibile, ma non era certa del fatto che la stessa forza l'avrebbe usata quando gli avrebbe detto la verità.

Fino a quel momento Fiamma si poteva ancora reputare fortunata. Gli effetti delle chemio erano, quasi sempre, devastanti. Per lei non era stato così. Non ancora, per lo meno. I capelli li aveva ancora e tutti gli altri effetti collaterali si riducevano a una forte nausea che durava solo un paio di giorni.

"Buongiorno signora, posso?"

Fiamma si voltò e vide un ragazzo che poteva avere all'incirca vent'anni. Il colorito della sua carnagione, la bandana che aveva in testa e il fatto che fosse così magro, erano chiari ed evidenti segni di una malattia simile alla sua.

"Certo" e fece il gesto di sedersi accanto a lei. "Mi chiamo Salvatore."

"Io sono Fiamma."

Il ragazzo la guardò e disse: "Anche lei qui per il port?" "Eh si, mi tocca."

Il ragazzo la osservò molto bene e alla fine disse: "Hai il cancro?"

Fiamma si stupì di quella domanda così diretta. All'infuori di Nadia, con cui si riteneva libera di parlare della sua malattia, non le era ancora mai capitato di trovarsi di fronte a una persona, tra l'altro così giovane, che usasse quella parola con tanta disinvoltura.

"Si." Fu la risposta di Fiamma.

"Anche io. Da due anni." Disse Salvatore. "Mi spiace." Fiamma riuscì a rispondere.

"Anche a me, ma ho imparato tante cose dalla mia malattia."

Fiamma restò in completo silenzio di fronte a un'affermazione del genere: non riusciva a capire cosa, un ragazzo così giovane, potesse aver imparato dal cancro.

In quel momento uscì l'infermiera che la chiamò per andar dentro e per la donna fu un immenso sollievo. Quelle poche parole scambiate con quel ragazzo, l'avevano completamente destabilizzata.

Dopo che le fu messo il port, la misero in una saletta, da sola, in attesa dell'ecografia per controllare che tutto fosse andato bene.

Dopo pochissimo tempo, Salvatore la raggiunse.

"Eccoci di nuovo qui. Allora, com'è andata? Vero che non hanno fatto male?" "Ma tu parli sempre così tanto?" chiese Fiamma.

"Perché non dovrei farlo? Mi piace socializzare con chiunque, ma se ti do fastidio, so stare anche in silenzio."

Fiamma si rammaricò per aver detto quella frase infelice. "No, hai ragione. Scusami."

"Non ti devi scusare. Ho passato anche io gli stessi momenti che stai passando tu. Da quanto tempo lo sai?"

"Da 43 giorni esatti."

"Ah, ecco. Ora capisco perché sei così restia a parlare. Anche io ho passato quel periodo. Non è per niente facile accettare di non essere perfetti." Disse Salvatore.

"Soprattutto alla tua età, giusto?" "Sbagliato. A tutte le età."

Fiamma lo guardò attentamente e forse fu proprio in quel momento che lo vide davvero bene per quello che era realmente: un leone.

"Mi racconti un po' di te?" chiese Salvatore.

"Ho una figlia che tra poco compirà sette anni. Sono single e, con molta fatica, sono riuscita a farmi una posizione nel mondo del lavoro."

"Che lavoro fai?" "La contabile."

"Ah, ecco. Ora capisco perché hai quell'aria un po' depressa." Fiamma sorrise a quell'affermazione.

"Cosa vorresti dire?"

"Beh, credo che avere a che fare tutto il giorno con numeri, fatture e quant'altro non sia proprio il massimo, a meno che non sia quello che tu hai sognato di diventare da sempre."

Fiamma rifletté su quello che aveva appena detto il ragazzo.

"In effetti non è il lavoro che desideravo fare da bambina, ma è quello che riesco a fare meglio nel mio presente."

"Secondo me, avresti potuto fare molto di più."

"Ma adesso che ne diresti di parlarmi un po' di te? Mi sembra che fino adesso abbia raccontato solo di me." "Giusto, hai ragione."

Il ragazzo decise di raccontare da quando era iniziato, per lui, quell'incubo.

"Fino a 26 mesi fa ero un ragazzo come tutti gli altri. Giocavo in una squadra di calcio del mio paese: io arrivo da Gorgonzola, un paese in provincia di Milano."

"E come sei finito qui a Torino?"

"Questa è un'altra storia." Rispose Salvatore.

"Per entrare nelle partite più importanti, ho dovuto fare una visita medica più approfondita. Stavo bene e nulla mi aveva fatto intendere di quanto la mia vita si sarebbe sconvolta nel giro di poco tempo. Dagli esami del sangue hanno evidenziato dei valori non troppo positivi e da quel momento è iniziato il mio calvario. La prima cosa in assoluto che mi sono detto è stata: "Non a me. Io non posso avere il cancro". Può succedere agli altri, ma non a me. Ero davvero convinto che tutte quelle visite mediche a cui ero sottoposto, si sarebbero rivelate inutili."

Fiamma pensò che anche a lei erano passati per la testa quei pensieri.

"Quando è arrivata la diagnosi, mi sono ritrovato come intrappolato in un angolo. Ho solo mia madre. Mio padre è morto quando ero piccolo e non ne ho nemmeno ricordo. Sentivo spesso mia madre piangere, durante la notte, quando era sicura che io non potevo sentirla.

Alla diagnosi devo ammettere che ero terrorizzato, dopo la prima chemio mi sono sentito invincibile perché non ho avuto gli effetti collaterali di cui mi avevano parlato, ma è stata solo dopo la perdita dei capelli che mi sono sentito perso.

Ero notevolmente confuso e poi ho incominciato a farmi delle domande: "Cosa farò? Morirò?" Quando mi ha sfiorato l'idea di avere i giorni contati ho pensato a cosa avrei voluto di più

Avevo tanti amici e a scuola ero uno sfaticato e facevo il minimo indispensabile per non rimanere bocciato. Insomma: non ero proprio un figlio modello, visto e considerato che spesso e volentieri mi mettevo nei guai. Ho voluto credere ancora per un po', che quello che mi stava capitando, fosse tutto uno sbaglio e che tutto ciò non potesse accadere a me. A tutti gli altri, tranne che a me.

Poi ho incontrato un dottorino giovane, che ha incominciato a prendersi cura di me in modo diverso: non ero più un numero. Questo mi ha aiutato moltissimo per tirare fuori tutta la rabbia che provavo e trasformarla in grinta. Ed ora eccomi qua!" Fiamma rimase senza parole.

"Ho tirato fuori tutta la forza che avevo e che non sapevo nemmeno di avere. Mi sono reinventato la mia vita. Ho avuto i mi piccoli traguardi: sono stato promosso, ho compiuto i 18 anni e ho anche perso la verginità." A quel ricordo il ragazzo fece un sorriso: la sua prima volta era stata un disastro, ma poi era migliorato col tempo.

"Non è vero che il cancro ti lascia da solo. Semplicemente seleziona in modo artificiale le persone che scelgono di rimanerti accanto e questa non è cosa da poco. Ho conosciuto persone speciali anche nei vari reparti dove sono stato ricoverato. Ho imparato a cogliere ogni cosa bella e a non sprecare il mio tempo. Mi sono sentito triste e perso, non è sempre stato tutto facile. Iil mio più grande traguardo di oggi è stato quello di essere qui a parlare con te. E non è poco, credimi."

Fiamma, letteralmente senza parole, non riuscì a fare altro che allungare una mano, fare una carezza al ragazzo e dire: "Grazie."

Angelo, che non si era perso una sola parola di tutto quello che era appena accaduto, sorrise: era sicuro che Salvatore sarebbe riuscito a trovare le parole giuste per toccare Fiamma.

Tutti avevano diritto ad avere qualcuno che ascoltasse e la sua amica non era da meno: ora dipendeva solo da lei a trovare la forza necessaria per reagire nel modo giusto perché le terapie, da sole, non avrebbero mai sconfitto quel male oscuro.

Febbraio

"Senti Fiamma, non so più come dirtelo. Devi andare dal medico. Non puoi continuare ad andare avanti così. "

"Sempre convinto di saperne più di me? Sono solo stanca. Perché piuttosto non rispondi alla mia domanda?"

"Quale?"

"Bravo. Sempre con la testa tra le nuvole e sempre con il cellulare in mano. E' una cosa seria per me, vuoi capirlo?

"Guarda che ti sto ascoltando. Riesco perfettamente a fare bene entrambe le cose." "Se lo dici tu! Allora rispondimi."

"Fiamma, sei proprio una rompiscatole, proprio come lo eri da bambina. Adesso ascoltami bene. IO NON SONO LA PERSONA GIUSTA PER DIVENTARE IL PADRE DI LUCE, LO VUOI CAPIRE O NO?"

"Se io ho deciso che lo sei, non credi che possa anche non sbagliarmi per una volta?"

"Davvero non ti capisco. D'accordo che il padre di Luce sia un delinquente da quattro soldi, ma è un dato di fatto che sia lui il padre.

"Non ha mai voluto saper nulla di lei. Ti ho chiesto di sposarmi così sarà più facile ottenere che porti il tuo cognome e saresti l'unica persona al mondo a cui affiderei mia figlia. Pensaci Logan, te lo chiedo per favore."

"Ci ho pensato, anche più di quello che tu possa immaginare. Non è la soluzione adatta."

"Potrai avere la tua vita, il nostro matrimonio sarà solo un proforma per...." Tutto ad un tratto Fiamma diventò pallida e prima che Logan potesse tenerla, lei cadde battendo violentemente la testa per terra.

A nulla servirono i tentativi di Logan per cercare di svegliarla e ora era ancora più pallida. Si alzò e chiamò subito il 112 spiegando il motivo della telefonata. A Logan sembrò che passasse un'eternità prima che arrivasse l'ambulanza. Una volta entrati i soccorritori, si presero cura di Fiamma decidendo dopo una manciata di minuti di portarla in ospedale con la massima urgenza.

Logan non capiva più niente. Si sentiva come precipitato in un incubo. Aspettò che caricassero Fiamma sull'ambulanza e fece tutto il tragitto restando incollato all'ambulanza. Arrivato al pronto soccorso lo fermarono quasi subito. Oltre a una certa porta nessuno che non fosse il personale autorizzato poteva entrare.

Incominciò a camminare avanti e indietro e dopo un tempo che gli parve infinito, arrivò un medico che gli chiese: "E' lei il marito? La signora ha detto che sicuramente l'avrei trovata qui."

Lui rispose senza esitazione: "Si, sono io il marito." Ben sapendo di mentire, ma era l'unico modo che aveva trovato per avere notizie di Fiamma.

Logan lesse il nome del medico sul cartellino che aveva appeso alla tasca del camice. "Dott. Marchesi , per cortesia, può dirmi cosa sta succedendo?"

"Sua moglie è una nostra paziente da diverso tempo. Non appena mi hanno comunicato il suo arrivo sono sceso subito al pronto soccorso. Prima di dirle qualcosa, però, preferirei che lei e sua moglie parlaste."

"Per favore, mi dica qualcosa lei. Glielo chiedo davvero per favore."

Il medico si guardò intorno; cercò di aprire una porta, ma la trovò chiusa e solo al terzo tentativo trovò una piccola saletta appartata.

"Prego, si accomodi signor?" "Signor Bonetti. Logan Bonetti."

Angelo aveva di fronte a se il miglior amico di Fiamma. Avrebbe preferito conoscerlo in un altro frangente. "Si sieda, signor Bonetti. Quello che le devo dire non sarà facile da accettare."

Logan incominciò a imprecare mentalmente. Perché il suo istinto non vibrava mai quando si trattava di Fiamma?

"Tempo fa sua moglie è venuta da noi per dei controlli. La diagnosi non è delle migliori e abbiamo deciso di iniziare delle nuove terapie il più presto possibile."

"Grazie dott. Marchesi. Ora, se mi vuole scusare, vado da mia moglie."

Angelo, ora, era sicuro che Fiamma non avesse detto nulla al suo amico. Era da folli: non poteva continuare a gestire tutto da sola. Era davvero cocciuta come un mulo.

Logan uscì dalla stanza e decise di prendere tempo prima fare un giro prima di andare da Fiamma. Provava una fortissima rabbia nei suoi confronti. Perché non gli aveva detto nulla? Da diversi giorni insisteva perché andasse dal medico per farsi controllare e lei muta anzi, non aveva fatto altro che ripetere che non era niente.

Adesso riusciva anche a dare un senso alla sua folle proposta di sposarsi affinché lui potesse riconoscere legalmente Luce dandole il suo cognome. Che stronza: sempre uguale. In fondo non era cambiata molto da quando era bambina e, crescendo, non aveva di sicuro imparato l'arte di dire la verità. No, non era bugiarda, semplicemente ometteva di dire le cose.

"Vuole una sigaretta? Anche lei non se l'è sentita di vedere sua moglie partorire? Sa, io ero ben intenzionato a restare accanto a mia moglie......"

Senza riflettere sul fatto che erano già nove anni che aveva smesso di fumare, allungò la mano e prese la sigaretta che quel signore gli stava offrendo.

"…. Poi mi sono sentito come soffocare e ho preferito uscire e sono certo che così sono molto più di aiuto a mia moglie." Sorrise.

"Già" fu tutto quello che riuscì a dire Logan e incominciò a tossire. Facendo un cenno di ringraziamento verso quel signore. E si allontanò pensando che anche lui, in fondo, presto sarebbe diventato padre.

Toc, toc!

"Avanti."

Fiamma si stava sistemando i cuscini.

Alzò lo sguardo e vide Logan e disse: "Ah, sei tu."

"E chi volevi che fosse? Voglio una risposta subito e questa volta devi essere assolutamente sincera con me altrimenti esco e non mi vedrai mai più. Perché cazzo non mi hai detto che hai il cancro?"

Fiamma incominciò a tormentarsi le dita, gesto che Logan conosceva molto bene ed era sinonimo di un profondo disagio. "Bada bene di dirmi la verità; non hai nemmeno la più pallida idea di cosa si possa venire a sapere dichiarando di essere tuo marito e soprattutto parlando con il medico che ti ha in cura, quindi ricordati bene che io so già tutto. Allora? Cosa devi dirmi ancora che io non so?" "Ma vaffanculo."

"Classico. Mi stavo giusto chiedendo quando avresti detto la parolina magica. Dunque? Perché non me ne hai parlato?"

"Pensi che sia davvero così facile parlarne? Certo, avrei dovuto chiamarti una sera per andare a mangiarci una pizza e dirti "sai ho il cancro, magari ce la faccio, magari anche no."

"Sei una stupida. Avrei potuto accompagnarti alle visite, ti sarei stato vicino e trovare una soluzione e insieme sarebbe stato tutto più semplice." Logan era davvero fuori di se.

Fiamma incominciò a piangere e con la stessa intensità gridò: "Il mio primo pensiero è stato per Luce. Cosa sarà di lei? Perché pensi che ti abbia fatto quella proposta che tu hai sempre definito folle?" E ancora: "Se mi avessi detto di si senza fare chissà quante domande a quest'ora non saremmo qui, con te, pronto a processarmi e senza nemmeno darmi la possibilità di difendermi."

Maggio

Fiamma, Logan e Angelo erano seduti intorno al tavolo a giocare a carte. Erano momenti davvero speciali. Fiamma, con la scusa di dover andare in bagno, si alzò dal tavolo. Sua figlia, seduta tra i due uomini, impartiva ordini su come giocare le prossime carte: adorava sia Angelo sia Logan con la stessa intensità.

"Qualcuno vuole qualcosa di fresco da bere?" Fiamma si affacciò alla porta del salotto.

"Io ho ancora la mia aranciata" rispose Logan " e tu piccola furfante, vuoi qualcosa?" Luce rispose di essere a posto e Angelo si alzò per raggiungere Fiamma.

Una volta in cucina Angelo avvolse in un abbraccio Fiamma e disse: "Cosa sarebbe stata la mia vita se tu non fossi ricomparsa sulla mia strada?"

"Una noia mortale, forse?" Angelo rise a quella affermazione.

"Sicuro! Non esiste persona al mondo capace di sconvolgere la quotidianità di una persona come sai fare tu." Angelo la baciò con tanta intensità, da far mancare il fiato a entrambi.

"Ti amo" disse Angelo. L'uomo restò in attesa che Fiamma dicesse qualcosa al riguardo. Nell'ultimo periodo avevano passato molto tempo insieme. Ci furono momenti in cui Angelo aveva temuto che Fiamma non ce la facesse. I controlli, dopo ogni ciclo di chemio, non davano i risultati che ci si aspettava. Ricordava perfettamente il giorno in cui Fiamma entrò nel suo ufficio, gridando: "Basta! Io non voglio più fare niente. Ci rinuncio e che il cancro faccia quello che vuole."

Da poco era morto Salvatore; Fiamma, da quel ragazzo, aveva imparato tanto ed era certa che sarebbe guarito. Salvatore non doveva morire, non era giusto ne per lui ne per la madre. Tutti i suoi sforzi erano stati inutili.

"Non hai proprio imparato nulla da lui, se dici queste cose: dovresti fermarti e riflettere anziché entrare qui dentro, urlando come un'ossessa." Angelo aveva proprio perso la pazienza: di fronte alla donna che amava perdeva tutta la sua professionalità. Quel giorno Angelo dichiarò il suo amore a Fiamma e lei, per tutta risposta, se ne andò sbattendo la porta e saltò anche i due appuntamenti successi. Angelo la cercò al telefono, a casa e anche sul posto di lavoro, ma non riuscì a trovarla da nessuna parte. Fu quasi arrivato al punto di smettere di cercarla, quando, all'ennesimo tentativo, una voce rispose al telefono.

"Vorrei parlare con Fiamma." Disse Angelo.

"Sta dormendo in questo momento."

"E' davvero urgente. Non può andare a svegliarla?" "Lei chi è?"

"Sono il dottor Marchesi, il suo oncologo."

Dall'altra parte, per tutta risposta, ci fu il silenzio più totale.

"Pronto? E' ancora in linea?" "Si, mi scusi."

"E' davvero molto importante e oserei dire che è una questione di vita o di morte." "Possiamo incontrarci noi due?" propose Logan.

Angelo rifletté qualche secondo, dopodiché rispose: "Va bene, ma in modo del tutto informale." "Può raggiungermi lei? Io sono nell'impossibilità di muovermi in questo periodo."

"Mi dica, dove e quando." Rispose Angelo.

Il giorno dopo, all'ora stabilita i due uomini parlarono per diverso tempo di Fiamma e delle sue condizioni generali di salute. Angelo si spinse fin troppo oltre a quello che doveva essere il segreto professionale. Il problema più grave, ora, era riuscire a convincere Fiamma a riprendere le cure o sarebbe stato troppo tardi.

"Sono d'accordo con te." Disse Logan " non è facile far cambiare idea a Fiamma. So tutto di quel ragazzo che è morto. Troppo giovane. Fiamma gli voleva davvero molto bene. Pensa che un giorno mi ha raccontato nel minimo del dettaglio come il ragazzo ha fatto la corte a un'infermiera." A Logan scappò un sorriso.

"Io voglio solo che Fiamma torni a farsi curare. In questa fase della malattia ha ancora parecchie chance, ma se continua a fare così, presto le cose si metteranno male per lei."

E dopo aver guardato Logan negli occhi, Angelo disse: "Io l'amo, con tutto me stesso." "Farò di tutto per convincerla a tornare a farsi curare."rispose Logan.

Angelo disse: "Grazie, so che tu ci riuscirai."

Logan ritenne che quello fosse il momento giusto per dirgli una cosa molto importante: sperava solo che Angelo comprendesse.

"Ieri, Fiamma e io, ci siamo sposati." Angelo si impietrì.

"Non sapevo che…"

Logan lo interruppe prima che l'uomo arrivasse a trarre conclusioni affrettate. Anche lui non era ancora del tutto convinto che quello del giorno prima, fosse realmente accaduto.

"Ora ti spiego, ma promettimi che non mi interromperai fino alla fine." "Spero vivamente di riuscirci."

"Vuoi andare in riva al lago?" "Per me va bene anche qui."

"Fidati. Ti porterò nel posto che Fiamma ama tantissimo, anche se non è il posto che ama di più in assoluto: quello lo conosci anche tu. Il paese dove vi siete conosciuti."

"Allora va bene, se questo mi servirà a capire meglio, mi fido." "Vedrai, sarà così."

Logan accompagnò Angelo al Bluperry e lo fece accomodare proprio nel posto dove Fiamma era solita sedersi. Diceva sempre che da quella posizione poteva controllare tutto.

"Anche lei ti ama, tantissimo." Anelo guardò Logan. "Ne sei certo?"

"Assolutamente si" rispose Logan.

"Conosco Fiamma da quando eravamo bambini. Crescendo ci siamo persi, ma quando Fiamma e io ci siamo ritrovati, è stato proprio in questo punto. Lei sapeva già di essere malata. Non mi ha mai detto il perché, ma a me l'ha detto solo parecchi mesi dopo."

Angelo si guardava intorno: era davvero tutto così bello.

"E' stato proprio il giorno che ho scoperto del suo problema di salute, che mi ha proposto di sposarci." Angelo non riuscì a trattenere un gesto di stizza a quelle parole.

"Non è come credi. Io amo molto Fiamma, ma non nel modo in cui credi tu. L'amo come e più di una sorella e per lei mi butterei nel fuoco. Devo dire che ho faticato non poco a capire le motivazioni della sua proposta, ma alla fine sono arrivato alla conclusione che poteva essere l'unica cosa giusta da fare. Tu eri entrato da poco nella sua vita, altrimenti credo che, visto come ti ama, l'avrebbe proposto a te e non a me."

"Il vostro rapporto è molto profondo e non credo che io ne sarei stato all'altezza."

"Io, invece, credo che si sia trattato solo di questione di tempi. Se allora avesse saputo che si sarebbe innamorata di te, credimi quando ti dico che saresti tu, ora, lo sposo felice." Logan si mise a ridere. Gli argomenti che avrebbe affrontato sarebbero stati molto gravi e pesanti. Meglio cogliere l'occasione di ridere adesso. Dopo, ne era sicuro, non ce ne sarebbe stato più il tempo.

Angelo, alla guida della sua macchina, ripensò a tutto quello che Logan gli aveva raccontato. Doveva volere molto bene a Fiamma per essersi privato di una parte della sua vita così importante per lui: la libertà.

Ora capiva molto meglio tutto quanta la situazione. Ora confidava nelle capacità di Logan nel convincere Fiamma a tornare in ospedale per farsi curare.

Fiamma e Angelo tornarono in salotto: Luce e Logan li stavano aspettando con le carte in mano. Fiamma guardò le persone che aveva davanti a se: quelle che di più in assoluto amava sopra a ogni cosa.

Poco dopo, Luce si addormentò in grembo a Logan e le gambe raggiungevano Angelo: sembrava quasi che volesse dividersi in due.

A un certo punto Fiamma esclamò: "Ho vinto! Siete delle schiappe."

Sia Logan sia Angelo si spazientirono e Angelo disse: "Hai una fortuna sfacciata, ma hai vinto la battaglia e non la guerra." Tutti e tre si misero a ridere di gusto.

Quella giornata appena trascorsa era da considerare tra le più perfette in assoluto.

15

La lite

Giugno 2005

"Continui a non stare meglio, vero mamma?"

"Magari un po'." Rispose Fiamma. Voleva fingere per amore di sua figlia, ma sapevano entrambe che mentiva. Luce era da sempre una bambina con una sensibilità che andava oltre.

"Non possono fare nulla di speciale?"

Non riuscì a trattenere le lacrime. Fiamma si mise a bisbigliare: "Mi spiace talmente tanto lasciarvi, ma sarò sempre vicino a te, a Logan e ad Angelo."

Luce si buttò tra le braccia di sua madre e passò un po' di tempo prima che arrivasse Logan per portare la piccola a casa.

Lui non era d'accordo di lasciare la piccola sola con sua madre in una camera d'ospedale, ma vederle abbracciate in quel modo gli aveva fatto capire che era stata la cosa giusta da fare.

Fiamma fece un cenno a Logan di avvicinarsi e sottovoce disse: "si è addormentata. Portala a casa per favore. Domani mi mandano a casa."

"Verremo a prenderti insieme."

Salutò Fiamma e uscì dalla stanza con in braccio la bimba.

Durante il tragitto Luce si svegliò e disse: "Ho fame, mi porti a mangiare il nostro panino speciale?" "Certo. Le principesse vanno sempre accontentate." Dopo qualche minuto arrivarono nella piazza dove erano soliti fermarsi. "Io voglio un panino grande così" allargando le braccia a più non posso. "Dove pensi di metterlo un panino grande come il mondo?" La prese in braccio e la fece volare in aria. Luce rideva, rideva e rideva ancora. Una bimba così piccola aveva sofferto più di ogni altro essere umano che conoscesse e la prova più grande doveva ancora arrivare.

"Zio Logan, quando mamma partirà starò sempre con te, vero?"

"Certo gioia, la tua mamma e io ci siamo sposati per questo: perché nessuno possa mettersi tra noi due. E ora va a lavarti le mani, signorinella pasticciona."

Luce corse verso i bagni. In quel locale erano conosciuti da tutti, dai gestori ai clienti abituali e Luce aveva il potere di conquistare chiunque le si parasse davanti. Passò vicino alla signora Valeria. Una cameriera anzianotta e parecchio goffa; per Luce, ormai, era quasi un rito. La signora Valeria le si parava davanti e lei le saltava addosso. Senza quel gesto non poteva varcare la soglia del bagno. Poi, Valeria la prendeva per mano e l'accompagnava fin davanti alla porta e l'aspettava. Aveva saputo da poco di Fiamma. Si rattristò e tornò a sorridere solo quando sentì la voce di Luce dire: "Ho fatto tutto." Da lì a un attimo sarebbe uscita.

La prese per mano e la portò davanti alla vetrina dei dolci e le disse: "Oggi ho deciso di farti un regalo. Scegli il dolcetto che ti piace di più." Luce guardò e riguardò. Li avrebbe assaggiati tutti, ma pareva brutto chiedere di assaggiare e poi rimetterlo in vetrina nel caso non le fosse piaciuto. Però, tra i dolci che aveva appena visto, non c'era nulla al cioccolato. Stava quasi per dire qualcosa quando Valeria le disse: "Vieni signorina, io so qual è quello che ti piace di più." Tirò fuori un bel budino al cioccolato e Luce se lo divorò in un attimo. Le dispiaceva davvero tanto per quella piccina.

"Zio Logan….." e intanto si stava pulendo le mani nella maglietta. "Luce, non eri andata a lavarti le mani? Cos'è questo disastro che hai fatto?" La prese in braccio e le diede un grande bacio sulla guancia. "Colpa di Valeria. Ha insistito così tanto per farmi mangiare un po' di cioccolato e io non potevo dire di no."

Logan, disarmato da tanta audacia si mise a ridere. Ripresero la strada di casa. Una volta arrivati, Logan vide che Luce si era di nuovo addormentata. La prese in braccio, entrò in casa e la portò in salotto. La mise sul

divano, la coprì con una coperta e decise che l'avrebbe lasciata lì a riposare. Non voleva correre il rischio che si svegliasse di nuovo.

Logan si diresse in cucina, si prese un'aranciata e andò a sedersi sul divano, vicino a Luce e si mise a ricordare gli eventi della giornata.

Quella mattina, dopo aver portato Luce da sua madre, aveva un appuntamento a cui non poteva mancare. Debora, la ragazza con cui aveva avuto una relazione durata quasi 4 anni, la stava aspettando, ma quella mattina avrebbe trovato un uomo diverso da quello a cui la donna era abituata. Non sarebbe stato più il Logan scontato: quello che Debora era solita trattare come una pezza da piedi. Quella mattina le avrebbe detto il fatto suo e avrebbe chiuso, definitivamente, una relazione malata.

Quando l'aveva conosciuta era diversa o perlomeno lui aveva creduto fosse così. I primi due anni furono intensi e bellissimi. Logan passava ogni momento possibile con lei. Ogni minuto in sua compagnia valeva la pena essere vissuto. Era la prima donna in assoluto che lo faceva sentire unico e completo. Era convinto che fosse la donna della sua vita. Infatti, a differenza delle relazioni che aveva avuto in precedenza, nessun'altra donna era riuscita a distogliere la sua attenzione da Debora.

Non si accorse di essere stato avvolto da una relazione malata, fino a quando un giorno, in seguito a una brutta litigata, lei puntò il dito indice in mezzo alla fronte e disse: "Tu non sarai mai nessuno senza di me e io farò di te quello che voglio."

Poi ci fu la volta che Debora gli fece credere di essere incinta, quando in realtà era stata tutta una messinscena perché, stanco dei suoi continui sbalzi di umore, Logan aveva deciso di lasciarla, anche se quella decisione gli era costata tantissima fatica.

E poi ci fu la goccia che fece traboccare il vaso. Un paio di settimane prima Logan aveva esposto a Petra, il suo progetto di ristrutturare la parte vecchia della casa. Lui e Debora avevano deciso di mettere su casa insieme. Quella sarebbe stata la prova decisiva.

"Sei sicuro di quello che fai?"

"Certo, mamma, altrimenti non te ne avrei mai parlato. E' da un po' che ci pensiamo e la cosa migliore che abbiamo deciso di fare, è quella di ristrutturare la parte vecchia della casa. Tu, così, avrai il tuo spazio e la tua privacy e noi la nostra. Mi sembra un'ottima soluzione."

"Se lo dici tu." Fu la risposta di sua madre.

"Perché, non sei contenta?"

"Evito di dire quello che penso al riguardo: la scelta è tua." Rispose sua madre. "No. Aspetta! Ora devi spiegarti meglio. A cosa vorresti alludere?"

"Qualche volta dovresti fermarti un po' di più a riflettere, prima di prendere decisioni azzardate." "Perché azzardate? Io e Debora ne abbiamo parlato a lungo e questa è stata la decisione migliore." Petra fece per andarsene, ma poi cambiò idea e tornò indietro.

"Fammi capire una cosa: sicuro che la decisione l'abbiate presa insieme oppure è lei che ha deciso e tu, come fai da quattro anni a questa parte, ti sei limitato solamente ad acconsentire?"

Logan fece per parlare, ma sua madre lo zittì.

"Adesso stai zitto e mi ascolti fino alla fine. Mi sono stancata di vederti far trattare come un burattino, pronto a scattare ogni qual volta quella donna ti chiama. Possibile che non ti accorgi che quella donna fa di te quello che vuole?"

"Non è come pensi…" disse Logan.

"Abbi perlomeno il buon gusto di non interrompermi quando parlo. Ora ti farò solo una domanda a cui esigo una risposta chiara: per caso "la bellezza in bicicletta" ti ha anche accennato al fatto di farsi intestare la casa? E bada bene a cosa mi risponderai perché sarà l'unica risposta che accetterò."

Logan non ebbe bisogno di riflettere e rispose: "Certo che me l'ha chiesto e io lo farò." "Quante cose devi ancora capire, figlio mio. Ti credevo più furbo e invece …"

"Cosa vorresti dire con questo?" rispose Logan.

Petra dovette sedersi e riprendere fiato: doveva far in modo di far capire a suo figlio che stava sbagliando. "L'amore, quando vuole qualcosa in cambio, non è amore. E' solo voglia di possesso."

"Non è come dici tu: io, questa, la definisco condivisione."

"Se è come dici tu, prova a dire alla tua dolce metà che la casa resterà solo a nome mio e poi, in base a come reagirà, mi dirai se sei convinto ancora di quello che hai appena affermato con tanta sicurezza."

Logan passò la notte in bianco: le parole di sua madre erano riuscite a instillare il seme del dubbio.

Il mattino dopo andò a casa di Debora e disse: "Ho pensato che se prendessimo una casa in affitto non sarebbe meglio?"

"Perché mai? Con tutto quel ben di Dio che hai tu, non vedo perché dovremmo buttare via i soldi in un affitto. Non ha proprio senso. Certo che hai proprio un bel coraggio a venire a dirmi una cosa simile. Ho ragione quando penso che tu, senza di me, non varresti proprio nulla." e Debora gli sbatté la porta in faccia.

Logan, quelle parole le aveva già sentite molte volte, ma in quel frangente l'avevano ferito più di quanto lui stesso volesse ammettere.

Quando ne parlò con Fiamma, la donna rispose: "Tua madre non ha tutti i torti." "Vi siete coalizzate contro di me?"

"No, niente di più sbagliato. Tu, quando sei sul punto di conoscere te stesso, scappi. Va sempre a finire così e questo ti porta inevitabilmente sulla strada sbagliata. Smetti di avere paura e scopri chi sei realmente e forse incontrerai la donna che fa per te. Ricordati che le persone amate, non si ingannano. Mai. Tu l'hai fatto con tante e ora Debora lo fa con te. Non ti ama. Ti vuole pronto ai suoi ordini e questo, caro mio, non è amore."

Logan fece per ribattere ma Fiamma lo precedette.

"Sicuramente io sono l'ultima persona al mondo che può darti consigli su cosa sia giusto o sbagliato, ma proprio per via del mio bagaglio di esperienza che mi porto dietro, che ho capito al volo che quella donna è maligna e perfida."

"Addirittura!" fu la risposta di Logan.

"Certo! Proprio così. Una persona come Debora non ti avrebbe mai vietato di essermi amica, e ricordo molto bene le parole che mi ha rivolto quella sera alla festa del paese "Poverina, ma non era meglio se restavi a casa, anziché uscire con quel ridicolo bandana in testa?"

"Era un po' su di giri quella sera, dai."

"Dai un corno! E se è vero che aveva solo alzato un po' il gomito, ti ricordo una cosa che forse ti sei dimenticato: l'alcol è proprio una di quelle cose che toglie ogni inibizione e quando una persona è su di giri, stai tranquillo che quello che dice è davvero quello che pensa."

Logan decise di andare in giro per i boschi. Di tornare a casa non ne aveva nessuna voglia perché era certo che avrebbe trovato sua madre sul piede di guerra e non avrebbe ceduto tanto facilmente.

Una volta arrivato vicino al ruscello, cercò di rilassarsi. Le parole che aveva usato sua madre non erano nulla in confronto a quelle che aveva usato Fiamma, ma sicuramente quelle più feroci erano state proprio quelle della sua donna.

Decise di tornare da lei.

Debora gli dava le spalle e non poteva sapere che lui stava ascoltando tutto quello che stava dicendo: "Come uomo non vale un cazzo. Se non mi intesterà la casa, ci impiegherò meno di un minuto a lasciarlo a bagno nella sua merda. Vedrai ! Tollero a mala pena che mi tocchi. La sua casa, il suo conto in banca e il suo lavoro, mi interessano molto di più dell'uomo." Debora concluse con una bella risata, dopodiché spense il cellulare: anche quello era un regalo di Logan.

A quelle parole, girò sui tacchi e tornò a casa. Sua madre, Fiamma e perfino Angelo avevano avuto ragione: Debora non voleva il suo cuore, ma solo il beneficio economico che poteva offrire.

Durante tutto il tragitto verso casa ripensò alle cose che aveva detto a Debora: come aveva potuto non accorgersi di quanto fosse stato sciocco e stupido? Quella donna non l'aveva mai amato e quella mattina glielo aveva sbattuto in faccia.

Era contento di essere riuscito a mettere la parola fine a quella relazione: doveva ammettere con se stesso che sia Petra sia Fiamma avevano visto lungo al riguardo.

Aveva lasciato che Debora lo insultasse senza ritegno, ma l'ultima parola era spettata a lui: "Non ti amo più qualsiasi cosa tu possa dire o fare, da questo preciso istante non sarà più affar mio."

Debora si era messa a piangere: le sue erano solamente lacrime di coccodrillo. Le parole che Logan aveva sentito dire proprio dalla bocca della donna erano ancora ben impresse nel suo cuore come lunghe lame taglienti, ma non avrebbe mai più permesso, per nulla al mondo, a quella donna di fargli ancora del male. Aveva provato a cercare un amore tutto suo e aveva ottenuto solo disprezzo in cambio. Con i tempi giusti sarebbe ritornato alla sua vecchia vita: se di un amore non aveva diritto, si sarebbe consolato con quante più donne possibili.

Luglio

"Lo sai, vero, che io ho un debole per te?"

"Stai sempre con quel tipo?" fu la risposta di Logan La donna rispose: "Sì."

E andava finire sempre allo stesso modo. A letto.

Il fatto che lui mettesse in chiaro fin dall'inizio che non era interessato a nulla di più che non fosse solo sesso e che anche da parte della donna non ci fosse l'intenzione di accalappiarlo, rendeva tutto più semplice e divertente. Due o tre ore di sesso sfrenato era quello di cui aveva bisogno.

Era pieno di donne che dicevano tutte le stesse cose, quasi come se avessero un solo copione e che se lo scambiassero.

"Mio marito non mi ama più e mi trascura" oppure "devo fare tre lavori per mantenere quel fannullone di mio marito e io non mi sento nemmeno più una donna. Ah, quanto vorrei poter trovare la felicità."

Quando volevano essere leggermente diverse dalla massa, alcune donne dicevano: "Sono qui, in questa stanza d'albergo con te, ma non pensare male di me, per favore. Prima di questa sera non ho mai tradito mio marito." Quelle erano le donne che impiegavano meno tempo delle altre a togliersi le mutande.

Per non parlare, poi, di quelle che tramite lui, credevano di ottenere il successo. Logan era bravo nel suo lavoro e il suo nome era conosciuto: le donne con poco cervello credevano che bastasse sventolare il loro fondoschiena per ottenere quello che da sempre cercavano: la fama.

Fiamma, per caso, un giorno si fece scappare un'affermazione che aveva dato molto da pensare a Logan.

"Guarda che alcune donne pur di poter andare in giro a dire di essere venuto a letto con te, farebbero carte false. E tu ci caschi come uno scemo."

"Sai cosa me ne frega. Io non credo più nell'amore, sono felicemente single, libero di fare quello che voglio, perché mi dovrei fare carico anche delle motivazioni che le donne usano per venire a letto con me?"

"Se è davvero così che la pensi, allora smettila di andare in giro predicando che cerchi l'amore della tua vita. In mezzo a tutto questo puttanaio, anche se la donna che cerchi fosse così audace da affrontare un'orda di donne, saresti tu a non vederla."

Angelo guardò Fiamma: "Non ti sembra di esagerare?"

"No. Non sto esagerando. Solo che non sopporto vederlo così per colpa di qualche donnetta da quattro soldi che gli ha distrutto il cuore. Erano loro a non valere nulla e non lui."

Logan si accorse che Fiamma era davvero furibonda. "Calmati, non è mica della tua vita amorosa che si parla. E' della mia! E se a me va bene così, allora non farti problemi tu."

"Vedi come sei? Dici sempre che vuoi che ti si dica la verità in faccia e quando una persona lo fa, tu ti metti sulla difensiva. Impara ad ascoltare anziché attaccare."

"Ma si può sapere che cosa ti prende oggi?" disse Logan.

"Mi prende che non ti sopporto più quando fai così. Da quando sei qui hai già preso appuntamento con quattro o forse cinque donne diverse. E che mi dici di Monica? La tua bella bergamasca? Fa tanto la simpatica e poi nemmeno ti cerca. Riesce a stare giorni senza cercarti e quando glielo fai notare lei che fa? Ti risponde che ognuno ha le sue priorità. E di sicuro tu non sei tra le prime."

"Smettila per favore." Disse Logan

"Dai, Fiamma. Andiamo. Ora stai veramente esagerando" disse Angelo.

"Troppo comodo andarsene sul più bello. Io non ho mai avuto paura a dire quello che penso e dovrei incominciare a farlo ora solo perché vossia non ha voglia di ascoltarmi?"

"Dai avanti. Sentiamo cos'hai ancora da dirmi. Tanto oggi sei velenosa come un serpente a sonagli, ma sappi che non mi scalfisci nemmeno di un millimetro."

"Non esserne così orgoglioso: intanto vorrei farti notare che, dopo che la bella bergamasca ha fatto i suoi comodi, se ha tempo cerca anche te. Punto secondo, ed è quello che mi fa più incazzare di te, non posi mai quel cavolo di cellulare quando parli con qualcuno, soprattutto con me. Segno di grande maleducazione da parte tua ma si sa, ahimè, tu sei lupo e gli altri tutti coglioni, me compresa. "

"Fiamma, smettila." Disse Angelo.

"No. Ora che ho incominciato voglio finire e se Logan ha voglia di ascoltarmi, bene. Non vorrei mai essere scambiata nemmeno per sbaglio per una delle tante persone che lo adorano in pubblico per poi voltargli le spalle appena possono." Fiamma riprese fiato. Ormai si sentiva come un fiume in piena. Ogni volta che incontrava Logan , il suo amico non faceva che lamentarsi che era un buono a nulla, un fallito, e addirittura si considerava l'ultimo degli ultimi. Circa un mese prima se l'era visto piombare in casa a mezzanotte passata.

"Cos'è successo?" disse Fiamma quando vide il volto sconvolto di Logan. "Monica."

Fiamma solo sentendo quel nome gli salì una tale rabbia che fece fatica a trattenere. Possibile che il suo amico non si accorgesse di quanto fosse una donnetta da quattro soldi? Eppure lui diceva di aver perso la testa per lei. E forse in quel momento ne era davvero convinto, visto lo stato dei suoi occhi rossi e gonfi; in quel momento Fiamma preferì non infierire.

"Hai mangiato? Ti preparo un piatto di pasta?"

"Si" fu la risposta di Logan. Fiamma chiamò Angelo, visto la sua totale incapacità di preparare qualcosa di commestibile. Una volta che gli spaghetti aglio, olio e peperoncino furono pronti, Logan si avventò sulla pasta. Sembrava fossero giorni che non mangiava.

"Allora, ne vuoi parlare?" Nel frattempo Angelo era andato in camera a controllare Luce che dormiva beatamente.

"Io ti aspetto di sopra" disse Angelo.

Solo in quel momento Logan comprese di essere andato a casa di Fiamma a un'ora decisamente tarda e si scusò con Angelo.

"Stai tranquillo, Logan. Ormai credo di avervi capito. Tu e Fiamma siete come cane e gatto, ma guai a chi prova a dividervi. Continuate pure, e vedete di trovare una soluzione dove non ci siano cadaveri, per favore." E, sorridendo, li lasciò da soli.

Fiamma e Logan fecero notte fonda: una vera e propria soluzione al malessere di Logan non la trovarono, ma per lo meno passarono del tempo insieme.

Una volta che Logan se ne fu andato, Fiamma raggiunse Angelo. Lo trovò ancora sveglio intento a leggere uno di quei mattoni che parlavano di medicina all'avanguardia.

"Scusami. Non mi sono accorta che si fosse fatto così tardi. A volte proprio non lo capisco. Ha una miriade di donne, ma se ce n'è una stronza, ma di quelle proprio brave, se la deve andare a prendere proprio lui."

"E' così semplice da capire, amore mio. Ha paura."

Fiamma guardò Angelo e, non del tutto convinta, si girò e cercò di prendere sonno. Alle quattro era ancora sveglia senza che fosse riuscita a darsi una risposta.

Ora, a distanza di un mese, in riva al lago, Logan e Fiamma stavano litigando ferocemente. Fiamma non riusciva a capire quale fosse il malessere che tanto rendeva complicata la vita sentimentale del suo amico.

"Non gridare così, non sono mica sordo." Disse Logan.

"Ah senza dubbio, però cieco lo sei di sicuro." Rispose Fiamma. "Cosa vorresti dire?"

"Semplice: sono giorni che mi parli di questa Claudia. Donna sposata, due figli, fa tre lavori per mantenere il marito scansafatiche e bla bla bla! Vi siete visti l'altra sera e mi hai detto che eri emozionatissimo. Lei era stata chiara che voleva incontrarti solo per capire che tipo di sensazioni potevi scatenarle. A parer mio è leggermente più originale di altre. Martedì sera vi incontrate, vi baciate e lei ti dice apertamente che non ha provato nulla. Sparisce per qualche giorno e poi si rifà viva dicendoti che vuole rivederti un'ulteriore volta. Fin qui ci sono?"

"Si" rispose Logan non ancora convinto dove Fiamma volesse andare a parare.

"Vi rivedete e non succede nulla, anzi! Tu ci sei pure rimasto di merda. Ricordo benissimo che me ne hai dette di tutti i colori al riguardo. Passa qualche altro giorno e lei ti chiede di vedervi, a casa tua questa volta. Visto che è sposata e con figli non sia mai che qualcuno possa vederla e finite a letto insieme. Fuoco e fiamme e tu sei andato pure in bianco. Visto che tu sai tutto, fammi capire il senso di tutto questo."

"Che ho ottenuto quello che volevo. Te l'ho detto che quando voglio una donna, nessuno mi ferma."

"Bravo. Sei così orgoglioso quando lo dici. E dimmi, uomo dalle mille risposte, se proprio sei felice così, perché ieri piangevi disperato?"

"Vado a casa. ne ho abbastanza. Oggi sei davvero insopportabile." Disse Logan. "Certo, come tutte le volte che ti faccio una domanda scomoda."rispose Fiamma.

Prima di andare via Logan voleva avere l'ultima parola e sapeva benissimo come colpire la sua amica. "Direi che da te non ho proprio nulla da imparare, visto come hai condotto la tua vita fino adesso.

Per essere una che predica molto bene, fossi in te, mi farei un bell'esame di coscienza e non sei tu, che in nome dell'amore, ha perso un figlio a suon di botte? Quindi, fammi un favore personale, e stai zitta. Da te non accetto prediche di nessun tipo."

Angelo tornò proprio in quel momento e sentì le ultime parole di Logan. Guardò Fiamma e vide che aveva gli occhi pieni di lacrime. Prese la mano di Luce e la portò a prendere un gelato da Alberto. Logan e Fiamma si volevano un bene dell'anima e questo, a volte, era controproducente. Il conoscerci così a fondo permetteva loro di ferirsi come nessun altro sarebbe mai riuscito a fare.

Logan, anziché andare a casa, si fermò alle palafitte. Era un posto a cui era particolarmente legato.

In quel posto aveva portato poche donne: quelle che, secondo lui, avevano la capacità di poter comprendere la magia di quel luogo. L'albero degli innamorati era lì, in bella vista e a mano a mano che cresceva, si avvinghiava sempre di più. A quell'immagine le venne in mente una donna: Diletta. Scrollò la testa e si diresse verso casa.

Al suo rientro, lupo Bebo non c'era, segno che sua madre era uscita per portarlo a fare la passeggiata quotidiana. Avendo del tempo per se, andò in camera sua e, dal suo nascondiglio, tirò fuori il quaderno. Li dentro non solo conservava tutte le annotazioni dei suoi amplessi, ma anche le cose che lo avevano stupito. Era strano che qualcosa riuscisse ancora a stupirlo: la maggior parte lo lasciavano indifferente.

La busta che aveva in mano era ancora integra: non aveva mai voluto aprirla prima perché qualcosa del suo sesto senso gli aveva suggerito di non farlo. Aveva preferito ignorarla piuttosto che affrontare ciò che ci avrebbe trovato. Finalmente si decise ad aprirla e incominciò a leggerne il contenuto.

"Quelle come me regalano sogni, anche a costo di rimanerne prive.

Quelle come me donano l'anima, perché un'anima sola è come una goccia d'acqua nel deserto. Quelle come me tendono la mano e aiutano a rialzarsi, pur correndo il rischio di cadere a loro volta. Quelle come me guardano avanti, anche se il cuore rimane sempre qualche passo indietro.

Quelle come me cercano un senso all'esistere, e quando lo trovano tentano di insegnarlo a chi sta solo sopravvivendo.

Quelle come me amano per sempre.

Quelle come me inseguono un sogno, quello di essere amate per ciò che sono e non per ciò che si vorrebbe fossero.

Quelle come me vorrebbero cambiare, ma il farlo comporterebbe nascere di nuovo. Quelle come me urlano in silenzio, perché la loro voce non si confonda con le loro lacrime.

Quelle come me, sono quelle a cui tu riesci sempre a spezzare il cuore, perché sai che ti

lasceranno andare, senza chiederti nulla.
Quelle come me amano troppo, pur sapendo che in cambio non riceveranno altro che briciole. Quelle come me passano inosservate, ma sono le uniche che ti ameranno davvero.
Quelle come me sono le uniche che, nell'autunno della tua vita, rimpiangerai per tutto ciò che avrebbero potuto darti e che tu non hai mai voluto."

Poesia di Alda Merini.

Logan vide che c'erano altri fogli, ma rinunciò a leggerli.
Scese in cortile perché Petra e Bebo erano tornati. Sua madre preparò il pranzo che consumarono nel silenzio più assoluto.
"Cos'hai oggi?" chiese Petra.
"Ho litigato con Fiamma e non ho voglia di parlarne. Quella donna riesce sempre a innervosirmi." "La verità brucia, caro figlio mio."
"Ti ci metti anche tu? Ma si può sapere che avete tutti quanti, oggi?" Petra preferì restare in silenzio.
"Sembra che nella mia vita non riesca a farne una giusta. Credo di fare un passo nella direzione giusta e subito che mi si punta il dito contro. Allora cerco di farne un altro nella direzione opposta ed ecco che ho fatto di nuovo la scelta sbagliata. Meno male che ci siete voi che sapete vivere."
Logan uscì dalla stanza sbattendo violentemente la porta.
Tornò in camera sua e tentò di leggere un libro, ma non riusciva a trovare la concentrazione giusta. Si alzò e guardò dalla finestra che dava sul bosco, ma quella volta non riuscì a trovare la tranquillità giusta per godere di quello spettacolo. A un tratto notò che il suo quaderno era ancora in bella vista, sulla scrivania: si era dimenticato di nasconderlo. Fece per ritirarlo, quando la busta cadde per terra: quella poesia di Alda Merini gli era piaciuta davvero tanto, ma non era certo che gli sarebbe piaciuto altrettanto quello che la donna aveva aggiunto. Non aveva nulla da perdere se l'avesse letta: al massimo avrebbe buttato tutto nella stufa.
"Caro Logan, le frasi che hai appena letto non sono pensieri miei: io non sono così brava con le parole. E' una poesia di Alda Merini, ma che mi calza a pennello. Penso spesso a tutti i momenti che abbiamo trascorso insieme. Per me sono indimenticabili, ma sono arrivata alla conclusione che per te non sia così."
Logan smise di leggere e non andò nemmeno a vedere chi l'avesse scritta. Erano le solite cose banali che si sentiva ripetere da quasi tutte le donne che frequentava. Erano in grado di trasformarsi in pochissimo tempo da "mangiatrici di uomini" a "sdolcinate e melense". Spesso cercava nei suoi ricordi qualcuna di veramente speciale che poteva aver toccato il suo cuore. Gliene vennero in mente due: era meglio se le lasciava nel dimenticatoio. Far tornare in vita il ricordo che aveva di loro, gli avrebbe fatto solo male. Logan era ben cosciente di essere stato spesso un gran

bastardo, e ora raccoglieva i frutti di quello che aveva seminato.

Eppure in quelle pagine c'era qualcosa che lo attirava. Riprese in mano i fogli e riprese a leggere.

"Tante volte ti ho detto di lasciarmi andare, ma tu non l'hai mai voluto fare e io restavo sempre in attesa che tu ti ricordassi di me. Spesso mi ritrovavo il telefono tra le mani con la speranza di ricevere un tuo messaggio: "Ci vediamo stasera?" non hai idea di quanto tempo io abbia passato in attesa: non è stato tempo perso per me, ma ora sento il grandissimo bisogno di dirti che io non ce la faccio più. Ho sempre pensato di te che fossi una persona a cui, fin da bambino, non ti abbiano insegnato a distinguere i colori. Non esiste solo il bianco e il nero. Tra questi due colori estremi, ne esistono una varietà infinita.

Io vedevo il rosso quando ero tra le tue braccia e il verde quando mi accarezzavi dolcemente. Il giallo quando vedevo che guardavi un'altra donna mentre eri con me. Il rosa quando sognavo che tu potessi almeno volermi bene. Vedevo tutti i colori insieme quando godevo tra le tue braccia.

I colori, nella mia vita, non sono mai andati via, anche adesso che sono mesi che non ti fai più sentire.

Adoro il rumore dell'acqua, amo trovare il mio angolo di serenità; il rumore degli zoccoli di un cavallo che corre per me significa vita. Soffro in silenzio perché non mi è mai piaciuto scaricare le mie paure sugli altri e quindi sorrido sempre, anche se il mio cuore piange.

Anche adesso il mio cuore soffre perché tu non vuoi ascoltare quando ti dico che io potrei aiutarti a ritrovare la strada giusta. Questo non vuole certo dire che solo con me troveresti la felicità: questo mai. Ma se solo mi avessi permesso di farti toccare tutti i colori che vedo io, forse avresti potuto trovare la via giusta per la tua felicità. E magari, perché no, alla fine avresti incrociato la tua strada con la mia. Ma ora sono stanca, caro Logan. Stanca di avere il cuore gonfio di dolore. Tu non lo puoi sapere come si sta o forse sì, questo non l'hai mai lasciato trapelare, nemmeno nei momenti più intimi che ci sono stati tra di noi.

Io so che hai un'anima grande, ma mi è oscuro il motivo del per cui tu la tenga così ben nascosta.

Ti amo Logan, come non ho mai amato nessuno in vita mia. Tu la chiameresti feeling io la definirei più una questione di anime, che si uniscono, si intrecciano, diventano una sola e poi pronte a ricominciare tutto da capo. Ma tu sei cieco, non vuoi vedermi per come sono e forse ti faccio paura o forse davvero non te ne frega nulla di me, però una cosa adesso te la voglio chiedere. Lasciami andare, Logan.

Ti prego, fallo se hai ancora un piccolo posto nel tuo cuore che non sia corroso dalla cattiveria di cui ti sei sempre circondato. Lasciami andare, Logan. Io non smetterò di amarti, ma almeno potrò tornare ad assaporare il profumo dei colori. Di tutti i colori. Io di una cosa sono certa: ero in grado di stare sulla tua stessa onda energetica. Sentivo le tue emozioni e percepivo i tuoi stati d'animo ed è questo che ti ha allontanato da me. Ora ne sono certa più che mai. So che se ti piace definirti un lupo, ma ferito come sei dalla vita, forse sei più un randagio. Ora ho capito che hai davvero paura di me. Io non ti dimenticherò mai. Diletta."

Ricordava bene quella donna: era meglio tenerla lontana. Era già andata troppo oltre per i suoi gusti: nessuno aveva il diritto di scrutare così a fondo, la sua anima. Quello era il motivo principale del perché non l'avesse mai portata alle palafitte.

Quella donna sarebbe stata in grado di comprendere l'essenza di quei luoghi magici.

Aver sentito le parole di Fiamma con cui l'aveva descritto, l'aveva fatto stare male. Lei era fatta così: era in grado di sbattergli in faccia la verità e questo, lui, non lo tollerava.

Non era la prima volta che Fiamma si comportava in quel modo. Ricordava benissimo un'altra discussione che avvenne tra di loro.

Tutto era cominciato nel verso giusto. Lui sorseggiava la sua bibita preferita: acqua gasata e menta, con ghiaccio e limone, mentre Fiamma stava divorando la barretta di cioccolata.

Avevano incominciato un discorso divertente di cui risero insieme. Logan gli aveva raccontato della volta che era riuscito a distruggere la sua macchina, in una rotonda, presa a una velocità importante, solo perché era distratto dal suo cellulare.

"Ti sta bene" disse Fiamma.

"Però i danni non li ho causati tutti io. Mia madre, un paio di settimane prima, aveva bocciato contro un muretto."

"Sarà anche così, ma il colpo di grazia glielo hai dato tu." E Fiamma si mise a ridere. "Come mai hai smesso di correre in macchina?"

Logan rispose: "Per via dei soldi."

"Non ti è mai più venuta la voglia di tornare a fare il pilota?"

"Si." Logan si ricordava benissimo quel periodo. Era ancora troppo recente per averlo rimosso dai suoi ricordi una volta per tutte. Decise di raccontarlo alla sua amica.

"Qualche tempo fa mi sono ritrovato ad avere i soldi, le occasioni e il navigatore giusto e ho deciso di buttarmi di nuovo nella mischia. Ho fatto due o tre gare, non di più e poi, dopo essermi fatto una grandissima figura di merda, mi sono ritirato." "Perché?" rispose Fiamma.

"Perché mi è partito il cervello."

"Ti spieghi meglio? Non ho mica capito." Disse Fiamma.

"Sono andato in blocco. Non riuscivo più a trovare la concentrazione, guidavo e non sapevo cosa fare, il navigatore diceva una cosa e io non riuscivo ad afferrarla. In poche parole sono andato in tilt. Succede a molti piloti, non sono l'unico a cui sia capitato. Mi sono bloccato psicologicamente e non ho mai nemmeno cercato di superarlo. Semplicemente ho rinunciato a una parte della mia vita. Ho capito che non era più per me."

"Mi dispiace davvero tanto. Buttarsi alle spalle i sogni in cui si è sempre creduto non è così semplice." Rispose l'amica.

A un certo punto Fiamma sbottò: "Ma quel cavolo di cellulare non puoi lasciarlo sul tavolino almeno per cinque minuti? Parlare con te, senza che tu mi guardi negli occhi, così impegnato a rispondere ai messaggi, mi fa sentire una piccola merda insignificante."

"Sei sempre la solita esagerata." Rispose Logan.

"Beh, vorrei vedere te al posto mio. Sicuramente ti incazzeresti anche tu."

"Ho un appuntamento per domani sera a Milano con una donna che è semplicemente uno schianto. Guarda se non mi credi."

Fiamma guardò la foto più che altro per accontentare Logan. Lei, ormai, aveva capito che le donne che piacevano al suo amico, si assomigliavano tutte. Foto con la bocca a classica forma di buco del culo di gallina, capelli lisci, quasi tutte dagli occhi azzurri, truccate talmente tanto da sembrare delle maschere e categoricamente magre. Queste erano le caratteristiche che Logan cercava nelle donne da portarsi a letto. Difficilmente usciva dai suoi standard e quando questo accadeva, si lamentava dicendo che aveva voluto fare beneficienza. Quando si comportava così era davvero uno stronzo, ma di quelli grossi.

"Ricapitoliamo" disse Fiamma. "Oggi alle quattro in punto ti devi vedere con la tipa di Ivrea, a casa sua. Verso le otto sei già impegnato con quella di Torino che va dicendo che, nella vita passata, eravate sposati e che ti definisce "anima mia gentile" e ti manda messaggi chilometrici che tu non leggi nemmeno. Poi, se non sbaglio, verso mezzanotte ti devi vedere con quella di San Giusto. Ma non ti riposi mai?"

"Mi piacciono le donne, che ci devo fare." "La vuoi smettere, porca miseria?"

"Cara la mia amica sorellina, io non smetterò mai di andare a donne. E' la vita che mi sono scelto." "Non mi riferivo a quello, ma al fatto di smettere di digitare i tasti di quel dannato telefono."

"Guarda che ti ascolto lo stesso."

Fiamma si alzò e disse: "Vado da Alberto a prendermi un caffè." Raggiunse il bar, bevve il caffè e se ne andò a casa, senza salutare Logan. Si era rotta davvero le scatole. Era suo amico come mai ne aveva avuti in vita sua e se avesse potuto scegliere lo avrebbe voluto come fratello, ma quando si comportava in quel modo, proprio non lo sopportava. Poco prima di salire in macchina vide Sharon. Si fermò a salutarla molto volentieri. Era una donna che aveva conosciuto al bar: un'altra vittima di Logan, ma a differenza di altre, lei ne era innamorata. Le piaceva parlare con lei. Ultimamente non stava passando proprio un bel periodo.

"Ora devo andare" disse Fiamma.

"La prossima volta che vengo al Bluperry, ti chiamo, così passiamo un po' di tempo insieme." "E' sempre bello parlare con te" rispose Sharon.

Solo una volta tornata a casa vide il messaggio di Logan sul cellulare "Sei andata via senza salutare!!!"

La risposta di Fiamma non tardò: "Per parlare con il muro e sentirmi da sola, tanto valeva tornare a casa." "Stronza!" fu la risposta di Logan.

"Lo so. Ciao."

Logan stava pensando a quella mattina: Fiamma era davvero furibonda. Forse aveva solo voglia di essere ascoltata e lui non l'aveva capito.

Seduta sul divano accanto ad Angelo, Fiamma non riusciva a smettere di tremare. "Glielo hai detto a Logan?"

"No." Rispose Fiamma. "Perché no?"

"Perché non ne ho avuto l'occasione."

"Sei stata tutta quasi tutto il giorno con lui e non hai trovato l'occasione giusta?" "Più o meno."

"E' una cosa importante e Logan deve saperlo." Disse Angelo.

"Volevo dirglielo e abbiamo incominciato a parlare. Poi mi sono arrabbiata. Gli ho detto più volte di posare quel dannato cellulare perché volevo la sua attenzione e,ormai dovresti conoscerlo anche tu, guai a dirgli cosa deve fare: va su tutte le furie, ma stamattina ho perso la pazienza e me ne sono andata, senza nemmeno salutarlo."

Angelo strinse forte a se Fiamma: "Vuoi che ti aiuti a dirglielo?" "No, devo trovare il coraggio da sola."

Angelo la guardò e disse: "Ti amo."

Fiamma si girò e gli rispose: "Anche io ti amo."

Ad Angelo si inumidirono gli occhi e prendendo il viso di Fiamma tra le mani disse: "Ti rendi conto che è la prima volta che me lo dici?"

"Lo so. Era il momento giusto."

Angelo la strinse ancor più forte a se: la stava perdendo. Avrebbe dato tutto quello che aveva perché lei potesse vivere, anche la sua stessa vita.

Le metastasi si erano diffuse ovunque e a Fiamma non restava ancora molto da vivere: al massimo sei mesi e solo se fosse stata fortunata.

Angelo appoggiò la sua bocca sulla fronte di Fiamma e la sfiorò con un bacio.

"Ce la faremo, vedrai. Tu, Logan e io, insieme, troveremo la soluzione." Angelo la strinse ancor più forte.

"Ehi, mi stai soffocando." Disse Fiamma.

"Non voglio che tu vada via. Non voglio." Disse Angelo.

Il campanello si mise a suonare. Angelo andò ad aprire e si trovò di fronte a Logan. "Ciao, posso entrare?"

"Certo, sei sempre il benvenuto."

Logan, mentre si toglieva la giacca, mise al corrente Angelo dell'ennesima discussione che aveva avuto con Fiamma.

"Vieni, è in salotto." E fece strada a Logan.

"Guarda un po' chi è venuto a trovarti?" disse Angelo.

Fiamma, decisamente sorpresa dalla grande faccia tosta di Logan, disse: "Sei venuto per continuare la nostra discussione?"

"Certo che non cambierai mai nemmeno tu. Non sono venuto per continuare la nostra litigata, ma per ascoltarti. Quando ho sbollito la rabbia ho capito che tu avevi bisogno di parlare con me. Hai ragione quando mi dici che sono egoista: ora sono qui, pronto ad ascoltare tutto quello che vorrai dirmi."

Fiamma, Logan e Angelo si misero seduti in circolo: fu Fiamma che incominciò a parlare e alla fine trovò il coraggio di guardare il suo amico negli occhi.

Logan aveva gli occhi lucidi pronti al pianto. Dopo un tempo che parve interminabile, disse: "Tu non puoi morire. Stanotte ti manderò tutta l'energia di cui avrai bisogno per sconfiggere questa dannata malattia. Tu devi vivere. Non puoi andartene così, non adesso!"

E scoppiò a piangere. Logan non sapeva più niente: aveva ritrovato la sua amica dopo tanti anni e adesso la stava per perdere un'altra volta, ma questa sarebbe stata senza soluzioni.

"Non può essere" continuò a ripetere Logan.

Angelo strinse forte Fiamma: la guardò a lungo. L'amava e nemmeno lui era pronto per perderla. Non era giusto. Non poteva finire tutto così.

Fu Fiamma a interrompere quel silenzio opprimente.

"Non mi guardate con compassione. E' del vostro aiuto che ho bisogno."

Angelo e Logan si guardarono: Fiamma era davvero una persona speciale. Solo lei non se ne rendeva conto. Avrebbero dovuto essere loro a dare conforto alla donna, invece era lei che lo stava facendo.

Fiamma disse: "Ho tante cose da fare e troppo poco tempo per farle. Spero di trovare una soluzione a tutto prima di morire. Non voglio che mia figlia stia con suo padre e questo è il mio più grande terrore."

Logan, completamente incapace di proferire parola, salutò e tornò a casa sua. Piuttosto di dire qualcosa di sbagliato era meglio tacere. Petra glielo ripeteva in continuazione.

"Cosa faremo, ora?" Fiamma rivolse quella domanda ad Angelo.

"Io non so fare altro che tenerti stretta forte tra le mie braccia." Angelo era molto provato. "Non so davvero cosa potrei fare per farti sentire meglio."

"Coccolami" rispose Fiamma.

Angelo la accompagnò in camera da letto. Fiamma piangeva e lui si sentiva impotente di fronte a tutto quello che stava capitando. Non era giusto.

Fiamma guardò Angelo: aveva ragione quando insisteva sul fatto che lei avrebbe dovuto buttarsi alle spalle tutto il suo passato. Angelo non era come Nicola e l'aveva dimostrato ampiamente.

Quella notte si amarono appassionatamente. Sapevano che il tempo era contato ed entrambi avevano scelto di non sprecarne nemmeno più un secondo.

Quella mattina Angelo doveva essere assolutamente puntuale. Aveva appuntamento con il primario di oncologia dell'ospedale San Raffaele di Milano: aveva accettato di incontrarlo. Angelo voleva un altro consulto: era completamente incapace di credere che per Fiamma non ci sarebbe stato più nulla da fare.

Aveva pensato di far venire con lui anche Logan e in macchina cercarono di parlare di tante cose che alleggerissero la tensione.

"Certo che la tua è stata una vita ... direi..."movimentata" mi sembra il termine giusto per definirla."

"Beh, da bambino ero il classico sfigato lasciato sempre in disparte. Pare buffo, ma una scena mi torna in mente ancora oggi. Può apparire ridicola raccontarla dopo tanti anni. Ero in terza media e durante l'intervallo tra una lezione e l'altra spesso ci facevano andare fuori nel cortile. Ero innamorato follemente di una ragazzina che aveva la mia stessa età. Qualcuno giocava a pallone e altri, invece, passavano quella mezz'ora a chiacchierare. Poi c'era quelli che io definivo i più fortunati: quelli che passavano il tempo baciandosi. Io li guardavo incantato e la voglia di avere una ragazzina anche io era davvero tanta. Ricordo che ho visto la ragazza di cui ero innamorato. Mi sono avvicinato e le ho chiesto se potevo darle un bacio. Sai che fece lei? Mi diede uno schiaffo ancor prima che io riuscissi ad avvicinarmi a lei."

Angelo non riuscì a trattenere una risata. "Certo che la tua storia assomiglia tanto alla mia. Io, invece, ero scartato perché zoppicavo."

"Fiamma me l'ha raccontato. Beh, direi che la vita ci ha ripagato abbastanza non ti pare?"

"Si, non mi posso lamentare. Il mio sogno di diventare medico si è avverato e, modestia a parte, sono diventato anche piuttosto bravo."

"Ullalllaaaa allora sei leggermente narciso anche tu?"

"Beh, per quanto riguarda il mio lavoro, direi proprio di si."

"Battute sceme a parte, lo so che sei un bravo medico." Disse Logan.

"Sarò anche bravo, ma non ho più nessuna carta da giocarmi per salvare Fiamma." In macchina calò un silenzio gelido.

Logan cercò di cambiare discorso: "Hai ancora i genitori?"

"Si, mia madre. Mio padre è mancato tanti anni fa. Mia madre, ora, vive a Bologna con il compagno. Io sono contento che si sia rifatta una vita. Io non sarei mai riuscito a tenerle compagnia. Il mio tempo è diviso tra il lavoro e Fiamma. E tu? I genitori li hai ancora?"

"Si, mia madre. Rompe spesso le scatole, ma a dire il vero non so cosa farei se non avessi lei. Mio padre, invece, è morto circa un mese fa."

"Ho capito bene?" "Si." Confermò Logan.

"Non l'hai detto a nessuno, nemmeno a Fiamma."

"Erano anni che non ci sentivamo più. E' una lunga storia e preferisco non parlarne." "Fiamma se la prenderà a male." Disse Angelo.

"E tu non dirglielo."

Angelo accese la radio: aveva dimenticato che c'era il cd di Fiamma dei Queen. Ascoltava per ore quella canzone senza mai stancarsi.

"Fiamma un giorno mi disse che al suo funerale avrebbe voluto questa canzone: lo sapevi?" disse Logan.

"No. Parliamo poco di queste cose: probabilmente non se la sente o forse crede che io non sia in grado di poterla ascoltare e sai cosa ti dico? Che forse ha ragione: io non sono forte come te e lei, questo, lo sa."

Dopo pochi minuti il navigatore indicò che la destinazione era stata raggiunta.

Passarono il resto della mattinata a parlare con il Professor Navi: una persona di grande umanità. Lesse più volte tutta la cartella clinica di Fiamma. Le parole che i due uomini non avrebbero mai voluto udire, però, arrivarono impietose.

"Mi congratulo con te, Angelo. Sei stato uno dei miei migliori allievi e mi è dispiaciuto parecchio perderti, ma devo darti adito che sei riuscito a fare davvero un ottimo lavoro: io stesso non avrei saputo fare di meglio."

"Non c'è più nulla che io possa fare, vero?"

"In effetti no, però in America ci sono delle cure sperimentali che stanno ottenendo un ottimo risultato sui pazienti che ..."

"Però per Fiamma è troppo tardi."

"Mi dispiace davvero molto." Il professore guardò sia Angelo che Logan: doveva essere davvero una persona eccezionale quella donna.

"Quanto le resta?" Logan trovò la voce per dire quello che Angelo non riusciva a chiedere.

"E' difficile dire con esattezza quanto le resta, ma se la signora sarà fortunata avrà non più di sei mesi."

Poco dopo Angelo e Logan si ritrovarono sulla strada del ritorno. A un certo punto Angelo dovette accostare la macchina: non si sentiva più in grado di guidare. Si sentiva male.

"Mi metto io alla guida, va bene?" "Va bene."

Per un po' nessuno osò dire più una parola. Erano cresciuti in una generazione dove si sentiva spesso dire che gli uomini non dovevano piangere eppure, entrambi, sentivano una gran voglia di lasciarsi andare.

"Odio il mio lavoro quando ricevo risposte come quella che abbiamo ricevuto poco fa." "E' normale, almeno credo."

"Amo Fiamma. L'ho conosciuta in un periodo dove ero io ad avere seri problemi. Non riuscivo a rapportarmi con nessuno e nessuno sapeva della mia esistenza perché riuscivo a rendermi invisibile agli occhi del mondo. Fiamma mi ha cambiato. Non abbiamo passato tantissimo tempo insieme, ma di quel poco, ne è valsa la pena ogni singolo minuto."

"Tu, però, hai una fortuna che pochi possono dire di avere." Disse Logan. "Quale sarebbe?"

Logan si schiarì la voce: doveva essere sicuro di trovare le parole giuste affinché Angelo non fraintendesse le sue parole.

"Tutti noi dobbiamo morire prima o poi, solo non sappiamo quando. Per te è diverso: hai l'opportunità di far diventare speciali i suoi ultimi giorni. Hai il dovere di renderglieli felici."

Angelo non seppe cosa rispondere. In quel momento era certo che qualsiasi parola sarebbe stata superflua. Logan era stato chiarissimo; doveva smettere di compiangersi.

" Io da solo non ce la farò mai."

"E per me sarà un onore essere al vostro fianco. Fiamma ha scelto la persona giusta per vivere finalmente una storia d'amore pulita. Sei un amico Angelo. Grazie di tutto quello che fai per lei e anche per me."

Poco dopo Angelo riportò a casa Logan. Rifiutò il suo invito di entrare; aveva fretta di tornare a casa da Fiamma. Aveva un compito ben preciso.

16

Il regalo

Angelo, indeciso sul da farsi, uscì fuori sul balcone e si concesse il lusso di fumarsi una sigaretta. Le parole di Logan continuavano a rimbalzargli in testa: doveva riuscire a rendere speciale ogni giorno della vita di Fiamma e voleva farlo anche con Luce.

Non gli veniva in mente nulla di spettacolare: in quello sicuramente sarebbe riuscito meglio Logan.

Quando l'aveva conosciuto aveva provato una sorta di gelosia per il rapporto che aveva con Fiamma. Si erano persi per tanti anni e quando si erano ritrovati era come se il tempo non fosse mai passato.

Si accorse quasi subito che non ne aveva motivo: il loro rapporto era esclusivo solo perché facevano parte di quelle poche persone che conoscevano il vero senso della parola "amicizia".

La sua vita amorosa era molto lontana dall'assomigliare a quella che poteva avere avuto Logan, ma di una cosa era certo: amava Fiamma con tutto se stesso.

La sera prima, dopo aver fatto l'amore, Fiamma disse una frase che lasciò Angelo senza parole: "La prima cosa che si prova quando si è ammalati è il dispiacere che si vede negli occhi degli altri. I tuoi ne sono pieni."

Angelo non riuscì a dire nulla, altrimenti non sarebbe riuscito a controllare il nodo che gli stringeva lo stomaco. Continuò ad accarezzare i capelli di Fiamma fino a quando lei non prese sonno.

All'improvviso gli venne in mente una citazione di Edgar Allan Poe: "La vita e la morte sono motivo di beffa." Mai parole erano state più azzeccate.

Durante tutti quegli anni aveva avuto qualche avventura superficiale e solo una relazione stabile, ma con una donna sposata. In fondo assomigliava molto a Logan sotto questo punto di vista. Quando rivide Fiamma aveva capito finalmente il perché: quell'estate passata con lei avevano lasciato un segno indelebile e nulla di quello che aveva incontrato dopo era stato all'altezza. Era pazzo di lei.

Spense la sigaretta e rientrò: la cosa migliore era quella di farsi consigliare da Logan. Lui conosceva molto bene Fiamma e sarebbe riuscito a fare qualcosa di indimenticabile per lei.

Dopo aver riattaccato Angelo si sentì più sollevato: in Logan aveva trovato una persona su cui contare e glielo aveva appena dimostrato.

Sapeva esattamente cosa Fiamma desiderasse di più in assoluto: ora che anche lui lo sapeva, avrebbe provveduto al più presto affinché ciò diventasse realtà.

Logan ebbe l'idea di coinvolgere Fiamma in uno dei suoi video. Curiosa e attenta com'era, avrebbe capito come si svolgeva il suo lavoro.

Il video che da lì a un paio di giorni avrebbe girato non sarebbe stato faticoso per lei. In parte l'avrebbe svolto in casa sua, nei vecchi locali della cascina e avrebbe anche potuto coinvolgere Luce.

Aveva già le idee chiare al riguardo anche se, l'originalità del suo lavoro, dipendeva molto dall'improvvisazione.

Con Frankye aveva stabilito una serie di tracce, ma entrambi sapevano che all'ultimo momento avrebbero cambiato parecchie cose; con quel ragazzo si trovava bene e non era il primo video che faceva per lui.

La sua musica era molto particolare e forse non piaceva a tutti, ma toccava argomenti profondi. Secondo lui, con quella canzone, Frankye aveva fatto un capolavoro e da parte sua avrebbe dato il meglio per dare un senso a ogni parola del testo.

Quel ragazzo meritava si sfondare.

Logan sapeva già che avrebbe dovuto faticare parecchio per convincere Fiamma, ma ci sarebbe riuscito: ne era sicuro.

Finalmente era arrivato il grande giorno. L'appuntamento era per le nove e lui, sempre puntuale, quella mattina era decisamente in ritardo. Non era da lui, ma era ancora preso dai ricordi della notte appena trascorsa. Non riusciva a dare un senso a quello che aveva provato. Si buttò alle spalle quel pensiero.

Almeno per il momento.

Fiamma ancora non si vedeva eppure gli aveva mandato un messaggio vocale in cui diceva che stava

arrivando. Conoscendo la sua poca confidenza col cellulare sicuramente non l'aveva nemmeno ascoltato.

Suonò il campanello ripetutamente e non ricevette risposta. L'ansia stava per prenderlo quando una voce alle sue spalle disse: "Cosa suoni a fare, cretino. Sono qui."

Logan si girò e la vide seduta tranquillamente su una panchina leggermente nascosta da una siepe. "Potevi anche dirmelo che eri qui anziché farmi suonare il campanello inutilmente, pidocchietto." "Smettila di chiamarmi così" e lo disse ridendo.

"La smetterò quando anche tu finirai di chiamarmi cretino." La giornata era incominciata.

"Luce?" chiese Logan.

"Ha preferito stare con Nadia. Ha detto che merito una piccola vacanza, da sola!" "Peccato, avevo una parte anche per lei."

"Sarà per la prossima volta." Disse Fiamma

"Sei contenta di vedermi finalmente all'opera?" "Wow, certo che sì. "

"Vedrai, non ti stancherai."

Il viaggio proseguì in allegria fino a destinazione "Eccoci arrivati."

Esclamò Logan.

Fiamma restò a bocca aperta. Erano passati tantissimi anni e nei suoi ricordi la casa di Logan compariva sempre sfocata, ma ora che si trovava lì davanti si accorse che era rimasto tutto uguale. Nulla era cambiato.

Logan aprì il portone e subito gli andò incontro un bellissimo cane lupo. Aveva un occhio scuro e l'altro chiaro. Fece un sacco di feste a Logan, ma quando vide Fiamma si ritirò subito in un angolo.

Fiamma cercò di avvicinarlo, ma lui non voleva essere toccato. "Riuscirò ad accarezzarti." Si rivolse a Logan: "Assomiglia tantissimo a Lem, te lo ricordi?"

"Certo che lo ricordo e ricordo anche molto bene quella brutta faccenda."

Logan era convinto che Fiamma dovesse, una volta per tutte, affrontare le cose cattive capitate nella sua vita per riuscire a riavere un po' di felicità. Era convinto che mai nessuno l'avesse spronata a farlo.

A Fiamma bastò quell'accenno per ricordarsi ogni minimo dettaglio di quella che lui aveva appena chiamato "brutta faccenda"; non era niente altro che la morte di Lem.

Era l'ultima estate che avrebbe passato al lago, ma questo non lo sapeva ancora. Rochi era morto l'anno prima. Era vecchiotto, aveva già diciassette anni, ma aveva ancora Lem al suo fianco e avrebbe fatto di tutto per proteggerlo e la cosa era reciproca.

Un giorno si presentò quello che lei era costretta a chiamare zio. Non aveva mai capito il perché dovesse farlo. "Zio Piero", quel giorno, arrivò già arrabbiato per qualche faccenda finita male. Non piaceva a nessuno della sua famiglia eppure Fiamma aveva capito che intorno a lui giravano le vite della sua famiglia. Suo nonno era il fattore e sua nonna faceva da cameriera.

I suoi nonni era gente povera e andavano a lavorare dove trovavano. Quell'uomo, fin dall'inizio, aveva dichiarato guerra a Fiamma che era l'unica a non abbassare la testa al suo passaggio, ma aveva anche

imparato a stargli alla larga. Era un uomo schifoso. Ogni pretesto era buono per sfiorarla e alla sua reazione violenta, cercava sempre di picchiarla, ma lei era veloce e scappava, seguita dai suoi cani. A volte ci riusciva, a volte no.

Quel giorno Fiamma si era allontanata per aiutare la nonna. Ormai aveva quasi dodici anni ed era diventata più veloce a svolgere i lavori che le venivano assegnati. Aveva detto a Lem di aspettarla e lui, ubbidiente, si era accucciato in attesa del suo ritorno.

Passò qualche minuto e sentì delle urla provenire dal cortile. Dalla finestra intravide Lem che mordeva il braccio di quello schifoso. Fece per uscire, ma suo nonno si era messo davanti alla porta, sbarrandole il passaggio.

Sentì la voce di quell'uomo malvagio inveire contro Lem. Suo nonno le ordinò di stare ferma dov'era: "Lem ha la rabbia. Bisogna sopprimerlo."

"Non è vero; stava bene fino a poco fa."

Fiamma smise di fare resistenza; sapeva benissimo che dalla cucina c'era un'altra porta da cui poteva scappare.

Intanto le urla da fuori aumentavano fino a diventare disumane. Fiamma fece una corsa e riuscì ad arrivare nel cortile proprio nel momento esatto in cui vide Lem legato a una catena e quello schifoso puntare il fucile in direzione del suo muso.

Tutto successe in un attimo. Il colpo partì violento.

Fiamma corse verso Lem e lo vide inerme. Il muso del suo cane non esisteva più. Come impazzita prese una spranga che trovò lì vicino e incominciò a colpire quell'uomo con tutta la forza che aveva. Riuscì ad abbracciare il suo cane e quando si alzò era tutta sporca di sangue e fango. Riuscì a caricarlo su una carriola e trovare il punto giusto dove seppellirlo. Nessuna bambina si sarebbe dovuta trovare così sola davanti al male.

Quella fu l'ultima estate che passò al lago. Di quell'uomo non seppe più nulla fino a quando non venne a sapere che era morto tra le peggiori sofferenze. Aveva avuto quello che si meritava. Una giustizia divina, forse, esisteva davvero.

Aveva ancora avuto un cane: Basto e dopo di lui non aveva più voluto prendere altri cani, fino all'anno prima quando, per puro caso, aveva incontrato una vecchia signora disperata. A causa delle sue condizioni di salute, doveva essere ricoverata in una struttura in modo permanente e doveva riuscire a trovare qualcuno che su prendesse cura delle sue bestiole.

Ecco come erano entrati a far parte della sua vita Tequila, Jager e Toby. E ora doveva lasciarli di nuovo soli. Ma stavolta Logan e Luce se ne sarebbero presi cura. Ne era certa.

Tornò al presente e, senza rendersene conto, si ritrovò seduta su degli scalini con un pezzo di pizza in mano e il cane di Logan che le stava leccando il viso.

"Lem..." disse Fiamma.

"Si chiama lupo Bebo e non avevo nessun dubbio che l'avresti conquistato." Disse Logan.

Divise il pezzo di pizza con il cane lupo e poi fu la volta di due pacchetti di cracker. Uno per uno da buoni amici. Ogni volta che lupo Bebo faceva cenno di volerne un pezzetto, Fiamma gli chiedeva un bacio sulla guancia e lui era pronto a dargli una grande leccata sulla guancia.

Era da troppo tempo che teneva nascosto quel ricordo nei meandri della sua mente. Riportarlo a galla la fece sentire sollevata.

Fiamma si alzò con Bebo al suo fianco. Era spaventato perché stavano arrivando altri amici di Logan per girare il video. Si rivolse verso il cane e gli disse: "Vai a cuccia, dopo torno." Il cane ubbidì subito.

"Vieni che ti presento agli altri" disse Logan.

"Lui è Frankye, l'ideatore del testo e della musica." "Piacere, Fiamma."

E poi fu la volta di Sergio, Francesca, Petra e almeno un'altra decina di persone di cui si scordò i loro nomi quasi nell'immediatezza.

E poi venne presentata anche a un bambino di quattro anni: Gabriele.

"Non è un po' piccolino e fuori luogo mettere in un video un bambino così piccolo?" chiese Fiamma

Logan rispose: "Fidati di me, vedrai che questo non sarà un problema e poi c'è anche suo padre che ha acconsentito. Vieni ti presento Walter."

Dopo aver scambiato due parole con tutti, salirono una scala che li portò in una stanza quasi totalmente al buio. Quella poca luce che c'era entrava dalla porta di ingresso. Le imposte erano state chiuse ad arte e

l'interno dava l'impressione di essere fatiscente, ma dopo qualche spiegazione, capì che anche quello era stato progettato. Tutto nei minimi dettagli.

In mezzo alla stanza c'era un lenzuolo tirato da parte a parte. Fiamma non ne capì il motivo, ma avrebbe ricevuto una spiegazione anche a quello da li a qualche minuto.

La prima cosa che Logan e Frankye dissero era: "Ora vi faremo ascoltare il testo della canzone. Lascerete che le parole vi entrino dentro e poi decideremo come proseguire. Siete tutti d'accordo?"

Tutti i presenti annuirono e la canzone partì. Fin dalle prime parole a Fiamma vennero i brividi. Tutto le ricordava la sua infanzia e nulla importava se non era suo padre che le usava violenza.

Petra si avvicinò con la sua macchina fotografica. Faceva fotografie del luogo e Fiamma non ne capiva molto il senso. Tutto doveva ancora incominciare. Fu solo più tardi che capì che doveva trovare la luce giusta e sfruttare ogni momento per cogliere l'attimo. Era la sua passione ed era per quel motivo che della sua passione non ne fece mai un lavoro. Sarebbe stato tutto diverso.

"Gabri, hai capito cosa devi fare?" disse il padre a suo figlio. Il bimbo annuì e tutto fu pronto per iniziare le riprese.

"Uno, due tre. Via." Logan dietro alla sua videocamera si trasformava. Cuffie in testa, sguardo attento a quello che passava davanti alla sua telecamera . Da dietro il lenzuolo comparve la sagoma del bimbo con un fiore in mano e altre due figure di persone adulte. Ecco il senso del lenzuolo. Parte del video si sarebbe svolto sottoforma di ombre cinesi. E la privacy del piccolo era garantita. La sua figura era fondamentale per la riuscita del video.

Dietro le quinte Fiamma sentì una voce dire: "No, non va bene." E la recitazione si interruppe.

Fiamma si girò verso Logan; si aspettava una reazione più vivace di quella che, invece, c'era stata: "Ragazzi, ve lo dico io quando dovete fermarvi, ok?"

Gabriele, il piccolo del gruppo, fu strepitoso nonostante in quella stanza facesse tanto caldo e le varie interruzioni che implicavano altre riprese.

Petra, con la sua macchina fotografica, riuscì a catturare il momento perfetto di ognuno dei presenti.

Fiamma si avvicinò incuriosita dagli scatti e dalla sequenza dei bip che si facevano sempre più frequenti .

Petra incominciò a elencare una serie di termini tecnici di cui Fiamma non capì assolutamente nulla. Alla sua domanda se poteva spiegarle il significato, Petra rispose: "No, non lo farò. Ogni termine ha un

significato ben preciso, ma alla base di un'ottima riuscita c'è il tocco personale. Io ho avuto un ottimo maestro."

Fiamma restò a bocca aperta.

Una volta aveva detto a Logan che, secondo lei, la vena artistica che gli permetteva di creare dei video stupendi , l'aveva ereditata dalla madre. Lui aveva risposto: "Secondo me è il contrario. Ho regalato io la prima macchina fotografica a mia madre."

Ecco! Logan era stato chiarissimo, ma di una cosa Fiamma era certa. Se da parte di Petra non ci fosse stata una predisposizione naturale verso la fotografia, i suoi sarebbero sempre stati degli scatti banali.

Ad un certo punto Fiamma incominciò a non sentirsi bene. Aveva bisogno di aria. Tutti dentro erano impegnati in qualcosa e nessuno si accorse della sua assenza.

Quella mattina si stava rivelando piena di emozioni. Troppe per poterle gestire.

L'affanno si fece sempre più forte. Le mancava il respiro e questo la portava ad agitarsi sempre di più. Conosceva quei sintomi. Era un attacco di panico. Brutto da gestire per chiunque. Aveva le gocce nella borsa. Ne prese subito un po'. Dopo qualche minuto il respiro incominciò a tornare normale.

Lupo Bebo si era seduto vicino a lei. Gabriele aveva l'età che avrebbe avuto suo figlio: Matteo. Il bimbo che non era mai nato.

Lasciarsi andare era un lusso che non si concedeva troppo spesso. Appoggiò la testa al muretto e si addormentò.

Fiamma si svegliò all'improvviso. Bebo era accucciato vicino a lei e adesso si lasciava accarezzare senza aver più timore di lei. A un certo punto il lupo si alzò e andò a nascondersi; sicuramente aveva sentito qualcuno arrivare. Infatti, dopo qualche secondo arrivò il piccolo Gabriele.

Fiamma gli accarezzò la testolina: "Sei stato davvero bravo."

Gabriele la prese per mano e la portò vicino a una piccola pozzanghera. Fiamma non si era accorta che il bimbo aveva le mani piene di sassolini. Incominciò a lanciarne uno ,poi un altro e un altro ancora. Fiamma si mise a giocare con lui, fino a quando Petra non uscì chiamando tutti i presenti perché andassero a sedersi a tavola: una bella spaghettata li attendeva.

Fiamma aveva difficoltà a mangiare e non riusciva a trovare una scusa plausibile per non offendere Petra.

Fu proprio lei a venirle in aiuto: "Io non vado a mangiare. Ho l'abitudine di mangiare una sola volta al giorno."

Fiamma prese la palla al balzo rispondendo: "Anche io."

Così trascorsero circa un'ora a parlare; in quel tempo Fiamma ebbe l'occasione di capire qualcosa in più sulla passione che aveva Petra per la fotografia. Aveva rinunciato a capire i termini tecnici, ma era rimasta affascinata da come descriveva nei minimi dettagli tutti i secondi che precedevano lo scatto.

Una cosa Fiamma aveva capito bene. Nulla poteva fare una macchina fotografica, per quanto potesse essere all'avanguardia, se dietro all'obbiettivo non c'era una persona che amasse quello che stava facendo. Altrimenti sarebbero stati solo scatti commerciali e niente di più.

Lei e Petra parlarono con una naturalezza tale che il discorso arrivò anche ad essere confidenziale.

Le raccontò della sua giovinezza, pazza e giovane età anche ai suoi tempi. La scelta di mettere fuori casa un marito che la tradiva costantemente con chiunque le capitasse a tiro; una scelta molto sofferta anche quella di andare a lavorare lontano da casa e di lasciare che suo figlio crescesse con i nonni.

Aveva detto no a un amore importante nel periodo più tranquillo della sua vita; a quarant'anni, quando era riuscita a dare un senso a tantissime cose. Aveva un figlio che non si era potuta godere come avrebbe voluto.

C'era voluto del tempo per creare un rapporto con suo lui. Quello che era stato in passato non si poteva più recuperare e anche se, nel presente, avevano trovato un certo equilibrio, non era stato così semplice. Logan era cresciuto e si era fatto uomo con le sue idee, i suoi fallimenti e i suoi successi.

Spesso si trovavano in disaccordo, ma con impegno e costanza riuscivano sempre a trovare una soluzione, anche borbottando.

A Fiamma bastò poco per parlare della sua malattia con Petra. Non lo faceva con chiunque, ma lei con due parole c'era riuscita.

"Vado a lavare i piatti, chi viene ad aiutarmi?"

Nessuno rispose e Petra, guardando Fiamma, disse: "Vieni tu con me?"

Fiamma rispose: "Se ti accontenti di un aiutante con un braccio solo, ci vengo molto volentieri." "Cosa ti è capitato?"

E Fiamma si ritrovò a parlare dell'intervento che aveva subito qualche mese prima per l'asportazione di una massa tumorale e che il recupero dell'arto era ancora molto indietro.

E fu così che entrarono in sintonia: con una semplicità incredibile. Cosa Fiamma non disse a Petra era che sapeva di avere i giorni contati. Solo Logan e Angelo ne erano al corrente. Fiamma era convinta che non ci fosse nulla di peggiore al mondo che trattare un malato come tale, soprattutto se era terminale. Voleva godersi il tempo che le restava nel modo più normale possibile.

Quando finirono tutti di mangiare si prepararono per andare in un altro posto per girare il proseguimento del video. Fiamma era arrivata al Bluperry. Un po' di relax e, guardandosi intorno, riusciva sempre a godere di una strana pace quando si trovava in quel luogo. Aveva anche la sua sedia che lei considerava "personale".

I ragazzi avevano fatto una piccola tappa in un altro posto dove girare un paio di scene e da lì a poco sarebbero arrivati.

Il cielo si era fatto grigio, pieno di nuvole che portavano pioggia, ma a Fiamma non importava. Aveva sempre adorato la pioggia e le giornate scure le ricordavano un po' l'autunno: la sua stagione preferita.

Presto sarebbe arrivato e chissà se ci sarebbe stata anche lei per vederlo almeno un'ultima volta.

La prima goccia arrivò sulla sua mano; avrebbe dovuto alzarsi per andare al riparo, ma non ne aveva nessunissima voglia. Petra era in giro a fare foto e lei stava benissimo dov'era. Un'altra goccia seguita da altre e in un attimo si ritrovò fradicia. Si mise a ridere e volse il viso verso il cielo. Adorava essere toccata dalla pioggia.

"Fiamma, vieni al riparo."

La voce di Logan arrivò all'improvviso. "Non ci penso nemmeno, caro amico mio. Una volta non eri così rompiscatole e farti bagnare dalla pioggia piaceva anche a te."

Il resto dei ragazzi si mise al riparo, mentre Logan la raggiunse con un ombrello. "Non fare cazzate e riparati."

"Fammi assaporare questi momenti. Dove andrò non so se potrò ancora farlo."

Logan chiuse l'ombrello, la prese per mano e la portò in un punto della piccola spiaggia dove avrebbero potuto godere entrambi di quei momenti. Tutto della natura li aveva uniti fin da bambini.

Quando smise di piovere ricominciarono a girare le scene.

Logan e Frankye parlottarono un po' tra loro e quando decisero come chiudere il video, tutto si svolse con una semplicità incredibile.

Quella giornata era stata piena di emozioni per tutti e lo dimostrava il fatto di non aver voglia di tornare a casa subito e di condividere tutto quello che avevano provato quel giorno. Il nome del piccolo Gabriele era sulla bocca di tutta la compagnia. Era stato un bambino a dir poco strepitoso.

Spesso Fiamma gli passava vicino e lo accarezzava e si era messa a giocare con lui tutte le volte che aveva potuto. Se suo figlio Matteo fosse vissuto, sarebbe stato come il piccolo Gabriele. Ne era certa. Si asciugò le lacrime.

La giornata era volta al termine. Vero che Logan le aveva garantito che fisicamente non si sarebbe stancata, ma non aveva fatto i conti con le sue emozioni. Tante e troppe tutte insieme. Il viaggio di ritorno lo fecero in assoluto silenzio. Sia Logan che Fiamma erano persi dietro ai loro pensieri.

Settembre

"Eccoci arrivati, finalmente si torna a casa. C'è una sorpresa che ti aspetta e siamo sicuri che ne sarai felicissima, vero Luce?" Fiamma era appena stata dimessa dall'ospedale.

Angelo era partito per un breve congresso: sarebbe stato via pochi giorni e a Fiamma mancava tantissimo, ma guardare sua figlia tenere per mano Logan, la rendeva felice. Ora era tutto sistemato. Adesso non aveva più paura di quello che il futuro poteva riservarle. Quello che desiderava era tutto li, davanti ai suoi occhi.

Logan l'aiutò fino alla macchina e, una volta a casa, l'aiutò a mettersi comoda sul divano. Luce si precipitò in cucina.

"Mi spiace che debba passare anche tu attraverso tutto questo." Disse la donna. Era duro per tutti e Fiamma lo sapeva. Per lei soprattutto ed era una sensazione che odiava, ma la odiava anche per loro. Ogni tanto le capitava, addirittura, di odiare tutti perché non stavano morendo!

D'altra parte gli ultimi esami a cui l'avevano sottoposta avevano evidenziato un netto peggioramento, ma quello l'aveva capito già da sola. Ciò che ancora non sapeva era che il male, ora, si era localizzato nelle ossa.

Logan approfittò del fatto che Luce si fosse allontanata per chiederle: " Cosa ti hanno detto?" "Niente di particolare. Niente di nuovo."

Fiamma era sicura che bastava evitare gli occhi di Logan perché lui non capisse che stava mentendo. "Ehi, piccola stronzetta, sono io: Logan. Davvero pensi di fregarmi così?"

Silenzio. "Se è come dici perché le costole ti fanno così male? Ti ho visto mentre cercavi di mascherare il dolore. Smettila di trattarmi come un'idiota, perché non lo sono."

Si aspettava una reazione solita e lui si era già preparato un discorsetto per smontare ogni suo ragionamento.

"Siediti qui, dai. Parliamo."

Logan basito e parecchio preoccupato, fece quello che disse.

"Ti voglio bene, Logan. Davvero tanto. Spesso mi tornano in mente i ricordi che ho di noi bambini. E' bellissimo come ci siamo ritrovati e, anche se sicuramente siamo cambiati moltissimo. Siamo come eravamo a quei tempi. Tutti e due abbiamo i nostri trascorsi, belli e brutti che siano. Di una cosa mi rammarico: del fatto di non esserci ritrovati prima. Mi spiace non essere stata presente quando sono morti i tuoi nonni, tuo padre e mi dispiace non esserci stata quando sei arrivato al punto di voler farla finita."

"Non importa…"

"Lasciami finire, per favore, prima che il coraggio mi abbandoni."

Fiamma riprese fiato. "Io ti ho considerato il mio eroe per tutto il periodo che abbiamo trascorso insieme da bambini e lo sei ancora adesso."

Logan sorrise all'immagine di Fiamma che lo difendeva da quei due bambini che lo maltrattavano. "Io, il tuo eroe? Questa è bella. Io ho dei ricordi diversi dai tuoi".

"Lo eri davvero." Arrivò una fitta fortissima.

"Vado a prenderti un bicchiere d'acqua." Disse Logan. "Stai fermo! Non morirò certo qui e non certo adesso."

Quando Fiamma faceva così il desiderio di Logan era solo quello di farla volare dal balcone. Sapeva davvero rendersi odiosa quando rispondeva in quel modo.

"Sei l'amico migliore che una persona possa desiderare. Hai accettato di sposarmi per dare il tuo cognome a mia figlia e questo è il regalo più grande che tu potessi farmi."

Fiamma prese fiato. Tutto le costava fatica.

"L'ultima cosa che dobbiamo fare è andare velocemente da un avvocato affinché Luce diventi legalmente e a tutti gli effetti, tua figlia."

Logan restò in silenzio. Aveva capito che il peggio doveva ancora arrivare.

"Ho l'impressione che tu un po' abbia già capito dai miei dolori che il male sta progredendo e anche più velocemente di quanto mi aspettassi."

Logan si stava chiedendo se avrebbe avuto la forza per affrontare tutto questo. Forse, invece, stava commettendo un errore. Forse avrebbe dovuto portarla in qualche posto più all'avanguardia.

Continuava a sentire delle storie incredibili di persone che erano guarite dal cancro seguendo diete strampalate o grazie all'ipnosi, se non addirittura attraverso la fede. Ma lui sapeva anche che Fiamma non voleva più fare altri tentativi. L'unica cosa che voleva era stare a casa il più possibile ed ecco anche il perché, quando i ricoveri duravano oltre i tre giorni, lei si faceva dimettere prendendosi la propria responsabilità.

Ricordava benissimo di una volta che, dopo sei settimane e senza dire niente a nessuno, aveva deciso di firmare e uscire e se l'era ritrovata davanti a casa con due dolcetti al cioccolato. Alla fine se li era mangiati tutti e due lei, perché lui era diventato furioso quando aveva scoperto che non era stata dimessa per la volontà dei medici.

"Ehi ti sei perso di nuovo nel tuo mondo? Scendi per un attimo nel mio?" disse Fiamma.

"Hai ragione. Mi sono perso dietro ai ricordi di tutte le volte che avrei voluto spaccare la tua testolina per vedere cosa c'era dentro."

Fiamma si fece una grandissima risata.

"Mi sa che avresti dovuto farlo troppe volte." "Già, pare proprio anche a me."

Fiamma ora aveva perso il coraggio e lo disse a Logan: " Con tutte queste interruzioni ora sono in tilt. Mi ero preparata un bel discorsetto da farti, ma poi mi perdo. Accidenti a me!"

"Ah ah, in questo non sei cambiata per niente."

"Non mi prendere in giro. Ho la testa piena di marcio."

Logan rise ancora di più: "E' la stessa frase che dicevi sempre quando non sapevi come toglierti da una situazione imbarazzante."

"Cretino."

"Stai tranquilla. Devi pensare a una gallina che corre su un tetto di una casa, inseguita da un ippopotamo che cerca di prenderla. La gallina scappa da tutte le parti con l'ippopotamo dietro che le fa le pernacchie nel tentativo di prenderla. L'ippopotamo correndo spacca tutte le tegole e la gallina continua a scappare. Prova a immaginare tutto questo."

Fiamma rise: "Che non fossi tutto finito io l'ho sempre saputo. Chi dovrei essere dei due?" "Scegli tu."

"Voglio essere l'ippopotamo, così sono più forte e vinco." Rispose Fiamma. "Ma la gallina è più agile su un tetto, giusto?"

"Vero. Cambio. Scelgo di essere la gallina. Sono più piccola, sicuramente più agile di un ippopotamo sopra a un tetto e quando è sfinito, io scendo dal tetto e lui resta li."

Risero insieme, con cuore e con la consapevolezza che, nella loro diversità, l'unica certezza che entrambi avevano era stata quella di incontrarsi e che questo fosse successo da bambini, era stata una fortuna.

In un attimo Fiamma riprese fiato e disse: "Mi dispiace Logan. Sono cose che non dovrebbero succedere, a nessuno, nemmeno al tuo peggior nemico. In quest'ultimo ricovero non hanno potuto fare altro che constatare che il cancro sta galoppando più veloce di quanto si potesse prevedere. Non mi resta molto." Logan restò impietrito.

"A questo punto voglio solo una cosa da te. Non dimenticarti mai della promessa che mi hai fatto." Intanto Logan stava versando altra acqua nel bicchiere di Fiamma.

"Non voglio che quel bastardo possa vantare alcun diritto su Luce." "Te l'ho già promesso, no?"

"Parlo sul serio." Sembrava preoccupata e lui le strinse la mano e con una carezza cercò di cancellare l'angoscia dal suo viso.

"Anch'io." In alcuni attimi Logan aveva spesso pensato di non essere in grado di affrontare tutte le questioni legali. Fino a quel giorno aveva deciso di rimandare ogni cosa a quando Fiamma si fosse sentita un po' meglio, più in forze. In quel preciso istante decise che l'indomani avrebbe chiamato uno dei suoi più grandi amici Valter. Ottimo amico, ma ancora più grande nelle vesti di avvocato.

Quegli ultimi mesi erano stati pesanti per tutti. Luce, a scuola, piangeva di continuo, almeno così riferiva la maestra e Logan, tra i mille impegni di lavoro e l'ennesima relazione sentimentale finita male, era sfinito.

Angelo faceva di tutto per alleviare i ricoveri di Fiamma che, seppur brevi, viveva malissimo. Fiamma vomitava e si sentiva malissimo per i quattro cinque giorni successivi le chemio e poi il resto del tempo era meno brutto.

Con quel pensiero in testa Logan disse: "Ti voglio bene con o senza capelli. Magari se ti togliessi quell'orrendo cappellino te ne vorrei ancora di più."

"Non ci penso proprio. Qui ci sono tutti i colori esistenti al mondo." Disse Fiamma. "Mamma, ho messo a posto le tue cose nei cassetti. Per le altre ci penserà zio Logan vero?"

"Vieni qui. Adesso è il momento di fare vedere a tua mamma quale sorpresa abbiamo in serbo per lei." Fiamma vide correre sua figlia verso la cucina e poco dopo tornò con una torta, interamente di cioccolato. Nel frattempo il campanello di casa suonò.

"Vado io" disse Logan "e tu aspettami qui, bricconcella."

Aprì la porta e, con sua grande sorpresa, vide sua madre Petra. "Ciao mamma, cosa ci fai qui?"

Logan era convinto che fosse Angelo e non si aspettava di certo di trovarsi di fronte, sua madre.

"Ero di passaggio e volevo vedere.." Petra si schiarì la voce e proseguì. " No! Non è vero che ero di passaggio. E' più di un mese che non avevo tue notizie: ero preoccupata."

"Vieni, entra."

"Ciao Petra" disse Fiamma.

Petra rimase sconvolta vedendo Fiamma così dimagrita, col viso affilato e gli occhi infossati. "Ciao Fiamma, passavo di qui e.."

"Vuoi un caffè, mamma?" "Si, grazie."

Petra si volse verso Fiamma e le disse: "Ti ho portato un regalo." "Un cappellino?"

Petra scosse la testa ridendo. "Di quelli ne hai a sufficienza. E' qualcos' altro e spero che non ti arrabbierai." Aveva cercato di trovare lo stesso colore dei suoi capelli che ricordava molto bene, rosso scuro, ma non era stato facile e, quando aiutò Fiamma a togliere il coperchio ai due scatoloni, la vide commuoversi.

Fiamma vide una grande quantità di parrucche, una diversa dall'altra, ma tute dello stesso colore: il suo. Cominciò a ridere e a piangere contemporaneamente e Petra la guardò perplessa: "Non sei furibonda?" "Perché dovrei esserlo?" Tese le braccia verso Petra e poi, col suo aiuto, provò tutte le parrucche.

Ce n'erano di tutti i tipi, corte dal taglio sbarazzino e lunghe con tagli eleganti. Erano stupende e Fiamma ne rimase commossa al punto da non saper più cosa dire.

"Avevo voglia di comprarmene una, ma non osavo andare nel negozio."

"Avevo immaginato che potesse essere così e ho anche pensato che portartele a casa potesse essere più divertente."

Divertente! Non c'era assolutamente nulla di divertente nel perdere i capelli in seguito alla chemioterapia.

Proprio in quel momento sopraggiunse Luce. Alla vista di Petra le corse incontro e le buttò le braccia al collo. Luce tornò a guardare sua madre e si mise a battere le mani felice e disse: "Ti sono cresciuti i capelli di nuovo!"

"Non esattamente, tesoro. E' merito di Petra."

Intanto Luce aveva già sbirciato dentro allo scatolone. "Ci sono tantissimi capelli, qui." "Sono parrucche, amore."

"Ne vorrei provare una, posso?

Non aveva ancora finito di dirlo che già ne stava provando una. Facevano un buffo effetto su di lei e si misero a ridere. D'un tratto sembrava quasi di essere a una festa ed era proprio così: Luce andò a prendere la torta, ma rimase delusa nel vederla quasi completamente sciolta. Corse in salotto a chiamare Logan e insieme cercarono di salvare il salvabile, riuscendo ad avere un discreto risultato.

Una volta assaggiata, risultò essere ottima. A quel punto Logan andò a prendere del vino da bere e quando tornò si fermò sulla porta. Non poteva e non voleva interrompere quella scena e intanto pensava perché lui non ci avesse mai pensato a prendere delle parrucche.

In quel momento adorava sua madre per aver avuto quell'idea. Il periodo in cui lei lo aveva lasciato per andare a vivere la sua vita, ormai era lontano e avevano dedicato molto del loro tempo per recuperare tutti quegli anni passati separati.

"Grazie mamma" disse Logan mentalmente.

Era talmente bello vederle così sorridenti, tutte e tre. A Logan venne un'idea. Si alzò e andò a cercare un album che era certo di aver ritirato nel cassetto dell'armadio. Cercò un po' dappertutto ma non riuscì a trovarlo.

Alzò gli occhi e Fiamma era li, davanti a lui.

"Cosa stai cercando di così importante ?" chiese la donna.

"Stavo cercando l'album delle fotografie del nostro matrimonio."

Fiamma si diresse verso un altro cassetto e tirò fuori quello che stava cercando Logan. "Come mai era li?"

"Qualche giorno fa mi è venuta voglia di riguardare le foto di quel giorno e poi non ho più avuto voglia di ritirarlo al suo posto. Non fare quella faccia, mica è andato perso?"

"Avevi bisogno di qualcosa visto che sei salita fino qui?"

"No, ero solo curiosa di vedere che cosa stessi combinando tu. Da sotto sembrava che stesse venendo giù il soffitto." Logan aiutò Fiamma a tornare al piano di sotto.

"Ehi Luce, hai voglia di vedere il giorno in cui tua mamma e io ci siamo sposati?"

"Si ." rispose Luce tutta eccitata. "Però quelle dove io avevo il vestito verde le copro con la mano. Non le voglio vedere."

"Ma se eri uno splendore." "Dici davvero zio Logan?" "Si, dico proprio sul serio."

Le foto erano state scattate da Petra. C'era voluto non poco per convincerla, ma poi aveva accettato. Tutti scatti fatti all'insaputa dei presenti. Nessuna posa predefinita. Petra odiava quel genere di foto.

Il campanello suonò e Logan andò ad aprire: "Era ora... sei arrivato al momento giusto. Stavamo per guardare le foto del nostro matrimonio."

"Il lavoro e il traffico non mi hanno aiutato di sicuro."

Luce, sentendo la voce di Angelo, gli corse incontro e disse: "Sai cosa c'è di più bello di avere uno zio?"

"Sentiamo, sono proprio curioso." Rispose Angelo e nel frattempo mise una mano nella tasca della giacca per prendere la liquirizia che la bimba adorava tanto.

"Questo è per te, bella fanciulla."

Con la bocca piena, Luce disse: "avere due zii." E la bimba schioccò un grandissimo bacio ad Angelo.

La giornata stava trascorrendo piacevolmente. Fiamma non poteva desiderare nulla di più. In quel momento si rese conto che aveva tutto quello che aveva sempre desiderato. Si sentiva felice e non era cosa da poco e si sentì meglio per tutto il resto della giornata.

Logan chiese a sua madre se volesse fermarsi a cena con loro, ma lei rifiutò perché l'indomani aveva un book fotografico da fare e doveva ancora preparare tutte le cose necessarie.

Salutò Luce e Logan, ma quando arrivò il momento di salutare Fiamma non riuscì a proferire parola. Il ricordo di quella splendida e indimenticabile giornata l'avrebbe custodito per sempre nel suo cuore. L'abbracciò forte ed entrambe non riuscirono a trattenere le lacrime.

Angelo rimase solo con Fiamma. Logan aveva portato Luce in camera sua: era molto più bravo di lui nel raccontare le fiabe della buonanotte

"Che ne diresti di andare a riposare anche tu?" Angelo guardò Fiamma. Forse tutto quel movimento, l'aveva stancata troppo.

"Sono stanca è vero, ma non così tanto. Voglio la mia razione di coccole quotidiane."

"E come potrei dirti di no se me lo chiedi guardandomi con quegli occhioni?" Angelo strinse forte a se la donna. Nelle ultime due settimane era dimagrita tantissimo. Incominciò ad accarezzarle le mani e a un certo punto disse: "Vuoi anche tu la fiaba della buonanotte?"

Fiamma lo guardò e si mise a ridere "Stai passando troppo tempo con Logan e me. Forse dovresti pensare seriamente a non frequentarci più tanto."

Angelo rispose: "Non mi pento nemmeno di un secondo passato in vostra compagnia. Siete straordinari, speciali e anche tanto teste dure. Quando litigate sembrate delle belve assatanate di sangue."

"Esagerato" rispose Fiamma.

Angelo e Fiamma salirono in camera: poco dopo anche Luce, sgattaiolata fuori dalla sua camera, li raggiunse e tutti e tre si unirono in un solo abbraccio e restarono così per tutta la notte.

Era passato del di tempo da quando a Fiamma era stato diagnosticato il cancro e continuavano a combatterlo coraggiosamente. Nessuno si sarebbe arreso.

Angelo non se l'era più sentita di seguire Fiamma come oncologo: aveva capito che non era in grado di mantenere la sua professionalità. Il dottor Ferdi l'aveva sostituito.

Logan era convinto che la chemioterapia fosse di aiuto a Fiamma eppure, malgrado tutto, sembrava che Fiamma continuasse a peggiorare. Ogni giorno aveva gli occhi sempre più cerchiati e infossati e continuava a dimagrire. Aveva anche qualche difficoltà a respirare. Logan avrebbe fatto qualsiasi cosa fosse in suo potere per tenerla il più possibile a casa . Spesso la sera, quando Luce era a dormire e Angelo era di turno in ospedale, parlavano della fine. Una volta avviate tutte le pratiche per l'adozione di Luce, Fiamma sembrava aver trovato un po' di pace. Erano in attesa che il suo amico Valter chiamasse per andare a firmare le carte.

Il giorno prima Logan aveva accompagnato Fiamma a fare una tac. Quando ebbero il referto, dopo qualche ora di attesa, il medico li chiamò nella saletta. Li mise al corrente che le metastasi si erano diffuse ulteriormente.

Logan batté un pugno sul tavolo sotto lo sguardo dell'oncologo e disse: "Cosa accidenti vuol dire.. che non potete fare più nulla per aiutarla?"

Il dottore aveva capito benissimo cosa volesse dire Logan; troppo spesso si era trovato a dare notizie di questo genere a persone che avevano ancora tanto da vivere.

"Logan, siediti per favore." Disse Fiamma. "No, per Dio. Io voglio sapere."

Fiamma si alzò e uscì dalla stanza.

Logan fece per seguirla, ma quando fu sulla porta, si girò verso il medico e disse: "Faccia qualcosa, dannazione. Quella donna sta morendo e lei mi dice che può fare ben poco?"

"Purtroppo è così. Ci sono delle terapie che daremo per contenere il dolore."

Logan si rese conto che ormai era finita. Un dolore atroce lo percorse da capo a piedi. Uscì dalla stanza senza nemmeno salutare. Ora il suo pensiero era Fiamma.

"Mi scusi, ha visto la signora che poco fa era con me?" chiese a un infermiere. "Mi sembra di averla vista andare da quella parte" indicando la direzione.

La vide. Era seduta in cima alla scala e stava fumando una sigaretta. "Ma che cazzo stai facendo. Ti sei messa di nuovo a fumare?"

"Un premio per essere arrivata fino a qui me lo merito, non trovi? Siediti qui e vedi di stare tranquillo." Disse fiamma.

"Non posso stare tranquillo. Hai capito bene cos'ha detto quel pagliaccio la dentro?" "Lo sapevamo già. Non c'era nulla di nuovo in quello che ha detto."

"Fai fumare anche me?"

"No, tu non puoi. Il premio è solo per me." Restando in silenzio si gustò la sigaretta fino all'ultima boccata.

La spense e guardando Logan disse: "Ascolta bene quello che ho da dirti. Ora io sono felice. Quanto mi resta? Due, forse tre mesi? E' già più di quello che mi aspettassi.

Logan fece per ribattere ma Fiamma lo fermò: "Lascia parlare per me, per favore. Io sono felice. Lo dico davvero, sai? Mi hai regalato la felicità sposandomi in modo tale da garantire una vita a mia figlia. Ti ho ritrovato nel periodo peggiore della mia vita e non mi hai lasciata sola, sacrificando anche il tuo lavoro a volte."

"Non è vero." Rispose Logan.

"Non raccontarmi palle, non mi freghi così facilmente." Fiamma riprese fiato "Ho anche trovato il grande amore della mia vita."

"Dove vuoi arrivare con questo discorso assurdo?"

"Vorrei riuscire a dirti grazie. Si proprio così: grazie. Mi hai regalato il bene più prezioso che potessi ricevere in questo momento della mia vita. La serenità."

Logan non riuscì più a dire una sola parola. Fiamma si accese un'altra sigaretta e questa volta gliela porse e la fumarono insieme.

Quella notte Logan dormì male, continuando a fare e rifare sempre lo stesso sogno. Fiamma partiva per un viaggio mentre lui tentava di impedirglielo. Si svegliò tutto sudato, con l'affanno e la sensazione di terrore che aveva provato nel sogno l'aveva seguito anche nel risveglio.

Si mise seduto e accese la luce. Guardò nella direzione del letto di Fiamma. Erano marito e moglie, ma solo davanti alla legge. Nelle ultime due settimane era riuscito a convincere Fiamma a dormire nella stessa camera. Lei, che sembrava così spavalda mentre, nella realtà, era piena di pudore. Angelo aveva il turno di notte e decisero che quella potesse essere l'unica soluzione possibile.

Ottobre

Era una domenica mattina e a Logan venne un'idea.

Avrebbe preparato per tutti una colazione alla vecchia maniera: una bella zuppa di latte con tanti biscotti da far stare in piedi il cucchiaio. In silenzio uscì dalla stanza, passò a vedere Luce. Vedendo il letto vuoto si ricordò che la bimba, la sera prima, era andata a dormire a casa di Petra.

In quel periodo era talmente sotto pressione con tutto quello che stava accadendo, che se ne era completamente dimenticato.

In cucina trovò, tra tanta confusione, tutto il necessario. Sorrise al pensiero che a Fiamma non era mai piaciuto l'ordine, al contrario di lui che doveva sempre trovare tutto al suo posto, anche a occhi chiusi.

Si fermò a osservare la cucina: non aveva mai visto tanti colori diversi tutti insieme. Solo lei poteva renderla così allegra.

Tra tanta confusione trovò la scatola di biscotti e mentre la prendeva fece cadere a terra un plico di fogli.

Logan vide subito l'intestazione e capì che erano i documenti da portare al suo amico avvocato l'indomani. Il plico piegato in quattro appoggiato sopra il barattolo di cioccolato.

"Ma come si fa ad arrivare a tanto?" Logan lo disse ad alta voce.

Prese il vassoio e fece la scala. Bussò alla porta e non ottenne risposta, segno che Fiamma stava ancora dormendo. Posò il vassoio sul tavolino e incominciò a svegliarla.

"Fiamma, non vorrai mica passare il resto della giornata a dormire?" "Uff... lasciami stare" fu la sua risposta.

"Dai mettiti seduta."

"Che palle" e si coprì la testa con il lenzuolo. "Alzati, dai."

Brontolando incominciò a mettersi comoda: "Cos'hai portato di buono questa volta?" "Un vecchio ricordo."

Fiamma osservò meglio il vassoio e fece un sorriso grandissimo e disse: "La nostra colazione! Ha superato la prova del cucchiaio?"

"Guarda tu stessa."

"Oh si, eccome se l'ha superata."

"Prima che incominci a mangiare vorrei una spiegazione al riguardo di questi documenti" e li tirò fuori dalla tasca.

"Sai dove li ho trovati?"

Fiamma scosse la testa.

"Li ho trovati sopra il barattolo del cioccolato. Sono i documenti da portare all'avvocato." "Il mio posto sicuro per non perderli."

Logan rimase senza parole.

"Ti sembra il posto giusto dove tenere dei documenti?"

"Uff che palle, me lo passi il vassoio o devo solo immaginarla la colazione?" Logan scosse la testa. Fiamma era proprio senza speranza.

Incominciarono a gustarsi la colazione, ognuno perso dietro ai propri pensieri. "Sono sazia" disse Fiamma.

"Ma se l'hai appena toccata!" "Non me la sento" e posò la tazza.
"A che ora dobbiamo essere in studio da Valter domani?"
"Ci aspetta per le nove." L'incontro preliminare è fissato per mercoledì. Ormai manca davvero poco." "Fino a quando non chiudiamo tutta la pratica non sarò tranquilla."
"Andrà tutto bene."
Fiamma si fece scura in volto e disse: "Non permettere che quel bastardo faccia ancora del male a Luce. Promettilo."
"Non lo permetterò mai." A quelle parole Fiamma si tranquillizzò di nuovo; ogni tanto aveva bisogno di sentirselo dire.
"Tante volte ti ho chiesto cosa si è fatta Luce alla mano." "Non voglio ricordare quei tempi."
Logan lasciò perdere. "Vado a riordinare la cucina. dopo te la senti di andare fino in giardino?" "Solo se mi farai fumare una sigaretta." Rispose Fiamma.
Logan strabuzzò gli occhi: "Ma se è quasi un anno che hai smesso." "Mi diverto troppo vederti fare quella faccia." E rise.
Logan, mentre lavava le tazze, pensò al fatto che Fiamma sembrasse star meglio quando faceva così. Drin… drin…" Pronto?"
"Logan?"
"Ciao Valter, dimmi."
"Potresti passare da casa mia?" "E' proprio il caso?"
"Si, dobbiamo controllare alcuni punti e gli ultimi dettagli." "Ok arrivo. Avviso Fiamma."
"Chi era al telefono?"
"Era Valter. Ha bisogno di controllare che tutto sia perfetto per la firma di domani mattina. Un'oretta e torno."
"Stai tranquillo, fai pure con calma. Io resto ancora un po' nel letto. Mentre sei fuori passeresti a prendere il mio giornale preferito? E magari se ti fermassi anche a prendere il pane alle olive che mi piace tanto…."
"E poi? Qualcos'altro?"
"Ti lascio la libera uscita fino a mezzogiorno e non sei contento? Sono più di tre ore." Fiamma rise e per Logan, quando la vedeva così, rimaneva davvero difficile credere che il tempo a loro disposizione stesse per scadere.
"Ok, ma tu non fare pasticci mentre io sono fuori." "Guarda che non sono più una bambina."
"Giusto, è vero. Sai essere anche peggio di così, pidocchietto." E si misero a ridere.
" Valter, sei sicuro che a queste condizioni quel bastardo firmerà la rinuncia a ogni pretesa futura?" "Tu e Fiamma siete disposti a pagare la somma che vi ha chiesto. Il documento parla chiaro. Se voi pagherete, lui firmerà. E' un pregiudicato, uno con un passato pesante alle spalle e gente così ha fame di soldi. E' mio dovere ricordarti che quello che avete

intenzione di fare è illegale. Sai benissimo che non sono d'accordo con voi. Tutto questo l'ho fatto perché siamo amici."

"Non capisco come Fiamma abbia potuto fare un figlio con una merda di uomo come quello." Il cellulare di Logan si mise a suonare: era Fiamma.

"Ehi, cos'hai dimenticato?"

"Ho cambiato idea. Lascia perdere il pane e il giornale, così torni a casa prima."

"Ok, tra una mezz'ora sarò di ritorno." Logan chiuse la chiamata; questa volta il suo senso vibrava e sentiva che doveva andare da Fiamma il più presto possibile."

"Devo andare. Domani mattina alle nove Fiamma e io saremo puntualissimi." "Salutamela. Non ho avuto nemmeno il tempo di chiederti come sta."

"In giornate come queste, se non fosse per il viso segnato, riesco quasi a convincermi che stia migliorando. A domani."

Non appena Logan fu uscito, Fiamma, con molta fatica, riuscì ad alzarsi dal letto e raggiunse la piccola scrivania; sapeva che in quel cassetto c'era quello di cui aveva bisogno. Era diventato un impellente bisogno. Aveva rimandato fin troppo e ora era arrivato il momento.

Aprì il cassetto, prese dei fogli e incominciò a scrivere una lettera per Logan. Sentiva che doveva farlo. Una volta finito infilò tutto dentro ad una busta, la chiuse e prima di riporla scrisse in grande il nome di Logan. Era sicura che l'avrebbe trovata al momento giusto.

Quel giorno Fiamma si sentiva strana; era come se dovesse chiudere un paio di cose in sospeso e poi si sarebbe potuta, finalmente, riposare. Aveva chiamato Petra; scambiarono qualche parola e poi le passò Luce.

"Mamma, sai che ho raccontato la nostra favola a Petra?" "Le è piaciuta?"

"Si e alla fine si è fatta anche un bel pianto. Mi ha detto che sono anche una bambina bravissima e che diventerò grandiosa come te. Ho voglia di tornare a casa da te, posso?"

"Certo. Passami Petra."

Si misero d'accordo che entro un paio d'ore sarebbero arrivate. Ora non le restava che aspettare l'arrivo di tutti quanti. Era soddisfatta per quello che aveva fatto.

Il semaforo sembrava non volesse più diventare verde; c'erano dei lavori in corso e Logan stava perdendo la pazienza.

Toc! Toc! Sentì bussare al vetro; vide un ragazzino che poteva avere all'incirca otto nove anni.

"Tirò giù il finestrino e prima che potesse dire la sua il ragazzino disse: "Compra dei fiori per la tua amata." Come poteva spiegare al ragazzino che un'amata non ce l'aveva?

"Non mi servono fiori."

"Per favore. Non sono ancora riuscito a venderne uno."

Logan sapeva benissimo che sotto a tutto questo c'era un addestramento minuzioso. Gli insegnavano a come impietosire la gente. Stava per rispondergli che non ne avrebbe comprate, quando le venne in mente di fargli una domanda; tanto il traffico continuava ad essere bloccato.

In fondo lui era sempre corso in difesa di quelli più deboli e allora perché non cercare di capire i motivi per cui quel bambino fosse fermo a quell'incrocio a vendere fiori? Il suo sesto senso gli stava dicendo che non sarebbe stato tempo perso.

"Mi dici il tuo nome?" "Mi chiamo Riccardo." "Quanti anni hai?"

"Otto. Li compirò fra due giorni. Il sei di agosto e il mio papà vuole comprarmi una torta. Lo vedi quel signore laggiù? Lui è il mio papà."

E senza che Logan dicesse nulla il bimbo incominciò a chiamare a squarciagola il suo papà. Dopo un paio di tentativi il padre si girò e corse subito incontro a suo figlio.

"Cosa vuole da mia figlio?" disse in modo aggressivo.

"In verità volevo parlare con lei. Suo figlio è un grande chiacchierone e in meno di un minuto mi ha detto che lei ha perso il lavoro, che tra due giorni sarà il suo compleanno e deve vendere tutte le rose entro sera. Ha un bravo figliolo, davvero."

"Ho sempre lavorato in fabbrica fino a quando non ha chiuso per fallimento. Per un po' siamo riusciti a sopravvivere con la disoccupazione, ma poi sono incominciati i tempi duri e ora viviamo in macchina."

Logan sentiva spesso raccontare di storie simili a questa, ma un conto era sentirle al telegiornale un altro era sentirselo raccontare a voce.

"So fare tante cose e sono disposto a svolgere qualsiasi lavoro pur di tornare a dare una vita normale a mio figlio. Lei mi può aiutare?"

"Forse. Questo è il mio biglietto da visita. Ho un amico che gestisce un locale sul lago di Viverone: il Bluperry. Sta cercando un tuttofare. Mi chiami e organizziamo un incontro."

"Il mio nome è Gianni Palmieri." "Logan Bonetti." E si strinsero la mano. "Mi chiami al più presto."

Logan aprì il portafoglio, prese una banconota da cento e la porse al piccolo. "Dammi tutte le tue rose."

L'uomo mise la mano sulla spalla del figlio e con gli occhi umidi disse: "Grazie."

Salutò con un cenno entrambi e si augurò che quell'uomo lo chiamasse; non avrebbe potuto arricchirsi, ma conosceva il suo amico Alberto. Avrebbe ospitati nel mini alloggio che aveva vicino al locale.

Il traffico, ora, aveva ripreso a scorrere e chissà che non fosse stato proprio il destino a metterci lo zampino. Se la strada fosse stata scorrevole, come sempre, non si sarebbe mai accorto di loro.

"Ehilà, pidocchietto, sono a casa."

"Te la sei presa comoda" e lo disse in tono leggero. "Cos'hai nascosto dietro alla schiena?"

"Un bel regalo per te" e le porse il grande mazzo di rose rosse. Fiamma rimase senza fiato alla vista dei fiori.

"Non volevi più il pane e il tuo giornale e così ho pensato che questo ti avrebbe fatto piacere. Le ho comprate da un bimbo di nome Riccardo; era un bambino speciale."

"Sei sempre il solito: come vedi qualcuno in difficoltà subito che ti precipiti a salvarlo." "Senti da che pulpito arriva la predica. Tu sei anche peggio di me."

In effetti era vero. Tutti e due sempre e comunque dalla parte dei più deboli.

"Questo bimbo mi ha proposto un fiore per la mia amata. Dopo un attimo di esitazione ho preso tutto il mazzo."

Fiamma continuava ad annusare il profumo di quei fiori.

"Perché noi due non ci siamo mai innamorati?" chiese Logan.

Fiamma rispose: "Perché noi due abbiamo capito quanto un'amicizia come la nostra sia una cosa preziosa, molto più di un sentimento come può esserlo l'amore: noi due siamo oltre. Ci siamo conosciuti che eravamo due bambini spaventati da quello che stavamo vivendo. Eravamo soli contro il mondo.

Abbiamo condiviso grandi cose noi due. E' vero che ci siamo persi crescendo, ma il destino ha voluto di nuovo far incrociare le nostre vite. Ricordo benissimo il giorno che ci siamo ritrovati al lago. Ricordi?"

"Si lo ricordo benissimo. Io stavo scappando da un tentato suicidio, fallito miseramente."

"E io il giorno prima avevo ricevuto il responso: cancro." Se non era il destino quello, cos'altro poteva essere?

"Vedi, l'amore non avrebbe resistito, a meno che non fosse un amore grandissimo, di quelli veri, quello di una volta dove la parola condivisione aveva un senso e supportare veniva prima della sopportazione.

Niente di paragonabile agli amori di oggi che non valgono nulla o quasi. Ecco perché noi due siamo ancora qui; perché entrambi sappiamo che la nostra amicizia è speciale, non soffre di gelosie e non giudica. Noi due insieme siamo stati una forza da bambini e lo siamo ancora di più adesso, nonostante siano passati tanti anni. Non avere paura di quando non ci sarò più. Avrai Luce come mia eredità. Il mio bene più prezioso. Se non fossi stata certa che tu sei una persona speciale, non ti avrei mai affidato la sua vita."

Si abbracciarono forte e restarono così per parecchio tempo. Dovevano attingere forza l'uno dall'altro. Entrambi sapevano che il loro tempo stava per scadere. Sarebbe arrivato il momento in cui avrebbero trovato il coraggio di lasciare che ognuno dei due proseguisse per la propria strada.

Fu Logan a parlare per primo. "Ti voglio bene Fiamma."

Per un po' tornarono a parlare di quando erano bambini e poi a un certo punto Fiamma chiese a Logan di aprire un po' la finestra. Aveva caldo.

L'aria fresca che entrava dalla finestra non dava sollievo alla donna, che intanto aveva incominciato ad agitarsi.

"Non riesco a trovare la posizione giusta, mi aiuteresti ad aggiustare meglio i cuscini?" Logan le fece alzare la testa e le sprimacciò i cuscini e poi andò a sedersi in fondo al letto. "Lo vuoi un po' di gelato?"

Fiamma incominciò a tossire; Logan le porse un bicchiere d'acqua e tutto successe in un attimo.

La tosse aumentò a dismisura fino quasi a soffocarla. Logan le andò vicino e si rese conto di essere impotente. D'istinto prese il telefono e chiamò i soccorsi. Poi le si avvicinò. Fiamma allungò una mano per metterla tra quelle di Logan.

La mano di Fiamma si stava perdendo e lui, disperatamente, cercava di trattenerla senza risultato.

Logan perse completamente la lucidità necessaria per aiutare Fiamma. Fu proprio in quel momento che arrivò Angelo.

"Spostati." Gli disse in tono perentorio.

L'uomo incominciò a praticare il massaggio cardiaco.

"Non stare lì impalato" si rivolse a Logan "chiama l'ambulanza."

Logan si riprese il tempo necessario per rispondere "l'ho già fatto. Arriveranno a momenti." Guardava Angelo totalmente incapace di essere utile.

Poco dopo l'ambulanza ripartì a sirene spiegate. Dopo circa quattro ore Angelo telefonò a Logan: "E' fuori pericolo."

Logan rispose: "Grazie." E spense il cellulare.

Angelo, seduto accanto a Fiamma, stava osservando il suo respiro e incominciò a parlare.

"In fondo sono arrabbiato con te perché mi hai viziato. Ti amo! Ti amo da impazzire. Ti prego: se senti le mie parole, svegliati e sorridimi ancora una volta."

Angelo si addormentò sulla sedia, completamente sfinito. Alle prime luci dell'alba Fiamma si svegliò e vide il suo uomo profondamente addormentato.

"Amore mio" la maschera dell'ossigeno impediva a Fiamma di farsi sentire e la spostò leggermente. Una serie di colpi di tosse svegliarono l'uomo.

"Non devi toglierla: ti aiuta a respirare meglio."

Angelo cercò di rimettergliela a posto, ma Fiamma alzò la mano per impedirglielo: voleva parlargli. "Buongiorno amore mio" disse Fiamma.

"Buongiorno bella addormentata. Hai visto, siamo ancora insieme." A quelle parole, Fiamma fece un sorriso.

Angelo riprese a parlare: "Questo ti farà sentire meglio."
L'uomo frugò nella tasca della giacca e tirò fuori un piccolo astuccio. Fiamma era troppo debole e così fu Angelo a mostrarle il contenuto.

"Quando l'ho visto, ho capito che questo braccialetto era il dono giusto per te."

Tanti piccoli angeli in miniatura, facevano bella mostra di se, ognuno dei quali aveva un significato diverso. Fiamma si commosse e gli disse: "E' bellissimo." Faceva fatica a parlare.

"Shhh, riposati. Adesso resterò io qui con te."

Dopo un paio d'ore Fiamma si svegliò nuovamente. Angelo sorrise. Di nuovo Fiamma spostò la mascherina e disse: "Sei mai stato sulle nuvole?"

E l'uomo rispose: "Si, una volta."

"Allora sai esattamente come mi sento in questo momento." Angelo strinse forte la mano di Fiamma.

"Devi farmi una promessa: dovrai essere molto forte perchè Luce e Logan avranno bisogno del tuo aiuto." Angelo assentì: se avesse dato fiato ai suoi pensieri sarebbe scoppiato a piangere.

Fiamma si schiarì di nuovo la voce e disse delle parole che Angelo non avrebbe mai più scordato. "Possono prolungare la mia agonia, ma non la mia vita. Portami via da qui, per favore."

Angelo rispose: "Sei sicura?"

Fiamma assentì e si assopì di nuovo.

Angelo chiamò Logan e lo mise al corrente di quello che aveva intenzione di fare: si era preso un periodo di pausa dal lavoro e anche se non si sentiva pienamente in grado di fare quello che la donna chiedeva perche troppo coinvolto emotivamente, con Logan al suo fianco avrebbe tratto la forza necessaria .

Il dottor Ferdi era contrario, ma di fronte alla firma di Logan che si assumeva ogni responsabilità, non poté far altro che accondiscendere.

Fiamma si sveglio: i medicinali stavano facendo effetto perché appariva leggermente più rilassata. "Ho fatto come mi hai chiesto" disse Angelo. Fece una breve pausa per cercare di domare l'emozione. "Andrà tutto bene. Ti amo" e le baciò una mano. "Ti amo da impazzire."

Fiamma aveva passato parte della sua vita a pensare agli altri. Questa volta sarebbe stato diverso e presto glielo avrebbe dimostrato.

Marzo 2006

Logan e Angelo riuscirono a organizzarsi in modo tale che sia a Fiamma sia a Luce non mancasse nulla.

A turni portavano la bimba a giocare nella vigna dietro casa in modo tale che potesse sfogarsi: era ancora troppo piccola per capire tutti i motivi di quella situazione, ma allo stesso tempo abbastanza matura per comprendere che presto la sua vita sarebbe cambiata.

Quella mattina era stato il turno di Angelo per portarla a giocare. Logan, seduto vicino a Fiamma, stava leggendo l'ennesimo libro sullo sciamanesimo: era un modo come un altro per cercare di rilassarsi. Fiamma per la maggior parte del tempo, dormiva. Ogni tanto si fermava a osservarla e in quei momenti si sentiva come se fosse diviso in due: la sua anima si stava perdendo in chissà quali strade e il suo corpo agiva in modo meccanico, quasi fosse un robot.

"Dov'è Luce?"

Logan guardò la sua amica e disse: "Finalmente ti sei svegliata, pidocchietto." "Ehi, cretino, ti voglio bene" e sorrise nel dire quelle parole.

"Tua figlia è fuori con Angelo."

"Avresti voglia di chiamarlo? Ho voglia di stare un po' con lui. "Agli ordini, capitano" rispose Logan.

"Una volta ero io a chiamarti così" la donna sorrise di nuovo. "Aspetta. Ho cambiato idea. Mi racconti qualcosa di buffo?

Logan cercò di trovare qualcosa che potesse farla ridere di cuore. "Ti ricordi il giorno che ti ho portato alla pista a Sabaudia?"

"E come potrei scordarlo?" disse Fiamma. "E' stata un'emozione travolgente e che non ho ancora scordato."

"Ogni tanto vado a rivedere il video che ti ho fatto: avevi una faccia talmente strana…" disse Logan. "Come sarebbe strana?"

"Io ti facevo delle domande e tu rispondevi "si" a tutto: eri talmente in confusione che se ti avessi chiesto di darmi mille euro, avresti risposto in modo affermativo anche a quella richiesta."

"Sei proprio uno stronzo." Rispose Fiamma, sorridendo.

Logan aveva ancora parecchi amici nel mondo del rally. Il giorno che scoprì che Fiamma custodiva tra i suoi sogni quello di salire su una macchina da corsa, nel giro di un paio di settimane, riuscì a combinare il tutto. Venne anche Petra con loro.

Fiamma ne era rimasta entusiasta. Veder correre in pista una macchina da corsa, l'aveva resa felice, ma nulla in confronto a quando, Roger, amico di Logan, la chiamò per proporle di salirci.

Fiamma, da quel momento, entrò in completa confusione: Logan gli aveva fatto un video che Fiamma avrebbe potuto rivedere ogni volta che l'avesse voluto e Petra era riuscita a fare degli scatti davvero eccezionali, in ricordo di una giornata che per Fiamma si rivelò spettacolare.

"Ricordo tutto di quel giorno." Disse Fiamma.

"Ogni tanto riguardo ancora quel video e tutte le foto che tua madre mi ha scattato. Se solo torno indietro nel tempo, sento ancora il cuore galoppare velocemente." Fiamma incominciò a tossire e Logan gli diede un bicchiere d'acqua e la tosse si calmò.

"Io, però, volevo che tu mi raccontassi qualcosa di buffo che può esserti successo ultimamente." disse Fiamma.

"Perché, secondo te ricordare la tua faccia da ebete emozionata, non è forse buffo?" "Sei sempre il solito scemo."

"Sono pronto ad accontentarti, ma solo a una condizione." "Sentiamo rispose Fiamma.

"Che cercherai di non prendermi per i fondelli fino alla fine dei giorni. Giuralo!" Fiamma guardò ben bene il suo amico e rispose: "Io non giuro mai il falso." Logan incominciò a raccontare lo stesso, a suo rischio e pericolo.

"Sai che a me piace conoscere donne nuove: mi piace e prima che lo dica tu, sbaglio, lo so già, ma è più forte di me."

Fiamma lo guardò di traverso: glielo aveva detto in tutte le lingue del mondo che se non avesse messo la testa a posto, non sarebbe mai riuscito a trovare la sua metà. Ma lui era il grande Logan Bonetti che andava dicendo che doveva ancora nascere chi gli dicesse cosa doveva o non doveva fare. Decise, comunque, di non interromperlo. Aveva come l'impressione che quello che Logan gli avrebbe raccontato, l'avrebbe fatta ridere e anche molto.

"Per farla breve, tra tutte le donne che mi hanno chiesto di passare un weekend insieme, ho scelto l'unica che mi sembrasse più eccitante. Ci siamo scambiati diversi messaggi: è una cantante e si esibisce in diversi locali. Premetto che quello non è il suo unico lavoro: prima di tutto lavora in un concessionario che vende automobili di lusso."

"Vabbè!" rispose Fiamma.

"Davvero e non solo: la sua famiglia ha anche un'azienda di pompe funebri."

Secondo il parere di Fiamma, quella donna faceva anche troppo: in meno di un secondo l'aveva catalogata come esibizionista, arrivista e tanto, ma proprio tanto furba.

"Dai, vai avanti che mi hai incuriosito."

"Insomma: i messaggi si sono fatti sempre più assidui, fino a quando mi ha invitato a vederla cantare e io ho accettato. Mi sono fatto trecentocinquanta chilometri tra andata e ritorno, ma ne è valsa la pena. Pensa che ho anche conosciuto sua sorella che, tra l'altro, mi ha tenuto compagnia. Durante la pausa, lei mi raggiungeva al tavolino e mi raccontava qualcosa di se."

"Wow, che donna fantastica" rispose Fiamma in tono sarcastico. "Dai Fiamma, le donne non sono tutte come pensi tu."

"Ah no, di sicuro! A volte sono anche peggio." E sorrise.

"Comunque mi ha raccontato di avere un figlio di 15 anni, grande appassionato di moto e che, orgogliosamente, si è cresciuto da sola."

"Per caso sa anche chi è il padre?" Fiamma non riuscì proprio a trattenersi. "Guarda che non ti racconto più nulla."

"Va bene. resterò zitta fino alla fine, prometto."

Logan continuò a raccontare. Quella sera, Carmela, così si chiamava la donna, finita la sua serata, si fermò un po' fuori dal locale in compagnia di Logan. Restarono in macchina per un paio d'ore a raccontarsi vicendevolmente e alla fine, al momento dei saluti, la donna diede un bacio a Logan. Era stato talmente bello da destabilizzarlo e poi presero la strada di casa, ognuno verso la propria. Dopo un altro paio di giorni, in cui i messaggi diventarono sempre più assidui, si misero d'accordo per rivedersi.

Logan era talmente contento, che smise di far funzionare il suo sesto senso, troppo preso da quella donna.

In arte si chiamava Karm Rock ed era davvero una favola. Sulla quarantina, truccata, occhi stupendi e corpo sinuoso che, tra l'altro, sapeva muovere in modo molto provocante. Solo al ricordo Logan si eccitava. In attesa di poter conciliare i loro reciproci impegni di lavoro, alla dolce Carmela venne l'idea di proporre a Logan di accompagnarla a una serata molto interessante, ma anche molto importante: per Carmela.

Logan accettò immediatamente

"Avremo modo di conoscerci più a fondo. Tu mi piaci da impazzire." Logan, a quelle parole, si emozionò: forse qualcosa stava cambiando per lui. La donna, quando aveva saputo che Logan girava video con i drone, aveva detto: "Io sono molto considerata sul mio posto di lavoro: parlerò con il mio capo e ti farò girare tutti gli spot della concessionaria."

Logan, con la mente sempre più annebbiata, era sempre più felice all'idea di passare due giorni con lei. A differenza di tante altre volte, quella volta non aveva il timore di passare due giorni interi con una donna, dividendo la stessa camera.

"Visto che non desidero che tu possa pensare che io voglia approfittare di te, ti dico fin da adesso che le spese, tutto quanto, sarà interamente a carico mio."

Fiamma strabuzzò gli occhi e, nonostante avesse promesso di stare zitta fino alla fine, proprio non resistette, e disse: "Wow che figata. Bella, brava, dolce, ricca e famosa eppure gira due ore per trovare una ricarica da 5 euro, perché quella fatta precedentemente da 10 non le copriva l'intera promozione. Che dire: non vedo l'ora di scoprire com'è andata a finire."

Logan fu tentato di rispondere a Fiamma in malo modo, ma si trattenne: per lui era stato un brutto colpo scoprire che, tutte le parole di Carmela si erano rivelate essere fasulle.

Arrivati in albergo, Carmela si sdraiò al suo fianco, mezza nuda e col seno di fuori, al suo fianco. Logan fece molta fatica a resistere alla tentazione di allungare la mano, ma sapeva tenere a bada i proprio istinti.

"Morale: ho passato tutta la sera ad ascoltarla cantare, lei non mi ha degnato di un solo sguardo, ha bevuto come una spugna e fumato anche di più e alla fine della serata ho dovuto caricarmela a spalle per riportarla in camera. Le sue parole prima di addormentarsi sono state: "Spero che tu non russi perché io voglio dormire. Dopo nemmeno dieci secondi era lei a russare, proprio come uno scaricatore di porto. Il mattino dopo, quando si è svegliata, mi ha rivolto queste esatte parole." Logan non riuscì a trattenere un sorriso, al ricordo. " Ecco! Lo sapevo. Hai russato tutta la notte e io non sono riuscita a riposare come si deve." Logan incominciava a sorridere mentre raccontava.

"Cosa non ti ho detto è che mi ha fatto dormire sul pavimento, al freddo e con un asciugamano come cuscino. Passando la notte in bianco e non trovando di meglio da fare, ho preso il cellulare e ho registrato il suo respiro: russava davvero forte. Quando lei ha accusato me di farlo, io le ho fatto sentire la registrazione. Dopodiché è andata in bagno, deve essersi struccata perché quando è uscita per prendersi il cambio di vestiti che aveva dimenticato in camera, ti giuro mi sono spaventato: sembrava un doberman, senza trucco."Fiamma incominciò a ridere. All'inizio cercò di trattenersi in rispetto al dolore che poteva aver provato il suo amico, ma poi divenne sempre più difficile trattenersi e si lasciò andare a una fragorosa risata a cui si unì anche Logan.

"Quindi, ricapitolando: dovevi essere spesato, ma nel patto non erano compresi i pasti, visto che ti ha fatto l'appunto che mangiavi tanto. Ti ha fatto notare che la tua macchina consuma troppo, non te l'ha data, hai dormito sul pavimento dopo averla riportata in camera ubriaca fradicia e al mattino hai scoperto essere un doberman."

"Non proprio esattamente in quest'ordine, ma direi che non hai proprio sbagliato nulla." rispose Logan e tornarono a ridere insieme, di nuovo.

"Scommetto che è sparita dalla tua vita alla velocità della luce." Disse Fiamma. "Proprio così."

Poco dopo Angelo e Luce entrarono in camera e trovarono i due che stavano ancora ridendo a crepapelle. "Mamma, guarda cosa ti ho portato" e mostrò a sua madre un bel mazzo di violette.

"Profumano tantissimo" disse la donna.

"Ho scelto le più migliori" Fiamma sorrise a quelle affermazioni. "Si dice "ho scelto le migliori" e scompigliò i capelli della figlia. "Uffa..."

Logan, Fiamma e Angelo risero di gusto alla smorfia che fece Luce. Angelo vide che la cartella clinica di Logan era appoggiata sul comodino e capì. Prese per mano Luce e disse: "Vieni, andiamo di sotto. Tua mamma e Logan devono parlare di una cosa molto importante."

"Voglio sentire anche io"

"Sono cose da grandi" disse Angelo " e spesso sono molto noiose." Angelo prese per mano la bambina e chiuse la porta dietro di se. Fiamma fece cenno a Logan di sedersi sul letto, a fianco a lei.

"Allora: hai ritirato gli esiti?" "Si." " Dimmi."

17

Cose da grandi

Tre mesi prima

"Sei una stupida Fiamma. Se io mi sono permesso di aiutarti è perché sono stanco di vederti continuamente maltrattata da un bastardo che ormai è fuori dalla tua vita da anni. E tu cosa fai? Gli permetti ancora di fare da padrone nella tua vita. Te lo ripeto: sei una stupida."

"Smettila" rispose Fiamma. "Certo, tu sei Logan Bonetti... il grande e onnipotente Logan che sa sempre cosa fare e addirittura al momento giusto. Vaffanculo Logan."

Fiamma si alzò dalla sedia e si diresse verso la porta di casa. Uscì sbattendo violentemente la porta.

"E' solo un altro maschio stupido e arrogante." Si ripetè Fiamma mentre si dirigeva verso la sua macchina parcheggiata davanti al supermercato.

"Si ha ragione, sono una stupida perché ho dato retta a lui." Fiamma non si accorse che stava parlando ad alta voce, ma non le importò molto.

Tutto era iniziato dallo sfogo di un momento. Qualche giorno prima Fiamma aveva trovato Nicola che la stava aspettando al parcheggio dove era solita mettere la sua macchina. Nulla faceva pensare che una banale discussione sarebbe finita con lei che avrebbe preso un calcio senza la possibilità di riuscire a restituirglielo.

Poco dopo il fatto, Logan la chiamò al telefono per chiederle se volesse andare a mangiare con lui e Fiamma rispose che non se la sentiva perché aveva male alla gamba. Il livido che Nicola gli aveva provocato si era esteso vistosamente e, a ogni movimento, faceva male.

"Sei sicura di star bene?" le chiese Logan e Fiamma si ritrovò a raccontare quello che era successo scatenando le ire del suo migliore amico.

"Maledetto il momento in cui mi sono lasciata andare a una confidenza." Fiamma era davvero furibonda. In fondo Logan non era cambiato molto da quando era piccolo. Era uno stronzo; in nome della loro amicizia il suo amico si riteneva in dovere usare le sue confidenze come meglio gli pareva. Un vizio di merda che aveva avuto fin da bambino e che, crescendo, non aveva perso.

"Vaffanculo." Fiamma era in procinto di entrare nel supermercato quando una voce vicino a lei disse: "Dice a me?"

Fiamma lo guardò e rispose: "Scusi?" "Ce l'ha con me?" disse lo sconosciuto. "Perché mai se nemmeno la conosco?"

"Non direi, visto che mi ha appena mandato a quel paese."

Fiamma lo guardò e rispose: "I matti che parlano da soli esistono ancora, ciò non toglie che se ha pensato che il complimento fosse diretto a lei, allora è solo un problema suo."

"E' proprio una gran maleducata."

Fiamma si accorse di essere fuori di se e quindi rinunciò a entrare nel supermercato. Il malcapitato non aveva colpe se Logan l'aveva resa furiosa col suo modo di fare.

Una volta seduta davanti al volante Fiamma dovette aspettare un tempo sufficiente per sentirsi lucida affinché potesse guidare fino a casa.

Le sue mani tremavano ancora dalla rabbia e lo stomaco le faceva male; il senso di nausea aumentò a tal punto da costringerla ad aprire la portiera ma non fece nemmeno in tempo ad allontanarsi dalla vettura che incominciò a vomitare.

"Maledetto cancro, maledetta giornata di merda e maledetti tutti."

Era davvero fuori di se. L'amicizia con Logan non poteva finire così eppure quello stronzo non le aveva nemmeno permesso di raccontare tutto ed era partito in quarta con la sua sentenza: era uno di quelli che pensava di poter salvare il mondo. Non l'avrebbe più cercato. Aveva vissuto tanti anni senza sapere nulla di lui, quindi poteva vivere il resto della sua vita senza Logan.

Non aveva certo bisogno di essere processata e condannata senza la possibilità di appello. "Con te ho chiuso caro Logan. Non ne voglio più sapere nulla." Disse ad alta voce.

Mise in moto la macchina e si diresse verso casa.

Quando arrivò a destinazione era già buio. Preferì non accendere la luce perché il mal di testa che le era venuto la faceva impazzire. Luce sarebbe tornata soltanto il giorno dopo: si sarebbe fermata a dormire dalla sua amichetta.

Prese un calmante e, senza più pensare a nulla, si addormentò. Dormì ininterrottamente fino al mattino successivo. Il suono insistente del cellulare la svegliò bruscamente. Faticò non poco a trovarlo. Sul divano non c'era. Si alzò e incominciò a cercarlo, ma smise di suonare.

"Al diavolo. Se staccano dopo il secondo squillo, si vede che non è così importante."

Si diresse verso il bagno e, come se qualcuno volesse farle un dispetto, il cellulare si rimise a suonare.

Fiamma non aveva nessuna intenzione di tornare in salotto per rispondere. Aprì l'acqua calda della doccia.

Quando tornò in salotto, si accese una sigaretta prese il telecomando e all'improvviso si ricordò del telefono. Con sua figlia fuori casa era stata piuttosto superficiale, ma Valentina aveva anche il suo numero di casa, quindi non si era preoccupata più del necessario.

Si mise alla ricerca del telefono ma non lo trovò da nessuna parte. Più cercava di ricordare dove potesse averlo messo e più la sensazione di disagio aumentava. Il cellulare si rimise a suonare. Che stupida: la sera prima non l'aveva tolto dalla borsa.

"Pronto?"

"Finalmente, ma dov'eri finita?" "Ciao Nadia, come stai?"

"Spiritosa. Io sto bene, ma Logan sta malissimo."

"Figuriamoci se quello li sta male… gode di ottima salute. L'ho visto ieri e quando l'ho salutato stava benissimo."

"Smettila e ascoltami. E' ricoverato al pronto soccorso, pare abbia avuto un infarto." A Fiamma si gelò il sangue.

"Non è possibile." Rispose Fiamma.

"Senti, non ho voglia di scherzare e comunque non lo farei mai su cose di questo tipo. Chiamalo subito." "No, non lo farò. Se ha bisogno sarà lui a chiamarmi." Fiamma chiuse la telefonata con gesto stizzito.

Che Logan fosse uno stronzo ormai ne era certa, ma che arrivasse fino a questo punto per costringerla a chiamarlo, allora se lo sarebbe scordato. Con tutte le donne che gli giravano intorno non aveva di sicuro bisogno di lei.

Finì di prepararsi e uscì di casa. Sarebbe passata un attimo in ufficio per controllare che tutto procedesse bene. C'erano voluti anni di duro lavoro per avviare lo studio e non avrebbe permesso a un Logan qualsiasi di venire prima del suo lavoro.

Una volta in macchina decise anche che, alla faccia di chi le volesse male, si sarebbe concessa una colazione in un bar esclusivo. Quello vicino al Duomo poteva andar bene. Fu anche fortunata a trovare parcheggio vicino. Una volta entrata nel bar fece la sua ordinazione, si mise a leggere un quotidiano e cercò di rilassarsi. Cercava di convincersi che tutto andasse per il meglio, anche se qualcosa dentro di lei diceva che non era così.

Tutto accadde in una manciata di secondi. Una strana inquietudine prese il sopravvento, prese il cellulare e compose il numero di Logan. Dopo uno squillo, la chiamata si interruppe. "Stronzo." Fiamma restò a fissare il cellulare indecisa se richiamare; prima di farlo andò su facebook. Sapeva benissimo che Logan aveva l'abitudine di pubblicare ogni cosa che facesse durante il giorno. Questo suo lato non l'aveva mai compreso, d'altronde era un personaggio pubblico e molto probabilmente faceva tutto parte del gioco.

"Ho avuto un infarto e ancora non mi hanno detto nulla di quello che mi sta accadendo."

La frase non lasciava dubbi. Riprovò a chiamare e di nuovo la telefonata si interruppe dopo il primo squillo. Questa volta lasciò un messaggio in segreteria: "Cosa sta succedendo? Per favore, rispondi. Lasciamo da parte le nostre incomprensioni per il momento e rispondimi, ti prego."

Aspettò ancora un attimo per vedere se l'avrebbe richiamata, ma non successe nulla. Pagò e uscì velocemente. Salì in macchina e si diresse verso Ivrea, convinta che l'ospedale in cui era stato ricoverato fosse quello: il più vicino a casa di Logan.

Mancavano ancora una ventina di chilometri per arrivare a destinazione. Anche i semafori sembravano esserle ostili. Il suono di un messaggio in arrivo attirò la sua attenzione. Il destinatario era Logan; le aveva mandato un vocale.

"Sono al pronto soccorso Fiamma. Non so come andrà a finire." Sentire la voce di Logan così provata la fece stare male.

"Sto arrivando." Rispose Fiamma.

Al pronto soccorso trovò due amici di Logan: Roberta e Alberto. Scambiò con loro qualche parola per avere notizie sulle condizioni di salute di Logan e, anche se in realtà erano lì da ore, anche loro non sapevano dirle molto. Con Logan c'era sua madre Petra. Era giusto lasciare lei al suo fianco.

Fiamma si sedette e aspettò di poterlo vedere. In un attimo le sue certezze crollarono come un castello di carta. Logan era dall'altra parte del muro, e nessuno che uscisse per dare notizie.

Dopo un tempo che parve un'eternità Fiamma poté vedere Logan per una manciata di minuti. Conoscendolo, temeva che l'avrebbe mandata via, ma non appena Fiamma si affacciò, Logan fece un sorriso e disse: "Mi dispiace."

"Temevo che non mi avresti fatto entrare."

"Per me è già tutto dimenticato." Rispose Logan.

"Per me no, perché odio lasciare in sospeso cose che in futuro possono ritornare, ma non è questo il momento di parlarne. Quando starai meglio riprenderemo il discorso."

Erano entrambi delle teste dure e dai caratteri molto determinati e una litigata come quella che c'era stata avrebbe potuto compromettere la loro amicizia.

"Ho paura Fiamma."

"Guarda che sarebbe strano il contrario, ma sei in ospedale e sei monitorato."

Era attaccato a diversi macchinari e il monitor che Fiamma vide, segnava che la pressione era stabile, mentre i battiti erano alti. Fiamma lo disse a Logan: "Cerca di rilassarti."

"Mi agita quel bip continuo, non posso bere perché forse mi devono fare un esame e ho voglia di scendere dal letto."

"Stai già fin troppo bene se ti lamenti." Fiamma lo guardò sorridendo.

"Un paziente rompiscatole come te è meglio perderlo che trovarlo."

"Riesci a capire cos'è che suona in modo così insistente? Mi sta innervosendo." Disse Logan. "Sono le pulsazioni alte. Devi cercare di rilassarti."

"Guarda cosa faccio adesso." disse Logan.

Fiamma restò a guardarlo. Logan aveva chiuso gli occhi e restò immobile per qualche minuto. Faceva lunghi respiri e a mano a mano che recuperava un po' di tranquillità, l'allarme smise di suonare.

"Hai visto come sono bravo? Ho sempre il controllo sul mio corpo. Basta volerlo."

"Eh, immagino. Cosa non hai ancora imparato, però, è avere il controllo sul tuo cervello."

Logan rise. Sapeva benissimo a cosa Fiamma si riferisse. Era da più di un mese che aveva dei forti dolori al petto, ma aveva sempre preferito ignorarli. Fiamma l'aveva richiamato più volte sul fatto che ignorando non avrebbe risolto il problema, ma lui, testardo com'era, era convinto che, come erano arrivati, sarebbero spariti.

"Fiamma, vieni qui vicino, ti devo dire una cosa."

"Non voglio sentire nessuna confidenza! Non adesso." Rispose Fiamma.

"Per favore. E' molto importante per me che tu sappia una cosa. Avvicinati dai…" Fiamma fece come gli disse. Temeva non poco quello che Logan aveva da dire.

"Voglio chiederti scusa per come mi sono comportato con te l'altro giorno. Se sono andato su tutte le furie è solo perché ti voglio bene. Sei come una sorella per me e non sopporto l'idea che qualcuno ti possa fare del male, ma devo ammettere che ho esagerato. Se qualcuno si fosse intromesso nella mia vita come io ho fatto con te, non ne sarei stato contento. Ho sbagliato, ma tu promettimi che troverai una soluzione. Tutto questo deve finire."

"Te lo prometto." Fiamma si asciugò le lacrime. Ora la paura faceva da padrona. Temeva per la vita di Logan.

"Adesso, invece, è il tuo momento per ascoltare quello che io ho da dire." "Devi proprio?" rispose Logan.

"Guarisci presto: abbiamo ancora tanti progetti da concludere."

Logan sorrise. Temeva che Fiamma gli rinfacciasse il fatto che non si era mai fatto vedere da un medico.

"Ieri sera avevo un appuntamento galante. Ho preso in considerazione l'idea di non andarci, ma poi il mio ego ha avuto la meglio e ci sono andato. Al mio rientro a casa, mentre guidavo, una fitta fortissima mi ha costretto a fermarmi. Sono sceso e ho avuto davvero paura di morire. Poi è passato tutto. Sono tornato a casa, sono andato a dormire e stamattina mi sono svegliato con lo stesso dolore, ma molto più forte. Ho preso la macchina e sono venuto in ospedale. Il medico mi ha detto che sono stato molto, ma molto fortunato."

"Mannaggia quanta voglia avrei di spaccarti la testa. Allora è proprio vero che sei un cretino..." Logan sorrise. Fiamma era l'unica persona al mondo a cui permettesse di chiamarlo così.

"Vieni qui, pidocchietto. Fatti dare un abbraccio."

Restarono abbracciati cercando di farsi coraggio a vicenda. Anche questa brutta avventura sarebbe passata. In quel momento arrivò Petra che disse: "Tra poco lo porteranno in camera."

"Voglio tornare a casa, altro che ricovero." Logan incominciò ad agitarsi.

"Non fare il cretino proprio adesso. Hai avuto un infarto, pensavi davvero di andare a casa?" Fiamma gli rispose a tono.

"Sto bene adesso!"

"Si, certamente. Scoppi di salute. Davvero sai? Non potresti stare meglio, ma mi sa che ti tocca ugualmente fare come hanno deciso. Quindi rassegnati e stai zitto per qualche minuto."

"Tu non capisci...."

"Eh no... proprio io non capisco vero?" rispose Fiamma. "Non volevo dire quello... volevo solo...."

"Stare zitto, forse?"

"Ecco. Forse è meglio che stia zitto." Logan si rassegnò.

"Bravo. Saggia decisione." Risposero in coro Petra e Fiamma. Poco dopo vennero due infermieri per portarlo in reparto.

Quando fu tutto a posto Petra e Fiamma poterono entrare per salutarlo. "Quasi quasi vengo a casa con voi."

"Certamente. Quando sarà ora qualcuno ti porterà a casa, ma solo se non romperai troppo le scatole." Fiamma sorrise. Logan non si capacitava di essere rinchiuso dentro ad una camera angusta. Non gli restava che abituarsi.

"Non ho nemmeno salutato Roby e Alberto. Sono stati vicino a mia madre e senza di loro non so come avrei fatto."

"Ricordati una cosa caro fratello. I veri amici si distinguono in queste occasioni." "Hai ragione." Rispose Logan.

Petra finì di sistemare il comodino e salutò il figlio. Fiamma fece per salutare Logan quando lui la trattenne. "Devo dirti una cosa veramente importante."

"Dimmi. " Fiamma temeva quello che aveva da dirle.

"Promettimi che se mi succederà qualcosa, ti prenderai cura di mia madre." "No, Logan. Non ti prometto proprio nulla perché tu uscirai da qui." "Promettilo."

"No. Tu uscirai da qui. Punto."

Fiamma diede un bacio a Logan e uscì dalla camera.

Quel giorno Fiamma si sentiva stanca, ma per nulla al mondo avrebbe saltato la visita da Logan. Era diventato insopportabile e tutto quello che voleva lo chiedeva con toni arroganti. Fiamma comprendeva che per lui era pesante stare chiuso in ospedale, ma doveva accettare il fatto che non era colpa di nessuno. Gli avevano cambiato camera e ora si trovava in compagnia con altre due persone con cui aveva socializzato: Marco e Gianni. Logan continuava a lamentarsi di tutto, dal cibo all'assistenza. I medici non gli spiegavano nulla e lui, ora che stava meglio, voleva tornare a casa.

Fiamma entrò in camera. "Buongiorno a tutti." "Ho bisogno di un favore. Urgente."

"Ciao Fiamma, come stai? Grazie per essere venuta a trovarmi." Fiamma gli fece il verso. "Che fai, mi prendi in giro forse?" disse Logan.

"No, non ti sto prendendo in giro. Ti sto solo ricordando le buone maniere."

"Devi andare a prendermi il telefono in negozio perché il ragazzo è davvero impedito." Disse Logan "Si può sapere che cavolo ti sta succedendo?" chiese Fiamma.

"Sapevo che mia madre avrebbe fatto un grande pasticcio." rispose Logan agitandosi sul letto. Fiamma uscì dalla camera.

"Fiamma, Fiamma, ehi dove vai?"

Contò fino a dieci e poi rientrò. Si parò davanti a Logan e disse: "Buongiorno. Tutto bene?" Logan impiegò un attimo a capire a cosa volesse alludere Fiamma.

"Scusa, hai ragione." disse Logan. "Buongiorno a te." "Bene! Ora spiegami perché sei così agitato."

"Lo sapevo che dovevo farlo io… solo che sono rinchiuso qui dentro. E' peggio di una prigione." "Incominci di nuovo? Se solo ti spiegassi meglio, forse potrei esserti di aiuto."

"Mia madre ha portato il telefono in negozio perché la promozione scadeva oggi. Ora sono senza cellulare e non posso comunicare con nessuno. Non so niente di niente e non so nemmeno che fine abbia fatto mia madre."

"Ti vuoi dare una calmata? Tutto questo trambusto perché sei senza cellulare?" "Parli bene te che ce l'hai: io sono tagliato fuori dal mondo."

"Faccio finta di non aver sentito quello che hai appena detto. Se sei incazzato per la tipa che ti ha dato il due di picche, non è un problema mio." Fiamma si ritrovò, di nuovo, a contare fino a venti questa volta.

"Piuttosto, cosa c'è in quel bicchiere sul tuo comodino?"

"Devo prendere delle gocce, ma non ci penso proprio perché mi fanno dormire e io non voglio." "Complimenti. Sembri un bambino di cinque anni che fa i capricci."

Logan tornò di nuovo sul discorso che gli premeva: "Il cellulare…"

"Hai rotto le scatole. Hai un vizio di merda: non far parlare gli altri. Se ora stai zitto per due minuti posso dirti quello che so al riguardo."

Logan rimase in silenzio.

"Bene. Tua mamma mi ha chiamato dandomi un numero di telefono. Ora ti impresto il mio telefono così chiami il gestore e parli con lui."

"Certo, perché secondo te lui è aperto a quest'ora"

"Devi smetterla di trattare tutti come degli imbecilli. Non ci sei solo tu al mondo che sai fare le cose perbene. Quando te lo metterai dentro a quella testolina, proprio non lo capirò mai."

Logan capì di aver esagerato di nuovo.

"Fai questo numero e parlerai direttamente con il gestore del negozio." Disse Fiamma. Logan prese il cellulare che Fiamma gli stava porgendo e compose il numero.

Parlò un paio di minuti col ragazzo e arrivò anche ad alzare la voce. Finita la telefonata Logan si rivolse a Fiamma: "Vammi a prendere il telefono. Quello la non riesce a sbloccarlo." Guardò la sua amica e si corresse subito.

"Per favore Fiamma, potresti andare a prendermi il telefono?" la donna non rispose. "Ci risiamo. Ci vai o no?"

"Certo che ci vado perché per uno stupido cellulare rischi di nuovo l'infarto, ma sei un grandissimo cafone. E visto che io sono una benemerita deficiente ci andrò, ma solo a una condizione: prendi quelle cazzo di gocce."

"Deve ancora nascere chi mi dice cosa devo o non devo fare."

"E allora vatti a prendere il telefono da solo, visto che tu puoi tutto."

Fiamma si rimise la giacca e fece per uscire e dalla voce di Logan uscì una sola parola: "Scusa."

Uscì dalla camera e si diresse verso il negozio. Aveva proprio voglia di una boccata d'aria dopo la discussione con Logan. Anche lei non era al massimo del buon umore quel giorno perché quella mattina le avevano telefonato dall'ospedale comunicandole che il giorno seguente avrebbe dovuto essere ricoverata. Avrebbe voluto tanto parlarne con Logan; lui riusciva sempre a infonderle coraggio, ma aveva solo quel dannato cellulare in testa: doveva per forza comunicare con il mondo.

Oppure voleva vedere cosa le avesse scritto la tipa di turno e se avesse tardato a rispondere sarebbero stati guai grossi: lei non poteva aspettare. Lei era Monica e lui solo un gran coglione che non si accorgeva di essere incappato nell'ennesima presa per il culo.

Più tardi si ritrovò a fare la strada per tornare all'ospedale col telefono di Logan in tasca. Si era sentita in dovere di chiedere scusa al gestore, e il ragazzo era stato comprensivo.

Una volta arrivata in camera di Logan, il vicino di letto le aveva fatto cenno che si era appisolato. "Ha preso le gocce." Disse Gianni.

"Grazie. Le chiedo scusa per poco fa." E si rivolse al suo amico: "Logan, ecco il tuo dannato cellulare. Io vado a casa. Oggi non sono di buon umore e non ti sarei di nessun aiuto."

Logan prese il telefono in mano e nel giro di pochi minuti scorse tutti i messaggi. "Lei mi ha scritto."

"Lei chi?"

"Dai che lo sai." Logan guardò Fiamma e aggiunse: "Monica." "E tu, subito che le hai risposto."

"Tu non capisci...."

"No io oggi non capisco. Decisamente non capisco. Ci vediamo prossimamente." Fiamma uscì dalla camera.

Logan perso col suo cellulare non si accorse nemmeno della sua uscita. Una volta fuori prese una boccata d'aria; intravide Petra e si fermò per metterla al corrente di quello che era appena successo.

"Spero solo che mio figlio si dia una calmata altrimenti vado a casa anche io." Fiamma raggiunse la sua macchina e tornò verso casa.

Aveva già preparato la valigia per l'ospedale.

Si mise a letto, spense la luce e sprofondò immediatamente in un sonno profondo.

Dopo otto giorni di ospedale Logan venne dimesso.

"Nonostante l'infarto importante che ha avuto, il suo cuore non ha subito danni e questo non la rende solo fortunato, ma molto di più. Presto potrà tornare alla sua vita di sempre moderando, però, la palestra.

Dovrà fare una ginnastica dove non dovrà esagerare, ma di questo ne parleremo al controllo venerdì prossimo." Il medico controllò ancora una volta la lettera di dimissione, la firmò e la consegnò a Logan.

"Mi raccomando, controlli l'alimentazione perché ci sono dei valori che non sono ancora rientrati del tutto."

"Dottore, so di non essere stato un paziente modello e a volte ho anche esagerato me ne rendo conto, ma la ringrazio infinitamente per tutto quello che ha fatto per me. Le chiedo di portare i miei ringraziamenti anche a tutto il personale. Grazie davvero." Logan tese la mano al medico e la strinse con forza.

Petra cercò di allungare la mano per salutare il medico, ma non ci riuscì perché aveva le mani piene. Era stupita dal fatto che suo figlio fosse stato così educato. Solitamente non era così accomodante. Una volta usciti dallo studio, Petra chiese a suo figlio: "Cosa ti è successo?"

"Cosa?" rispose Logan.

Sua madre ripeté: "Ho chiesto cosa ti è successo... non sembravi nemmeno tu dentro allo studio del dottore; sei stato gentile. Fino a qualche ora prima davi di matto"

Logan restò in silenzio perso nei suoi pensieri.

Madre e figlio fecero il viaggio fino a casa completamente in silenzio. Una volta arrivati a destinazione Petra incominciò a scaricare la macchina. Perfino il suo cuscino personale aveva voluto che le portasse in ospedale.

"Vuoi pranzare?" "A quest'ora?"

"Senti Logan, capisco che tu sia spaventato, dolorante e spazientito per tutto quello che hai dovuto passare. Mi dispiace di tutto ciò, ma ti ricordo una cosa molto importante: non è causa mia il tuo infarto, quindi cerchiamo di partire col piede giusto e cercare di collaborare, altrimenti sappi che io ci impiego cinque minuti a mettere qualcosa nella borsa e andarmene per qualche giorno. Forse è proprio quello che ti ci vorrebbe affinché tu capisca che il mondo non gira intorno a te."

Logan rimase in silenzio. Guardò sua madre e notò che aveva il viso stanco. In tutti quei giorni di ospedale sua madre non aveva saltato un solo giorno ed era reduce da un intervento di cataratta. C'era anche lui quando l'oculista, che aveva operato sua madre, aveva detto che doveva stare a riposo per qualche giorno.

E poi era arrivato il suo infarto a scombinare tutto. "Sai qualcosa di Fiamma? Non l'ho più sentita." "E' in ospedale."

"Non ricordo che me l'abbia detto."

"Forse voleva lasciarti tranquillo." "Ora la chiamo."

Petra si era mantenuta in contatto con Fiamma e di proposito non aveva detto nulla a suo figlio. A volte si stupiva di quanto potesse essere egoista, anche se non era il termine esatto per definire suo figlio.

"Ricordati che oggi pomeriggio devi andare dal tuo medico curante a farti scrivere le medicine." "Non incominciare a dirmi cosa devo o non devo fare….."

"E tu smettila di trattare male le persone che ti circondano e che cercano di fare solo una cosa: aiutarti."

Logan se ne andò dritto in camera sua. Non sarebbe stata certo sua madre a dirgli come gestire al meglio questa nuova situazione che di certo lui non aveva chiesto.

Quasi come se sua madre avesse letto nel pensiero, dalla cucina sentì Petra dire a voce alta, in modo da esser certa che lui sentisse, una frase che gli restò impressa: "Le malattie non tollerano ne ignoranza ne stupidità. Vedi di comportarti di conseguenza."

Logan si coricò sul letto, supino, e incominciò a osservare il soffitto con molta attenzione, quasi dipendesse da esso il suo futuro. I suoi pensieri erano confusi, non sapeva chi era e che cosa volesse. Erano bastati un infarto e un ricovero di otto giorni in ospedale per minare tutte quelle che, fino a quel momento, erano state le sue certezze.

Sua madre non capiva e parlava a sproposito. Non le augurava di passare ciò che aveva passato lui, ma almeno poteva avere il buongusto di stare zitta e di non fare prediche.

Prese il cellulare, scese le scale e raggiunse sua madre in cucina e disse: "Esco, vado a fare una passeggiata. Porto lupo Bebo con me."

"Dove vai? Sto cucinando, dovrai pur mangiare qualcosa."

"Mamma, per favore, non incominciare con le prediche. Mi sono rotto le balle di sentirmi dire quali sono le cose giuste da fare, qual è il momento per mangiare, cosa mangiare, quando devo uscire, le pastiglie che devo prendere, chiaro?"

Logan uscì sbattendo violentemente la porta.

Petra si mise seduta sulla sedia sconfortata. Da quando suo figlio era stato male tutto quello che lei aveva detto o fatto era sempre sbagliato. Uscì e andò a vedere se suo figlio fosse uscito con la macchina: bene, era parcheggiata lì. In un attimo rientrò in casa, prese la sua macchina fotografica, si mise il giubbotto pesante e uscì. Se suo figlio voleva essere lasciato in pace, quello avrebbe fatto. Era stanca del comportamento di suo figlio che spesso risultava essere maleducato e arrogante. Avrebbe imparato a gestire la sua nuova condizione di salute da solo visto che era quello che aveva detto una volta di troppo.

Dopo un paio d'ore Logan rientrò in casa. La luce di casa era spenta; probabilmente sua madre stava guardando la televisione. Una volta in casa Logan incominciò a chiamarla a gran voce sua madre. Ora stava meglio sia con l'umore sia fisicamente. Aveva fatto bene a uscire e perdersi nella campagna vicina a casa sua. Si era riempito i polmoni di ossigeno e non solo: aveva anche i pensieri più chiari. In fondo era davvero stato fortunato.

Controllò il cellulare. Il video che aveva pubblicato al riguardo stava avendo successo. Tanta solidarietà da parte di tutte le persone che lo seguivano, l'aveva ricaricato di energia positiva.

"Mamma... mamma..."

Silenzio. Controllò se fosse in camera sua; magari si era addormentata. Si era reso conto della sua stanchezza. Il letto di sua madre era ancora intatto.

"Mamma..."

La gatta era sul tavolo, rannicchiata. Alzò lievemente lo sguardo quasi per rimproverare Logan per aver disturbato il suo riposino pomeridiano. Di colpo si ricordò che, al suo rientro, in garage non c'era la macchina. Bene, adesso come sarebbe andato dal medico? Era rientrato per chiedere scusa a sua madre per suo comportamento nei giorni passati. Non trovandola in casa si era già dimenticato dei suoi buoni propositi.

Prese il telefono e fece il numero del suo amico.

"Ehi, ho visto su facebook che sei tornato. Come stai?" rispose Alberto, il proprietario del Bluperry. "Insomma, potrei stare meglio."

"Senti Logan, capisco lo spavento e capisco che ora tu sia spaventato, ma possibile che non riesci a trovare nulla di positivo nel fatto di essere tornato a casa?"

"Incominci anche tu con le prediche?" rispose Logan.

"Le mie non sono affatto prediche, ma constatazioni. Devi smetterla di compatirti per aver avuto un infarto e imparare, piuttosto, a gridare la tua felicità, per essere ancora vivo e a casa tua. Acciaccato, certo e tante cose dovranno cambiare, ma sei vivo, cazzo! Ti è stata data un'altra possibilità e ora devi solo giocartela al meglio."

Logan restò in silenzio. Le parole di Alberto non gli erano certo di conforto, ma erano sincere.

"Verresti a prendermi per portarmi dal medico? Mia madre è andata via con la macchina e io non saprei come fare."

"Certo, amico mio. Ti voglio bene e lo sai. Tra dieci minuti sarò da te."

Logan non si aspettava certo quelle parole da parte di Alberto, ma in fondo aveva ragione. Era fortunato: doveva ripartire con la sua vita da quello. Forse sarebbe riuscito a trovare un senso a quello che gli era successo. Forse!

Mentre aspettava il suo amico, gli venne in mente che non aveva ancora sentito Fiamma. Fece per chiamarla, ma alla fine scelse di mandarle un messaggio. Chissà perché temeva un'altra predica anche da lei.

Dopo aver composto il messaggio "Finalmente sono a casa" inviò il messaggio. La risposta non tardò ad arrivare. "L'ho visto su facebook. Sono contenta."

Ecco che aveva colto la palla al balzo per rispondere a tono; aveva ragione però, poteva anche dirglielo prima.

"Come stai?" e di nuovo la risposta non tardò ad arrivare. "Bene." Logan pensò che fosse arrabbiata con lui e cercò di rimediare e compose un altro messaggio: "Quando ci vediamo?" e di nuovo la risposta fu veloce.

"Non lo so."

Sentì un clacson suonare, segno che Alby era arrivato. Mise il cellulare in tasca, prese la cartella clinica e uscì di casa.

Dopo una lunga attesa, poiché sembrava che tutto il mondo avesse deciso di andare dal medico quel giorno, arrivò il suo turno.

Quando entrò il dottore si tolse gli occhiali e disse: "Lei qui? Qual buon vento?" "Ho avuto un infarto, altro che buon vento." Rispose Logan.

"Sta scherzando?" "No."

Il medico prese la cartella clinica e incominciò a leggere, pagina per pagina, e il tempo sembrava si fosse fermato in quel momento.

"Direi che lei è stato fortunato."

Di nuovo quella parola: fortunato. Logan incominciava davvero ad averne le palle piene. Non c'era proprio nulla di "fortunato" nell'aver avuto un infarto.

"Le scrivo le medicine che deve prendere. Mi raccomando, ci vuole costanza."

Una volta preso il malloppo che il medico gli porse, Logan uscì dallo studio più imbufalito che mai. Passò davanti ad Alberto e gli fece cenno di andare. Una volta in macchina sbottò: "un altro che mi dice che sono fortunato."

"Possibile che non capisci?" disse Alberto. "Cosa non capisco! Cosa!"

"La fortuna non sta nell'aver avuto un infarto ma nell'esserne uscito. Sei vivo, cazzo!" Quando Alberto incominciava a dire parolacce era segno che stava perdendo la pazienza.

"Quanti possono dire di essere vivi dopo un infarto? Ti è stata data una seconda possibilità. Vedi di giocartela bene."

Logan non proferì parola fino a casa. Una volta arrivati chiese al suo amico se volesse qualcosa da bere e lui rispose: "Devo tornare al locale. L'ho chiuso."

Alberto era davvero un amico e se gli aveva parlato con quei torni era solo per il suo bene.

"Grazie." Logan rientrò in casa. Sua madre non era ancora rientrata. Decise che sarebbe andato a dormire anche lui. Dopo otto giorni di inferno in cui non era riuscito a chiudere occhio forse, una volta nel suo letto, sarebbe riuscito a trovare pace nel sonno. Sul suo letto, col suo cuscino e con gli odori di casa sua.

Fece per coricarsi e all'improvviso fu colto dalla voglia di scrivere una poesia: era da tanto che non gli capitava.

Con la penna in mano trovò una facilità incredibile nello scrivere tutto quello che aveva nella testa. Quando rilesse, decise che aveva colto nel segno.

'L'aria che sfugge...

Sospiri cercano aria che sfugge lontano.. Mani stringono tempie roventi...
I pensieri volano a famiglie lontane... La voce non esce più...
Sei solo nel buio della vita... Chiedi aiuto al mondo...
La luce del tuo cuore si sta spegnendo... Piano piano la tua voce non esce più... La paura soffoca la luce della mente...
Scorrono negli occhi immagini di un film in bianco e nero che parla di te... Il tuo futuro diventa adesso...
E forse potrebbe non arrivare più... Sei solo a combattere il dolore...
Un male che brucia nel petto... Annebbiandoti la mente...
Nel mentre piccoli angeli vestiti di bianco... Accarezzano aghi sporchi del tuo sangue... Sei un vestito consumato pieno di buchi... Le voci echeggiano in lontananza...
Uomini vestiti di verde stanno facendo a braccio di ferro con Dio per salvarti la vita... Una dose di questo, una dose dell'altro...
La nebbia si dirada e torna la luce...

Nel mentre tu torni di nuovo a pensare...

A cosa pensavi di aver perso per sempre. Il tuo futuro!

Dedicato alle vittime dell'infarto. Gianni, Marco e Logan

Incominciava a capire cosa volessero dirgli quando gli dicevano che si doveva ritenere fortunato. C'era voluto un po', ma ora riusciva a comprendere! Era vivo innanzitutto, con la possibilità di riprendersi in mano la sua vita, cosa che a tanti, purtroppo, era stata negata.

Aveva conosciuto due persone splendide: Gianni e Marco che l'avevano supportato e a volte anche sopportato.

Finalmente soddisfatto chiuse gli occhi e dormì fino al mattino dopo.

Fece un sogno strano .Logan si trovava al centro di una stanza. Ovunque posasse gli occhi vedeva donne, alcune le conosceva e altri volti, invece, non aveva la più pallida idea di chi fossero.

Era seduto su una sedia scomoda, sudava e aveva il fiato corto eppure non stava facendo alcuno sforzo. Vide un volto che conosceva benissimo.

Una relazione durata cinque anni. I primi tempi erano stati indimenticabili. Avevano tanti progetti che li univano. Logan ne era perdutamente innamorato. Seduto su quella sedia, all'improvviso la sensazione di benessere che provava al ricordo di quella donna cambiò e si ritrovò con le mani legate e l'impossibilità di potersi muovere. Guardò le sue gambe. Erano legate anch'esse. Era arrivato il momento in cui le cose erano cambiate. Lo ricordava benissimo.

A seguito di una bruttissima litigata la donna si avvicinò a Logan e, puntando il dito in mezzo alla sua fronte, gli disse: "Ricordati che io di te farò sempre quello che voglio." Logan non fece il minimo tentativo di liberarsi da quelle corde che lo tenevano legato alla sedia. Quella frase segnò l'inizio della fine perché lui aveva accettato di essere usato come un oggetto.

Fece solo un lieve tentativo di liberarsi. Il sudore gli colava dalla fronte e gli andava negli occhi facendoglieli bruciare. Di colpo fu catapultato in un'altra stanza. Ora si trovava in un salotto. Era tornato alla sera in cui le cose erano precipitate velocemente fino ad arrivare ad un'altra lite feroce in cui lei, in un impeto di rabbia, prese un piccolo televisore e glielo scagliò contro. Lui si alzò per andarsene perché, se solo avesse voluto, avrebbe potuto farle del male. "Basta. Ti lascio. Non voglio più saperne di un amore così malato. Io ti amo ancora, ma non ti riconosco più."

La donna, che fino a quel momento gli aveva dato le spalle, si era girata e Logan la vide con la pancia e mentre cercava di capire cosa stesse succedendo, la donna le rispose: "Non puoi lasciarmi, sono incinta."

Questa volta Logan provò a liberarsi dalle corde con più forza, senza comunque riuscirci.

Si mise a gridare: "Da quanto lo sai?" e lei, ridendo con rabbia, disse:

"Da cinque settimane."

"Quanto avresti ancora aspettato prima di dirmelo?"

La donna continuava a ridere, a ridere e ancora a ridere.

Logan sentì quel dito sulla fronte che continuava a tormentarlo e lei che premeva per fargli male. Urlò con quanto fiato avesse in gola: "Liberami, liberami!"

La donna continuava a ridere prendendosi gioco di lui e gli voltò di nuovo le spalle. "Debby, ti prego. Liberami. Possiamo aggiustare tutto."

La ragazza, molto lentamente, tornò a girarsi verso di lui. Tutto intorno si era fatto silenzioso.

La pancia della donna era scomparsa. Si avvicinò a Logan e, occhi negli occhi, disse: "Non è vero che aspetto un figlio da te. Me lo sono inventato. Te l'avevo detto che di te avrei fatto quello che volevo. Non vali niente come uomo. Fai schifo!"

Brividi in tutto il corpo scuotevano Logan facendolo tornare al presente. Si svegliò in un bagno di sudore. Cercò di dare un senso a quel sogno e rinunciò a capire il perché di tanta perfidia. Si erano amati tantissimo e poi più nulla. Quel sogno era stato un incubo. Non osava scendere dal letto per paura di trovarsi in quella stanza, con le mani legate. Il cuore gli batteva velocemente e aveva quasi la sensazione che volesse schizzargli fuori dal petto. L'infarto! Era terrorizzato da quella possibilità. Aveva alle spalle anni di tecniche per l'autocontrollo. A fatica cercò di controllare la respirazione e piano piano tutto tornò alla normalità.

"E' stato solo un sogno." Disse ad alta voce Logan, quasi volesse allontanare da se il ricordo. Sapeva che era impossibile perché, purtroppo, tutto era accaduto davvero nella sua vita. Certo, in condizioni diverse, ma le parole che lo avevano segnato e che pensava di aver dimenticato, erano ancora li, nascoste da qualche parte tra i suoi ricordi.

Decise di scendere in cucina, prese tutte le scatole delle medicine che secondo i medici sarebbe stato costretto a prendere per il resto della sua vita e si trovò di fronte a un bivio. Buttarle via tutte e lasciare che le cose andassero per la loro strada, senza forzature, o di organizzarsi e cercare di gestirle al meglio.

La prima soluzione ebbe il sopravvento. Prese il sacchetto di carta dove teneva il pane, lo svuotò, prese tutte le confezioni delle medicine e le ripose all'interno. Avvolse il tutto dentro a una busta di plastica e la portò fuori nel cortile, alzò il coperchio del bidone della spazzatura e le cestinò. Il sacchetto si era impigliato e quando Logan fece per riprovarci, una voce disse: "Sei un coglione."

Logan alzò lo sguardo e cercò di capirne la provenienza. La prima cosa che vide fu il fienile, dove tempo prima aveva tentato il suicidio. Anche in quel frangente aveva sentito una voce. Prese velocemente il sacchetto, lo portò in casa e, in preda a una strana euforia, si mise a cercare il porta

pillole. Sapeva di averne uno. Dopo svariati tentativi, lo trovò in fondo a un cassetto e con la ricetta in mano, incominciò a suddividerle. Forse, e solo forse, poteva provarci.
Decise di prepararsi una sostanziosa colazione. I medici in ospedale gli avevano suggerito alcuni accorgimenti per regolare al meglio la sua alimentazione perché, se da una parte era positivo che Logan fosse vegetariano, dall'altra doveva cercare di trovare una soluzione per integrare tutto quello che mancava al suo corpo per far circolare meglio il sangue. A quel pensiero Logan sorrise. In ospedale si erano espressi in modo più formale.
Si era accorto di essere dimagrito quando, alla dimissione, aveva indossato i pantaloni che aveva quando era andato al pronto soccorso. Gli stavano larghi. Decise di andare alla ricerca della bilancia. Non sapeva esattamente dove trovarla; la usava davvero molto poco. Alla fine la trovò sotto al mobile in bagno. Decise di farsi un regalo e di pesarsi vestito perché non aveva nessunissima voglia di svestirsi ben sapendo che quello era come barare.
Quando vide quello che indicava la bilancia Logan si sentì male. Aveva perso quasi nove chili. Ed era vestito.
Ripose la bilancia al suo posto e tornò in cucina a finire la colazione. Scelse le pastiglie giuste da prendere e, quando fece per uscire, incontrò sull'uscio sua madre.
"Buongiorno mamma."
Petra, sbalordita, guardò suo figlio.
"Perché mi guardi così stupita mamma?"
"Perché mi hai appena dato il buongiorno e non lo fai mai."
"Devo cambiare alcune mie abitudini e voglio incominciare da questo." Disse Logan.
Petra, stupita, preferì non dire una sola parola al riguardo. Conosceva suo figlio e non voleva incorrere nello sbaglio di fargli cambiare di nuovo umore repentinamente.
"Posso prendere la macchina?" chiese Logan.
"Certo, a me non serve più. Ho fatto tutte le foto che volevo e ora vado a scaricarle sul computer." "Sei la mamma più brava del mondo."
Petra non riuscì a trattenersi dal dire: "Gli alieni, forse, hanno preso possesso di te?" Suo figlio la guardò, fece un grandissimo sorriso e uscì.
"Si, decisamente qualcuno ha preso possesso di mio figlio." E si ritirò in casa.
Logan, alla guida della macchina, pensò alle cose successe dal suo ritorno a casa… sua madre che gli ricordava di prendersi cura di lui, Alberto che gli aveva fatto notare dell'opportunità che gli era stata data; pensava anche al fatto che, quel ricovero in ospedale, era stata un'ottima selezione naturale per capire chi fossero i suoi veri amici. Pochi ma buoni. Doveva

chiamare Roberta e Michela per ringraziarle per quello che avevano fatto per lui… e poi c'era Rossella, Marica, Ezio, Paolo, Frankye…

Erano stati veramente in tanti a dargli supporto morale. Doveva trovare il modo per ringraziarli tutti e già sapeva come fare. Un video come solo lui sapeva fare.

Fiamma! Si era completamente scordato di lei.

Si fermò un attimo e le mandò un vocale: "Come stai?" Passarono circa due ore prima che lei rispondesse.

"Bene."

Logan era seduto su uno sdraio, al Bluperry. Il sole gli scaldava la pelle: era in contemplazione del lago. Aveva girato parecchio grazie al suo lavoro. Aveva visto posti davvero straordinari, ma si sentiva a casa solo in quei posti.

"Ecco, il dottore ti ha detto che devi bere molto." Davanti a lui si parò la figura di Alberto. "Grazie amico mio."

"Va meglio?"

"Se devo essere sincero sono ancora molto confuso e si, forse sto meglio o forse no. Non ci capisco più nulla."

"C'è poco da capire." Rispose Alberto. "Hai un'altra possibilità. Se tu avessi buon senso te la giocheresti al meglio. Ora vado perché è arrivata gente al bar."

Logan cercò di capire se le parole di Alberto avessero un secondo senso. No, non c'era. Alberto era fatto così: diceva sempre quello che pensava. Proprio come Fiamma. Diede un'occhiata al cellulare e, da parte della sua amica, nessun messaggio.

Le spedì un altro messaggio: "Me lo vuoi dire come stai?"

Questa volta, Fiamma, rispose quasi subito. "Te l'ho detto: sto bene." Ancora prima che Logan potesse rispondere, arrivò un altro messaggio.

"Smettila di chiedermi come sto, perché se rispondo che sto bene è una menzogna e se ti dico la verità, che sto di merda, mi rispondi che mi piace farmi compatire."

Logan restò di sasso da quello che aveva appena letto. Sapeva benissimo a cosa si riferissero le parole di Fiamma: alla loro litigata furiosa proprio il giorno prima dell'infarto. Lui era stato spietato con lei, ma tutto quello che aveva detto era solo perché le voleva un gran bene. Da diverso tempo, ormai, la considerava la sua confidente: si erano persi da ragazzi ma aveva avuto una fortuna che pochi potevano dire di avere.

Ritrovarsi! Aveva perso il controllo quando lei aveva raccontato di come Nicola le avesse tirato un calcio. Quel periodo della sua vita doveva essere chiuso per sempre e forse lui aveva esagerato, ma l'aveva fatto in buona fede.

Logan aveva usato parole davvero pesanti come la frase che aveva ancora ben stampato nella sua mente: "Mi viene da pensare che ti piaccia farti picchiare. Mi hai deluso profondamente e alla fine è solo quello che ti meriti." Con quelle parole Fiamma aveva lasciato la stanza completamente fuori di se.

Aveva ragione lei. La sera in cui lui era stato ricoverato al pronto soccorso non appena l'aveva vista arrivare aveva detto: "Ho già dimenticato tutto" e lei aveva risposto dicendo che per lei non era così. Voleva chiarire, ma solo quando fosse stato meglio e poi sì che si sarebbe potuto buttare tutto nel cesso.

"Ti voglio bene sorella." Decise di scrivere quelle parole nel messaggio che le inviò. Era meglio farle sapere che lui le voleva sempre un gran bene nonostante quella bruttissima litigata.

I giorni trascorrevano lenti e noiosi. Niente eccessi, vita tranquilla, alimentazione corretta, ricordarsi di prender le pastiglie... e che diamine. Non era mica un vecchio di cent'anni. In un lampo si preparò e decise di andare in palestra. Avrebbe ripreso la sua attività sportiva e al solo pensiero gli era già tornato il buon umore.

L'unica cosa che il medico non gli avesse vietato era fare del sesso, ma senza pastiglie. A quell'accenno gli venne da ridere. Era fortunato perché non era ancora arrivato il suo momento di farsi aiutare con le pillole per avere un'erezione. La sera prima l'aveva testato con una donna che era solito frequentare e aveva dato il massimo, proprio come prima del ricovero. Prestazione impeccabile sotto ogni punto di vista.

Una vocina nella sua testa continuava a dirgli che avrebbe dovuto smettere anche di fare sesso in modo così sconclusionato. Non poteva sempre arrivare al limite in ogni cosa che affrontava.

"Si, mi devo sistemare e dare una calmata. Chissà che non sia arrivato il momento giusto anche per me di trovare la mia donna." Con questo pensiero varcò la soglia della palestra. Il suo tutor gli andò incontro, lo abbracciò con forza e gli disse: "Grande Logan. Hai superato una prova e da cosa vedo l'hai superata in modo esemplare. Cosa ci fai qui?"

"Sono venuto a riprendere gli allenamenti." "Cosa?"

" Mi mancava troppo la palestra per aspettare che i dottori mi dessero il via." Disse Logan. "Tu sei matto. Con quello che hai avuto vorresti ricominciare?"

"Dici di no?" rispose Logan.

"Direi. Piuttosto andiamo al bar qui sotto a prendere qualcosa di dissetante."

Il pomeriggio non era andato come Logan aveva sperato, ma passare un paio d'ore con il suo tutor l'aveva distratto dal pensiero costante che insidiava i suoi pensieri. Malato! Era un termine inaccettabile per lui.

Quella sera andò a coricarsi presto. In televisione non davano nulla di interessante ma allo stesso tempo non aveva voglia di uscire con la macchina in cerca di compagnia.

L'indomani doveva andare in ospedale per un controllo. Si sentiva confuso al riguardo; non capiva il senso di quella visita così presto. Forse le cose non andavano proprio così bene come i medici gli avevano fatto credere. Decise di rialzarsi e di sedersi alla scrivania. Il bip del cellulare avvisava che era arrivato un messaggio.

Quando vide il destinatario, il suo cuore fece un balzo. Era Monica, la ragazza stupenda che gli aveva portato via il cuore. Lui ne era stato profondamente innamorato, ma non era riuscito a tenere a bada il suo carattere irruente e lei si era spaventata.

Aveva appena risposto "Mi manchi tantissimo" quando un altro messaggio arrivò. Questa volta era Fiamma. "Tutto bene?"

"Mi ha scritto Monica." "Bergamo?"

Logan, a quella risposta da parte di Fiamma, si mise a ridere. Fiamma memorizzava le sue conquiste chiamandole in base alla città di provenienza.

"Mi manca, che ci devo fare."

"Ti devo forse ricordare che, quando eri in ospedale, è stata solo brava a criticarti e che mai una volta, nemmeno per sbaglio, ti ha dato una sola parola di conforto? La stessa che ti ha detto ti amo e poi è sparita lasciandoti a bagno nella tua merda? E poi, come per magia, ritorna per fare la crocerossina. Fai attenzione Logan."

Quando Fiamma parlava così a Logan veniva solo un gran nervoso. Non aveva nulla da imparare da una che per anni si era fatta pestare a sangue con conseguenze anche gravi e decise di scrivergielo in forma ironica.

"Ehi, ma non sei tu che per un amore malato hai fatto una vita di merda per anni? Pagando un prezzo anche fin troppo alto."

"Per l'appunto" fu la risposta di Fiamma. "Forse potresti imparare qualcosa dai miei errori una volta tanto e non sempre crederti un Dio sceso in terra. Meno male che mi avevi promesso che da questa esperienza avresti cercato di cogliere ogni sensazione, per crescere. Buonanotte."

Dannazione. Fiamma per l'ennesima volta aveva colto nel segno. A lui piaceva ricordare i momenti belli trascorsi con Monica. Non c'era nessun dubbio che fossero stati magici, ma c'erano anche state le incomprensioni che avevano portato entrambi a prendere strade diverse. Decise che Monica avrebbe aspettato la sua risposta fino al mattino dopo. Si mise alla scrivania, prese il quaderno e incominciò a scrivere.

"Accarezzando i brividi sulla pelle… Le nostre anime ballano di battiti… Respiriamo il nostro respiro…
Mani scivolano in luoghi nascosti…

Lingue bagnano corpi tremanti…

Gocce di sudore muoiono sulle labbra... Mentre beviamo il nostro sapore...
Muovendoci come onde del mare, siamo dentro di noi... Ci perdiamo volando nel tempo infinito, sognando...

Questo era stato per lui fare l'amore con Monica. Si sentiva completo. Le parole di Fiamma gli tornavano in mente e facevano male, ma erano vere. Era stata Fiamma a raccogliere le sue lacrime una delle volte che Monica aveva superato il suo limite di sopportazione, umiliandolo. In quel frangente si era rivelata essere peggio di Debora. Eppure Fiamma gli aveva consigliato di provare a fare il primo passo. Gli aveva fatto capire che non doveva permettere al suo passato e agli errori che aveva commesso di compromettere una storia bella come quella che aveva instaurato con Monica.

Avevano ripreso il rapporto in modo più intenso, ma alla fine tutto era fallito miseramente. La colpa era da dividere esattamente a pari merito. L'ultima brutale discussione che avevano avuto li aveva separati irrimediabilmente perché entrambi non erano retrocessi di un millimetro dalla propria posizione.

Logan non tollerava la distanza che li separava e lei era troppo presa dalla sua vita per trovare del tempo da dedicargli. Logan stava provando una tristezza infinita.

Prese il telefono e d'istinto le mandò un messaggio: "Ti amo ancora. Tu?" Restò in attesa di una risposta che non arrivò mai.

Si rimise sul letto e si addormentò con il libro sul petto.

L'indomani incominciò male già fin dai primi passi. Era talmente abituato a fare colazione che si ricordò, dopo il primo boccone, che in ospedale doveva andare a digiuno. Gli avrebbero fatto le analisi e questa era l'unica certezza che avesse. Parte delle cose che gli avevano detto riguardo a quello che doveva fare quella mattina, le aveva dimenticate e altre non le aveva comprese e non si era osato farsele spiegare. Lui era della profonda convinzione che toccasse al medico andare da lui e spiegare cosa stava succedendo e non il contrario.

Fiamma, anche su questo, aveva avuto da ridire. Che era una stronza di prima categoria lo sapeva fin da quando l'aveva conosciuta, tantissimi anni prima. Il suo biglietto da visita era stato un bel calcio assestato alla caviglia e che gli aveva fatto male per parecchi giorni.

Immerso in quei pensieri si ritrovò allo sportello per chiedere informazioni su dove dovesse recarsi. Era tutto nuovo per lui.

"Segua la linea blu. Si troverà di fronte all'ascensore e deve scendere a meno uno. Li troverà il reparto giusto."

Seguì le indicazioni e una volta arrivato a destinazione si sentì dire che, anche quello, non era il posto giusto. La signorina gli diede delle nuove indicazioni. Logan stava già perdendo la pazienza ed era solo al secondo tentativo.

Arrivò nel reparto dove era stato ricoverato. Incontrò un'infermiera che lo riconobbe subito.

"Qual buon vento l'ha portato qui da noi? Tutto bene?"

"No, non c'e niente che vada bene. E' un'ora che giro per questo dannato ospedale e non ho ancora trovato il posto giusto dove mi devo presentare."

L'infermiera prese il foglio e lesse tutto.

"Qui è scritto chiaramente. Piano terra. Corridoio centrale. Porta cinque."

Logan ringraziò e si maledisse per non aver perso un minuto del suo tempo per leggere tutto il foglio. Odiava le figure di merda e ne aveva appena fatta una colossale.

Finalmente trovò il posto giusto, gli chiesero i dati e dissero di attendere che lo chiamassero.

Se questa sarebbe stata la sua nuova vita li avrebbe mandati a quel paese tutti quanti. Non aveva chiesto di diventare un rottame e tutti i buoni consigli che aveva ricevuto li avrebbe buttati nel cesso, insieme a quella che gli altri definivano "la sua nuova vita."

Il telefono si mise a squillare. Era Francesca. Un'altra sua vecchia conoscenza che, per mesi era scomparsa dalla sua vita e ora lo chiamava dieci volte al giorno. Era addirittura venuta a trovarla in ospedale facendogli una grandissima sorpresa. Quando la vide ai piedi del suo letto aveva creduto di avere le allucinazioni.

"Francesca, come mai qui?" in quel momento Logan non trovò niente di meglio da dirle. Avevano trascorso un paio d'ore insieme all'insegna delle risate. Era stato un bel break.

E ora si ritrovava, per l'ennesima volta, lei che lo chiamava sul cellulare. Un'altra donna che gli aveva portato via il suo cuore, facendolo a brandelli. Possibile che non capiva che gli stava facendo del male? Non rispose. Che andasse al diavolo insieme a tutti quelli che si erano ricordati di lui solo per via del suo infarto. Dov'erano quando lui aveva avuto bisogno?

Il telefono smise di squillare e Logan tirò un sospiro di sollievo. Cambiò sedia perché quella su cui era seduta era rotta e cigolava a ogni suo movimento.

Il telefono riprese a squillare e lui lo ignorò. Si lasciò andare ai ricordi, tanto ormai si era arreso al fatto che la sua mente avesse dato libero sfogo a tutti i suoi ricordi. Non aveva ancora scordato quel brutto sogno in cui Debora.... I suoi pensieri furono nuovamente interrotti dallo squillo del telefono.

"Drin... drin..."

"Maledizione, vuoi smettere di chiamare? Non ti rispondo, è inutile che continui!" disse a se stesso.

Ricordava benissimo il giorno in cui vide per la prima volta Francesca. Lui era alle palafitte; un posto dove gli veniva facile riflettere. Sentì un rumore alle sue spalle e, quasi infastidito, si voltò per vedere da dove potesse arrivare. E la vide: il cuore incominciò a battere furiosamente. Era lei. La donna che aspettava da sempre era lì, davanti a lui.

In preda a una forte agitazione le andò incontro: "Piacere, mi chiamo Logan." Quello fu il preciso istante in cui il suo cuore ritornò alla vita, più forte che mai. Furono in assoluto i due anni più belli della sua vita. Per la prima volta riusciva a dare un senso alla parola "completo." Erano fini i tempi in cui vagava alla ricerca di qualcosa. In Francesca aveva trovato tutto il suo mondo. Due anni di piccole condivisioni, qualche litigiosempre risolti parlandone.

Gite in canoa; amavano perdersi insieme nei sentieri di montagna alla ricerca di funghi. Lunghe corse in bici dove ogni volta che ne sentivano il bisogno si fermavano per baciarsi.

Tornavano spesso alle palafitte, dove si erano incontrati la prima volta. Lei gli arrivava alle spalle silenziosamente e Logan adorava quando sentiva le sue braccia che lo avvolgevano. Tremava ancora adesso al ricordo di quelle emozioni. Da parte sua dedicava ogni minuto che passavano insieme per fare in modo che Francesca si sentisse al centro del suo mondo. Una carezza, un piccolo bacio rubato; un fiore di girasole che le ricordasse che lei era essenziale per lui, come l'aria che respirava.

Due anni in cui lui non aveva esitato un attimo a buttare nel cesso la parte bastarda di se. Per lei, per Francesca. Poi cominciarono i primi cambiamenti. All'inizio piccoli e quasi impercettibili, poi sempre più palpabili, fino a sfociare in un qualcosa di completamente incomprensibile. Iniziarono i primi appuntamenti mancati, le discussioni nelle quali non si riusciva a trovare soluzione.

Logan conosceva benissimo quei segni. Facevano parte del suo passato, quando in una relazione aveva detto "ti amo". Ora il girasole non aveva più un significato e le passeggiate nei boschi erano tornate a essere solitarie. Stava finendo tutto e senza un perché. Di nuovo!

Nel momento in cui si era mostrato completamente nudo di fronte a lei, tutto aveva perso di significato. Aveva amato in passato, ma mai in modo così completo.

E ora si ritrovava di nuovo al punto di partenza. Deluso, amareggiato e solo.

Adesso sarebbe stato costretto a indossare di nuovo la maschera del bastardo perché di star male non ne aveva più voglia. Fece una constatazione: le donne si innamoravano del suo aspetto di diavolo, ma quando anche lui ricambiava e si rendeva umano ecco che non piaceva più. In passato aveva incontrato molte persone che avevano cercato di cambiarlo e lui cercava di assecondare queste esigenze, sbagliando. In realtà capì, solo parecchio tempo dopo, che chi tentava di cambiarlo era perché non era lui che volevano. Nemmeno lui, a volte, sapeva chi era e scoprirlo lo spaventava, ma sapeva esattamente fino a dove sarebbe potuto arrivare.

Il resto della settimana trascorse tra malumori e qualche passeggiata. Fiamma non era ancora uscita dall'ospedale e tra un paio di settimane sarebbe stato il suo compleanno. Il 28 ottobre. Aveva sognato di passarlo al fianco della sua donna, ma era di nuovo single. Aveva risparmiato per potersi concedere un viaggio. Aveva sognato un bellissimo compleanno e invece… ora era solo più un uomo a metà.

"Numero 372." L'infermiera guardò nel corridoio, ma nessuno aveva fatto il cenno di alzarsi. "Numero 372." Ci provò di nuovo

"Prova a chiamarlo per nome, sarà un anziano.."

"Hai ragione. Questo sistema potrebbe funzionare meglio, ma ahimè, dobbiamo adattarci, anche di malavoglia, alle disposizioni della dirigenza." E sorrise al collega.

"Il signor Bonetti Logan…"

Logan la stava osservando: era una bella donna, dai lineamenti sottili e dai modi gentili. "il signor Bonetti Logan…"

Logan si sentì un grandissimo stupido. Lui osservava le curve di quella bella infermiera e lei stava cercando proprio lui.

"Eccomi. Ero assorto." Si alzò di scatto e si avviò in direzione della bella infermiera.

Con grande sorpresa di Logan, la ragazza lo salutò dandogli del tu. A lui venne spontaneo chiedere: "Ci conosciamo?"

Lei si limitò a rispondere di si. Lo accompagnò in sala prelievi e incominciò a spiegargli cosa sarebbe successo da li a poco.

Logan si convinse di non aver capito bene anche perché la ragazza che avrebbe dovuto conoscere e di cui non ricordava assolutamente nulla, gli stava dicendo che avrebbe dovuto passare la giornata li dentro.

"Nessuno mi ha detto nulla. Non ci resto qua tutto il giorno."

"Guarda che nessuno ti obbliga. Sei libero di andartene in qualsiasi momento, basta che tu firmi un foglio in cui ci liberi da ogni responsabilità."

Logan ebbe uno scatto di impazienza. Tutta questa storia incominciava a pesargli. Era entrato per uno stupido prelievo di controllo e ora scopriva che doveva restare li quasi tutta la giornata. Ed era a digiuno. Come se fosse stato interpellato, il suo stomaco incominciò a brontolare.

"Senti… non mi ricordo il tuo nome…" "Cristina."

"Senti Cristina, per favore, spiegami cosa sta succedendo. Fallo con parole semplici in modo che io possa capire, perché se devo essere sincero, fino a ora, non ho capito ancora nulla di quello che mi sta succedendo. Tutto è partito da un infarto e ora perché mi ritrovo su questa sedia

Voglia di Vita

costretto a restarci tutto il giorno?"

L'infermiera approfittò di quel momento per infilare l'ago nella vena. Logan sussultò ma in realtà non era stato doloroso. Era l'idea di stare su quella sedia che lo rendeva così irrequieto.

Dopo aver riempito sei provette, Cristina tolse l'ago e rimise tutto a posto. Lo medicò e lo guardò dritto negli occhi. "Proprio non ti ricordi di me, vero?"

Logan stava cercando disperatamente di trovare qualcosa, in quel viso, che le ricordasse chi era, ma si arrese.

"No, mi devi perdonare, ma non ricordo proprio."

Cristina si alzò dalla sedia e ripose in un cassetto tutto quello che non serviva più. Fece un sospiro e uscì dalla stanza. Lei, invece, ricordava tutto nei minimi dettagli.

C'era suo figlio Nelson a ricordarglielo ogni giorno. Suo figlio, che era identico a suo padre, occhi compresi: gli stessi occhi che lei non aveva mai dimenticato.

Quello stesso giorno Cristina chiese il trasferimento in un altro reparto. Voleva evitare di incontrarlo ancora. Quell'uomo faceva parte del suo passato e sei Logan era stato molto importante per lei, per l'uomo non era stata la stessa cosa. Era stato un mese stupendo quello che avevano passato insieme, al mare, ma era passato. Punto!

Logan era sempre più irrequieto e di sicuro non l'aveva aiutato il fatto che il dottore fosse venuto per spiegargli che doveva attendere almeno un paio d'ore per ricevere gli esiti e solo allora avrebbero deciso il da farsi. Sentiva salire dentro di se una bruttissima sensazione. Da li a poco arrivò un medico che si presentò e incominciò la sua spiegazione.

Logan, a dire il vero, comprese pochissimo di tutto quello che gli venne detto. Solo un paio di frasi gli restarono ben impresse nella sua mente: tumore del sangue e salasso. Parole che non avrebbe mai dimenticato. Per circa tre ore restò inchiodato a quella sedia. Ogni tanto gli tornava in mente qualche altro dettaglio di quello che il medico gli aveva detto: il suo tumore non creava metastasi e avrebbe dovuto esserne contento?

Eppure alla fine dei fatti l'infarto che aveva avuto era stata la sua salvezza. Arrivò il momento di congedarsi.

Con una mano teneva il foglio che gli avevano dato su cui c'era la data del prossimo appuntamento e con l'altra teneva la sua cartella clinica che, di volta in volta, diventava sempre più spessa.

Uscì dall'ospedale, fece un gran respiro e si recò alla macchina. Fece il viaggio fino a casa con la musica a tutto volume. Parcheggiò la macchina in garage, entrò in casa per prendere la giacca della moto e dopo qualche minuto era già in groppa alla sua moto.

Il ricordo di tutte quelle cartacce dove si decideva di come avrebbe dovuto vivere il resto dei suoi giorni era già un lontano ricordo. Aprì l'acceleratore e sfiorò i 190. Arrivò nel luogo che conosceva molto bene: una piccolo spiazzo dove era solito fermarsi. Ancora qualche passo e sarebbe arrivato al ponte.

La giornata era tiepida e il sole scaldava ancora. Seduto sul muretto guardava l'acqua scorrere sotto di se. Era invitante. Il fiume Dora aveva sempre esercitato un certo fascino su di lui ma in quel momento era ancora più forte l'attrazione che quel corso d'acqua aveva su di lui.

La sua mente era ancora tutto in subbuglio. Sapeva che stava aspettando il momento giusto. Quel momento in cui si sarebbe sentito pronto per sporgersi avanti quel poco che bastava per risolvere tutti i suoi problemi.

Si, voleva farla finita. Nella sua mente fuoriuscivano tante vocine e tutte in contraddizione. Alcune gli dicevano: "Ti sembra il caso di buttarti?" Altre, invece, urlavano: "Buttati dai, buono a nulla."

La musica che ascoltava dal suo mp3… canticchiava una canzone d'amore dei Modà. Interrotto a un minuto dalla fine. Ma che cavolo… quando aveva dedicato del tempo a scaricare le sue canzoni preferite aveva usato un programma che faceva durare tutte le canzoni tre minuti. Al momento gli era sembrata una buona idea. "Coglione, si interrompe tutto sul più bello."

Poi arrivò la canzone di Tiziano Ferro: "la fine." Conosceva a memoria ogni sua parola.

"Chiedo scusa a chi ho tradito…" un attimo e sarebbe tutto finito. Si sporse lentamente in avanti. Voleva essere certo di non sbagliare, questa volta. L'acqua e l'altezza non lo avrebbero tradito come invece aveva fatto la trave del solaio a cui aveva appeso la corda.

"… non importa quanta gente ho visto, quanta ne ho conosciuta…" Una canzone da brividi.

Era il momento giusto. Si sporse in avanti più che poté; trattenne il fiato, incominciò a contare e presto sarebbe tutto finito.

"… facile e dolce perché amaro come il passato, tutto questo mi ha cambiato, e mi son fatto rubare gli anni migliori…"

Non era per gli amori finiti male che l'avrebbe fatta finita. Era un malessere molto più profondo. Il senso di inutilità che schifosamente l'aveva sempre accompagnato, fin da bambino. Non era mai stato la scelta di nessuno, solo un ripiego. Solo Fiamma aveva capito. Fiamma… chissà che fine aveva fatto.

"…. Ma qualcuno lassù mi ha guardato e mi ha detto: io ti salvo stavolta, come l'ultima volta."

… bip… e la canzone si interruppe perché erano scaduti i tre minuti. Un secondo e subito un'altra canzone. In quel momento vacillò. Era determinato a buttarsi dal ponte e allora perché tutto questo?

Cosa voleva ancora Dio da lui? Non aveva forse mangiato già abbastanza merda nella sua vita? Quale persona avrebbe scelto di

Voglia di Vita

continuare a vivere a quelle condizioni?

Tutto successe in un attimo e si ritrovò in sella alla sua moto. Prese le cuffie, le avvolse intorno al suo mp3 e lo mise in tasta: "Vaffanculo programma di merda che interrompi le canzoni sul più bello. La canzone di Frankye la conosco a memoria. Non ho bisogno di te. Vaffanculo a tutti quelli che non mi conoscono.

Vaffanculo mondo. Vi farò veder io come sarò in grado di riprendere in mano la mia vita."

Fece una cosa che non aveva mai fatto prima: cantare a squarciagola la sua canzone, quella che Frankye aveva scritto per lui.

"Ti capita a volte di perdere la rotta, ti senti confuso.
Asciugo lacrime come panni stesi

Sotto queste nubi non ci siamo mai arresi.

Io cammino a testa basta per nascondere quei muri Nascondere quei segni, bui, più scuri.
Amico della pioggia e non della gente…

Ho capito che esisto solo io per me… e quel che conta, conta grazie a me.."

Logan si ricordava esattamente quel giorno: era il 27 ottobre, giorno che precedeva il suo compleanno.

Era un periodo particolarmente difficile dove continuava ad avere la sensazione di essere dannato a vita. Non riusciva a concludere nulla. Tutto andava storto e la depressione non gli chiedeva il permesso per prendere possesso dei suoi pensieri. Diventava veramente difficile tenerla a bada. Era al Bluperry e stava parlando con Alberto e glielo disse: "Voglio incidere sulla mia pelle in modo indelebile con un bel tatuaggio, questo periodo di merda."

"Ho sentito parlare di un ragazzo, sui venticinque anni che ha aperto il suo studio da poco e dicono che sia davvero molto bravo."

"Meglio non perdere tempo. Domani è il mio compleanno e voglio farmi un regalo."

"E' difficile che tu riesca, però provare non costa nulla." Rispose Alberto e gli diede l'indirizzo. Poco dopo Logan si trovò di fronte allo studio. Suonò e subito il portoncino si aprì.

"Sera." Logan salutò.

"Ciao. Io ti conosco." Logan non riusciva a capire chi fosse. "Sono Frankye, non ti ricordi proprio di me?"

A Logan ci volle un attimo perché gli tornasse alla mente.

"Accidenti. L'ultima volta che ti ho visto eri ancora un bambino.

Quanti anni sono passati?" "Circa una quindicina." Rispose Frankye.

Si abbracciarono e incominciarono a parlare del più e del meno. Logan si lasciò andare nel raccontare del periodo buio che stava passando a causa della depressione. Dopo un'oretta passata a raccontarsi, Frankye gli chiese: "Cosa ti porta da queste parti?"

"A dire il vero volevo farmi un tatuaggio, ma con due esigenze molto ben definite. Mi servirebbe giusto un miracolo perché tu possa esaudirle."

"A tutto c'è rimedio." Rispose il ragazzo.

"La prima sarebbe quella di farlo entro domani. E' il mio compleanno e la seconda sarebbe che vorrei un tatoo che rappresenti il periodo nero che sto passando. So che sono due richieste quasi impossibili, ma al limite mi dici di no, giusto?"

"L'agenda dice che domani ho il pomeriggio libero e come vedi un problema è già risolto. Per il secondo, se per te va bene, ti direi di tornare tra un paio d'ore. Voglio provare a fare una cosa.

Logan non si allontanò troppo dallo studio. Si fermò in un bar nei pressi. Era davvero curioso di vedere cosa avrebbe combinato quel ragazzo. L'attesa, in realtà, fu più breve di quanto pensasse.

Logan tornò in negozio e trovò Frankye che, orgoglioso, gli fece vedere un disegno. "Ti piace?" Logan restò a bocca aperta. "Incredibile. E' bellissimo ed è proprio quello che avevo immaginato. "Allora vieni domani pomeriggio verso le due."

"Domani è davvero il giorno perfetto per me."

Il tatuaggio durò cinque ore e quel tempo lo passarono a chiacchierare e aggiornarsi sull'andazzo delle loro reciproche vite. Logan uscì dallo studio soddisfatto. Passarono una decina di giorni da quel pomeriggio e una sera ricevette una telefonata da Frankye.

"Hai voglia di passare da me? Ho scritto un testo su di te." Dopo circa mezz'ora Logan si ritrovò a casa del ragazzo. "Sono proprio curioso di leggere questo testo."

Frankye gli porse il foglio e Logan incominciò a leggere. Emozioni indescrivibili presero possesso di lui. Si commosse all'inverosimile, ma non era nulla in confronto a quello che provò quando, diversi giorni dopo, Frankye gli fece ascoltare lo stesso testo, in musica.

Brividi allo stato puro. Forse una delle poche volte in vita sua dove si era emozionato veramente.

"Vuoi produrmi tu il video?" Logan guardò stupefatto il ragazzo. Logan non poteva dirgli di no. Era la sua canzone, sapeva fare bene il suo lavoro ed era certo che quella canzone potesse essere di aiuto alle persone che, come lui, avevano perso un po' la strada della vita.

Si impegnarono molto in quel video e riuscì bene. Il messaggio che volevano trasmettere era, a tutti quelli che si sentivano in difficoltà fino a stare davvero male tanto da non vedere più un futuro, di non arrendersi mai perché, come diceva la canzone, la forza per rialzarsi ognuno ce l'ha dentro e nessuno dall'esterno avrebbe mai potuto fare qualcosa o dare una motivazione, quanto noi stessi.

Tutti, se erano venuti al mondo, uno scopo ce l'avevano, compreso Logan. Nessuno era così importante da valere la propria vita. Logan gridò con quanto fiato aveva: "Vaffanculo mondo. Io valgo e non permetterò più a nessuno di farmi credere il contrario."

Lo urlò talmente forte che un contadino nei pressi, al suo passaggio, fece il cenno del dito sulla tempia. Logan pensò che se tutti i matti fossero stati come lui, allora benvenuto mondo dei matti.

La sua moto ruggiva e lui si sentiva rinato. Aveva scelto di vivere e la prima persona a cui venne in mente di dirlo, fu Fiamma. Ingranò la marcia e prese velocità. Aveva aperto la visiera del casco perché sentire l'aria fresca sul viso lo faceva stare bene. Seconda, terza, quarta... si sentiva finalmente libero. Tutto successe in un attimo. Un camion fece una manovra azzardata e lui si ritrovò a dover gestire la sua moto lanciata a folle velocità. Scalò marcia, cercò di frenare, ma la moto scivolò e Logan cadde a terra. Chiuse gli occhi.

Non poteva essere la fine della sua vita ora che aveva deciso di affrontarla a muso duro. Chiuse gli occhi e aspettò l'impatto.

Dopo qualche istante, si alzò e dopo essersi toccato dappertutto, si rese conto di non essersi fatto nulla.

Controllò la moto e vide che si era ammaccato leggermente il serbatoio. La moto partì al primo tentativo.

Tutto quello che era appena successo sicuramente doveva avere un significato. all'improvviso associò i suoi pensieri a una persona molto importante della sua vita: Fiamma, la sua ineguagliabile amica che con la sua lingua tagliente e velenosa, riusciva sempre a risvegliare la sua coscienza.

Diede un colpo di acceleratore e corse fino a casa di Fiamma. Una volta che lei aprì la porta, Logan non le permise di proferire parola e la strinse forte a se, e disse: "Avevi ragione su tutto. Tu hai la capacità di vedere le cose in modo del tutto diverso."

"Davvero?" fu tutto quello che la donna riuscì a dire.

"Si, e non perderla mai. Se sono qui, adesso, è solo per merito tuo." E tornò a stringerla forte a se.

Oggi

"Allora?" disse Fiamma "Dimmi la verità: avevo ragione io, vero?"

"Gli esami sono andati bene: l'oncologo mi ha detto di continuare come sto facendo adesso: sono i primi risultati positivi, dopo mesi."

"Vedi? Dovevi solo avere un po' di pazienza."

Logan si commosse e disse: "Perché per te, invece, non è così semplice?" Fiamma non riuscì a rispondere.

"Vorrei stare un po' con Angelo e Luce, ti spiace chiamarli?" "Agli ordini sorella."

Fiamma, se solo avesse potuto scegliere, sarebbe stato proprio Logan che avrebbe voluto come fratello.

18

Il nostro piccolo segreto

Angelo, Fiamma e Luce erano sul letto matrimoniale. Fiamma teneva la mano di Angelo e guardava sua figlia dormire beatamente con la testa appoggiata sul suo seno. Angelo si alzò per prendere la bambina e portarla in camera sua, ma Fiamma lo fermò e disse: "Ancora un attimo, per favore."

Si inebriò del profumo che avevano i capelli di sua figlia e le diede un bacio sulla fronte. "Grazie" disse rivolgendosi ad Angelo. Prese la bambina e la portò in camera sua.

Poco dopo l'uomo tornò accanto alla sua donna e la tenne stretta tra le sue braccia. Fiamma lo guardò, respirò a fondo e disse: "Ti amo." E poi chiuse gli occhi. Per sempre.

Angelo si accorse che la donna aveva smesso di respirare e incominciò a piangere. "Non abbiamo avuto abbastanza tempo." Sussurrò l'uomo.

"Io ho ancora bisogno di te."

La tenne stretta tra le sue braccia. Logan bussò piano alla porta attirato dai singhiozzi di Angelo. "Se ne è andata."

Logan guardò Fiamma. Il suo viso era sereno, nonostante le ultime settimane l'avessero messa a dura prova.

Logan uscì dalla stanza e una volta rimasto solo, diede sfogo a tutto il suo dolore.

"L'ora del decesso risale a circa due ore fa e considerati i problemi di salute della donna, non ritengo opportuno richiedere l'autopsia." Disse il medico legale. "Ora del decesso: 02,30." Con la penna fece un piccolo segno e firmò il foglio che aveva in mano."

"Questo foglio vi servirà per espletare le varie pratiche di rito." "Vada fuori" disse Logan.

"Come scusi?" disse il medico. "Ho detto: vada fuori. Subito!"

"Guardi che io sto solo facendo il mio lavoro." "Fuori" gridò ancora più forte Logan.

Angelo raggiunse immediatamente Logan e arrivò giusto in tempo per vedere Logan sbattere fuori il dottore dalla stanza, dove c'era Fiamma, per poi chiudere la porta.

"Logan, apri" disse Angelo.

"Per favore, vuoi aprire questa dannata porta?"

Logan non si degnò nemmeno di rispondere. "Apri, maledizione."

"Sparisci" fu la risposta di Logan.

Angelo aspettò circa un'ora, fuori dalla porta, e poi ci riprovò.

"Ti prego, apri la porta. Sono arrivati gli addetti delle pompe funebri.

Devono sistemare Fiamma.

Permettigli di fare il loro lavoro. Sei sicuro che questo sarebbe quello che vorrebbe Fiamma?" ancora non arrivò nessuna risposta. Angelo aggiunse: "Luce non fa altro che chiedere di te. Per favore, fammi entrare. Ho diritto quanto te di…"
Sentì lo scatto della serratura e finalmente la porta si aprì.

Logan passò al fianco di Angelo senza degnarlo di un solo sguardo. In uno scatto improvviso Logan andò vicino alla credenza e diede un calcio talmente forte che lo sportello si ruppe. Nessuno dei due si accorse della busta che cadde sotto al mobile.

L'ultimo ricordo di quel momento fu la mano di sua madre sulla sua spalla. "Luce?" chiese Logan.

"E' venuta Nadia a prenderla."

Logan era esausto. Quella mattina aveva dovuto occuparsi di tutte le formalità per il funerale. Sapeva esattamente cosa volesse Fiamma. Tempo indietro c'era voluto tutto il loro coraggio per parlare della fine, ma anche del dopo. L'aveva accontentata in tutto e Angelo glielo aveva fatto fare. Sposare Fiamma si era rivelata essere una carta vincente, perché nessuno poteva obiettare le sue decisioni.

"E' sicuro della scelta della musica?" disse l'addetto alle pompe funebri.
"Certo. Ed è esattamente questa versione che voglio per mia moglie."

Aveva stabilito gli ultimi dettagli. Fiamma desiderava essere cremata. Logan sorrise al pensiero della gente che si sarebbe scandalizzata, quando avrebbero scoperto che non desiderava nemmeno avere la benedizione. Questo avrebbe permesso di far sorridere, per l'ultima volta, Fiamma. Lei odiava i bigotti. Finalmente tornò a casa. Aveva voglia di stringere forte a se, Luce.

Non appena aprì la porta, sentì delle voci: Luce e Petra avevano ricevuto visite. Posò le chiavi sul tavolino dell'entrata e si diresse verso il salotto.

Sentì sua madre dire: "E' arrivato. Ha visto che ha fatto bene ad aspettare?" Logan entrò nella stanza."Buongiorno, si ricorda di me?"

"Certo. Era fermo al semaforo con suo figlio. Prego, si accomodi."

"Non avrei mai immaginato di poter capitare in un momento così triste. Stavo giusto dicendo a sua madre che passerò un'altra volta." Disse Gianni

"Non si preoccupi. Possiamo darci del tu?" "Per me va benissimo."

"Gradisci qualcosa da bere?"

"A dire il vero ci ha già pensato tua madre." Logan si rivolse verso sua madre: "Luce?"

"E' di la in cucina che sta facendo amicizia con Riccardo."

Logan era astemio, ma in quel momento decise di fare un'eccezione: era stata una dura giornata. Gianni si rivolse a Logan dicendo: "Ti faccio le mie condoglianze."

Logan rimase in silenzio per un po'. Buttò giù tutto d'un fiato il contenuto del bicchiere. Certo che Santero produceva del vino superlativo; non per niente era conosciuto in tutto il mondo.

Logan continuava a essere perso nei suoi pensieri. Petra si accorse dell'imbarazzo che si stava creando e intervenne: "Logan, il signore è venuto qui per te."

"Scusami. Hai ragione."

Gianni fece per alzarsi, ma Logan lo fermò. "Scusami davvero. Sei venuto per il lavoro vero?"

"A dire il vero si. Stamattina ero di nuovo pronto ad andare in strada con mio figlio a vendere fiori, poi a un tratto mi sono ricordato del biglietto da visita che mi hai dato. Se avessi anche solo immaginato una cosa del genere, non sarei mai venuto."

"Parlerò con il mio amico Alberto non appena tutto questo sarà finito."

Si girò verso sua madre e le chiese: "La casa sul lago è sfitta in questo periodo?" "Si, non c'è nessuno da oltre due mesi. Ci sono dei lavori da fare."

Si rivolse a Gianni: "Ti andrebbe di andarci con tuo figlio per qualche giorno?" "Ma... io... mi cogli di sorpresa... non saprei..."

"Accetta per favore. E poi saresti vicino al Bluperry, il locale del mio amico. Tu potresti passare li qualche giorno in compagnia di tuo figlio e io, non appena potrò, verrò."

Gianni stava per rifiutare quando Luce e Riccardo comparvero all'improvviso: "Papà.. per favore" "Signore, dici di si?" la voce di Luce si sovrappose a quella di Riccardo.

Gianni si alzò in piedi e, tenendo la mano a Logan, gli disse: "Non te ne pentirai." E Logan rispose: "Lo so."

Gli spiegò la strada più breve per arrivarci.

"Tra qualche giorno ti raggiungerò e vedrai che tutto si risolverà al meglio."

Si salutarono e una volta rimasti soli in casa Logan, che fino a quel momento non aveva potuto farlo, prese Luce in braccio e se la strinse contro.

"Dovresti dormire un po' tesoro."

Invece Luce sembrava piena di vitalità e, mentre si rannicchiava tra le sue braccia, incominciò a raccontare tutto quello che aveva fatto con il suo nuovo amico Riccardo.

Andò avanti così per un po' e poi, dolcemente, si addormentò.

Logan la portò sul suo letto, la adagiò con la massima cura affinché non si svegliasse e le sistemò addosso la sua copertina preferita.

Tornò sotto da sua madre.

"Hai sistemato tutto?" chiese Petra.

"Si. Nel pomeriggio sarà tutto pronto. Mi aiuterai?" "Certo e con Luce cosa pensi di fare?"

"Non lo so. Da una parte sarei tentato di allontanarla da qui per qualche giorno, dall'altra, invece, sono quasi sicuro che le farebbe bene salutare sua madre."

"Secondo me sarebbe meglio che tu le parlassi. Ha già capito più di quanto tu stesso possa immaginare."

Nel frattempo, dal piano di sopra, si sentirono delle grida. Logan si precipitò ed entrò in camera di Luce. La bambina stava singhiozzando.

"Ehi, sono qui. Non aver paura." "Ho fatto un brutto sogno."

"Vieni qui che ti stringo forte e poi tutto passerà vedrai. Vuoi che ti racconti la favola che ti piace tanto?" "Si."

"Lo sai, vero, che è per le bambine disubbidienti?"

Tirando su col naso rispose: "Ogni tanto io faccio la biricchina." "E va bene. Ti accontento subito."

C'era una volta una gatta di nome Macchia. Si innamorò perdutamente di un bel gattone di nome Tigro. Si corteggiarono a lungo fino a quando Macchia capitolò e accettò di sposare il suo nel gattone Tigro.

Il giorno del matrimonio furono invitati tutti i gatti della zona e, grazie al passaparola, anche i gattoni da più lontano. Era un evento talmente eccezionale che anche i cani e i topi furono presenti. Il giorno delle loro nozze si trasformò nel più indimenticabile giorno dei tempi. Tutti vestiti a festa, tantissima musica e tanto tantissimo divertimento.

Alla sera Macchia e Tigro, rimasti finalmente soli, si fecero un giuramento eterno: che si sarebbero amati sempre, fino a quando avrebbero avuto un attimo di respiro.

E fu così che incominciarono a vivere la loro vita, felici e contenti, condividendo tutto; costruirono una bella casetta, con tanto di cortile, un bellissimo orto e, in un angolo, misero anche una piccola altalena per i figli che, ne erano sicuri, presto sarebbero arrivati.

"Ecco siediti" disse Macchia al suo amore di sempre, Tigro. "Aspetto un figlio". Mai notizia più bella fu data e, sempre con l'aiuto del passaparola, si fece di nuovo una grandissima festa per condividere la bellissima notizia, che nulla tolse alla festa del giorno in cui Macchia mise al mondo Luchina e Alfredo, due splendidi micini.

Avrebbero desiderato averne almeno sei o sette, ma ne arrivarono solo due e, comunque, sarebbero stati molto impegnativi lo stesso; entrambi i genitori decisero che si sarebbero impegnati tantissimo a crescerli educati, rispettosi ma, soprattutto, felici.

Il primo nato dei due era un bel maschietto chiamato Alfredo e la seconda Luchina, un esemplare di femminuccia sapientona.

Si capì fin da subito che, mentre Alfredo era docile e tranquillo, Luchina era sempre restia a fare quello che le dicevano gli adulti; così passò il tempo e Macchia e Tigro cercarono di fare del loro compito di genitori, qualcosa di unico.

Un giorno, mentre Tigro era in cerca di erba speciale da mangiare, Macchia si mise a preparare il letto per la sera e si distrasse solo un momento. Luchina scappò da una piccola fessura, perché voleva avventurarsi fuori, per vedere il mondo, diceva lei. Macchia si accorse subito dell'assenza di Luchina. Uscì a cercarla e, per fortuna, la trovò appena fuori dal cancello di casa. Passa un giorno, ne passano due e il terzo giorno, Luchina ci riprovò di nuovo. Macchia, ora all'erta, se ne accorse subito e recuperò Luchina, incominciando a farle qualche ramanzina, facendole capire che se i muri che avevano costruito erano così alti, era perché nel mondo fuori c'erano tanti pericoli.

Luchina, poco convinta, disse che aveva apito e che non lo avrebbe rifatto più, mai mai mai più.

Ma Luchina era troppo curiosa e non resistette alla tentazione di scappare di nuovo; stavolta, però, se ne accorse suo fratello Alfredo e lui, da buon fratello, non disse niente ai genitori e cercò di fermare sua sorella prima che fosse troppo tardi. Alfredo era stato più attento alle raccomandazioni dei genitori e sapeva che quando si vedevano delle luci arrivare velocemente, erano un pericolo da cui dovevano stare lontanissimi.

Le luci erano rapidissime e, in un attimo, Alfredo vide Luchina proprio davanti a quelle luci e con un balzo agguantò Luchina e la spinse lontano dal pericolo, ma le luci toccarono Alfredo e tutto in un attimo diventò buio per lui.

Luchina corse vicino al fratello e vide che sanguinava da una zampina e non sapendo cosa fare, corse dai genitori. Accorsero tutti quanti, Macchia, Tigro, tutti i gattoni del vicinato, i topi e i cani.
Tutti che guardavano con tantissima ansia Alfredo; era immobile. Quei pochi minuti che passarono, furono tremendi per tutti quanti.

E poi piano piano Alfredo aprì gli occhi, tirò su il musetto e disse a Luchina: "ti voglio bene sorella, ma non fare più queste cose perché adesso ho una zampina rotta e mi toccherà restare chiuso in casa per tantissimo tempo e solo perchè tu non hai voluto dare retta a mamma e papà." Ecco, in quel momento Luchina capì che se la mamma e il suo papà erano così apprensivi era solo per il suo bene e giurò che da quel giorno avrebbe sempre ascoltato i consigli dei genitori che, solo per il fatto di essere più grandi, ne sapevano sicuramente più di lei. Certamente, sarebbe arrivato anche per lei il giorno in cui sarebbe potuta uscire dal cancello sapendo distinguere le luci pericolose, dalle stelle; doveva solo darsi tempo e aspettare di crescere ancora un pochino".

E vissero tutti felici e contenti. "

"Bella."
 "Come mai ancora sveglia?"
  "Volevo sentire la fine. Però io non sono disubbidiente come Luchina."

La strinse forte a se finché non si addormentò.
"Mamma, io devo uscire." "Ma se sei appena rientrato."
"Lo so, ma ho bisogno di uscire."

Una volta fuori Logan incominciò a camminare senza una meta precisa. E poi incominciò a correre…. a correre…. a correre….

Quando tornò a casa trovò Luce con Petra che stava preparando la merenda alla bambina.

Guardò sua madre e lei cominciò a dirgli qualcosa ma poi, a un tratto, capì. Tacque bruscamente, lo guardò e Logan fece cenno di uscire. Poi abbassò gli occhi verso Luce, andò a sedersi vicino a lei, la prese tra le braccia e le disse la cosa più brutta che mai la bambina avrebbe voluto sentire dalla sua voce o da quella di chiunque altro. Mai .

"La mamma se n'è andata, tesoro…"

"Dove? Di nuovo all'ospedale?" Luce lo guardò in faccia e poi si staccò in modo brusco da lui e scappò via. Sarebbe stata una mattinata che tutti avrebbero ricordato per il resto della loro vita.

Logan aveva cercato Luce dappertutto. Dirle che sua madre era andata in cielo fu la cosa più brutta che dovette fare.

Andò da sua madre. "Hai visto Luce?"

"Non di recente, perché?"

"Non la trovo da nessuna parte. Sai dove potrei trovarla? Io non so più dove sbattere la testa."

Petra si avvicinò al figlio e dandogli una carezza, disse: "Sei andato a vedere nella casa sull'albero? Passa delle ore intere lì."

"Come ho fatto a non pensarci?"

"Calmati Logan: devi concederti un attimo di tregua." "Non posso concedermelo ora. Devo trovare Luce."

Si diresse verso la piccola casetta sull'albero. Arrivò alla scala, guardò verso l'alto, fece un grande respiro e incominciò a salire.

Arrivò all'ultimo scalino e alzò la tenda per vedere se Luce fosse lì: era rannicchiata in un angolo. "Ehi, c'è posto anche per un amico?"

Luce guardò Logan e senza dire una sola parola, tornò a mettere la testa tra le sue ginocchia.

Logan alzò del tutto la tenda ed entrò. Una volta seduto al fianco della bimba, Luce alzò lo sguardo e disse: "Hai pianto anche tu?"

"Si" rispose Logan.

"Dimmi la verità: mamma dov'è adesso?"

"In cielo" fu la risposta di Logan. Te l'ho già detto." "Allora starà bene perché con lei c'è Dio. Vero?"

A fatica Logan rispose: "Vero." "Allora perché piangi?"

"Perché è andata via anche se tutti noi la volevamo ancora qui con noi, ma sono anche sicuro che lei ci guarderà sempre, ovunque tua madre si trovi in questo momento. Non ci lascerà mai soli."

L'uomo strinse forte a se la bimba e disse: "Piangi, dopo sono sicuro che starai meglio."

Logan era seduto di fianco a Fiamma. Il via vai di gente che era passata per salutarla un'ultima volta, si era placata. Sorrise pensando alla volta che avevano riso alla domanda: "Secondo te, al mio funerale, verrà tanta gente?"

Logan rispose: "Al mio sicuramente, ma tante verranno solo per curiosità, altri saranno presenti per poter dire "poverino, non se lo meritava"; peccato, perchè tutta quella gente avrebbe dovuto capirlo prima di farmi del male. Morale: dei presenti al mio funerale pochi saranno quelli che mi piangeranno col cuore."

Fiamma aveva riso a quella considerazione, con la consapevolezza che anche per il suo di funerale sarebbe stata la stessa cosa.

L'indomani, alle dieci, tutto sarebbe finito, ma fino ad allora non si sarebbe allontanato da Fiamma.

Allungò una mano e toccò quelle di Fiamma: erano gelide, non poteva essere altrimenti ma la tentazione di scaldargliele era molto forte.

"Caro pidocchietto, mi hai fatto proprio uno scherzo di merda. Cosa farò ora?"

Logan restò in attesa come se davvero potesse arrivare una risposta da parte di Fiamma. Aveva un gran bisogno di risposte.

"Cosa sarebbe stata la nostra vita se…?" "Zio Logan…"

"Luce, cosa ci fai qui?" "Voglio salutare mamma."

"Vieni, andiamo fuori, questo non è il posto adatto a te."

"Io voglio salutarla. La mamma diceva sempre che se le persone sono buone quando sono in vita, lo sono anche da morte e diceva anche che bisogna avere paura dei vivi e non dei morti. Voglio salutare la mia mamma."

La bimba puntò i piedi e quando Logan si girò a guardarla vide che aveva gli occhi umidi, pronti al pianto. "Va bene, vieni con me."

La prese per mano e, insieme, si avvicinarono alla bara. Logan la prese in braccio.

Luce guardò sua mamma e, con un lieve cenno di sorriso, disse: "Sembra che dorma. Petra aveva ragione. La mamma non fa paura da morta."

Petra, fino a quel momento, si era tenuta in disparte. Aveva sempre creduto di conoscere suo figlio ma, nonostante la sua convinzione, riusciva sempre a stupirla con le sue imprevedibili reazioni.

Suo figlio le fece cenno di avvicinarsi. Logan, Luce e Petra restarono davanti a Fiamma per un po', ognuno perso nei propri pensieri.

L'indomani sarebbe stato il giorno della grande uscita di scena di

Fiamma. I genitori, le sorelle e diversi cugini si sarebbero presentati vestiti a lutto, quando in realtà non gliene fregava niente a nessuno che Fiamma fosse morta. Questo pensiero era dettato dal fatto che mai una volta, in tutti quei mesi, si fossero fatti vivi per venire a trovare Fiamma ben sapendo che lei aveva i giorni contati. Nemmeno con una semplice telefonata.

Li conosceva abbastanza da sapere che, una volta finito il rito funebre nel tempio crematorio, la prima richiesta sarebbe stata di andare a visitare la casa di Fiamma, giusto per avere un ricordo.

Lui e Fiamma ne avevano parlato a lungo e Logan sapeva benissimo che non avrebbe dovuto far entrare nessuno di tutti quei pagliacci, fintamente interessati, in casa sua. Nessuno all'infuori di Nadia.

Avrebbe rispettato le sue volontà fino alla fine. D'altronde, legalmente, era suo marito.

Quando fu costretto a chiamare i suoi parenti per comunicare la morte di Fiamma si era sentito rispondere che sarebbero stati presenti ma, molto elegantemente, gli era stato anche risposto che economicamente non potevano permettersi di contribuire al suo funerale.

Che schifo.

A Logan scappò un sorriso. "Perché sorridi, zio Logan?"

"Vedrai, domani capirai. Tua mamma era speciale da viva, ma domani lo sarà in modo spettacolare."

Al ritorno verso casa si fermarono nel loro solito locale. Non appena la signora Valeria vide arrivare Luce le corse incontro e, anziché fare il solito gioco, quella volta si fermò ad abbracciarla forte sussurrandole: "Ho una sorpresa per te."

Luce afferrò la mano di Valeria e la seguì sul retro del locale. Logan e Petra osservarono senza capire, ma restarono comunque fermi dov'erano.

"Guarda cos'ho preparato per la mia principessa preferita"

Valeria scostò un panno da dove spuntò una piccola torta al cioccolato con una scritta: "Buon compleanno."

La cameriera era quasi sicura che nessuno, in giorni tremendi come quelli, si fosse ricordato del compleanno della bambina.

"Sarà il nostro piccolo segreto."

Luce diede un grande bacio a Valeria e incominciò a mangiarla. Una volta finita, si pulì velocemente e tornò nella sala.

Valeria sorrise pensando che, sporca com'era sul viso e sulla maglietta, difficilmente il loro segreto sarebbe potuto restare tale.

Logan e Petra, come la videro arrivare, capirono tutto in un istante. Si erano completamente dimenticati entrambi. Era meglio lasciare le cose come stavano. Cercando di rimediare avrebbero solo fatto dei disastri.

Luce faticava ad aprire gli occhi. Se li strofinò per un po' e quando riuscì ad aprirli, Logan si accorse che li aveva gonfi e arrossati, segno che doveva aver pianto tanto quella notte.

"La colazione ci aspetta."

Luce si alzò, scese con Logan e, una volta seduta, si mise a giocare con i biscotti, senza riuscire a mangiare nulla.

Logan decise di lasciarla tranquilla; sarebbe stata una giornata molto dura per tutti e due: aveva ricevuto un messaggio da parte di Gianni in cui diceva che, sempre che gli facesse piacere, avrebbe accompagnato Riccardo da loro: suo figlio voleva stare accanto a Fiamma.

Logan rispose affermativamente. Troppo distratto dal suo dolore, si era dimenticato troppo spesso di quello che poteva aver provato Luce. La presenza di Riccardo non avrebbe potuto farle che bene.

Le ore seguenti passarono piuttosto velocemente e di questo, Logan, ringraziò Dio.

I primi sussurri dei presenti alla chiusura della bara arrivarono quando gli addetti alle pompe funebri dissero ad alta voce il luogo in cui erano diretti. Si aspettavano che ci fosse il rito cattolico. Tutti a bisbigliare di quanto fosse scandalosa quella decisione.

Fiamma era Fiamma, ma il meglio doveva ancora venire.

Una volta entrati nel tempio crematorio, l'addetto disse due parole di condoglianze e incominciò a leggere un testo scritto da Fiamma.

"Il ricordo è amore che continua…. Solo se l'amore in vita è stato sincero…
Io voglio restare nei ricordi delle persone che mi hanno voluto bene prima… Non adesso.
Le finte lacrime non mi appartengono."

Finito di leggere, l'addetto fece ascoltare le canzoni scelte da Fiamma I Queen. Fiamma li adorava. Partì la canzone Love of my life….

Restarono tutti in silenzio. Qualcuno fece anche il cenno di asciugarsi una lacrima inesistente.

Quando partì la seconda canzone, crazy little thing called love, i bigotti presenti incominciarono a reagire con finta indignazione. In quel preciso momento solo chi aveva fato il cenno a un passo di danza aveva dimostrato di voler davvero bene a Fiamma, per quello che lei era veramente .

E poi si chiuse il sipario. Definitivamente.

Tre mesi dopo

"Accidenti, eppure sono sicuro di averlo messo dentro a questo cassetto." Quando perdeva la pazienza, Logan aveva la pessima abitudine di imprecare. Continuò a cercare i documenti che gli sarebbero serviti da li a poco.

"Mamma" Logan incominciò a chiamarla a gran voce. "Mamma."

Dall'altra stanza arrivò una risposta che Logan non capì. "Cos'hai che urli come un ossesso?"

"Hai visto la cartellina blu? Sono certo di averla messa nel secondo cassetto, dove tengo sempre i contratti che devono ancora essere conclusi."

"Hai cercato bene?"

"Mi prendi per un cretino? Certo che ho guardato" Logan vide che sua madre stava sorridendo. "Non c'è nulla da ridere!"

"Stai forse cercando quella?" Petra fece cenno in direzione della scrivania di Logan.

Senza tante cerimonie Logan prese la cartellina che era proprio dove aveva detto sua madre e si avviò verso l'uscita.

"Cerca di dire a Luce di non lasciare i suoi giochi in giro. Per un pelo non mi sono rotto l'osso del collo." "Sei sempre il solito esagerato" rispose Petra.

Logan si allontanò velocemente, altrimenti avrebbe dato una brutta risposta a sua madre. Proprio non capiva che quel contratto avrebbe cambiato per sempre la sua vita.

Arrivò all'appuntamento con largo anticipo. Si guardò intorno e si infastidì nuovamente. Tutto intorno a lui era pronto per i festeggiamenti: il Natale era alle porte. Erano anni che Logan non pensava più alle feste. Riteneva che fossero giorni dove gli ipocriti uscivano di casa per lavarsi la coscienza.

Una festa comandata che era stata istituita ad arte per far diventare buone le persone. Almeno per quindici giorni all'anno , la gente poteva illudersi di crederci. Peccato che per tutto il resto dell'anno le stesse persone pensavano solo a loro stessi. Da quando i suoi nonni erano mancati, lui non aveva più trovato nessun motivo valido per tirare fuori dalla soffitta, tutto l'occorrente.

Solo una volta aveva fatto un'eccezione: per Luce e Fiamma.

Una volta raggiunto l'ufficio, si trovò di fronte a una segretaria dall'aspetto di una modella e, sfoderando il suo sorriso migliore, cercò di darsi un contegno e rivolse la parola alla donna.

"Ho appuntamento alle 15,00 con il dottor Schiavoni. Mi chiamo Logan Bonetti."

La segretaria, che non lo guardò nemmeno in viso, si mise a controllare il computer e dopo una manciata di secondi, rispose: "Prego, si accomodi in sala d'attesa. Il dirigente, purtroppo, è in ritardo." Poco dopo la donna si alzò e si diresse verso la macchinetta del caffè. Logan la osservò perché aveva il sentore di averla già conosciuta.

Anche se la voglia di Logan era quella di mandare tutti al diavolo, si diresse verso la saletta indicata e cercò di trovare una posizione comoda su una sedia, in attesa che il signor dirigente arrivasse.

Aprì il computer portatile e incominciò a sfogliare varie cartelle, alcune delle quali non avevano nemmeno più motivo di esistere. Erano solo ricordi inutili.

Si trovò a rivedere le foto di quell'ultimo Natale passato con Fiamma e Luce: quella bimba sapeva sempre come ottenere quello che voleva. Luce era molto curiosa e questa sua caratteristica aveva portato la bambina a trovare un paio di scatoloni ben nascosti, dove Logan aveva ritirato tutti gli addobbi di Natale.

Vide la foto che aveva scattato Fiamma: Luce, in braccio a Logan, pronta a mettere l'angelo sulla cima dell'albero. Una volta, quel compito, era suo, in braccio a nonno Luigi.

Guardò l'ora: certo che il grande dirigente se la stava prendendo comoda. Il suo orologio segnava quasi

un'ora di ritardo. In quel momento Logan si diede una scadenza: se non fosse arrivato entro dieci minuti, lui se ne sarebbe andato e pazienza se avrebbe buttato nel cesso l'occasione della sua vita.

Tornò a guardare la segretaria: aveva davvero un fondoschiena spettacolare e sapeva muoversi sinuosamente: Logan scosse la testa. Era certissimo di averla già incontrata.

La donna, di sottecchi, continuava a osservare Logan: si ricordava benissimo di quell'uomo. Era arrivata all'appuntamento, felice di poter passare un po' di tempo con quello che era diventato il suo idolo.

Lo seguiva da parecchio tempo sulla pagina di facebook: spesso diceva cose interessanti, altre, invece, le trovava assurde ma, comunque, rispettava sempre il pensiero degli altri, compreso quello di Logan. Non si era stupita affatto che quell'uomo non avesse fatto il minimo accenno al fatto di conoscerla.

In quell'unico appuntamento, Virginia era stata talmente umiliata, che non appena tornò a casa si fece la doccia e cercò di togliere il profumo di quell'uomo da addosso. L'appuntamento era stato fissato per le quattro: lei era arrivata con grande anticipo. Il cuore continuava a giocarle brutti scherzi perché galoppava talmente forte che il petto faceva male.

Finalmente lo vide arrivare. Virginia scese dalla macchina e gli andò incontro. Dal canto suo, Logan, non appena la vide, pensò che di fronte a lui c'era l'ennesimo bluff. Certo, il viso di quella donna era molto bello, come quasi tutti gli obesi: era una particolarità che aveva notato già da tempo. Il problema era che a Logan le donne grasse proprio non le piacevano: era più forte di lui.

"Piacere, sono Logan."

"Io mi chiamo Virginia." La donna era palesemente emozionata.

Logan cercò di mantenere una conversazione sul vago, perché non era sicuro di potersi trattenere dal dirle quanto le facesse ribrezzo tutta quella massa grassa che aveva intorno al corpo.

Virginia lo guardava con occhi incantati: aveva di fronte a se l'uomo che aveva sognato di incontrare da parecchio tempo e in quel momento si sentiva la donna più felice e più bella del mondo. Dopo quasi un'ora, incominciarono a baciarsi.

Logan aveva deciso di fare della beneficienza: a volte fare del bene poteva servire anche a lui per ricordarsi che, dopo tutto, era ancora un essere umano.

Trovarono un posto appartato e l'uomo incominciò a scaldare la donna, ma per quanto si sforzasse, non riuscì a concludere nulla.

Un ghigno gli comparve all'improvviso e disse: "Senti" Logan guardò la donna dritta negli occhi e continuò "mi devi proprio scusare, ma non ce la faccio proprio. Odio le donne grasse. Ci ho provato, te lo giuro, ma è davvero più forte di me." Dopodiché salì in macchina e se ne andò, lasciando la donna in mezzo alla piazza, sola e piangente.

Virginia era rimasta in mezzo a quella piazza, da sola, circa un paio d'ore. Le più brutte della sua vita. Da quel momento erano passati quasi quattro anni: e ora si ritrovava di fronte all'uomo che tanto l'aveva ferita.

In quegli anni si prese cura di se. Palestra e un'alimentazione sana si rivelarono scelte giuste. Era diventata una donna sicura di se, adesso che aveva perso più di trenta chili.

Logan, all'improvviso, si ricordò il nome di quella donna: Virginia dopodiché fu molto più facile ricordare dove l'avesse incontrata. Era straordinario il cambiamento che era avvenuto in quella donna. Guardò l'ora: i dieci minuti erano passati. Si alzò e prima di andarsene passò dalla donna: "Sapevo di averti già vista: non trovo le parole giuste per chiederti scusa per come ti ho trattata." Logan riprese fiato. Non era per nulla facile dire quello che aveva in mente: "Non sono più quell'uomo. Il bastardo cacciatore di anime di cui mi nutrivo per poi distruggerle, non esiste più."

Virginia continuò a guardarlo senza proferire parola. "Ti chiedo perdono."

"Peccato" pensò la donna. Quelle scuse erano state perfette, arrivate solo leggermente in ritardo: l'appuntamento che Logan aveva col dirigente l'aveva già cancellato. Alzò le spalle e lasciò che Logan si allontanasse in fretta da quel luogo. Gli faceva ribrezzo. Il suo cambiamento era avvenuto grazie alle umiliazioni di Logan e di questo avrebbe potuto anche ringraziarlo, ma quel fortissimo malessere che provava al ricordo di quel giorno, aveva inciso una cicatrice profonda. Virginia si augurava di non incontrarlo mai più sulla sua strada.

Cancellando il suo appuntamento sapeva di aver precluso la carriera di quel dongiovanni da strapazzo, in una ditta che l'avrebbe portato alle stelle. Ora gli aspetta solo un posto in terza se non addirittura in quarta fila.

Finalmente giustizia era stata fatta.

Dalla morte di Fiamma erano passati sei mesi. Angelo, poco dopo la morte della donna, aveva accettato una proposta di lavoro in Inghilterra: Londra. Una cattedra davvero prestigiosa a cui non poteva rinunciare.

Logan aveva capito fin troppo bene che quella era la prima occasione che l'uomo aveva dovuto prendere al volo per mettere più distanza possibile tra lui e quei luoghi, dove tutto gli ricordava della sua amata.

E ora Logan e Luce si trovavano all'aeroporto ad aspettare l'arrivo di Angelo.

Luce sentì il microfono annunciare l'arrivo di un aereo: "Zio Logan, questo è quello giusto?" "Logan rispose: "Si."

La bimba, correndo, si diresse verso le transenne che delimitavano l'area dell'uscita. Logan non vedeva Luce così felice da parecchio tempo.

"Conta fino a cento e lo vedrai arrivare." "Non è giusto: io so contare solo fino a venti."

"Allora tu fallo molto lentamente e vedrai che funzionerà lo stesso." "Uno" e Luce fece una lunga pausa "Due, tre…"

"Eccolo." Luce schizzò come un razzo nella direzione di Angelo e lo travolse con un tale impeto, che l'uomo perse l'equilibrio, cadendo per terra.

"Ciao" Angelo si rivolse a Logan "come puoi vedere un tornado mi ha appena travolto." Luce gli si era letteralmente appiccicata addosso.

"Dolcissima principessa, vuoi provare la mia valigia con le ruote? Potrai constatare quanto può andare veloce." Luce non se lo fece ripetere due volte e incominciò a portare la valigia.

"Grazie per essere venuto subito." Disse Logan. "Cosa sta succedendo?" chiese Angelo.

Logan controllò che Luce fosse abbastanza distante da non sentire quello che aveva da dire.

"Nicola, il papà naturale di Luce, si è rifatto vivo. vuole ottenere la custodia permanente di Luce." "Cosa vuole adesso?"

"Ha scoperto che Luce ha un vitalizio che le ha lasciato sua madre. Vuole soldi. Della bimba non gli è mai interessato nulla."

"Cosa possiamo fare?" "Non lo so."

"Spero che tu non gli abbia dato dei soldi. In un tribunale passeresti immediatamente dalla parte del torto."

Un uomo che si faceva pagare per rinunciare ai diritti genitoriali, doveva essere solo un gran figlio di puttana e non si sarebbe fermato di fronte a nulla, nemmeno di fronte a tutto l'oro del mondo.

Quel bastardo aveva capito fin troppo bene che tra le mani aveva una gallina dalle uova d'oro e Logan, pagandolo, non aveva fatto altro che alimentare questa certezza.

Più tardi, Logan e Angelo, decisero di mandare Luce da Petra, in modo che potessero parlare tranquillamente senza il rischio di essere ascoltati e decidere cosa fosse meglio fare.

"Vorrei andare in camera di Fiamma."

"E' ancora tutto come l'hai visto l'ultima volta: non me la sono sentita di fare una pulizia totale."

Poco dopo Angelo tornò di sotto: "Ho visto che hai tenuto anche la credenza che hai rotto con quel calcio." "Te l'ho detto: ogni cosa è rimasta al suo posto, credenza rotta compresa." Disse Logan.

"Ho trovato questa busta: è per te. Riconosco la calligrafia: è di Fiamma." Logan aprì la busta e ne lesse il contenuto.

"Cosa c'era di scritto di così importante, visto che sei diventato pallido come un cadavere?" "Niente di davvero importante."

Logan rimise in tasca quella busta: non l'avrebbe mai usata, a meno che non ne fosse stato proprio costretto.

Dopo un paio di giorni Angelo tornò in Inghilterra. Luce pianse al momento dei saluti, ma Angelo la tranquillizzò dicendole che presto sarebbe ritornato. "Hai zio Logan con te e tu hai un compito davvero straordinario: quello di controllare che lui non si cacci nei guai."

Luce abbracciò ancora una volta Angelo e lo lasciò andare. Aveva un compito molto importante da portare a termine: controllare che Logan facesse il bravo.

19

La scatola dei ricordi e il corvo

Gli sembrava di soffocare. Quel mattino faceva sgradevolmente caldo. L'aula del tribunale odorava di chiuso. Guardò la piccola Luce seduta al suo fianco.

Quando era nervosa giocava con le dita, proprio come era solita fare sua mamma.

Trovò conforto nel toccare il medaglione che aveva sotto la camicia. La cravatta era come una tenaglia. Cosa avrebbe fatto se le cose non fossero andate nel verso giusto?

Allentò il nodo della cravatta. In quel preciso istante si rese conto che la decisione del giudice avrebbe cambiato per sempre la sua vita, nel bene o nel male.

Aveva da sempre il dono di percepire l'aura di una persona o di avere la sensazione di come sarebbe andato il prossimo futuro, ma in quel momento ne era totalmente incapace.

A un certo punto sentì la mano di Luce sfiorare la sua; vide i suoi occhi lucidi, pronti al pianto.

"Zio Logan…" pensò che quello che provava lui in quel momento non era nulla al confronto di quello che poteva provare Luce.

Cercò di calmarsi aggrappandosi ai ricordi che aveva di Fiamma. La sua vita si stava spegnendo e le sue ultime parole: "Ti affido Luce. Sei l'unica persona al mondo a cui affiderei la sua vita."

E poi quel sospiro che chiuse per sempre la sua vita. La sua mano nella sua. Aveva cercato di trattenere le lacrime. La canzone preferita di Fiamma gli tornò in mente: "libertà di volare" dei Nomadi. Era un gruppo che lui non conosceva, ma quella canzone era come se fosse stata scritta apposta per Fiamma.

Un ricordo molto vivo gli strappò un sorriso.

Erano nel cortile a sbucciare i piselli e stavano parlando un po' di tutto. Ad un certo punto Logan disse: "Sei vergognosa. Sono più i piselli che ti stai mangiando di quelli che metti nella cesta."

Fiamma incominciò a tirargliene un paio e poi sempre di più fino a trasformare quel momento in una vera e propria battaglia e tutto davanti agli occhi stupiti di Luce.

"Toc! Toc! Toc!" Il giudice era entrato e aprì la seduta con tre colpi di martelletto. Luce sobbalzò e Logan, innervosito più che mai, fu ricoperto da un sudore nervoso. Tutto gli sembrava così estraneo e ridicolmente formale.

Quando l'avvocato della controparte fece l'arringa introduttiva, Logan si rese conto che non riusciva a comprendere il suono di quelle parole.

"Signor Giudice, è inutile continuare con questa farsa. Il qui presente Signor Nicola Rossetti ha il diritto esclusivo sull'affidamento di sua figlia."

L'avvocato di Logan, Valter De Palma, cercò di prendere la parola, ma il Giudice lo zittì ancor prima che riuscisse a proferire parola.

"Valter, ti ho assunto per farmi riportare a casa Luce, non per perderla per sempre."

Logan si alzò e disse: "Signor Giudice, questa persona sta dicendo un sacco di cazzate." "Siediti e sta zitto" gli disse il suo avvocato. "Non peggiorare le cose Logan."

"La seduta per oggi è terminata. Il prossimo appuntamento sarà per giovedì mattina alle nove. Avviso entrambe le parti che la mia pazienza è arrivata al limite per il comportamento di tutti voi. Il mio compito, qui, è quello di capire quale sarà il provvedimento migliore per la bambina. Portarla in aula è stata una pessima decisione. E' mia profonda convinzione che i bambini dovrebbero essere sempre tenuti fuori da storie come questa."

Logan perse completamente la testa e disse: "cosa ne sa lei di questa bambina? Quell'uomo seduto laggiù dichiara di avere tutti i diritti legali e definisce tutto questo una grande farsa, ma dov'era quando sua figlia piangeva per la morte della madre? Dov'era quando Luce si svegliava di notte in preda agli incubi? Dov'era quando aveva bisogno di una carezza?"

"Stia zitto. Non tollererò più un comportamento del genere. Avvocato De Palma, se entro domani non riuscirà a far ragionare il suo assistito, impedirò allo stesso di presenziare all'udienza. Credo di essere stato abbastanza chiaro. La seduta è tolta!"

Prima di tornare a casa sua, Logan portò Luce da sua madre Petra. Li sarebbe stata al sicuro e sua madre aveva le capacità di far passare del tempo sereno a Luce.

Una volta arrivato a casa vide la segreteria telefonica lampeggiare. Il cellulare era ancora spento; sperava non fosse una chiamata importante.

"Mi può chiamare a questo numero? Ho urgenza di parlarle." Logan riconobbe subito la voce.

"Pronto?"

"Era ora che si degnasse di richiamare. Vedo che se la prende comoda anche quando si tratta di Luce." "Cosa vuole?"

"Sono qui soltanto di passaggio, caro amico."

"Non siamo amici e non farò nulla per trattenerla. Mi dica cosa vuole. Non ho tempo da perdere con lei." "E fa male. Come sta Luce?"

"La mia bambina sta benissimo."

"Non è più la sua bambina. Adesso è la mia." "Bastardo!"

"Incominciamo molto male, sa? Lei non è nella posizione per dettare legge."

"Un padre non metterebbe mai in vendita la propria figlia per diecimila euro o si è dimenticato dell'accordo che dovevamo firmare? Oppure dell'anticipo che le ho dato? Solo la morte di Fiamma ha impedito tutto ciò, quindi non mi venga a raccontare balle. Di Luce non gli è mai importato nulla."

"Ha toccato il tasto giusto. I soldi. Se lei mi verserà il doppio entro domani mattina, rinuncerò a qualsiasi diritto legale su Luce. E' un buon compromesso."

"Dove pensa che li possa andare a prendere tutti quei soldi?" "Questo è un problema suo."

"Lo dirò in tribunale che lei è disposto a…" Click!

Logan impiegò un attimo a realizzare che quel bastardo era capace di tutto. Aveva solo ventiquattro ore di tempo.

Si precipitò subito da Valter.

Gli raccontò quello che era appena successo. "E adesso cosa faccio?"

"Ci presentiamo in tribunale, mi sembra chiaro! Se riusciremo a insinuare il dubbio, abbiamo il doppio delle possibilità di vincere."

Valter fece una pausa che non prometteva nulla di buono.

"Un paio di mesi prima che Fiamma morisse avevamo versato dei soldi a quel verme." "Ne hai le prove?"

"No. Mi ero ricordato di quello che tu mi avevi detto al riguardo: che era illegale. L'ho pagato in contanti, mettendo i soldi in una busta chiusa."

"Meno male che ti avevo messo sull'avviso che non dovevi farlo. Il guaio più grosso è che queste persone, prima o poi, si rifanno vive con altre pretese e sempre più grandi. Vedi la telefonata che hai appena ricevuto. A quell'uomo non interessa sua figlia. Vuole solo soldi. Non potremo mai dirlo al Giudice, ma dovremo fare in modo che questo giochi a nostro favore. E' davvero un peccato che tu non sia riuscito ad adottare la bambina prima che Fiamma morisse. Ora sarebbe tutto più semplice."

"Ma questo è assurdo. Tutto quanto lo è. Vorresti forse farmi credere che la legge, nonostante tutto, sia dalla sua parte?"

"E' giusto che tu sappia che siamo nella merda fin sopra al collo. Giochiamo questa partita al massimo e riportiamo a casa Luce. Non dargli soldi; questo farebbe solo in modo che ritorni a chiedertene altri e altri ancora. Dobbiamo vincere lealmente."

Logan era disperato.

"Hai per caso una registrazione della richiesta?"

"No, certo che no. Cosa credi che io faccia di solito? Che abbia l'abitudine di registrare le mie conversazioni telefoniche? Non sono un delinquente, io."

"Con Fiamma morta, il tribunale potrebbe concedergli tutto quello che vuole. Magari anche la custodia della bambina."

Logan era terrorizzato. E se avesse perso Luce? Ci doveva essere un'altra soluzione perché non avrebbe mai permesso che quello schifoso gliela portasse via.

"Dal punto di vista legale tu non hai nessun diritto per quello che riguarda Luce, anche se tu e Fiamma vi siete sposati, non abbiamo avuto il tempo per andare alla conclusione dell'adozione da parte tua. Può anche darsi che il giudice gli acconsenta il diritto di visita in attesa della prima udienza, per fare in modo che la bambina si abitui gradatamente a lui."

"Ma se la bambina non sa niente di lui; questo non conta proprio niente? Sai quanto ho faticato per dirle che suo padre in realtà non era morto? Da quando Fiamma non c'è più, Luce soffre di
incubi."

"Ricordati che il tribunale è dell'opinione che una decisione temporanea non può creare nessun danno permanente. Così funziona."

Logan incominciò a imprecare a più non posso e con passo furioso fece ritorno a casa. Una parte di lui continuava a illudersi che tutto si sarebbe risolto rapidamente.

Le parole del suo amico Valter continuavano a ronzargli in testa. Tutto si riduceva a cercare di far funzionare alla lettera la legge; erano loro che dettavano le regole. A nessuno importava la felicità di una bambina. Aveva dovuto dar fondo a tutto il suo coraggio per spiegare a Luce che suo padre, ora, l'avrebbe voluta con sé.

Luce lo aveva stretto forte e piangendo l'aveva supplicato di non permettere che la allontanassero da lui. Dopodiché si era chiusa in un mutismo assoluto. L'unica persona con cui parlava era Riccardo. Dal giorno del funerale della madre erano diventati inseparabili.

E ora come poteva riuscire a trovare le parole giuste per dirle che, molto probabilmente, la legge le avrebbe imposto di vedere il suo vero padre?

Alzando gli occhi al cielo si mise a gridare: "Che cazzo vuoi ancora da me? Dimmelo!"

Il giorno successivo prese i due bambini e li portò a trascorrere una giornata al lago di Viverone.

Si divertirono tantissimo a dare da mangiare alle anatre e quando era stata la volta dei cigni, aveva insegnato loro a non fare movimenti bruschi perché il cigno maschio sarebbe stato pronto ad attaccare per difendere la sua compagna. I ragazzi erano svegli e, velocemente, avevano imparato ad amare quel posto. Verso la fine della giornata decise di portarli alle palafitte, dalla parte del lago meno frequentato.

Una volta arrivati a destinazione parcheggiò l'auto e fecero un pezzo di strada a piedi. Le palafitte spuntarono quasi all'improvviso di fronte a loro e i ragazzi rimasero incantati dallo spettacolo che si presentò di fronte a loro. Subito incominciarono a entrare e uscire da quelle che loro chiamavano rifugio.

Quanti ricordi si stavano risvegliando in lui. Aveva passato giornate intere a giocare con Fiamma e i suoi cani, in quel luogo.

Ancora non sapeva che quella sarebbe stata la loro ultima estate insieme. Solo parecchio tempo dopo venne a sapere che Fiamma era stata messa in un collegio.

A pochi giorni dalla partenza di Fiamma, decisamente rattristati per il lungo distacco che li attendeva, Logan decise di portarla a vedere gli alberi magici.

L'aveva portata a vedere il tramonto. I colori l'avrebbero rallegrata. La magia che lui vedeva sempre in quel cielo che andava pian piano spegnendosi avrebbe colpito anche Fiamma e le avrebbe regalato un ricordo a cui aggrapparsi fino all'estate successiva.

Non si era sbagliato. Fiamma era riuscita a coglierne l'aspetto, forse anche un po' mistico. Non era da tutti. Era un luogo molto particolare.

Si ritrovò catapultato nel tempo, a quel giorno.

"C'è una leggenda in questo luogo magico: la famosa leggenda della dama sul lago."

Fiamma, a bocca aperta, restò in attesa del racconto. Era cambiata tantissimo con lui. Si fidava. Logan era diventato il suo più grande amico e custode di segreti inimmaginabili. La cosa era reciproca.

"Una coppia di sposi, profondamente innamorati l'uno dell'altro, stavano trascorrendo una bellissima giornata sulle acque di questo stupendo lago, su una bellissima barca.

Mentre remava, lui cadde in acqua. Non riemerse più. Lei morì per il dolore. Ancora oggi, a distanza di anni, può capitare, in questi tramonti autunnali, di sentire delle campane suonare; un suono che proviene dalle profondità delle acque del lago. Si dice che siano i battiti del suo cuore che piange per questo amore interrotto prematuramente." Fiamma si commosse.

"Non piangere Fiamma. Vieni con me. Ti faccio vedere una cosa straordinaria." Fiamma era davvero triste.

"Se ti metti qui tra poco sentirai il rintocco delle campane. Quando suoneranno a festa i due innamorati si ritroveranno. Loro vivranno per sempre il loro amore magico."

Fiamma restò in attesa e a un certo punto le parve di sentire dei suoni simili a dei rintocchi di una campana. Un suono che arrivava da molto lontano.

Riccardo gridò: "Sono arrivato prima io." "Non vale, mi hai fatto lo sgambetto."

A quella scena Logan rise. Quanto erano simili a lui e Fiamma quei due ragazzini. "Venite con me. Vi porto a vedere qualcosa di veramente straordinario."

Fecero circa un centinaio di metri e arrivarono nel posto giusto. "Vi racconto una storia realmente accaduta."

Luce restava sempre a bocca aperta quando Logan raccontava le sue straordinarie avventure.

"Circa una settantina d'anni fa, proprio nel giorno di San Valentino, due persone che si amavano alla follia, di un amore vero ma che doveva restare segreto, decisero di togliersi la vita in questo posto per poter stare insieme per l'eternità.

Il loro amore era contrastato dalle loro rispettive famiglie: dovevano sposarsi con chi avevano deciso i capo famiglia. I due innamorati si diedero un lungo bacio di vero amore e, mano nella mano, entrarono nelle acque del lago.

Dopo qualche anno, in quello stesso posto dove i due innamorati avevano lasciato il loro cuore, nacquero due piantine. Piccole e fragili e poi sempre più grandi e possenti. Quegli alberi, crescendo, univano i loro rami in un intreccio che sembravano mani. Più crescevano e più diventavano una cosa sola. Alzate lo sguardo e ditemi se non ho ragione."

I ragazzi seguirono con lo sguardo i due tronchi. Gli alti rami arrivavano fino al cielo e i tronchi si univano in un gioco di abbracci fino a diventare una cosa sola.

"Da allora si dice che tutte le persone che si baciano sotto questo albero saranno felici per sempre."

Riccardo, d'istinto, si avvicinò a Luce e le diede un bacio sulla guancia.

"Da grande ti sposo." Logan sorrise. Era bellissimo vedere quei due ragazzini sorridenti e incantati di fronte a quello spettacolo.

Il giovedì si presentò come una giornata buia e grigia, in perfetta sintonia con l'umore di Logan. Aveva continuato a illudersi che tutto si sarebbe risolto velocemente, ma aveva avuto tutta la notte per rifletterci e ora il terrore che qualcosa andasse storto era tangibile anche dal suo respiro.

Mentre entrava in tribunale con Valter, Logan intravide il papà di Luce. Stava fumando; lo guardò con aria di sfida. Aveva i capelli ben pettinati e indossava un vestito diverso e per chi non lo conosceva poteva essere tranquillamente scambiato per un uomo rispettabile.

Logan aveva una gran voglia di cambiargli i connotati.

Come si misero comodi, il giudice entrò in aula e diede inizio all'udienza.

Valter, avvocato di Logan, incominciò a spiegare che, secondo lui, per la bambina, che non conosceva il padre naturale, la cosa migliore sarebbe stata non consentire nemmeno un permesso temporaneo di visita fino a quando tutto non fosse stato chiarito.

Quando toccò alla controparte, rappresentata dall'avvocato Gianisio, sia a Logan che a Valter vennero i brividi sentendo tutte le loro motivazioni smontate pezzo per pezzo. Ma il peggio arrivò quando incominciò a elencare i motivi per cui quel padre potesse avere ogni diritto di avvicinarsi alla sua figlia naturale.

Logan credeva ancora nel buon senso del giudice.

"E' mia profonda convinzione che i rapporti naturali tra genitori e figli vengano sempre prima di qualsiasi altra esigenza. Non sarebbe corretto negare al signor Nicola Rossetti il diritto di conoscere sua figlia, qualunque siano stati i motivi che li abbiano tenuti separati fino a ora."

Tutto si fece silenzioso intorno a Logan. Sapeva già cosa avrebbe detto il giudice.

"Non dubito che questo possa turbare il signor Bonetti, ma considerato il fatto che ho ascoltato tutte le questioni relative a questo fatto e, in attesa di valutare il tutto, ho deciso che, nel frattempo, il qui presente signor Rossetti potrà godere del diritto di visita una volta alla settimana."

Logan si sentì talmente male da sentirsi svenire.

"Signor giudice, forse non ha preso…" Logan cercò di parlare, ma fu presto interrotto. "Faccia stare in silenzio il suo assistito."

E con tre colpi di martelletto mise fine all'udienza.

"Valter, non è possibile una decisone del genere. Luce nemmeno conosce suo padre. L'ha visto che era piccolissima e non ha nessun ricordo di lui."

"Non è una decisione definitiva."

"Certo, ma senza dubbio la legge è dalla parte di quel bastardo visto quello che ha deciso il giudice. Per quanto? Un mese? Due? E poi? In quella volta a settimana nascerà forse un amore smisurato tra padre e figlia? Quell'uomo è un bastardo."

"Dovrai adattarti." Rispose Valter.

"Perché? E' sbagliato. Perché devo fare qualcosa che ritengo sbagliato per mia figlia?"

Logan aveva parlato spontaneamente, con il cuore in mano, senza minimamente pensare a quello che aveva appena detto.

"Non è tua figlia. E' figlia sua. Ecco cos'è che non capisci! Soprattutto non avresti mai dovuto dargli un solo centesimo perché bastardi come lui non fanno altro che aumentare le loro richieste. Luce, per lui, è solo un mezzo per fare soldi e niente altro. Dovremo cercare di dimostrare questo e
   vedrai che le cose si sistemeranno. A tuo favore." "E se quell'uomo dovesse rapirla?"

"Non dire stronzate. Dovrebbe essere un pazzo per fare una cosa del genere durante una delle visite permesse dal tribunale."

"Che cosa succederebbe se, invece, lo facesse?" "Sono cose che succedono solo al cinema."

"Mi auguro davvero che tu abbia ragione, perché se dovesse azzardarsi a fare una cosa del genere, io l'ammazzo!"

Logan aveva letto e riletto il verdetto, seppur provvisorio, del giudice.

Doveva essere un uomo che non capiva un cazzo. Le visite sarebbero incominciate sabato. Una visita a settimana per sei volte e gli incontri sarebbero durati dieci ore ogni volta. Aveva due giorni per cercare di spiegare a Luce tutto quanto e, se un senso davvero c'era, avrebbe dovuto trovare le parole giuste per convincerla che quelle visite erano al solo scopo di fare la cosa giusta per lei. Certo, la cosa giusta.

"Buongiorno principessa, ben svegliata." Vide Luce strofinarsi gli occhi ancora pieni di sonno. "E' ora della colazione." Come poteva riuscire a trovare le parole giuste?

Luce stava mangiando controvoglia.

"Io e te dobbiamo fare un discorsetto da grandi."

"Sulla bugia di mamma? Io credevo non me ne avesse mai dette."

"Infatti è così. Una sola volta l'ha fatto ed è stato per il tuo bene. Ha preferito dirti che il tuo papà era morto piuttosto che domandarsi continuamente dove fosse o per quale motivo se ne fosse andato."

"Io non me lo ricordo e poi quel signore mi spaventa."

Ora doveva riuscire a trovare le parole per dirle cose le aspettava; era già spaventata a sufficienza senza che anche lui ci mettesse del suo.

"Ho un'idea. Andiamo al parco?" disse Logan.

Luce si illuminò e accettò subito. "Posso chiamare anche Riccardo così viene con noi?" "Magari più tardi. Vorrei parlare a quattr'occhi con te."

Luce non era molto soddisfatta della risposta appena ricevuta. Le due ore che seguirono furono le più atroci per entrambi.

Era riuscito a farle capire che lui era andato in tribunale perché non considerava Nicola una brava persona e voleva proteggerla da lui.

"Anche tua mamma voleva che lo facessi e ci sto provando con tutte le mie forze."

Aveva dovuto trovare le parole giuste per spiegare a Luce che, al momento, il tribunale aveva accordato il diritto di visita al padre naturale della bambina. Era stato difficile spiegarle che contro la parola del giudice non si poteva fare nulla. Non sarebbe stato per sempre. Sei sabati. Dieci ore per volta. E poi ci sarebbe stata un'altra udienza.

"Zio Logan, io non voglio!" Queste furono le parole di Luce.

"Devi andare." Fu la risposta di Logan.

La bimba gli appoggiò la testa sul petto e scoppiò in singhiozzi. Restarono così per parecchio tempo. Poi si decise a portarla a casa di Riccardo. La sua compagnia le avrebbe fatto bene.

Il momento peggiore, però, fu quando Luce gli chiese se aveva il cancro anche lui. "No, sciocchina, perché dici questo?"

"Perché vuoi mandarmi con quello lì."

"L'altro papà" come Luce lo aveva sopranominato arrivò puntualissimo.

"Ciao, sono il tuo papà." Una pessima cosa da dire di fronte ad una bambina che non si ricordava minimamente di lui.

"Sei pronta?"

Visto il forte imbarazzo che Luce provava di fronte a quell'uomo Logan disse: "Perché non vi fermate un po' qui per fare quattro chiacchiere e conoscervi, prima di andare via?"

"Non ne abbiamo il tempo. Ho programmato nel minimo dettaglio tutta la giornata." "Figuriamoci se non può rimanere qui per pochi minuti. Gradisce una caffè?"

Luce lo stava osservando molto bene. Era un uomo molto bello e aveva i suoi stessi occhi nei quali, però, c'era una luce che non le piaceva affatto. Non le aveva dato nemmeno una carezza.

"Brutta faccenda quella di Fiamma." E poi rivolto verso Luce le disse: "Assomigli moltissimo alla tua mamma."

"Grazie." Rispose Luce.

Quell'uomo si alzò di scatto e disse: "Andiamo."

Luce andò verso Logan e bisbigliò all'orecchio di Logan: " "E se il tempo non mi passa?"

"Troverai il modo di farlo passare, stai tranquilla."

La giornata trascorse in modo diverso da come la bimba se l'aspettava.

Appena usciti di casa, "l'altro papà" la portò a fare colazione in un bar. Per tutto il tempo che restarono in quel posto, l'uomo lo passò al cellulare, tra messaggi e telefonate, senza degnare nemmeno di uno sguardo la bambina.

A un certo punto si alzò, andò alla cassa per pagare e poi si rivolse alla bimba e disse in modo sbrigativo: "Alzati. Dobbiamo andare a casa perchè mi stanno aspettando e non ho più tempo da perdere con te."

Fece per pulire la bambina che, nel frattempo, si era rovesciata addosso un po' di latte. "Sei un impiastro; hai fatto un bel casino. Pulisciti velocemente. Ho da fare."

Luce cercò di pulirsi alla bene meglio, ma spazientito quell'uomo la prese per un braccio e, strattonandola, uscì dal locale.

Una volta in macchina Nicola si girò verso sua figlia e disse: "Volevo portarti al parco, ma non posso. Ho un impegno di lavoro a casa. Passerai il tempo guardando la televisione. Se non fiaterai ti porterò a casa prima. Hai capito?"

Luce fece si con la testa.

"Qualcuno ti ha mangiato la lingua?"

Luce non osò rispondere; restò immobile per tutto il tragitto.

Una volta entrati in casa, Luca disse: "Se hai bisogno del bagno lo trovi in fondo al corridoio. Qui c'è il telecomando."

Luce restò seduta su quel divano per un tempo che le parve infinito; aveva fame ma non osava chiedere nulla. Il bisogno di andare in bagno si fece impellente e cercando di non fare rumore si alzò, dimenticandosi di avere il telecomando in grembo e lo fece cadere sul tavolino di vetro; il rumore sembrò rimbombare e "l'altro papà" fece per dirle qualcosa ma fu interrotto dal suono del campanello. Luce approfittò di quel momento per scappare in bagno ma non fece in tempo.

Sentì suo padre alzare la voce con qualcuno e volarono parole pesanti. L'altra voce apparteneva a una donna. Dopo qualche minuto tutto tacque e Luce uscì dal bagno; era terrorizzata da quello che Luca le avrebbe detto per essersi fatta la pipì addosso.

Suo padre era seduto sul divano con a fianco una donna bionda, tutta truccata e che gli stava appiccicata.

Quando la sentirono arrivare si girarono entrambi ma non appena suo padre la vide con i pantaloni bagnati si alzò di scatto avvicinandosi. Le prese il polso stringendolo talmente forte da farle davvero molto male e le disse: "Sei una piccola stupida bambina. Se nessuno ti ha insegnato l'educazione, lo farò io. Resterai con i pantaloni bagnati ."

Luce impallidì. Quel tono di voce, quegli occhi così simili a quelli del diavolo, la stretta al polso….

Tutto ritornò in mente. Sua mamma per terra in una pozza di sangue e quegli occhi da diavolo che la guardavano. All'improvviso si toccò la mano lesa. Tutto era nitido nei suoi ricordi. Luce incominciò a tremare e si mise a piangere.

"Vai a sederti sulla sedia, piccola frignona che non sei altro."

"Caro, ti sembra il caso di trattare in questo modo una bambina così piccola?" disse la donna .

"Stai zitta. Non capisci un cazzo. Quella non è una bambina. E'solo un mezzo per fare tanti soldi facili." "Non voglio entrare in storie così squallide…."

Uno schiaffo partì con una violenza tale che la donna si ritrovò seduta per terra; il sangue che usciva dalla bocca e senza proferire parola si rimise seduta.

"Eh tu piccola schifosetta, se dirai una sola parola di quello che hai visto e sentito, te la farò pagare molto cara."

Logan continuava a guardare l'orologio; mancava ancora parecchio al rientro della piccola. Sarebbe impazzito prima di sera; doveva trovare una soluzione a tutto questo.

Ad un certo punto sentì una macchina fermarsi davanti a casa.

Vide quell'uomo aprire la portiera per far scendere Luce. Era abbassato e stava sussurrando qualcosa all'orecchio di Luce. Erano già così complici? Da lontano Logan non poteva vedere l'espressione di Luce. Decise di andargli incontro.

Vide quell'uomo accarezzare i capelli della piccola e continuava a parlarle nell'orecchio. Logan continuava a non vedere il volto di Luce.

"Se dirai qualcosa di oggi, ricordati che io mantengo sempre le promesse che faccio. Guarda molto bene quel pagliaccio di tuo zio. Potrebbe essere l'ultima volta che lo vedi vivo. "

Luce tremava. Ora Logan poteva vedere il volto di Luce. Aveva un'espressione indecifrabile. "Tutto bene?" si rivolse a Luca.

"Si, tutto bene. Mi spiace doverla portare a casa prima del tempo ma un impegno di lavoro improvviso mi impedisce di tenerla fino a sera; per sabato prossimo mi organizzerò diversamente."

Logan continuava a guardare Luce che non aveva nemmeno accennato a voler scendere dalla macchina. "Si è fatta la pipì addosso e non avevo cambi; anche su questo mi organizzerò meglio."

Luca distolse lo sguardo da Logan per rivolgerlo a Luce: "Vero che ci siamo divertiti?" La bimba annuì.

"La prossima volta faremo tante cose belle insieme."

Luce scese dalla macchina e Luca salutò a gran voce: "Ci vediamo sabato prossimo. Buona settimana a tutti e due."

Percorsero il vialetto in silenzio totale. Logan provò a prendere per mano Luce, ma lei schivò la mano tutte le volte.

In lontananza Logan sentì la macchina di quell'uomo allontanarsi e solo allora si inginocchiò davanti a Luce e le chiese: "Tutto bene?"

La bimba si guardò intorno ma non rispose. "Ehi, cos'è successo?"

Luce fece di nuovo scena muta.

"Guarda che può capitare di non riuscire a tenere la pipì fino al punto da non riuscire più a trattenerla." Ancora scena muta.

Una volta entrati in casa, Luce fece per andare in camera sua; si girò un attimo verso Logan e disse: "E' andato tutto bene. Posso far venire Riccardo a giocare con me?"

"Certo. Chiamo subito suo padre però avrei una cosa molto più bella da proporti. Perché non andiamo noi da loro?"

Per un attimo lo sguardo di Luce si illuminò e un accenno di sorriso comparve sul suo volto.

Logan impiegò pochissimo per organizzarsi. Il tempo di chiamare Gianni per avvisarlo del loro arrivo, mettere in borsa un paio di cambi a testa e raggiunse Luce in camera. Si era già lavata e cambiata, pronta per partire. Cercava di sorridere, ma sul viso aveva un'espressione che Logan non riusciva a decifrare.

Una ventina di minuti dopo erano già in macchina e, cantando a squarciagola una canzone, si erano già lasciati la città alle spalle.

Ora Luce era tornata la bimba di sempre.

Una volta arrivati a destinazione, Luce e Riccardo andarono subito in direzione del lago, prima che diventasse buio.

Logan e Gianni si misero comodi, seduti all'ombra di una grande quercia. A Logan ricordava quella del suo passato, la quercia dove aveva passato tantissimo del suo tempo a parlare con Dio. L'avevano abbattuta per far passare una nuova strada.

"Stai facendo un ottimo lavoro con la ristrutturazione della casa." "Te l'avevo detto che non te ne saresti pentito." Rispose Gianni.

"Anche il lavoro al Bluperry procede bene. il tuo amico Alberto e io ci siamo intesi quasi subito. Tu, piuttosto, come te la passi?"

"Non bene. Per carità, il lavoro va a gonfie vele anche se, a dire il vero, ho dovuto cambiare i miei ritmi per avere più tempo libero da dedicare a Luce."

Silenzio.

"Cosa mi preoccupa davvero è questa storia degli incontri settimanali che Luce deve avere con il padre biologico. Oggi è stato il primo e non ha voluto raccontarmi nulla al riguardo. Io l'ho capito che quell'uomo è un gran figlio di puttana e se scopro che fa del male a Luce, potrei anche ucciderlo con le mie stesse mani."

Gianni incominciò a raccontare i suoi ricordi.

"Ricordo molto bene il giorno in cui la madre di mio figlio è tornata facendo valere i suoi diritti di madre, cercando di portami via Riccardo. Tutte le sue pretese sono sfumate quando ha capito che non me la passavo affatto bene. Vivevo con l'assegno di disoccupazione. Così, com'è ritornata nelle nostre vite, altrettanto velocemente se n'è andata. Io me ne sono fatto una ragione tanto tempo fa e, a Riccardo, ho scelto di dire sempre la verità.

Un giorno sarà lui a decidere se la vorrà o meno nella sua vita."

"La mia situazione è complicata. Ho fatto in tempo a sposare Fiamma, ma al momento di concludere l'adozione non ci siamo mai arrivati.

Il giudice si è preso del tempo per decidere quale potrà essere la decisione più giusta per Luce. Non capisco come possa farlo, visto che non conosce nulla della bambina."

"Non c'è modo di dimostrare che a quell'uomo non interessa nulla di sua figlia? Che era disposto a venderla?"

"Ho dei documenti in cui si attesta che Fiamma gli ha dato un acconto, ma è illegale e se lo presento come prova, rischio la galera o, peggio ancora, di non vedere mai più Luce."

Si sentì un crac; un ramo della quercia stava cedendo; si spezzò andando a cadere vicino alla tettoia dove erano seduti Gianni e Logan.

Un forte vento si alzò all'improvviso. Era talmente forte che alzò un polverone tale da non permettere più la vista del cortile.

Gianni e Logan cercarono di andare nella direzione in cui avevano visto dirigersi i ragazzi.

A ogni passo il vento si faceva sempre più forte e, quando furono sul punto di arrendersi, tutto si placò in un attimo.

Logan tossì per aver respirato la polvere e Gianni era ancora attaccato alla staccionata. "Papà... papà."

Era Riccardo che chiamava a gran voce suo padre, seguito a ruota da

Luce. "State bene voi due?" disse Logan.
"Si, noi eravamo al riparo."
Non riuscivano a darsi una spiegazione logica per quello che era appena accaduto.
Logan si guardò intorno: "All'infuori di un paio di rami spezzati e tante foglie sparpagliate, sembrava quasi che nulla fosse accaduto. Avrebbe dato uno sguardo alla tettoia in fondo al cortile e nulla di più perché si stava facendo buio. Strano: un attimo prima c'era luce e ora erano già sprofondati in un buio totale.
"Tutto bene Logan?" sentì la mano di Gianni sulla spalla. "Tutto questo non ha senso" rispose Logan.
Si girò per spiegare a Gianni la stranezza del buio improvviso e non lo vide più. Intorno a lui tutto era cambiato. Si toccò la testa quasi per sincerarsi di averla ancora attaccata al collo. Fece per ridere di quel gesto e in un attimo fu percorso da forti brividi. Un dolore fortissimo alla testa e tutto di nuovo, intorno a lui, si fece buio.
Sentì di nuovo la voce di Gianni vicino a lui che lo chiamava "Logan… Logan, svegliati…!"
Logan a fatica aprì gli occhi. Si guardò attorno e gli parve di vedere suo nonno, davanti a se. Si alzò di scatto: "Nonno, cosa fai qui?"
"Stai bene?"
"Io si che sto bene. Sei tu che non dovresti essere qui." "E perché mai?" rispose nonno Luigi.
Si fermò un attimo prima di dire: "Perché tu sei morto!"
"Logan, tutto bene?" Suo nonno gli toccò la fronte per sentire se avesse la febbre. "Tua nonna ti aspetta di sotto. E' pronta la merenda."
Qualsiasi cosa stesse accadendo andava bene così. I suoi nonni erano morti da anni, ma tutto quello che stava succedendo valeva la pena di essere vissuto. Tutto era talmente reale che la voglia di rivedere sua nonna, anche solo per una manciata di secondi, superava ogni spiegazione logica per quello che gli stava capitando.
Suo nonno lo prese per mano.
"Logan, hai le mani calde. Impiega questa energia per fare del bene."
Fecero le scale insieme e una volta arrivati in cucina, Logan ebbe il coraggio di aprire gli occhi e vide sua nonna, lì in piedi davanti a lui.
Era come se il tempo si fosse fermato. "Logan… Logan…. Svegliati!"
In quella sorta di limbo non provava dolore. Solo gioia. Sentiva la mano del nonno nella sua, sudata e appiccicosa; sua nonna davanti a se. Indossava il suo grembiule preferito e gli stava facendo cenno di sedersi per fare merenda.
Logan allungò l'altra mano per toccare il viso di nonna Luna. Sentiva la pelle sotto le sue dita. Percepiva il profumo di talco…
"Logan… Logan, cazzo, apri gli occhi…"

Era meglio la cucina, con nonno Luigi e nonna Luna. A un certo punto i suoi nonni si misero davanti a lui e dissero: "Le tue calde mani saranno la tua forza. Tu sei forte e speciale. Ricordatelo sempre."

Volse lo sguardo verso sua nonna che, con la sua mano, era pronta a fargli una carezza.

"Andrà tutto bene. Tu e la piccola Luce avete un angelo custode ineguagliabile, che veglierà sempre su di voi. Andrà davvero tutto al posto giusto."

Stava quasi per arrendersi a quella voce che lo chiamava quando si aprì una porta e comparve Fiamma, bambina.

"Ehi cretino, sono qui." E fece un sorriso. "Ciao pidocchietto, stai bene?"

"Certo che sto bene. Le domande stupide sono sempre state la tua specialità. Piuttosto ascolta tua nonna. Andrà tutto bene, devi solo saper ascoltare l'aria. Dietro a un alito di vento ci sarò io."

"Logan…." E finalmente aprì gli occhi.

"Cazzo, mi hai fatto prendere un bello spavento." Ora la voce di Gianni si era fatta più chiara.

Logan fece per alzarsi, ma un forte dolore alla testa gli bloccò sul nascere ogni tentativo di mettersi in piedi. "Cos'è successo?"

"Ti stavi dirigendo verso la tettoia e un ramo della quercia ha ceduto e ti ha colpito in piena testa. Va meglio ora?"

"Insomma. Ho passato momenti migliori." Si passò la mano sulla testa; fece per sorridere, ma subito si trasformò tutto in una smorfia. Il dolore era davvero forte. Si accorse che era stato tutto un sogno, compreso il forte vento. Tutto era calmo intorno a lui; il sogno ancora nitido nella sua mente.

Perché era stato un sogno! O no?

Con calma provò a rimettersi seduto con l'aiuto di Gianni. Cercò di sistemarsi alla bella meglio. Quando fece per sedersi qualcosa lo punse. Si scostò quel tanto per vedere cos'era.

Osservò meglio quello spuntone. Lo riconobbe subito. Non diede retta al dolore e incominciò a scavare sempre più freneticamente. Una volta liberato, prese in mano quella scatola di metallo.

La aprì. Gianni non osò fare domande. Prese con se Luce e Riccardo e rientrò in casa. Aveva capito che doveva lasciarlo solo.

Logan aveva quella scatola tra le mani; la aprì con cura. Il primo pezzo che tirò fuori era il collare di Lem. Ricordava tutto benissimo di quell'estate, soprattutto perché era stata l'ultima che aveva passato con Fiamma.

La fionda…il ricordo dello smilzo e del grosso che scappavano. Un pupazzo… quello preferito da Titina, la sua cagnetta.

Per anni lui aveva continuato a mettere i suoi ricordi in quella scatola, senza quelli di Fiamma. Poi un giorno smise anche lui di farlo.

Il sogno appena fatto in cui le parole "andrà tutto bene" facevano eco nella sua testa e fu in quel momento che trovò un pezzo di carta dove c'era scritto "andrà tutto bene" scritto da Fiamma e firmato da entrambi e suggellato con una goccia di sangue.

A fatica si alzò, soffiò sulla cassetta di metallo per togliere le ultime tracce di polvere e si avviò verso casa. La porta si aprì e Luce gli corse incontro.

"Avevo paura che fossi morto anche tu."

Logan si inchinò, la prese tra le braccia e le disse: "Andrà tutto bene. Ora ne sono certo." Luce lo guardò non comprendendo appieno quelle parole.

"Questa scatola era molto preziosa per tua mamma e per me. Ora è tua. Sceglierai tu con chi vorrai condividerla."

"Davvero era della mamma?" "Sì!"

Luce la prese con molta delicatezza, si volse verso Riccardo e disse: "Vuoi dividerla con me?"

"Abbiamo ancora una carta da giocarci."

"Non permetterò mai che Luce venga chiamata a testimoniare. Ti ho fatto vedere quei documenti perché tu capissi sul serio con chi abbiamo a che fare, ma mai e poi permetterò che Luce salga su quella dannata sedia."

"Lasciami fare il mio lavoro. Se sarà il caso lo faremo. Quello scricciolo è molto più forte di quello che tu possa immaginare."

Sottofondo il martelletto del giudice fece un suono assordante.

"Faccia stare zitto il suo assistito o sarò costretto ad allontanarlo dall'aula. Ho già tollerato fin troppo il suo comportamento indisciplinato."

"Non dica fesserie, lei da retta a quella sottospecie di avvocato che perora la causa di quell'uomo indegno di essere chiamato padre."

"Fuori dall'aula. L'avevo avvisata. Allontanate subito quest'uomo da qui." "Io non me ne vado senza Luce."

Il giudice guardò quella bambina e provò un impeto di tenerezza.

"Guardia, accompagni fuori il signor Bonetti e la bambina. Li controlli a vista e non li faccia allontanare per nessun motivo.

Logan e Luce uscirono, scortati, da quella stanza che sembrava essere diventata un inferno. Sentì ancora qualche parola. "… il signor Bonetti ha appena dato dimostrazione del suo comportamento iroso. Trovo inconcepibile che si prenda anche solo in considerazione l'eventualità che…"

Sbam! La porta si chiuse. Ora Logan riusciva a respirare finalmente. "Vieni Luce, andiamo a prendere qualcosa al cioccolato. Ci farà bene." La guardia disse: "Dove credete di andare?"

"Stia calmo. Non abbiamo intenzione di scappare e la bambina ha fame."

Passò più di un'ora prima che qualcuno uscisse dall'aula quando, all'improvviso, la porta si aprì e l'amico avvocato disse: "Luce deve entrare. Il giudice ha concesso la possibilità di ascoltarla."

"Non lo permetterò mai."

"E invece si, se vorrai darti una sola possibilità dovrai acconsentire. Ho anche convinto il giudice De Angelis a farti ritornare dentro a patto che tu non proferisca parola. Potrai salire con lei sul banco dei testimoni e che potrai interrompere l'interrogatorio in qualsiasi momento. Non è senza cuore, Logan. Ha promesso di andarci cauto e credo proprio che lo farà."

"Non voglio che rimanga sconvolta."

"Credi che non rimarrà sconvolta se perderà anche te? Pensaci per l'amore del cielo."

"Non voglio che soffra ancora."

"E pensi che io lo voglia? Prima di essere tuo avvocato ti ricordo che sono un tuo grande amico. Se vedo che le cose si metteranno male per Luce, lo farò smettere subito."

Logan si sentiva malissimo "Ti prego, fidati di me."

"E' così piccola. Tutto questo sarà molto difficile per lei."

"Lo so, cerchiamo di non aggiungere ai suoi incubi il fatto di perdere anche te." Logan guardò Luce disperato.

"Zio Logan, io ci voglio andare,"

Logan la prese in braccio e la strinse forte. La bimba tremava come una foglia, ma guardandola negli occhi si accorse che aveva un coraggio enorme per essere una bambina di sei anni. La stessa età che aveva lui quando conobbe Fiamma. La mano di Luce si infilò in quella di Logan ed entrarono in aula.

"Devi salire su quella sedia, ce la fai?" Disse una voce sconosciuta.

"Io mi arrampico dappertutto."

Luce pensò che salire sul banco dei testimoni sembrava quasi come salire su un albero e sarebbe stata felicissima di farlo. Era solita arrampicarsi anche più in alto.

La mano gentile di zio Logan si chiuse sul suo braccio e l'aiutò ad andare nella direzione giusta. Camminò, un passo alla volta.

Luce inciampò con la punta del piede, cadendo in avanti e soltanto tenendosi con una mano si impedì di ruzzolare. Senza l'aiuto di zio Logan riuscì a mettersi comoda.

"Ti sei sistemata per bene?"

"Si giudice" Luce lo fissò. Sembrava un corvo con quel naso enorme e tutto vestito di nero. In aula si sentirono delle risatine e solo allora la piccola Luce si accorse che il suo non era rimasto solo un pensiero.

Logan sorrise. Sarebbe andato tutto bene; solo gli dispiaceva che la bimba dovesse riportare a galla ricordi di un'inaudita violenza. Ci aveva impiegato parecchio per riportare Luce al sorriso e ora tutto questo.

Il giudice De Angelis si rivolse a Luce: "Vuoi un bicchiere d'acqua? Non devi avere paura di me. Sembro brutto perché per il mio lavoro devo indossare questo orrendo vestito e devo essere sempre serio, ma sono un nonno e anche molto bravo, sai?"

"Guarda che il corvo è il secondo animale più intelligente al mondo e viene solo dopo il delfino." Il giudice sorrise. Luce ebbe l'impressione che le sue labbra fossero rimaste incollate al bicchiere. Per poco non si strozzò quando deglutì il primo sorso d'acqua. Finito di bere lo ripose e solo in quel momento il giudice si accorse dell'enorme cicatrice che la bimba aveva sulla mano.

Capì che era meglio non andare oltre, almeno per il momento.

"Adesso che sei comoda, sei pronta a rispondere alle mie domande?" Luce fece un cenno d'assenso con la testa.

"Ti spiego come farò. Ti porrò delle domande e tu, quando te la sentirai, mi risponderai nel modo in cui sarai capace."

Luce fece di nuovo si con la testa. Guardò verso zio Logan e vide che gli stava facendo il loro segno segreto: "Va tutto bene."

"Signor giudice, le ricorderei che non abbiamo tutta la giornata per…"

"Stia in silenzio" disse il giudice rivolto all'avvocato della controparte, signor Gianisio. Il corvo, tutto sommato, incominciava a piacerle" fu il pensiero di Luce.

"Dedicheremo, a questa storia, tutto il tempo che riterrò necessario." L'avvocato Gianiso si rimise al suo posto.

"Allora, Luce, c'è qualcosa che mi vuoi raccontare in particolare?"

La bimba incominciò a torcersi le mani. Il giudice aveva fatto scortare tutti i visitatori fuori dall'aula per timore che la loro presenza influenzasse la testimonianza della bimba, cosa che aveva rassicurato non poco Logan.

Il giudice sorrise leggermente: "Il tuo nome è Luce Ferraris mi hanno detto. E' un nome molto carino." Luce cercò la mano di Logan e con l'altra tormentava nervosamente il merletto del vestito.

"Il mio nome è giudice Bruno de Angelis, ma puoi chiamarmi come meglio credi." "Con te non ci parlo" e con questa affermazione stupì tutti i presenti.

"Non ti piaccio?" "No."

"Perché?"

"Perché vuoi portarmi via da zio Logan."

Il giudice si schiarì la gola e disse: "Nulla è ancora stabilito." Scese il silenzio.

"C'è qualche altro motivo per cui non ti piaccio?" "Perché porti un vestito da donna." Altre risate.

Logan puntellò un gomito sul bracciolo della sedia e sorrise posandosi una mano sugli occhi.

"Questa si chiama toga. Tutti i giudici la indossano in tribunale. A volte le bambine capiscono male le cose che ascoltano per caso."

"Tu vuoi inchiodare al muro zio Logan. Hai un martelletto e quindi sei cattivo. Con te non ci parlo." Logan sorrise leggermente; se non si sbagliava di grosso, Luce stava per fare un'altra conquista.

Il giudice spiegò alla bimba che il martelletto serviva per fare ordine in tribunale e non di certo ad inchiodare suo zio Logan al muro.

"Non posso certo biasimarti. Vedo che sei il difensore di tuo zio."
"Sono la sua bambina."

Il giudice sorrise di nuovo. Luce scese all'improvviso dalla grande sedia, fece un piccolo passo verso Logan e si slanciò tra le sue braccia. Nei minuti successivi, mentre Logan abbracciava e rassicurava Luce, il giudice sembrava quasi ipnotizzato.

Logan conosceva molto bene quella sensazione. Luce faceva quell'effetto a chiunque la conoscesse; quando la bimba finì di bisbigliare all'orecchio di Logan si girò verso il giudice e disse: "Mio zio ha detto che non l'hai inchiodato da nessuna parte, così ho deciso che parlerò con te."

"E' molto gentile da parte tua."

Il giudice si schiarì la gola prima di iniziare. "Sai perché sei qui oggi?"
"Perché vuoi parlarmi." "Sai anche di cosa?"

Luce si agitò. "Credo che tu voglia farmi delle domande sull'altro papà e vuoi sapere se mi ha fatto del male."

"Stai tranquilla Luce, qui nessuno ti farà del male." "Lo so. Zio Logan non lo permetterà mai."

"Mi hanno detto che hai avuto un incidente che ti ha lasciato delle cicatrici sulla mano." "Non è stato un incidente."

L'avvocato Gianisio si alzò e disse: "Signor giudice, vorrei farle notare che è solo una bambina." "Bambina o no, ho deciso che voglio ascoltarla. Quindi si metta comodo e stia zitto."

"Allora Luce, ti va di raccontarmi cosa è successo? Se non è stato un incidente come è successo?"

Logan abbracciò forte la piccola e la strinse forte a se e le disse: "Non c'è nulla di cui aver paura. Io sono qui."

Luce incominciò a piangere, dapprima silenziosamente e poi sempre più forte. Logan chiese qualche minuto di pausa al giudice. "Concessi."

Logan accompagnò fuori la piccina; le andò a prendere un'altra cioccolata calda. Logan la prese in braccio e incominciò ad accarezzarle i capelli. Era un gesto che la tranquillizzava ogni qual volta aveva avuto un incubo.

"Ci sono io accanto a te. Non dimenticarlo mai."

Dopo che Luce si calmò, Logan la prese per mano e tornarono in aula.

"Stai meglio ora?" questa volta il giudice concesse che la piccola Luce restasse seduta in braccio a suo zio. Luce fece cenno di si con la testa.

"Ora te la senti di raccontare?" "Si."

Un silenzio tombale scese in aula.

"Ho visto il mio vecchio papà colpire forte la mamma. Tante volte."

Luce afferrò la manica della giacca di suo zio Logan, come se da quel gesto dipendesse la sua stessa vita. Prese fiato e incominciò a raccontare.

"Il mio vecchio papà ha colpito la mia mamma, tante volte. Poi lei è caduta per terra. Aveva il pancione grande così." E fece il gesto con le mani.

La voce della piccina incominciava di nuovo a tremare forte; fece un bel respiro e proseguì: "Quando il mio vecchio papà ha visto che la mamma non si alzava è venuto vicino a me." Silenzio totale.

"Mi ha preso la mano e me l'ha messa sul fuoco; mi faceva tanto male e io gridavo forte."

Il cuore di Logan parve fermarsi, ma le aveva detto di dire tutta la verità e ora doveva lasciarla continuare. "Il mio vecchio papà era chino su di me e a un certo punto lui è caduto per terra. La mamma lo aveva colpito con il ferro che serve per girare la legna." "L'attizzatoio?"

"Si, proprio quella roba li."

"Hai potuto vedere dove lo ha colpito?" "No."

Il giudice cercò di riprendere fiato. Tratteneva a stento l'ira che gli saliva nell'ascoltare quella piccina. "Te la senti di proseguire?"

La bimba annuì, ma le parole non uscivano.

Il giudice le venne in aiuto. "Posso dedurre che in realtà non hai visto la mamma colpire il papà. Giusto?" "Si" rispose Luce. "Non potevo vedere perché lei stava dietro."

Incominciò di nuovo a singhiozzare.

"Mamma ha colpito il mio vecchio papà perché mi stava facendo tanto male e voleva farlo smettere. Lui rideva. Poi il mio vecchio papà si è alzato ed è andato dalla mamma. Le ha tirato un calcio forte alla pancia e poi è scoppiata."

"Come scoppiata."

Il giudice Bruno de Angelis, considerato il più temuto di tutti i giudici per la sua intransigenza e rettitudine, in quel momento avrebbe voluto alzarsi e andare lui stesso a prendere a pugni quel vigliacco schifoso.

"Si perché poi è arrivato tutto il sangue."

Il giudice si prese alcuni minuti per calmarsi e poi si rivolse verso la bimba dicendo: "Grazie per essere venuta a parlare con me."

Era troppo piccola per essere già capace di formulare una bugia tanto complessa e ora l'aveva capito anche il giudice.

Poco dopo fece scendere Luce dal banco dei testimoni, non senza averla ringraziata e salutata. "Silenzio in aula." Il brusio divenne più forte.

Nicola Rossetti si alzò gridando: "Non vorrete credere a una piccola stupida bambina."

Tutto successe talmente velocemente che non ci fu il tempo per realizzare cosa realmente stesse accadendo.

Luce si mise a gridare con tutto il fiato che aveva.

"Sei cattivo, perché tutte le volte che la mamma cercava di scappare con me, tu la ritrovavi sempre e ci facevi tornare a casa."

"Silenzio in aula. Guardie, fate sedere il signor Rossetti e anche lei, avvocato Gianisio, si rimetta al suo posto. Dopo quello che ho appena sentito non tollererò più alcuna parola che non sia su mia richiesta."

Una volta ripristinata la calma, il giudice si rivolse verso la giuria.

"E'una mia sensazione che tutto quello che abbiamo ascoltato in quest'aula oggi siano state sufficienti perché voi possiate decidere per l'affidamento di questa piccola creatura. E' un obiettivo primario di questa corte arrivare a una decisione giusta e corretta per garantire a Luce un futuro."

Dopo di che il giudice invitò i giurati a ritirarsi per il verdetto.

Logan e Luce uscirono dall'aula. Aspettandosi che la giuria sarebbe rimasta in riunione come minimo per diverse ore, Logan, il suo amico Valter e Luce uscirono per andare a pranzo. Prima ancora che fossero serviti l'assistente dell'avvocato, che era rimasto in aula, sporse la testa dalla porta e urlò: "Il verdetto è stato raggiunto."

Logan si alzò in fretta e disse: "E' positivo? Cosa ne pensi?" "Con un verdetto così rapido non so proprio cosa aspettarmi."

"Possibile?"

"Non posso darti una risposta, mi dispiace."

Entrarono in aula e presero posto. Il giudice entrò e dette inizio alla procedura. Logan teneva stretta la mano di Luce.

Uno dei giurati si fece avanti e aprì il foglio di carta e incominciò a leggere. Logan non si sentiva più i piedi e le ginocchia minacciarono di cedere quando fece per alzarsi.

"... il qui presente signor Bonetti Logan..."

Logan incominciò a piangere lacrime di gioia; prese in braccio Luce e incominciò a stringerla forte e riempirla di baci.

Luce sarebbe stata sua figlia legalmente. Per sempre. Proprio come avrebbe voluto Fiamma.

Logan pianse tutte le sue lacrime. Finalmente si era chiuso definitivamente un capitolo brutto della sua vita e poteva iniziare la sua vita con Luce. Prese in braccio la bimba e la strinse forte al petto e la bimba ricambiò l'abbraccio con tutta la forza di cui era capace. Valter li stava osservando e si commosse. Aveva già seguito diverse cause di affidamento, ma mai gli era capitato una cosa simile.

Soprattutto si sentiva un piccolo uomo di fronte al coraggio che quella bambina aveva dimostrato, raccontando cose inenarrabili. Tutti i presenti in quell'aula non avevano potuto far altro che rimanere in silenzio.

Valter osservò Logan e Luce. Giustizia era stata fatta.

Quella sera Logan si affacciò alla finestra e, certo che Fiamma potesse udirlo, incominciò a parlare con lei.

"Quando sei entrata nella mia vita, nel lavoro ero all'apice del successo. Donne ne avevo quante ne volessi e in nome del godimento più assoluto, calpestavo i loro sentimenti senza farmi scrupoli. Avevo tentato di togliermi la vita due volte e ho miseramente fallito. Ogni volta che passavo sopra a un ponte mi fermavo, rapito dal desiderio di farla finita. Ero arrivato al punto di non sentirmi più un'anima. Tutto questo fino a quando non sei ricomparsa tu nella mia vita, con tua figlia Luce."

Dovette fermarsi per riprendere fiato. Si accorse che il cuore batteva forte e le emozioni che percepiva erano di una tale violenza da farlo star male: era la vita che era tornata dentro di lui. Riusciva a percepire la presenza di Fiamma accanto a lui.

Fece un bel respiro e riprese a parlare: "So che sei qui, con me. Non ti vedo con gli occhi, ma con il cuore sei davanti a me. Ora sono finalmente felice e il giorno che ti raggiungerò, saprai essere orgoglioso di me. Ti voglio bene Fiamma."

Arrivò un colpo di vento improvviso: vide la betulla di fronte a se, piegare i suoi rami quasi fino a toccare terra. Sembrava quasi un inchino. Tutto intorno era rimasto immobile. Logan sorrise: Fiamma era li, con lui.

Ora ne era più che certo. Guardò l'ora: era tardi per telefonare, ma Angelo non avrebbe avuto nulla da ridire. Gli eventi incalzanti di quella giornata gli avevano fatto dimenticare di avvisarlo.

"Finalmente" rispose Angelo "voglio solo notizie buone. Ti prego!"

Logan , dopo avergli detto che Luce era sua figlia a tutti gli effetti, raccontò brevemente su come si era svolto il processo.

"Ti ricordi della busta che avevi trovato in camera di Fiamma?" "Si, certo." Rispose Angelo.

Logan spiegò brevemente il suo contenuto: c'erano i referti di vari accessi al pronto soccorso di Fiamma e uno di Luce, il giorno che quel bastardo gli aveva bruciato la mano. Logan cercò di prendere respiro perché si stava innervosendo.

"Non ho avuto bisogno di usarli: la piccola ha ricordato tutto da sola. Abbiamo vinto! Su tutti i fronti." "Domani stesso prenderò il primo volo" rispose Angelo "e andremo tutti al Bluperry."

Logan chiuse la telefonata e guardò un'altra volta la betulla: stava ancora danzando. "Ti voglio bene, Fiamma.

20

Il mantello

Logan, seduto su quella che considerava da tanto tempo la sua panchina, stava aspettando la piccola Luce: era andata a prendere dei gelati. Sapeva che, al suo ritorno, sarebbe rimasto ben poco del gelato. Era golosissima di cioccolato, proprio come sua madre Fiamma. Quel giorno Logan si era vestito molto elegante e la piccola Luce stava benissimo nel suo vestitino anche se dimostrava molto disagio vestita così. Anche in quello era identica a sua mamma, ma l'appuntamento a cui dovevano andare, da lì a poco, era troppo importante. "Papà, mi aiuti? Si sta sciogliendo tutto."

La vide con il gelato che colava giù dalle braccia e, nel tentativo di evitare ulteriori danni, cercava di pulirsi sul vestito. Era un piccolo impiastro! Prima di andare all'appuntamento, avrebbe dovuto passare da casa per cambiarla.

"Quando arriva la mamma?"

"Siediti, vicino a me e mangia il gelato con calma, arriverà presto. Sai che è sempre puntuale." "E' vero. Mi sgriderà perché ho sporcato il vestito nuovo?"

"Se lo farà ci penserò io ricordandole che, da bambina, era peggio di te." "Secondo te, la mamma, questa sera arriverà vestita di arancione?"

Logan guardò verso un punto indefinito e rispose: "No, questa sera indosserà il vestito azzurro."

Luce cercò di mangiare quello che restava del gelato seduta composta, ma durò solo un attimo: anche in questo assomigliava in tutto e per tutto alla madre.

"Papà, come fai a indovinare sempre il colore del vestito della mamma?"

"Vedi, quando una persona la conosci fin da bambina è facile indovinare i suoi gusti anche quando quella bambina cresce e diventa adulta."

"Che fortuna hai avuto a conoscerla quando era piccola. Sarebbe piaciuto tanto anche a me."

"Non è possibile questo. Tu non eri nemmeno nei pensieri di tua madre. Piuttosto, sei pronta per l'appuntamento che avremo tra poco?"

"Si, papà." Non si era ancora abituato all'idea di essere chiamato in quel modo e ogni volta che capitava, il cuore perdeva un colpo. Tra i suoi sogni di ragazzo c'era sempre stato il desiderio di diventare padre ma, a cinquant'anni, ancora non aveva trovato la donna gusta con la quale formare una famiglia.

"Dobbiamo aspettare solo l'arrivo della tua mamma e poi torneremo a casa."

Luce finì il suo gelato e si mise a osservare le anatre che facevano degli strani cerchi nell'acqua.

"Luce, non ti sporgere. Qui è pericoloso."

In quel punto l'acqua era profonda. Quella parte del lago era adibita a porto dove attraccavano piccole e medie imbarcazioni.

Non fece nemmeno in tempo a dirlo, che la bimba cadde in acqua. Sapeva che Luce era un'ottima nuotatrice, ma l'acqua era troppo sporca e buia. Logan non esitò nemmeno un attimo e si buttò. Riuscì ad afferrarla per un braccio e rimetterla sulla terra ferma. All'improvviso Logan sentì un dolore fortissimo al petto e istintivamente si portò una mano sul cuore. Ricordava molto bene significasse quel tipo di dolore. Cercò di allungare un braccio per tenersi al palo, ma la sua mano perse la presa. La superficie era viscida e scivolosa e, nonostante continuasse a riprovarci, immancabilmente cadeva in acqua.

Il dolore al petto si fece più acuto: sentiva i suoi polmoni scoppiare e ogni tentativo a riempirli d'aria, falliva miseramente. Le gambe erano dure e bloccate da qualcosa che cercava di tirarlo a fondo.

Incominciò a ingoiare acqua. I suoi movimenti divennero sconnessi e l'ultima cosa che sentì furono le urla di Luce. Decise di arrendersi a quelle forze avverse: ogni tentativo per rimanere a galla risultava inutile. Si lasciò andare in quel buco profondo: in fondo morire, non era poi così brutto. E tutto intorno divenne buio per lui.

A mano a mano che scendeva nelle profonde acque del lago, si vedeva circondato da alghe e capì che per lui non ci sarebbe stato scampo.

Tante volte aveva giocato con la sua vita desiderando ardentemente di porre fine alla sua stessa vita. Troppe volte si era sbeffeggiato dei pericoli e troppe volte, nella sua vita, si era preso gioco dei sentimenti degli altri. Riusciva a sentire delle urla intorno a lui. Sapeva che il suo posto sarebbe stato l'inferno: era già pronto a questo, ma a cosa invece non era pronto era percepire così tanto dolore. I morti non provavano dolore e invece sentiva il freddo, la fame e tanta paura.

In quel momento desiderò con tutto se stesso di essere salvato, ma il Dio con cui aveva parlato tantissime volte da bambino, adesso non l'avrebbe più ascoltato. Era passato troppo tempo dall'ultima volta che Logan aveva parlato con Lui. Da bambino era stato tutto più semplice. Fece un ultimo respiro con cui si riempì i polmoni d'acqua e si arrese.

Quindici anni dopo.

Quel giorno Luce si sarebbe sposata con Riccardo. Fin da piccoli avevano scoperto di essere fatti l'uno per l'altro e crescendo il loro affetto si era trasformato in un amore grande e profondo.

"Un amore raro" come l'avrebbe definito suo padre: Logan.

La ragazza andò davanti allo specchio e si guardò di profilo: era al sesto mese di gravidanza. Sentì bussare alla porta e poco dopo si affacciò Angelo.

"Sei pronta? Stanno aspettando solo te." "Arrivo subito."

Angelo si avvicinò e disse: "Assomigli tantissimo a tua madre. Sei splendida." "Grazie zio Angelo. Non so cosa darei per averla qui con me."

Angelo la strinse a se.

"Vado sotto ad avvisare che stai per arrivare, va bene?"

Luce, una volta che Angelo fu uscito, tornò a guardarsi allo specchio. Non era sicura di assomigliare a sua madre.

Scrollò le spalle e si preparò per uscire.

Arrivò nella piazza del comune e vide che la maggior parte degli ospiti erano già li. Riccardo doveva essere dentro.

Si diresse verso la scala principale e incominciò a fare i gradini.

Il bimbo che portava in grembo stava scalciando. Tra breve sarebbe stata la moglie di Riccardo e si sentiva la donna più felice del mondo.

Arrivò davanti al portone e vide suo padre con il braccio disteso verso di lei. Alzò il gomito dove Luce appoggiò la sua mano e incominciò a percorrere i pochi passi che ancora le mancavano per raggiungere il suo amore.

Luce guardò suo padre e disse: "Ti voglio bene papà." "Vai figlia mia e vivi la tua vita felice. Lo devi a te stessa."

Logan lasciò sua figlia proprio davanti a Riccardo e trovò posto nel banco in prima fila.

Quella sera stessa Logan si ritrovò nel suo letto, da solo. Non cercava più di riempire i vuoti che sentiva dentro di se con tante donne diverse. Aveva imparato a godere anche della solitudine. Spesso rivolgeva il suo pensiero a quello che era stato, in passato.

Quel giorno al lago, dove credeva di essere già morto, non l'aveva scordato. Spesso sognava quei momenti: il buio che lo inghiottiva e il freddo che sentiva addosso gli aveva fatto credere di essere già morto. Ricordava perfettamente di aver visto Fiamma tenderle una mano e quando lui si fidò a tal punto da porgliela, la donna l'aveva accompagnato verso una luce, dapprima debole e che divenne sempre più forte.

Di quei terribili momenti non ricordava altro. Quando si risvegliò in un letto d'ospedale, gli ci volle un po' per convincersi che non era morto. Il dolore che ancora percepiva lo teneva legato alla realtà. Era vivo!

Ricordava tutto con una chiarezza che a volte poteva apparire spaventosa. Aveva chiesto aiuto al Dio che da bambino lui conosceva bene, eppure non aveva fatto nulla. il buio e poi la fine.

Fiamma accanto a lui e poi di nuovo la luce.

Era ancora ricoverato in ospedale quando una mattina, dopo aver fatto colazione, sentì chiaramente una voce rivolta a lui.

"Tante volte hai giocato con la tua vita."

Logan credeva di essere diventato matto del tutto. Aveva faticato non poco ad accettare il fatto che fosse stata Fiamma a salvarlo da quelle acque gelide e adesso quella voce.

"Poche volte sei stato all'altezza del compito che ti era stato assegnato e spesso hai giocato volontariamente con i sentimenti delle persone. Ah caro Logan, non ti ho proprio insegnato nulla?

Da bambino parlavi spesso con me e poi hai smesso. Ti sei mai chiesto il perché?"

Logan continuava a guardarsi intorno credendo di essere oggetto di qualche brutto scherzo.

"Certo che me lo sono chiesto: sei stato tu a voltarmi le spalle. Non mi hai più ascoltato." Disse Logan.

"No caro ragazzo. Le cose sono andate diversamente da come dici: sei tu che non hai più voluto parlare con me. Per proteggere te stesso hai preferito chiudere il tuo cuore, fino a renderlo di pietra. Ti sentivi al sicuro, così e hai ceduto alle lusinghe del diavolo."

Logan era certo di essere sull'orlo della follia. "Chiediti perché sei ancora vivo."

Logan decise di assecondare quella voce: magari sarebbe scomparsa una volta che l'avesse affrontata.

"Se sono stato così cattivo come dici la mia risposta può essere una sola: non lo so!"

"Per la prima volta hai fatto una cosa nella tua vita degna della massima considerazione. Eri pronto a sacrificare la tua vita, per un'altra: quella di Luce."

Logan incominciò a tremare. Tutto era diventato ancora più reale. Quella voce lo stava mettendo di fronte alla carogna che era sempre stato nella sua vita.

"Quello è diventare una persona degna di vivere." "Ne sei proprio sicuro?" rispose Logan.

"Poche volte mi sono sbagliato. Io stesso non avrei mai creduto possibile che tu potessi rinunciare al tuo egoismo: vedi? Nemmeno io sono perfetto."

Logan si mise a piangere. Lacrime liberatorie.

C'erano voluti dodici giorni di ospedale per rimetterlo in sesto. Non andò in giro a dire che era stato miracolato. Quello doveva restare una cosa solo tra lui e Dio.

Era sempre stato profondamente convinto che la figura di un Dio non fosse collegata per forza di cose a una religione: erano gli intermediari che lasciavano a desiderare ed erano gli stessi che l'avevano allontanato da quell'essere astratto che tanto amava ascoltarlo quando era un bambino.

Una volta uscito dall'ospedale, prese il suo quaderno e incominciò a leggerlo dall'inizio. E in quel giorno, quasi tredici anni dopo, era riuscito a chiedere scusa a parecchie delle donne che aveva umiliato: due in particolar modo.

Katia. Una ragazza che aveva frequentato per diversi mesi. Con lei aveva incominciato un gioco perverso perché voleva vedere fin dove potesse arrivare. Aveva giocato con lei e su quelli che Katia riteneva i suoi difetti: Logan aveva vinto su tutta la linea, perché circa un anno dopo la ragazza si era sottoposta a diversi interventi chirurgici, per scrollarsi di dosso un naso con una leggera gobbetta, una bocca poco carnosa e il seno troppo piccolo.

Una volta che Logan ebbe ottenuto quello che voleva, della donna non gli interessava più nulla. Aveva dimostrato a se stesso che delle persone poteva fare quello che più gli pareva e piaceva. Ci impiegò pochissimo a dimenticarsi di Katia.

Anni dopo, quando si presentò alla porta della donna, Katia lo allontanò in modo feroce: Logan era stato il suo peggior incubo.

"Ti auguro di marcire all'inferno. E' solo quello che ti meriti." E gli chiuse la porta in faccia. Poco prima di arrivare alla macchina sentì il suono di un messaggio in arrivo.

"Ti perdono, ma non voglio mai più rivederti. Io, ora, sono felice. Katia." E poi fu la volta di Cristina!

L'infermiera che aveva incontrato in una di quelle volte che era dovuto andare in ospedale, quando gli avevano diagnosticato il tumore e di cui lui non ricordava assolutamente nulla. Come se fosse stata della polvere da soffiare via: una cosa inutile.

Aveva scoperto di essere padre: aveva chiamato il figlio Nelson. Quando cercò di spiegare alla donna il motivo del per cui l'avesse cercata, Cristina gli buttò in faccia di essere padre, ma con altrettanta violenza gli disse che non gli avrebbe mai permesso di vederlo crescere.

Solo col tempo e con tanta umiltà, riuscì a farsi perdonare.

Nelson era uno splendido ragazzo, e Logan era felice che fosse entrato a far parte della sua vita. Cloe, Sharon e MariKa furono le uniche a non rinfacciargli nulla. Anzi!

Non si conoscevano tra loro, ma avevano usato quasi le stesse parole, per ringraziarlo di averle fatte sentire donne.

Tre sole donne, su una lista che era lunghissima, non lo odiavano. Ne aveva messo di impegno per distruggersi.

Arianna, invece, era l'unica persona che non avrebbe cercato: non si sentiva ancora pronto per lei.

Per nulla al mondo sarebbe tornato a essere un cacciatore di anime di cui nutrirsi. Il giorno stesso in cui aveva deciso di tagliare i ponti con la sua vecchia vita, fu anche il giorno della sua rinascita.

Gli era capitato altre volte di salvare persone senza indugio: un tedesco che, dopo aver bevuto esageratamente, si buttò per fare una nuotata in un punto del lago molto pericoloso.

L'istinto l'aveva portato a usare la forza e non riuscendo a tirarlo fuori, usò il cervello.

Accompagnandolo lungo il bordo della palafitta l'aveva portato in un punto meno pericoloso e riuscì a salvargli la vita, ma cosa l'aveva reso ancor più fiero di se stesso, era stato il riscontro che aveva avuto da qualche video che aveva fatto, toccando l'argomento del suicidio. Troppe persone si sentivano sole, anche se circondati da una marea di persone. Troppe persone vivevano ancora nella totale indifferenza di chi li circondava e questo, spesso, portava alla convinzione che togliersi la vita poteva essere l'unica soluzione.

Lui stesso aveva provato sulla sua pelle quella sensazione e sapeva quanto potesse essere distruttiva. Aveva tentato il suicidio per ben due volte e in entrambi i casi aveva fallito. Oggi era certo che facesse parte del disegno della sua vita, anche se doveva ammettere che aveva sprecato parecchio della sua vita, prima di riuscire a comprenderlo.

Ogni volta che qualcuno si rivolgeva a lui ringraziandolo per le sue parole di sostegno e conforto che li avevano portati a rinunciare alla folle idea di finire la loro vita, Logan si sentiva ripagato e questo lo faceva sentire un uomo migliore.

Quel giorno aveva accompagnano all'altare sua figlia Luce e si era sentito un uomo completo e felice. C'erano anche Cristina con il marito e suo figlio: un'altra giornata perfetta.

L'unico neo era che non aveva potuto salutare Luce prima della sua partenza. La folla che si era creata intorno ai due sposini, gli aveva impedito di avvicinarsi.

All'improvviso il suo cellulare si mise a suonare. "Scendi? Sono qui sotto."

"Arrivo subito." Rispose Logan.

Quando Logan vide Luce gli si riempì il cuore di gioia. La ragazza disse: "Verrà?"

"Ne sono certissimo."

A un certo punto sentirono una leggera brezza sfiorarli. Il loro momento era arrivato.

Entrambi chiusero gli occhi e respirarono a fondo. Quando li riaprirono, di fronte a loro c'era Fiamma. Con un gesto aprì le braccia e un enorme mantello avvolse Luce e Logan.

"Sarò sempre con voi."

E furono avvolti da quel grandissimo mantello che li avrebbe protetti fino alla fine dei loro giorni. Una nuova vita li aspettava.

Voglia di Vita

21

Epilogo

Logan si svegliò e, cercando di fare meno rumore possibile, uscì dalla camera.

Controllò il cellulare: ancora nessun messaggio da parte di sua figlia. Si mise seduto sulla sedia indeciso sul da farsi. Se lui avesse preso l'iniziativa, sua figlia avrebbe risposto che era troppo ansioso. Rimise sul tavolo il cellulare e accese il gas, prese il bollitore e lo mise sul fuoco.

Quindici giorni dopo il suo matrimonio, sua figlia partorì una bellissima bambina. Quando Luce mise tra le sue braccia quel fagottino, si sentì pervadere da una grandissima emozione.

Decisero di chiamarla Diletta. Guardò il calendario: tra quattro giorni avrebbe compiuto otto mesi. Prese di nuovo il cellulare in mano e decise di mandare un messaggio a Luce.

"Tutto bene?" La risposta non tardò ad arrivare "Torniamo domani, papà ansia."

Ecco! Lo sapeva che sua figlia avrebbe risposto in quel modo e gli venne da sorridere. Lei e Riccardo avevano deciso di concedersi un lungo weekend lasciando che fosse lui a prendersi cura di Diletta. All'inizio si era sentito impacciato, ma passò in fretta. Mai avrebbe creduto possibile che lui, Logan Bonetti, diventasse così bravo a cambiare pannolini e a preparare gli intrugli dall'aria disgustosa. Aveva scoperto, anche, quanto la bimba avesse dei polmoni potenti quando si metteva a piangere. Ogni volta che questo accadeva, la prendeva in braccio e la dondolava. Adorava raccontare le fiabe che lui stesso aveva sentito da sua nonna e poco dopo la piccola tornava nel mondo dei sogni.

Il fischio del bollitore lo fece sobbalzare. Spense il gas e lo spostò, bruciandosi un dito e gli uscì un'imprecazione. Era un'abitudine che doveva perdere assolutamente. Si diresse velocemente in camera per vedere se il fischio avesse svegliato Diletta. Aprì la portò e si bloccò immediatamente. Accanto alla bimba c'era Alissa: la donna stava accarezzando dolcemente la bimba.

Logan le si avvicinò e le mise una mano sulla spalla. La donna aveva gli occhi lucidi.

Tornò in cucina e preparò la colazione per entrambi. Alissa entrò in cucina con la bimba tra le braccia. Logan rimase affascinato da quella scena e sentì il suo cuore impazzire.

Era bella Alissa, ma non di una bellezza come tutti erano abituati a vedere. Lei brillava di luce propria. Logan sapeva che non poteva avere figli, per una leggera malformazione all'utero. La natura le aveva giocato un brutto scherzo perché lui era sicuro che sarebbe stata una mamma stupenda.

Non sapeva se quello che provava per quella donna era amore, ma di una cosa era certo: con lei era tornato a sorridere e si sentiva libero di dire tutto quello che gli passava per la testa, soprattutto quello che riguardava Fiamma e alla sua abitudine di andare, una volta al mese, in riva al lago e parlare con la sua amica. A differenza di tante altre persone, Alissa non l'aveva mai preso in giro.

"Ti spiace se anticipo a oggi l'incontro con Fiamma? Domani torna Luce e non vorrei trovarmi nelle condizioni di fare tutto di corsa."

Alissa lo guardò negli occhi e disse: "Vorrei venire con te."

Logan rimase senza parole di fronte a quella richiesta. "Sempre se non disturbo." "Figurati, anzi! Sono stupito dalla tua richiesta."

Un paio d'ore dopo si trovarono tutti e tre seduti su quella che Logan considerava, da sempre, la sua panchina. Diletta aveva lo sguardo incantato in direzione dell'acqua e, col dito in bocca, era in contemplazione dei cigni.

Logan, sentendo la presenza di Fiamma accanto a se, incominciò a raccontare alcune delle cose che erano capitate dall'ultima volta che era stato in quel posto. All'inizio la presenza di Alissa gli creò disagio, ma a mano a mano che parlava, trovò la serenità di sempre.

Diletta allungò le mani verso Logan e non appena trovò una posizione comoda, si addormentò.

Logan notò che gli occhi di Alissa erano di nuovo umidi e istintivamente allungò una mano per darle una carezza e disse: "Mi spiace." Logan era convinto del fatto che la donna soffrisse per non poter avere dei figli suoi.

"Non è come credi." Alissa coprì la mano di Logan con la sua. Si schiarì la voce e disse: "Aspetto un figlio." Logan guardò la donna negli occhi e quando fece per parlare, la voce non uscì.

"Sono al quarto mese."

"Non pensavo fosse possibile dopo che tu mi hai …" Logan si schiarì la voce e riprese a parlare "perché non me l'hai detto prima?"

"Avevo paura di fallire per l'ennesima volta." Profonde lacrime solcarono il viso di entrambi. "il mio stesso medico non lo credeva possibile e invece…."

Persi nel loro abbraccio, non si accorsero che Diletta si era svegliata. Il volto della bambina rivolto verso un punto indefinito e rideva, allungando le braccia verso il nulla.

Solo gli occhi innocenti di un bimbo potevano percepire quella presenza astratta: Fiamma era davanti a loro e accarezzava la testolina di sua nipote.

Per un attimo Logan fu convinto di aver visto un leggero bagliore e istintivamente allungò la mano verso quel punto e provò un immenso sollievo.

Logan tirò Alissa verso di se e dopo aver aspirato il profumo dei suoi capelli, disse: "Lo cresceremo insieme."

Anche Alissa percepì una dolce carezza e istintivamente si mise una mano sul grembo. Si, sarebbe andato tutto bene.

Fine.

Roberta Argiola e Achille Zaino

Postfazione

Il giorno in cui ho finito questo libro è stato uno dei più belli della mia vita.

Ho gridato con quanto fiato avessi in gola "FINITOOOO". In tempi come questi, dove siamo reclusi in casa contro la nostra volontà, è stata una parola leggermente fuori luogo, perché molto fraintendibile.

Un paio di vicini di casa mi hanno chiesto su quale telegiornale avessi sentito la notizia della fine della carcerazione e io, ovvio, non ho saputo rispondere e mi sono ritirata in casa alla velocità della luce.

Un paio di giorni dopo mi viene posta una domanda: "La prefazione? Quando la fai?"

Oddio, me ne ero scordata completamente della prefazione e ho dovuto assolutamente rimediare a questa grande e grave dimenticanza. Mi sono divertita come non mai: in una versione ho addirittura definito il mio compagno di viaggio un "pallone gonfiato", in senso benevolo, ovvio.

Poi, dopo un tempo che mi è parso interminabile, mi sono scrollata da addosso tutti i miei timori e ho lasciato scorrere i miei pensieri.

"Ho scritto quasi quattrocento pagine e ora non sai fare una semplice prefazione?" mi sono detta e ripetuta almeno un centinaio di volte.

Il diavoletto che ho sempre appoggiato sulla mia spalla destra, ha incominciato a suggerirmi strani pensieri: "Lasciala fare all'editore, sempre se ne troverai uno!" E poi ancora: "Poverina, ancora credi in quello che fai?" e per un tempo che oso definire interminabile è andato avanti così.

L'angioletto, invece, sulla spalla sinistra, dormiva. Ho dovuto insistere un po' per svegliarlo e alla fine ci sono riuscita: "E mi disturbi per così poco? Hai forse avuto bisogno di me per riuscire a scrivere il libro? No! E allora usa lo stesso metodo e lasciami dormire." In un nano secondo è tornato nel suo mondo e dopo pochi attimi già russava.

Con un gesto ho toccato la spalla destra e ho fatto volare via il diavoletto. Ops! Poverino. E' caduto col sedere per terra, ma non si è fatto tanto male e lo dimostra il fatto che si sta di nuovo arrampicando per rimettersi al suo posto. Ci impiegherà circa dieci minuti a tornare e sarà nuovamente sulla mia spalla pronto a sfottermi, a deridermi e a cercare di trasmettermi sconforto.

I dieci minuti saranno tutto il tempo che avrò a disposizione per fare una prefazione che risulti essere almeno dignitosa.

Schiocco le dita, guardo la tastiera e dico ad alta voce: "Eccoci a noi. E che prefazione sia." I miei cani, Tequila, Toby e Jager mi guardano straniti.

"Zitti, voi" dico guardandoli "devo fare una cosa importante e se nel frattempo voi farete i bravi, dopo vi farò tantissimi grattini sulla pancia. Dopo!"

E incomincio a scrivere, per poi cancellare e tornare a digitare i tasti, con sempre più rabbia perché parole decenti non mi arrivano.

Tic, tac, tic, tac... i secondi passano e diventano minuti. Sono passati nove minuti e trentadue secondi: il diavoletto, ora, è all'altezza del gomito. Meno di trenta secondi e sarà di nuovo in posizione e aprirà quella dannata bocca per provare a farmi sentire di nuovo una mezza calzetta. L'angioletto, sulla spalla sinistra, dorme profondamente e io non trovo di meglio che guardare la tastiera incapace totalmente di scrivere almeno una decina di parole che abbiano un senso.

Sento un rumore e alzo lo sguardo: di fronte a me compare una piccola streghetta. Bruttissima, naso aquilino, capelli arruffati e la scopa tra le gambe. Mi guarda e dice: "Roberta, chiudi gli occhi e lasciati andare."

E così faccio: poche parole e tutto si conclude prima dello scadere dei dieci minuti.

"Da questo viaggio durato tanti mesi, ho imparato tantissimo, sono anche riuscita a insegnare qualcosa, ma, soprattutto, ho imparato una grandissima verità: se qualcuno vuole cambiarti, non è te che vuole."

Achille e io, in questi mesi, ci siamo scambiati miliardi di parole, pensieri e anche scambi di opinioni non troppo civili, ma una cosa abbiamo imparato entrambi: accettarci per quello che siamo.

Capito questo, tutto il resto viene da se.

Printed in Great Britain
by Amazon